读客

读客科幻文库

跟着读客读科幻，经典科幻全看遍。

THE FALL OF HYPERION

海伯利安的陨落

[美] 丹·西蒙斯 著
DAN SIMMONS
潘振华 李懿 译

文汇出版社

THE FALL OF HYPERION

DAN SIMMONS

献给约翰·济慈
一个名字用永恒写就的人

“上帝会不会跟他所创之物玩一个意味深长的游戏？任何创造者，即使是一个缺乏创见的人，会不会跟他所创之物玩一个意味深长的游戏？”

——诺伯特·维纳，上帝及哥连公司

“……有没有高级生命以优美为乐？就像我喜欢看见白鼬的警觉、小鹿的不安，尽管我的想法中充满了直觉。虽然街上的口角让我憎恶，但是其中显现出来的劲头是优美的。在高级生命看来，我们的推理或许带着同样的色彩——虽然错误百出，但是它们是优美的——这就是诗所包含的特别东西……”

——约翰·济慈，致兄弟的一封信

“想象力可以比作亚当的梦——他醒来后发现梦境成了现实。”

——约翰·济慈，致朋友的一封信

末日前夜，整个银河硝烟弥漫，七名朝圣者，踏上朝圣征途，他们要前往光阴冢，寻找自己生命中未解谜团的答案。他们的发现，也许会是人类得以解救的关键。

神父： 尽管天主教会随着历史和变革，业已日薄西山，但年轻时的雷纳·霍伊特神父依然信仰坚定。然而现在，当他看到曾敬仰的人在海伯利安上所受的苦难之后，心中的信仰摇摇欲坠。

士兵： 费德曼·卡萨德上校曾是整个霸主军队中最聪明、最能干、最强硬的年轻军官，直到命运将他带到海伯利安。

诗人： 提到伯劳之时，马丁·塞利纳斯眼睛中闪现出某些东西。一种饥渴，或是某种比饥渴更甚的东西……

学者： 索尔·温特伯一直过着平静的生活，直到女儿去海伯利安进行考古探险……在那里，伯劳触碰了她，接着，她开始逆时而行。

船长： 安静，随和，带着令人捉摸不透的自信，海特·马斯蒂恩深藏不露。

侦探： 布劳恩·拉米亚去海伯利安，为的是查出真凶。谁杀了受她保护的客户？

领事： 他看上去平静缄默……一名完美的官员。或者，在他内心深处，是否深藏着什么不愿示人的痛楚？是否有什么不可告人的目的？

第一部

01

在无敌舰队驶离环网开赴战场的那一天，也就是我们所习惯生活的最后一日，我应邀参加了一场宴会。那一晚，在环网的一百五十多个星球上，处处都在举行宴会，但只有这一场，才真正至关重要。

我借由数据网签发了接受回执，检查了一下我最好的正装，确定它干干净净。然后从从容容地洗澡、剃须，一丝不苟地穿戴一新，最后通过邀请芯片中的一次性触显，在约定的时刻从希望星远距传输到了鲸逖中心。

此时，鲸心所在半球正值傍晚，无所不在的清淡光线照亮了鹿苑的小山、低谷，照亮了远远延伸至南面的中央政府楼群的灰色高塔，照亮了特提斯河两岸成行的垂柳和发光的火蕨，也照亮了政府大楼本身的白色柱廊。数千来宾正莅临于此，但是安保人员向我们每个人一一致意问候，对比DNA，检查我们的请帖代码，然后手臂和手掌优雅地一挥，为我们指出通向酒吧和餐柜的路。

“约瑟夫·赛文先生？”向导彬彬有礼地向我确认。

“正是在下。”我撒了谎。这是我现在的名字，但从来不是我的身份。[①]

“首席执行官悦石大人希望稍后晚上见您。等她有时间见您时，我们会通报您的。”

“好的。”

“除了已提供的点心或娱乐，若是您有其他要求，只需大声说出来，地面监督会设法满足您的。”

我点点头，微笑着，把向导撇在身后，信步走着。我还没迈出几步，他已转过身，接待从终端站台上下来的下一位来宾了。

我站在一个矮丘上，眼前视野开阔。有上千来宾正在上百英亩的新修草坪上闲步，许多人正在修整成各种造型的森林中漫游。我所立足的这片草坪的前方，是一片宽阔绵亘的草地，它们正笼罩在河岸树木投射的影子之下，那里布列着规整的园林。草地上方，一幢宏伟的政府大楼拔地而起。乐队正在遥远的庭院中演奏，隐蔽的扬声器将音乐传送到鹿苑最为遥远的地域。一列列电磁车队从遥远夜空中的远距传输门中盘旋而来，接踵而至。有好几秒钟，我观赏着那些衣着光鲜的乘客从终端人行道旁的站台上登陆，那千奇百怪的飞船让我看得入迷。夕阳的余晖照射着标准桅轻、阿尔兹和须磨艇的船体，也照着漂浮驳船的洛可可风格甲板和古式掠行艇的金属船壳，它们的样子看起来十分古朴，是旧地的遗物。

我慢悠悠地走下缓长的斜坡，来到特提斯河边，途中经过一座码头，有众多乘客正从形形色色的船筏上下来，那场面令人惊叹。

---

① 约瑟夫·赛文（Joseph Severn）：此处，是小说主人公“我”有意借用的名字。历史上的赛文是约翰·济慈的朋友，也是一名杰出的画家。1820年9月，赛文伴济慈在罗马养病，并在济慈弥留之际一直陪在他左右。

特提斯河是唯一的一条遍及环网的河流，一路流经永久远距传输门，穿越两百多颗星球和卫星，居住在它沿岸的居民都是霸主中富可敌国的人。这从沿岸的船只中也可见一斑：大型钝锯齿巡洋舰、满帆启航的三桅船、五层驳船，看上去大多都装备了悬浮装置；精雕细琢的船屋，显然是依照它们的远距传输器量身打造的；从茂伊约进口的小型移动小岛；大流亡前期的运动型快艇和潜水艇；来自复兴之矢的各种各样手工雕琢的航海电磁车；还有一部分最新式的无所不达快艇，它们的轮廓隐匿在密蔽场无缝的反射性卵形外表下，看上去一片模糊。

迈步走下这些船只的宾客也是光彩夺目，令人难忘，丝毫不逊于他们的交通工具：各人的着装风格跨度甚广，有显然未接受过鲍尔森理疗的客人，他们身着大流亡前的保守晚礼服，也有身体受过环网最为著名的基艺家塑造的客人，他们披挂着本周鲸心最为抢手的流行服饰。我继续向前，最后来到一张相当长的长桌前，走过这条长桌后，我的盘子里已经堆满了烤牛肉、沙拉、太空鱿鱼片、帕瓦蒂咖喱和新出炉的面包。

傍晚的霞光逐渐淡去，暮霭降临。我在花园边找了个地方坐下，望着星辰在天空中次第出现。为了方便观赏舰队，附近城市和政府群楼的灯火被故意转暗，今夜是鲸逖中心的夜空数个世纪以来最为清朗的一晚。

我旁边的一个女人笑意盈盈地朝我看来。“我敢肯定咱们以前见过。”

我报以微笑，同时确定我俩从没见过。她极富魅力，年纪也许有我的两倍，大约五十七八标准岁，不过有赖于金钱和鲍尔森理疗，样子看起来比二十六岁的我还要年轻。她的皮肤十分白皙，看起来近似于透明，头发系成一条上翘的辫子，身着的轻柔衣物露出大半乳房，完美无瑕。那眼神却是冷冷的。

“也许我们见过，”我说，“不过这可能性似乎不大。我的名字叫约瑟夫·赛文。”

“当然，”她说道，“你是位艺术家！”

我并不是艺术家。我是……以前是……一名诗人。但是自从一年前我真正的人格死而复生之后，我便占据了赛文的身份，自称艺术家。这些在我的全局档案里面都有记载。

“我记得。”女士笑道。她没有说实话。她是用自己昂贵的通信志接口访问了数据网，才获得了这些信息。

我并不需要访问……这个词真是别扭，又显得累赘，尽管它带着些许古韵，我还是不由得讨厌它。我在思维中闭上双眼，进入数据网，穿过华而不实的全局屏障，渐渐滑入表面数据的波涛之下，跟随她闪闪发光的访问脐线追寻到黑暗的遥远深处，那里流动着“安全可靠”的信息。

“我叫戴安娜·弗洛梅，”她说，“我先生是天龙星七号的交通部部长。”

我点点头，握住她伸过来的手。她丝毫没有提及另一点，事实上她的丈夫在受到政治后台提拔去天龙星之前，曾经是天国之门上霉菌擦洗工联盟的头号蠢蛋……也没有提起她改名前叫作蒂尼·奶头，曾经当过娼妓，被中池荒地的肺管代理商包养做舞女……没有告诉我她曾两次因滥用闪回被捕，第二次还在半途上把一名家庭医师打成了重伤……也没有告诉我她九岁的时候毒死了自己同母异父的弟弟，只是因为他威胁说要向她继父告状，说她正在和一个泥滩矿工交往，那个人叫作……

“见到你真高兴，弗洛梅女士。”我开口道。她的手暖暖的，不过握手的时间略微有些长了。

“这难道不激动人心吗？”她深吸一口气。

“你说什么？”

她张开双臂做了个动作，包纳了整个夜色、刚刚亮起的荧光球、花园、人群。“啊，宴会，战争，**所有的这一切**。”她说。

我微微一笑，点点头，尝了尝烤牛肉。烤得很嫩，味道很棒，不过太咸了，让人想起卢瑟斯克隆槽里的东西。鱿鱼似乎也是货真价实的。服务员过来呈上香槟，我举杯咂了一口。味道有些低劣。自从旧地灭亡以来，高品质葡萄酒、苏格兰威士忌和咖啡就成了三大不可替代品。“你认为这次战争必须打响吗？”我问。

“当然了，他妈的当然必须啦。”戴安娜·弗洛梅张嘴刚要说话，她的丈夫就代她回答了。此人刚从后边走来，一屁股坐上我们一同用餐的仿真原木。这是个高大的男人，至少比我高一英尺半。但是且慢，是我身材矮小。在我的记忆中，我曾经写过一句自嘲的诗行，把自己描述成为“……约翰·济慈先生，五英尺高”。虽然我实际上有五点一英尺，在拿破仑和威灵顿在世的年代，男人的平均身高仅有五点六英尺，所以那时我只能算是略微有一些矮，可现在我竟是矮得荒唐，因为生活在普通重力水平星球的男人，普遍身高从六英尺到七英尺不等。另一方面，根据肌肉组织或是体格来说，我显然不可能宣称自己来自高重力的星球，所以在所有人的眼里，我就是个矮家伙。（我跟你们讲这些的时候，用的都是我考虑问题时惯常使用的计量单位……自从我在环网内重生，我的思维便经历着无数改变，其中，以公制进行思考是迄今为止令我感觉最为困难的。有时候我甚至都不愿意去尝试。）

“为什么战争必须打响？”我问戴安娜的丈夫，他名叫何蒙德·弗洛梅。

“因为他们那些天杀的**要自讨苦吃**。”这个大块头愤愤不平地说道。他的臼齿磨得嘎啦嘎啦直响，满脸横肉都抽紧了。那脖子短得可以忽略不计，皮下的胡茬儿郁郁葱葱，显然挺住了所有脱毛膏、刀片和剃须刀的攻势。那双手比我的要大出一半，并且比我的有劲很多倍。

“我明白了。”我说。

“那些天杀的驱逐者他妈的**要自讨苦吃**。”他重复着这句话，重复了同我争辩的最终结论。“他们在布雷西亚和咱们瞎搅和一气，现在又来骚扰咱们，在……在……什么地方来着……”

“海伯利安星系。”他的妻子说道，不过她的视线一直没离开过我。

“对，”她的贵族丈夫附和道，“海伯利安星系。他们想把咱们整惨，现在咱们就得去那儿，给他们看看霸主绝不能容忍这种事。明白吗？”

记忆中，当我还是个男孩的时候，我就被送到约翰·克拉克在埃菲尔德的学院，那里有一大帮像弗洛梅一样脑瓜愚笨、拳头结实的恶棍。我一开始到那儿的时候，要么避开他们，要么对他们低声下气以求和解。但自从我母亲死后，世界就改变了，我会用小手紧攥石头，摇摇晃晃地从地上站起来，追在他们屁股后头，哪怕他们对我拳打脚踢，令我鼻子沾血，牙齿松动，我也不依不饶。

“我理解。”我轻轻地说。盘子已经空了。我举起杯中剩下的劣质香槟，向戴安娜·弗洛梅敬酒。

“给我画张像。”她说。

“不好意思，你说什么？”

“为我画张像，赛文先生。你是名艺术家。”

“我的确是个画家，”我说，空手打了个无奈的手势，“但我没带画笔。”

戴安娜·弗洛梅伸手摸进丈夫短袍的口袋里，递给我一支光笔。“为我画张像吧。求你了。”

我为她画了张像。画像在我们之间的空中逐渐成形，线条起伏，跌宕回转，就像线型雕塑上的霓虹纤维。一小群人逐渐围拢过来，在旁观看。我完成时，响起一阵此起彼伏的轻缓掌声。画得不错，它精确地再现了这位女士长脖颈那撩人的曲线、桥梁一样高高的发辫、凸出的颧骨……甚至眼中略略有些挑逗的光芒。为了适应这个济慈人格，我接受了RNA疗法，并学习了相应的课程，这是我目前的最高绘画水准。真正的约瑟夫·赛文应该会画得更好……他画得好多了。我现在还记得他在我垂死卧床的时候为我画的那些素描。

戴安娜·弗洛梅女士脸上放出赞许的光芒。何蒙德·弗洛梅则满脸怒容。

突然传来一声大叫：“他们在那儿！”

人群发出一阵窃窃私语声和吸气声，然后又沉静下来。荧光球和公园的彩灯渐渐暗淡，直至熄灭。上千名宾客举眉望向天空。我擦掉画像，把光笔放回何蒙德的短袍，帮他掩好。

“是无敌舰队。”一名身着军部黑色制服、样子看起来相当高贵的年长男子说道。他举起手中的酒杯，为他年轻的女伴指着什么东西。“他们刚打开传送门。侦察舰将会首先进入，然后护航的火炬舰船会紧随而至。”

军用远距传输门应该在天空中的某处，但站在我们的制高点上，怎么也望不见它，我想象着，它看起来应该也只不过是星野中的一颗矩形缩略点。但是侦察舰的熔融尾迹却清晰可见——起初像是二三十只萤火虫，又像是发光蛛纱。接着，主驱动器被引燃了，它们如耀眼的彗星扫过鲸逖星系的地月航线。火炬舰船传输至我们眼前时，人群又不约而同发出一阵吸气声，它们的火光尾迹比侦察舰的尾迹要长上一百倍。鲸逖的夜空从天顶到地平线都布满了金红色的斑驳条纹。

某个地方响起一阵掌声，几秒钟之内，政府大楼鹿苑的原野、草坪和齐整的花园都充满了狂热的掌声和激扬的欢呼。来自一百个星球的穿戴高贵的亿万富翁、政府官员，以及豪门望族的成员，已经忘记了所有的一切，军国主义和嗜战的渴望本已蛰伏了一百五十多年，现在却完全充斥在了这些人的脑袋里。

我没有鼓掌。周围的人都不再注意我，我举起酒杯——现在这不是为弗洛梅女士的祝酒，而是向我的种族持续至今的愚蠢致敬——又喝光剩余的香槟。这东西真是淡然无味。

头顶上，小型舰队中更加举足轻重的舰船已经传送到星系内。我略微查了一下数据网（它的表面现在布满了此起彼伏的数据流波，汹涌得像是暴风雨笼罩下的海洋），便已得知，军部空间无敌舰队主要军力包括一百多艘主力神行舰：暗黑的攻击航母，它们的发射臂扎成一捆，看起来好似投枪；C^3指挥舰，如同黑水晶质地的流星既美丽又别扭；球根形状的驱逐舰，看起来像是臃肿过头的火炬舰船；环形防御警戒哨，它们所蕴含的更多是能量而非物质，宽大的密蔽护盾现在设置为全反射——明亮的镜面反射着鲸逖星群和它们四周上百条燃烧的尾迹；快速巡洋舰在舰群中游走，仿若鲨鱼在漫游的鱼群中穿行；笨重前行的军队运输船，它们的零重力舱室中装载着上千名军部海军陆战队队员；数十艘补给运输船——三帆快速战舰；快速反击战斗机；鱼雷自动负载调节器；超光信息接力前哨；还有远距传输跳跃舰船本身，庞大的十二面体船壳植满了一排排触角和探针，如梦如幻。

在舰队四周，不时掠过被交通管制控制在安全距离以外的快艇、太阳能干扰发射机和私人星系内舰船，它们的太阳帆吸收着阳光，反射着无敌舰队的光辉。

政府大楼地面上的宾客欢呼雀跃，掌声雷动。身着军部黑色制服的绅士默默哭泣。附近，隐蔽的摄像机和宽频率成像器将这瞬间传播到了环网所有星球，并且——通过超光仪——传播往环网外的数十颗星球。

我摇摇头，仍然坐在那儿。

“赛文先生？”一名警卫在我身边站定。

“什么事？”

她朝着行政大楼点点头。“首席执行官悦石大人现在想见您。”

02

似乎每一个充满争端与危险的时代总会滋生一名专为该时代而生的领袖，一名政坛巨人。回顾历史，如果没有他们的存在，很难想象那个年代的历史将会如何书写。梅伊娜·悦石就是我们这黄昏时代的这样一名领袖，虽然那个时候所有人做梦也不会想到，除了我，没有人能够写下关于她和她的时代的真实历史诗篇。

悦石曾多次被比作亚伯拉罕·林肯这一经典形象，但那天在无敌舰队宴会之夜，当我最终被引领到她面前时，我发现她并没有穿黑色双排扣常礼服，也没有戴大礼帽，对此我感到有些惊讶。这位统治着一千三百亿人民的议院首席执行官兼政府领导人穿着一件灰色软羊毛套装，裤子和束腰上衣只是在线缝和袖口用略略泛红的线做了点滚边装饰。我觉得她看起来并不像亚伯拉罕·林肯……也不像阿尔瓦雷兹-腾普，新闻机构常将她与这两位古代平民英雄相比，她看起来只是一位年迈的女士而已。

梅伊娜·悦石身材高挑，瘦削，但是她的面容比起林肯来更为冷硬如鹰。她拥有坚挺的鹰勾鼻；颧骨尖锐，宽阔的薄嘴唇善于表达情感，而一头灰白的卷发经过草草修剪，看起来就像羽毛。不过在我看来，梅伊娜·悦石的面庞上最令人难忘的是那双眼睛：大大的棕色眼睛，盛满了无限的忧伤。

房间里并不只有我们两人。这是一间光线柔和的长屋子，一排排木书架上摆放着好几百本印刷书籍。一个伪装成窗户的狭长全息图框显示着花园中的景致。一场会议正快要解散，十多名男女或站或坐，面对悦石的书桌，围成一个凸形的半圆。首席执行官随意地后靠在书桌上，重心倚在桌子前方，双臂交叠抱在胸前。我进门的时候，她抬起头朝我看了一眼。

"赛文先生？"

"是的。"

"多谢你的到来。"我听过无数次全局辩论，对她的声音相当熟悉，它的音色因年老而变得刺耳，但是音调却柔滑如昂贵的甜露酒。那口音远近闻名——精准的句法混合了一种大流亡前英语的声调节奏，这种节奏几乎都已经快为人所遗忘。显然，唯一还能听到这种口音的地方，也只有她的故星帕桃发的河口三角区域。"女士们、先生们，请允许我向你们介绍约瑟夫·赛文先生。"她说。

人群中有几人点点头，显然对我在此地的出现感到困惑不解。悦石没有继续介绍下去，但是我查询了数据网，将每一个人的身份对号入座：三名内阁成员，其中一名是国防部长；两名军部参谋长；两名悦石的助手；四名议员，包括颇具影响力的科尔谢夫议员；还有一个投影，来自一个名叫阿尔贝都的技术内核顾问。

"我之所以邀请赛文先生来此，是要让他以艺术家的视角来品评我们的行动。"首席执行官悦石说。

军部陆军司令莫泊阁从鼻子里哼出一声冷笑。"**艺术家**的视角？恕我直言，执行官大人，这到底是什么意思？”

悦石笑了。她没有回答将军的话，而是转身面对着我。“你认为无敌舰队的阅兵式如何，赛文先生？”

“非常漂亮。”我说。

莫泊阁将军又张口喧闹起来。“**漂亮**？他看见的是银河系史上最集中的空间火力的精锐部队，就仅仅觉得它**漂亮**而已？”他扭头对着另一名军人摇了摇头。

悦石脸上笑意未减。“那么对于战争，你有何高见呢？”她问我，“对于我们试图从野蛮人驱逐者手中拯救海伯利安，你有何看法？”

“这很愚蠢。”我说。

屋子变得异常安静。当下全局进行的实时民意测验显示，有百分之九十八的民众支持首席执行官悦石宣战的决定，不愿意把殖民星球海伯利安割让给驱逐者。悦石的政治前途也完全仰仗这一冲突的直接结果。屋里的男男女女都对政策制定、作出侵略决定和后勤执行起着至关重要的作用。沉默逐渐蔓延。

“为何愚蠢？”悦石柔声问道。

我右手打了个手势。“自从七个世纪前建立政权以来，霸主从来没有进入过战争状态，”我说，“以这种方式来测验它的基础是否稳固，无疑很愚蠢。”

“没有进入过战争状态！”莫泊阁将军大叫道，他巨大的双手握住自己的膝盖，“那么你究竟把格列依高叛乱当成什么？”

“叛乱，”我说，“兵变。警察行动[①]。”

科尔谢夫议员笑了，露出一嘴白牙，但是这表情里没有一点高

① 警察行动，未经正式宣战而采取的局部军事行动。

兴的意味。他来自卢瑟斯，肌肉看起来比任何男人都更发达。“那是次舰队行动，”他说道，“死了五十万人，军部两个师陷入了一年多的战争。这只是警察行动吗，孩子？”

我没有回答他的问题。

利·亨特[1]清了清喉咙，记录上说，这位年迈人士是悦石最心腹的助手，他看起来相当清瘦矍铄。“但是赛文先生所说的很有意思。先生，你认为这场……啊……冲突和格列依高战争之间有什么区别？”

“格列依高曾经当过军部官员。”我说，意识到自己在说废话，“而驱逐者在几百年以来都是一个不为人知的群体。叛乱军的军力是为我们明确知晓的，他们的潜力也可以轻易计量；而驱逐者游群早自大流亡伊始就迁到了环网之外，相反，格列依高一直在保护体内逗留，袭击那些距离环网不超过两个月时间债的星球，而海伯利安距离帕瓦蒂这个最近的网内集结地也有**三年**之远。”

“你以为我们没有想过这些？”莫泊阁将军问道。“那么布雷西亚之战呢？我们已经在那里和驱逐者交过手了。那可不是……叛乱。”

“请安静，”利·亨特说，“赛文先生，请继续说下去。”

我又耸了耸肩。“最主要的区别是，在此次事件中，我们所要对付的是海伯利安。”我说。

李秀议员——在场的一名女性——点了点头，似乎已经完全明白了我的意思。“你害怕伯劳，”她说，“你皈依末日救赎教派了吗？”

---

① 利·亨特（Leigh Hunt）：这里借用了一位真实的英国诗人的名字，历史上的利·亨特是济慈的好友。

“不，”我说，“我不是伯劳教会的成员。”

“那你是什么人？”莫泊阁问道。

“我是个艺术家。”我撒了谎。

利·亨特笑了，他转向悦石。“我同意我们需要这个视角，来保持清醒，执行官大人，”他说着，朝窗户做了个手势，于是全息影像显现出依旧在鼓掌的人群，“但是我们的艺术家朋友提出的那些必要观点，早已被充分审视和度量过了。”

科尔谢夫议员清了清嗓子。“在我们刻意要忽略某些显而易见的事实的时候，偏偏又把它们提出来，我可不喜欢这样。但是这位……**先生**……有没有合适的安全许可，证明他能够在场参与这样的讨论？”

悦石点点头，又露出了她的经典微笑，众多画家都曾试图记录下这样的笑容。“赛文先生受艺术部的派遣，在接下来的几天乃至几周为我描绘系列画像。我想，他们的理由是，这些画像将会具有历史意义，并可以从中创作出一幅官方肖像。无论如何，赛文先生已经被授予了T水准金质安全认证，我们在他面前尽可畅所欲言。同时，我也欣赏他的直率。也许他的到来说明我们的会议已经临近尾声了，那么，明天早上八时整，我们赶在舰队传送至海伯利安领空之前，在战略决议中心见面。”

人群立刻散去。莫泊阁将军离开的时候朝我狠狠剜了一眼。科尔谢夫议员经过我身边的时候，朝我看了一眼，眼神中带着无法言喻的好奇。阿尔贝都顾问只是慢慢淡出了。现在，除了我和悦石，房间里只剩利·亨特一个人。他惬意十足地把一条腿搁在身下无价的大流亡前坐椅的扶手上。“请坐。”亨特说。

我朝首席执行官瞥了一眼。她已经坐上了宽大书桌后的座椅，点了点头。我坐进先前莫泊阁将军坐着的直靠背椅子。首席执行官悦石说道：“你真的认为保卫海伯利安是愚蠢之举？”

“是的。”

悦石竖起手指，轻敲着下唇。在她身后，显示器无声地显示着无敌舰队的宴会已经进行到了白热化阶段。“如果你希望与你的……啊……人格副本重逢，”她说，“那么我们开展海伯利安保卫战，似乎也符合你的利益。”

我什么都没说。窗户上的景色切换了，显示出在熔融尾迹映照下依旧耀眼通红的夜空。

“你带画具了吗？”悦石问。

我拿出了铅笔和小素描夹，此前我曾告诉戴安娜·弗洛梅说我没带。

“我们边聊边画吧。”梅伊娜·悦石说。

我开始素描，先是以看似不经意、几乎有些不恭的手笔粗略勾勒出轮廓，然后开始悉心描绘脸部的细节。那双眼睛激起了我的兴趣。

我隐隐约约地意识到，利·亨特正目不转睛地盯着我。“约瑟夫·赛文，”他说，“你竟然挑选这个名字，真是有趣啊。”

我用快速而大胆的线条，描画出悦石高高的额头和坚挺的鼻子。

“你知不知道，为什么人们都对赛伯人怀有戒心？”亨特问。

“知道，”我说，“弗兰肯斯坦怪物综合征。害怕所有披着人皮，又不完全是人类的东西。我想，这才是机器人被宣布非法的真正原因。”

“嗯，”亨特表示同意，“但是赛伯人的确是完完全全的人，对吧？”

“从基因上来说是的。”我说。这时我突然想起了自己的母亲，记起了我在她卧病在床时给她读书的情形。我想起了我的弟弟汤姆。“但他们也是内核的一部分，”我说，“因此也符合‘不完全是人类’这个表述。”

“你也属于内核的一部分吧？”梅伊娜·悦石问道，转脸正面朝着我。我又开始了一幅新的素描。

“不完全是，”我说，“我能够在他们允许我进入的区域内自由穿行，不过这与其说是真正内核人格的能力，不如说是一切访问数据网的人都能办到的事。”她的脸从四分之三侧面的角度看起来相当引人注目，但是双眼从正面看更加炯炯有神。我开始着手描绘从她眼角处发散出的皱纹网格。梅伊娜·悦石显然从来没有滥用过鲍尔森理疗。

“如果有可能保留一些秘密不让内核知道，”悦石说，“那么允许你随意介入政府理事会，便是愚蠢至极。实际上……”她垂下双手，坐直了身子。我捻开新的一页。

“实际上，”悦石说，“你有我需要的信息。听说你能读取你的副本，也就是第一个重建人格的思想，是真的吗？”

“不尽然。”我说。要捕捉她嘴角线条与肌肉复杂的相生相扣真是困难。我尽了最大努力描画着，接下来，到了她强壮的下颌部分，给她下唇的凹陷处涂上阴影。

亨特皱了皱眉，瞥了一眼首席执行官。悦石女士又把她的手指竖拢在一起。“解释一下。”她说。

我从画纸上抬起头来。“我做梦，”我说，“梦的内容同一个人周围发生的事情正好吻合，而正是此人，携带着先前的济慈人格植入物。”

“一个名叫布劳恩·拉米亚的女人。”利·亨特说。

“是的。”

悦石点点头。“那么先前的济慈人格，也就是大家以为在卢瑟斯遇害的那一位，依然活着？”

我顿了顿。“那个……那位……依然还有意识，”我说，“你知道，他原始的人格本源已经被人从内核中提取了出来，或许正是由他的赛伯体本身提取，并植入了拉米亚女士所携带的舒克隆环生物分流器。”

“说得对，说得对，”利·亨特说，“但事实是，你能够与济慈人格直接接触，并能通过这样的接触，同伯劳朝圣者们取得联系。”

我快速画了几条粗线，给悦石的素描营造出深色的背景，以把它烘托得更为深沉。“实际上，我没法和他们直接接触，”我说，“我做关于海伯利安的梦，而你们的超光广播确认其内容和实时事件完全一致。我无法和被动的济慈人格交流，也无法和它的宿主或者其他朝圣者交流。”

首席执行官悦石眨了眨眼。“你怎么会知道超光广播的事？”

“领事告诉其他朝圣者，说他的通信志能够通过他飞船中的超光转送器中继信息。就在下山谷之前，他把这一点告诉了大家。”

悦石的语调中带着她步入政坛多年前曾任律师的意味。“其他人对领事的话作何反应？”

我把铅笔放回口袋。“他们知道自己当中有间谍，”我说，“你曾对他们每人都说了这样的话。”

悦石朝她的助手瞥了一眼。亨特的表情不置可否。“如果你和他们有联系，”她说，“你一定知道，自从他们离开时间要塞，准备下到光阴冢以来，我们再也没收到任何消息。”

我摇摇头。“昨晚的梦仅仅到他们到达山谷为止。”

梅伊娜·悦石站起身，走了几步，来到窗边，她举起一只手，于是景象变黑了。“那么，你不知道他们中是否有人还活着？”

“不知道。”

“在你上次的……梦中，他们状况如何？”

亨特正以他前所未有的热切目光注视着我。梅伊娜·悦石背对着我们两人，望着黑暗的屏幕。“所有的朝圣者都活着，”我说，“除了海特·马斯蒂恩，树的忠诚之音，他有可能遇害了。”

“他死了？”亨特问。

“两天前的夜里，驱逐者侦察艇将树舰“伊戈德拉希尔”号毁灭后几小时，他从草之海的风力运输船中失踪了。但是朝圣者在从时间要塞下来之前，看见一个穿着长袍的身影在沙漠中跋涉，目标直指墓群。”

“是海特·马斯蒂恩？”悦石问。

我举起一只手。“他们这么觉得而已，但也吃不准。”

“给我讲讲其他人的情况。”首席执行官说。

我吸了口气。从梦中，我得知这最后一批伯劳朝圣者中，悦石至少认识两人。布劳恩·拉米亚的父亲曾经和她是议院同僚，而霸主领事曾是悦石与驱逐者秘密谈判的私人代表。“霍伊特神父身陷巨大的痛苦，”我说，“他讲述了十字形的故事。领事知道霍伊特也带着一个……事实上是两个。杜雷神父的和他自己的。”

悦石点点头。“那么他依然携带着借尸还魂的寄生虫？”

“是的。”

“在接近伯劳巢穴的过程中，它有没有让他越来越难受？”

“我想是这样的。”我说。

“继续。”

“大多数时间里，诗人塞利纳斯都是醉醺醺的。他相信自己未完成的诗篇预示并决定着事件的发展。”

“海伯利安上的事件？”悦石问道，依然背对着我们。

“整个世界。”我说。

亨特朝首席执行官看了一眼，然后又看向我。“塞利纳斯是不是疯了？”

我也回敬他一个同样的眼神，但是什么都没说。实际上，我根本不知道。

“继续。”悦石又说。

“卡萨德上校继续着他相生相息的两大执念，寻找那个名叫莫尼塔的女人，以及杀死伯劳。他很清楚，这两大执念也许就是同一个，完全一样。”

“他带着武器吗？”悦石的嗓音十分柔和。

“带着。”

“继续。”

“索尔·温特伯，也就是从巴纳之域来的学者，希望能够进入那座叫作狮身人面像的墓冢，一旦——”

“等一下，”悦石说，“他依然带着女儿吗？”

“是的。”

“瑞秋现在多大？”

“五天吧，我想。”我闭上眼睛仔细回忆起前一天晚上梦里的细节。“是的，”我说道，“五天。”

“现在她的年龄还在随着时间的流逝倒减？”

“是的。”

“继续，赛文先生。请告诉我关于布劳恩·拉米亚和领事的消息。”

“拉米亚女士是怀着她上一任客户……也是爱人的心愿去海伯利安的，”我说，“济慈人格觉得他有必要直面伯劳。拉米亚女士正在替他了却这个心愿。”

“赛文先生，”利·亨特开口道，“你说起‘济慈人格’时的口气，听起来就像和你自身的人格没有任何关系一样……”

“请等会儿再说吧，利。”梅伊娜·悦石说。她偏过头看向我：“我对于领事比较好奇。轮到他讲述自己加入朝圣的原因了吗？”

“讲过了。”我说。

悦石和亨特等着我说下去。

“领事给他们讲了他祖母的故事，”我说，“那个五十多年前发起茂伊约叛乱的名为希莉的女人的故事。他告诉其余人，自己的家庭如何在布雷西亚收复战被毁，也对自己和驱逐者的秘密会晤供认不讳。”

“就这些吗？”悦石问。那棕色的双眼中燃烧着热切之光。

“还有，”我说，“领事告诉他们，他才是那个触发驱逐者装置、加速了光阴冢打开的人。”

亨特坐直身子，双腿从座椅扶手上放了下来。悦石深深吸了口气。“还有吗？”

“没有了。”

“其他人对他承认……背叛的行径作何反应？”她问。

我顿了顿，试图把梦中的景象重组，整理出一个比先前的记忆更有条理的脉络结构。“有些人勃然大怒，”我说，“但是在这一时刻，没有人觉得对霸主的赤诚忠心所向无敌，他们决定继续向前。我相信这些朝圣者中的每一个人都相信惩罚将会由伯劳来分派，而人类机构无从插手。”

亨特猛地一拳砸向椅子扶手。“要是领事在这儿，”他厉声说道，“他很快会发现自己大错特错了。”

“别乱嚷嚷，利。”悦石步回她的办公桌边，碰了碰那里的一些文件。所有的交流显示灯都不耐烦地亮着。我感到很惊奇，在这样的时刻，她竟然可以花这么多时间同我说话。“谢谢你，赛文先生，”她说，“我希望你在接下来的几天中都和我们待在一起。等会儿将有人领你到行政大楼住宅侧楼的套房。”

我站起身。“我要回希望星带点随身物品过来。”我说。

“没这个必要，”悦石说，“不消你走下终端站台，它们就可以被送过来。让利送你出去吧。”

我点点头，跟着高个男人向门口走去。

“噢，赛文先生……”梅伊娜·悦石喊道。

“什么事？”

首席执行官笑了。“此前我的确赞赏你的直率，”她说，“但是从现在开始，我们还是假定你只是个宫廷画家，仅仅是个宫廷画家而已，没有个人观点，没有预见力，没有言说权。明白吗？”

“明白，执行官大人。”我说。

悦石点点头，已经将注意力转移到了闪烁的电话指示灯上。“非常好。请于八时整带上你的素描本，参加战略决议中心举行的会议。”

一名警卫在前厅接待了我们，然后带领我走向那迷宫般的走廊和检查站。亨特大声叫他停下，然后大步迈过宽敞的大厅，脚步在地砖上回响。他抓住我的手臂。“别误会，”他说，“我们知道……**她**也知道……你是谁，是什么身份，代表的又是谁。”

我迎向他的凝视，平静地抽回我的手臂。“那好，”我说，“因为当下，我相当肯定，我自己都不清楚这些。”

03

六个成人和一个孩子身处条件恶劣的地带，燃起的篝火在迫近的黑暗中显得极其微不足道。在头顶和远方，山谷的峰峦像一堵堵墙壁连绵起伏，而近一些的地段，那些包裹在山谷黑暗中的墓群，它们庞大的外形似乎像上古时代蜥蜴的幽灵，慢慢地爬近了。

布劳恩·拉米亚的身体又累又疼，心情也烦躁不安。索尔·温特伯婴孩的哭声把她折磨得死去活来。她知道其他人也非常困倦了；过去的三晚，没有人睡过几个小时，而快要结束的这一天，恐惧一直折磨着大家。她把最后一块木头添到火上。

“有木柴的地方已经被咱们搜罗光了。”马丁·塞利纳斯厉声说道。火光从下方照亮了这个诗人形如色帝的脸。

“我知道。”布劳恩·拉米亚说，她太疲倦了，都懒得发火，语调中也听不出一点活力。柴火是从多年前一个朝圣小队带来的储藏品中找到的。依据传统，朝圣者们在直面伯劳的前一夜，会在一个固定地点扎营，他们的三个小帐篷正设在那个地方。营地距离那座叫作狮身人面像的光阴冢很近，一块黑色的翼形垂下物遮蔽了一部分天空。

“等柴火用完，我们可以用提灯。”领事说。这位外交家看起来竟比其他人还要疲惫。闪烁的火光在他忧郁的面容上投下红色的色调。他这天本来穿了一身外交华服，但是现在那斗篷和三角帽看起来同领事本人一样又肮脏又萎靡。

卡萨德上校回到火边，把夜视护目镜滑到头盔顶上。卡萨德全副武装地穿着格斗装备，唯一没有被活性变色聚合材质遮盖的是他的脸，那张脸就好像在距离地面两米的空中漂移。“没有异常情况，”他说，“没有任何动静，也没有热踪迹。除了风以外没有任何声音。”卡萨德把军部突击步枪靠在岩石上，自己则坐在其他人旁边，紧制装甲的纤维活化已经解除，现在变成了一片暗淡的黑色，但还是同先前一样难以辨认。

“你认为伯劳今晚会来吗？”霍伊特神父问。这名神父用他的黑色斗篷把自己裹得严严实实，看起来就跟卡萨德上校一样，已经与黑夜融为一体。这个瘦家伙的声音听起来很紧张。

卡萨德的身子朝前倾了倾，用指挥棒拨了拨火。“没法知道。夜里我会放哨，以防万一。”

突然，布满星点的夜空爆发出一阵色光，橘黄和鲜红的花朵寂静绽放，湮灭了星野，六个人不约而同抬头朝天上望去。

“过去几个小时都没这样过。”索尔·温特伯说着，摇着自己的婴孩。瑞秋已经停止了啼哭，现在正试着要抓她父亲短短的胡须。温特伯亲着她的小手。

“他们又在测试霸主的防御力了。”卡萨德说。拨过的火中冒出几点火星，灰烬向天空飘去，似乎要融入那里更为明亮的火焰。

“谁赢了？”拉米亚问，她说的是那暴虐的寂静空战，它们在前一天整个夜里和这一天大部分时间中，将天空塞得满满当当的。

“谁他妈的在乎？”马丁·塞利纳斯说。他在自己的皮大衣口袋里翻找，一副里头藏着满满一瓶酒的架势。但是他什么都没拿出来。“谁他妈的在乎啊。”他又咕哝了一句。

“我在乎，”领事疲倦地说道，“如果驱逐者突破了防线，他们将会在我们找到伯劳之前摧毁整个海伯利安。”

塞利纳斯嘲弄地笑起来。“噢，那可真是可怕呀，是吧？在我们寻求到死亡之前就先挂掉了？预定的死期还没到，就先被宰了？迅速而毫无痛苦地灭绝，却不是永远地在伯劳的荆棘树上扭摆？噢，这个想法，真是太可怕了。”

“闭嘴。”布劳恩·拉米亚说，她的声音还是不带感情，但是这次却字字带着威胁。她看着领事，“那么伯劳在哪儿？为什么我们找不到它？”

外交家凝视着火堆。“我不知道。我怎么可能知道？”

“也许伯劳已经走了，”霍伊特神父说，“说不定在你摧毁逆熵场之后，它就被永远释放了。也许，它这条祸根已经到了其他什么地方。”

领事摇摇头，什么都没说。

“不会。”索尔·温特伯说，他的婴孩靠在他的肩膀上睡着了，“他会来这儿的。我感觉得到。”

布劳恩·拉米亚点点头。“我也觉得。它在等。”先前她已经从背包中拿出了几份定额食物，现在她拉开加热标签，把食物分发到其他人手中。

“我知道这个世界扭曲的本源就是虎头蛇尾，”塞利纳斯说，“但是这他妈的太荒唐了。所有人穿戴得好好的，却找不到地方去死。”

布劳恩·拉米亚瞪了他一眼，但是什么都没说，他们安静地吃了一会儿东西。天空中的火光散去，密布的星点又重新显现，但是灰烬依然上升，似乎在寻找逃亡的出路。

我的思维完全被布劳恩·拉米亚朦朦胧胧的梦境牢牢包裹，于是自从上次梦见他们以来，我第一次试图把这纷乱的梦境重新整理一遍。

朝圣者在破晓前下到了山谷中，一路高歌。距离头顶十亿公里之上战场的亮光将他们的影子投在身前。整整一天，他们都在探测光阴冢的究竟。每一分钟，他们都期待着死亡。几小时之后，太阳升起，高地沙漠的冰冷被热气取代，他们的恐惧和欢欣也逐渐褪去。

漫长的白日里，除了沙粒摩擦的声音，偶尔响起的尖啸，还有绕过岩石和墓群的狂风在一刻不停地、几乎是下意识地哀吟之外，没有别的声音。卡萨德和领事两人都带了一件工具，用以测量逆熵场的强度，但是拉米亚第一个发现全无这个必要，因为时间潮汐退潮或流动的时候，人会微微感到一阵恶心，同时还伴随着一阵挥之不去的**幻觉记忆感**。

距离山谷入口最近的建筑是狮身人面像；然后是翡翠茔，只要映照在晨光和暮霭中，那建筑的墙面就会变得透明；再往里，深入不到一百米的地方，矗立着叫作方尖石塔的墓冢；然后朝圣之路往逐渐变宽的干河床延伸，它们当中最大的墓冢，位于正中央的水晶独碑，就会出现在眼前，它的表面没有任何机关或入口，平坦的碑顶与山谷山壁的顶端平齐；再往里是三座墓穴，现在还能辨认出它们的入口，只因为那条饱经风霜的小路由此就到了尽头；最后——山谷往里将近一千米深的地方——端坐着传说中的伯劳圣殿，它尖锐的边缘和外张的尖顶令人想起那个传说中常在这个山谷中出没的怪物身上的尖刺。

整整一天，他们都在各座陵墓中穿行，没有人敢单独行动，整个小队会在那些该进入的人工遗迹前面略微踌躇一下，然后走进其中。索尔·温特伯在看见并进入狮身人面像的时候，几乎被自己的情感淹没，这里就是二十六年前他的女儿感染上梅林症的地方。她当年的大学小组所装置的设备依然放置在墓冢外的三脚架上，虽然大家都不知道它们是否还起作用，是否还执行着它们的监测任务。狮身人面像内的过道现在就像瑞秋的通信志记录所显示的那样，狭窄，错综曲折，许许多多研究小组遗留下的一串串荧光球和电灯泡现在都已耗尽能量，不再发亮。他们用手持火炬和卡萨德的夜视护目镜探测着这个地方。没有瑞秋曾经所在屋子的迹象，也无从得知墙壁如何朝她合拢，疾病怎样降临到她身上。眼前只是曾经强烈的时间潮汐退却后留下的残迹，但看不到伯劳的影子。

每一间墓穴都有它慑人的时刻，让人心里充满希望和可怕的预感，但是当看清了积满灰尘的一间间空荡屋室仍旧是几百年来旅游者和伯劳朝圣者眼中的平常样子，这种预感便会在一个小时或者更长的时间后，逐渐消散。

最终这一天在失望和疲乏中过去，东面山谷峭壁投下的影子横跨过墓群和山谷，就像幕布垂下，宣布一场不成功演出的结束。白日的热度已经消失，高地沙漠的寒冷很快返回，伴着一阵狂风吹来，风中夹带着雪花和西面二十公里之外笼头山脉高处的气息。卡萨德提议扎营。领事向大家指出扎营地点，这是惯常情况下伯劳朝圣者在谒见前夜应该等待的地点。狮身人面像附近的平地上面，有一些研究小组和朝圣者乱扔杂物的痕迹，这让索尔·温特伯有些开心，他想象着自己的女儿曾经在此宿营。其余人也都不反对。

现在，在全然的黑暗中，最后一片木头熊熊燃烧，我感觉到他们六人逐渐靠拢……不只是靠近火的温暖，更是互相向对方靠拢……他们在“贝纳勒斯”号悬浮游船中相伴逆行而上，又一起横越草之海到达时间要塞，这段共同的经历所编织成的脆弱但切实的联系驱使他们靠在一起。不只如此，我还感受到了一种比情感维系更为明显的团结；过了一阵子我才发现这个联系，但很快就意识到这种联系其实是基于小队共享数据与感知网结成的微型网络。在一个地域性数据传递被战争的苗头撕裂的原始星球，这个小队把通信志和生物监视器连接在一起，共享信息，并尽最大可能照料着彼此。

虽然登录屏障看上去既明显又坚实，但我没费多大力气就穿过了它，深入其里，往下获取有界却无限的线索——脉搏、表皮温度、脑波活动、存取请求、数据详目——这些都让我能够洞察每一个朝圣者所思、所感、所为。卡萨德、霍伊特，以及拉米亚都有植入物，他们思维的流动是最容易感觉到的。在那个时刻，布劳恩·拉米亚正在反思寻找伯劳是不是一个错误；有什么东西正在她耳边絮叨，恰好在表面之下，偏偏又不依不饶地一定要让她听见。她感觉自己似乎忽略了什么相当重要的线索，足以让她解决……什么？

布劳恩·拉米亚向来都很鄙视奇诡之事；这也是她离开舒适休闲的生活去当私家侦探的原因。有何奇诡呢？她差一点就可以解决她的赛伯客户——同时也是她的恋人——的谋杀案，并且已经来到海伯利安达成他最后的愿望。但是她也意识到，这个纠缠不休的怀疑和伯劳并无太大关系。那到底是什么呢？

拉米亚摇摇头，拨弄了一下快熄灭的火堆。她身体强壮，在卢瑟斯一点三倍重力下成长，并且通过训练，变得更为强壮，但是过去好几天里她都没有睡过觉，因而极度疲乏。她只是模模糊糊地意识到，有谁在说话。

“……洗个澡拿点吃的，”马丁·塞利纳斯说，“也许还可以用你的交流单元和超光链接看看这仗谁打赢了。”

领事摇摇头。“还不行。飞船只有在紧急情况下才能启用。”

塞利纳斯打了个手势，指指夜晚、狮身人面像，还有渐起的风。“你觉得这样子还不算紧急情况吗？”

布劳恩·拉米亚意识到，他们正谈论是否该让领事把太空船从济慈城招过来。“你确定你所说的紧急情况不就是指你没有酒喝吗？”她问。

塞利纳斯怒视着她。“我们喝酒你会死啊？”

“不算。”领事说。他揉揉眼，拉米亚想起他也是个大酒鬼，但他却拒绝把船带到这里。“等到不得不这么做的时候再说吧。”

“用超光传送器怎样？”卡萨德问。

领事点点头，从小背包中拿出古老的通信志。这个仪器是他的祖母希莉用过的东西，是她祖父母留下来的传家宝。领事碰了碰触显。“我可以用它来发送电波，但是无法接收信息。”

索尔·温特伯将自己熟睡的孩子放在最近的帐篷的入口处。现在他转身对着火堆。“上次你发送信息，是在我们到达时间要塞的时候？”

“是的。”

马丁·塞利纳斯的语调充满了嘲讽。“那么我们应该相信……一个自称叛徒的人手里的东西吗？”

“是的。”领事的声音只剩下极度的疲惫。

卡萨德瘦削的脸庞在黑暗中飘浮。他的身体、双腿和手臂像是在本已尽黑的背景上又描上了一层黑影，几不可辨。

“但是，如果需要，我们就可以召唤飞船？”

“是的。”

霍伊特神父把斗篷裹得紧了些，免得它在渐起的风中胡乱飘飞。沙粒刮擦着羊毛和帐篷布料。“你难道不怕港口当局或军部把飞船拖走，或者改动它的设置？”他问领事。

“不怕。”领事的头微微动了动，似乎他太累了，都懒得完成一个摇头的动作，“我的通行牌是悦石大人亲手颁发的。而且，总督也是我的朋友……曾经是我的朋友。”

其余人在刚着陆不久就见过了近日才被擢升的霸主总督；布劳恩·拉米亚觉得，西奥·雷恩看起来像是被硬塞进了远远超越自己天分的重大事务里面。

“快起风了。”索尔·温特伯说。他转身护着自己的孩子不受飞扬的沙子击打。这名学者依然斜眼朝风中张望，他说道：“我想知道海特·马斯蒂恩在不在外头。”

“我们找遍了每个地方。”霍伊特神父说。他把头埋进了斗篷的褶子里，声音听起来瓮声瓮气的。

马丁·塞利纳斯笑了。“抱歉，神父，”他说，“但你真是在胡说八道。”诗人站起身来，向火光的边缘走去。狂风把他大衣的皮毛吹得沙沙作响，也把他的话吹散在了夜色之中。“悬崖壁上有一千处藏身之所。水晶独碑的入口咱们是找不到的……但是对圣徒来说又如何呢？还有，你看见翡翠茔最深的房间里有一条通向迷宫的台阶吗？”

霍伊特抬起头，在飞扬沙粒的痛击下，奋力眯起眼睛。“你觉得他在那儿？在迷宫里？”

塞利纳斯笑着抬起了胳膊。他宽松上衣的丝绸泛起波纹。“我他妈的怎么可能知道，神父？我所知道的不过是海特·马斯蒂恩现在有可能在外头，正监视着咱们，等待时机回来拿回他的行李。”诗人朝他们那一小堆装备中间的莫比斯立方体做了个手势。“要不然，他也可能已经死了。说不定更糟。”

“更糟？”霍伊特说道。神父的脸在过去的几小时内苍老了许多。他的双眼映射出深深的痛苦，微笑也成了龇牙咧嘴。

马丁·塞利纳斯大步跨向渐熄的火种。“更糟，”他说，“他有可能正在伯劳的钢铁之树上扭动。我们也会去那里的，过几——”

布劳恩·拉米亚突然起身，揪住了诗人的前襟。她把他举离地面，不停摇晃着他，直到他的脸垂到和她的脸一样高度，才把他放下来。“你要是敢再说一遍，”她轻声说，“我就会让你死得很难看。我不会真的杀死你，但你会巴不得自己死了的好。”

诗人露出他色帝式的微笑。拉米亚把他扔到地上，转过身。卡萨德说道：“大家都累了。回营吧。我来警戒。”

我关于拉米亚的梦里掺杂了拉米亚自己的梦境。参与一个女人的梦境，了解一个女人的想法，并不是件愉快的事，特别是那种与我相隔了时光与文化的鸿沟，比任何可想象的性别差异造成的距离更为深远的女人。她以一种既陌生又奇异的镜像似的方式，梦见了死去的恋人——乔尼——他小得可怜的鼻子和极为坚定的下巴，垂在衣领上方的极长卷发，他的双眼——那双极富表现力，流露出满腔情感的眼睛，让这张脸充满了无限的活力。要不是有这双眼睛，这张脸就会同那些生在伦敦郊外距离市区一天车程的一千名农民的脸一样平淡无奇。

她梦见的是我的脸。她在梦里听到的也是我的声音。但是她梦见的缠绵性爱——我到现在还记得——却不是我所经历的。我试图要逃离她的梦境，回到自己的梦中来。要我去当一个偷窥狂，还不如让我从过去的梦中东拼西凑，伪造出虚假的记忆呢。

但我却无法做自己的梦。现在还不行。我怀疑我的出生——从临终卧榻上的重生——是不是只为了梦见我死去的遥远的孪生人格的梦境。

我听天由命了，不再挣扎着要醒来，而是继续把梦做下去。

布劳恩·拉米亚很快就醒了，她不断地翻来覆去，有什么声音或是动静把她从甜美的梦中惊醒。起初那漫长的一秒钟之内，她完全没搞清楚当下的状况：身处暗夜，传来一阵噪音——不是机械的声音——比她居住的卢瑟斯蜂巢里的噪音还大；她因为疲惫而神情恍惚，但是知道自己还没睡多久就被惊醒了；她正单独一人在一个狭小的密闭场所，身处一个像是超大号尸袋的东西内部。

布劳恩·拉米亚生活的星球上，密闭的空间意味着安全保障，远离污浊的空气、风和动物，那里大多数人在面对少有的几处空旷地域时，都会遭受广场恐惧症，但是几乎没人知道幽闭恐惧症是什么意思，然而她现在的反应却像是一个幽闭恐惧症患者：双手乱抓，寻求空气，惊慌失措地掀开铺盖卷和帐篷壁，想要逃离这个小小的纤维塑料茧，爬着，用双手、双臂和肘部把自己朝前拖，直到手掌触摸到了沙子，头顶露出了天空。

那不是真正的天空，她意识到这一点，兀然间，她看清了四周，记起了自己在哪儿。沙。一阵狂刮、怒吼、飞旋的沙暴席卷而来，满是尘砾，像颗颗小针把她的脸刺得生疼。营火已经灭了，上头覆满了沙。沙子已经堆积在三座帐篷的迎风面，而帐篷的侧边则猎猎飞舞，在风中啪啪作响，好似步枪声。新刮来的沙子堆积成丘，在营地四周茁壮成长。帐篷和装备的背风处，布满了条纹、沙脊和沟壑。其他帐篷里没人醒来。她和霍伊特神父同住的帐篷已经垮了一半，差一点就要被逐渐上升的沙丘掩埋了。

霍伊特。

正是他的失踪唤醒了她。哪怕是在梦中，她意识的一部分也能感知到熟睡的神父在和痛苦搏斗时发出的微弱呼吸和不真切的呻吟，而他却在不到半小时前的某个时刻离开了。可能只是几分钟以前的事；布劳恩·拉米亚知道，虽然自己在睡梦中见到了乔尼，但在砂砾打磨地面的声响和狂风的咆哮之下，她也隐隐意识到有一阵窸窸窣窣的声音滑步而出。

拉米亚站起身来，伸手遮挡着沙暴。天色很暗，群星都被高云和地表风暴遮蔽了，但是隐约有一点类似电光的光芒充满了天空，光线从岩石和沙丘的表层反射而来。拉米亚意识到，那就是电光，空气中充满了静电，让她的发卷飞舞翻腾，如同美杜莎的发绺旋转缠绕。静电电荷顺着她的外衣袖一路爬行，像圣爱摩火[①]一样沿着帐篷的表面漂移。眼睛逐渐适应了光线之后，拉米亚意识到漂移的沙丘也泛着暗淡的火光。东边四十米之外，那座叫作狮身人面像的墓冢发出噼噼啪啪的响声，外部轮廓在夜色中正有节律地闪动着。波动电流沿着它两边通常称作翅膀的外张形附属物上爬行。

布劳恩·拉米亚打量着四周，没有见到霍伊特神父的影子，她琢磨着要不要呼救，然后意识到，在风声呼号之下，别人是不可能听到自己的声音的。她又稍微思考了一下，神父会不会只是去了其他帐篷，或是去了西边二十米之外的简陋厕所，但冥冥之中她感到事实并非如此。她朝狮身人面像望了望——只是略微一瞥——似乎见到了一个人形，黑色的斗篷像垂下的三角旗一样呼啦啦飞舞，肩膀在风中瑟缩着，形体在墓冢的静电光芒中清晰可辨。

一只手落在了她的肩膀上。

---

① 亦称刷状放电，一种发亮而常可听到声音的放电。此种放电系由物体发生，特别是有尖端的物体，当其表面附近的电场强度达到每厘米近1000伏特时即可发生此种放电。

布劳恩·拉米亚猛地扭身转开，蹲下进入备战状态，左拳伸展，右手运力。她认出了站在那边的是卡萨德。上校的身高几乎有拉米亚的一点五倍——身宽却还不及她的一半——他俯下身，朝拉米亚高声耳语，微型闪电横扫过他精瘦的身体。“他往那边走了！”上校瘦长的黝黑手臂朝狮身人面像一指，活像一个稻草人。

拉米亚点点头大声朝他回话，她的声音在风声的咆哮中几乎连自己都听不见。“我们要不要叫醒其他人？”她已经忘记了卡萨德之前一直在警戒。这个人从不睡觉吗？

费德曼·卡萨德摇摇头。他的护目镜推到了额头上，头盔已经变形，在他武装到牙齿的战甲后部形成一个附加罩。在装备的反光映衬下，卡萨德的脸看起来十分苍白。他朝狮身人面像做了个手势。那把多功能突击步枪牢牢地顶在左肘窝，手榴弹、双筒望远镜盒，还有更为神秘的物件从他紧致装甲的吊钩和网带上垂下来。他又朝狮身人面像指了指。

拉米亚身子朝前倾了倾，大声喊道：“伯劳把他带走了吗？”

卡萨德摇摇头。

“你能看见他吗？”她朝他的夜视镜和双筒望远镜做了个手势。

“看不见，”卡萨德说，“有沙暴。热信号都给搅得乱七八糟。”

布劳恩·拉米亚转身背对着狂风，沙粒就像投枪上射出的针头般击打着她的脖颈。她查询了通信志，但是它只告诉她霍伊特活着，还在移动；公共波段上再也没有别的信号。她挪挪身子，重新回到卡萨德旁边，他们的背部在大风中连成了一堵墙。“咱们去找找他吧！”她嚷道。

卡萨德摇头。“这个地方得有人守着。我沿路留了信号装置，但是……”他朝沙暴做了个手势。

布劳恩·拉米亚低头闪进了帐篷，套上靴子，然后又带着她的全天候披风和父亲的自动手枪重新出现在门口。一把更为常规的武器——基尔击昏器，放置在斗篷的胸袋中。“那么我去。”她说。

开始她以为上校没有听到她的话。但是接下来她看到他灰白的眼珠中有东西闪动，于是明白他听到了。他轻轻敲击着手腕上的军用通信志。

拉米亚点点头，确认她的植入物和通信志都设置到了最宽波段。“我会回来的。”说完，她便开始朝不断徙长的沙丘跋涉。短裤的裤腿在静电电荷中泛出微光，电流淌过斑驳的沙丘表面，在银白脉冲的衬映下，沙子似乎都活了起来。

刚走了二十米远，宿营地就完全没了影儿。再往前走十米，狮身人面像就巍然矗立在她的面前。但是没有霍伊特神父的踪迹；在沙暴当中，还不到十秒，足印就完全消失了。

通往狮身人面像的入口敞开着，自从人类发现这个地方以来，它就一直开着。现在，它在泛着微光的沙墙中看起来只是个黑色的矩形。根据逻辑分析，霍伊特如果是要躲避沙暴的话，可能是进入其中了，但是冥冥中有什么东西告诉她，那不是神父的目的地。

布劳恩·拉米亚拖着沉重的步子绕过狮身人面像，在它的背风处休息了一阵，从脸上抹下沙子，顺畅地呼吸了一会儿，然后又继续前行，循着一条沙丘间若隐若现的被踩实的小径往前走。前方，翡翠茔在夜色中发出乳液状的绿光，光滑的曲线和顶峰油光闪亮，令人心生不祥的预感。

布劳恩·拉米亚斜着眼睛，又望了望，发现有什么人或是什么东西在飞瞬即逝的一刹那间在光芒中显出了身形。然后那影子又转瞬即逝，也许是进了墓冢，也有可能是藏身在了入口处那黑色的半圆中。

拉米亚垂下头继续前进，大风推搡着她，好像在催促她赶着去办什么重要的事。

04

军事简报唠唠叨叨地一直持续到了上午十时左右。我怀疑这样的会议是不是都是一个样子——如背景噪音般的轻快单调声一刻不停的陈述，空气中弥漫着的咖啡味和烟味，以及一堆堆硬面资料和植入物存取带来的脑皮层叠加眩晕——好几百年以来都不曾改变。我怀疑，这些事在我小时候是不是要简单一些；惠灵顿把手下人——那些他不带感情却又精湛地称作“败类”[①]的家伙——召集到一起，什么都不说，就把他们赶去送死了。

我把注意力又集中到这群人身上。我们身处一间大的会议室，亮白的矩形地毯和炮铜色的马蹄形桌子映衬着灰色的墙面，桌子上摆着黑色触显，零星地摆着几个玻璃水瓶，色调相当和缓。执行官梅伊娜·悦石坐在桌子弧拱的中心，旁边是高级议员和内阁大臣，

① 惠灵顿将军在滑铁卢之役前向自己的军队发表的演说中，有一句常被后世引用的名言：我们（我们的军队）是地球上的败类——地球仅有的败类。

更远的地方，军官和其他二级决策官沿着曲线依次落座。他们的身后，桌子以外的地方，坐着不可或缺的助理群，而其中属于军部的那一群里没有人军衔低于上校，在他们的背后——在那些看起来不那么舒适的椅子上——坐着这些助理的助理。

我没有椅子。另外还有一群人员被邀请来，但是显然轮不上说话，我就和他们一起坐在会议室后部角落附近的一个高凳上，距离首席执行官二十米远，离正在作简报的官员就更远了。作报告的是名年轻上校，他手里拿着一支教鞭，说起任何话来都毫不犹豫。上校身后是金灰相间的随调显屏导板，身前是任何一个显像井中必不可少的微微隆起的万象球。随调板不时被云层覆满，变得充满生机；另一些时候，空气又被复杂的全息图搅得模糊不清。这些图表的微像在每一块触显板上闪光，又在一些通信志上方盘旋。

我坐在凳子上，观察着悦石，时不时画上几笔速写。

那天早上在政府大楼客房醒来的时候，明亮的鲸逖阳光从桃色的窗帘中涌入。清晨六时半是我的起床时间，窗帘就在那时自动打开。刹那间我迷失了，忘了自己身在何处，脑海里依然还在寻找雷纳·霍伊特，并因为伯劳和海特·马斯蒂恩而提心吊胆。然后，就像什么力量满足了我的愿望，让我远离了这些念头，让我开始做自己的梦，那一分钟，我心里又堆满了困惑，然后我坐起身大口吸气，警觉地向四周看去，期望柠檬色的地毯和桃色的光芒会像热梦一般退去，只留下痛苦、浓痰和可怖的咯血。亚麻布上染满血迹，这间充满阳光的屋子消融成西班牙广场黑暗公寓的阴影，四处鬼影陆离，约瑟夫·赛文敏感的脸庞朝前凑来，注视着我，等待着死亡降临在我头上。

我洗了两次澡，先用水浴然后是声浴。从浴室出来，刚铺好的床上放着一套新的灰色衣服，我取过穿上，然后出发去寻找东庭——我新衣服旁边留下的一张礼片上说的——那里正为政府大楼的宾客供应早餐。

橙汁是鲜榨的，培根脆嫩，货真物实。报上说首席执行官悦石将会于环网标准时间十时三十分通过全局和各大媒体向整个环网发表演说。报纸各版铺天盖地全是战争新闻。上面，无敌舰队的平面照片五光十色，熊熊发光。莫泊阁将军身处第三页，阴郁地望向读者，报纸把他称作“对抗第二次格列依高叛乱的英雄”。戴安娜·弗洛梅正和她猿人般的丈夫在邻桌吃饭，她看了我一眼。她今早的着装更为正式，深蓝色长裙，远没有昨晚暴露，但是侧边开了一条细缝，隐隐可以瞧见昨晚的身材。她用颇有光泽的指甲夹起一条培根，小心地咬了一口，目光一直没有从我身上挪开。何蒙德·弗洛梅正读到折页里金融版面上一些宜人的消息，喉头咕哝作响。

“驱逐者迁移队……也就是大家俗称的游群……早在三个多标准年以前就被卡姆星系的霍金干扰感应装置探测到，”作简报的年轻官员说道，“甫一被探测到，军部的42特遣部队，也就是为海伯利安星系的疏散工作接受过改装的部队，立即带着绝密指令从帕瓦蒂旋入超光速状态，它们将会建立一个传送门，把整个海伯利安纳入远距传送能力范围。同时。87.2特遣部队又奉命从卡姆三号周围的苏尔科夫-近田集结地，调遣去同海伯利安星系的疏散军力会合，寻找到驱逐者迁移队，与他们交战并摧毁他们的军事部队……”无敌舰队的影像出现在随调板上，也映在了这名年轻上校的身上。他挥了挥教鞭，于是一条红宝石色的光线拦腰切过那张较大的全息像，显示出信息中所提到的一艘C^3战舰。“87.2特遣部队受命于纳西塔元帅，他现在身处‘赫布里底’号霸舰……”

“知道了，知道了，”莫泊阁将军抱怨道，“这些我们都知道，雅尼。废话少说。”

年轻的上校挤出一丝微笑，朝将军和首席执行官悦石略微点点头，然后变回刚才的语调，只是其中少了些许自信。“在过去的七十二标准小时中，据从42部队发来的超光加密信息报道，在特遣疏散部队的侦察小组和驱逐者迁移队的先头部队之间，爆发了白热化的战斗——”

“是游群。”利·亨特打断他道。

“对。”雅尼说道。他转身面对着随调板，五米深的磨砂玻璃闪烁着出现了。对于我来说这一切都只是无法理解的迷宫，里面有神秘的符号、五颜六色的向量线、底层编码，加上军部缩写词，这一切简直就像是胡言谵语。也许，房间里的高级将领和政客也对这些东西一窍不通，但是没有人承认自己搞不懂。我开始为悦石画一幅新的画像，背景中莫泊阁的侧脸活像一头斗牛犬。

“虽然最初的报道显示附近有四到五千单位的霍金尾波，但许多人都误解了这一数据。”叫作雅尼的上校继续道。我很想知道那到底是他的名还是姓。“你们知道。驱逐者……啊……游群有可能由多达上万艘单独的驱动单位组成，但它们当中的绝大多数都很小，或者根本就没有武装，或者不具有太大的军事作用。微波、超光仪，还有其他的发射信号评估显示——”

“打扰一下，”梅伊娜·悦石说道，她沧桑的声音和这位简报官员蜜糖一般流畅的语言形成了鲜明对比，“你能不能告诉我们，有多少驱逐者舰船具有军事作用？”

“啊……”上校一面说，一面朝他的上司瞥了一眼。

莫泊阁将军清了清嗓子。“我们估计，大约有六……七百艘一等舰，”他说，“没什么可担心的。”

首席执行官悦石扬了扬一条眉毛。“那我们舰队的规模呢？”

莫泊阁朝年轻的上校点点头，示意他稍息，他自己回答了这个问题。“42特遣部队有大约六十艘战舰，执行官大人。另外还有——”

“42特遣部队就是疏散分队？”悦石问。

莫泊阁将军点点头，我想，在他的微笑中我看见了一丝谦逊。“是的，夫人。87.2特遣部队，大约一个小时前传送至星系的舰队，将会——”

“六十艘船足以抵挡六七百艘战舰吗？”悦石问。

莫泊阁朝他的一名同僚瞥了一眼，似乎是在求他耐心。“是的，”他说，“完全足够。你得明白，执行官大人，六百霍金驱动舰听起来可能很多，但它们只是一些兀自亢奋的单舰、侦察舰，或是一种他们称作枪骑兵的五人座攻击艇。42特遣部队由将近**二十多艘**主线神行舰组成，包括航空母舰‘奥林帕斯之影’和‘天王星站’。这些战舰当中的任何一艘都能装载一百多架战斗机或火炮定位雷达。”莫泊阁在他的口袋中摸索了一阵，抽出一根雪茄大小的转基因香烟，然后像是想起悦石不赞成吸烟，又把它插回了外衣口袋。他皱了皱眉。“等到87.2特遣部队部署完毕，我们将会有完全足够的火力对付哪怕十多个游群。”他依然皱着眉头，向雅尼点点头，示意他继续。

上校清了清喉咙，然后将他的教鞭指向随调显示屏。“你们看，42特遣部队不费吹灰之力就可以清理出用于修造远距传输器的必需空间。这项工程在环网标准时间六周以前就已经开始了，并于昨日标准时间十六时二十四分完成。首轮驱逐者骚扰袭击已经被击退，而42部队没有任何人员伤亡，在过去的四十八小时中，特遣部队的先锋部队和驱逐者主力之间已经发起了一场主要战斗。这次冲突的焦点在这儿——”雅尼又做了个手势，于是随着他教鞭顶端的一击，随调板的一个区域便闪着蓝光跳动起来，“——在黄道平面二十九度高处，距离海伯利安的恒星三十天文单位远，大约距离这个星系的欧特云的假定边缘零点三五个天文单位远的地方。”

“伤亡情况怎样？”利·亨特问。

“对这样一场非常时期交火来说，完全在可接受的底线以内。”年轻的上校说道，他看起来像是从来没有进入过离战场方圆一光年的地方。那一头金黄的头发小心地梳到了一边，在聚光灯强烈的光线下反射着光芒。“有二十六艘霸主快速攻击战机损坏或失踪，十二艘载鱼雷的火炮定位雷达、三艘火炬舰船、燃料运输艇‘阿斯奎斯之傲’，还有驱逐舰‘天龙星三号’遭受了损伤。”

“死亡人数呢？”首席执行官悦石问。她的声音非常平静。

雅尼迅速地瞟了一眼莫泊阁，但自己回答了这个问题。“大约两千三百人，”他说，“但目前正在开展救援行动，我们有希望找到‘天龙星’号的幸存者。”他抚了抚外衣，又紧接着道：“与驱逐者战舰至少一百五十艘的确定伤亡相比，这完全是小巫见大巫。我军发起的对迁移星丛的袭击——造成了游群另外三十到六十艘战舰的毁灭，包括彗星农场、炼铁船，还有至少一个司令星丛。”

梅伊娜·悦石捻了捻粗糙的手指。“伤亡估计——**我军的伤亡**——包括已被摧毁的树舰‘伊戈德拉希尔’上的乘客和船员吗？就是那艘我们包租下来执行疏散任务的船？”

“不包括，夫人，”雅尼轻快地回答道，“虽然树舰被毁时发生了驱逐者突袭，但我们的分析显示，‘伊戈德拉希尔’不是被敌军行动摧毁的。”

悦石再次扬了扬眉毛。“那是怎么回事？”

“阴谋破坏，我们目前得出的结论是这样。”上校说道。他将另外一张海伯利安星系图表调上了随调板。

莫泊阁将军朝自己的通信志瞥了一眼，接着说道："得了，跳到地面防御部分，雅尼。执行官大人三十分钟之后就要发表演说了。"

我完成了悦石和莫泊阁的素描，伸了个懒腰，四处张望，寻找下一个对象。利·亨特似乎是个挑战，他长着一张难以名状的脸，五官几乎都挤到了一起。我又看回上方的时候，一颗海伯利安的全息球体停止了转动，逐渐展开成为一系列平面投影：倾斜的等矩形、波恩投影、垂直线、星状符号、范德格林氏投影、高瑞斯投影、被遮断的古德等面积投影[①]、指时针、正弦曲线、方位角等距、多圆锥图形、矫枉过正的桑津、埃舍尔化计算机、布列斯梅斯特、白金敏寺、米勒圆柱形、多方线绕制图，还有座区图标准，之后这一切都消融成一张海伯利安的标准罗宾逊-柏阿德地图。

我笑了。那是自简报开始以来我见过的最令人愉快的东西。悦石的几个手下正不耐烦地动来动去。他们希望在广播开始以前，至少能和首席执行官共处十分钟。

"众所周知，"上校发言道，"依据度陇-罗米亚计量法，海伯利安与旧地标准有9.89度的相似——"

"哦，看在上帝的分儿上，"莫泊阁吼道，"快报告军队部署，早点讲完滚蛋。"

"是，先生。"雅尼吞了吞口水，举起他的教鞭。他的声音中再也没有了自信。"你们知道……我是说……"他指向最北方的大陆，那块地方在随调板上漂浮，像是草草描就的马头和脖颈，而这只动物自胸部和背部肌肉开始的地方以锯齿形终结。"这是大马大陆。它有另外一个官方名称，但是每个人都这么称呼它，自从……这是大马大陆。在东南方延伸的岛链……从这里到那里……被称作

---

① 这里提到的几种投影都是绘制地图时使用的投影法。

猫和九尾。实际上，这是一个群岛，拥有一百多……不管怎么说，第二主大陆叫作天鹰大陆，也许你们能看出来，它的形状看起来有些像旧地的鹰，这是它的喙……在西北方海岸……厉爪延伸到了这里，一直到西南方向……这儿有至少一只翅膀，一直延伸到东北海岸。这一部分就是所谓的羽翼高原，由于遍布火焰林，这片高原几乎是不可通行的，但是这儿……还有这儿……在西南方向，有主要的纤维塑料种植园……”

“军队部署情况！！”莫泊阁咆哮道。

我为雅尼画了素描。我发现要用石墨来表达汗珠的光辉是不可能的。

“是，先生。第三块大陆是大熊大陆……看起来有点像一头熊……但是没有军部部队在此登陆，因为这里是南极，几乎无法定居，虽然海伯利安自卫武装在这里常设潜听哨……”雅尼似乎意识到自己在胡言乱语。他挺直身板，用手背抹了抹上唇，然后继续以一种更冷静的语调说道：“军部主要的陆军基地在这里……这里……和这里。”他的教鞭点亮了首都济慈附近的区域，那些地方都处于大马大陆脖颈的高处。“军部太空部队已经被派遣至首都第一空港，以及这里……和这里第二战场，并提供安全保障。”他点了点安迪密恩和浪漫港，这两座城市都位于天鹰大陆。“军部陆军部队已经准备好了此处的防御工事……”二十多盏红灯亮了；大部分在大马大陆的脖颈和鬃毛区域，但是也有几个在天鹰大陆的喙部和浪漫港区域。“这些包括海军分队，也有地面部队，地对空和超地对空军队。最高指挥部预计，这将和布雷西亚之战有所不同，战役不会在星球陆地上展开，但是我们也得做好准备，以防他们企图登陆侵略。”

梅伊娜·悦石查了查自己的通信志。距离实时广播还有十七分钟。“疏散计划怎样？”

雅尼重新建起的镇静又崩溃了。他略带绝望地望着自己的上级官员。

“没有疏散，”辛格元帅说，“那是个假象，是为了引诱驱逐者。”

悦石的指尖敲了敲桌面。“但是，海伯利安上有好几百万人口，元帅。”

“不错，”辛格说，“我们会保护他们。就算是疏散大约六万的霸主居民，也已经很成问题了。如果我们允许所有的三百万居民进入环网，将会引发骚乱。同时，出于安全考虑，这也是不可能的。”

“因为伯劳？”利·亨特问道。

“出于安全考虑。”莫泊阁将军重复道。他站起身，从雅尼手中接过教鞭。年轻人在那儿站了一秒，看到没有地方坐，也没地方站，犹豫不决，最终移到议室后部靠近我的地方，以稍息阅兵的姿势站在那里，看着天花板附近的什么东西——或许是在凝视自己军事生涯的尽头。

“87.2特遣部队已经进入星系，”莫泊阁说，“驱逐者已经撤退到了他们的游群中心，距离海伯利安大约六十天文单位的地方。我可以打保票，整个星系都是安全的。海伯利安很安全。我们在等待反击，但是我们完全知道我们有能力牵制敌军。而且，事实上海伯利安现在已经是环网的一部分了。有问题吗？”

没有人提问。悦石和利·亨特、一群议员，还有她的助理一起离开了。高级军官一撮撮移动，围成几团，显然是由军衔来区分的。助理四处分散。少数几个允许留在议室的通信员跑去找等在外面的摄影人员。年轻的上校，雅尼，依然还以稍息阅兵的姿势站着，目光涣散，脸色苍白。

我坐了一会儿，盯着海伯利安的随调板地图。从这么远的距离来看，大马大陆看起来更像一匹马。从我坐的地方看过去，我只能辨认出笼头山脉的山峰和大马“眼睛”下方由橘色渐变至黄色的高地沙漠。山脉东北部没有任何军部防御部署的标示，除了一个可能表示荒弃的诗人之城的小红灯之外，没有任何标志。光阴冢根本都没有标记。就好像这墓群没有军事意义，在这天的行动中不扮演任何角色。但是不知怎的，我知道的不止这些。不知怎的，我怀疑整场战争，上千的战役，数百万人——乃至数十亿人的命运——都掌握在没有标记的橘色和黄色地带上那六个人的手中。

我合上素描本，把铅笔塞进口袋，寻找出口，找到之后便离开了。

在通向主入口的一条长廊中，我遇见了利·亨特。“你要走了？”他问。

我吸了一口气。“不允许离开吗？”

亨特笑了，如果他薄嘴唇向上一合的动作能够被称作微笑的话。“当然允许，赛文先生。但是执行官悦石大人已经吩咐我，要我告诉你，今天下午她希望再和你谈一谈。”

“什么时候？”

亨特耸了耸肩。“等她演说完毕，任何时候都行。随你方便。”

我点点头，算起来有上百万的说客、求职者、准传记作者、商人、执行官的粉丝，还有潜藏的杀手都愿意倾家荡产，只为与霸主最为杰出的领袖共度一分钟，与执行官悦石共度几秒钟，但我却可以在“随我方便”之时见她。从没有人觉得这个宇宙是正常的。

我从利·亨特身边擦肩而过，走向前门。

依照长久以来的传统，政府大楼的外墙内不设公用远距传输入口。我得稍微走上一段路，经过主入口的安全障碍，穿过花园，来到用作新闻总部和终端的建筑物。新闻记者正云集在一个中央观赏井周围，在那儿，“全局之声”刘伟林·德雷克正在为首席执行官悦石“对霸主有生死攸关重要性”的演讲作背景解说。我朝他的方向点点头，继而发现一个空闲的传送入口，亮出我的寰宇卡，然后走了进去，去找间酒吧。

一旦你到了中央广场，你就会发现它是环网内可供免费传送的地方。环网每一颗星球都至少提供了一个最棒的城市街区——鲸心提供了二十三个——供人购物、娱乐、品尝佳肴、喝酒。特别是喝酒。

中央广场同特提斯河一样，穿越了两百米高的军用规模的传送门。广场大道呈环形，让人觉得这是一条无限长的主干大街，形成了一条物质享受的环面。人们可以像我那天早上一样，站在鲸逖明亮的日光下，俯瞰着中央广场上天津四丙的夜间游乐场，那里充满了霓虹和全息影像的光辉，浮光掠影地瞥见卢瑟斯上百层的主干商场，同时我也知道，再往上就是神林光影斑驳的小店；它有一条砖砌大道，还有一间通往“树梢”的电梯，那可是环网最为奢华的餐馆。

我并没有诅咒这一切。我只是想找一间安静的酒吧。

鲸心的酒吧中总是挤满了官僚、记者和商人，于是我搭乘了一艘中央广场穿梭航班，到了天龙星七号的主干道。该星球的重力令许多人气馁——我也未能幸免——但这也意味着这里的酒吧不会人满为患，来这里喝酒的人也不会带有其他什么目的。

我选择的是一家单层酒吧，这幢建筑几乎被掩埋在主要商业棚架的支撑廊柱和服务斜道下，里面很黑：黑暗的墙，黑暗的木头，黑暗的顾客——我的皮肤有多苍白，他们就有多黝黑。但这是个喝酒的好地方，于是我走了进去，点了杯双份苏格兰威士忌，随着酒一杯杯下肚，我的神志也愈加陷入其中。

就算在那儿，我也逃不开悦石的魔爪。在屋子远远的那头，一部平面电视机显示出悦石的脸庞和她身后全国广播时使用的蓝金相间的背景。另外几名饮酒者都聚在那边观看。我听见断断续续的演说词：“……为确保霸主公民的安全以及……绝不允许对环网或者我们的同盟造成任何威胁，哪怕以……因此，我已经授权了一项正式军事行动……”

“把那该死的东西声音调低点！”我惊讶地意识到自己在大叫。那些顾客转过头来恶狠狠地瞪了我一眼，但还是把声音调小了。悦石的嘴唇还在嚅动，我望了一阵，然后朝男招待挥了挥手，又要了杯双份。

过了一会儿，也许过了几小时，我放下酒杯，抬起头，发现黑暗的房间里有个人正坐在我正对面。我花了一点时间，用力眯起眼睛，想要在蒙眬中看清楚那个人是谁。一瞬间我以为那是芬妮，登时心跳加速，但是我又眨了眨眼睛，然后说道：“弗洛梅女士。”

她依然穿着我在早餐时间看见的那身蓝色礼服。不知怎的，那胸线似乎裁剪得更低了。在近乎黑暗的房间里，她的脸和肩膀似乎散发着光芒。“赛文先生，”她说道，几乎是在低语，“我来，是要你兑现你的承诺。”

“承诺？”我挥手叫男招待过来，但是他没有反应。我皱皱眉，注视着戴安娜·弗洛梅。“什么承诺？”

“当然是为我画像。你忘了自己在宴会上的承诺了吗？”

我打了个响指，但是那个傲慢的招待还是不愿屈尊往我的方向看看。“我为你画过像了。”我说。

“是的，”弗洛梅女士说道，“但不是全身像。”

我叹了口气，喝干了最后的苏格兰威士忌。“我在喝酒。”我说。

弗洛梅女士微笑道："如我所见。"

我站起身去找男招待，好好想了想这个问题，然后慢慢地坐上饱经风霜的木凳。"哈米吉多顿，"我说，"他们是在拿世界末日当游戏玩。"我仔细地看了看这个女人，略略眯起眼睛，好把她看清楚。"你知道那个词吗，女士？"

"我相信他不会再给你任何酒了，"她说，"我住的地方有酒。你可以边喝边画。"

我又眯起眼睛，这次是在使手腕。我也许是稍微多喝了一点苏格兰威士忌，但是酒精并没有削弱我的意识。"你丈夫？"我说。

戴安娜·弗洛梅又笑了，真是光彩照人。"他要在政府大楼过上几天呢，"她说道，这次是真正的低语，"在这么重要的时刻，他不可能离权力之源太远的。来吧，我的车就在外边。"

我不记得自己付了账，但是我想我应该是付了。或许是弗洛梅女士付的。我不记得她把我扶出酒吧，但是我觉得另有他人把我扶了出去。也许是个司机。我记得一个穿着灰色上衣和裤子的人，记得我曾靠在他身上。

电磁车有个气泡形的拱顶，外面看起来是个球面镜，但从我们坐着的深凹软垫中望出去，那玻璃又相当透明。我数了数，我们经过了两个入口，然后驶出了中央广场，向远处开去，开始在一片炎黄天空下的蓝色田野之上爬升。精工细装的房屋矗立在山顶上，全是由某种乌木制成，周围都是罂粟田和青铜色湖泊。是复兴之矢？这种时候要搞清楚这样一个问题实在是太难了，于是我把头靠在拱顶上，决定休息片刻。我得为了给弗洛梅女士画像而休息一下……呵呵。

田园在身下飞逝而过。

05

费德曼·卡萨德上校紧紧跟着布劳恩·拉米亚以及霍伊特神父，顶着沙暴朝翡翠茔进发。他没对拉米亚说实话；尽管他们周围电荷闪烁，但他的夜视镜和热感器都还能正常运作。跟着他们两个似乎是找出伯劳的绝好机会。卡萨德记起了希伯伦的岩狮狩猎——用一只拴着的山羊作饵，然后守羊待狮。

卡萨德在整个宿营地周围都留下了指示器，从这些指示器传来的数据在他的战术显屏上闪烁，并通过他的植入物在他耳边低语。撇下温特伯和他的女儿、马丁·塞利纳斯以及领事，让他们在营地熟睡，除了自动装置和警报没有任何保护，这没什么，完全是预期中的风险。但卡萨德紧接着转念一想，他怀疑自己到底能不能阻止伯劳。他们都是山羊，都被拴着，等待着。卡萨德决定要在死前寻找到的是那个女人，那个叫作莫尼塔的幻影。

风力慢慢加剧，席卷着在卡萨德身边尖啸，把正常的能见度减到了零点，并击打着他的紧制装甲。沙丘在电荷作用下发着光芒，他大步迈进，以确保拉米亚的热踪迹清晰见于视野，微型闪电在他的靴子和两腿周围噼噼啪啪地响。从她打开的通信志传来的信息源源流入。霍伊特关闭了频道，只能得知他还活着，并且在移动。

卡萨德从狮身人面像外张的翅膀下经过，感受着头上看不见的万吨重量，它就像一个巨大的靴跟悬挂在那里。然后他转身走下山谷，红外线视野中的翡翠茔是一座没有热踪迹的建筑，带着冰冷的轮廓。霍伊特进入了半圆形的入口；拉米亚在他身后二十米外的地方。山谷中没有其他活动的东西。来自帐篷处的信号被卡萨德身后的夜色和沙暴重重阻挡，但还是显示索尔和婴孩正在熟睡，而领事正清醒地躺着，但没有任何动作，营地范围没有外敌侵入。

卡萨德滑下武器的安全栓，飞快地朝前走去，他的长腿迈着大步。那一刻，他宁愿放弃自己的一切，只要能够接上一个侦察卫星，只要能让自己的战术频道变得完整，千万不要再在这样七零八落的情况下处理如此片面的景象。他穿着紧致装甲耸了耸肩，继续前进。

布劳恩·拉米亚几乎没法自行走完距离翡翠茔的最后十五米。风力累积，已经成了狂风，而且还在逐渐增强，推挤着她一路前行，有两次她都脚下失足一头栽进沙里。现在，真正的电闪雷鸣开始发作，巨大的光带突然爆发，劈裂了天空，照亮了前头发光的墓冢。她确信在这样的情况下，营地中不可能还有人睡得着，于是两次试图呼叫霍伊特、卡萨德或者其他人，但她的通信志和植入物回馈给她的只是静电噪音，它们的宽频波段上也只有杂乱不清的声音。第二次跌倒之后，拉米亚跪在地上朝前看去；自从隐约瞥见他朝入口移动以来，再也没看见霍伊特的影子。

拉米亚抓紧她父亲的自动手枪，站起身，决定在狂风的推搡中走完最后的几米。她在入口处的半圆前停了一会儿。

不知是由于沙暴和静电反应的作用，还是其他什么原因，翡翠茔现在闪着明亮的胆汁状绿光，沙丘也被微微染上了这种颜色，使得她的手腕和双手看起来像是从墓里挖出来的东西。拉米亚最后试了试，试图在通信志上和谁取得联系，未果，然后她走进了墓冢。

身属具有一千两百年历史的耶稣会的雷纳·霍伊特神父，佩森新梵蒂冈居民，教皇乌尔班十六世陛下忠诚的奴仆，正在口吐下流之词。

霍伊特迷路了，他全身疼痛难忍。翡翠茔入口附近的宽阔房间现已变得相当狭窄，走廊总是弯弯绕绕，最后又回到出发的地点。现在，霍伊特神父已经迷失在了一系列地下墓穴之间，在发着绿光的墙壁间游荡。先前他们在这座墓穴中探过险，他自己还有一份地图，不过忘了带，可是他却不记得有发现或提到过这样一个迷宫。自己加上保罗·杜雷的疼痛，自从毕库拉部落在他身上植入了两个十字形就一直伴随着他，现在以前所未有的烈度威胁着他，他都快要被逼疯了。

走廊再次变得狭窄。雷纳·霍伊特高声尖叫，且没有意识到自己正在尖叫，也没有意识到他所叫出的话语——自从他告别童年时代起就再也没用过这些词。他想要解脱。从痛苦中解脱。从背上背负着的十字形线虫里杜雷神父的DNA、人格……杜雷的灵魂……这些重担下解脱。从自己胸膛上十字形承载的邪恶重生这个可怕的诅咒下解脱。

但是哪怕霍伊特在尖叫，他也知道不应由已死的毕库拉为他的痛苦承咎；殖民者迷失的部落，从他们自己的十字形中重生，世世代代，最后全都变成了傻子，纯粹成了传递他们自己DNA和身上线虫DNA的载体，他们都是神父……伯劳的神父。

耶稣会的霍伊特神父带着一小瓶受过教皇陛下祝福的圣水，一份在隆重的大弥撒受过圣点的圣餐，还有一份基督教驱魔的古老经卷。这些东西现在都被遗忘了，封在他斗篷口袋里的一个有机玻璃圆瓶中。

霍伊特跌跌绊绊地撞在一面墙上，再次尖叫起来。疼痛现在成了一股无法描述的力量，就算是他刚刚在十五分钟以前注射的满剂量超级吗啡，对它也无济于事。霍伊特神父尖叫着，往衣服上乱抓，撕开了厚重的斗篷、黑色上衣和神父领、短裤、衬衫，然后是贴身内衣，最后他赤身裸体，在痛苦和寒冷中瑟瑟发抖。翡翠莹的走廊熠熠生辉，他对着夜幕，高声叫喊着污言秽语。

他又跌跌绊绊往前走，找到了入口，然后爬进了一间房间，那房间比他记忆中所探查到的所有房间都大。光秃秃、半透明的四面墙壁矗立在空旷的房间中，各有三十米高。霍伊特脚下一软，趴在地上，他朝下看去，发现地板已经变得几乎透明。他正望着地板薄膜下一条垂直的深井；那口深井径直垂下，距地面大约一公里的地方正熊熊燃烧。房间充满了身下遥远火光照射而来的橘红色律动。

霍伊特翻身侧躺，放声大笑。如果这是某人为他召集出的一幅地狱图景，那这人就大错特错了。霍伊特对地狱的看法是触知性的；它是体内不停迁移的痛苦，像是参差不齐的金属线划过他的血管和内脏。地狱是关于那些阿马加斯特贫民窟中将要饿死的孩童的记忆，是那些想把男孩派到殖民战场上送死的政客脸上的笑容。地狱是想到在他的生命里，或是在杜雷的生命里，耶稣教会灭亡的时候，它最后的信仰者只剩下少数几个年老的男女，他们全数坐在一起也只能填满佩森大教堂的几排长椅。地狱，是心口带着令人嫌恶地搏动着的温暖十字形；是带着此种邪恶，念祷清晨弥撒时的虚伪。

一阵热空气突然涌入，霍伊特看见地板有一部分滑开，显出一扇活板门，可以从中到达下面的深井。房间里充满了硫黄的臭味。霍伊特不禁嗤笑这样的陈腐手法，但是仅几秒间，嗤笑就变为了抽泣。他现在双膝跪地，用染血的指甲挖着他胸膛和背上的两个十字形。十字形的伤痕似乎在红光下微微发光。霍伊特听见身下火苗熊熊燃烧的声音。

“霍伊特！”

他一面抽泣一面转过身，看见一个女人的身影出现在门口。拉米亚！她的目光越过他，朝他身后看去，手中举起一把古老的手枪。双眼睁得大大的。

霍伊特神父感受到了身后的热量，听到隆隆的咆哮，像是远处火炉传来的声音，但是在那声音之上，他突然听到了石头上金属的滑动和摩擦之声。脚步声。霍伊特依然抓着胸前沾满血迹的伤痕，转过身，膝盖在地板上擦破了皮。

他先看到的是影子：十米高的锐角、荆棘、刀刃……铁管般的双腿，在膝盖和脚踝处有拢成圆形的曲剑刀刃。然后，在热光和黑影的搏动之中，霍伊特看见了双眼。千面体……一千面……红得煞眼的激光从红宝石双球体间发射而来，其下是钢铁荆棘的领口和水银的胸膛，反射着火焰和阴影……

布劳恩·拉米亚正举着她父亲的手枪开火。清脆的响亮之声不断回荡，在火炉的怒吼声中显得软弱无力。

雷纳·霍伊特神父转身面对着她，他举起一只手。“不，不要！”他尖叫道，“它会满足一个愿望！我得向它……”

伯劳，刚才还在**那里**——五米远的地方——突然出现在了**这里**，距离霍伊特只有一臂之遥。拉米亚停止了射击。霍伊特抬头往上看去，看见自己的影子倒映在这怪物被火擦亮的铬金胄甲上……

但那一刻，他在伯劳的眼睛里也看到了别的什么东西……但转瞬即逝，与此同时，伯劳也不见了。霍伊特缓缓举起手，摸了摸自己的喉头，几乎是昏头昏脑地，他眼看着瀑布般流淌的鲜红液体，覆盖了他的手掌、他的胸膛、十字形、他的腹部……

他转身面对着门口，看见拉米亚依然瞪着眼睛，眼神中依然充满恐惧和惊吓，但不是因为伯劳，而是因为他，耶稣会的雷纳·霍伊特神父。在那一刻，他意识到痛苦已经**褪去了**，他张嘴想要说话，但是出来的，只是更多的鲜红液体，像是红色的间歇喷泉。霍伊特又朝身下看去，第一次注意到自己全身赤裸，他看着鲜血从他的下巴和胸膛滴落，如暴雨般滴落到现已变得黑暗的地面，他看着鲜血喷涌而出，像是有人弄翻了一桶红颜料，然后他再也看不见任何东西，脸部朝下坠入身下遥远……遥不可及的……地面。

06

戴安娜·弗洛梅的身体真是美容科学和基艺技术所能产生的极致。一觉醒来，我在床上躺了片刻，欣赏着她的身体：她转身背对着我，背部、臀部和双肋经典的曲线比欧几里得所发现的任何几何形状都要美丽且摄人心魄，在背部下方，那令人心驰神荡的圆润的乳白色臀部之上，能看见两个凹窝，丰满的大腿以柔和的角度相交，从后面看来竟比任何男子形体所能呈现的要更为性感和结实。

戴安娜女士正酣然而眠，或者是在装睡。我们的衣服乱七八糟地扔在一张宽大的绿色地毯上。光线很模糊，带着淡淡的洋红和蓝色，从宽阔的窗户涌入，透过其间能看见灰色和金色的树冠。身旁、身下，还有我们乱扔的衣服上方散乱地摆着好几大张绘图纸。我朝左侧过身子，拾起一张纸，看见上面匆忙而潦草画就的乳房、大腿和匆匆改画的手臂，一张没有五官的脸。要在酒醉且被勾引的情况下写生，从来都不是高质艺术的准则。

我呻吟了一声，翻身仰面躺下，研究起头顶二十英尺之上天花板上的刻纹蔓叶装饰。如果睡在我身边的女人是芬妮，我将永远也不愿离开。可事实并非如此，于是我从被子下滑出，找到我的通信志，注意到现在已经是鲸逖中心的清晨——我与首席执行官的预约已经过了十四小时——于是我匆匆跑到浴室寻找治疗宿醉的药丸。

戴安娜女士的药箱里有好几种药品可选。除了常见的阿司匹林和内啡肽，我发现还有兴奋剂和安定药、闪回注射器、催情真皮、分路雷管、大麻吸入器、非许可烟草香烟，还有上百种不太容易辨认的药物。我找到一个玻璃杯，强迫自己吞下了两颗速醒药丸，几秒内，我便马上感到恶心和头痛都消失了。

回到房间的时候，戴安娜女士已经醒了，正坐在床上，依然没有穿衣服。我笑了一下，然后看见东门口有两个男人。两人都不是她的丈夫，虽然都跟他一样强壮，而且和他是一个类型，脖子短，拳头像铁锤，下巴黝黑，不过这些特性在何蒙德·弗洛梅身上演绎到了极致。

我确信，在人类历史的漫长发展中，会有一些这样的男人，当他们意外全身赤裸地站在两名穿得严严实实、或许心怀叵测的陌生人面前时，面对这样的对手，可以**毫不**畏缩，**没有**想要遮掩自己的阳具弓起身的冲动，也**不会**感到自己全无防备、处于劣势……但我不是那种男人。

我弓起身，遮住我的腹股沟，朝浴室一步步退去，嘴里说道："什么……谁……？"我朝戴安娜·弗洛梅看去，希望她能给我一个解释，但我看见的是她脸上挂着的笑容……那笑容正和我第一次从她双眼中看见的残忍一模一样。

"抓住他。**快！**"片刻前还是我爱人的女人命令道。

我及时冲进浴室，伸手去抓手控开关，想把门关上，但两个人中离我较近的那个已经立刻来到我面前，抓住了我，把我推回卧室，然后把我扔给了他的搭档。这两人都是从卢瑟斯或者同等高重力的星球来的，或者他们特意只吃类固醇食物，生活在参孙密室里，因为他们把我扔来扔去，简直不费吹灰之力。他们的身材有多魁梧，对我来说都没有什么区别。我虽然曾当过校园斗士（时间很短），但我的人生……关于我人生的记忆……很少出现暴力的场景，特别是我在一场混战中获胜了之后，这样的事情就发生得更少了。我朝这两个拿我当猴耍以自娱的人看了一眼，立即发现他们就是那种人们会从书上读到却不太会相信他们存在的人——他们把别人骨头折断、鼻子揍扁，或者是膝骨击裂时，心中产生的愧疚感程度，还不及我扔掉一支有瑕疵的触控笔。

“**快些**。”戴安娜又嗞嗞地命令着。

我彻底接入数据网、房间的记忆、戴安娜的通信志纽带、这两个受雇暴徒和信息世界纤细的联系……现在我已经知道自己身在何处：这里是弗洛梅的乡间庄园，距离派尔首都六百公里远，位于经过环境改造的复兴之二农业带……也清楚地知道了这些暴徒是何人：德斌·法鲁斯和赫米特·郭马，天国之门擦洗工联盟的工厂安保人员……却不明白为什么其中一人要坐在我身上，用膝盖抵着我的腰背部，而另一个要用他的鞋跟猛踩我的通信志，然后把一副渗透性箍带套上我的手腕，套上我的手臂……

我听见嗞嗞声，心里放松下来。

“你是谁？”

“约瑟夫·赛文。”

“那是你的真实姓名吗？”

“不是。”我感觉到吐真剂的效用，也知道只需走开，步回数据网，或是完全退回内核，就可以打乱他们的计划。但是那也就意味着，我的身体会听任提问者摆布。所以我选择了留在那儿。虽然闭着双眼，我还是听出了下一句话出自谁之口。

“你**到底**是谁？”戴安娜·弗洛梅问道。

我叹了口气。要真正诚实地回答这个问题可真不容易。“约翰·济慈。”最终我这么说。他们一片沉默，我知道这个名字对他们来说毫无意义。那可能意味着什么吗？我自问道。我曾经预言说声名将如“水上书”。虽然我动弹不得，也无法睁眼，但要完全接入数据网，跟随这帮暴徒的存取向量还是没有问题的。公共档案向他们提供的名单上列出了八百个约翰·济慈，诗人的名字也是其中之一，但他们似乎对一个九百年前已经死去的人没有多大兴趣。

“你为谁工作？”这是何蒙德·弗洛梅的声音。不知怎的，对此我只是略微有一点惊讶。

“没人雇我。”

他们交头接耳了一番，语声产生的微弱多普勒效应随之改变。“他能忍得住药物作用？”

“没人**耐得过**，”戴安娜说道，“药物起效的时候，他们甚至会寻死，但没人能耐得住。”

“那到底是怎么回事？”何蒙德问道，“悦石怎么会在战争前夕带一个无名小卒进议会？”

“我说，他听得见你说话。”另一个人的声音说道——是那两个暴徒之一。

“没关系，”戴安娜说道，“反正审讯完，他也活不了。”然后她的声音再次传来，直接冲着我。“为什么首席执行官要邀请你去议会……约翰？”

“我不确定。可能是想得到点关于朝圣者的消息。”

“什么朝圣者，约翰？”

“伯劳朝圣者。”

有人想要说话。“嘘。”戴安娜·弗洛梅喝止道。然后她再次问：“是那些在海伯利安上的伯劳朝圣者吗，约翰？”

“是的。”

“那场朝圣现在还在进行？”

“是的。”

“那为什么悦石要问你呢，约翰？”

“我能梦见他们。”

传来一阵厌烦的声音。何蒙德说道：“他疯了。用了吐真剂，居然还不知道自己是谁，现在又跟我们说这些乱七八糟的东西。我们干脆把他了结了，然后——”

“闭嘴，”戴安娜女士说道，“悦石可没疯。是她邀请了他，记得吗？约翰，你说你能梦见他们，是什么意思？”

“我能梦见第一个济慈重建人格的感觉。”我回答道。声音很低沉，就像是在说梦话。“他们谋杀他的肉体的时候，他把自己的意识通过物理连接接入了其中一个朝圣者，现在他就在他们的微网中游荡。不知怎的，他的所知所感就进入了我的梦境。或许，我的行动也进入了他的梦境，但我不得而知。”

“疯了。”何蒙德说道。

“不，不。”戴安娜女士说道。她的声音充满了紧张感，几乎是有些惊愕。

“约翰，你是个赛伯人吧？”

“对。”

“噢，老天爷。”戴安娜女士说道。

“赛伯人是什么东西？”一个暴徒说道。他的音调很尖，音色听起来像是个女人。

有一阵子没人说话，然后戴安娜开口了。“笨蛋。赛伯人就是内核创造的人类模拟体。上个世纪他们被宣布非法以前，曾经有一部分在顾问理事会任过职。”

“就像是机器人那种东西？”另一个暴徒问道。

“闭嘴。”何蒙德说。

“不是，”戴安娜回答道，“赛伯人在基因上是无可挑剔的，他们是以旧地人类的DNA为蓝本重建的身体。你所需要的只是一块骨头……一绺头发……约翰，你能听到我说话吗？约翰？”

“能。”

“约翰，你是个赛伯人……那你知道自己的人格模板是谁吗？”

“约翰·济慈。”

我听见她深吸了一口气。“约翰·济慈……是谁……到底是何方人士？”

“是个诗人。”

“他是哪个时代的人，约翰？”

“生于一七九五，卒于一八二一。”我回答。

“哪种纪年，约翰？”

“旧地公元纪年，”我说，“大流亡前。现代——”

何蒙德的声音插了进来，显得相当激动不安。“约翰，你现在……现在是不是在和内核联系？”

“对。”

“你能……即使用了吐真剂，你也能自由地和它交流？”

“是的。”

“哦，妈的。”声音尖细的那个暴徒说道。

“我们得赶紧离开这里。”何蒙德厉声说道。

“再过一分钟，”戴安娜说，“我们得搞清楚……”

“我们能不能把他带走？”声音低沉的那个暴徒问道。

“蠢猪，”何蒙德说道，“要是让他活着，与数据网和内核联系……见鬼，他在内核中**生活**，他的心智在那里……然后他能向别人求援，不管是悦石、执行部门、军部，还是**任何一个人！**”

“闭嘴，”戴安娜女士说，“等我问完，咱们立马就杀了他。再问几个问题。约翰？”

“我在听。”

“为什么悦石想知道伯劳朝圣者身上发生的事？这跟与驱逐者进行的战争有什么联系？”

“这我吃不准。”

“狗屁，”何蒙德小声说道，“咱们快走吧。”

“别说话。约翰，你是从哪里来的？”

“过去的十个月里我住在希望星。”

“那之前呢？”

“之前住在地球。”

“哪个地球？”何蒙德问道，“新地？地二？地城？哪一个？”

“地球，”我说道，然后我记起来了，“旧地。”

“**旧地**？”其中一个暴徒说道，“放你娘的狗屁。你们不走我可走了。”

传来一阵烤熏肉的嗞嗞声，那声音来自武器发出的激光。我闻到一股比烤熏肉还要香的味道，然后听到“砰”的一声巨响。戴安娜·弗洛梅说道：“约翰，你说的是你的人格模板以前在旧地的生活吗？”

“不是。”

“**你**——你的赛伯体——以前住在旧地？”

“是的，”我说，“我是在那里起死回生的。就在西班牙广场我死去的同一间屋子里。赛文不在那儿，但克拉克医生和其他一些人都……”

“**他疯了，**”何蒙德说道，“旧地都已经毁灭四百多年了……除非赛伯体可以活四百多年……？”

“没有。”戴安娜女士尖声说道，“闭嘴，让我问完。约翰，为什么内核……把你带了回来？”

“答案我并不确知。”

“那是不是和人工智能之间的内战有一定程度的联系？”

“也许吧，”我说道，“很可能。”她问了个有趣的问题。

“是哪一派创造了你？终极派、稳定派，还是反复派？”

“我不知道。”

我听见一声恼怒的叹息。“约翰，你有没有向任何人通报你现在身处何处，身陷何事？”

“没有。”我回应道。从这一点可以看出，这位女士的智商真是不敢恭维，竟然过了这么久才想起问这个问题。

何蒙德也长嘘一口气。“棒极了，”他说道，“我们得快点从这个鬼地方出去，趁着……”

“约翰，”戴安娜说道，“你知不知道为什么悦石要制造这场和驱逐者的战争？”

“不知道，”我说，“确切说来，也许有很多原因。最有可能的原因是——这是她用于对付内核的策略，可以用此与之谈判。”

“为什么？”

“内核领导层只读存储器的成员惧怕海伯利安，”我说，“整个银河中所有的变量都可以量化，只有海伯利安是其中的一个未知变数。”

“**谁**害怕，约翰？是终极派、稳定派，还是反复派？人工智能的哪一派惧怕海伯利安？”

“三派都怕。”我说。

“扯淡，”何蒙德低声说道，“听着……约翰……光阴冢和伯劳跟这些东西有没有关系？”

“有，而且有相当大的关系。”

“怎样的关系？”戴安娜问。

“我不知道。没人知道。”

何蒙德，或者是其他什么人，狠狠地朝我的胸口猛击了一拳。“你是说那他妈的内核顾问理事会没有预见到这次战争和这些事件的结果？”何蒙德怒吼道，“你是不是期望我相信，悦石和议会在没有可能性预报的情况下就发动了战争？”

“不是，”我说道，“关于这个早在几百年以前就已经有过预言了。”

戴安娜·弗洛梅突然急促地说道：“预言的内容是什么，约翰？快点说。”那声音听起来就像是一个孩子突然得到了一大堆糖果。

我口干舌燥。吐真剂血清已经榨干了我的唾液。“它预言了战争，”我说，“参与伯劳朝圣的朝圣者的身份。霸主领事的背叛行径，他将激活一项装置，将会打开——已经打开了——光阴冢。伯劳祸根的现身。战争以及伯劳祸根带来的结果……”

“结果是什么，约翰？”这个女人轻声问道，几个小时前我刚和她做过爱。

“霸主的终结，”我说，“环网的毁灭。”我试图舔舔嘴唇，但就连我的舌头也已经发干。“人类的末日。”

“噢，老天爷，”戴安娜小声说道，“预言可不可能出了错误？”

“不会，”我说，“更准确地说，在海伯利安对结果的影响这一点上，不会出错。其余的变数也应纳入考虑范围。”

“杀了他，”何蒙德·弗洛梅大叫道，“杀了这怪物……我们好从这里出去，告知哈布里特和其他人。”

“好的，”戴安娜女士说道，然后等了一秒钟，“不，不要用激光，你这个蠢货。我们就按照计划给他注射致命剂量的酒精。来，帮我托着渗透性箍带，我给他连上滴液器。”

我的右臂感受到一阵压力。一秒钟后我听到一阵爆炸声，感受到一阵冲击，听到一声惨叫。我闻到一阵烟味和电离空气的味道。一个女人尖叫起来。

“把箍带给他解下来。”利·亨特说道。现在我已经能看见他站在那里，依然穿着老式的灰色制服，身边围着一群执行部安保突击队成员，他们全身裹着紧致装甲和变色聚合服。一个比亨特高出两倍的突击队员点点头，把地狱之鞭扛在肩上，冲过来执行亨特的命令。

在一个我已经监视了一段时间的战术频道，我看见自己的一幅转播影像……全身赤裸，仰面八叉地躺在床上，胳膊上扣着渗透性箍带，胸腔逐渐泛起瘀青。戴安娜·弗洛梅、她丈夫，还有其中一个暴徒不省人事地躺在地上，但是没有死，房间地面上早已布满了碎砖和玻璃喳。另一个暴徒横躺在门口，上身的颜色和质感看起来像是一块烤焦过头的牛排。

“你还好吧，赛文先生？”利·亨特一面问，一面扶起我的头，然后把一个薄膜氧面罩覆在我的嘴和鼻子上。

“嗯……”我说，“还熬。”[①]我游回自己意识的表面，像一个

① 赛文因痛苦而口齿不清。

潜泳者正以极快的速度从深处上升。头疼得要命。肋骨也疼得无以言表。双眼还不能完全起作用，但是透过战术频道，我能看到利·亨特的薄嘴唇微微抽动了一下，我想他这个动作应该是要展示一下笑意。

“我们会帮你穿好衣服，”亨特说道，“在回程途中给你弄点咖啡。电磁车会载你飞回政府大楼，赛文先生。同执行官大人的会晤，你迟到了。”

07

平面电影和全息电影中的空间战役总是让我昏昏欲睡，但观赏真正的战斗确实令人入迷：就像是在看连环车祸的实时报道。实际上，就制作水准而言，真实的纪录片甚至比中等预算的全息影剧还要低（好几个世纪以来，这毫无争议一直是影界事实）。就算是拥有巨大的能量，一个人在面对真实的空间战役时总会不由自主地感到空间是如此庞大，人类的舰队、飞船、无畏级战舰和无名小卒都渺小得**微不足道**。

我坐在战术情报中心，也就是所谓的战略决议中心里，身边是悦石和她的蠢汉军官，四面大型的全息图框包围了我们，深层摄影和扬声器传送来的超光信息填满了整个屋子：无线电在战斗机之间喋喋不休，战术指挥频道咔嗒作响，各宽频波段、光激射频道和可靠超光线路上满载着舰船之间的直接信息，战场上所有的喊声、叫声、呼声和咒骂声成为了以无线电信号和人类声音为媒介的所有媒体的首要内容。我望着变为二十平方米大小的墙面空洞伸向无限远处，心里便作如是想。

这是一出完全混乱的闹剧，一个对混沌的功能型定义，一场无可救药的暴力行为的群魔乱舞。这是战争。

悦石和她的一大堆手下坐在这片噪音和光线的中央，战略决议中心如同铺着灰色地毯的矩形飘浮在星丛和爆炸声中，海伯利安的边缘发出湛青色的光芒，填满了北面全息投影墙的一半，垂死男女的尖叫声从每一个频道传来，充斥着我们每一个人的耳膜。我也属于悦石身边那堆人之一，能出现在此地既是荣幸，更是背运。

首席执行官坐在高背椅中，她旋过身，十指交叉，两根食指敲了敲下唇，然后转向她的军事顾问理事会。“各位意下如何？”

七名挂满勋章的军官先是面面相觑，然后其中六个都向莫泊阁将军望去。将军正叼着一支没有点燃的雪茄凝眉沉思着。“不尽如人意，”他说，“我们正在拼力抵抗，不让他们接近远距传输点……那里的防御一切顺利……但是他们已经深入，远远地深入了星系内部。”

“元帅认为呢？”悦石问道，头略微侧了侧，直视着身着军部太空部队黑色制服的高大瘦削的男人。

辛格元帅摸了摸自己修得极短的胡须。“莫泊阁将军说得对。战斗确实没有按计划如期进行。”他朝第四面墙点点头，那里有好几张图表——大部分是椭面、卵形和弧弓——一层层覆盖在海伯利安星系的静照之上。其中一部分弧线就在我们的眼前扩大。明亮的蓝色线条代表霸主轨道，红色轨道属于驱逐者。红线的数量远远多于蓝线。

“分配给42特遣部队的两架攻击型航母都已经失去了战斗力，”辛格元帅说，“‘奥林帕斯之影’已经被毁，全体船员殉职，‘天王星站’损伤惨重，但正在返回地月间入坞区域的途中，有五艘火炬舰船为其护航。”

首席执行官悦石缓缓地点了点头，嘴唇碰了碰她的食指。“‘奥林帕斯之影’有多少船员，元帅？”

辛格的棕色双眼和首席执行官的眼睛一样大，却没有她眼中那么深层的忧伤。他迎向她的凝视，两人对视了几秒。“四千二百名，”他说，“不包括六百名海军分遣队队员。他们当中有一些人在海伯利安远距传输站已先行下船，所以我们没有确切的消息，无法得知当时船员的实际人数。”

悦石点点头。她又转头向莫泊阁将军看去。“为什么会突然遭遇困境，将军？”

莫泊阁的表情很冷静，但是他几乎都快咬断那根紧紧夹在牙齿间的雪茄了。“对方的作战部队比我们预计的要多，执行官大人，”他说道，“加上他们的枪骑兵……五人座攻击艇，微型火炬舰船，真的，比我们的远程战斗机速度更快，装备更完备……它们就像小黄蜂一般致命。我们已经摧毁了他们的上百艘舰船，但只要其中一艘突破了防线，就会在舰队防线内部横冲直撞，肆意破坏。”莫泊阁耸了耸肩。“已经有不止一艘突破了防线。”

科尔谢夫议员坐在桌子对面，身旁是七名同僚。他旋转了一定角度，好让自己能够看到战术地图。“看起来，他们几乎都快侵入海伯利安了。”他开口道。这副著名的嗓音有些沙哑。

辛格开口说话了。“请记住这份地图的比例尺，议员。事实上，我们依然占有星系的绝大部分。距离海伯利安恒星十天文单位以内的所有一切都是我们的。战役只在欧特云的外围打响，而我们也在重新部署。”

“那么这些……黄道平面上方的……红色……斑点呢？”李秀

议员问道。只有这名议员穿着红色的衣装；那已经成为了她在议会中的标志之一。

辛格点点头。“一个有趣的战略，”他说，“游群发起了一场攻击，大约有三千艘枪骑兵参与其中，想以此来对付87.2特遣部队电子环形防线的钳形攻势。他们的这些兵力已经被牵制，但我们也不得不赞赏他们的聪明才智——”

“三千艘枪骑兵？”悦石温柔地打断了他。

“是的，夫人。”

悦石笑了。我停止了素描，心里暗自思忖，真庆幸我从没有受恩于那副特殊的笑容。

“昨天的军事简报不是说，驱逐者只会派出六……七百作战单位，**不可能更多**？”当时这句话是莫泊阁说的。于是首席执行官悦石旋过身面对着将军。莫泊阁的右眉弓了起来。

将军拿开雪茄，对着它皱了皱眉，然后又从下齿的后方摸出断在嘴里的雪茄屁股。“那是我们情报机构的报告。出了错。”

悦石点点头。“人工智能顾问理事会参与那项情报评估了吗？”

所有的目光都转向阿尔贝都顾问。那是个完美的投影：他和其他人一起坐在椅子中，双手微弯，搭在扶手上，姿势极为放松；通常移动投影都会有些朦胧，或者缺乏实体感，但这个投影完全没有这些缺陷。他长着一张长脸，拥有高高的颧骨和灵活的嘴唇，哪怕在最严肃的时刻，也似乎带着一种讽刺的微笑。这恰是一个严肃的时刻。

“没有，执行官大人，”阿尔贝都顾问说道，“没有人要求顾问理事会评估驱逐者的力量。”

悦石点点头。“我想，”她说，这句话依然是针对莫泊阁，

“军部情报人员的报告出来时，应该已经和理事会的预测组合过。”

军部地面部队将军瞪着阿尔贝都，满眼仇恨的目光。“不，夫人，”他说，“既然内核承认与驱逐者没有任何联系，我们认为他们的估测不会比我们的好多少。我们运行评估程序时，运用的是奥校[①]历战网的总人工智能网。”他把咬掉了一大截的雪茄塞回自己的嘴里。那下巴很尖，说话的时候雪茄一直不离口。“理事会所做的能比我们好多少？”

悦石看着阿尔贝都。

顾问右手长长的手指微微动了动。“我们的估计……对于这个游群……显示有四到六千作战单位。”

“你——”莫泊阁涨红了脸吼道。

“在整个简报的过程中，你从头到尾都没有提到这一点，”首席执行官悦石说道，“在我们早些时候的商议中，你也从没谈起过。”

阿尔贝都顾问耸耸肩。“将军说得对，”他说，“我们与驱逐者没有任何接触。我们的估计与军部的相比，也并不可靠多少，只是……它是基于一个不同的前提。奥林帕斯指挥学校的历史战略网络干得相当好。如果那里的人工智能的图灵·德木勒等级的敏锐程度再高一些，我们可能会把它们带入内核。”他又做了个优雅的手势。“但目前的情况是，理事会的前提只有在作未来计划的时候才有用。我们，当然，将会在任何时候将所有评估都移交给你们。”

悦石点点头。“那就马上这么做吧。”

她转身面对着屏幕，其余的人也照她的样子做。房间的监视器

---

① 奥林帕斯指挥学校的简称。

感觉到了寂静，于是把扬声器的音量稍稍调高了一点，我们便再次听到了胜利的呼喊、求救的哭泣，还有关于阵势、射击控制指示和命令的平静叙述。

最近的一面墙上显示着从火炬舰船“恩贾梅纳”号霸舰传来的实时信息，它正在B.5战斗群翻滚的碎片之间寻找幸存者。眼前那艘正在接近的火炬舰船已经被毁，放大一千倍之后，看起来像是一颗中间被炸开的石榴，种子和红色外壳以慢速度向四处散去，翻腾起伏，形成一大片一大片的云雾，都是些微粒、气体、冰冻挥发物、上百万从支船架、食品仓库、缠成一团的装备中撕裂开来的微电子，还有许许多多的尸体（他们的手臂和双腿不时地牵扯着，如同牵线木偶，从中可以看出那是一个个人）。“恩贾梅纳”号十米宽的探照灯，已经连续不断地扫过两万英里，投射过星光闪亮的冰冻残骸，一个个单独的物件、一块块残骸面、一张张脸，将它们映照在聚光灯之下。这真是一幅可怖的美丽图景。反射光让悦石的脸看起来越发苍老了。

“元帅，”悦石说，“游群在等到87.2特遣部队传送入星系后，才发动进攻，这说得通吗？”

辛格摸了摸胡须。“您的意思是不是问，这是不是一个圈套，执行官大人？”

“是的。”

元帅朝他的同僚扫了一眼，然后又看向悦石。“我认为不是。我们相信……我相信……驱逐者在发现我方的重兵部署之后，才作出了相应的回应。然而，这确实意味着，他们完全下定了决心，想要占领海伯利安星系。”

“他们能办到吗？”悦石问，她的双眼依然盯着头顶上翻涌的残骸。一具年轻人的尸体，身上的太空服只剩下一半，正朝着镜头翻滚而来。那暴突的双眼和肺部清晰可见。

“不可能，”辛格元帅说道，“他们可以屠杀我们，甚至可以把我们完全赶回到海伯利安自身周围的防御范围之内。但是他们不可能击败我们，也不可能把我们赶出去。”

“也不能摧毁远距传输器？”李秀议员的声音很紧张。

“不可能。”辛格说道。

“说得对，”莫泊阁将军说，“我将会尽我职业生涯全数之力，毕功于此。”

悦石微笑着站起身来。于是其他人，包括我自己，也连忙站起来。“你已经尽力了，”悦石温柔地对莫泊阁说道，“你已经尽力了。”她环顾左右。“等到事情紧急之时，我们再在此处碰头。亨特先生将会代我之名与你们联系。同时，女士们先生们，政府工作一切照常。午安。”

其他人依次退场，最后只剩下我一人留在了房间里，我又坐下。扬声器的声音回到了最高状态。在一个波段上，一名男子在哭泣。狂躁的笑声夹杂着静电噪音传来。在我的头上和身后，以及两旁，星野在一片黑暗的背景上缓缓移动，星光冷冷地照射在残骸和遗物之上。

政府大楼是以六芒星的形状建造的，在星形的中心，由矮墙和特意种植的树木围起来的地方，有一座花园：比鹿苑整齐匀称的巨型花地要小得多，但在美景上却丝毫不比它逊色。天色渐暗，我在花园中漫步，鲸逖明亮的蓝白色天空逐渐褪变成金色，此时，梅伊娜·悦石朝我走了过来。

我们一同走了一会儿，谁都没有说话。我注意到她已经更换了衣服，现在穿着一件长袍，正是帕桃发星球上高贵的主妇所穿的那种；宽阔的袍身随风鼓荡，镶嵌着深蓝和金色的复杂精细花样，和这渐暗的天空相当匹配。我看不见悦石的双手，一定是插在隐匿的口袋里了，宽大的衣袖在微风吹拂下略略荡漾；袍摆在小路乳白色的石头上拖曳。

“你任由他们盘问我，”我说，“我很想知道这是为什么。”

悦石的声音很疲惫。“可是他们并没有向外发送信息。不会有信息泄漏的危险。”

我笑了。“然而，你却等到最后一刻才开始实施营救。”

“安全部门希望知道他们所能透漏的一切。”

“却不顾我的感受……把你们的成果……建立在我的麻烦之上。”我说。

“是的。”

“安全部门知不知道他们为谁工作？”

“他们提到了一个叫哈布里特的人，”首席执行官说道，“安全部门确信，他们说的人就是娥缅·哈布里特。”

“阿斯奎斯的商品经纪人？”

“对。她和戴安娜·弗洛梅与由来已久的格列依高的死党有联系。”

“她们的手法真是业余。”我说，想起何蒙德说出了哈布里特的名字，戴安娜的盘诘也全然不成体系。

“当然。”

“格列依高的死党是否与某些重要团体有关联？”

“只与伯劳教会有联系。”悦石说。她停住脚步，小径在这里接着一座石桥，其下是一条小溪。首席执行官撩起她的长袍下摆，在一张锻铁长凳上坐了下来。“你知道，所有的主教都在躲着，没一个人出来。”

“我不会把暴乱与对抗归咎于他们。”我对她说。我依然站着。眼前并没有任何安保人员或是监视器，但我知道只要我胆敢对悦石做出任何威胁性的举动，我将会在执行部安全部门的拘留室中醒来。头顶上，云层中最后一点金光也消失了，现在它们反射着鲸心数不胜数的塔城的银色光芒，炫亮夺目。“安全部门对戴安娜和她丈夫是怎么处置的？”我问。

“他们被彻底地审讯了一番。现在正……在押着。”

我点点头。彻底审讯意味着，哪怕是现在他们的大脑也在布满分路的震荡回流中漂游。他们的肉身可能在低温休眠状态下储藏，直到举行一场秘密的审判，以决定他们的行为是否叛国。在审判之后，他们的身体将被毁灭，戴安娜和何蒙德将依然处于“拘留状态”，所有的感官和交流线路都会被关闭。霸主已经好几个世纪没有执行过死刑，但这另一种半斤八两的刑罚也不会好受。我坐在长凳上，离悦石六英尺远。

“你还在写诗吗？”

我对她的这个问题颇感惊讶。我朝下看了一眼花园小径，那里飘浮的日本提灯和隐匿的荧光球刚刚放出光芒。“没有真正地写，”我说，“有时候我会梦见有诗意的梦境。我以前曾经……”

梅伊娜·悦石双手紧握，搁在自己的大腿，细细审视着它们。“如果要你描述当下正发生的事件，”她说，“你会创造出什么样的诗篇？”

我笑了。“我已经写过了，而且放弃了两次……或者说，那个人这么做过。那是关于神明的死亡，以及他们难以接受自己被取代的事实。它讲的是变化、受苦和不公。这也是诗人描述自身的诗歌……**他**认为自己在如此的不公面前，遭受到了莫大的痛楚。”

悦石看着我。她的脸在渐暗的光线中成了一大片线条与影子的集合。“那这次正被取代的神又是谁，赛文先生？是人类，还是我们创造出来的意图废除我们的虚拟神灵？”

“见鬼，我怎么可能知道？”我厉声说着，转过身，自顾自地欣赏小溪。

“你属于两个世界，不是吗？既是人类，又属于内核？”

我又笑了。“我不属于任何一个世界。我只是这里的一个赛伯怪物，一个研究项目。”

“是啊，可又是谁的研究呢？为了什么目的？”

我耸耸肩。

悦石起身，我跟在她身后，两人跨过小溪，聆听着溪水流过石头的声音。小径在高大的圆石间蜿蜒盘绕，圆石上覆满了精致的地衣，在提灯的光芒中闪着微光。

悦石在一小段石阶的顶端停下脚步。“你觉得内核的终极派能否成功创造他们的终极智能，赛文先生？”

“他们能否创造上帝？”我问，“也有些人工智能不愿意创造上帝。他们从人类的经验中得知，要建立意识的下一个步骤，实质上如果不是自取灭亡，就是招致对方对自己的奴役。”

“但是一个真正的上帝会让他的创造物灭亡吗？”

“在内核和它们假设的终极智能的这个例子里，”我说，“上帝不是创造者，而是创造物。也许一个神灵必须创造出臣服于它的创造物，并与之保持联系，这样才能让它感受到对他们的责任。”

“然而自从人工智能独立之后，这几个世纪以来，内核显然已经为人类承担了相应的责任。”悦石说。她正热切地注视着我，似乎想通过我的表情揣测出什么东西。

我朝花园外头看去。黑暗中的小径散发着近乎诡异的白光。“内核正在努力自取灭亡。”我说道。这么说的时候我也心知肚明，再没有别的人比首席执行官梅伊娜·悦石对这个事实了解得更多了。

“那么你是不是觉得，在此次自取灭亡的过程中，人类不再扮演被利用的角色？”

我用右手做了个否定的手势。“像我这样的生物不属于任何一方的文化，”我重申道，“既不因无心创造者的天真而身承恩赐，亦不因对他们的创造物极其通晓而心受诅咒。”

“从基因上来讲，你是个完全的人类。”悦石说。

这不是个问题。我没有回答。

“据说耶稣·基督也是完全的人类，”她说，“同时也是完全的神明。人性和神性的交集。”

听到她提到这个古老的宗教，我感到十分惊讶。基督教首先被禅宗基督所取代，然后发展为禅灵教，最后涌现出上百种更为生机勃勃的神学和哲学，百花齐放。悦石的故星并不是收藏被抛弃信仰的博物馆，我猜测——也希望——首席执行官不是刻意收藏它们。

“如果他同时既是完全的人类，又是完全的神明，”我说，“那我就恰是他的反物质形象。”

“不，”悦石说，“在我的想象中，你的朝圣者朋友们正在面对的伯劳，才是这样的东西。”

我盯着她。这是她第一次在我面前提到伯劳，尽管我知道，事实上——她也知道我知道——是她的计划让领事打开了光阴冢，释放了那个怪物。

“也许你也该踏上朝圣之路，赛文先生。”首席执行官说道。

“我在路上，”我说，“不过是以另一种方式。”

悦石做了个手势，于是一扇通往她秘密总部的门打开了。“是的，你确实以某种方式参与了朝圣，”她说，“但是如果携带着你副本的那个女人被钉在了传说中伯劳的荆棘树上，你会不会在你的梦中也遭受永恒的苦难？”

我回答不出，于是站在那里，什么都没说。

“明天早上会议结束之后，我们再谈谈吧，”梅伊娜·悦石说，“晚安，赛文先生。做个好梦。”

08

马丁·塞利纳斯、索尔·温特伯，加上领事，三人蹒跚着往沙丘上跋涉，朝狮身人面像进发，此时布劳恩·拉米亚和费德曼·卡萨德正带着霍伊特神父的尸体在返程的途中。温特伯将披风紧紧地裹在身上，试图保护自己的宝宝不受暴怒的狂沙和闪耀的光线伤害。他望着卡萨德从沙丘上下来，上校黑色的长腿在通电的沙粒上方看起来就像漫画中的形象，霍伊特的双臂和双手悬垂着，伴随着卡萨德的每一次滑动和每一个步履，正轻微地摆动着。

塞利纳斯在尖叫，但是风声湮灭了所有的语言。布劳恩·拉米亚指了指依然矗立的那座帐篷；其余的早已被风暴摧毁或是撕裂。于是所有人一下拥入了塞利纳斯的帐篷。卡萨德上校最后进来，轻轻地把尸体放了下来。帐篷里，在纤维塑料布的拍击声和闪电那如同撕纸般的声音之上，他们的尖叫声清晰可辨。

“死了？”领事大叫着，剥开了卡萨德包裹在霍伊特赤裸身体上的斗篷。十字形闪着粉红的光芒。

上校指了指神父胸前的闪烁信号装置，那是连接到他身体上的一个军部医疗包。除了标志着系统正常运行的纤维和节结上的黄灯亮着之外，其余的灯都变成了红色。霍伊特的脑袋无力地朝后仰去，于是温特伯看见被切断的喉咙那参差不齐的边缘上，一长溜缝合线如百足虫的脚勉强连接在那儿。

索尔·温特伯用手摸了摸他的脉搏，没摸到。他朝前俯过身子，把耳朵贴到神父的胸口上。没有了心跳，但是十字形的伤痕硌着索尔的脸，却是温暖的。他看了看布劳恩·拉米亚。“是伯劳干的？”

“是的……我觉得……我也不知道。”她指了指手里依然握着的古式手枪，“我的弹药都耗尽了。朝它开了十二枪……不管那是什么东西。”

“你看见那怪物了吗？”领事问卡萨德。

“没有。布劳恩进入墓冢之后过了十秒，我就进去了，但我什么都没看见。”

“你他妈的那些军备玩意儿呢？”马丁·塞利纳斯说。他正挤在帐篷的后部，缩成一团，像个胎儿一样。“难道那些军部的狗屎玩意儿都没显示出点什么？”

“没有。”

医疗包响起一阵轻微的警报，卡萨德从弹药带上取下另一条等离子弹药筒，将它装入医疗包的枪膛，然后急忙蹲坐下来，拉下护目镜密切注视着帐篷的开口处。他的声音从头盔的喇叭传出来，像是变了一个人。“他失血过多，我们在这儿没有补给。有没有谁带了急救设施？”

温特伯在自己的背包里翻寻着，几乎都要把它翻了个个儿。“我有一个基本医疗箱。但是对这个情况不太管用。不管是什么东西划过了他的喉咙，一切都被切断了。”

“是伯劳。”马丁·塞利纳斯低声说道。

“都无所谓。”拉米亚说着，双手抱肩，好让自己不再发抖。“我们得帮他。”她看着领事。

“他死了，”领事说，“就算是飞船的诊疗室也无法让他起死回生。”

“我们得试试！”拉米亚大叫道，探过身子抓住领事的外衣前襟。“我们不能丢下他，让他被这些……东西……”她朝死人胸膛上闪闪发光的十字形指了指。

领事揉揉眼。“我们可以把尸体销毁。用上校的步枪……”

“要是不从这该死的风暴里逃出去，**我们都得死！**”塞利纳斯大叫道，帐篷正在震动，纤维塑料每翻腾一下，诗人的头和背就会被猛烈击打一下。沙粒擦着帐篷布发出巨大的声音，听起来就像是外面有一支火箭正在升天。“快把那该死的飞船叫过来。快！”

领事把他的背包拉近了一些，似乎是在保卫里面古老的通信志。面颊和前额上，一颗颗汗珠闪闪发光。

“我们可以找个墓穴，在里面待着，等到沙暴消退，”索尔·温特伯说，“也许，可以去狮身人面像。”

“去你妈的。”马丁·塞利纳斯说。

学者在狭窄的空间里转了个身，盯着诗人。“你不惜大老远地来这里寻找伯劳，现在你是不是想说，既然有了点动静，它似乎已经出现了，于是你就改变主意了？”

塞利纳斯戴着一顶贝雷帽，帽檐拉得很低，后面两只眼睛闪闪发光。“别的我什么都没有说，我只是说，我想让他那艘天杀的飞船到这里来，我要它现在就来。”

“这可能是个好主意。”卡萨德上校说。

领事望着他。

“如果有拯救霍伊特生命的机会，我们就应该抓住它。”

领事陷入了痛苦。“我们不能离开，”他说，“现在不能离开。”

“对，”卡萨德同意道，“我们不会坐飞船离开这里。但是诊疗室可能能帮霍伊特。我们也能待在飞船里等沙暴退去。”

“也许还能搞清楚这儿到底发生了什么。”布劳恩·拉米亚说，她的拇指忽地指向帐篷顶端。

瑞秋正在尖声啼哭。温特伯哄着她，宽大的手掌扶着她的头部。“我同意，”他说，“如果伯劳想要找到我们，不管我们是在船上，还是在这儿，它找起来都不费吹灰之力。我们要保证不会有人离开。”他碰了碰霍伊特的胸膛。“这听起来有些恐怖，但诊疗室将会告知我们线虫衍生的机理，这对环网来说将是无价之宝。”

“好吧。”领事说。他从背包里拉出古老的通信志，将手放在触显上，轻声念出了几个词语。

“它会来吗？”马丁·塞利纳斯问。

“它已经确认了命令。我们得装载好我们的装备，为转移做好准备。我已经下了命令，叫它在山谷入口的上方着陆。”

拉米亚惊奇地发现，自己竟然一直在流泪。她擦擦脸颊，笑了。

“你在笑什么？”领事问。

“所有的一切，”她说，用背在背后的那只手拧了拧自己的脸，“看到这一切，我唯一能想到的就是，要是现在能洗个澡该多爽。”

“要是能喝点酒该多爽。”塞利纳斯说。

“要是有个能躲避沙暴的地方。”温特伯说。他的宝宝正在从一个奶包中吸牛奶。

卡萨德往前探着身子，头和肩膀钻出了帐篷。他举起武器，拨下了安全栓。“信号装置显示，”他说，“有东西正在沙丘上方移动。”护目镜朝其余人转了过来，镜片上反射着挤在一起的一群苍白的人，还有雷纳·霍伊特更为苍白的尸体。“我要出去好好检查一下，”他说，“你们在这儿等着，直到飞船到来。”

“不要走，”塞利纳斯说，“这就像那他妈的一部古老的全息恐怖片里讲的，人们一个个离开……嘿！”诗人突然噤声。帐篷的入口变成了一个充满光线和嘈杂的三角形。费德曼·卡萨德不见了。

帐篷开始散架，沙粒在木桩和线锚身边软磨硬泡，最终，它们都垮了。领事和拉米亚挤到一起，在风声的咆哮之下大声呼喊着，同心协力把霍伊特的尸体包裹在他的斗篷中。医疗包上的生命迹象显示灯继续闪着红光。血已经不再从粗略缝制的百足虫般的伤口流出了。

索尔·温特伯把他四天大的孩子放进胸前的托架，用他的斗篷裹紧了她，然后在入口处蹲下身。“看不见上校！”他大叫道。正留心观察的时候，一击闪电劈中了狮身人面像外张的翅膀。

布劳恩·拉米亚移身到入口处，扛起神父的尸体。尸体竟然如此地轻，令她深感惊讶。“我们把霍伊特神父带上飞船，置入诊疗室。然后就可以派一两个人回来找卡萨德。”

领事把他的三角帽往下拉了拉，然后耸耸肩，好让衣领竖起来。“飞船装有深层雷达和运动传感器。它能告诉我们上校去了哪里。”

“还有伯劳，”塞利纳斯说，“别忘了我们的老怪大人。”

“快走吧。”拉米亚说着，站起身来。她不得不努力顶风而行，才能勉强移动。霍伊特松弛的斗篷下摆在她的身体周围随风拍打，发出啪啦啪啦的声音，而她自己的斗篷也飞起一长条，在身后飘扬。在时断时续的闪电光芒的映照下，她在前头开辟出一条路径，朝山谷的前方进发，途中只回头看了一眼，以确保其他人都跟在后面。

马丁·塞利纳斯一步步走离帐篷，手里扛着海特·马斯蒂恩的莫比斯立方体，他的紫色贝雷帽在狂风的劲吹下不知飞向了何方，一路朝天空爬升。塞利纳斯站在那里，嘴里咒骂着，所用的词句令人咋舌，只在嘴里塞满沙子的时候他才稍微停歇了两秒。

“快来。”温特伯叫道，伸手搭上诗人的肩膀。索尔感觉着沙粒击打着他的脸庞，袭击着他短短的胡须。他的另一只手遮着胸膛，仿佛在保护什么无限珍贵的东西。“再不快走，我们就看不到拉米亚了。”两人互相搀扶着迎风前行。塞利纳斯绕到一个沙丘背风处，试图把他掉在那里的贝雷帽捡回来，一路上他的皮大衣疯狂翻飞，卷起褶纹。

领事是最后一个离开的，他扛着自己和卡萨德的背包。刚离开一分钟后，那狭小的蔽身处就木桩溃散，布墙撕裂。帐篷朝夜空飞去，四周包裹着一片静电的光晕。领事沿着众人的足迹，跌跌撞撞地走了三百米，偶尔可以瞥见前头的两个人，但更多的时候走岔了路，于是又不得不绕了很多弯子，直到最后又回到正确的路上。现在沙暴略微缓和了一点，但闪电一个连着一个，间隔越来越短，光阴冢在他的背后清晰可见。领事看见了狮身人面像，它依旧在不停闪耀的闪电之中发着光芒，后面是翡翠茔，那建筑的外墙发着冷光，在它们的后面是方尖石塔，现在也闪起了光，背靠着纯黑的悬崖壁，就像垂直插下的一柄重剑。在后面是水晶独碑。虽然移动的沙丘、随风起舞的沙子和突然划亮的闪电都让人感觉，似乎有很多东西正在移动，但就是没有卡萨德的影子。

领事抬头向上面望去，现在能看到山谷开阔的入口以及其上疾速奔涌的低云，他带着些许希冀，希望能看到他的飞船拖着闪耀的蓝色熔融尾迹从这些东西之间从天而降。风暴猛烈极了，十分骇人，但是他的飞船曾在更为恶劣的条件下着陆过。他料想着，它或许已经着陆了，其余人正在它的底部等待着他的到来。

但是当他来到山谷入口悬崖峭壁之间的山鞍时，大风再起，朝他袭来。他看见那四人在宽阔平坦的平原一端挤作一团，但飞船的影子丝毫不见。

“飞船现在不是该到了吗？”领事朝这小撮人走来的时候，拉米亚大声呼喊道。

他点点头，蹲下身从背包里取出通信志。温特伯和塞利纳斯站在他身后，俯下身，尽可能地为他阻挡一部分飞舞的狂沙。领事拿出通信志，然后停下手，朝四周张望。沙暴让他们觉得自己似乎处在一间疯狂的屋室中，墙壁和天花板每时每刻都在变化，一会儿房顶在他们头上很近的地方，四墙只有堪堪几米远，猛然间墙壁又退到了远处，屋顶朝上空飘去，仿佛是柴可夫斯基《胡桃夹子》中的那个场景，屋子和圣诞树都为克拉拉飞快地膨胀。

领事用手掌拨开触显，弯下腰，然后向着语声区域轻声说起话来。这个古老的机器也轻声向他回话，在沙粒的刮擦声中只能勉强听见。最后他直起上身，面对着其他人。“飞船不允许离港。”

抗议纷起。“你说‘不允许’是什么意思？”等到其他人安静下来之后，拉米亚问道。

领事耸耸肩，朝天上望去，那架势，就像他会看见一条蓝色的熔融尾迹，飞船依然会到来。“它没有获得离开济慈空港的许可。”

“你不是说你有那该死的女皇特颁的许可吗？”马丁·塞利纳

斯吼道，“不是老家伙悦石她本人发给你的吗？”

“悦石的特许牌存在飞船的内存里，”领事说，“军部和空港当局都知道这一点。”

“那到底怎么回事？”拉米亚抹了抹脸。她脸颊上本覆着一层沙子，之前在帐篷里流泪的时候，在上面留下了两道泥浆的痕迹。

领事耸耸肩。“悦石撤回了先前的特许牌。这里有一条她发来的消息。你们要听听吗？”

整整一分钟里都没有人回答。自从他们一周前的旅程开始之后，和七人以外的任何人接触的念头就变得如此不相宜，甚至都不会有人真正去考虑这样的事；就好像他们的世界只剩下朝圣，除了夜空中偶尔闪过的爆炸，几乎都快要忽略外面世界的存在。“好的，”索尔·温特伯说，“咱们听听吧。”沙暴突然暂时平静了下来，这几个字听起来就像在狂乱地叫嚣。

他们蹲成一个圈，把古老的通信志放在旁边，霍伊特神父放在圆圈的中心。他们已经有一小段时间没照管他了，于是沙子开始在他的尸体旁聚集，形成了一个小小的沙丘。现在，除了极端生命信号测量监视器还闪着琥珀色的光以外，其余的指示器都变成了红色。拉米亚装备好另一个等离子弹药筒，确认滤息面具牢牢地固定在霍伊特的嘴巴和鼻子上，滤进纯氧，把沙子挡在外边。“好的。”她说。

领事打开了触显。

消息是超光信号流，大约十分钟以前由飞船录制。空气中充满了数据列和球形胶体影像，现正慢慢变得模糊，这正是大流亡时代的通信志独具的特色。悦石的影像闪着微光，狂风刮来的数百万颗沙粒在影像中间疯狂穿梭，她的脸庞怪异地扭曲着，然后又变得很滑稽。虽然音量调到了最高，但她的声音还是几乎完全被沙暴盖住了。

“抱歉，”熟悉的影像说道，“眼下我还不能允许你们的飞船向光阴冢飞去。离开的诱惑实在难以抗拒，你们的使命又太过重要，所有的其他因素都必须服从一个前提，那就是你们的使命。请理解，也许所有星球的命运都掌握在你们手上。请坚信，我的希望和祈祷永远伴你们左右。悦石。完毕。”

影像从两边收拢，然后退去。领事、温特伯，还有拉米亚都睁大眼睛，说不出一句话来。马丁·塞利纳斯站在那儿，朝几秒钟前曾经映出悦石脸庞、如今已成空寂的那片空气撒了一把沙子，然后尖叫道：“天杀的贱货娘们政客道德瘫痪的傻屄扮男人样的女皇婊子！”他抬脚踢着空中的沙子。其他人都转头盯着他。

“唔，这样确实挺能让人发泄的。”布劳恩·拉米亚轻声说。

塞利纳斯露出恶心的神情，挥了挥双臂，走开了，一路上依然在朝沙丘乱踢。

“还有别的消息吗？”温特伯问领事。

“没了。”

布劳恩·拉米亚双手交叉在胸前，朝通信志皱了皱眉。“我不记得你说这东西是怎么起作用的了。在受这么大干扰的情况下，你怎么可能还能接通信号？”

“我们从‘伊戈德拉希尔’号下来时，我播下了一个袖珍通信卫星，现在就是通过密光与之联系的。”领事说。

拉米亚点点头。“那么如果你要发送报告，只需把简要的信息发给舰船，然后它就会把超光信号流传送给悦石……以及你的驱逐者联系人。”

“对。”

“没有许可，飞船就不能起飞吗？”温特伯问。这个老人安然坐着，他的双膝拱起，双臂垂在上面，一副由于极度疲乏而摆出的典型姿势。他的声音也很疲惫。“不能拒不理会悦石的禁令吗？”

“不能，”领事说，“一旦悦石说了不，军部就会在我们停船处的起飞井设上一个三级密闭场。”

“再联系一下她，”布劳恩·拉米亚说，“向她解释一下吧。”

“我试过了，”领事把通信志握在手中，放回背包，“没有回应。我还在原始信号流中提到了霍伊特受了重伤，我们需要医疗帮助，需要飞船的诊疗室为他准备。”

“重伤，”马丁·塞利纳斯重复道，大步走回他们站在一起的地点，“狗屁。我们的神父朋友已经跟格列依高的狗一样死得硬邦邦了。”他把大拇指朝裹着斗篷的尸体猛地一指。现在，所有的监视器都显示着红色了。

布劳恩·拉米亚低低地俯下头和身子，碰了碰霍伊特的脸颊，冰冷冰冷的。通信志的生物监视器和医疗包都开始叽叽地发出脑死亡警报。虽然滤息面具依然把纯氧压入他的肺部，医疗包刺激器依然在他的肺部和心脏工作，但是叽叽的声调越升越高，已经变成了尖叫，而后又降下来，变成一个平稳却骇人的声调。

“失血过多。”索尔·温特伯说。他双眼紧闭，前额低垂，碰了碰死去的神父的脸。

“太棒了，”塞利纳斯说，“真他妈太棒了。根据霍伊特自己讲的故事，他就要分解，然后重组了，多亏了那天杀的十字形……这人身上还带有**两个**那种该死的东西，真是有充足的复活保险……然后他又会东倒西歪地走回来，就像哈姆雷特父亲的鬼魂，只是这个版本的脑子出了问题。到那时候，我们该怎么做？”

“闭嘴。”布劳恩·拉米亚说。她正在用一层从帐篷里带过来的防水布包裹霍伊特的尸体。

“你才该闭嘴，”塞利纳斯大叫道，“我们身边潜伏着一个怪物。老格伦德尔本尊就在外头的某个地方，磨着指甲，为下一顿美餐作准备，你真的想要霍伊特的僵尸加入我们这伙愉快相处的人？你记不记得他是怎么描述毕库拉的？千百年来他们都凭借十字形来**起死回生**，跟他们当中任何一个人说话都不比对着流动海绵说话能得到更多的回答。你**当真**想让霍伊特的尸体和我们一起旅行？”

“两个人。”领事说。

“什么？”马丁·塞利纳斯急急转身，打了个趔趄，然后跪倒在尸体旁边。他朝老学者探过身去。“你说什么？”

“有两个十字形，”领事说，“霍伊特的，还有保罗·杜雷神父的。如果他关于毕库拉的故事是真的，那么他们两人都会……复活。”

“哦，真是倒了八辈子血霉。”塞利纳斯说着，一屁股坐进沙子里。

布劳恩·拉米亚已经裹好了神父的尸体。她看着那具人形。“我记得杜雷神父的故事里讲到那个叫作阿尔法的毕库拉的时候提到过这些，”她说，“但我还是没有搞明白。这种事有悖于质量守恒定律。”

“他们会变成**矮个子僵尸**。”马丁·塞利纳斯说。他把自己的皮大衣裹得更紧了些，挥拳击打着沙漠。

“要是那艘飞船来了，我们肯定已经搞明白了很多事，”领事说，“自动诊疗体系应该已经……”他顿了顿，打了个手势。“瞧，空气里已经没那么多沙子了。或许沙暴已经……”

闪电掠过，开始下雨了，冰冷的雨滴击打在他们的脸庞上，这份猛烈比沙暴的狂怒更胜一筹。

马丁·塞利纳斯开始笑起来。“这该死的**沙漠！**”他朝天空呼喊道，“我们都会被淹死在洪水里。”

“我们得从这里逃出去。”索尔·温特伯说。他的斗篷没有扣拢，里面露出他孩子的脸。瑞秋在哭，她双颊绯红，看起来比一个新生儿大不了多少。

“去时间要塞吗？”拉米亚问，“要过一两个小时……”

“那儿太远了，”领事说，“我们就挑一座葬墓露宿吧。”

塞利纳斯又笑了。他张口吟道：

> 这些人是谁呵，都去赶祭祀？
> 这作牺牲的小牛，对天鸣叫，
> 你要牵它到哪儿，神秘的祭司？
> 花环缀满着它光滑的身腰。[1]

“你是说你同意吗？”拉米亚问。

“那他妈的诗句意思是说‘为什么不’。”塞利纳斯笑道。“为什么要给我们冰冷的缪斯出难题，让他找不到我们？我们可以一边等飞船，一边观察我们的朋友分解。杜雷的故事里说，毕库拉在死亡打扰他们呆滞的凝视之后，要过多久他才能回到自己的同伴身边？”

“三天。”领事说。

马丁·塞利纳斯用手掌根拍了拍脑门。“当然。我怎么会忘记？多么惊人的相像啊。就跟《新约全书》说的一模一样[2]。在这三天里，也许我们的伯劳暴狼会夺去我们当中一部分人的性命。如

① 以上诗句出自济慈的《希腊古瓮颂》，此处选用查良铮译本。

② 耶稣死后，依照自己的预言，于三天之后复活。

果我借神父的一个十字形以防万一，你们觉得他会不会介意？我是说，他有一个多余的……”

“我们走吧。”领事说。雨水持续不断地从他的三角帽上滴下来。“我们可以待在狮身人面像里，一直等到早上。我帮卡萨德搬他的额外装备和莫比斯立方体。布劳恩，你带霍伊特的行李和索尔的背包。索尔，你保证孩子暖和，别让她淋湿了。”

“神父怎么办？”诗人问，大拇指朝尸体一指。

“你背霍伊特神父。”布劳恩·拉米亚轻声说着，转过身去。

马丁·塞利纳斯张大嘴巴，看见拉米亚手里握着手枪，于是耸耸肩，弯下身去把尸体扛上肩膀。“等我们找到卡萨德的时候谁背他？”他问，“当然，也许他已经被大卸八块，这样子我们都——”

“闭上你的臭嘴，”布劳恩·拉米亚疲惫地说，“别逼我杀你，我可不想让咱们再多背一件东西。只管走吧。”

领事在前头带路，温特伯紧随其后，马丁·塞利纳斯在几米远后蹒跚地走着，布劳恩·拉米亚殿后，这群人又一次走下低矮的关口，朝着墓群所在的山谷进发。

09

那天早晨，首席执行官悦石的日程排得甚满。鲸逖中心每天有二十三个小时，这便于政府依照霸主标准时间工作，而完全不会破坏本地的昼夜节律。五时四十五分，悦石接见她的军事顾问。六时三十分，她与二十多名议员、全局和技术内核的代表等重量级人物共进早餐。七时十五分，执行官传送至正值傍晚的复兴之矢，去为卡杜阿的赫尔墨斯医疗中心进行官方剪彩。七时四十分，她传送回政府大楼，接见包括利·亨特在内的顶级助理，预先熟悉一遍她将于十时整向议会和全局进行的演说。八时三十分，悦石又接见莫泊阁将军和辛格元帅，获知最新的海伯利安星系的战况。八时四十五分，她接见了我。

“早上好，赛文先生。”首席执行官说。她正坐在办公桌后，三天之前，我正是在这间办公室第一次会见了她。她朝一个靠墙的餐具柜挥了挥手，那里安稳地摆放着标准纯银壶，里面盛着热咖啡、香茶，以及卡福塔。

我摇摇头，坐了下来。有三个全息图窗显示着白光，只有我左边的那个显示着海伯利安星系的三维地图，正是我在战略决议中心的时候雅尼曾试图译解的那幅。在我看起来，现在代表驱逐者的红色图块似乎已经覆盖并渗透了整个星系，就像红染料溶解并混入了蓝色溶液。

“我想听你说说你的梦。”首席执行官悦石说。

“我想听你说说你为什么不帮他们，”我回道，语调平淡，“为什么你任由霍伊特神父死去。”

想来悦石肯定不习惯别人以这种口气对她说话，至少在她跻身议会四十八年、当上首席执行官的十五年里是这样，但她却没有什么反应，只是一边的眉尖稍稍扬了扬。“那么你梦见的事情都是真实的。”

“你怀疑这点？”

她放下刚才一直拿在手上的工作板，关掉它，然后摇摇头。“没有真的怀疑，只是在听你说出这些除我以外整个环网内再没另一个人知道的事情之时，我依然感到震惊。”

“你为什么拒绝授权他们使用领事的飞船？”

悦石的椅子转开，她抬头看着图窗，那里的战术显图不停移动、变化着，最新的信息传来，红色的流动、蓝色的溃退、行星和卫星的运动，一切都在不停变化。我不知道战况是不是她的理由之一，但她没有这么说。她又转过身来。“难道我的每一个行政决定都得解释给你听，赛文先生？是谁赋予你这个权力的？你又代表谁？”

“我代表海伯利安上那群被你陷入两难之境的五个大人和一个孩子，”我说，“霍伊特应该能被救活的。”

悦石单手握拳，然后用食指关节敲了敲下唇。“也许吧，”她说，“也有可能那时候他已经死了。但那不是重点，对吧？”

我坐回椅子里。因为嫌麻烦，我没随身带上素描本，但双手空空，指头却想要握着什么东西，几乎发疼。“那什么才是重点？”

“还记不记得霍伊特神父的故事……他在往光阴冢进发的旅途中讲述的故事？”悦石问。

“记得。”

“每一个朝圣者都有机会向伯劳许一个愿。按传统，那个生物会满足其中一人的愿望，同时其他人的愿望会被拒绝，那些被拒绝的人都会被杀死。你还记不记得霍伊特的愿望是什么？”

我顿了顿。要记起朝圣者过去发生的小事很困难，无异于试图回忆上周梦境的细节。“他想把十字形取走，”我说，“他想为杜雷神父的……灵魂，DNA，反正就是那东西，争取自由……还有他自己的自由。”

“不完全是，”悦石说，“霍伊特神父想要死。”

我站起身，几乎撞倒了椅子，大步走向律动的地图。“一派胡言，”我说，“就算他想死，其他人也有义务拯救他……你也有。可你让他死了。”

“是的。”

“你要让他们中的其他人也都死掉？”

“没必要，”首席执行官梅伊娜·悦石说，“那是他们的意志……也是伯劳的意志，如果这种生物真的存在的话。目前我所知道的，只是他们的朝圣之路太过重要，不可能允许他们……在作决定的时候……有一丝一毫的退缩。”

“谁的决定？他们的？六七个人……加上一个婴孩，这些人的生命……怎么可能影响到一个拥有**一千五百亿**民众的社会的未来？”当然，我知道那个问题的答案。人工智能顾问理事会和霸主那些感知力稍差的预言家们小心翼翼地选择了朝圣者。但是他们有什么目的？不得而知。他们都像是密码，同整个海伯利安等式的终极之谜吻合。

悦石到底是知道整个事情的来龙去脉，还是只知道阿尔贝都顾问和她的间谍告诉她的那些？我叹了口气，又走回到椅子边坐了下来。

“你的梦有没有告诉你卡萨德上校的命运如何？”首席执行官问道。

“没有。我醒来的时候，他们还没回狮身人面像去躲沙暴呢。”

悦石微微一笑。“你意识到了，赛文先生，要达到我们的目的，更为便利的方法就是给你服用镇静剂，同时在你那位叫作弗洛梅的朋友用的吐真剂的作用下，将你连接上一个语音输出器，这样我们就能获得关于海伯利安上发生的一切更为持续的报道。”

我也回馈给她一个微笑。“是啊，”我说，“那样要方便得多。但是如果我借由数据网偷偷溜进内核，抛下自己的肉体，这样一来，你们就没那么方便了吧。如果我再次被监禁，我铁定会这么做的。”

“当然，”悦石说，“如果我陷入这样的境况，也铁定会这么做。告诉我，赛文先生，内核是什么样子？你的知觉真正居住的那个遥远的地方到底是什么样子？”

“繁忙，”我说，“你今天见我，还有别的什么事吗？”

悦石又笑了，这次我感觉出那是一个真正的微笑，而不是她作为政客所擅长使用的武器。“有，”她说，“我脑子里的确想着一些别的事情。你愿意去海伯利安吗？**实体**的海伯利安？”

“实体的海伯利安？”我木头木脑地重复着。突然有一种奇异的兴奋感漫过我的身体，手指和脚趾一阵刺痛。或许我的知觉确实驻扎在内核，但我的身体和大脑都百分之百是人类，完全会受肾上腺素之类的化学物质控制。

悦石点点头。“上百万人想去那儿。想传送到一个从没去过的地方。想近距离观看战争。”她叹了口气，移开工作板。“愚民，”她抬头看着我，棕色的双眼盛着庄重，“但是我想派个人去那儿，并亲自向我汇报。利今天早上要用新建的军用超光传输终端出去，我想你可以和他一起走。可能来不及到达海伯利安星球，但是至少可以进入星系。”

我脑子里一下冒出许多问题，而第一个涌出的念头令我感到有些羞赧。“那不会很危险吗？”

悦石的表情和声调都没有变化。“极有可能。虽然你会远远地置身火线之后，而且利也接受了详尽的指示，不让他自己……也不能让你……靠近明知有风险的地方。”

明知有风险的地方，我想。但是处在战争区域，邻近还有一个伯劳那样的生物在自由地四处游荡，有多少地方没有明知的风险？

“好的，”我说，“我会去的。但还有一件事……”

“什么事？”

“我得搞清楚为什么你要我去。我个人感觉，如果你只是想让我同朝圣者取得联系，那么把我送走，你就是在冒一个不必要的风险了。”

悦石点点头。“赛文先生，的确，我很有兴趣知道你和朝圣者的联系……虽然这联系有点势单力薄。但同时我也的的确确有兴趣获得你的观察和评价。**你的**观察。”

“但我对你来说无足轻重，”我说，“你根本不知道我同时还可能向谁报告，不论是出于蓄意，还是别的什么原因。我可是技术内核创造的啊。”

“你说得对，”悦石说，“但同时，在当下的鲸逖中心，乃至整个环网，你可能是最处身事外的局外人。同时，你的观察出自一名训练有素的诗人之眼，那是一位我崇敬的天才。”

我放声狂笑了一番。“**他**才是，”我说，“我只是个模拟物。一只寄名虫，一幅讽刺画。”

“你**这么**确定吗？”梅伊娜·悦石问。

我举起空空的双手。“我踏上这趟奇异的来生之路，已经过了十个月。我活着，清醒，有意识，却没写过一行诗，”我说，“我从没用诗来进行过思考。这还不足以证明我这个内核提取项目是个唬人的东西吗？甚至我的代名对约瑟夫·赛文本人来说也是一种亵渎，我做梦也没拥有过他那样的卓越天赋……他同真正的济慈比起来确然相形见绌，可我冒他之名已是玷污。”

“那也许是事实，”悦石说，“也可能不是。不管是不是，我都请求你陪亨特先生一道完成这次去海伯利安的短行。”她顿了顿。“你并非……必须得……去。就很多方面来讲，你甚至都不是霸主公民。但如果你去了，我会非常感激。”

“我会去的。”我又说了一遍，觉得自己的声音似乎非常遥远。

“很好。你得带一些厚一点的衣服。不要穿那种在自由降落时会松掉或者引发尴尬局面的衣服，不过你也不太可能碰上这样的情况。先去政府大楼的主传输节点见亨特先生，安排在……”她瞥了一眼通信志，“……十二分钟之后。”

我点点头，转身离开。

“噢，赛文先生……”

我在门口停下。办公桌后那位年迈的女性突然间看起来非常弱小，而且疲倦异常。

“感谢你，赛文先生。”她说。

的确，上百万人都想传送至战争区域。全局一片吵吵嚷嚷，满是请愿、争论，关于公民能否传送至海伯利安，巡游航线请求发起短期的游览，行星政治家和霸主代表也要求获准去该星系旅行，执行“实况调查任务”。所有的这些请求都被否决了。环网公民——特别是那些有权有势，颇具影响力的霸主公民——都不习惯他们获得全新经历的权利被拒绝。而对霸主来说，全力作战依然是一项未曾有过的体验。

但首席执行官的机关和军部领袖依然强硬：任何公民或者未授权组织都不得传送至海伯利安星系，任何未经审查的新闻报道都不得公之于众。在那个信息通畅、无处不达的年代，这样的闭关政策真是令人发狂、使人心痒。

把授权牌给十数个安全节点校验过之后，我终于在执行部远距传输节点见到了亨特先生。亨特穿着黑色羊毛衫，衣着简朴，但在政府大楼的这个区域，却引得在场所有穿军部制服的人们的注意。我没多少时间可供换装，只是回到公寓，胡乱抓了一件宽松的背心——上面有很多口袋，可以装不少画具——还带了一个三十五毫米成像仪。

“准备好了吗？”亨特问。这个长着一张巴塞特猎犬脸庞的人见到我似乎并不高兴。他手里提着一个朴素的黑色小提箱。

我点点头。

亨特朝一个军部运输技术员打了个手势，于是一个一次性入口闪着微光出现了。我知道，这个东西是依照我们的DNA签名特别调谐的，不可能接纳其他任何一个人。亨特吸了口气，走了进去。我看着那扇水银般的入口表面在他通过之后泛起一阵涟漪，就像一条小溪在最清和的微风拂过之后，要回到平静的原初一般。然后我也走了进去。

据传闻说，人们在最初的远距传输器中的传送过程中不会有任何感觉，于是人工智能和人类的设计者对机器进行了修改，添上隐约的刺痛和经历臭氧电离的感觉，以让旅行者觉得已然完成了旅行。不管是事实还是虚构，在我从门口走出一步之后，皮肤依然充满了紧张感，于是我停了下来，左右张望。

很奇怪，但的确如此。作战太空飞船出现在小说、电影、全息电影和刺激模拟的描绘，已经有八百年历史了；甚至在人类除了乘坐飞过大气层的改装飞机之外，没有任何可以离开旧地的交通工具，他们的平面电影就已经开始描述史诗般壮丽的空战，还有大型星际无畏级战舰，装载着难以置信的军备，仿佛流线型的城市一样突进太空。甚至最近根据布雷西亚之战创作的蜂拥出品的战争全息电影里，也放映着大型舰队在狭窄得令两名地面士兵感到幽闭恐惧的空间内一决胜负，船舰迅速转航、开火、燃烧，就像希腊的三层桨战船挤进阿忒弥希恩海峡。

这也难怪，当我走上舰队的旗舰时，我期望自己将会走上跟全息电影里一样广阔的舰桥，巨大的屏幕显示着敌舰的情况，高音喇叭会齐齐轰鸣，高矮不齐的司令官在战术指挥面板前聚作一团，而飞船则忽右忽左地不停倾斜。想到这些，我心跳加速，手掌心也变得略略有些湿润。

亨特和我所站的地方应该是个发电车间狭窄的走廊。喷有色码的管子四处扭曲，只有在固定的间隔区域不时地出现一把手柄或是一扇气密舱门，显示我们确实身处飞船的内部。从艺术级触显和交互式控制面板所显示的内容来看，走廊除了作为通道以外，还有别的作用，但它整体的效果就是原始简单技术与幽闭恐惧感的结合。我有些期盼，希望能见到从电路节点间连出的缆线。有个垂直的升降机井将我们的走廊分割开来；透过另外的舱门，可以看见其他那些狭窄而混乱的走道。

亨特朝我看了看，微微耸耸肩。我猜，我们是否有可能被传送到了错误的目的地。

两人尚未开口，这时，一名年轻的军部太空少尉穿着一身黑色战服从一条侧廊走了出来，向亨特敬了个礼，说道："欢迎来到'赫布里底'号霸舰，先生们。纳西塔元帅命我向二位传达他的致意，并邀请二位前往战斗控制中心。请随我来。"说完，这位年轻的少尉转了个身，伸手抓住一个横档，然后将自己拉入了一个狭促的垂直机井。

我们尽可能跟着他。亨特挣扎着，以免弄掉他的小提箱，我也在往上爬的时候努力不让双手被亨特的脚后跟踩到。爬了几码之后，我意识到这里的重力远不到一标准重力。事实上，这根本不是重力，感觉更像是有一大群渺小却坚持不懈的手在把我"往下"压。我以前知道，有的太空船会把整艘船罩入一级密蔽场，以此来模拟重力，但现在是我的首次直接经验。那感觉并不真正令人愉快：面对持续不断的压力，我就像是在顶风而行，而除了这种感觉之外，我还遭受着狭窄的走廊、袖珍的舱门和各种设备乱作一团的防水壁所带来的幽闭恐惧感。

"赫布里底"号是一艘C^3通信控制指挥船，战斗指挥中心既是它的心脏，也是它的大脑——但这个兼作心脏和大脑的东西却并不怎么出类拔萃。年轻的少尉带我们经过了三个气密舱门，领着我们走下最后一条走廊，沿路有海军警卫把守，他们一一向他们敬礼。最后我们被留在了一间大约二十码见方的小屋，那间屋是如此喧闹，被众多人员和设备挤得满满当当的，以至于我的首个冲动就是要退回到舱门之外，呼吸一口新鲜空气。

这里没有巨大的显示屏，但有许多年轻的军部太空军官聚集在神秘的显示器前面，他们或是僵坐在那儿，完全陷入刺激模拟仪器，或是站在跃动的随调板面前，那看起来像是从六个舱壁上伸出来的。男男女女都像是绑在了自己的椅子和感官支架上，只有一小部分官员——他们当中的大多数看起来不像粗野的武士，更像受尽折磨的官吏——在狭窄的走廊上来来往往，轻拍着背上的附属物，大喊大叫，要求更多信息，把植入物插孔插入控制台。这些人中的一个向我们匆忙赶来，看着我俩，敬了个礼，然后问我道："亨特先生？"

我朝我的同伴点了个头。

"亨特先生，"这位体形硕大的年轻中校说道，"纳西塔元帅现在想见您。"

驻海伯利安星系霸主军队的全军最高指挥官是个身材矮小的男人，一头浅浅的白发，皮肤远远超出了他的年龄所应有的光滑程度，脸上一副愁眉不展的样子，像是刻上去的痕迹。纳西塔元帅穿着黑色高领制服，但没有戴等级勋章，只在衣领上别了一颗红矮星。他的双手粗硬，看起来甚为有力，指甲却是新近修剪的。元帅坐在一个小小的平台上，四周环绕着各式设备和静止的随调板。繁忙而高效的疯狂似乎在他身边漫流，就像一条激流绕过一块岿然不动的岩石。

"你就是悦石派来的信使，"他对亨特说，"这位是谁？"

"我的助理。"利·亨特说。

我努力压制住想要扬起眉毛的冲动。

"请问有何贵干？"纳西塔问，"如你们所见，我们很忙。"

利·亨特点点头，朝四周看了看。"我有一些文件要传达给你，元帅。有没有什么地方能让咱们私下谈谈？"

纳西塔元帅咕哝了一声，手掌拂过一个变阻感应器，于是我们身后的空气变得越来越浓密，随着密蔽场逐渐启动，凝结成一种半固体状的薄雾。来自战斗控制中心的噪声完全消失了。我们三人被隐在了一座小小的安静的圆顶建筑中。

“赶紧说吧。”纳西塔元帅说。

亨特打开小提箱，取出一个背面印有政府大楼标记的小信封。“这是首席执行官给您的私人信件，”亨特说，“供您在有空的时候阅读，元帅。”

纳西塔又咕哝了一声，把信封放在一边。

亨特把一个更大的信封放在桌上。“这是一份硬面拷贝，内容是议会关于如何进行这次……啊……军事行动的提议。你也知道，议会的意思是让这场战役速战速决，尽快达到有限的目标，尽量减少人员伤亡，并且对于我们新的……殖民资产给予一般性的帮助和保护。”

纳西塔的尊容略略抽动了一下。他没有去看那份传达议会意愿的文件，连碰都没碰一下。“就这些吗？”

过了一阵，亨特才回答了他。“就这些了，最后你还可以通过我向首席执行官传达一些私人信息，元帅。”

纳西塔盯着他。他小小的黑色眼珠没有表现出激烈的敌意，只有不耐烦的神色，我猜，除非那双眼睛因为死亡而黯淡，那种神色永远不可能平息。“我可以通过私人超光通信联系上首席执行官，”元帅说，“非常感谢，亨特先生。这次没有回复信息。现在能否请您发发慈悲，回到船中央的远距传输节点去，以便让我继续从事这次**军事行动**。”

密蔽场在我们周围瓦解，噪声像水流越过正在融化的冰坝一样漫涌进来。

“还有一件事。”利·亨特说，他温柔的嗓音在战斗中心各种技术性的杂音中几乎都淹没不见。

纳西塔元帅把椅子转过来，等他开动金口。

“我们想下去，到下面的行星上，”亨特说，“到海伯利安上。”

元帅的愁容似乎更深了。“首席执行官悦石的人可没说要安排一艘登陆飞船。”

亨特直视着他的眼睛。“雷恩总督知道我们可能会去。”

纳西塔朝一块随调板瞥了一眼，打了个响指，然后对着一个匆忙过来的海军少校一顿咆哮。“那你们得快点了，”元帅对亨特说，“刚好有一艘邮船要从二十号港出发。尹佛奈斯少校会带你们过去，到主跃迁船。‘赫布里底’号将会在二十三分钟之后从此处启程。”

亨特点点头，跟着少校离开了。我紧随其后。但元帅的声音让我们止步不前。

“亨特先生，”他喊道，“请转告首席执行官悦石，旗舰从此刻起过于繁忙，不方便再接受其他任何政治性访问。”说完，纳西塔便转身面对着闪烁的随调板和一长溜等待指令的下属了。

我跟着亨特和少校，回到了错综迷人的曲径之中。

“这儿应该开几扇窗子。”

“什么？”我脑子里一直想着其他事情，没有注意听他的话。

利·亨特转头看着我。“我从没坐过没有窗户或观景屏的登陆飞船。感觉怪怪的。”

我点点头，左右四顾，第一次注意到它狭促而拥挤的内部空间。确实，登陆飞船的载客舱中，只有未作任何修饰的舱壁，此外就是一堆堆供应品，还有一名年轻的上尉与我们在一起。这似乎和那艘指挥船幽闭恐惧的气氛如出一辙。

我向别处看去，又回到了先前自我们离开纳西塔之后一直困扰着我的问题。跟着这两人去二十号空港的路上，我突然间想到，我自己会失去什么东西，却没有失去。我之所以对于这次旅途感到焦虑，其中一部分原因正是我想到自己会脱离数据网；我像是一条离开了海洋独自思考的鱼。我**知觉**的一部分原本正淹没在那片海域的某处，来自两百颗星球、内核的数据和公众链接的海洋，全数由曾经叫作数据平面的看不见的媒介维系，现在它被称作万方网。

离开纳西塔的时候，我依然还能听到那特别的海洋的搏动——虽遥远，却持续不断，就像是在距离海岸一英里的地方听到的浪潮之声——这个念头震慑着我。在匆忙赶往登陆飞船的路上，直到在登陆飞船上安顿下来，脱离主舰，乃至在进入地月轨道，在进入海伯利安大气层边缘之前最后十分钟的冲刺过程中，我都一直在试图弄明白这个现象。

军部总是以拥有自己的人工智能、自己的数据网和处理源为傲。表面上看，是因为他们需要在环网各星球间那广阔的空间，以及环网万方网之上那黑暗而寂寥的空间运行各种操作，但真正的原因多半是几个世纪以来军部强烈地想要特意向技术内核展示他们的独立。然而，在一艘处于既非环网亦非保护体之地的军部无敌舰队中心的军部战舰上，我却谐调到了某个令人欣慰的背景数据和能量涌流，那和我在环网任何一个地方能找到的一模一样。真是有趣。

我想起了远距传输器给海伯利安星系带来的链接：不只是跃迁船和远距传输密蔽球体在海伯利安的L3点像一个发光的新月一样飘浮，更有数英里长的千兆超频光纤如蛇一般穿行过永久跃迁船的远距传输入口，微波中继器在那几英尺之间机械地往返穿梭，以近乎实时的效率中继它们的信息，指挥船上受到驯化的人工智能，邀请——并接收——火星和其他地方上的奥林帕斯高级指挥的链接。

某些地方，或许就连军部领导集团、他们的行家和盟友都还不知道它的存在，而数据网已然潜入。内核的人工智能知晓在海伯利安星系之内发生的任何事情。如果我的肉体现在要死了，我也可以像平常一样逃遁，通过那些悸动的链接逃向环网之外的秘密通道，凌驾于任何人类所知的数据平面之上，丝毫不会被谁发觉，并沿着数据链接隧道进入技术内核本身。不会真正地进入内核，我想，因为内核包围着、包裹着其他地方，就好比一片接纳不同洋流和大型海湾流的大海，洋流则自以为它们分割了海洋。

“我真希望这里有一扇窗户。”利·亨特低声说。

“是啊，”我说，“我也是。”

随着登陆飞船一阵急速冲刺和剧烈的颠簸，我们进入了海伯利安的上层大气。海伯利安，我心里思忖。伯劳。我身上沉重的衬衣和背心似乎变得黏糊糊的，已经粘在了身上。传来一阵轻微的沙沙声，不用说，我们正在飞行，以数倍于声速的速度划过湛青色的天空。

年轻的上尉从走廊那边探过身来。“是第一次着陆吧，先生们？”

亨特点点头。

上尉嚼着口香糖，可见他有多么放松。“你们两人都是从‘赫布里底’号上来的技师？”

“对，我们正是从那里来的。”亨特说。

“我想也是，”上尉咧开嘴笑了，“我是要送一个快递包裹到济慈附近的海军基地。现在是第五次出行了。”

一阵轻微的颤动传遍我的全身，我记起了首都的名字；海伯利安曾经有人入住，那是哀王比利和他的侨民，全是诗人、艺术家和其他不适应时代的人，因为贺瑞斯·格列依高的入侵而流亡至此——尽管那次入侵根本就没有发生过。正在参与当前伯劳朝圣的诗人马丁·塞利纳斯，在将近两个世纪以前建议哀王比利将首都以此命名。济慈。本地人把以前的旧城叫作杰克镇。

“你不会相信有这样一个地方，”上尉说，“它是一条真正的死胡同，哪儿也去不了。我的意思是说，这里没有数据网，没有电磁车，没有远距传输器，没有刺激模拟，**什么东西都没有**。难怪总是有他妈的成千上万的土著要在空港附近扎营，还攻击防护栏，想要到环网里去。”

“他们真的在攻击空港？”亨特问。

“没有，”上尉说着，“啪”地吹破了他的口香糖，“但是他们已准备好入侵，希望你明白我的意思。所以第二海军营已经在那里设立了防御带，并派兵警戒入城的道路。另外，现在那些乡下人认为我们总有一天会建立远距传输器，并让他们传送出去，离开这场他们自讨的苦头。”

“**他们**自讨的苦头？”我问。

上尉耸耸肩。“一定是他们做了什么坏事，才会引得驱逐者对他们恨之入骨，对吧？我们却要来这里为他们火中取木。”

“是火中取栗。”利·亨特说。

口香糖又“啪”了一声。“管它是什么。”

风的沙沙声越来越响，逐渐变成一阵尖啸，隔着船体也能清清楚楚地听到。登陆飞船在地上弹跳了两下，然后开始平稳地滑行——真是不祥的流畅——就像是进入了一条高于地面十英里的冰斜道。

“真希望我们这儿有扇窗户。”利·亨特低声说道。

登陆飞船中又闷又热。很奇怪，弹跳竟有些令人轻松，更像是一只小小的帆船在缓慢的浪涛中浮沉。我闭上眼睛，休憩了几分钟。

10

索尔、布劳恩、马丁·塞利纳斯、领事一行人，扛着装备、海特·马斯蒂恩的莫比斯立方体以及雷纳·霍伊特的尸体，走下长长的斜坡，向狮身人面像的入口走去。现在冰雪正疯狂地下着，雪花在依旧翻腾汹涌的沙丘表面之间缠扭，同那些被风驱策而起的沙粒跳起了复杂的舞步。尽管他们的通信志宣称夜晚已快到尽头，东边却丝毫没有日出的迹象。通信志的无线电链接上反复发出的呼叫也没有得到卡萨德上校的任何回复。

索尔·温特伯在那座叫作狮身人面像的光阴冢入口前停了片刻。他感觉着斗篷下女儿的存在，那个温暖的小东西倚着他的胸膛，温暖的身体随着呼吸起伏不停，抵靠在他的脖颈处。他举起一只手，摸了摸那个小包裹，努力去想象二十六岁的年轻瑞秋，身为研究者的瑞秋，将要进去检测光阴冢神秘的逆熵现象的瑞秋，正是在这同一个入口前停住脚步。索尔摇了摇头。自那个时刻以来，已经过去了漫长的二十六年，那是一生的时间。四天之后就是他女儿的出生日。除非索尔能做出点什么，找到伯劳，同这个生物交涉，**除非他做出点什么**，不然，瑞秋将会在四天之后死去。

“你还不进来吗，索尔？”布劳恩·拉米亚唤道。其他人已经把他们的装备放入第一间屋子，地处狭窄走廊往里六七米深的地方，四面都是厚厚的石墙。

“就来就来。”他大声回答道，然后走进葬墓。荧光球和电灯沿路从隧道中一字排出，但是它们都早已暗淡，上头覆满了灰。只有索尔的手电筒和从卡萨德的一个小提灯里射出的光线照亮了路途。

第一间屋子很小，约摸四米见宽、六米见长。其他三名朝圣者都已经将他们的行李靠着后墙放下，把防水布和铺盖卷在冰冷的地板中间铺开。两盏提灯嘶嘶作响，投出两束冷光。索尔停下脚步，往四周看了看。

“霍伊特神父的尸体在隔壁屋子里，”布劳恩·拉米亚说，回答了学者没有问出口的问题，“那间屋子还要冷些。”

索尔在其他人身边坐下。即便如此深入墓冢，他也能听到沙砾和雪花吹刮在石头上的声音。

“领事等会儿要出去再试试他的通信志，”布劳恩说，“把状况跟悦石说清楚。”

马丁·塞利纳斯笑了。“没用的。这他妈的根本没用。她知道自己在做什么，她永远不可能让我们从这里出去。”

“等太阳出来我就出去试。”领事说。他的声音非常疲惫。

“我来警戒。”索尔说。瑞秋动了动，微弱地哭泣着。“反正我也得给孩子喂奶。”

其他人似乎都累得懒得回答了。布劳恩靠在一个背包上，闭上双眼，几分钟后就沉重地呼吸起来。领事把自己的三角帽拉下，盖住双眼。马丁·塞利纳斯抱着双臂，望着门口，等待着。

索尔·温特伯匆忙拿过一个奶包，用患上关节炎的冰冷手指费力地把它放在加热板上。他看着自己的包，意识到他只剩下十个奶包和几张尿片了。

婴孩吸着奶，索尔打着瞌睡，几乎快要进入梦乡的时候，一个声音惊醒了所有人。

“什么东西？”布劳恩大叫道，摸索着她父亲的手枪。

“嘘！”诗人厉声说着，张开手，示意大家安静。

在坟墓之外的什么地方，声音再次传来。这个单调的声音戛然而止，刺穿了风声和沙粒刮擦的声音。

“是卡萨德的步枪。”布劳恩·拉米亚说。

“或者其他人的。”马丁·塞利纳斯低声说。

他们沉默地坐着，紧张竖耳倾听。漫长的一段时间里，什么声音都没有。然后，刹那间，夜晚突然爆发出噪音……那声音使得他们每一个人都退缩不止，捂住了自己的耳朵。

瑞秋害怕得大哭起来，但是在墓冢之外传来的爆炸声和撕裂声中，完全听不见她的哭叫。

11

登陆飞船降落的时候，我醒了。海伯利安，我想着，依然努力把自己的思绪从梦境的碎片中剥离开。

舱门敞开，凉爽稀薄的空气取代了船舱稠浓混浊的气体，年轻的上尉祝我们好运之后，便打头走了出去。我跟在亨特身后出了门，走下一条标准入坞斜坡，穿过护盾墙，踏上停机坪。

夜幕已然降临，我不清楚当地时间是什么时刻，不知道晨昏线此时是刚刚扫过这颗星球还是即将来临，但感觉上已经很晚了，空中似乎也带有浓浓的夜晚的味道。细雨绵柔地下着，轻飘飘的毛毛雨，带着大海微咸的气息和湿润草木新鲜的味道。野外的灯光在遥远的防御带外发出炫目的亮光，二十多座明亮的尖塔朝低云投下光晕。六七名穿着海军陆战队迷彩服的年轻男子飞快地从登陆飞船上把运输物品卸下，我看见随行的那位年轻上尉正轻快地对我们右边三十码外的一名官员喊话。狭小的太空港是大流亡最初时期建立起的殖民空港，看起来像是历史书中描画的东西。原始的弹射升空井和登陆广场朝北方那一大片黑压压的山峦延伸出大约一英里多的距离，火箭平台和服务塔楼照管着我们四周二十艘军用航天飞机和小型战舰，着陆区域边缘密布着配有天线队列的标准组件军用建筑、紫罗兰色的密蔽场，还有一片混乱无序的掠行艇和飞行器。

顺着亨特的视线，我注意到有艘掠行艇正朝我们飞来。艇身流动的光芒照亮了它的底部气垫，其中一个外罩上画着蓝金色的测地线，那是霸主的标志；大雨在前舱护壳外板上划出条条水痕，又被桨片刮开，升腾起一阵猛烈的薄雾之幕。掠行艇降落在地，有机玻璃舱门折叠打开，一个男人从中走出，飞快地迈过停机坪，朝我们走来。

他向亨特伸出手。“亨特先生吗？我是西奥·雷恩。”

亨特和他握了手，又对着我点点头。“真高兴见到你，总督。这位是约瑟夫·赛文。”

我同雷恩握了握手，触到他手的一刹那，一阵似曾相识的震惊从中传来。我从领事的记忆中那**幻觉般的**迷雾里记起了西奥·雷恩，记起了那个年轻人任职副领事的时日；也记起了一周前的那次短暂的会晤，朝圣者欲乘坐浮置游船“贝纳勒斯”号告别并逆流而上之时，他曾向他们所有人致意。仅仅过了六天，总督似乎变得越发苍老了。但是他前额上那绺不听话的头发却还是一样，戴着的古老眼镜也没有变，那轻快而坚定的握手也依旧如常。

“真高兴您能够在这个时候登陆敝星，”雷恩总督对亨特说，“我有一些事情需要向首席执行官汇报。”

“我们正是为此而来。”亨特说。他眯着眼睛抬头看了看天，雨还在下。“我们大约有一个小时的时间。有没有什么地方能让我们把衣服弄干？”

总督露出一个朝气蓬勃的微笑。“这一带是个疯人院，即便是在凌晨五点二十分的时候，领事馆也在重重包围之中。不过我知道一个地方。”他朝着掠行艇打了个手势。

起飞的时候，我注意到有两艘海军掠行艇与我们并驾齐驱，但尽管如此，我依然感到诧异，一个保护体星球的总督竟会亲自驾驶自己的车辆，而且没有全天候的保镖跟在身旁。然后我记起了领事对其他朝圣者讲述的西奥·雷恩的事迹——关于这个年轻人卓越的办事效率和谦卑的作风——意识到这种低调的行事风格正是外交官一贯的作风。

我们从空港出发，朝着城镇飞行的时候，太阳升起来了。低云被地上的光芒照得透亮，闪着灿烂的光芒，北面的山峰闪着五光十色的光彩，鲜绿、紫罗兰、赤褐，云朵下方直到东边的那片天空都是美得令人心醉的鲜绿和青金，一如梦中所见。海伯利安，我想着，感觉到一阵浓重的紧张和激动攥紧了我的喉咙。

我把头靠在布满雨痕的顶盖上，意识到我的眩晕和混乱，一部分是来自与数据网地面连接的减弱。虽然联系依然存在，但现在主要是依靠微波和超光频道承载，但是我从未有过这么微弱的体验——如果说我以前是在数据网的海洋中畅游，那么我现在则真真正正的是在浅水区了，也许比喻为潮水坑更恰当些，而且在我们离开空港的大气包层和它那简陋的微网时，海水变得愈加浅。我强迫自己把注意力转移到亨特和雷恩总督正在讨论的话题上。

“看那里的窝棚和茅舍。”雷恩说着，略微地倾斜了机身，于是我们能清楚地看见山峦和山谷，它们把空港和首都的郊区隔离开来。

对于这些由纤维塑料面板、帆布片、包装板条箱和流沫碎片组成的可怜玩意儿来说，窝棚和茅舍都是太客气的称呼，它们遍布山峦和深谷。显而易见，如果从前要驱车从城市到空港，这七八英里的路一定是趟心旷神怡的旅程，路上将会穿过草木丛生的山峦，而现在所能看见的只是一片片荒地，树木被砍光，以作柴火和建房之用，草坪在脚步的践踏下被踩实，变成寸草不生的泥滩。这座拥有七八万流民的城市，触目所及之处，土地都惨遭劫掠，满目疮痍。从成千上万堆为烹制早餐而生的火中冒出一股股烟雾，飘向云朵，每个地方我都能看到有人在动，孩子们在赤脚奔跑；女人们从溪流中打水回家，那水一定已被严重污染了；男人们要么蹲在广阔的旷野上，要么在临时搭建的厕所门口排成一行。我注意到，大路两旁修有高高的防暴铁丝网栅和紫罗兰色的密蔽场障，每隔半英里就能看见军事检查站。一列列经过伪装的军部陆军车辆和掠行艇正沿着大路和低平飞航线来回穿梭着。

“……大部分流民都是土著，”雷恩总督正说道，“但也有很多是从南方城市，还有被迫自天鹰大陆的大型纤维塑料种植园转移来的地主。”

“他们来这儿，是不是因为他们认为驱逐者会入侵？”亨特问。

雷恩朝悦石的助理瞥了一眼。“一开始的时候，一想到光阴冢正在打开，人们就会感到恐慌，”他说，“人们完全相信伯劳被释放出来的话，就会捕猎他们。”

“是这样吗？”我问。

年轻人在他的位置上转了个身，扭过头朝我看来。“自卫队第三军团七个月前去了北方，”他说，“没有回来。”

“你说**一开始**他们是想逃离伯劳，”亨特说，“那其他人来又是出于什么原因？”

“他们是等着疏散，”雷恩说，“每个人都知道驱逐者……以及霸主军队……在布雷西亚的所作所为。他们不想在这一切发生在海伯利安上的时候还待在这里。”

“你们很清楚，疏散只是军部无奈之下的最后一招？”亨特问。

“对。但我们不会对流民这么宣布。已经爆发了多场可怕的骚乱。伯劳神殿已经被摧毁了……被暴民重重包围，而且有人使用了从大熊矿场上偷来的可控等离子光束进行扫射。上周还有人攻击领事馆和空港，杰克镇也爆发了食物暴动。”

亨特点点头，俯瞰着身下，城市飞掠而来。建筑物都很低矮，很少有超过五层的楼，它们洁白柔和的墙面在清晨斜射而来的光线中闪着华丽的光辉。我从亨特的肩膀上方望过去，看见那座低矮的山峰，哀王比利的雕像正俯瞰着山谷沉思着。霍利河在旧城的中心蜿蜒流淌，逐渐变得平直，流向北方看不见的笼头山脉，另一条支流蜿蜒隐入东南方的堰木沼泽，我知道在那边，它会逐渐拓宽，沿着鬃毛高地衍出河谷三角区。除了流民窟可怜的拥挤杂乱之外，城市看起来渺无人迹、安静平和，但就在我们开始朝河流降落的时候，我注意到了军用运输车辆，坦克、装甲人员运输车和重力加速车辆，它们有的在十字路口，有的停在公园里。伪装聚合外壳故意没有激活，于是这些机器看起来更加危险。然后我看见城市里也有流民：广场上和小巷中都搭着临时帐篷，沿路排着上千个睡袋，就好像一长溜颜色暗淡的衣服包裹，等着被收走洗净。

“两年前，济慈的人口还只有二十万，”雷恩总督说，“现在，加上那座茅舍城，人口几乎已达三百五十万。”

“我还以为整颗星球上只有不到五百万的人口，”亨特说，“算上土著。”

“完全正确，”雷恩说，“你也看到了，所有东西都给毁了。另外两座大城市，浪漫港和安迪密恩，也接纳了大部分剩余的流民。天鹰上的纤维塑料种植园已经人去楼空，被丛林和火焰林重新占领，鬃毛和九尾沿岸的农业带都已经失去了生产力——就算还在生产，也没法把食物带向市场，因为整个城市的交通系统都瘫痪了。”

亨特望着河流逐渐向我们靠近。“政府在干吗呢？”

西奥·雷恩笑了。“你是在问，**我**在干吗，是吧？唔，大约三年以前，各项危机就已经开始露出苗头了。当年的第一步是解散地方自治委员会，并正式将海伯利安纳入保护体。要是当时我有行政权，我会把工作重心转移，去把依然存在的货运公司和飞艇航线收归国有——现在我们只能依靠掠行艇进行军事活动——还要解散自卫队。”

“解散它？”亨特说，“我还以为你会利用它呢。”

雷恩总督摇摇头。他沉着地轻轻碰了碰总控制器，于是掠行艇朝着古老的济慈城中心盘旋而下。“他们不仅没用，”他说，“而且还很危险。‘战斗第三’军团去北方后，平白无故就失踪了，我差一点气死。一旦军部陆军部队和海军着陆，我会立马解除自卫队剩余那些暴徒的武装。要说烧杀抢掠，自卫队才是主要的始作俑者。到了，我们可以在这儿边吃早餐边谈。”

掠行艇低低地降在河流上方，最后盘旋了一次，然后轻轻地停在一座古老建筑的庭院中，它是用石料建造起来的，拥有廊柱和梦幻奇妙的窗户：这是西塞罗酒吧。雷恩还没向利·亨特介绍这地方，我就已经认出它来了。朝圣者的旅途曾经过这里——一座处在杰克镇心脏部位的老饭馆/酒吧/旅店，一共有四幢分楼，每幢九层，它一侧的阳台、窗间壁以及黑暗的堰木走廊俯瞰着缓慢流淌的霍利河，从另一面则可以望见杰克镇狭窄的街巷和胡同。西塞罗酒吧的历史比哀王比利的巨石肖像还要古老，那些阴暗的小卧室和地底深处的藏酒窖是领事曾被流放在此那段时间里的真正归宿。

斯坦·列维斯基在庭院门口接待了我们。他身材相当高大魁梧，脸庞就像他酒馆的石墙一样被岁月磨压得阴沉沉的，布满了细纹。自他的曾祖父、祖父、父亲依次经营西塞罗酒吧以来，他也成了西塞罗的主人。

“你这死鬼！”巨人大叫道，拍着总督——这颗星球事实上的独裁者——的肩膀，力道大得几乎让西奥站立不稳。“你早早地起来换换口味，是吧？把朋友带来吃早餐？欢迎来到西塞罗！”斯坦·列维斯基的大手吞没了亨特和我的手，以此表示欢迎，我不得不把自己的手指和关节检查一番，看看有没有受伤。“或者对你们俩来说——环网时间——是不是要晚一点？”他轰隆隆地说道，“也许你们可以喝点酒，或者吃顿午饭！”

利·亨特朝着这位酒吧主人眯起眼睛。“你怎么知道我们是从环网来的？”

列维斯基爆发出一阵狂笑，把屋顶的风向标都震得旋转起来。“哈！很难推断，是吧？你们在日出时分同西奥一同到达——你以为不管是谁都会被他载到这里来吗？——还穿着羊毛衫，可我们这儿一头羊都没有。你们不是军部的人，也不是纤维塑料种植园的大亨……他们我全都认识！根据以上推断，你们传送到了环网来的舰船，然后降落在这里，想吃点好的。那么，你们要吃早餐，还是大喝一顿？”

西奥·雷恩叹了口气。“给我们找个安静的角落，斯坦。我要熏肉、鸡蛋还有咸鱼。先生们呢？”

“只要咖啡。”亨特说。

“我也是。”我说。现在我们跟着老板穿过走廊，走上一节短短的楼梯，走下锻铁斜坡，再穿过一条条走廊。这地方和我从梦中所见的相比，要低矮、昏暗、熏得更黑，但也迷人得多。我们走过的时候，有几位常客抬头看了看，但比起我记忆中的景象，现在这地方远没那么宾客满座。显然雷恩已经派军队肃清了曾经占领这个地方的最后一小撮自卫队野人。经过一扇又高又窄的窗户的时候，我验证了那个假说，因为我瞥见军部陆军部队的装甲人员运输车正停在巷子里，顶上和附近都是士兵在懒散地闲逛，携带的武器显然装满了子弹。

“这边。”列维斯基说着，挥手将我们带入一条小小的门廊，这里凌空悬在霍利河之上，向外能望见杰克镇筑有山墙的屋顶和石塔。“两分钟之后，多米会把你们的早餐和咖啡带过来。”他很快消失了……对于这样一个庞然大物来说，这已经很快了。

亨特朝通信志瞥了一眼。“按照计划，距离登陆飞船载我们回去还有大约四十五分钟。咱们谈谈吧。”

雷恩点点头，摘下眼镜，揉了揉眼睛。我意识到，他定是昨晚熬了通宵……说不定已经熬了好几通宵。“好的，”他说，又把眼镜戴好，“悦石大人想知道什么？”

正在这时，一个皮肤像羊皮纸一样白、长着黄色眼睛的矮个男子给我们带来深深的厚杯子，里面盛着咖啡，又放下一个大浅盘，里面装着雷恩的食物。亨特等他走后才开口。“执行官想知道，你觉得当前应该优先采取什么措施，”亨特说，“她还想知道，如果战期延长，你们能否挺得住。”

雷恩没有马上回答，他先吃了一会儿东西，然后饮了一大口咖啡，热切地看着亨特。味道尝起来是真正的咖啡，比大多数环网出产的要好得多。“第一个问题先不说，”雷恩说，“告诉我延长是以什么时间单位来计算。”

“周。”

“以周计，有可能，如果以月计，那没办法。”总督尝了尝咸鱼，“你也看到了我们的经济状况。现在还好，每周一次食物暴动，要不是军部空投了补给，我们可能天天都会爆发骚乱。隔离区内没有任何出口。有一半的流民想找到伯劳教会的教士，并杀了他们，还有一半想要在伯劳找到自己之前皈依伯劳教派。”

“你们找到那些教士了吗？”亨特问。

“没有。我们确信，神庙爆炸的时候他们已经逃脱了，但是当局没法确定他们的位置。据说他们去了北方的时间要塞，那是栋石质城堡，就在光阴冢所处的高地草原之上。”

我比他知道得清楚。至少，我知道朝圣者们在要塞简短逗留的时间内没遇到任何伯劳教会的教士。但那里却有屠杀的痕迹。

“至于我们的重点，”西奥·雷恩说道，“第一是疏散。第二是清除驱逐者的威胁。第三是帮助消除伯劳恐惧。”

利·亨特向后靠在浸油的木材上。他手里厚重的杯子中升腾起雾气。“此时此刻，疏散是不可行的——”

“为什么？”雷恩立马问道，这问题就像是地狱鞭的箭头射了出来。

“悦石大人没有足够的行政权……在这个时候……无法说服议会和全局环网接纳五百万流民——”

“放屁，”总督说，“茂伊约进入保护体的头一年，就有两倍于眼下流民数量的观光者蜂拥而入。同时破坏了一套独一无二的星球生态。他们可以把我们送到阿马加斯特或者某颗沙漠星球上去，直到我们对战争的恐惧过去。”

亨特摇摇头。他那巴塞特猎犬般的眼睛看起来比平时更加忧郁。“这不只是个逻辑问题，”他说，“也不是政治问题。这是个……”

“伯劳问题，”雷恩说，他掰下一片熏肉，“伯劳才是真正的原因。”

“对。还有环网对于驱逐者侵略的恐惧。”

总督笑了。“那么你们是害怕，如果在这里建立起远距传输入口并让我们离开的话，就会有一大群三米高的驱逐者神不知鬼不觉地登陆，并侵入防线？”

亨特啜了口咖啡。“不是，”他说，“但这的确给入侵提供了绝好的机会。每一个远距传输入口都是进入环网的通道的。顾问理事会曾经对此作出过警告。”

“好吧，”年轻人说着，嘴里还含着半口食物，“那就用飞船疏散吧。特遣部队最初来不就是为了这个目的吗？”

“那是**表面上**的原因，”亨特说，“现在，我们的真正目的是要打败驱逐者，把海伯利安完全带回环网。”

“那伯劳威胁又怎么办？”

“会被……压制的。”亨特说。有一小群男女从我们所在的走廊经过，他闭了口。

我抬头瞥了一眼，开始把注意力转回桌子，然后又活动了一下脖颈的筋骨。那群人已经走下走廊，看不见了。“那不是美利欧·阿朗德淄吗？”我说着，打断了雷恩总督的话。

“什么？哦，阿朗德淄博士。是的。你认识他吗，赛文先生？”

利·亨特愤愤地盯着我，但我对此视而不见。“认识。”我对雷恩说，虽然实际上我从没见过阿朗德淄。“他在海伯利安干什么？”

“本地时间六个月前，他的研究队在此登陆，是出于自由岛帝国大学提议的计划，要对光阴冢做额外的研究。”

“但是墓群已经不对研究者和观光客开放了啊。”我说。

“是的。但是他们的仪器——我们允许每周通过领事馆超光发射机传递数据——已经显示了光阴冢周边地区逆熵场的变化。帝国大学知道光阴冢正在打开……如果那就是‘变化’所指的意思的话……所以他们把环网的顶级研究者送来这里进行研究。”

“但是你没有同意他们的研究许可？”我说。

西奥·雷恩的笑容没有一丝暖意。“执行官悦石大人没有同意。隔离光阴冢是从鲸心来的直接命令。要是换了我，我会否决朝圣者的准入，相反，先给阿朗德淄博士的小组优先进入权。”他又转头对着亨特。

“抱歉，失陪一下。”我说着，溜出了这个小隔间。

走过两条走廊，我马上找到了阿朗德淄和他的同伴——三女四男，他们的衣服和体格显示他们来自环网不同的星球。七人正弯着腰，边吃早餐边看科学通信志，同时还在争论，使用的那些科学术语如此深奥，甚至连犹太法典学者都会嫉妒。

“阿朗德淄博士？”我说。

“什么事？”他抬起头来。他比我记忆中的要老二十岁，约摸六十几的年纪，已经步入中年。但是面部轮廓还是同从前一样英俊，引人侧目，有着同样的古铜色皮肤，坚定的下巴，黑色的卷发，只在太阳穴处略有点泛灰白，还有一双敏锐的淡褐色眼睛。我现在理解了一个年轻的女研究生为何那么快就和他坠入爱河。

“我叫约瑟夫·赛文，”我说，“你不认识我，但我却认识你的一个朋友……瑞秋·温特伯。”

阿朗德淄立即站起身来，对其他人表示了歉意，然后就拉着我的手肘离开了，最后我们在一间小卧室的圆窗下找到了一张空桌子，从那里望出去，能够看见红瓦的屋顶。他放开我的胳膊，仔仔细细地上下打量着我，尤其注意我身上的环网服装。他又把我的手腕翻过来，看有没有鲍尔森疗法留下的蓝色痕迹。“你太年轻了，”他说，“除非瑞秋还是个孩子的时候你就认识她。”

“实际上，我最了解的是她的父亲。”我说。

阿朗德淄博士呼出一口气，然后点点头。“当然，”他说，“索尔**现在**在哪里？我已经通过领事馆找了他好几个月。希伯伦上那些当官的只是说他搬走了。”他又像先前那样上下打量着我。“你知道瑞秋的……病吗？”

“知道。”我说。梅林症使得她的年龄随时而减，记忆会随着每一天每一小时的流逝而逐渐失去。美利欧·阿朗德淄也曾经属于这些记忆的一部分。“我知道，大约十五标准年以前，你曾去巴纳之域拜访过她。”

阿朗德淄露出一个痛苦的表情。“那是个错误，”他说，“我以为自己可以跟索尔和萨莱好好聊聊。可是当我看见她……”他摇了摇头。“你是谁？你知道索尔和瑞秋现在在哪里吗？**三天后**就是她的生日了。”

我点点头。“她的第一个，也是最后一个生日。”我朝四周看了看。走廊鸦雀无声，从下一层远远地传来一阵模糊不清的笑声。“我到这里来，是受首席执行官机关的派遣，过来探求事实，”我说，“我有关于索尔·温特伯和他女儿的消息，他们已经到了光阴冢。”

阿朗德淄的表情看起来像是我打中了他的腹腔神经丛。“**这儿**？海伯利安？”他向外望着屋顶，过了一会儿，又说道，“我应该已经意识到这一点……虽然索尔总是不肯回到这里……但是萨莱过世之后……”他看着我。“你和他有联系吗？她……他们还好吧？”

我摇摇头。“目前我与他们既没有无线电联系，也没有数据网链接，”我说，“我知道他们一路平安。问题是，你有什么发现？你们的小组呢？光阴冢发生变化的那些数据可能对他们的生存至关重要。”

美利欧·阿朗德溜用手指梳理着自己的头发。“要是他们肯让我们去那里！那该死的愚蠢官僚政治，目光短浅……你说你是悦石的政府派来的，能不能跟他们解释清楚，我们一定得到那里，这非常重要。”

“我只是个送信的，”我说，“但是告诉我，为什么如此重要，我会尽力把这个消息传达给要人。”

阿朗德淄的大手在空中比了一个看不见的圆。他的紧张和愤怒都溢于言表。“三年以来，数据是通过遥感勘测的信息流获知的，领事馆允许通过他们珍贵的超光发射仪每周发送一次信息流。它显示，逆熵场——时间潮汐——的壳层在缓慢而持续地衰减，不论是坟墓的内部，还是外围四周，都是一样。虽然这很古怪，也不合逻辑，但是很稳定。衰减开始之后，我们的小组立即被授权来到这里。大约六个月以前我们到达此地，发现数据显示光阴冢正在打开……现在进入了稳定状态……但是我们抵达四天之后，所有的仪器都不再发送数据。所有的都停了。我们恳求雷恩那个杂种让我们去一趟，只是校整仪器，但他不允许我们亲自去研究，连我们设立新传感器的要求也不允许。

“什么都没得到。没有传送的许可。也无法和大学取得联系……哪怕现在，有了军部飞船，要联系上根本不费劲，可就是不准。我们试图不经允许擅自逆流而上，但是雷恩的一些海军暴徒在卡拉船闸那地方就把我们拦截了，戴上镣铐把我们带了回来。我在监狱里蹲了四天。现在他们允许我们在济慈周围活动，但是如果我们再次离开城市，就不知道会被囚禁多久了。”阿朗德淄身体向前倾了倾。“你**能**帮帮忙吗？”

“我不知道，”我说，“我想帮温特伯一家。如果你能把你的小组带到遗址，也许那是最好不过了。你知不知道光阴冢什么时候会打开？”

这个时候物理学家做了个愤怒的手势。“那得要我们有新数据！”他叹了口气。“不知道，我们不知道。它们有可能已经打开了，也有可能还要再等上六个月。”

“你说‘打开’，”我说，“不是指实体上的打开？”

“当然不是。自六个标准世纪以前光阴冢被发现以来，它在实体上就是开放的。我说的打开，指的是落下它们周围的时间帘幕，让它们的各区域不再隐匿其中，把整个建筑群带入同当地时间一起流逝的时代。”

“你说的‘当地’是指……？”

“我是指这个宇宙，当然。”

“你确定那些坟墓在逆时而动……来自我们的未来？”我问。

“逆时而行，的确，”阿朗德淄说，“但是否来自未来，我们不敢说。我们甚至都不确定以当前物理的术语来讲，‘未来’是什么意思。它有可能是一系列呈正弦曲线分布的概率，也有可能是决定分支的多元宇宙，甚至——”

“但不管它是什么，”我说，“光阴冢和伯劳都是从那里来的？”

“我们对光阴冢确定无疑，”物理学家说，“但对伯劳却一无所知。我自己的猜想是，就跟其他宗教信仰出现的原因一样，它是因为人们渴望解释迷信现象从而衍生出的神话人物。”

“甚至在瑞秋身上发生了那样的事以后，”我问，“你都还不相信伯劳的存在？”

美利欧·阿朗德淄朝我瞪了一眼。“瑞秋染上的是梅林症，”他说，“是使人产生逆熵变化的疾病，她并不是被什么神秘的怪兽咬了一口。”

“时间的咬啮从不神秘，”我说，对自己竟然用这样苍白无力的朴素哲学来回答感到惊异，“问题是——伯劳，或者不管是什么住在光阴冢里的力量，会不会把瑞秋送回到‘当地’时间流逝的次序？”

阿朗德溜点点头，又把视线转移到屋顶上。太阳已经躲进了云层，清晨的色调单调乏味，红色的瓦片被照射得褪掉了不少颜色。又开始下雨了。

“问题在于，”我说，再次为自己的话感到惊异，“你还爱她吗？”

物理学家缓缓转过头，愤怒地瞪着我。我感到他想要反击——也许会想打我一拳——那冲动成形，暴涨，然后消退。他把手伸进外衣口袋，给我看了一张全息照，照片上有个极具魅力的女人，头发已经开始变得花白，还有两个十八九岁的孩子。“我的妻儿，”美利欧·阿朗德溜说，“他们正在复兴之矢上等我。”他粗粗的手指指着我。“就算瑞秋……今天病好了，等到她再次长大，变成我们初次见面时的年纪，我也已经八十二标准岁了。”他垂下手指，把全息照片放回口袋。“但是，的确，”他说，“我还爱她。”

“准备好了吗？”过了一会儿，一个声音打破了沉默。我抬头看见亨特和西奥·雷恩站在门口。“登陆飞船十分钟之后就要起飞了。”亨特说。

我站起身，同美利欧·阿朗德溜握了握手。“我会尽力的。”我说。

雷恩总督命令他的一艘护航掠行艇把我们送回空港，同时他会回领事馆。这艘军用掠行艇比他的领事专机舒适不了多少，但是要快得多。我们系好安全带，坐上登陆飞船的环网专座，然后亨特问道：“你去找那个物理学家做什么？”

“只是跟一个陌生人叙叙旧。”我说。

亨特皱了皱眉。“你跟他承诺说要尽力做什么？”

我感觉到登陆飞船在隆隆响着，骤然动了一下，然后跃升起来，飞船弹射器把我们抛向了天空。“我告诉他，我会尽力让他得以拜访一位生病的朋友。”我说。

亨特依然愁眉不展，但是我拿出一个素描板，涂鸦着西塞罗酒吧的景象。十五分钟之后，我们对接上了跃迁船。

一走出传送门，便进入了政府大楼行政部，这让我感到些许震惊。再往前行一步，便进入了议会画廊，梅伊娜·悦石还在那里对着一整套领导层人马发布演说。成像仪和麦克风把她的发言传播到全局和一千亿等候的民众身旁。

我瞥了眼计时器。上午十时三十八分。我们只离开了九十分钟。

12

人类霸主议会所在的建筑是仿照八个世纪以前的美国参议院大楼建造的，并没有怎么沿袭北美共和国或是第一次世界理事会大楼那种更为气派的风貌。主会场非常宏大，四面皆是回廊，就算是环网各星球的三百多名议员和保护体殖民地那七十多名擅长弃权的代表齐聚一堂，也能全数容纳在内。鲜艳的酒红色绒毯从中心的讲台上垂下，眩光夺目，全局发言人，普罗·特恩总统，还有今天到来的霸主首席执行官，都将在这里畅言一番。议员的桌子都属缪尔木质地，由神林的圣徒捐赠得来，他们把这种产品尊为神圣之物，尽管如今天的人山人海，那些打磨得油光闪亮的木头依然让屋子充满了光彩和芳香。

利·亨特和我走进去的时候，悦石的演说正接近尾声。我按了按通信志，得到了最新的数据。同她大部分的演说一样，这一次也是简短而相对通俗的，没有屈尊的恩赐之态，也没有自夸自赞的言辞，但是语言里缀饰有一种特别的措辞和比喻，浑然天成，带着极大的力量。悦石回顾了引发当前与驱逐者交战状态的各大事件和冲突，宣布由来已久的渴望和平的意愿，这一点在霸主政策上依然是处于头等地位，并且呼吁环网和保护体团结起来，直到当前的危机过去。我聆听了她的总结之词。

“……因此，已经来到最后关头了，公民们，在一百多年的和平之后，我们再次进行一场抗争，要保护自从我们的地球母亲灭亡以来，我们的社会曾经致力的权利。在一百多年的和平之后，我们必须再次拿起盾牌和宝剑，不管有多么不情愿，有多么心存厌恶，只有它们，才能保卫我们的出生权，赐予我们公共利益，只有这样，和平才能再次到来。

“要求作战，就不可避免地会引起号角的挑唆和近乎狂喜的趋之若鹜，我们不能……也不该……被这些东西误导。如果有人无视战争这件顶级蠢事的历史教训，他们必将付出比重蹈覆辙更多的代价……他们会被自己的愚行逼死。在我们所有人的前方，可能有着巨大的牺牲。巨大的忧伤可能正等待着我们中的一些人。但不论是成功，还是败退，结果都必然会到来，现在我向大家呼吁，我们必须牢记两件事：第一，我们是为和平而战，我们知道战争状态不可能永远持续，但是，更准确地说，我们经历暂时的苦难就像儿童发高烧，我们知道痛苦而漫长的夜晚过去之后，健康就会到来，而和平就如同健康；第二，我们永远不会投降……永不投降，绝不动摇，也不会屈从于一已的私利……绝不动摇，除非胜利已经被我们获得，侵略已然破灭，和平已经赢来。谢谢大家。”

利·亨特朝前探着身子，热切地望着大部分议员站起身，给悦石报以热烈的喝彩，那声音从高高的天花板上反射而来，一浪接着一浪，冲击着走廊上的我们这些人。大部分的议员。我看见亨特正数着就坐的议员，他们中有些人抱着双臂，也有许多毫不遮掩地皱着眉。战争打响还不到两天，反对派就已经开始发展……首先是殖民星球上那些害怕军部把注意力转向海伯利安之后，自己的安全得不到保障的人，然后是悦石的对手——他们人数众多，像她这样长久执政的人，还没有谁能避免树立任何敌对势力，最后是从她自己的盟友中分离出的一部分成员，他们认为宣战是一项愚蠢的举动，将毁灭霸主前所未有的繁荣。

我望着执行官离开讲台，与年长的总统和年轻的发言人握了握手，然后取道中央走廊离开——同众多人握手相谈，脸上挂着熟悉的微笑。全局成像仪追踪着她，我能感觉到辩论之网因膨胀带来的压力，数以十亿计的民众在万方网的交互平台上说着他们的观点。

“我现在得去见她，”亨特说，“你知不知道她邀请你今晚参加树梢的国宴？”

“知道。”

亨特微微摇了摇头，似乎无法理解为什么首席执行官会把自己留在身边。“宴会会持续到晚上，之后会有一场与军部司令部的会议。她希望你两场活动都能参与。”

“我会参加的。”我说。

亨特在门口停下。“晚餐未开始之前，你有需要在政府大楼办的事吗？”

我对他笑了笑。“我会画我的肖像素描，”我说，“然后可能会去鹿苑走走。然后……我不知道……我要小睡片刻。”

亨特又摇摇头，匆忙走了。

13

费德曼·卡萨德堪堪躲过第一击，子弹从他身边不到一米处划过，击碎了他脚下的岩石，他在被气流击中之前匆忙移开；在翻滚到掩体之后，伪装聚合体已经完全激活，紧致装甲收紧，突击步枪一触即发，护目镜处于完全狙击模式。卡萨德在原地躺了许久，感觉着自己的剧烈心跳，他搜索过山峦、山谷、群墓，寻找热量和动作的蛛纱马迹。什么都没有。他不禁朝黑色的护目镜面微笑。

不管是谁在朝他开枪，定是故意不打中的。他对此相当肯定。用的武器是标准脉冲枪，引燃的是点一八子弹，除非开枪的人在十公里之外，或者更远……否则不可能失误。

卡萨德站起身，朝翡翠茔的掩蔽处跑去，第二发子弹击中了他的胸膛，撞得他向后仰倒。

这次他咕哝了一声，朝旁边滚去，打开所有传感器，向翡翠茔入口全速奔跑。第二发是步枪子弹。不管是谁在逗他玩，枪手用的是军部多功能突击步枪，与他手里的差不多。他猜，攻击者知道他穿着全身护甲，知道不管在任何射程下，步枪子弹都不会起作用。但多功能武器还有其他装置，如果下一轮游戏用死光武器，卡萨德就死定了。他一头扎进坟墓的入口。

传感器依然没探测到热量或动作，除了他的朝圣者同伴们几分钟前进入狮身人面像时留下的正快速冷却中的红黄色足印。

卡萨德把战术植入物切换到显屏，快速扫视了一遍特高频与视频公共频道。什么都没有。他把山谷放大了一百倍，计算风沙影响，激活移动目标指示器。移动的东西没有一个比昆虫大。他放出雷达、声呐，还有罗佛脉冲，看那狙击手敢不敢在这样的导向目标追踪下露面。还是什么都没有。他调出头两发子弹的战术显示，蓝色弹道轨迹一跃而出。

第一击来自诗人之城，西南面四千多米之外。不到十秒之后的第二发，来自水晶独碑，位于东北面山谷深处，几乎整整一千米之外。从逻辑分析来看，一定有两个狙击手，但卡萨德确定他们是同一个。他调高了显示分辨率。第二发子弹是从独碑的高处射来，在它垂直的表面上方，至少有三十米高。

卡萨德快步走出独碑，举起增压步枪，凝视着暗夜、沙尘最后的余迹以及扑向庞大建筑的雪暴。什么都没有。没有窗户，没有裂缝，没有任何开口。

空气中只有雪暴留下的十亿颗胶体微粒，让卡萨德看见一闪而过的激光。在胸膛被击中**之后**，他才看见绿色的光束。他滚进翡翠茔的入口，突然觉得那绿色的墙壁兴许可以帮忙阻止绿光的涌射，他战斗装甲上的超导体朝各个方向散发着热量，战术护目镜显示出他已经推测到的结论：枪击来自水晶独碑的高处。

卡萨德感觉到胸膛一阵刺痛，立即垂下头，看见无敌装甲上出现一个直径五厘米的圆圈，熔化的纤维正往地上滴落。幸而最里层救了他。现在，他裹着束装的身体大汗淋漓，他看见坟墓的四墙正随着他的束装衣服发散的热量一明一暗地发光。生物监控器吵嚷着提醒他注意，但损毁不太严重，束装传感器报告某些循环系统遭到损害，但均可修复，他的武器电量充足，满填子弹，一触即发。

卡萨德仔细思索了片刻。所有的坟墓都是价值连城的考古宝藏，是未来人类赠予的礼物，已经保存了好几世纪，即使它们还在**持续**逆时而行。如果费德曼上校要将自己的生命置于保存如此珍贵的人工遗迹之上，那将是星际级的罪行。

“去你妈的。”卡萨德低声说道，翻身摆出开火姿势。

他用激光扫射独碑表面，直到晶体表面都融成渣滓，滴淌下来。然后他把高爆炸性脉冲栓以十米间距投入那栋建筑，从顶层开始。上千块镜面般的碎片飞向夜空，缓慢翻滚着朝山谷地面坠落，留下丑陋的缺口，就像这建筑的脸上掉了牙。卡萨德又转回宽波连续光，穿过那些裂口向内部扫射，于是好几层里都有东西着火燃烧起来，他在护目镜后窃喜。卡萨德又发射出一阵光束——高能电子束——将独碑从当中撕裂，挖出一条十四厘米宽的完美圆柱隧道，深入山谷悬崖壁半公里深。他接着发射筒制手榴弹，穿入独碑的水晶表面后，炸出上万根针尖大小的钢矛。然后扣发了随机脉冲激光刈条，只要是建筑里的东西敢朝他的方向看，不管是人是鬼，都立马会瞎。最后，他朝受尽摧残的建筑物表面的每一个孔洞里发射了体热追踪镖。

卡萨德滚回翡翠茔门口，掀起护目镜。塔楼里熊熊燃烧的火焰反射在山谷上下四散八落的水晶碎片表面。风突然偃寂，烟雾缭绕，扑上夜空，朱红色的沙丘在火焰映照下越发鲜亮。越来越多的晶片脱落掉下，有些吊在熔出的玻璃细丝上晃荡，空气里突然又充满了风声。

卡萨德推出耗尽的能量弹夹与弹药带，换上腰带里的备用弹药，翻身躺下，呼吸着从敞开门口飘来的凉爽空气。他确信无疑，狙击手已经被他干掉了。

“莫尼塔。”费德曼·卡萨德低声呼唤。他闭上双眼，过了一会儿才继续前进。

莫尼塔第一次来到卡萨德身边，是在公元一四一五年十月一个清晨的爱静阁。当时田野里撒满了死去的法国和英国士兵，森林里是一名敌军的威慑，要不是有这名高大的短发女子相助，敌人就胜利了。他永远忘不了她的双眼。他们并肩作战胜利后，卡萨德与这个女人在森林中做了爱，身上还沾染着被征服骑士的鲜血。

奥林帕斯指挥学校的历史战略网络里的刺激模拟经历，比普通老百姓能够在别处经历的更接近现实，但那个名叫莫尼塔的幻影情人却不是刺激模拟的产物。多年来，自卡萨德还是军部奥林帕斯指挥学校的学生起，到后来，只要是真实战斗后，在疲乏交加中做出的宣泄之梦里，她都会来到他身边。

费德曼·卡萨德与这个名叫莫尼塔的幻影在各个战场的僻静角落做爱，从安提坦[①]到库姆–利雅得。在值岗的热带夜晚，或是俄罗斯西伯利亚草原被围困的冰冻时日，莫尼塔都会来，没有其他人知道，没有任何参与刺激模拟的学生看见。在茂伊约岛战真正胜利之后的夜里，在南布雷西亚他濒死的肉体接受重组的极度痛苦中，两人在卡萨德的梦里絮絮谈情。莫尼塔一直是他唯一的爱——这种无法抵挡的强烈感情混合着血液的腥香、火药味、凝固汽油的味道、柔软的双唇与电离的肌肤。

然后是海伯利安。

---

① 安提坦（Antietam）：美国马里兰州城市。美国南北战争时期，1862年9月17日，对战双方在这里展开激战。当天北方战死12410人，南方战死10700人，是美国内战中死亡人数最多的一天。安提坦战役后，林肯宣布了解放黑奴宣言。

费德曼·卡萨德上校的医疗舰船在从布雷西亚星系返回的途中，遭到驱逐者火炬舰船袭击。只有卡萨德幸存下来，他偷了一架驱逐者的飞机，迫降在海伯利安。在大马大陆。在笼头山脉之外幽僻大地上的高原沙漠与贫瘠的荒地。在光阴冢山谷。在伯劳的王国。

莫尼塔一直等待着他。他们做爱……甚至在驱逐者大规模登陆想要追踪俘虏，在卡萨德、莫尼塔与似乎跟在身边的伯劳把驱逐者舰船轰成炮灰，消灭了他们的登陆部队，并屠杀了整支军队的时候。来自塔尔锡斯贫民窟，父辈祖辈祖祖辈辈都是流亡难民，不管怎么看都是火星公民的费德曼·卡萨德上校，霎时感受到把时间作为武器，把自己变成在敌人间如影穿行的破坏之王时那无上的快意。这快意，凡间武士连做梦都想不到。

但那时候，就在大屠杀之后他们做爱时，莫尼塔变了。变成了一个魔鬼。或者是伯劳取代了她的位置。卡萨德不记得细节了；而且如果不是生死攸关的话，他也**不想**记起来。

但是他知道他回去找过伯劳，想杀了它。去找莫尼塔，想杀了她。杀她？他不知道。费德曼·卡萨德上校只知道是情欲生活里那如火的热情把他带到了此时此地，如果在这里等待他的是死亡，那就听天由命。如果等待他的是足以撼动瓦尔哈拉英灵殿的爱、光荣还有胜利，那就迎接现状吧。

卡萨德一把拨下护目镜，站起身，朝翡翠莹狂奔，一路狂叫。他的武器朝独碑发射着烟雾弹和空炮，但需要跨越的地域太宽广，这些东西根本起不了掩护作用。那人还活着，并从塔顶向他开火；子弹和脉冲电荷追着他一路爆炸，他躲闪着，从一个沙丘跳向另一个沙丘，从一堆碎石跃向另一堆碎石。

钢矛击打着他的头盔与双腿。他的护目镜崩裂开来，警告信号装置闪烁着。卡萨德关闭了战术显屏，只留下夜视辅助。高速的固体子弹击打着他的胸膛和膝盖。卡萨德蹲下身，被迫蹲了下去。紧致装甲变得僵硬，然后松弛，他站起身来再次奔跑，感觉着深层瘀伤逐渐成形。他的变色聚合体拼命工作，反射出他正在穿越的无人之境：夜晚、火焰、沙漠、熔化的水晶、燃烧的石头。

独碑五十米外，一波光之缎带投向他的左右，一碰就将沙粒熔成玻璃，以极快的速度追赶着他，无可闪避。死光不再戏耍他，开始专击要害，以恒星般的热量刺入他的头盔、心脏和腹股沟。他的战斗装甲变得如镜面般明亮，每一微秒都转变着频率，以应对各种风格的攻击。过热的空气腾起一个个光轮围绕着他。微电路在超载和极度超载下尖叫着，释放出热量，努力建起微米级的薄量场，不让热量接触血肉与骨头。

卡萨德挣扎着走过最后二十米，用动力辅助跳过下陷的水晶壁垒。各处都在疯狂爆炸，把他击倒在地，又重新托起。束装完全僵直了；他就像个在燃烧的双手间抛来抛去的玩偶。

轰击停止了。卡萨德跪起身，然后站了起来。他抬头看着水晶独碑的表面，那里除了火焰和裂缝，别的几乎一点不剩。护目镜裂缝已经彻底断裂，没啥用了。卡萨德把它推起，呼吸着浓烟滚滚的电离空气，走进墓冢。

植入物告诉他，所有的交流波段上都涌动着其他朝圣者的呼叫。他全数关掉。卡萨德取下头盔，走入黑暗。

房间没有连着任何小间，宽阔，方方正正，一片黑暗。一架敞开的升降机井立在中间，他抬头看着一百米之上七零八落的天窗。十楼有个人影在等他，距地面六十米，火焰映出他的轮廓。

卡萨德把武器挂上肩头，头盔夹在腋下，找到中央升降机井里的大螺旋楼梯，开始攀登。

14

“你睡过了吗？”我们走上树梢远距传输接待区的时候，利·亨特问我。

“睡过了。”

“我希望，你做的是个好梦吧？”亨特说着，对于我这种在政府的达官要人辛苦卖力时还胆敢睡大觉的人，丝毫没有要隐藏讽刺和偏见的意思。

“不是特别好的梦。”我说着，环顾身前通向就餐楼层的宽阔楼梯。

在环网，每一块大陆上每一个国家里每一个省的每一座城镇都似乎夸口说拥有四星级餐厅；真正的美食家数不胜数，鉴赏力经过两百颗星球珍馐佳肴的千锤百炼，但哪怕在这个烹调技术高超、餐饮业鼎盛发达的环网，“树梢”也能独树一帜。

“树梢”坐落于巨杉成林的星球上，位于最高的某棵树上，占据了好几英亩面积的上枝，距地面达半英里。我和亨特爬上一段楼梯，此处有四米宽，掩映在宽如大街的庞大树枝之间，它们的树叶都如船帆大小，而主干——被聚光灯照亮，只能从树叶的缝隙间瞥见——比大多数山脉的正面还要峻峭和雄伟。树梢的上层建有凉亭，其中坐落着二十个用餐平台，入座的依据是阶衔、特权、财富和权力的升序排列。特别是权力。在这个社会，拥有亿万家财几乎是家常便饭，尽管树梢的一顿饭花费高达一千马克，但还是有上百万人有实力支付，而最终裁定地位和待遇的就是权力——这永不过时的货币。

傍晚的聚会选在最上层甲板的一个堰木质地的弧形平台（因为缪尔木不允许被践踏），从那里可以望见渐暗的柠檬色天空，一片无垠的略矮树梢延伸至辽远的地平线，圣徒的树屋和礼拜室发出柔和的橘红色光线，从远处微微曳动的绿色、焦茶色和琥珀色树叶墙面之中透过来。参加宴会的大约有六十人；我认出了科尔谢夫议员，他那头白发在日式提灯下熠熠闪光，还有阿尔贝都顾问、莫泊阁将军、辛格元帅、普罗·特恩·登齐尔-希亚特-阿明总统，全局发言人吉本斯，另外还有十数个议员，来自诸如天龙星七号、天津四丙、北岛、富士星、复兴姐妹星[①]、麦塔科瑟、茂伊约、希伯伦、新地、伊克塞翁等强大的环网星球，以及一群地位较低的政客。行为艺术家斯宾塞·雷诺兹也在场，他穿着一身华美的栗色天鹅绒正式上衣，此外我没有见到任何艺术家。我倒是看到泰伦娜·绿翼-翡正在人满为患的甲板另一侧——这个从出版商转行来的慈善家身着一袭由上千片薄如蝉翼的皮革花瓣缀成的礼服，深蓝色的秀发高高盘起，塑成波浪形，礼服却是手工缝制出的独创样式，脸上的妆容惹人注目，却拒人千里之外，和五六十年以前比起来，她的姿色确实

① 即复兴之矢和复兴之二。

大不如前。我在摩肩接踵的大厅里朝她的方向挤去，宾客在倒数第二层甲板上四处游荡，洗劫那里数不清的酒吧，等待着主人用餐的一声令下。

“约瑟夫，**天哪**，”我挤完最后几码的时候，绿翼–翡惊呼道，“你怎么**也**被邀请到这样一个沉闷的宴会上来了？”

我微微一笑，递给她一杯香槟。这个掌管了文学风尚界的皇太后之所以认识我，只是因为一年前她曾去希望星参加了为期一周的艺术节，而当时我恰恰与一些环网闻名的大师级人物交好，譬如萨姆德·布列维三世、哈弗尔的米龙，还有李思梅·考伯。泰伦娜是一只拒绝灭绝的恐龙——要不是厚重的粉底遮盖，她的手腕、手掌和脖颈都会因重复多次的鲍尔森理疗而大泛蓝光，此外，她花费数十年的时间参与短程星际巡航跃迁，或是令人难以置信地去那些高档得都少有人知道名字的矿泉疗养地接受昂贵的冰冻沉眠；结果，泰伦娜·绿翼–翡坚韧不拔地将人类社会在手中牢牢抓了三个多世纪，还没有任何要放手的意思。每次从长达二十年的沉眠中醒来，她的财富便已翻上一倍，传奇指数也急速膨胀。

“你还住在我去年游历过的那颗**沉闷**的小行星上吗？”她问。

“那是希望星。”我开口道，心里明白，她知道那颗无足轻重的星球上每一位重量级艺术家宅邸的确切位置。“不，从表面上看，可以说我目前已经移居到了鲸心。”

绿翼–翡做了个鬼脸。我隐隐约约感觉到大约有八到十个旁观者正专心地注视着我，心里揣测着，这个进入**她**内层轨道的无礼年轻人究竟是何方神圣。“那对你来说真是太惨了，”泰伦娜说，“竟住在一颗满是商贩和政府官僚的星球上。我希望他们准许你早日解脱！”

我举起酒杯向她敬酒。“我也想问你，”我说，“你以前是不是马丁·塞利纳斯的编辑？”

这位皇太后放下酒杯，冷冷地瞪着我。刹那间，我想象着如果梅伊娜·悦石和这个女人专注地进行意念对决，会是什么情景；我打了个冷战，等待着她的答案。“我亲爱的孩子，”她说，“这过去的事，都**老掉牙**了。你这么漂亮的年轻脑瓜怎么会纠缠在这种陈腐的琐事上呢？”

“我对塞利纳斯很感兴趣，”我说，“对他的诗作感兴趣。我只是很好奇，不知道你是否和他有联系。”

“约瑟夫，约瑟夫，约瑟夫，”绿翼–翡女士嘟囔道，“可怜的塞利纳斯已经**好几十年**杳无音讯了。唉，那个可怜虫一定早已**老迈不堪**。”

我没有向泰伦娜指出，她担任塞利纳斯的编辑时，诗人可比她年轻得多。

“真奇怪，你竟然会提起他，”她接着说，“我以前所在的‘超线’公司，最近放消息说，他们正在考虑出版马丁的一部分作品。我不知道他们是否同他的居所联系过。”

“他的《濒死的地球》系列书籍？”我问，想起了多年以前曾经颇为热销的思怀旧地的书卷。

“不是，说也奇怪。我确信他们打算出版他的《诗篇》。”泰伦娜说。她笑了，从一个修长的乌木香烟盒里抽出一支隐藏其中的印度大麻，一名扈从匆忙上前点燃了它。“真是个**古怪的**选择，”她说，“竟是考虑到可怜的马丁尚在人世之时，还没有人读过《诗篇》。唔，我总认为，没有任何东西会对艺术家的职业生涯有帮助，除了他们微不足道的死亡和退隐。”她笑了——尖锐细微的声音，听起来就像金属在磨锉岩石。围在她身边的人当中有一半都附和着笑起来。

“你最好确认一下塞利纳斯是不是真的死了，”我说，“完整的《诗篇》读起来会顺畅得多。”

泰伦娜·绿翼–翡用一种奇怪的眼神看着我，用餐的铃响穿过曳动的树叶传了而来，斯宾塞·雷诺兹手臂一挥，向这位**尊贵的夫人**做了个绅士的举动。人们开始攀爬那最后一截似乎通往星辰的楼梯，而我喝光了手中的酒，把空杯子留在栏杆上，快步上前，加入众人的行列。

我们坐定后不久，首席执行官和她的扈从便到场了，悦石作了番简短讲话，这也许是她今天的第二十次讲话，还不包括她早上向议院和环网作的演说。今晚举办宴会的初衷是要认可为阿马加斯特救济金筹款作出的努力，但悦石的讲话很快又转移到了战争，以及积极高效地参战的必要性，同时，环网各地的领袖要促进团结。

她发言的时候，我的视线越过栏杆向外面的景色望去。柠檬色的天空已经溶解成了暗淡的藏红花色，很快又褪入热带地区色彩鲜亮的黄昏，好似一块厚重的蓝色帘幕挂上了天空。神林有六颗小月亮，从这个海拔看去，有五颗都清晰可见。在我观赏星星隐现的时候，有四颗正竞相穿越天穹。空气中富含氧气，几乎有些令人陶醉，并带着一种浓重的湿润的青草香味，那味道让我想起了自己逗留在海伯利安的清晨。但是神林不允许驾驶电磁车、掠行艇或任何一种飞行工具——因此从没有石化尾气或融合细胞尾波污染过这里的天空——这里也没有城市、交通干线，在电灯的光芒映照下，星星看起来明亮得几乎可以和那些悬挂在树枝和支柱上的日式提灯及荧光球媲美。

日落之后，微风重又漾起，现在整棵树都微微摇动着，宽阔的平台就像一艘在平静海面上的船，轻微地晃动着，堰木和缪尔木支柱和扶柱略微有些膨胀，发出轻柔的吱嘎声。我看见遥远的树梢之间有灯光星星点点地亮起来，意识到它们中的大多数来自“房屋”——圣徒出租的几千房屋中的几间——它们也可以连接到由远距传输器互相连接的跨星宅第，不过前提是你付得起以百万马克计的起步价，才能享受这样的奢华。

圣徒在“树梢”的日常经营和代理出租并没有玷污他们的声誉，他们只是为这些努力设立起严格而不可亵渎的生态条件，但他们也从这些事业中收益了上亿马克。我想起他们的星际巡游船“伊戈德拉希尔”号，一棵采自这颗星球最为神圣的森林中一公里长的巨树，由霍金驱动奇点生发器推动，覆盖有最为错综复杂的能量护盾保护，还承载有最大限量的尔格能量场。不知何故，真是莫名其妙，圣徒竟会同意将“伊戈德拉希尔”号送去执行疏散任务，那仅仅是去替军部的反入侵特遣部队挨枪子儿。

当价值连城的东西被暴露在危险之下，什么样的事都可能发生，“伊戈德拉希尔”号在进入海伯利安轨道的时候被摧毁了，是亡于驱逐者的进攻，还是其他什么力量，尚不得而知。圣徒有何反应？究竟是为了什么，令他们让世上仅有的四艘树舰之一冒覆灭的风险？他们的树舰船长——海特·马斯蒂恩——被选中成为七名伯劳朝圣者之一，又为什么在风力运输船快要抵达草之海岸边的笼头山脉时，突然失踪了？

该死，战争却才打响几天，疑团就已经这么多了。

梅伊娜·悦石结束了她的讲话，指示大家享受晚宴。我礼貌地鼓了掌，然后挥手叫来一个服务生帮我斟满酒杯。第一道菜是古典沙拉，依照帝国时代的制法，我满怀热情地享用着，意识到那天除了早饭以外我再没吃过什么东西。叉起一小枝豆瓣菜的时候，我记起了西奥·雷恩总督吃熏肉、鸡蛋和腌鱼的情景，当时细雨正温柔地从海伯利安湛青色的天空上洒下。那是梦吗？

“你对战争有何看法，赛文先生？”行为艺术家雷诺兹问道。

他在宽阔餐桌的另一面，斜对着我，但声音听得清清楚楚。我看见泰伦娜坐在那里，朝我扬了扬眉毛，她的座位在我右边，中间隔了三个人。

“一个人对战争能有什么看法？”我回道，再次品起酒来。品质优良，虽然环网中什么都不能同我记忆中的法国波尔多葡萄酒相比拟。“战争无须评判，”我说，“只有生死存亡。”

“恰恰相反，”雷诺兹说，“自从大流亡以来，人类已对许多事物重新定义，战争也不例外，它正要跨过艺术殿堂的门槛。”

“艺术殿堂。”一个留着栗色短发的女人叹道。数据网告诉我，此人便是苏黛·谢尔女士，加布里尔·费奥多·科尔谢夫议员的夫人，而她自己也拥有慑人的政治权力。谢尔女士穿着一身由金属箔片缀成的蓝金相间的长袍，脸上带着兴趣盎然的专注神情。“战争是艺术形式，雷诺兹先生！这是多么引人入胜的观念！”

斯宾塞·雷诺兹比环网的平均身高矮一点点，但比普通人俊美得多。他的卷发理得较短，肤色似乎是被仁和的阳光镀上了一层古铜，又略微涂上了精妙的人体彩绘，他的服饰和基因修饰虽奢华却不做作，举手投足间昭示着随性的自信，那种自信对所有的男人来说都梦寐以求，但只有极为少数的人能够得到。他的智慧飘扬在外，他对别人的关注情真意切，他的幽默感传奇如诗。

但我立即发现自己不喜欢这个杂种。

“**所有的一切**都是艺术形式，谢尔女士，赛文先生，”雷诺兹笑道，“或者早晚会变成艺术形式。我们曾经认为战争无非是政治通过另一种手段的强加，现在我们已经超越了这个论断。”

“外交。”坐在雷诺兹左侧的莫泊阁将军说道。

“对不起，您说什么，将军？”

“外交，”他说，“而且不是‘强加’，是政治的‘继续’。”

斯宾塞·雷诺兹站起身鞠了个躬，略微摆了摆手。苏黛·谢尔和泰伦娜柔声笑了。阿尔贝都顾问的影像从我左边探过身来说道：“我相信，那是冯·克劳塞维茨[①]的名言。”

我朝顾问望了一眼。在他头上和身后两米外，有个轻便投影仪器在盘旋，那玩意儿比在树枝间飘动的辐射蛛纱大不了多少。这影像比不上政府大楼里的那个，并非十全十美，但已远远好过我见过的任何私人全息影像。

莫泊阁朝这位内核代表点了点头。

“无所谓，”谢尔说，“将战争看作艺术的**观点**，真是太天才了。”

我吃完了沙拉，一名人类侍者迅速撤下碗具，换上一道我不知道是啥玩意儿的深灰色汤点。汤汁正冒着热气，略微带着肉桂和海洋的芬芳，吃上去可口无比。

“战争是艺术家的完美手法，”雷诺兹又开始滔滔不绝，高举起他的沙拉盘，像举着一根指挥棒，“我不是说那些……学习过所谓的战争科学的手艺者。”他朝着莫泊阁将军右边的另一名军部官员报以微笑，将两人都逐出了考虑范围，“而是那些愿意将视线超越战术、战略的官僚政治底线，超越那过时的只求‘胜利’意愿的人。只有他们，才能真正地将现代社会的战争——这一使起来尤为不易的手段运用自如。”

---

① 克劳塞维茨（Carl Von Clausewitz，1780–1830），普鲁士军事理论家，西方近代军事理论奠基者，参加过欧洲反法联盟对拿破仑的战争，历任骑兵军参谋长、军团参谋长、柏林军官学校校长等职，获少将军衔。他先后研究了1566–1815年间所发生的130多个战例，总结了自己所经历的几次战争的经验，在此基础上写出了一部体系庞大、内容丰富的军事理论著作《战争论》。前文中所引的名言即出自本书，原话为“战争是政治通过另一种手段（暴力手段）的继续”。

“**过时**的只求胜利的意愿？”那名军部官员说道。数据网悄声告诉我，他就是威廉·阿君塔·李指挥官，一名在茂伊约战争中脱颖而出的海军英雄。他看起来相当年轻——约摸五十五六岁的样子——从军衔可以看出，他的年轻是由于多年在行星间穿行的经历，而非鲍尔森理疗的效用。

“当然过时了，”雷诺兹笑道，“你认为雕塑家会想去**战胜**黏土吗？画家会去攻击帆布吗？说得再浅显一点，一只雕或者托马斯鹰，愿意袭击天空吗？”

“雕已经绝种了，”莫泊阁嘟囔着，“也许它们是**应该**袭击天空。因为天空背叛了它们。”

雷诺兹转身对着我。侍者拿掉了被他丢弃的沙拉，奉上鲜汤。“赛文先生，你是名艺术家……至少是名画家，”他说，“帮我向这些人解释解释我的意思。”

“我并不清楚你的意思。”我轻敲酒杯，等待着下一道菜。杯子立即被斟满了。我听见悦石、亨特还有几名救济基金会主席正朗声大笑，笑声从桌子最前端、距我三十英尺的地方传来。

斯宾塞·雷诺兹对我的无知毫不惊诧。“我们的民族要真正地接触到开悟，要转入我们的众多哲学所宣扬的知觉与进化的下一层面，就必须将人类致力的**所有**方面，都有意识地向艺术的高度奋斗。”

莫泊阁悠长地饮了一口，轻蔑地哼了一声。“包括这些身体官能，譬如吃饭、性交，还有排便，我想是吧。”

“**特别是**这样的官能！”雷诺兹叫道。他张开双手，包纳着这张长桌和它上面的众多佳肴。“你在此所见的是动物性的需求，将死去的有机化合物转化为能量，吞噬其他生命的低级行为，但是树梢已经将它变为了艺术！长久以来，文明人类舞蹈的精髓已经替代了生殖活动原始的兽性起源。排泄必将成为纯粹的诗歌！”

“下次我去拉屎的时候一定会记起你这句话。”莫泊阁说。

泰伦娜·绿翼–翡微笑着转向右边身着黑衣红裤的人。“蒙席，贵教……天主教，是早期的基督教，对吧？……关于人类达到一个更高位的进化形态，您定是有什么可喜的古老教义吧？”

我们都转头朝这名矮小、沉默的男人看去。他穿着黑色长袍，戴着一顶奇特的小帽。早期基督教教派现在只在佩森和一部分殖民行星上拥有信徒，爱德华蒙席正是这几乎已被遗忘之教派的代表，他位列宾客之席，只因为他参与了阿马加斯特的救济计划，自开宴以来，他都只是默默地独自品尝着汤水。现在，他抬起头，脸上带着一丝惊讶，露出数十年来忧虑刻下的饱经风霜的线条。“啊，有的，”他说，“圣忒亚的教义就是探求向欧米伽点[①]的进化。”

“欧米伽点是不是类似于咱们禅灵教完美开悟的观点？”苏黛·谢尔问。

爱德华蒙席眼带渴望地看着他的汤水，似乎那比当前的话题更为重要。“事实上，并不怎么相似，”他说，“圣忒亚认为，所有的生命、有机体意识的不同层面都是逐级进化的一部分，最终，我们将获得神性。”他微微皱了皱眉。“过去的八个世纪里，忒亚的见解曾多次得到修正，但核心的思想依然不变，那就是，我们认为耶稣·基督是人类这一层面上终极意识化身的例证。”

我清了清嗓子。“关于忒亚假说，耶稣会士保罗·杜雷不是出版了一本广布星球的详尽著作吗？”

爱德华蒙席探过身子，看了看泰伦娜和身边各人，然后直视着我。那张好奇的脸上带着惊讶。“噢，是的，”他说，“但我很惊

① 欧米伽（Omega）：是希腊字母的最后一个，欧米伽点即指最终点。

奇，你竟然对保罗·杜雷的著作如此熟悉。”

我也回视着这个男人，他是杜雷的朋友，甚至在杜雷因叛教而被流放至海伯利安的时候，这段友情也未曾终止。我又想起了另一名来自新梵蒂冈的难民，年轻的雷纳·霍伊特，他现已死去，正躺在一座光阴冢里，十字形的线虫携带着他和杜雷变异的DNA，正在开展它们残忍的复活运动。一边是对十字形的憎恨，一边是忒亚和杜雷关于人类会不可避免地向神性进化、荣享福祉的观点，两者怎么会并行不悖呢？

斯宾塞·雷诺兹显然觉得谈话已经长时间偏离了自己的掌控。“重点在于，”他说，低沉的嗓音突然从桌子那边杀将过来，淹没了其他人的对话，“战争，跟宗教或者其他任何一种在此层面上开发并组织人类活力的努力一样，它必须弃绝先前拘泥于**物自身**的幼稚成见——这通常会通过一种具有‘目标’的盲从追捧来表现——并且在自己全部作品的艺术纬度里得到充分纵放。而我本人最新的策划——”

“那么贵教的目标是什么呢，爱德华蒙席？”泰伦娜·绿翼-翡问道，悄悄把话题的绣球从雷诺兹那里偷了过来，既没有抬高她的音量，也没有把视线从神父身上移开。

“帮助人类了解上帝，并为之服务。”他说着，响亮地咂吧着嘴，把汤喝完了。这位年老的矮小神父沿餐桌看过去，望着阿尔贝都顾问的投影。“顾问先生，我听流言说，技术内核正在追求类似的目标，这真是无巧不成书。听说你们在试图建造自己的上帝，这是真的吗？”

阿尔贝都的笑容调整得恰到好处，充分显示了他的友善，又没有表现出任何屈尊俯就的意思。“几个世纪以来，内核成员一直致力于创造远远超出我们贫乏智力的人工智能，至少是创造一个理论模型，这早已不是秘密。”他做了个反对的手势。“但这几乎不能算作是在创造上帝，蒙席。我们更多地是在从事对该种可能性研究的工作，贵教的圣忒亚与杜雷神父身先士卒的探索过程，不也正是为了这个？”

“但是你相信，将自身的演化和谐地编配出如此高级的意识是可行的，对不对？”指挥官问道。李，这名海军英雄此前一直在侧耳倾听。“就像我们曾经用硅和微芯片设计出你们拙劣的祖先一样，你们想要设计一个终极智能？”

阿尔贝都笑了。“恐怕，此事既非如此简单，也非如此宏伟。当你们称呼‘你们’的时候，指挥官，请记住，我不过是众多智能中的一个人格罢了，但是，我们之间的多样性并不逊于这颗星球上的人类……实际上，甚至也不逊于整个环网内的所有人类。内核并不是什么独块石碑，其中也有很多不同阵营，不管哪个方面：有哲学、信仰、假说——如果你愿意的话，也可称之为**宗教**——一如具有多样性的公社必然具有的东西。”他双手互握，像是这席话中隐含了一个笑话，令他欢愉。“虽然我倾向于将寻求终极智能看作是业余爱好，而非宗教。你可以将其比作制作瓶中船[1]，指挥官，或者是争论针尖上能站立多少位天使，蒙席。”

大家甚为礼貌地笑了，只有雷诺兹无意地皱着眉，毫无疑问，他正在搜索枯肠，怎样才能重新夺回谈话的控制权。

“那么，有个流言，说内核在寻求终极智能的过程中，已经建好了旧地的完美复制品，您又作何解释呢？”我问道，连自己都为这个问题感到惊异。

阿尔贝都的笑容没有一丝衰减，友善的目光也没有任何动摇，

① 一门古老的艺术，通过玻璃瓶的瓶口在瓶中组装船只模型，需要极大的耐心。

但是刹那间，我感到有**什么东西**通过这个投影传达了过来。那是什么？震惊？愤怒？可笑？我不知道。在那永恒的一秒里，他完全可以通过我的内核脐带和我进行私人交流，或是沿着我们在迷宫数据网——那个人类以为只是弄巧成拙的东西里——沿着我们为自身保留的无形走廊，传递出不计其数的数据。或者他也可以杀了我，利用内核任意神灵的职权，控制我这样的意识周围的环境——这就跟研究院首长要求属下的技工将一只讨厌的实验室老鼠永远麻痹掉一样，简单至极。

餐桌上下，其余的讨论都停止了。就连梅伊娜·悦石和她身边那群超级要人也朝我们的方向望过来。

阿尔贝都顾问的笑容却更加灿烂。“真是令人欣欣然的古怪流言！告诉我，赛文先生，一个人……特别是像内核这样的有机体，你自己的评论也将之称作‘一伙无实体的大脑，脱离了电路的失控程序，将大部分时间用于从它们并不存在的肚脐中拉出智能毛绒’……他们怎么可能建造出‘旧地的完美复制品’？”

我看着投影，视线**穿越**了它，第一次意识到阿尔贝都的菜品和食物也都是投影；我们说话的时候，他也在用餐。

“还有，”他继续说道，显然被深深地逗乐了，“难道这个流言的散布者就没有想过一个‘旧地的完美复制品’实际上就有可能是旧地**本身**？要这么大费周章探索高级人工智能矩阵理论上的可能性，这有什么好处呢？”

我没有回答，与此同时，一阵令人不安的静默在餐桌的整个中央部分沉淀下来。

爱德华蒙席清了清嗓子。“这似乎是说，”他开口道，“任何一个……啊……能够任意创造某一星球精确复制品——特别是一个近四个世纪以来已被摧毁的星球——的社会，没有必要去追寻上帝；它自己就将**成为**上帝。”

“完全正确！”阿尔贝都顾问笑道，“这流言很疯狂，但是听起来真痛快……真是痛快极了！”

所有人都松了口气，笑声填补了先前寂静留下的空洞。斯宾塞·雷诺兹开始谈起自己的下一项计划——试图要让二十颗星球上自杀的人同时从桥上跳下，并让全局密切关注——泰伦娜·绿翼-翡又以一个简单的动作偷走了所有人的注意力，她揽住爱德华蒙席，邀请他参加她无限极海漂浮庄园的裸泳派对。

但我看见，阿尔贝都顾问正盯着我。我转过头，看见利·亨特和首席执行官向我投来好奇的目光，然后我旋过椅子，看着侍者们送上银盘装盛的主菜。

菜肴可口无比。

15

我没有去参加泰伦娜的裸泳派对。我最后看见斯宾塞的时候，他正诚挚地同苏黛·谢尔聊天，他也没有去。我不知道爱德华蒙席有没有屈服于泰伦娜的诱惑。

宴会还没有完全结束，救济基金会主席们正在一一作简短发言，许多地位更高的议员烦躁不安起来。此时，利·亨特轻声告诉我，首席执行官一行准备离开，且要求我随行。

现在约摸是环网标准时间二十三时整，我料想他们应该是要返回政府大楼，但是当我踏上单向传送门的入口时（除了执行官的保镖为我们殿后之外，我是这群人中最后一个离开的），我被眼前的景象惊呆了。我正俯瞰着一条砌有石墙的走廊，狭长的窗外正上演着火星日出，将走廊衬托得活像浮雕。

从技术上说，火星并不属于环网；这颗人类最为古老的地球外殖民地被蓄意隔绝，难以企及。禅灵教的朝圣者若是想要去拜访希腊盆地的上神之岩，须得先传送至家园星系主站，然后去伽尼梅德[1]或者木卫二乘坐航天飞机，最后才能抵达火星。虽然仅需绕几小时的弯路，但对于一个每样东西都真真切切触手可及的社会来说，这样就似乎带有牺牲和冒险的意味。除了历史学家和白兰地仙人掌农业专家之外，极少有其他领域的专业人士被吸引到火星上。过去的一个世纪中，禅灵教逐渐衰败，因此，就算是去那里的朝圣之途也不再拥挤。没人在乎火星了。

除了军部之外。虽然军部的后勤管理局设在鲸心，其基地遍及环网和保护体，但火星依然是这个军事组织的真正总部，而奥林帕斯指挥学校正是它的心脏。

一小撮军事要人正等候着向那一小撮政治要人致意。我朝一扇窗户走去，瞪大眼睛欣赏着外面的星丛，它们就像互相碰撞的星系，正盘绕纷飞。

整幢综合楼从奥林帕斯山的上缘雕刻而出，走廊属于其中一部分，站在我们立足之处这海拔十英里的地方，感觉像是可以一下将半个星球尽收眼底。从这里望出去，星球就像一座远古的盾状火山，而那些玩着缩距把戏的高速公路，沿着悬崖壁建起的旧城，还有塔尔锡斯高原的贫民窟和森林，都成了红色地表上弯弯曲曲的线条，看起来就像是自从人类第一次踏足这颗星球，宣布它是一个叫作日本的国家的领地，然后拍了张照片以来，就再也没有过任何变化。

我观赏着一颗小恒星的升起，心里想着，*那便是太阳*。云层偷偷从无限绵长的山腰另一端的黑暗中溜出。我正欣赏着阳光在云层之上异彩斑斓的景象，这时，利·亨特忽然走近身来。“首席执行官在会议结束之后要见你。”他递给我两本素描本，那是一名助理之前从政府大楼带过来的。“在此次会议上，你的所闻所见都是绝

---

[1] 伽尼梅德（Ganymede）：木星最大的卫星。

密级内容，你应该能意识到吧？”

我没有把这句话当作是个疑问句。

宽阔的青铜门在石墙间洞开，指示灯闪亮，显示出铺陈着地毯的斜坡和楼道，通向一片宽广的黑色区域中间的战略决议中心会议桌，那地方就像是一座巨大的礼堂完全没入了黑暗，唯有一座单独的小岛还沐浴在光亮之下。助理匆忙带路，拉出椅子，混入阴影。我不太情愿地转身背对着日出，跟随人群，走进深渊。

莫泊阁将军和另外三名军部领导人亲自上阵作简报。图解显示的位置同政府大楼这里作简报时用的粗陋随调板和全息图像之间足有好几光年的距离；我们身处广阔的空间，如果需要的话，这里容纳全部八千名军校生和职员也没问题，但是现在，我们头顶大部分的黑暗已经被任意球球场大小的欧米伽质量全息图像和图表填满。那景象竟有几分吓人。

简报的内容也令人堪忧。

“这次海伯利安星系的战斗，我们即将撤退，”莫泊阁总结道，“最乐观的估计是，打成平手，将驱逐者游群牵制在防御带之外，让他们与远距传输器奇点球保持大约十五天文单位距离。但是如果这样，我们会经常受到骚扰，军力受他们的小型飞船袭击消耗。而最坏的估计是，我们将不得不撤退，转入防御状态，同时疏散舰队及霸主居民，听任海伯利安落入驱逐者之手。”

“我们之前所说的致命一击出了什么问题？”科尔谢夫议员问道，他坐在靠近这张菱形桌子顶点的地方。“对游群决定性的进攻呢？”

莫泊阁清了清嗓子，但是纳西塔元帅随之站起身来，将军瞥了他一眼。军部太空司令的黑色制服让他紧绷的脸庞像一幅幻象飘浮在黑暗中。一想到这个影像，我就感觉到一阵**似曾相识**的感觉，但是我回头看了眼梅伊娜·悦石，她脸上正被飘浮在我们头上各种各样的战争图表照亮，那些东西就像著名的达摩克利斯之剑的全息光谱形式，于是我又开始作画。我已经收好纸质素描本，现在正用我的触控笔在柔韧的随调薄板上作画。

“首先，我们关于游群的情报必然有限，”纳西塔开口道，头顶的图形改变了，“侦察探针和远距离侦察机不可能告诉我们驱逐者迁移舰队每一个作战部队的特质。先前我们得出的结果，显然严重低估了这个游群实际的战斗力。我们意图刺穿游群防御，只运用了远距离攻击战斗机和火炬舰船，但并没有达到我们预期的效果。

“其二，要让海伯利安星系这么庞大的防御范围保持稳定，已经给我们的两支正在执行任务的特遣部队提出了过分的要求，此时此刻，要将足够数量的舰船送去战场上进攻，实在是强人所难。”

科尔谢夫打断了他的话。“元帅，你是说你们的舰船数量太少，不足以执行这次任务，来粉碎并击退驱逐者这次对海伯利安星系的攻击。我说得对吗？”

纳西塔瞪着议员，我由此想起了以前所看过的油画上，那些瞬时即将拔剑出鞘、杀人于无形的武士。“完全正确，科尔谢夫议员。”

“然而就在一标准星期之前，我们战事内阁的简报中，你向我们充分保证，两支特遣部队足以保护海伯利安不受侵略，也不会让它毁灭，**并且**还能给驱逐者游群来上致命一击。现在是怎么回事，元帅？”

纳西塔完全站直身子——他比莫泊阁高，但依然比环网平均身高要矮——然后将视线转向悦石。“执行官大人，我已经解释过，出现了变故，我们得修正作战计划。我能重新开始简报吗？”

梅伊娜·悦石双肘支在桌子上，右手托腮，两根手指抵着脸颊，另两根蜷在颚下，拇指依着下颌，看样子是注意力有点不集中了。“元帅，”她和蔼地说，“虽然我相信你不应该回避科尔谢夫议员的问题，但我认为，你在这次及前几次的简报中为我们勾勒的情势已经回答了这个问题。”她转身看着科尔谢夫。“加布里尔，我们的估算有误。就算军部投入全部兵力，我们最好的情况也是陷入僵局。驱逐者比我们想象的更为卑鄙、强盛，人数也更为众多。”她又将倦怠的目光转向纳西塔。“元帅，你们还需要多少舰船？”

纳西塔吸了口气，显然在简报开始后这么快就被问到这样的问题让他感到很泄气。他朝莫泊阁和其他的联合领袖瞥了一眼，然后双手下垂紧握，像是葬礼主持的姿势。“两百艘战舰，”他说，“**至少**两百艘。这是最小数额。”

议室上下一阵骚动。我从画作上抬起头来。除了悦石，每个人都在窃窃私语，不然就是动来动去。过了一会儿我才弄明白。

整个军部太空战舰队的舰船数量还不足六百。当然每一艘都贵得惊人——修造一两艘星际大型军舰已经非常吃力，要支付起更多军舰的开支，能办到的星球经济实在寥寥可数，甚至几艘装载霍金驱动的火炬舰船就可能令一颗殖民星球破产。它们当中每一艘都极为强大：一艘攻击航母可以摧毁一颗行星，一队巡洋舰和神行驱逐舰可以摧毁一颗恒星。可以想象，已经聚集在海伯利安星系的霸主飞船足以摧毁环网大部分星系（如果通过无线电导引穿过军部大型远距传输矩阵）。纳西塔要求的这种战舰，在一个世纪以前，只用了不足五十艘，就摧毁了格列依高的舰队，并永远镇压了兵变。

但是纳西塔请求背后那真正的问题，是要将霸主舰队的**三分之二**同时投入海伯利安星系。我能感觉到不安像电流一样流过这些政治家和决策者。

来自复兴之矢的李秀议员清了清嗓子。“元帅，我们以前从没有如此集中过舰队火力，是吧？”

纳西塔平稳地转过头来，就好像他的脖子是个轴承。那副板着的面孔也没有丝毫缓和。“我们以前从没有为了霸主的前途致力于如此重要的舰队行动，李秀议员。”

“是的，我明白这点，”李秀说，“但我想问，这对环网别处的防御会有什么影响。这难道不是令人胆寒的赌博吗？”

纳西塔咕哝了一声，他身后广阔空间里的图标旋转起来，泛起迷雾，然后结合到一起，一幅从黄道平面上方摄下的银河系图景出现在我们眼前，美得令人心悸；角度突变，我们似乎正在以快得令人眩晕的速度朝一条旋臂冲去，直到蓝色网格的远距传输网近在眼前。霸主，这颗不规则金色核子的尖顶和伪足延伸入保护体的绿色光轮。环网的外形看起来杂乱无章，在银河系壮美的恢宏面前更是相形见绌……这些印象确实是现实的精确反映。

突然间，图表改变了，环网和殖民星球变成了天地万物，另外还有些排成水花状的几百颗星球，让我们明白，这是张透视图。

“这些代表当下我们舰队成员的位置。”纳西塔元帅说。在金色和绿色之间及远处，出现了几百颗密集的橙色斑点；最为密集的部分围绕着一颗遥远的保护体星球，我终于后知后觉地认出来，那就是海伯利安。

“这些是驱逐者游群最近的测绘图。”十多条红线出现了，矢量标记和蓝移尾迹显示了航行的方向。即使从这个比例看来，游群也没有一条矢量切断霸主的领空，但是游群——这一大群——似乎已经绕弯进入了海伯利安星系。

我注意到游群箭矢频繁地在军部太空部署处折回，除了基地和诸如茂伊约、布雷西亚、库姆–利雅得之类棘手的星球附近的束群。

“元帅，”悦石说着，打断了他尚未开始的关于部署的描述，“我想，你已经考虑到了舰队反应时间应该会给我们边境的其他某些地点带来威胁。”

纳西塔板着的脸抽动了一下，也许是想笑。他的声音中带着不容争辩的意味。“是的，执行官大人。如果您注意到除了位于海伯利安的这个游群以外，这里有个最近的……”视野中一片金色云层之上的红色箭矢急剧放大，它触及了不少星系，我相当确定，其中包括天国之门、神林和无限极海。从这个比例尺看来，驱逐者威胁的确非常遥远。

“依据环网内外潜听哨所捕获的霍金驱动尾波，我们拟划了游群迁移情况。另外，我们的长距离探针也在频繁地核实游群的规模和迁移方向。”

“有多频繁，元帅？”科尔谢夫议员问。

“至少每几年一次，”元帅厉声说道，“你必须清楚，航行时间需要好几个月，即使是在神行舰的速度下，以我们的眼光来看，这样的迁移带来的时间债将会多达十二年。”

“直接观测之间就隔上了好多年，”议员坚持道，“你怎么能随时获取游群的位置？”

“霍金驱动从不撒谎，议员。”纳西塔的声音完全没有起伏，“霍金扭曲尾波无法模拟。我们所寻找的只是上百台……如果游群更大的话，会有上千台……正在运转的奇点驱动器的实时地点。运用超光通信广播传递霍金效应，不会带来时间债。”

“对，”科尔谢夫说道，他的声音就和元帅的一样既平淡又无精打采，“但是万一游群以低于神行舰的速度航行呢？”

纳西塔由衷地笑了。“**低于**超光速度吗，议员？”

“是的。”

我看见莫泊阁和其他几名军人正摇着头，或是竭力隐藏着笑容。只有年轻的军部海军指挥官，威廉·阿君塔·李，探过身子，脸上带着严肃的表情，专心致志。

“以亚光速行进时，”纳西塔元帅面无表情，“我们的曾曾孙就得担心要不要警告他们的孙子会有入侵。”

科尔谢夫坚持不懈地追问着。他站起身，指着天国之门上那绕开霸主的最近的游群。“要是这个游群打算不依靠霍金驱动接近环网呢？”

纳西塔叹了口气，显然，这些毫不相干的问题充斥了会议，把他激怒了。“议员，我向你保证，如果那个游群**现在**关闭了他们的驱动，并**立马**掉头朝着环网驶来，那将会等到——”纳西塔眨了眨眼，查阅自己的植入物和交流链接——“两百三十标准年之后，他们才能够抵达我们的边境。这不是决定中的考虑因素，议员。”

梅伊娜·悦石朝前倾过身子，所有的视线都转移到了她的身上。我将之前的素描保存在随调板上，又开始一幅新的素描。

“元帅，在我看来，这里真正的焦点无非是两个事实：在海伯利安附近史无前例地集中火力；我们正在将所有的鸡蛋放进一个篮子里。”

人们被逗笑了，一阵窃窃私语在桌子上下蔓延。悦石一向以擅长使用那些早已被忘得一干二净，如今听起来倒有些令人耳目一新的格言、典故和陈词滥调著称。这或许也是其中之一。

“我们是不是在把所有的鸡蛋放进一个篮子里？”她继续问。

纳西塔向前踏了一步，双手撑在桌子上，舒展开长长的手指，用力按压着桌面。那样的力度和这矮个子男人的性格正相配；他能够毫不费劲地左右别人的注意力，令人心悦诚服，这样的人可算得上是凤毛麟角。“不是，执行官大人，我们没有。”他没有转身，便朝头顶和身后的显像屏做了个手势。“最近的游群如果依靠霍金驱动推进，在到达霸主领空前两个月，我们必定会及时发出预警……那对我们来说是**三年时间**。我们在海伯利安的舰队——假设将它们广为部署，并让它们处于战备状态——不到**五个小时**就能撤退，并转移到环网内任何地方。”

“那并不包括环网外的舰队，”李秀议员说，“不能丢下殖民星球，任人宰割。”

纳西塔又打了个手势。“我们会召集两百艘战舰，打下海伯利安这决定性的战役，这些战舰早已在环网内部，或是拥有跃迁船的远距传输能力。派往殖民星球的独立舰队没有一艘会受到影响。”

悦石点点头。“但万一海伯利安的传输器被损坏，或是被驱逐者占领呢？”

从桌子周围人群的骚动、点头和吸气声推断，我猜她击中了要害问题。

纳西塔点点头，大步流星地走回小讲台，好像他早已预料到这一问题，并为题外话最终的完结感到很高兴。“绝妙的问题，”他说，“以前的简报中也提到过这一点，但我接下来要更详细地说明这一可能性。”

“首先，我们有丰富的远距传输能力，当前在星系内的跃迁船就有不下两艘，并计划等到增援的特遣部队到达时，再增派三艘。这五艘船全军覆没的几率非常小……考虑到我们得到特遣部队增援之后强大的防御能力，这可能性简直不足挂齿。

“第二，驱逐者占领一个完整无缺的军用远距传输器，并用之侵略环网的几率为零。每艘船……**每一艘船**……通过军部传输器的时候都必须验明正身，由防篡改微型异频雷达收发机制读编码，收发机每天更新——”

“难道驱逐者不能破坏这些编码……并插入他们自己的？”科尔谢夫议员问。

“不可能，”纳西塔在小讲台上大步来回走着，双手背在身后，“编码更新将在每日通过环网内的军部司令部单程超光发射台传送——”

“容我打扰一下，”我开口道，听到这声音出现在这里，连我自己都感到惊讶，“今天早上我去海伯利安星系作了一趟短行，发现所谓的编码只是空谈。”

人们纷纷转头向我看来。纳西塔元帅再次像猫头鹰一般引人注目地转过头，好似他的脖子是毫无摩擦的轴承。“然而，赛文先生，”他说，“你和亨特先生都已被编码——在两处的远距传输线路终端，由红外激光完成，无痛无感。”

我点点头，元帅竟然记得我的名字，这令我惊讶了一阵子，但后来我想起，他也带着植入物。

“第三，”纳西塔继续道，就当我从没说过话一样，“即使不可能的事发生了，驱逐者兵力横扫防线，把我们打得溃不成军，完整无缺地占领远距传输器，智取了自动防障传输密码系统，并激活一项他们并不熟悉的技术，那项技术我们在四个多世纪以来一直对外宣称尚未开发成功……即便如此，他们所有的努力也只会是零蛋一个，因为所有的军事交通线都经由末睇的基地通往海伯利安。”

“哪儿？”众人异口同声地问。

我曾经只从拉米亚关于他客户之死的故事中听说过末睇。她和纳西塔都把这个词读成了“魔笛”。

“末睇。”纳西塔元帅重复着，由衷地笑了起来。很奇怪，这笑容看起来有些孩子气。“不要怀疑你们的通信志，女士们先生们。末睇是一个‘黑’星系，无法在任何详目或民用远距传输图表中找到。我们隐藏它就是为了这样的目的。末睇只有一颗行星可以居住，且只适合采矿和建立基地，它是最终最可靠的阵地。要是驱逐者战舰做出不可能的举动，突破我们在海伯利安的防御和入口，他们唯一能去的地方就是末睇，那里有数量众多的自动化火力，时刻对准进入的任何东西，万无一失。要是不可能的事真的发生了，他们的舰队在传送到末睇星系之后还幸存下来，那些对外的远距传输节点也将会自动自毁，他们的战舰就会搁浅在那，背离环网千年。”

“说得好，”李秀议员说，“但我们也是一样。三分之二的我军舰队都会滞留在海伯利安星系。”

纳西塔以稍息阅兵的姿势站好。“确实如此，”他说，“当然我和联合领袖都已经多次权衡过这个几率微乎其微的事件会引发的结果，我们得说，从数据上讲，这是不可能的。我们发现风险属于可接受范围内。就算不可能的事发生了，我们也有两百多艘备用战舰保卫环网。在最糟的情况下，我们也可以在海伯利安星系陷落之前给驱逐者送上致命一击……这一击的威力加上它的影响足以阻止任何未来的侵略，这一点几乎确定无疑。

“**可这并非我们预期的结果**。我们和人工智能顾问理事会的预言家……都预见到，如果尽快传送两百艘战舰——在接下来的八个标准小时之内——就有99%的几率可以完全打败驱逐者游群的侵略，同时我方的军力只会有少量的损失。”

梅伊娜·悦石转身面对着阿尔贝都顾问。在微弱的灯光下，投影看起来十全十美。“顾问先生，我不知道有人问过顾问理事会这个问题吗？99%可能性的数值可靠吗？”

阿尔贝都笑了。“相当可靠，执行官大人。可能性因素是

99.962794%。”他的笑容更加灿烂。“相当保险，可以在短时间内将所有鸡蛋放进一个篮子里。”

悦石却没有笑。“元帅，援军抵达之后多久会发动战斗？”

“一标准星期，执行官大人。最多这些时间。”

悦石的左眉微微扬了扬。“这么短的时间？”

“是的，执行官大人。”

“莫泊阁将军？军部陆军有何高见？”

“我们持同样观点，执行官大人。援军必不可少，而且急需。须得运送大约十万海军陆战队和陆军士兵解决掉游群的残余部队。”

“在七天乃至更短的时间内？”

“是的，执行官大人。”

“辛格元帅？”

“绝对必要，执行官大人。”

“范希特将军？”

悦石一个挨一个地询问了在场的联合领袖和顶级军官的意思，甚至还问了奥林帕斯指挥学校的校长，这人因为被问及于此有些飘飘欲仙。她一个个地听取了他们毫不含糊要增派援军的建议。

“李指挥官？”

所有的视线都转向这位年轻的海军官员。我注意到这位高级军人姿势僵硬还板着脸，意识到李出现在这里是由于执行官的邀请，而非他上级的仁慈。我记得曾经有人引用悦石的话说，年轻的李指挥官所显示出的进取心和聪明才智，正是军部时常缺乏的品质。我怀疑，这个男人的整个军事生涯就被葬送在这次会议上了。

威廉·阿君塔·李指挥官在他舒适的椅子里不安地里动来动去。“我万分敬仰的执行官大人，鄙人只是一名下级海军军官，没有资格在具有如此重要战略意义的事件上发表拙见。”

悦石没有笑。她点点头，动作细微得难以察觉。“我理解，指挥官。我敢保证，即使在场的是你上司，他也会如此。但是，在这件事情上，我希望你愿意迁就迁就我，立即给这个问题发表下评论。”

李坐直了身子。在那一瞬间，他的双眼里含着的不只是信念，更有着类似于掉入陷阱的小动物的绝望。“那么好吧，执行官大人，如果非得要我评价，我得讲我自己的直觉——它们只是直觉：我并不懂星际战争的战术——但我反对这次增援。”李吸了口气，“这只是军事评估，执行官大人。对于保卫海伯利安星系会带来的政治上的结果，我一无所知。”

悦石探过身子。“那么，仅就军事原则而言，指挥官，你为何反对增援？”

即便坐在离他半张桌子远的地方，我也感受到军部首领的目光的威力，就像一束一亿焦耳的激光束，足以点燃古式的惯性密蔽场聚变反应堆中的氘-氚核。李在这样目光的直视下，竟然没有崩溃、爆炸、燃烧、聚变，真让我惊奇。

“基于军事理论，”李说着，虽然他双眼绝望，但声音却很坚定，“一个人能够犯下的两种最大的罪行，一是拆分己方的军力，二是……正如你所说，执行官大人……将所有的鸡蛋放进一个篮子里。而这次，甚至连篮子都不是我们自己做的。”

悦石点点头，坐了回去，食指竖起挨着下唇。

“**指挥官**。”莫泊阁将军说道，我才发现原来说一个词也可以真正地唾沫横飞，“既然我们已经有幸得到了你的……建议……我能否问问你，你有没有参与过太空战斗？”

“没有，先生。”

"有否接受过空战培训，指挥官？"

"除了在奥校修习过规定必修的培训之外，那属于历史课程的一小部分。没有，先生，我没有接受过训练。"

"你有否参与过任何战略计划，级别高于……你在茂伊约指挥多少艘海军水面舰，指挥官？"

"一艘，先生。"

"一艘，"莫泊阁吸了口气，"是艘大船吧，指挥官？"

"不，先生。"

"关于这艘船的支配权，指挥官，那是你通过努力赢得的，还是在战争的变故中自然降临到了你的头上？"

"我们的船长牺牲了，先生。顺理成章地由我接任。那是茂伊约战役最后的海战，并且——"

"够了，**指挥官**。"莫泊阁不再理会这位战争英雄，转而问执行官，"你愿意再次调查我们的意见吗，夫人？"

悦石摇摇头。

科尔谢夫议员清了清嗓子。"也许我们可以在政府大楼召开一场封闭的内阁会议。"

"没必要，"悦石说，"我已作了决定。辛格元帅，只要你和联合领袖认为合适，你有权将足够的舰队调到海伯利安星系。"

"是，执行官大人。"

"纳西塔元帅，我期望在拥有充足援军的情况下，能在一标准星期之内成功结束敌对状态。"她朝桌子四周看了看。"女士们、先生们，我们一定得控制住海伯利安，坚决阻绝驱逐者的威胁，但我不会将这一重要性再三道来，给各位施加压力。"她站起身，走向斜坡底部，走进了外面的黑暗。"晚安，先生们、女士们。"

环网及鲸逖时间大约四时的时候，亨特来敲我的门。自从传送回去之后，我已经同睡魔搏斗了三个小时。刚确信悦石已经忘了和我的约会，正准备打个小盹时，敲门声就来了。

“去花园，”利·亨特说，“请务必把衬衫扎进裤子里。”

我在黑暗的小路上徘徊，靴子摩擦着细沙小径，发出轻柔的声响。提灯和荧光球发出的光芒尤为暗淡，院子上空几乎看不见星星，因为这不夜城的电视光芒太过明亮，但是我依然能看到轨道聚居地流动的光芒如一串萤火虫之环划过天空。

悦石正坐在桥边的钢铁座凳上。

“赛文先生，”她说着，声音低沉，“多谢你来陪我。抱歉，这么晚还打搅你。内阁会议刚刚散会。”

我什么都没说，依旧站着。

“我想问问你今天上午拜访海伯利安的情况，”她在黑暗中轻笑，“哦，是昨日上午。有什么感想吗？”

我不知道她这话是什么意思。我猜这个女人对数据有一种贪得无厌的嗜好，不管它们有用还是没用。“我倒是见到了一个人。”我说。

“哦？”

“嗯，美利欧·阿朗德淄。他以前……现在是……”

“……温特伯女儿的朋友，”悦石为我补充完毕，“就是那个逆龄而行的孩子。关于她的状况，你有什么新消息吗？”

“可以说没有，”我说，“今天小睡了一会儿，但做的梦都是些零散的碎片。”

“你和阿朗德淄博士见面后有什么新消息吗？”

我揉着下巴，手指突然变得冰冷。“他的研究队已经在首都等了好几个月，”我说，“他们可能是了解墓冢情况的唯一希望。而伯劳……”

“我们的预言者说朝圣者不能被任何人打扰，除非他们已力枯气竭。这非常重要。”悦石的声音从黑暗中传来。她似乎正望着一旁的小溪。

我感到一阵突如其来、莫名其妙又难以平息的愤怒涌过全身。“霍伊特神父已经‘力枯气竭’了，”我说出的话竟比我脑中所想的更为尖锐，“如果允许飞船与朝圣者汇合，他们就可以救活他。阿朗德淄和他的组员也可能拯救那婴儿——瑞秋——尽管只剩下几天了。”

“还不到三天，”悦石说，“还有别的什么吗？对于那颗星球或者纳西塔元帅的指挥船，你有没有发现什么……有趣的印象？”

我双手握拳，复又放开。“你还是不允许阿朗德淄去墓冢？”

“现在不行，我不会。”

“那么会疏散海伯利安的居民吗？至少是霸主公民。”

“眼下还不行。”

我欲言又止，凝望着桥下，那里传来潺潺的水声。

“没有其他的感想了，赛文先生？”

“没了。”

“唔，那我祝你晚安，做个好梦。明天将会是紧张忙碌的一天，但我还是想抽出点时间，和你聊聊你的梦。”

“晚安。”说完，我便急忙转身，飞快地走回政府大楼侧翼。

房间很黑，我播放着莫扎特的奏鸣曲，服了三颗三倍效速可眠。他们将我唤醒的时候，我可能正陷于药物强制的无梦之眠，魂归天堂的约翰·济慈的灵魂和他那些更如幽灵般的朝圣者是无法找到我的。这意味着梅伊娜·悦石会失望，但那丝毫也不会让我惊慌。

我想起了斯威夫特笔下的水手格列弗，还有他在从贤马国——

慧骃国——回来之后，对人类的厌恶，那种对自己种族的厌恶横生蔓长，强烈到他非得在马厩里与马同眠，只有和它们在一起，闻到它们的气味才能心安。

临睡前我最后的想法是，悦石见鬼去吧，战争见鬼去吧，环网见鬼去吧。

梦也见鬼去吧。

第二部

16

布劳恩·拉米亚断断续续地睡到了清晨，她的梦里满是从别处传来的影像和声音——模模糊糊听到同梅伊娜·悦石晦涩难懂的交谈，所在的房间似乎飘浮在太空中，许多男男女女在走廊间穿梭，墙壁还低声絮语，就像调谐不佳的超光接收仪——在这热梦一般的混乱图景之下，有着一种令人疯狂的感觉，乔尼——她的乔尼——离她多么近，**多么近**。拉米亚在睡梦中大喊出声，但她的声音迷失在了狮身人面像逐渐冷却的石头和流沙的回声之间。

拉米亚突然惊醒，清醒得就像一台晶体管仪器接通了电源一样。索尔·温特伯本该是在站岗，但现在他却睡在这伙人聊以蔽身的房间的那扇矮门旁。他幼小的女儿瑞秋，睡在他身边地板上的一堆毛毯中间，小屁屁翘得老高，小脸挤着毛毯，唇边挂着个唾液吹出的小泡泡。

拉米亚环顾四周。光线朦胧，只有一个低瓦数荧光球发出昏暗的灯光，还有从四米之外一路被走廊反射出微弱的天光，从中她只能看清一个朝圣者同伴——石质地板上有个深色的包裹，马丁·塞利纳斯正躺在里头打鼾。拉米亚感到一阵恐惧涌来，就好像有人趁她睡觉的时候把她抛弃了。塞利纳斯、索尔、婴孩……她想起来，不在的只有领事。这个由七个成人和一个婴孩组成的朝圣小队的人数已经不断地接连减少：海特·马斯蒂恩在横越草之海时于风力运输船上失踪；雷纳·霍伊特于前一夜被害；当晚晚些时候，卡萨德也失踪了……领事……领事到哪儿去了？

布劳恩·拉米亚再次往四周看了看，黑暗的房间里只有背包、铺盖卷、熟睡的诗人、学者和孩子，此外什么都没有，这让她略感欣慰，然后她爬起身，在乱七八糟的毛毯之间找到了父亲的自动手枪，从背包里摸出神经击昏器，然后溜过温特伯和婴孩的身边，走进外面的走廊。

早晨已经来临，外面天光大亮，拉米亚不得不用手遮住眼睛，才能顺利走下狮身人面像的石阶，走上那条被重重踩实的通往山谷的小径。风暴已经过去。海伯利安的天空呈现出水晶般的湛青之色，弥布着一抹抹湛绿的云迹，海伯利安的太阳——一颗白点般的明亮光源刚从东面的悬崖壁上升起。岩石的阴影和光阴冢张开的轮廓混杂在一处，蔓延过山谷地面。翡翠茔正冒着火光。拉米亚看见风暴过后新形成的流沙和沙丘，纯白和朱红的沙粒缠结着在石头边缘，扭出条条曲线和痕纹。他们前一夜宿营的踪迹早已不知去向。领事正坐在山下十米外的一块岩石上。他正凝视着山谷，一缕缕烟从他的烟斗溢出，缭绕上升。拉米亚把手枪滑进口袋，走下小山，向他走去。

“找不到卡萨德上校的踪影。”她走近的时候，领事说道。他没有回头。

拉米亚俯瞰着山谷，望着下方矗立的水晶独碑。它曾经明亮光辉的表面现在满是疮孔和凹痕，顶部似乎被削掉了二三十米，残剩的底部依然还在冒烟。狮身人面像和独碑之间大约相距半公里的地方，一路都是焦痕和坑洞。“看来在离开前，他还大战了一场。”她说。

领事咕哝了一声。烟斗冒出的烟让拉米亚感觉有些饥饿。“我一直搜寻到伯劳圣殿，就在山谷下方两千米远，”领事说，“火拼的地点似乎发生在独碑。那地方依然不像有基态能级入口的样子，不过高处很远的地方出现了许多坑洞，所以能看见深层雷达经常显示的内部蜂巢状结构。”

“可还是没有卡萨德的消息？”

“没有。”

“没有血、焦骨什么的？也没留便条，说他把换洗衣服送到就回来之类的？”

“没有。”

布劳恩·拉米亚叹了口气，坐上另一块圆石，和领事并排坐在一起。阳光温暖地照耀着她的皮肤。她眯起眼，朝山谷入口看去。“唉，真见鬼，”她说，“接下来咱们该做什么？”

领事拿开烟斗，对它皱了皱眉，然后摇头。“今天早上我又试着用通信志转发信息，可那艘船依然被扣押着。”他抖落烟灰。“我也试过紧急波段，但显然无法接通。要么是飞船没有正常转发，要么是那些人接到命令，不能作出回应。”

“你当真会走？”

领事耸耸肩。他已经将自己当年的外交华服换成了一身粗羊毛套头冷外套加马裤呢长裤，配了双高筒靴。“如果把飞船带过来，我们——你——就有了离开的机会。我希望其他人也考虑考虑，是否离开这儿。毕竟，马斯蒂恩失踪了，霍伊特和卡萨德也不在了……我也没有把握，接下来该做什么。”

一个低沉的声音传来。“我们可以试着做早餐。”

拉米亚转身，看见索尔沿小径走来，瑞秋躺在学者胸前的婴儿托架里，阳光照在这年长男子渐秃的头皮上，熠熠发光。“是个不错的主意，”她说，“我们剩下的补给还够吗？”

“早餐还是足够的，”温特伯说，“另外，卡萨德的额外补给品口袋里还有些冷食物包，还可以吃上几顿。最后咱们就吃骨垢狒，或者自相残杀。”

领事努力挤出一丝笑容，将烟斗放回上衣口袋。“我建议，咱们在走到那种境地之前先回时间要塞。我们从‘贝纳勒斯’号上带来的冷冻压缩食物已经全部消耗完了，但要塞还有储藏室。”

“我会很乐意——”拉米亚开口道，但她的话被狮身人面像内部传来的一声惊叫打断了。

她第一个冲到狮身人面像，将自动手枪握在手里，然后走进了入口。走廊很昏暗，他们睡觉的那间屋子更黑，过了一会儿她才确定那里没有人。布劳恩·拉米亚蹲下身，将手枪朝走廊黑暗的曲线挥去，塞利纳斯的声音再次从某个看不见的地方传来，大喊着：“嘿！大家快来！”

领事走进入口，布劳恩回过头。

“在原地等着！”拉米亚厉声喊道，飞快地走向走廊，贴着墙，伸出手枪，子弹上膛，拉下安全栓。下一间小屋盛殓着霍伊特的尸体，她在开着的门口停下，伏下身，往四周转了一圈，然后走了进去，一路用武器开道。

蹲在尸体旁的马丁·塞利纳斯抬起头来。

他们用来遮盖神父身体的纤维塑料单皱巴巴地耷拉着，塞利纳斯伸手掀起一端，盯着拉米亚，毫无兴趣地朝枪看了一眼，又回头凝视着尸体。“你相信吗？”他轻轻地说。

拉米亚放下武器，走近了些。领事在他们身后朝里窥视。布劳恩听到索尔·温特伯在走廊里；因为孩子在啼哭。

“我的天哪。”布劳恩·拉米亚说着，蹲在雷纳·霍伊特神父的尸体旁。年轻神父被痛苦扭曲的面容已经被重塑成一个将近七十岁的男子的脸庞：高挑的眉毛，带有贵族气息的长鼻梁，薄嘴唇在嘴角有些隐笑似的上翘，尖锐的颧骨，灰白头发的际缘之下长着尖削的耳朵，羊皮纸一般苍白薄稀的眼睑下，是一双大眼睛。

领事在他们身边蹲下。“我见过他的全息像，这是保罗·杜雷神父。”

“瞧。”马丁·塞利纳斯说。他把被单继续往下拉，顿了顿，然后翻过尸体，让他侧身躺着。两个小小的十字形在男子的胸膛上搏动着，发出粉红的光，就和之前霍伊特一样，但他的背上光滑如初。

索尔站在门边，嘘止了瑞秋的哭声，温柔地摇荡着她，低声哼着摇篮曲。等到孩子安静下来，他说道：“我还以为毕库拉要经过三天才能……复生。”

马丁·塞利纳斯叹息道：“毕库拉已经被十字形线虫反复还魂了两个多标准世纪。可能因为是第一次，所以容易些。”

“他还……”拉米亚开口道。

“活着对吧？”塞利纳斯拉过她的手，“摸摸看。”

男子的胸膛微微起伏着。皮肤摸起来很温暖，也能感受到皮下十字形散发的热量。布劳恩·拉米亚猛地抽回手。

这个六个小时前还是雷纳·霍伊特死尸，现在睁开了双眼。

“杜雷神父？”索尔一面说，一面往前跨了一步。

男子转过头。他眨眨眼，似乎微弱的光线刺痛了他的眼睛，然后发出一声无法理解的声音。

"水。"领事说着，将手伸进上衣口袋，摸出他随身携带的小塑料瓶。马丁·塞利纳斯托着男子的头，领事将水喂进他嘴里。

索尔走近，单膝跪下，将手搭在男子的前臂上。就连瑞秋的深色眼珠也显出好奇的眼光。索尔说："如果你说不出话，就眨两下眼睛表示'对'，眨一下表示'错'。你是杜雷吗？"

男子转头面向学者。"是的，"他轻轻地说，声音低沉，语调优雅，"我是保罗·杜雷神父。"

充当早饭的是最后剩下的一点咖啡，用展开式加热装置煎的肉末，一小铲混合在二次水合牛奶里的谷粒，还有他们吃剩的最后一块面包，撕成了五小块。拉米亚觉得这些还算可口。

他们坐在狮身人面像外张的翅膀下阴影的边缘，用一块低矮的平顶石作桌子。太阳逐渐爬高，快到上午了，天空依然万里无云。四周静寂无声，只有叉子或汤匙偶尔发出的叮当声，还有他们小声的交谈。

"你还记得……以前的事吗？"索尔问。神父穿着领事多出的一套飞船服，那是件灰色的跃迁航服，左胸上印有霸主印章。但制服小了点。

杜雷双手捧着咖啡杯，像是要将它举起，作为祭祀之用。他仰头望着天空，深邃的双眼泉涌着同样深邃的智慧和悲伤。"我死之前的事？"杜雷问，那高贵的双唇勾勒出一个笑容。"是的，我记得。我记得流放，记得毕库拉……"他又低下头，"甚至特斯拉树。"

"霍伊特跟我们讲过那树的故事。"布劳恩·拉米亚说。神父曾经将自己钉上火焰林中一棵活跃期的特斯拉树，忍受**多年**的痛苦、死亡、复生、再次死去，却没有向躲在十字形下那些形态简单的共生体屈服。

杜雷摇摇头。“在最后的几秒钟里……我还以为……我已经战胜了它。”

“你胜利了，”领事说，“霍伊特神父和其他人找到你的时候，你已经把那东西从身体里驱逐了出去。于是毕库拉便把你的十字形植在了雷纳·霍伊特身上。”

杜雷点点头。“没有那孩子的踪影？”

马丁·塞利纳斯指着男子的胸膛道。“显然这该死的东西不可能违抗质量守恒定律。霍伊特长久以来遭受着莫大的痛苦——他不会回到那东西想让他去的地方——他的体重不足以完成……你们究竟把它称作什么？双重复生？”

“没关系，”杜雷说，脸上挂着悲伤的笑容，“十字形里的DNA线虫拥有无限的耐心。如果需要的话，它会不厌其烦地无数次重组同一个宿主。两拨线虫早晚都会找到家的。”

“钉上特拉斯树之后的事，你还记得吗？”索尔平静地问。

杜雷喝完了剩下的咖啡。“死亡？地狱或天堂？”他真挚地笑着，“不记得了，先生们，还有这位女士，我倒宁愿自己记得。我记得痛苦……永恒的痛苦……然后是解脱。然后是黑暗。然后就在这里醒来。你们说这期间过了多少年来着？”

“将近十二年，”领事说，“但对于霍伊特神父来说，时间只过去了六年。他大部分时间都是在星际间传送中度过的。”

杜雷神父站起来伸了个懒腰，然后来回踱着步。他身材高大瘦削，但给人充满力量的感觉，布劳恩·拉米亚发现自己被这位人物深深感染了，自从远古时代以来，这种拥有奇异而难以名状的超凡魅力的人格只会出现在凤毛麟角的人物身上，赋予他们力量，同时也带给他们诅咒。她不得不提醒自己，首先，他是个神父，他所在的教会要求教士奉行独身主义；第二，一个小时前他还是具死尸。拉米亚望着这位年长的人来回踱步，他的举动如猫般优雅随和，她意识到，尽管这两点都无可辩驳，但它们都不能阻碍这位神父发散出的个人魅力。她不知道这位男子是否已意识到这点。

杜雷坐在一块圆石上，向前伸直双腿，然后揉着大腿，像是要努力止住抽筋。“你们已经告诉了我一部分情况，关于你们是谁……为什么在这里，”他说，“能再多告诉我一些吗？”

朝圣者们面面相觑。

杜雷点点头。“你们觉得我是个怪物吗？是伯劳的奸细什么的？如果你们这么认为，我也不会怪你们。”

“我们没那么想，”布劳恩·拉米亚说，“伯劳办事不需要假手奸细。同时，我们也从霍伊特神父的故事和你的日记中了解了你。”她瞥了眼其他人。“我们只是觉得……很难……再讲述一遍我们来海伯利安的原因。不可能把那些故事一一重复。”

“我在通信志里留了记录，”领事说，“尽管非常简要，但可以帮助你搞清楚我们的过去……以及近十年来的霸主。比如，为什么环网在与驱逐者交战之类。只要你愿意，随时欢迎你接入这些记录。不需一个小时，你就能看完。”

“十分感激。”杜雷神父说着，便跟随领事回到了狮身人面像内部。

布劳恩·拉米亚、索尔和塞利纳斯走向山谷入口。站在低矮悬崖间的山鞍上，他们能望见距离笼头山脉西南面不到十公里处，沙丘和戈壁正向山脉的山峦蔓延。他们右方仅两三公里之外，一条已被沙漠悄然蚕袭的宽阔桥梁沿途，有一些破损的荧光球、磨圆的尖塔，还有诗人之城那倾圮的风雨商业街廊，这一切都清晰可见。

“我准备回要塞，补充给养。”拉米亚说。

“我不喜欢大家分头行动，”索尔说，“我们可以一起回去。”

马丁·塞利纳斯抱起双臂。“应该留个人在这里，做好卡萨德回来的打算。”

“我觉得，”索尔说，“我们应该在离开前，去山谷的其他地方找找看。领事今天早上只去了独碑附近，后面还有很远的地方。”

“我同意，”拉米亚说，“我们得赶紧去，不然就太晚了。我想去要塞带点补给，并赶在夜幕降临之前回来。”

杜雷和领事出来的时候，他们已经下到了狮身人面像的门口，神父一只手拿着领事那个空余的通信志。拉米亚向他们解释了搜寻卡萨德的计划，两人同意并打算加入行动。

他们又一次走过狮身人面像的大厅，从手电筒和激光笔中发出的光束照亮了四周，怪石嶙峋，表面水珠渗出。然后他们又走出墓冢，进入正午的日光下，步行了三百米，走进翡翠茔。在迈进伯劳前一夜出现过的房间时，拉米亚发觉自己有些不寒而栗。霍伊特的血在森绿的陶瓷地面上留下棕红色铁锈般的污迹，但没有通往地下迷宫的透明入口，也找不到伯劳的影子。

方尖石塔没有隔间，只在中央有一个升降井台，其间一条螺旋形坡面在乌檀的墙面间盘旋而上，它过于陡峭，攀爬起来会非常费劲。在这儿，就连最轻微的话语都会产生回声，于是所有人都尽量闭嘴不言。没有窗户，看不到远处，到了斜坡顶部，石质地面之上五十米的地方，头顶出现了弯曲的屋顶，他们的火炬光芒照亮的只有黑暗。两个世纪以来观光业的发展给他们留下了固定的绳索和铁链，于是他们得以下降，不必害怕中途会滑落，坠地死亡，给生命画上句号。他们在门口稍事停歇，马丁·塞利纳斯最后呼唤了一次卡萨德的名字，回音伴随着他们走回阳光之地。

他们花了一个多小时勘查水晶独碑附近的破坏情况。一堆堆沙子熔凝成的玻璃，大约排列了五到十米宽，棱镜般散射着正午的阳光，表面反射着热量。独碑破损的表面现在空洞密布，满目疮痍，一条条熔化的水晶拔丝依然摇摆飘荡，像是一件艺术品刚经受了鲁莽的恶意破坏，每个人都能看出，卡萨德一定是豁出性命背水一战了。没有门或者路通往里面蜂窝般的迷宫。仪器显示，内部跟它往常一样空旷无依。他们恋恋不舍地离开了，爬上陡峭的小径，来到北部悬崖的底端，那里散落着三座穴冢，两两之间距离不到一百米。

“早期的考古学家以为这三座墓冢的历史最为悠久，因为它们的做工最粗糙。”他们走进第一座穴冢的时候，索尔说道。他将手电筒的光亮扫射过岩石，石头上雕刻着令人眼花缭乱的深奥纹路。这些穴冢的深度没有一座超过三四十米，每一座的尽头都是一面石墙，所有探针或雷达成像仪都没有发现隐匿的支路。

快走出第三座穴冢的时候，这伙人在难得的些许阴凉地坐下，分享了卡萨德的上乘野战压缩食物中的水和蛋白质饼。眼下风声渐起，叹息着，絮语着，穿越他们头顶高高的岩石凹孔。

“我们找不到他的，”马丁·塞利纳斯说，“狗日的伯劳把他带走了。”

索尔从所剩无多的几个奶包中拿出一个喂婴孩。尽管索尔在室外行走的时候，他使出浑身解数为她遮挡日光，但小孩的头顶还是被晒得通红。“如果超越我们之外还存在另一层面的时间相位，”他说，“那么他可能就在我们去过的某座穴冢里。这是阿朗德淄的理论，他认为这些墓冢是四维建筑，它们复杂精妙的围界能够穿越时空。”

“棒极了，”拉米亚道，“这么说来，即使费德曼·卡萨德现在就在这儿，我们也看不见他。”

“唔，”领事说着站起身来，发出一声疲惫的叹息，“咱们至少走完过场吧。还剩下最后一座墓冢了。”

伯劳圣殿位于一公里外的山谷深处，比其他建筑都要低矮，掩映在悬崖壁间的急转弯之后。建筑规模并不大，甚至比翡翠茔还小，但由于它的建筑手法精妙复杂——镶边、尖塔、扶壁和支承柱，统统呈弧弓形蜿蜒曲绕，形成一幅井然有序的混沌景象——所以视觉效果比它本身要恢宏得多。

伯劳圣殿内部的房间回音缭绕，一块不规则的地板，由上千条蜿蜒盘绕、交错丛生的碎片组成，令拉米亚想起某些生物的肋骨和椎骨化石。头顶十五米之上，穹顶那几十条铬黄“刀刃”交叉往来，穿越壁墙，相互交织，看起来就像整幢建筑物之上的钢尖荆棘。穹顶的材质本身就略微透明，给弧形的空间投上一层鲜艳的乳白色光辉。

拉米亚、塞利纳斯、领事、温特伯、杜雷，全体人员都开始呼唤卡萨德，他们的声音在四周回荡共鸣，但毫无用处。

“没有卡萨德的影子，也找不到海特·马斯蒂恩，”他们停止呼喊之后，领事说，“也许事态会这么发展下去……我们一个个接连消失，最后只剩下一个人。”

“然后就会像伯劳教会的传说所预言的那样，剩到最后的人的愿望会得到满足，对不对？”布劳恩·拉米亚问。她坐在伯劳圣殿摇摇晃晃的炉膛边，短短的双腿在空中荡来荡去。

保罗·杜雷朝天空仰起脸。“我真不敢相信霍伊特神父的愿望竟会是让自己死去，以换取我的重生。”

马丁·塞利纳斯斜眼瞧着神父。“那你的愿望又是什么，教士？”

杜雷毫不迟疑地回答道：“我会请愿……祈祷……希望上帝断然并永远为人类撤解这双生的孽障——战争与伯劳。”

人们静默了一阵，午后的风不失时机地嵌入它遥远的叹息与哀吟。“同时，”布劳恩·拉米亚说，“我们得去拿点食物，不然就得学会怎么靠喝西北风过活。”

杜雷点点头。“你们怎么只带了这么点食物？”

马丁·塞利纳斯朗笑着，大声吟呼：

> 他不在乎酒，混合啤酒，
> 也不在乎鱼、禽鸟或肉，
> 酱汁于他如同谷糠一样贱值；
> 他蔑视举碗痛饮的猪倌，
> 不在下巴系淫猥的缎带，
> 也不在轻慢的椅子幽会狡猾的情人，
> 但这朝圣者的心灵在水涧背后
> 吁吁喘气，他取食林间朝露暮气
> 虽然他惯常是享餍桂竹珍稀。[①]

杜雷笑了，显然依旧困惑不解。

“我们都以为成功或者成仁在第一夜就会见分晓，”领事说，“没有想过会在这里逗留这么久。”

布劳恩·拉米亚站起身，掸去裤子上的灰尘。“我要走了，”她说，“如果我们上次看到的野营食物包或者散装储粮还在的话，

① 摘自济慈的《查尔斯·布朗其人》。

我应该能带回四五天的食物。”

“我也去。”马丁·塞利纳斯说。

一片沉默。自他们踏上朝圣之旅的这个星期，诗人和拉米亚几乎有五六次陷入剑拔弩张的状态。她还曾威胁要杀了这个男人。她定睛看了他很久。“好吧，”最后她说，“咱们先回狮身人面像，拿上背包和水壶。”

人群朝山谷上方走去，西面山墙的影子逐渐拉长。

17

十二小时前，费德曼·卡萨德上校走出螺旋楼梯，走上水晶独碑的最高层。四面八方火光冲天。透过他给这建筑物水晶表面轰出的豁口，卡萨德看见了黑暗。底下的沙暴扬起朱红的沙尘，不断从小孔飞入，空气犹如被血粉充斥了。卡萨德戴上头盔。

身前十步以外，莫尼塔等待着他。

能量拟肤束装下，她什么都没穿，视觉效果像是把水银直接倒上了肉体。卡萨德看见她胸部和大腿曲线上反射的火焰，以及凹陷的喉咙与肚脐处折射的光线。她的脖子很长，脸庞像是极其光滑的铬雕。那双瞳影里倒映着同一个高大的身影——费德曼·卡萨德。

卡萨德端起突击步枪，把手动选择器拨到全频谱射击。同时激活了内部的紧致装甲，收缩身体，准备攻击。

莫尼塔挥挥手，于是她身上从头顶到脖子的拟肤束装都消减了。她现在已经防御大减。卡萨德觉得自己知道那张脸的每一处，每个毛孔和骨突。那一头棕色头发剪得较短，温柔地垂到左边。双眼同往昔一样，大大的，充满了好奇，深邃的碧绿令人惊异。那樱桃小嘴丰满的下唇嘴角依然带着似笑非笑的意味。卡萨德注意到，她的眉梢有一点好奇地上扬，他凝视着他曾经吻过的小巧的耳朵，他曾低声对它们说过那么多次悄悄话。还有柔软的脖颈，他曾把脸紧贴在那倾听她的脉搏。

卡萨德举起突击步枪，向她瞄准。

“你是谁？”她问。声音一如记忆中的温柔性感，还略微带着难以捉摸的方言口音。

卡萨德手指扣上扳机，又顿了顿。他们有过数十次的性爱，在他的梦里，在军事模拟中他们的爱巢里，彼此熟悉。但如果她真的是逆时间而来……

“我知道了，”她说着，声调平静，似乎不知道他已经开始往扳机上施加压力，“你就是大哀之君预言的那个人。”

卡萨德大口吸气。然后他开口说话了，声音痛苦，非常紧张。“你不记得我了？”

“不记得。”她昂起头，满脸疑惑地望着他，“但大哀之君预言过一个战士。我和他命中注定要相见。”

“我们在很久以前就见过。”卡萨德终于说出了口。突击步枪自动瞄准了那张脸，每微秒都会改变波长与频率，直到拟肤束装的防御被彻底撕裂。伴随着地狱鞭和激光束，会有钢矛与脉冲栓瞬时射出。

“我不知道很久以前发生的事，”她说，“在时间的通常流动中，我和你是朝相反方向前进的。在我的未来，也就是你的过去中，你认识我时，我叫什么名字？”

“莫尼塔。”卡萨德大口吸气，努力控制着手指，以防走火。

她微笑着点点头。“莫尼塔。记忆之女。真是赤裸裸的讽刺。”

卡萨德记得她的背叛，他们上一次在废弃的诗人之城之上的沙漠中做爱时，她突然变了。不知道是她变成了伯劳，还是让伯劳替换了她的位置。这让示爱的举动变得极为恶心。

卡萨德上校扣动了扳机。

莫尼塔眨眨眼。“枪在这儿不起作用。在水晶独碑里没用。你为什么想杀我？”

卡萨德咆哮着，把这没用的武器扔过登陆台，将能量集中到铁手套，向她冲去。

莫尼塔没有任何逃跑的举动。她望着他冲过十步的距离；低下头，紧致装甲呼啸着改变了聚合体的晶状排列，卡萨德也一同在尖啸。她垂下双臂，迎接他的冲锋。

卡萨德的速度与重量撞倒了莫尼塔，他俩一起滚到地上，卡萨德极力将戴着铁手套的双手扣上她的咽喉，但莫尼塔紧紧握住他的手腕，就像老虎钳一般夹住了他，两人抱在一起滚过登陆台，到了平台边缘。卡萨德翻到她上方，试图借助重力发动攻击，他伸直双臂，手套上的刀刃弹出，手指弯曲，一副要杀人的架势。他的左腿悬在空中，脚下六十米是黑暗的地面。

“你为什么想杀我？”莫尼塔低声问，翻身侧到一边，两人一同滚下平台。

卡萨德尖叫着一甩头，护目镜垂了下来。他们从空中翻滚而下，双腿以剪刀脚姿势死死夹住对方的身体，卡萨德的手腕被她狠命扣住，动弹不得。突然间，时间似乎慢了下来，直到他们缓缓地降落，空气从卡萨德身边掠过，犹如一张毯子慢慢蒙过他的脸颊。然后时间又加速，变回正常——此时他们的下落还有最后十米。卡萨德尖叫着，想找出正确的代号，好让他的紧致装甲变得刚硬，然后就是可怕的撞击。

费德曼·卡萨德从血红的深渊挣扎着浮上意识的表面，知道他们撞上地面后仅仅过了一两秒钟。他摇摇晃晃地站起身来。莫尼塔也在缓缓地起身，她单膝跪地，望着釉质地面上被他们的坠落砸出的坑。

卡萨德把能量集中到束装腿部的伺服系统，全力向她的头部踢去。

莫尼塔躲过这一击，顺势抓住他的腿，扭转过去，把他扔向三米厚的结实水晶墙，他撞碎墙壁，滚进外面夜色下的沙漠。莫尼塔摸摸脖子，脸上流动着水银的光泽，然后跟着他走了出去。

卡萨德掀起破碎的护目镜，取下头盔。狂风搅乱了他黑色的短发，沙粒搓着他的脸颊。他跪起身，然后站了起来。束装衣领上的信号装置闪烁着红色光芒，警告他最后的储蓄能量即将耗尽。卡萨德没有理会这些警告。对接下来的几秒钟而言，那些能量已经足够了……接下来就要一决胜负。

“不管在我的将来……你的过去发生了什么，”莫尼塔说，“我没有变。我不是大哀之君。他——”

两人相隔三米，卡萨德一跃而过，落在莫尼塔身后，右手那致命的刀刃环笼成弧形，穿破音障，掌缘收紧，尖锐得如同最锋利的碳-碳压电丝。

莫尼塔没有蹲下身子，也没有试图格挡他的攻击。卡萨德的铁手套一把勒住了她的脖子下部，力道足以切断一棵树，或者刺入岩石半米深。在布雷西亚首都白金敏寺的肉搏战中，卡萨德就曾这样迅速地解决掉一名驱逐者上校——他的铁手套刺穿了紧致装甲、头盔、身体能量场、骨肉，毫不迟疑——那人在死神最后带走他之前，还足足瞪了自己的尸体二十秒。

卡萨德的攻击击中了她，但手套在水银般的拟肤束装表面来了个急停。莫尼塔晃都没晃一下，也没有反击。卡萨德感觉到手臂变得麻木，同时束装的能量在急剧下降，肩膀肌肉剧烈地绞痛。他摇摇晃晃地朝后退，手臂无力地耷拉在身旁，束装的能量急速消失，犹如鲜血正从伤口涌出。

“你不听我的。”莫尼塔说。她向前迈步，抓住卡萨德战斗装甲的前襟，将他朝翡翠茔的方向丢出二十米。

卡萨德重重地摔在地上，紧致装甲硬挺起来，但残余能量不足，只吸收了一部分冲击力。他用左臂保护了脸和脖子，但很快装甲锁紧，手臂也无用地弯垂到身下。

莫尼塔跳过二十米，在他身边蹲下，单手将他举向空中，另一只手抓住紧致装甲，从前面一把撕开他的战斗装甲，撕裂了两百层微纤丝和最后一层聚合布。她轻轻给了他一巴掌，几乎有点懒洋洋。卡萨德的脑袋偏向一边，几近休克。风沙敲击着他胸腹赤裸的皮肉。

莫尼塔撕下剩余的装甲，撕下生物传感器和回馈装置。她抓住这名赤裸男子的上臂，摇晃着他。卡萨德尝到了血的味道，红色斑点在他的视野中游移。

“我们何苦为敌。”她轻声说。

“你先……朝我……开枪。”

“只是想测试你的反应，又不是想杀你。”她的双唇在水银般的网膜下自然地移动着。她又给了他一巴掌，卡萨德往空中飞出两米，摔在一座沙丘上，继而在冰冷的沙粒中朝底部滚去。空气中满是数以万计的各色斑点——血、沙、彩色光芒的轮转焰火。卡萨德翻过身，挣扎着跪起，手指麻木地曲成爪状，拼命抓住流动的沙子。

“卡萨德。”莫尼塔低声喊道。

他翻身躺下，等待着。

莫尼塔隐去了拟肤束装。她的肌肤看起来很温暖，吹弹可破，皮肤如此苍白，几乎成了半透明。她完美的胸部上方隐隐可见柔和的蓝色静脉。那双腿看起来很强壮，如同精细的雕刻，大腿根部微微分开。那双眼睛是深沉的碧绿。

“你热爱战争，卡萨德。”莫尼塔俯到他身上，低声说。

他挣扎着，想要挪到一边，挥起双臂想要攻击她。莫尼塔一只手紧紧把他的双臂压在头顶，双乳来回蹭着他的胸膛，身子俯到他岔开的双腿之间，全身散发着热量。卡萨德能够感觉到她压在自己肚子上的小腹那微微的曲线。

他立即意识到，如果自己不作反应，这就是强奸。拒绝她就可以抵抗。但没用。周围的空气似乎成了浓稠的液体，风暴也变得遥远，沙粒悬浮在空中，像是蕾丝轻幕被稳稳的微风托起。

莫尼塔靠在他身上，前后移动着。卡萨德能够感觉到体内渐渐激荡起兴奋的感觉。他抵制着这种感觉，抵制着她，挣扎着，踢打着，努力要挣脱双手。但她强壮得多。她用右膝把他的腿拨到一边。乳尖擦过他的胸膛，如同两颗温暖的卵石；她温暖的腹部和腿根让他的肉体起了反应，像一朵花儿追随阳光生长。

“不！”费德曼·卡萨德尖叫起来，但莫尼塔的双唇印在他唇上，堵住了他的声音，她的左臂依然把他的双手压在头顶，而右手在他们之间滑动，寻找他，引导他。

温暖围拢过来，卡萨德咬住她的嘴唇。他的挣扎让他靠得更近，深入了她。他试图放松，但她完全靠在了他身上，把他压进沙地。他记起了他们做爱的其余时刻，战争在激情燃烧的禁地之外怒吼，他们互相在对方的温暖里寻找理智。

极度的欢愉如波浪一般向他涌来，卡萨德闭上双眼，脖子后仰，想要控制这感觉。他尝到嘴唇上的鲜血之味，不知道是他的，还是她的。

一分钟后，他们依然在以同一节律运动，卡萨德意识到她已放开了他的双手。他毫不迟疑地放下双臂，环绕住她，十指紧压在她的后背，粗暴地将她抱得更紧，然后一只手滑向高处，温柔地托住她的后颈。

狂风复又吹起，刮起沙丘边缘的沙粒，一卷卷飞沫扶摇而上，耳边再度充满声音。卡萨德和莫尼塔滑到下方沙丘那柔滑的曲线上，顺着温暖的沙浪一同滚下，滚到它歇止的地方，两人忘却了夜晚、沙暴、古早的战役，忘却了所有的一切，脑海中只剩眼前的这一时刻和对方。

随后，他们一起步入水晶独碑那四散零落的美丽之地，她先用金色戒尺触碰了他，接着又用了个蓝色圆环。他望着一块水晶碎片上反射出的自己，水银般的人形轮廓，完美到男性的每一个细节，乃至他精瘦的躯体上肋骨的线条。

——现在又该如何？卡萨德问道，那是种既非心灵感应，也非声音的媒介。

——大哀之君正在等待。

——你是他的仆从？

——绝不是。我是他的同伴与复仇女神。他的监管人。

——你和他一道来自未来？

——不是。我从自己的时代来，同他一起逆时而行。

——那你以前又是谁——

卡萨德的疑问被伯劳的突然出现——不，他想，是突然的存在，不是出现——打断了。

那怪物正和他记忆中多年前第一次见面时一模一样。卡萨德注意到这东西的表面如镀过汞铬般滑溜，与他们身上的拟肤束装极其相似。但直觉告诉他，那样的甲胄下面不止是血肉和骨头。它站立在那儿，至少有三米高，四条手臂在优雅的躯干上看起来毫不反常，身体则像是一大团荆棘、尖刺、关节、一层层参差不齐的金属丝网组成的雕刻，双眼燃烧着光芒，也许是红宝石折出的激光，长下巴和层叠的牙齿简直是噩梦的源泉。

卡萨德摆开备战姿势。如果拟肤束装带给他的力量与灵活跟莫尼塔从中得到的一样的话，至少他还不会毫无还手之力。

但根本没有时间。一瞬间，大哀之君就越过黑色瓦砖，站到了五米外；一瞬间，它又来到了卡萨德身旁，抓住上校的上臂，它的钢刃如老虎钳深深陷入拟肤束装的能量场，鲜血从他的肱二头肌涌出。

卡萨德绷紧肌肉，等待着伯劳的出手，决定同时还击，尽管这么做意味着会将自己刺穿在刀刃、荆棘和金属丝网上。

伯劳举起右手，一个四米高的矩形入口出现了。它和远距传输入口差不多，所不同的只是散发着紫罗兰色的光芒，浓重的光线填满了独碑的内部。

莫尼塔朝他点点头，打头迈了进去。伯劳向前跨出一步，指刃只是轻微地陷入卡萨德的上臂。

卡萨德想要抽回手，但他感到自己的好奇心胜过了死亡的欲望，于是和伯劳一道跨入了入口。

18

首席执行官梅伊娜·悦石辗转难眠。她从政府大楼深处黑暗的公寓里起身，飞快地穿戴完毕，然后开始做每当失眠时经常会做的事——去各颗星球走走。

她的私人超光传送入口一闪而现。悦石的人类保镖正坐在前厅，她没管他们，只带了一个微型遥控器，便迈了进去。要不是霸主法律和技术内核章程不允许，她什么都不会带。可那不符合规定。

虽然鲸心的午夜早已过去，但她知道有许多星球应该还是大白天，所以她穿戴着一条长披肩，缝制有产自复兴的排扰领口。裤子和靴子都反映不出性别，也表现不了阶级，虽然那件披肩的质量本身可能会让她在某些地方惹人注目。

执行官悦石跨过单程入口，虽然既没有看到，也没有听见，但她还是感觉到，在她走进佩森新梵蒂冈的圣彼得广场的同时，微型遥控器紧跟在她身后嗡嗡叫着穿过，爬上看不见的高度。一开始，她不知道自己为什么会在植入物里输入这个地区的代码——是因为神林宴会的时候那个又老又肥的蒙席也在场？——但她随之意识到，她躺在床上辗转反侧的时候心里一直想着那群朝圣者，想着那七名在三年前动身前往海伯利安迎接他们命运的人。佩森曾经是雷纳·霍伊特神父以及他的前辈——另一个神父杜雷——的故乡。

悦石耸耸肩，穿过广场。拜访朝圣者的故星，这个安排就跟她以前任何一次散步一样，相当不赖；大部分无眠之夜她都会漫步二十颗星球，并赶在黎明前回家，参加鲸逖中心的朝会。至少今天，她只会去七颗星球。

此地天色尚早。**佩森**的天空是炎黄色的，点缀着淡绿的云层，弥漫着氨水的味道，她的窦房结深受其害[①]，眼睛也流下泪来。空气中带着淡淡的恶心的化学物质气味，不知是因为这颗星球尚未完成地球化改造，还是它对人类有敌意。悦石停下来，环顾四周。

圣彼得大教堂建在山顶，广场四周被半圆形的环柱围抱，曲线顶端有一座辉煌壮丽的长方形教会堂。在她右方，环柱打开一个缺口，从中衍出一条下行台阶，沿着它往南方走下一公里多，就能看见一座小城，低矮、简陋的家舍在白骨般的树林间挤作一团，那些树木就像多年前已经灭绝的发育迟缓的生物骨骸。

只能看见几个人，有的正急匆匆地走过广场，有的正走上台阶，似乎参加礼拜快迟到了。教堂恢宏的穹顶下，某处的钟开始鸣响，但从稀薄的空气过滤而来，听不出威严的感觉。

悦石走过环柱，垂下头，不去理会教士和保洁员们好奇的目光，他们正骑在一种野兽身上，那畜生活像半吨重的刺猬。整个环网有好几十个类似佩森的边缘星球，保护体和附近的偏地更多——它们穷困潦倒，吸引不了随时在搬迁的老百姓，环境太像地球，在

① 窦房结是心脏的正常起搏点。窦房结功能不正常会引发心律不齐等症状。

大流亡的黑暗时期也没被纳入考虑范围。它符合一些小团体的要求，譬如天主教徒就曾来到这里寻找信仰的复苏。当时的教徒人数曾达上百万，悦石清楚地知晓。现在可能只有不到几万了。她合上双眼，回忆着保罗・杜雷神父卷宗里的全息像。

悦石热爱环网。她热爱环网的人民；他们所有的浅薄自私与食古不化，都是人类固有的本性。悦石热爱环网。正是出于如此深沉的热爱，她知道自己必须出力毁灭它。

她回到小小的三门终端，对数据网发出一个简单的超驰命令，召唤出私人远距传输节点，然后迈进了阳光和海洋的味道中。

茂伊约。悦石精确地知道自己身在何处。她站在首站之上的山丘，希莉的坟茔依然标示着半个多世纪以前他们揭竿而起的地点，尽管那次短暂的叛乱很快被镇压。当时的首站还不过是几千人的小村庄，每个节庆周都会有吹笛手欢迎那些被放牧到北方赤道群岛捕食地的移动小岛归来。现在首站城市已沿着岛屿兴建，超出了视野范围，弧形城镇和居住蜂巢向四面八方延伸出半公里，凌驾在山丘之上，山丘不再拥有茂伊约这颗海洋星球上最好的视景。

但坟墓还矗立在原地。虽然领事祖母的尸体并不在那里……从没埋葬在那里过……但就跟这颗星球上众多的象征一样，空旷的衣冠冢令人崇敬，几乎让人敬畏。

悦石从双塔间向外眺望，望过古老的防波堤，那湛蓝的潟湖转呈棕色的地方，望过滴水的平台和游览驳船，望向海岸线开始的地方。现在已经没有移动小岛了。它们不再以巨大的群队浮过海洋，它们的树帆不再迎着南风飘摇起伏，放牧它们的海豚不再于浪沫的白色V字形间跳跃。

小岛都已被环网居民驯服，上头住满了人。海豚已经死去——

有些是在和军部的大战中被屠杀，而大部分却是在令人难以置信的南海集体自杀中跳上了陆地，这是这个被神秘覆盖的种族留下的最后的神秘。

悦石在悬崖边缘的一条矮凳上坐下，抓起一条草茎，她可以拿它撕条或者咀嚼。这样一颗星球，上万人的家园，脆弱的生态中达成的微妙平衡，在十个标准年中变成了首批成为霸主居民的四亿人的休养胜地，这期间发生了什么结果？

答案：星球死亡了。或者说，它的魂灵死亡了，尽管在一番改造之后，生态网依然还能运行。行星生态学家和环境改造专家保持着外表躯壳的活力，保持海洋免于从那些难以避免的垃圾、污水、油泄漏中窒息，努力将噪声污染以及进步带来的上千种其他问题减至最低，至少是粉饰太平地把这些遮掩下去。尽管如此，那不到一个世纪前，孩提时代的领事，爬上这座山丘参加祖母葬礼时从这里望见的茂伊约，却永远地留在了过去。

一队霍鹰飞毯从头上掠过，乘坐其上的观光者欢声笑语、高声呼喊。远在他们之上，一辆巨大的观光电磁车遮蔽了好一阵阳光。悦石在突然降临的阴影中，丢下了手中的草茎，小臂放在了双膝上。她想起了领事的背叛。她曾经寄希望于领事的背叛，把所有的一切都押在这个茂伊约上土生土长的希莉的后裔身上，让他在不可避免的海伯利安之战中加入驱逐者一方。那不是她个人的计划；在几十年的计划中，利·亨特为她出了很大力气，这个谨慎敏感的人选出精确的人，派去与驱逐者交涉，给予他适当的地位，让他有可能激活驱逐者的装置，瓦解海伯利安上的时间潮汐，从而背叛双方。

一切照计划行事。领事——一个将自己乃至妻儿四十年的生命都致力于服务霸主的人，终于开始了复仇行动，像一颗休眠五十年的炸弹，最终爆发了。

悦石对于背叛毫无好感。领事出卖了他的灵魂，必将付出高昂的代价——遗臭万年，永远自责——但他的叛国行径和悦石的背叛（她已经准备好为之接受惩罚）比起来，完全是小巫见大巫。作为霸主首席执行官，她是一千五百亿个灵魂象征性的领袖。而为了拯救人类，她打算背叛他们所有人。

她站起身，感觉着一把老骨头里的风湿痛，慢慢走向终端。她在发着温柔嗡嗡声的入口顿了顿，回头最后望了一眼茂伊约。微风从海面上吹来，但吹来的却是油料泄漏和炼油厂废气的恶臭，悦石转过脸。

卢瑟斯的重力像钢铁枷锁一样架在她肩头的披风之上。现在正是中央广场的上班高峰，数千通勤族、商店主，还有观光客在每一条人行道平面摩肩接踵，各种各样的人挤满了长达一公里的自动扶梯，空气如同经过多次呼吸一样，十分闷堵，混合着这闭合系统里石油和臭氧的味道。悦石没有理会那些价格昂贵的商业层面，她走上一条人行道路，十公里外就是伯劳教会的主教堂。

宽阔的楼梯底部之上，设有警戒阻断场和密蔽场，闪耀着紫罗兰和碧绿的光芒。教堂四周打满了盖板，漆黑一片；那些面朝中央广场又细又长的彩绘玻璃窗，有许多已经被砸得粉碎。悦石想起了几个月前关于暴动的报道，说主教和侍僧已经提前逃走了。

她走近阻断场，视线穿过那些不断变换的紫罗兰色薄雾，望向楼梯，布劳恩·拉米亚曾将她垂死的客户及爱人，那位济慈赛伯人副本，带往这里，求助于那些等待的伯劳教会神父。悦石曾与布劳恩的父亲甚为交好；在早年的议会生涯中，他们就已志同道合。拜伦·拉米亚议员是名才华横溢的男子——很久以前，早在布劳恩的母亲离开自由岛那个偏僻闭塞的省城，出现在社交场合之前，悦石曾一度考虑过把他当作结婚人选——而随着他的过世，悦石的一部分青春也被埋葬了。拜伦·拉米亚曾深深执迷于技术内核，五个世纪以来，人工智能奴役着人类，范围广达一千光年，他呕心沥血，正是为了要将人类从桎梏之下解放。是布劳恩·拉米亚的父亲令悦石意识到了危险，引导她致力于此，而这一切将会以人类历史上最为凶险的背叛告终。

也是拜伦·拉米亚议员的“自杀”促使她练就了多年来的审慎。悦石不知道是不是内核的特务编排谋划了议员的死亡，也有可能是霸主其他阶级成员出于保护自身既得利益的举动，但她确信，拜伦·拉米亚永远不可能自杀，不可能以这种方式抛弃无助的妻子和任性的女儿。拉米亚议员在参议院的最后一举是联名提议让海伯利安加入保护体，与眼下相比，此举将使这颗星球提前二十标准年加入环网。他死后，未遭凶杀的联合发起人梅伊娜·悦石撤回了议案。

悦石找到一个下降机井，乘着它朝下降，途经商业层面、住宅层面、制造业与服务业层面、垃圾处理与反应堆层面。她的通信志和下降机井的扬声器都一齐警告她，她正在进入远在蜂巢之下未经授权的危险区域。下降机井程序试图阻止她下落，她超驰了这项操作，并关闭了警告。她继续下降，经过了好些层面，现在四周既没有镶嵌板，也没有了灯光，然后穿过一团混乱如意大利面似的视觉光纤，穿过加热冷却管，穿过赤裸裸的岩石，终于停了下来。

悦石走进一条走廊，仅有遥远的荧光球与油腻的萤火涂料发射着光芒。天花板和墙面上的一千条裂缝中滴着水珠，聚集成一洼洼有毒的水坑。水气从墙间的孔穴中飘来，那些孔穴也许连着其他走廊或私人壁橱，或许什么都不连通。遥远的某处传来超声波尖啸，似乎是金属在切割另一种金属；走近些，那声音变成电声质的尖叫，像是垃圾音乐。不知道哪里传来男子的尖叫声，还有一个女人在狂笑，她的声音沿着机井和管道不断回荡，变成了金属质地。然后传来钢矛突击枪的咳嗽。

渣滓蜂巢。悦石走进穴洞般走廊交错的十字路口，停下来四处审看。她的微型遥控器也潜下来，在低空盘旋，活像一只坚持不懈的愤怒昆虫。它正在召唤安全后援。悦石反复输入超驰命令，才让它的呼叫没有传出。

渣滓蜂巢。这就是布劳恩·拉米亚和她的赛伯情人在出发前往伯劳教会前的最后几个小时里躲藏的地方。这样的地下区域在环网数不胜数，从这里的黑市什么都可以买到，从闪回到军部级别的武器，从非法机器人到私售的鲍尔森理疗，这种非法理疗要么杀死你，要么再给你二十年青春，两者几率对等。悦石向右转，走下最黑暗的走廊。

一个老鼠般大小、有很多肢腿的东西急急奔入一个断裂的通风管道。悦石闻到了阴沟水、汗液、超负荷运转的数据平面甲板散发出的臭氧味，有手枪推进物甜蜜的味道，呕吐物、劣等信息素变异出的毒素臭气。她走过走廊，心里思量着，未来的几星期乃至几月，各星球将为她的决定、她的固执付出怎样高昂的代价。

五个年轻人走进走廊，站在悦石面前，他们的身体经过地下基艺家的塑造，失去了不少人类特征，更像是动物。她停下脚步。

微遥控器垂到她前边，去掉了伪装聚合体。她面前的生物看见这只是一个黄蜂大小的机器在空中起伏冲突，于是大笑不止。他们极有可能是太过迷恋RNA特制，对这样的装置一无所知。有两个拨开了震动曲头钉。另一个展开了十厘米长的钢爪。还有一个打开了旋转枪筒式钢矛手枪。

悦石并不想打架。她知道，即使这些渣滓蜂巢的恶棍不出手，微遥控器也会主动保护她不受这五人的伤害，哪怕再来一百个也不用怕。但她不希望这些人莫名冤死，只因为自己把渣滓选作散步地点。

“走开。”她说。

年轻人瞪大双眼，瞪大他们炎黄的眼珠和球根状的黑眼珠，露出头巾下的切口和腹部的感光带。他们一齐散开，围成半圆，并向她前进了两步。

梅伊娜·悦石站直身子，笼紧披肩，垂下排扰领口，直到他们能够看见她的眼睛。“走开。”她再次说道。

年轻人犹豫了一下，羽毛和鳞片在看不见的微风中摇荡。其中两人的触须摇颤着，上千条微小的感官绒毛跳动起来。

他们走开了。离开就跟来临一样悄无声息，行动迅速。一秒钟之后就什么都听不到了，只有水滴和远处的笑声。

悦石摇摇头，召唤出私人传送门，走了进去。

索尔·温特伯和他的女儿来自**巴纳之域**。悦石传送到一个小型终端，位于他们在克罗佛的家乡。时值傍晚，低矮的白色房屋瑟缩在草坪上，兴许是源自加拿大共和国复兴风格的影响，同时加上了农场主的实用。树木参天，枝条舒展，沿袭着它们得自旧地的遗传基因，令人惊叹。人流熙攘，大多是刚在环网别处度过了忙碌的工作日，现在止匆忙地赶回家，悦石抽身离开，在砖石走廊上徘徊，经过一座座砖石建筑，它们绕着一个绿草茵茵的椭圆修建。她瞥见左边一排房舍旁的块块农田，高大的绿色植物，兴许是玉米，在风声呜咽中正繁茂生长，延伸到遥远的地平线，那里巨大的红色太阳正在下沉，唯剩最后的一弯弧线。

悦石走过校园，心里思量着，这是不是索尔曾经任教的大学，但是这好奇心也不太强烈，她便没有查询数据网。煤气灯在树叶的华盖下闪亮，最亮的几颗星星已开始在叶间的空隙显现，天空逐渐从蔚蓝变成琥珀，最后变作乌檀。

悦石读过温特伯所著的《亚伯拉罕的难题》，他在书里分析了上帝与人类之间的关系，一个要求人类献祭儿子，一个同意牺牲自己的儿子。温特伯详细论述了《旧约全书》中的耶和华并非是在简单地考验亚伯拉罕，同时也在运用忠诚、顺从、牺牲这类单一的语汇同他交流，令人类在这样的关系中，到时机成熟时明白一切。温特伯将《新约全书》中的预言看作是那种关系新阶段的预兆——在新阶段下，不论出于什么原因，人类都再也不用将孩子献祭给任何神明，但那时的父母……所有父母……都会顶替孩子献祭自身。由是出现了二十世纪的大屠杀、短期交兑、三方战争、昏庸暴虐的世纪，乃至三八年的天大之误。

最终，温特伯谈到要拒绝所有的献祭，拒绝任何与上帝的联系，除非两者互相尊重，为了相互理解而诚信作为。他的著作涉及了上帝的多重死亡与如今神明复生的需要，因为人类已经创造了自有的神灵，并将他们释放在了世间。

悦石走过一座雅致的石桥，它横跨在一条消失在阴影之中的小溪上，只有黑暗中的潺潺水声标明了溪流的行踪去向。柔和的黄色光芒洒向手工修造的石头栏杆。校园外的某处，一条狗吠叫着，又被人喝止。一座古老建筑的第三层楼灯光闪耀，那是座带有山墙、粗略铺就鹅卵石的砖石建筑，竣工时间定可以追溯到大流亡之前。

悦石想起了索尔·温特伯，他的夫人萨莱，以及他们芳龄二十六的美丽女儿，去海伯利安考古勘探一年之后回家，带回的不是任何发现，而是伯劳的诅咒——梅林症。索尔和萨莱眼睁睁看着这个女子慢慢变得年轻，退回孩童时代，又变回婴幼时期。后来，萨莱去拜访妹妹的时候，在一场无情而愚蠢的电磁车祸中丧生，留下索尔一人观看这出悲剧。

瑞秋·温特伯，她的第一个也是最后一个生日，将会在三标准天之后到来。

悦石一拳砸上石头，召唤出传送门，迈向另一处地方。

火星正值正午。六个多世纪以来，塔尔锡斯贫民窟的状况都毫无起色。头顶的天空呈现出粉红色，尽管悦石已经把披肩紧紧裹在身上，但空气对她来说还是太过稀薄和寒冷，而且到处沙尘飞扬。她走过乐罗卡辛城狭窄的小径和绝壁栈道，找不到一个开阔的观景点，视野所及之处，只有头顶的小屋丛群，或是滴水的滤波塔。

这里几乎没有什么植物——广袤的再生林要么已经被砍伐作了柴火，要么已经死了，被红色沙丘覆盖。一条条小径被二十代人赤脚踩过，已和岩石一般坚硬，各条路之间只能看见一点走私来的白兰地仙人掌和深扎入地底的一丛丛寄生蜘蛛地衣。

悦石找到一块低矮的岩石坐了下来，垂下头摩挲着双膝。一群群小孩，身上除了破布条和晃荡的分流器插孔外，几乎是一丝不挂，他们围过来向她讨钱，见她不予理会，又咯咯笑着一路跑远了。

太阳已上中天。从这里望不见奥林帕斯山与费德曼·卡萨德曾经就读的那座刻板峻美的军部学院。悦石环顾四周。这就是那位骄傲男子的故乡。在他被授予勋位、理智与军队的荣誉之前，他曾经就在此地与流氓无赖们厮混。

悦石找到一个没人的地方，迈进传送门。

神林一如既往——数以亿计的树木散发出脂气，香飘四溢；万籁俱寂，唯有清风吹起时，树叶会发出沙沙声，泛起画家网板上彩色蜡笔质地的颜色；落日引燃了星球真正的屋顶，犹如一片树冠之海沐浴在阳光之下，每一张叶片都迎着微风闪耀，将雨水与湿木的气味向悦石送来，朝露和晨雨的水滴闪烁着，她所在的高台下半公里的世界安然沉睡在黑暗中。

一名圣徒走近，看见悦石的随接手镯在她一举手一投足间闪烁，于是退了回去，这个穿着长袍的高大身影混入了树叶与藤蔓的迷宫中。

圣徒是悦石这场赌博中最莫测的变数之一。他们牺牲了树舰“伊戈德拉希尔”号，这举动前无古人，闻所未闻，莫名其妙，令人不安。在即将到来的战争中，她拥有不少潜在的盟友，但没有一个比圣徒更不可或缺，更令人费解。献身于生命，投身于缪尔，树的手足兄弟所拥有的力量在整个环网微乎其微，但极富影响——在这个致力于自毁与浪费，且不愿承认自己行为放纵的社会中，它象征着尚存的生态意识。

海特·马斯蒂恩到底去了哪儿？他为什么把莫比斯立方体留给了其他朝圣者？

悦石观赏了日出。天空充满了孤苦无依的热气球，都是从旋风大屠杀中救回来的，它们多姿多彩的球体朝着天空飘翔，如同一大群葡萄牙士兵。辐射蛛纱伸展开薄如蝉翼的太阳能翼翅，收集着阳光。一群乌鸦冲破盖顶，向天空盘旋而去，它们的厉叫给柔和的清风、嗞嗞作响的细雨配上刺耳的和弦。雨滴从西方飘来，铮铮咚咚打在叶子上的声音让她想起了帕桃发三角洲上的家园，想起了持续一百天的季风，她和哥哥跑出门，前往沼泽搜寻飞跳蟾蜍、曲艾，还有寄生藤蛇，把它们放到小罐子里，带去学校玩耍。

悦石不止十万次地意识到，还来得及阻止这一切。眼下，全面投入作战并非无可避免。目前驱逐者还击的力度，霸主尚能坐视不管。伯劳还没有获得自由。没有完全自由。

要挽救环网的百亿条生命，她只需回到议院，坐上议员席，将三十年来的阴谋与欺骗公之于众，将她的恐惧与怀疑告知人民……

不。在计划没出变故之前，一切都应按计划进行。走进未知。走进那片就连技术内核的预言家，那些洞悉一切的人都难下决断的混沌狂暴之海。

悦石走过平台、塔楼、斜坡，还有圣徒树城那摇曳的连接桥。来自几十颗星球的树栖生物与经过基艺塑造的黑猩猩冲她乱吠了一阵，然后优雅地荡着高于森林地面三百米的脆弱藤蔓，朝远处逃开了。在那些不对观光者与特权来宾开放的区域外，悦石闻到阵阵薰香之气，耳边清楚地听到圣徒吟唱着格利高里风格的日出朝拜圣歌。在她身下，底层开始变得活跃，充满了光芒和人群的活动。清晨的小雨已经停歇，悦石回到上层，欣赏着该处的风景，跨过了一条六十米的木制吊桥，那座桥将她所在的树连接到另一棵更大的树，那里拴着六七个巨大的热气球（圣徒唯一允许在神林上使用的空中交通工具），它们飘浮在空中，似乎急不可耐地要脱离束缚，气球的载人吊篮像一颗颗笨重的棕色禽蛋，不住地晃来晃去，气球的表层绘染成活泼可爱栩栩如生的形状——传统热气球、君王蝶、托马斯鹰、辐射蛛纱、现已灭绝的泽普棱、太空鱿鱼、月蛾、雕——此类深受敬畏，仅存在传说中，从没被重建或基艺塑造的东西——林林总总，不一而足。

如果我继续下去，所有这一切都会遭到毁灭。必将被毁灭。

悦石在环形平台的边缘驻足而立，紧紧抓住栏杆，双手的皮肤突然变得苍白，突出而残酷地映衬出她的老年斑。她想起了从前读过的古老文献，远在大流亡之前，航空时代之前，欧洲大陆上各国尚处于萌芽阶段，那时候的人们将黑人——非洲人——从他们的故乡运往西方殖民地作为奴隶。这些戴着手铐脚镣，赤身裸体蜷缩在奴隶船那恶臭船腹中的奴隶……在反抗、打击他们的征服者时，可曾犹豫过，这样的行动意味着会毁灭那艘奴隶船的美丽……乃至毁灭整个欧洲？

但他们还有非洲可回。

梅伊娜·悦石发出一阵似吟似泣的声音。她转身背对着光辉灿烂的日出，背对着迎接新的一天的和颂之声，背对着气球的升起——栩栩如生的人造气球——升入新生的天空，她走下平台，走进较黑的下层，召唤出远距传输器。

她无法前往最后一个朝圣者——马丁·塞利纳斯的故乡。塞利纳斯只有一百五十岁，身体由于鲍尔森理疗的作用而发蓝，他的细胞经受过十数次长期冰冻沉眠那彻骨的寒冷，以及比之更甚的冷藏，寿命扩展了四个多世纪。他生于旧地的末日时期，母亲来自最显赫华贵的家族之一，他的童年是颓废与优雅、美丽与腐朽的甜香奏出的混成曲，他的母亲选择陪伴濒死的地球，将他独自送往太空，想以此偿清家人的债务，即便这意味着……后来这确成了事实……他将在环网中最不愧于人间地狱称号的一颗闭塞停滞的星球上，充当数年的包身工。

悦石去不了旧地，于是她来到了**天国之门**。

首都泥滩市。悦石走过鹅卵石铺就的街道，欣赏着宽大陈旧的房屋，它们凌驾在狭窄的运河上。运河纵横交错，凿出的石质引水槽攀上人工山脉的山腰，活像埃舍尔油画中的景物。优雅的树木和比树木更高大的马尾蕨如王冠般架在山顶，排列在宽阔洁白的大道两旁，又横越过视线，围绕在白色沙滩雅致的曲线上。慵懒的潮汐卷携着紫罗兰色的波浪朝她奔来，浪花散射着各色各样的光彩，然后消逝在完美的沙滩上。

悦石在一座公园驻足而立，俯瞰着泥滩的海滨大道。几十对情侣和精心打扮的游人正在那儿的煤气灯下享受着夜晚的空气与树叶的荫凉，她想象着三个多世纪以前星球的样子，当时天国之门还是颗原始粗陋的保护体星球，尚未完全接受地球化环境改造，那时的马丁·塞利纳斯，年轻，一文不名，依然遭受着文化错位的袭扰，大脑还因漫长旅途中的冷藏冲击而受到损伤，在此地像个奴隶一样地劳动。

当时大气生发站可以为大约方圆一百平方公里的区域提供可呼吸的空气，这几乎达到可居住地的极限。海啸会卷走城市、垦荒工程和工人，它一视同仁，毫不怜悯。洪水之后，像塞利纳斯这样的包身工就被派去挖掘酸液运河，从泥地之下的肺管迷宫中刮下再生通气菌，为河漫泥滩疏浚浮垢和死尸。

我们还有少许进步，悦石心想，尽管经受着内核对我们的惯性影响，尽管科学已经几近死亡，尽管我们完全依赖于自身所创之物赠予的致命玩具。

她感觉不甚满意。她本想通过这次去各星球的散步旅途，拜访七位海伯利安朝圣者的故乡，尽管她知道，这举动完全徒劳无益。天国之门是塞利纳斯在大脑遭到暂时性损伤，语言匮乏的情况下，学会写真正诗篇的地方，但这里并非他的家园。

悦石没有理会海滨大道上音乐会传来的悦耳乐声，没有理会一辆辆公交电磁车如同候鸟般从头顶掠过，没有理会怡人的空气与柔和的光芒，她召唤出传送门，命令它将自己传送到地球的卫星。**月球**。

但她的通信志没有激活传送装置，而是发出警告，去那里很危险。但她输入了超弛命令。

悦石的微型遥控器嗡嗡地叫着出现了，植入物里细小的声音告诉她，对首席执行官来说，要去一个如此不稳定的地方，并非好主意。但她关闭了警告。

甚至连远距传输入口自身也不服从她的选择，最后她只好使用寰宇卡手动操作。

远距传送门幻化出现，悦石走了进去。

旧地月球上唯一还能居住的地方是山峰和表面暗区，那是专为军部马萨达庆典预留的，悦石跨出门，正好到了这里。观景台和行军场都空无一人。十级密蔽场模糊了星空和远处的边缘墙，悦石看到，从可怕的重力潮水中涌出的地心热量融化了遥远的山脉，岩浆融在一起，流入新的海洋。

她走过一片灰沙平地，感觉着轻柔的重力，飘飘欲飞。她觉得自己像是圣徒的气球，被轻轻拴着，急迫地想要飞走。她努力压制着想要跳起的冲动，克制自己不要大步飞跃，但即便如此，她的步子依然轻浮，灰尘在她身后扬起妙不可言的图式。

密蔽场的穹顶下，空气十分稀薄，尽管身着的披肩下附有加热元件，但悦石发现自己依然冷得发抖。她在这个坦荡无奇的平原中央站了许久，试图想象着当时的月球，人类蹒跚着跨出摇篮的漫长的第一步踏上的地方。但军部的观景台和器械棚扰乱了她的思路，她实在想象不出那些情景，最后她抬起头，望着她来此地的真正目的。

旧地悬挂在漆黑的空间中。但那不是旧地，当然，只是搏动的冲击层盘和球状星云残片，它们曾是旧地的一部分。那团物质非常明亮，亮过帕桃发上哪怕是最为鲜有的清澈的夜空里所能看见的任何一颗星星，但这样的亮度却带着说不清道不明的不祥意味，在泥灰色的原野上投下惨白的光芒。

悦石站在那里，凝视着前方。她以前从未来过这里，刻意地不来这里，而现在她来了，她绝望地想要得到什么**感触**，想听到什么，譬如警告，或是神秘直觉，或者仅仅是哀悼的情感，但这些东西都躲得离她远远的。

她什么都听不到。

她在原地站了几分钟，脑子里涌出一些零星的想法，感觉到耳朵和鼻子开始结冰，于是决定离开。鲸心应该快天亮了。

悦石激活传送门，最后回望了一眼，正在此时，不到十米外，另一个移动远距传输门幻化着出现了。她停住脚步。环网内只有不到五人有权以私人身份到达地球的卫星。

微型遥控器嗡嗡叫着降下来，飘浮在她和从传送门走出的人中间。

走出的是利·亨特，他四处望了望，冻得瑟瑟发抖，然后飞步向她走来。他的声音从稀薄的空气传来，又尖又细，像个小孩子在说话，令人忍俊不禁。

“首席执行官女士，你必须立刻回去。驱逐者通过一次令人惊异的反击，已经成功突破了防线。”

悦石叹了口气。她知道下一步会是这样。“嗯，”她说，“海伯利安落入敌手了吗？我们还能否疏散那里的部队？”

亨特摇摇头。他的嘴唇几乎被冻得发紫。“您没听明白，”助理微弱的声音传来，“不只是海伯利安。驱逐者在十多个地点同时发动了攻击。**他们已经入侵环网了！**”

这句话带给梅伊娜·悦石的震惊胜过了月球的冰寒，她突然感觉浑身冰冷刺骨，呆若木鸡。她点点头，将披肩紧紧裹在身上，穿过门廊，走进永远不复从前的世界。

19

他们聚在光阴冢山谷前端，布劳恩·拉米亚与马丁·塞利纳斯尽可能多地背了许多背包，提了很多口袋，索尔·温特伯、领事，还有杜雷神父沉默地站在一旁，犹如族长议事庭。下午最初的阴影正开始向东面蔓延，越过山谷，如同黑暗的手指向散发着柔和光亮的墓群伸去。

“我还是不敢肯定，大家这样分开到底好不好。”领事说着，揉了揉下巴。天气很热。汗水从他胡茬儿满布的脸颊上渗出，沿着脖子流下来。

拉米亚耸耸肩。“我们都知道，大家早晚会独自面对伯劳。分开几个小时又有什么关系？我们需要食物。你们三个如果想去，也可以同行。”

领事和索尔瞥了眼杜雷神父。神父显然已经精疲力竭。寻找卡萨德的行动已经榨干了这个人经历人间炼狱后仅存的精力。

“必须有人留在这儿，万一上校会回来呢。”索尔说。他臂弯中的孩子看起来很小。

拉米亚点头同意。她把带子搭上肩膀和脖子。“好吧。到达要塞大约需要两小时。回来恐怕会稍长一点。装货算一个小时的话，我们应该可以在天黑之前回来。接近晚餐时分。”

领事和杜雷分别与马丁·塞利纳斯握手。索尔拥抱了拉米亚。“平安回来。”他低声说道。

她碰碰这个男子的脸颊，上面已经长出胡须；又摸摸婴儿的头，然后转身，轻快地朝山谷走去。

“嘿，他妈的等等，别落下我啊！”马丁·塞利纳斯大叫道，饭盒和水壶随着他的跑动叮叮当当作响。

两人一同走出悬崖间的山鞍。塞利纳斯回头看了一眼，看见另外三个人因为太遥远而变得十分渺小，像是些彩色糖棒掺杂在狮身人面像附近的岩石和沙丘间。“好像没有按照计划进行，对吧？”他说。

“不知道。”拉米亚说。为方便远足，她已经换上了短裤，又短又强壮的双腿显出块块肌肉，在汗水的光辉下闪亮。“你本来计划的是什么？”

“我的计划是要完成全宇宙最伟大的诗篇，然后回家。”塞利纳斯说。他拿起最后的一瓶水，喝了一口。“该死，真希望我们带了足够的酒来挨过这些天。”

“我没有计划过什么。”拉米亚说着，一半是自言自语。她短短的卷发被汗水搅乱，贴上粗犷的脖子。

马丁·塞利纳斯哼出一声笑。“你本来不会来这里的，要不是因为你那个赛伯情人……”

“客户。”她厉声说道。

“都一样。是约翰·济慈的重建人格觉得必须来这里。于是你才带他到了这地方……你依然带着舒克隆环，对吧？”

拉米亚心不在焉地摸了摸左耳后微小的神经分流器。一张渗透性聚合薄膜为这个疙瘩大小的接线插座阻挡着沙尘。“对。”

塞利纳斯又笑了。“要是没有数据网与他交互，那东西他妈的有个屁用啊，孩子？你倒不如把那个济慈人格留在卢瑟斯或者别的什么地方。”诗人顿了一秒，理了理皮带和背包。“那么，你能不能独自访问这个人格？”

拉米亚想起了前一夜的其他梦境。梦里的那个人感觉就像是乔尼……但那些影像又是来自环网。是多重记忆？“不能，”她说，“我无法独自接入舒克隆环。它携带的数据太多，连一百个简易植入物都应付不了。你干吗不给我闭嘴，乖乖走你的路？”她加快脚步，留他一个人站在原地。

天空万里无云，碧绿澄静，点缀着几处深深的湛青色。前方那布满岩石的旷地延伸到西南方的戈壁，戈壁又败给了沙丘地。两人默默地走了三十分钟，相隔五米，各自想着心事。海伯利安的太阳挂在他们右方，小而明亮。

“这边的沙丘要陡峭些。”拉米亚说，他们奋力爬上峰顶，然后从另一侧滑下。沙丘表面滚烫，鞋里已装满了沙子。

塞利纳斯点点头，停下脚步，用一条丝质手帕抹抹脸。他那邋遢的紫色贝雷帽低挂在眉梢和左耳上，丝毫不能提供一点阴凉。“沿着北部高地走要轻松些。就在死寂之城的附近。”

布劳恩·拉米亚遮住阳光，往那个方向望去。“走那条路的话，我们至少要浪费半个小时。”

“走你现在这条路浪费的时间还会更多。”塞利纳斯坐上沙丘，从水壶里小口喝水。他脱下斗篷，折叠好，塞进最大的那个背包里。

“你那背包里背的什么东西？”拉米亚问，“看起来满满当当。”

“关你屁事，八婆。”

拉米亚摇摇头，揉揉脸颊，感觉那里被太阳晒得发疼。她不习惯这么多天一直暴露在阳光下，而海伯利安的大气又几乎吸收不了紫外线。她在口袋里摸索出一管防晒霜，在脸上抹了些。“好吧，”她说，“我们就绕路往那边走。跟着山脊走，一直走过最难爬的沙丘，然后切回直通要塞的路。”山峰高耸在地平线上，似乎总也走不近。覆满积雪的峰顶用它们诱人的凉风与清水逗弄着她。身后的光阴冢山谷已经不见了踪影，视野被沙丘和岩石地阻挡。

拉米亚整整背包，转身向右，一路滑着，走下簌簌崩散的沙丘。

他们走出沙漠，走上山脊上长着低矮金雀花的针草地，马丁·塞利纳斯如痴如醉地望着诗人之城的废墟。拉米亚抄左路绕过城市，避免遇到任何东西，除了半掩在沙丘下的环城公路的石头，其他路都通往戈壁，最后消失在沙丘底下。

塞利纳斯落在了后面，越来越远，最后他停了下来，坐在一根倒塌的支柱上，那里曾经是机器工人们在田野间工作后列队行进的门廊。现在，那些田野已经消失了。垮塌的石头，沙中的洼地，那些曾经荫蔽水路和小巷的树木已经成了被沙粒冲刷得光滑的树桩，只有从这些东西才可以推测出往昔的沟渠、运河和公路的所在。

马丁·塞利纳斯用贝雷帽一抹脸，望着这片废墟。城市依然洁白……白得像没被流沙淹没的白骨，白得就像土黄色头骨里的牙齿。从塞利纳斯落座的地方，可以看到许多建筑物还和他一百五十多年前看到的没多少改变。烂尾的诗人圆形剧场废墟依然有着赫赫的帝王之气，这座超神脱俗的白色罗马式圆形大剧场上，沙漠蔓生植物和牵牛花藤簇叶丛生。壮丽的中庭迎着天空，风雨商业廊街七零八落——塞利纳斯知道，不是由于时间的冲刷，而是哀王比利手下那些无用的安保人员，在这座城市疏散后的几十年里，用探针和长矛还有炸药造成的损坏。他们想杀死伯劳。在格伦德尔蹂躏了蜜酒厅之后，他们想要运用电子和愤怒的连续光束来杀死格伦德尔。

马丁·塞利纳斯吃吃笑着，探过身子，突然间疲热交加，头昏眼花。

塞利纳斯看见会众厅那宏伟的穹顶，他曾多次在那里进餐，开始是与上百位艺术界同好，然后是比利移驾到济慈之后，与那些出于种种匪夷所思、难以查证的原因而留下来的各自沉默的人，最后是单独一人。形单影只。曾经，他放下酒杯，回音便会在藤蔓交错的穹顶下缭绕半分钟。

茕茕孑立，陪伴我的只有那些莫洛克，塞利纳斯想。但到最后，甚至连莫洛克都离别我了。只剩下我的缪斯。

突然爆发出一阵声音，几十只白鸽呼啦啦从哀王比利往昔的宫殿，那破碎塔堆间的巢穴飞起。塞利纳斯望着它们在极为炎热的天空中飞舞盘旋，为它们竟能在这个无凭无依的地域边缘幸存好几世纪而大为感慨。

既然我都能办到，它们又怎么不能？

城市里有影子，甜美的阴凉之池。塞利纳斯不知道水井是不是还纯净，那些伟大的地下水库，在人类种舰抵达之前就已经蓄满水源，现在依然充溢着甜美的清水。他想起了自己的木质工作台，从旧地运来的老古董，不知道它是不是还安置在那间写下大量《诗篇》的小屋里。

“怎么了？”布劳恩·拉米亚折回来，站在他身旁。

“没事。”他斜眼看向她。这女人看起来就像一棵粗矮的树，大腿像一大团黑色的树根，晒黑的树皮，凝固的精力。他试图想象她疲乏的样子……不过这个努力却让**他自己**累得不行。“我刚刚意识到，”他说，“我们不辞辛劳地走回要塞只是浪费时间。城里面有水井。或许还有食物储备。”

“对，”拉米亚说，“领事和我也想到过这一点，并且讨论过。但这座废城已经被劫掠过好几百年。伯劳朝圣者定是早在六十甚至八十年以前就已经耗尽了储藏。这里的水井也靠不住……蓄水层已经改变了，水源可能受到了污染。我们得去要塞。”

塞利纳斯觉得在这个女人忍无可忍的傲慢面前，怒火正腾腾地往上蹿，不管在什么情况下，她都会用一时闪念去左右所有人的行为。“我自己去探察探察，”他说，“那也许会为我们节省几小时的行程。”

拉米亚背对着太阳，在他面前动了动，漆黑的卷发闪耀着日食周围的光环。“不。如果我们在这里浪费时间，天黑前就回不去了。”

“那你走吧，”诗人厉声说道，对自己说出的话惊讶不已，“我累了。我要去查看一下会众厅背后的仓库。也许我还会想起一些朝圣者永远找不到的储藏地点。”

他看见这个女人身体绷直，正在考虑要不要把他拉起来，拖回沙丘。他们距丘陵地带还有大约三分之一的路程，到了那里就是通往要塞的漫长阶梯。她的肌肉松弛下来。“马丁，”她说，“其他人还指望着我们。请别把这事弄砸了。”

他笑着，背靠上倒塌的支柱。“去你妈的，”他说，“我**累了**。你也知道，不管怎样，百分之九十五的东西都会由你搬回去。我**老了**，三八。比你想象的还老。咱们停下来休息一会儿。也许我还可以找到点吃的。说不定还可以写点东西。”

拉米亚在他身边蹲下，碰碰背包。“你背的就是这个。你的诗稿。《诗篇》。”

“当然。”他说。

“你还是觉得接近伯劳就可以完成它？”

塞利纳斯耸耸肩，感觉到热量和眩晕正围绕着他飞舞。“那东西是个他妈的杀手，一个在地狱里用金属片铸就的格伦德尔，”他说，“但它是我的缪斯。”

拉米亚叹了口气，眯眼看着已然朝山脉下坠的太阳，然后看向他们的来时路。“回去吧，”她轻轻地说，“回山谷。”她犹豫了一会儿。“我和你一起回去，然后再回来。”

塞利纳斯咧开干裂的嘴唇，笑了。“回去做什么？去陪那三个老家伙玩克利比奇纸牌，直等到咱们的小可爱过来抓住咱们大啃大嚼？不用了，谢谢，我还不如在这儿休息一阵子，写点东西。你走吧，女人。你能背动的东西，强过三个诗人背的呢。”他费劲地取下空背包和水壶，把它们递给她。

拉米亚一把抓住缠在一起的肩带，她的拳头就像铁锤一样，又短又坚实。“你确定要这么做？我们可以慢慢走。”

他挣扎着站起来，被她的怜悯与屈尊俯就搞得怒火中烧，登时来了精神。“去你妈的，赶紧给我滚蛋，你这卢瑟斯人。我再提醒你，朝圣的目的就是要到这里来跟伯劳打招呼。你的朋友霍伊特就没忘记。卡萨德也明白游戏规则。他妈的伯劳可能正在嚼他那笨透了的当兵的骨头。就算我们留下的那三个人再犯不着吃饭喝水，我也毫不惊讶。你走吧。他妈的赶紧滚！我才懒得和你同路。”

布劳恩·拉米亚仍旧蹲了一会儿，仰头望着他在那儿晃来晃去。最后终于站起身，叩了一下他的肩膀，背起背包和水壶，疾步转身离开，步伐轻快得连年轻时的他都赶不上。“几小时后我就回这儿来，”她大喊道，没有回头看他，“在城市边缘待着。我们一起回墓群。”

马丁·塞利纳斯一言不发地望着她越变越小，最后消失在西南方崎岖的地面上。山脉在热气中闪着微光。他低下头，看见她留给他的水壶正摆在地上。他吐了口唾沫，拿上水壶，走进废城那里等待在他的影子中。

20

他们一起吃着最后的两包压缩食物，权作午餐，杜雷几乎快虚脱了。索尔和领事把他抬到狮身人面像宽阔台阶上的阴凉地。神父的脸和他的头发一样苍白。

索尔拿起一瓶水，举到他嘴边，神父试图想笑。“你们全都接受了我复活的事实，没有任何困难。”他说着，用手指擦擦嘴角。

领事靠向身后狮身人面像的石头。“我看过霍伊特身上的十字形，就跟你现在带着的一模一样。”

“我也相信他的故事……**关于你的**故事。”索尔说。他把水递给领事。

杜雷摸摸额头。“我一直在听通信志磁碟。那些故事，包括我的，都……令人难以置信。”

“你怀疑这些故事有的不真实？”领事问。

“没有。但要把它们一五一十地弄清楚，却是一项挑战。找到其中的共同点……互相关联的线索。”

索尔把瑞秋举到胸前，一手托着她的后脑勺，轻轻摇晃着她。“它们一定得有联系吗？除了各自和伯劳的联系？”

“唔，是的。”杜雷说。他的脸上恢复了一点光彩。“这趟朝圣之旅不是偶然。也不是出于你们的选择。”

“这趟朝圣参与者人选的定夺，是由各个不同机构遴选得出的结果，”领事说，“人工智能顾问理事会、霸主议院，甚至伯劳教会。”

杜雷摇摇头。“你说得没错，但在这些选择背后，有一个共同的智能在引导他们，朋友们。”

索尔凑近了些。“上帝？”

“或许吧，”杜雷说道，满面春风，“但我一直在想，在整个这一连串事件中，扮演神秘角色的，会不会正是内核……那些人工智能。”

婴孩发出轻柔的咂咂声。索尔给它找了个奶嘴，然后把手腕上的通信志调到心率查看档。孩子捏起拳头，又舒展开，按在学者的肩膀上。“从布劳恩的故事可以看出，内核成员在试图动摇现状……在追寻他们终级人工智能计划的过程中，也给予人类一个生存的机会。”

领事指了指万里无云的天空。“所有发生的这一切……我们的朝圣之途，乃至这场战争……都是人为制造的，起于内核的内部纷争。”

“我们对内核又了解多少？”杜雷轻声问。

“一无所知，”领事说着，把一块鹅卵石朝狮身人面像石阶左侧精细的石雕扔去，“说到底，我们还真是一无所知。”

杜雷起身，用一条稍稍蘸湿的布抹了抹脸。“但他们的目标却和我们的出奇地一致。”

“什么目标？”索尔问道，依然摇着婴孩。

“认识上帝，”神父说，“或创造上帝。”他眯眼朝狭长山谷的下方看去。西南方崖壁的阴影正逐渐向外远移，开始接触并逐渐包拢墓群。“当年还在教会的时候，我也参与了这个想法的发展与研究……”

“我读过你关于圣忒亚的论文，”索尔说，“那些著作鞭辟入里，辩称了向欧米伽点——神性——进化的必要性，却没有误入索契尼派[1]异端邪说的歧途。”

“什么派？”领事问。

杜雷神父微微笑道，“索契尼是生活在公元十六世纪的意大利异教徒。他的信条……他也为此被逐出了教会……认为上帝是能力有限的存在，能够随着世界……宇宙……变得越加复杂而学习成长。我的确陷入了索契尼派异端的误区，索尔。那是我犯下的第一条罪孽。”

索尔直直地盯着他。“那你接下来又犯了什么罪孽？”

“除了傲慢之外？”杜雷说，“我最大的罪孽就是篡改阿马加斯特七年挖掘的数据。我本想在那里找到已经消亡的拱廊建筑者与一种原初基督教之间的联系，但那根本不存在，于是我捏造了数据。这恰是讽刺之处，我最大的罪孽，至少在教会的眼里，是违反了科学的研究方法。在教会最后的日子里，她能够接受神学异端，却无法容忍任何违背科学研究程序的行为。”

“阿马加斯特的环境和这里相比如何？”索尔问道，手臂一挥，挥过山谷、墓群和蚕食四周的沙漠。

---

① 索契尼派（Socinian）：这个教派主张，就我们所讨论的预定与预知而言，人将来会做什么事无法得知，要等人自己选择之后才能知道。按照这种说法，《圣经》的预言就沦为慧黠的推测，基督徒一向承认的《圣经》默示教义也被破坏了。

杜雷四处环视，双眼霎时有了光彩。“沙漠、石头、死亡的气息，都很像。但这个地方的威胁要大得多。有什么本该已屈服于死神的东西还在垂死挣扎。”

领事笑了。“希望我们也属于这些东西之列。我准备把通信志拖到山鞍上，再试试能不能与飞船的信号建立转接联系。”

“我也去。”索尔说。

“还有我。”杜雷神父说着，站起身，想要抓住温特伯伸来的手，但踉跄了一下，没有抓住。

飞船没有响应请求。没有飞船，他们就无法用超光仪将信号转送给驱逐者、环网，或海伯利安之外的任何地方。普通交流波段都出了故障。

“飞船会不会是被摧毁了？”索尔问领事。

“不会。消息被它接收了，只是没回应。悦石依然隔离着飞船。”

索尔眯起眼，视线越过外头的戈壁，望在热雾中闪耀微光的山脉。近在几千米外，诗人之城的废墟耸立着，衬着天幕显出锯齿状的轮廓。“无妨，”他说，“事实上我们还有很多**机械之神**[①]。”

保罗·杜雷笑起来，声音深沉而真挚，笑到他开始咳嗽，不得不停下来喝口水。

“你笑什么？”领事问。

“**机械之神**。我们之前讨论的事。我怀疑那正是我们所有人在这里的确切原因。可怜的雷纳带着十字形里的神。布劳恩带着她困

---

① 机械之神（Deus ex machina）：拉丁语中的deus指“神”，machina即“机器”。古罗马时期的舞台艺术中，当剧情极其繁复时，往往需要神来化解矛盾，此时空中的机器中便放出“神”。所以这个词也用于表示关键性的可以带来转机的人物。

在舒克隆环里的还魂诗人，寻找能够解放她人格神的事物。你，索尔，等待着黑暗之神来为你女儿解决可怕的难题。内核，机械之物，探索着怎样创造自己的神。”

领事推了推太阳镜。“你呢，神父？”

杜雷摇摇头。“我等待着世间最恢宏的机械之物——宇宙，创造出它的神灵。在我关于圣忒亚的研究著作中，有多少是滋生于这个简单的事实，出于我在当今世界上没有找到创造者依然存在的踪迹？我的想法和技术内核的智能一样，既然不能在别处找到，不如探索如何创造。”

索尔望着天空。“驱逐者又在追寻怎样的神？”

领事回答道：“他们倒是真的对海伯利安执迷。他们认为这里将是人类新希望的诞生地。”

“我们最好先回下边去，”索尔说道，为瑞秋遮挡着阳光，“说不定晚餐前，布劳恩和马丁就会回来。”

但他们并没在晚餐前回来。到了日落时分，依然没有他们的音信。领事每过一个小时就会走到山谷入口，爬上一块岩石，向沙丘与石砾地间张望一段时间。没有任何发现。领事想，要是卡萨德留下一副高清望远镜就好了。

天色渐暗，还没到黄昏，就能看见一簇簇光芒划过天顶，宣布天空中依然进行着战斗。三人坐在狮身人面像顶级石阶，望着天空中的绚丽的光芒，纯白暗红的花朵竞相绽放，突然划过的碧绿或橘黄条纹在视网膜上留下一幅幅燃烧的影像。

“你们觉得哪方会获胜？”索尔问。

领事头也不抬地答道：“无所谓。你们觉得除了狮身人面像之外，今晚还能在哪儿过夜？要不要去其他墓冢等他们？”

“我不能离开狮身人面像，”索尔说，“要是你们想去别处，尽管去吧。”

杜雷摸摸婴孩的脸颊。她正专心致志地吸着奶嘴，小脸在他手指下嘟起。“她现在多大，索尔？”

“两天。差不多刚好两天。以这个纬度的海伯利安时间算，日出后过十五分钟就是她的生辰。”

“我上去最后看一次，”领事说，“然后咱们生堆篝火什么的，方便他们找到回来的路。”

领事顺楼梯走向小径，刚走了一半，索尔站起来指着什么地方。不是光线昏暗的山谷前端，而是另一条路，蜿蜒着伸入山谷的阴影中。

领事停住脚步，另外两人赶到他身边。领事把手伸进口袋拿出卡萨德几天前给他的小型神经击昏器。拉米亚和卡萨德失踪后，这就成了他们唯一的武器。

“能看清楚吗？”索尔低声说。

翡翠茔发着微弱的光亮，有人影在附近的黑暗中移动。应该不是伯劳，因为那东西看起来既没有它大，行动也没它迅速；而且前进的步伐很奇怪……十分缓慢，一步三跛，脚步打偏。

杜雷神父回头朝山谷入口看去，然后又回过头来。“会不会是马丁·塞利纳斯从那个方向的路进了山谷？”

“不可能，除非他从悬崖壁上跳下来，”领事低声说，“或是往东北方绕行八公里。况且，看他的身高也不可能是塞利纳斯。”

人影又停下来，摇晃几下，然后扑通倒地。从一百多米外看去，他就像山谷地面上低矮岩石中的一块。

“快来。”领事说。

他们还是不疾不徐地走着。领事带路走下楼梯，击昏器开路，射程设置在二十米，尽管他知道，在这个范围里对神经的作用效果最低。杜雷神父紧跟其后，手里抱着索尔的孩子，学者正在找小石头带在身上。

索尔赶上来，拿着一块巴掌大的石头，把它嵌进那天下午用背包上切下的纤维塑料做成的弹弓。“准备重演大卫与哥利雅之战[1]？”杜雷问。

学者的脸被太阳晒得比胡须还要黑。“差不离。拿着，我来抱瑞秋。”

“我还挺喜欢抱她的。最好让你们俩都腾出空手，等会儿怕是会有打斗。”

索尔点点头，快步上前，与领事并肩前行，神父抱着孩子跟在几步后。

从十五米外，可以清楚地看见倒下的是个人——个子很高的人——穿着粗糙的长袍，脸孔朝下埋在沙子里。

“待在这儿。”领事说着跑了过去。另外两人看着他翻过尸体，把击昏器放回口袋，然后从腰带上取下一瓶水。

索尔慢慢跑过去，觉得精疲力竭，但那种眩晕似乎令人喜悦。杜雷以更慢的速度跟了过去。

神父朝领事手电投下的光亮走近，他看着倒地男子的兜帽被掀开，露出模糊的亚洲人轮廓，长脸在翡翠莹的光芒和手电亮光的交相辉映下，扭曲得很是怪异。

“是个圣徒。”杜雷说着，为这里竟会出现缪尔的追随者感到惊讶。

“是树的忠诚之音，”领事说，“我们第一个失踪的朝圣者……海特·马斯蒂恩。”

---

① 《圣经》中，牧羊人大卫运用智慧刺杀了巨人哥利雅，这个典故用来形容以小胜大，以弱胜强。

21

整个下午，马丁·塞利纳斯都奋战在自己的史诗之中，仅仅因为逐渐淡去的光线，才让他停下了笔。

他发现自己旧日的工作室早已被洗劫一空，古董桌也没了。哀王比利的宫殿经受了时间的最大凌辱，门窗尽破，曾经堆满财富的脱色地毯上飘移着微型沙丘，老鼠和小型石鳗在倒塌的岩石间蹿游。公寓塔成了鸽子和猎鹰的家，它们已经返回到了野性状态。最后，诗人回到会众厅，来到餐厅那巨大的网格球顶下，坐在一张低矮的桌子旁，开始动笔。

灰尘和碎片覆满了陶瓷地板，沙漠蔓草的猩红色调几乎将一个个覆满裂纹的窗棂全数遮掩，但是塞利纳斯将这些无关之物完全抛诸脑后，奋战于自己的《诗篇》中。

这首诗讲述的是泰坦神的覆亡，他们被自己的子嗣——希腊诸神——取而代之的故事。它讲述了由于泰坦神拒绝被取代，奥林帕斯神与之搏斗的历程：随着俄刻阿诺斯和他的篡位者——尼普顿——搏斗，大海掀起了惊涛骇浪；随着海伯利安与阿波罗争夺光明的控制权，太阳消失了；随着萨土恩和朱庇特争夺众神王座，整个宇宙都颤动起来。岌岌可危的，不仅仅是一批神祇的消逝，他们将被另外一批取而代之，而且是一个黄金时代的终结，黑暗时代的降临，那将意味着所有凡夫俗物的灭顶之灾。

《海伯利安诗篇》并没有隐匿这些神的另一重身份：我们很容易就能明白，泰坦神代表了整个银河系中人类短暂历史上的英雄，而奥林帕斯篡位者，便是技术内核的人工智能。双方之间的战场，波及到环网所有星球上一片片熟悉的大陆、海洋、航空线。在这之中，冥府怪物，虽是萨土恩之子，但迫不及待地想要和朱庇特一起继承这一王国，暗中追踪自己的猎物。它猎捕神，也猎捕凡人。

《诗篇》同时也讲述了创造物与创造者之间的关系，父母与孩子之间的爱，艺术家与艺术品，所有的创造者和他们的作品。这首诗歌颂爱情、忠贞，但却摇摇晃晃地行进在缥缈主义的边缘，那都是些关于爱的力量、人类野心和学术傲慢的腐堕情节。

马丁·塞利纳斯已经在《诗篇》上花去了两个多标准世纪的时间。他最棒的作品就是在这些环境下创就的——被废弃的城市，沙漠之风就像不祥的希腊合唱团在后台啸叫，而且充满了突然驾临的伯劳的身影。塞利纳斯为了保命，离开了城市，抛弃了他的缪斯，让自己的神笔沉寂了下来。现在他重又拾笔，追寻着那确切的行迹、完美的语句结构，那是天赋灵感的作家才会经历到的。马丁感觉到自己的青春复苏了……血管勃然张大，肺活量极度提升，他品味着华丽的光线和纯净的空气，但却没有感受到它们的存在，他享受着古老鹅毛笔画在羊皮纸上的每一笔，先前的纸页高高地堆积在圆桌之上，一块块破碎的砖石权当镇纸，故事再次随性而流，每一诗节，每一行，都闪耀着不朽之光。

塞利纳斯已经进行到诗歌最难、最激动人心的一部分，在那场景中，战争席卷过千千万万之地，整个文明被蹂躏，泰坦神的代表请求暂时停火，要和奥林帕斯毫无幽默感的英雄们会面并谈判。在诗人想象出的浩瀚场景中，大步走过萨土恩、海伯利安、科托斯、伊阿佩托斯、俄刻阿诺斯、布里亚柔斯、密姆斯、波尔费里翁、恩克拉多斯、罗图斯，以及其他神灵——还有他们同样的泰坦姊妹，特提斯、福柏、西娅、克吕墨涅[1]——而他们对面，就是朱庇特、阿波罗和奥林帕斯诸多同胞兄弟[2]的阴郁面容。

塞利纳斯不知道这最宏伟史诗的结局。他苟且偷生，仅仅是想要完成这首诗……几十年来，他一直在为之努力。年轻时拜词语为师，让他获得了名望和财富，但这一切已成过眼云烟——他已经获得了不可计量的名望和财富，可它们却差一点杀死了他，并真的杀死了他的艺术——虽然他知道《诗篇》是他这时代最棒的文学作品，但他仅仅是想要完成它，亲自得知结局，将每一节、每一行、每一个字尽可能写成最完美、最透彻、最美丽的形式。

现在，他兴奋异常地写着，几乎疯癫发狂，脑中充满了希望，长久以为无法完成的诗文即将大功告成。一字一句从他古老的鹅毛笔中流淌而出，挥洒在陈旧的纸张上，一个诗节一个诗节毫不费力地跃上纸端，诗篇找到了它们自己的声音，挥毫而就，完全用不着修改，完全无须停顿来寻找灵感。不管是词语，还是那意象，诗文显露绽放，速度快得令人震惊，所揭示的东西令人惊骇，美妙得让人停止心跳。

在停战的旗帜下，萨土恩和篡位者朱庇特面对面而立，站在垂直切割的大理石谈判桌前。他们的对话壮丽而朴素，他们求生的辨

---

① 以上提及的均为泰坦神。

② 指奥林帕斯诸神。

论，论战的基础，创造了自修昔底德的《与米洛斯人的对话》[①]以来最杰出的辩论。突然间，某种新出之物，某种马丁·塞利纳斯在几个小时不用缪斯的沉思中完全意想不到的东西，出现在了诗文中。两位众神之王都表现出对这第三名篡位者的恐惧，这可怕的外来势力威胁到他们各自江山的稳固。塞利纳斯极为惊讶地注视着自己通过上千小时才塑造出来的众位人物违抗了自己的意愿，在大理石板前握手言和，结成联盟，一致抵抗……

抵抗什么？

诗人停了下来，鹅毛笔顿在那儿，现在，他终于发现自己几乎已经无法看清纸页。他已经在半暗的状态下写了好长时间了，现在，全然的黑暗降临了。

世界再一次涌了进来，塞利纳斯恢复了神志，就像高潮后感觉的重新回归。在回归时，只有作家的重新屈临世界显得更为痛苦，荣耀的曳尾之云在感官琐事的尘世之流中迅速消散。

塞利纳斯环顾左右。巨大的餐厅一片漆黑，唯有断断续续闪烁的星光和遥远的爆炸之光钻过顶上的窗格和常春藤。身边的桌子就是一片阴影，四方三十米外的墙壁是更深的阴影，还带着沙漠蔓草的曲张之影。餐厅之外，夜风升腾，声音异常响亮，穹顶参差不齐的梁椽和裂口中的缝隙唱着一曲曲女低音和女高音独奏。

诗人叹了口气。他背包里没有手持火炬。除了水和《诗篇》，他什么也没带。他感觉到自己饥肠辘辘，胃在发脾气。那该死的布劳恩去哪里了？不过刚想到她，他就又变得相当开心起来，他很高

---

① 《与米洛斯人的对话》是古希腊历史学家修昔底德的著作《伯罗奔尼撒战争史》中的章节。它是一个经典的关于国际关系上自由与现实的冲撞的例证，在这篇对话中，雅典人出示给了米洛斯人一个选择：米洛斯岛可以向雅典进贡来幸免于难，或者和雅典作战，从而被摧毁。

兴那女人没有回来找他。他需要单独留在这儿完成诗作……在这样的速度之下，用不了一天时间，也许只要一晚上就行。只要几小时，他就能了结自己的毕生之作，就能休息一会儿，欣赏小小的日常之物，处理生活的琐事。多年来，它们一直是这项无法完成的工作中，令人不快的烦扰。

马丁·塞利纳斯又叹了口气，开始把手稿塞进背包里。他得先到什么地方找点灯光……或者点把火，用哀王比利的古老织锦作为引火物。如果必要，他会在外面太空站的灯火之下写诗。

塞利纳斯拿起最后几张纸和笔，转身寻找出口。

什么东西正站在漆黑的大厅中，伴他左右。

是拉米亚，他想，慰藉和失望的情绪互相缠斗。

但不是布劳恩·拉米亚。塞利纳斯注意到那畸变的形体，庞大的身躯，底下两条极长的腿，甲壳和棘刺上的星光汇演，四条手臂暗影交叠，尤其是那地狱般光亮的水晶发出的红宝石光芒，那便是眼睛所在的地方。

塞利纳斯呻吟一声，瘫坐回椅子中。“现在别来烦我！”他叫道，“快滚，你这该死的眼睛！”

高大的影子走近了些，脚步踏在冰冷的瓷地上，寂静无声。天空泛起血红的能量波纹，现在，诗人可以看见包围过来的棘刺、刀刃和金属丝网了。

“不！”马丁·塞利纳斯喊道，“不行！饶了我吧！”

伯劳又走近了些。塞利纳斯的手哆嗦着，再次拿起笔，在最后一张纸空空的下缘写起字来：**是时候了，马丁**。

马丁盯着自己所写下的文字，压抑着疯狂傻笑的冲动。就他所知，伯劳从没和任何人……说过话……交流过。除了通过痛苦和死亡这对出双入对的媒介。“不！”他再次叫道，“我有工作要做。

去找其他人，你这该死的怪物！”

伯劳又向前迈了一步。天空闪动着寂静的等离子弹光芒，红黄之光在怪物的水银胸脯和手臂上流淌而下，就像溅出的油彩。马丁·塞利纳斯的手又哆嗦了一下，在先前那句话下面接着写道——**是时候了，马丁**。

塞利纳斯把手稿抱在怀里，从桌上拿起最后几张纸，以免自己再写什么东西。他几乎朝着那幽灵嘘了口气，露出了一副可怕的龇牙咧嘴的面容。

你即将和你的主子交换位置，他的手还是不由自主地在桌面上写道。

“不是现在！”诗人尖叫道，“比利已经死了！就让我完成吧。求求你了！”马丁·塞利纳斯在自己漫长又漫长的一生中从没求过别人。但他现在低声下气地乞求了。“求你了，哦，求你。就让我完成吧。”

伯劳向前走了一步。现在，它是那么近，那奇形怪状的上身已经挡住了星光，诗人隐没在它的影子之下。

不，马丁·塞利纳斯写下了这个字，伯劳伸出那无限长的胳膊，无尽锋利的手指刺穿了诗人的手臂，直入骨髓。手中的笔掉落在地上。

马丁尖叫着，他从餐厅穹顶下被拉了出来。他尖叫着，看见脚底下的沙丘，听见自己尖叫声下的流沙声，看见从山谷中矗立起来的那棵树。

那棵树比整个山谷还要大，比朝圣者穿越的山岭还要高；上部枝干似乎探进了天穹之中。这棵树由钢和铬所制，树枝都是棘刺和荨麻。在那些棘刺上，许许多多人在挣扎、在扭动——成千上万。渐暗的天空发出红色之光，塞利纳斯虽然痛苦异常，但还是集中起精神，并发现自己认出了几个人影。那是一具具躯体，不是什么魂灵或者其他抽象之物，他们显然正忍受着痛苦的生命折磨。

很有必要，塞利纳斯在伯劳冷冰冰的胸脯上写道。鲜血在水银和沙子之上滴流。

“不！”诗人尖叫道。他紧握双拳，捶打着解剖刀和金属丝网。他又推又拉又扭，但怪物把他抱得更紧了，把他拉到自己的刀刃之上，就好像他是只正在装裱的蝴蝶，一只别住的标本。但是，让塞利纳斯发狂的并不是那无可想象的痛苦，而是无可挽回的失落感。他几乎就要完成了。他几乎已经完成了！

“不！”马丁·塞利纳斯尖叫，越发狂野地扭动起来，直到一大摊喷溅而出的鲜血和尖叫的下流话充塞了整个空间。伯劳带着他朝等待着的荆棘树走去。

死寂之城中，尖叫声回荡了一分钟，渐弱渐远。随后一片寂静，偶尔会有重返巢穴的鸽子打破沉寂，它们落入分崩离析的穹顶和塔楼，发出柔和的翅膀扑动之声。

风骤起，拍打着松松散散的有机玻璃窗格和炉墙，吹动柔脆的叶子穿过干涸的喷泉，透过破裂的穹顶窗格穿了进去，平静的旋风将手稿纸卷起，有些纸偷偷开溜，被吹进寂静的院子、空空荡荡的走道和塌陷的沟渠之中。

过了一会儿，风停了，然后诗人之城中，一切都不再动了。

22

布劳恩·拉米亚发现，自己原本打算的四小时步行成了十小时的噩梦。他们先是绕路去了废城，然后作了艰难的抉择，留下了塞利纳斯。她并不愿意留诗人单独待在那里；只是她既不想强迫他继续前进，也不想浪费时间回一趟墓群。而现在的情况是，沿着山脊绕行就已经花了她一个小时。

穿越最后的沙丘和岩石密布的戈壁极其单调沉闷，令人疲乏不堪。抵达丘陵地带时，已是临近傍晚，要塞已经没入了阴影。

四十小时前走下要塞那六百六十一级石阶的时候，步履还轻松无比，而攀登，即便对于她在卢瑟斯锤炼出的肌肉也是个考验。她一路攀登，空气逐渐变得清凉，景象也越来越壮观，直到最后，她已经爬上距丘陵四百米的高度，她不再出汗，光阴冢山谷再次尽收眼底。从这个角度只能看见水晶独碑的顶部，那也是因为有光芒在无规则地闪烁。她在那停了一会儿，确保闪光不是在传递信息，但光芒没有规律可循，只是破碎的独碑上晃荡的水晶残片在闪耀光芒。

眼前是最后的一百级阶梯。拉米亚再次试了试通信志。交流频道上还是平日里杂乱的信号和毫无意义的声音，大概是被时间潮汐扭曲了。那东西可以扭曲一切，除了最近距离的电磁交流。通信激光器或许有用……似乎还可以经由领事古老的通信志转继……但眼下卡萨德已经失踪，除了领事的那个机器外，他们没有别的通信激光器。拉米亚耸耸肩，开始攀爬最后的台阶。

时间要塞是哀王比利的机器人修建的——它不是真正的要塞，而是作为行宫、客栈和艺术家的避暑胜地。自诗人之城疏散之后，这个地方已经空旷了一个多世纪，只有那些最为勇敢的冒险家才会莅临于此。

伯劳的威慑逐渐减弱后，观光者和朝圣者才开始利用这个地方，最终伯劳教会将此地重新开张，作为每年一度伯劳朝圣必要的驿站。据传闻说，它有些房间雕刻在山脉最深处，或是最难以接近的塔顶，那些都是神秘仪式的举行地，为那个被伯劳信徒们称作化身的生物奉上精心策划的祭祀。

随着光阴冢即将打开，凶猛而毫无规律的时间潮汐与北部区域的疏散，时间要塞再度陷入沉寂。现在，布劳恩·拉米亚返回到此地的时候，此地也同样门可罗雀。

拉米亚到达底层的时候，沙漠与死寂之城依然沐浴在阳光下，但要塞已经暮霭沉沉，她休息了片刻，从最小的背包里取出手电，走进迷宫。走廊很昏暗。两天前他们在这里的短歇期间，卡萨德搜寻过四周，宣布所有的动力能源统统不管用了——太阳能转换器七零八落，聚变电池碎得一塌糊涂，甚至连备用电池都坏掉了，在地窖附近散落一地。拉米亚走上六百六十级台阶的时候，怒视着升降机舱僵死在它们生锈的垂直轨道上，她把这景象琢磨了好几十次。

宽阔些的大厅是为宴席与集会设计的，现在仍和他们离开时一模一样……人们逃离宴会时遗留的残羹剩饭已化成了灰，到处都是惊慌逃窜的痕迹。没有尸体，但是墙上和挂毯上变得棕褐的条纹显示，这样的暴行应该发生在仅仅几周以前。

拉米亚没有理会这一片狼藉，没有理会那些凶兆——巨大的、长着恶心人脸的黑鸟——从中央餐厅起飞，没有理会自身的劳累，她爬了好几层楼，终于到达之前扎营的储藏室。楼梯变得难以言状的狭窄，苍白的光芒透过彩色玻璃投下惨淡的色彩。窗格上卡有怪兽状的笕嘴窥视着屋里，玻璃被打得粉碎甚或震落，像是在进来的途中被冻结了。一阵冷风从笼头山脉积雪地段吹来，拉米亚晒伤的皮肉又瑟瑟发抖起来。

背包和额外的随身物品还在他们当初留下的地方，就在中央卧室上方高处的狭小储藏室里。拉米亚检查了一下，确认房间里一部分盒子和板条箱里装着不易腐败的食物，然后走上狭小的阳台，雷纳·霍伊特曾在这里弹奏过巴拉莱卡琴，那仅仅是几十小时以前——却已成了千古绝唱。

高峰的阴影蔓延过几公里的沙地，几乎快抵达废城。在傍晚的霞光中，光阴冢山谷与乱七八糟的荒地顶上依然一副憔悴的模样，岩石和低矮的石头阵投下杂乱无章的影子。站在这里，拉米亚看不到墓群在哪儿，尽管独碑依然偶尔爆发出一点光芒。她再次试了试通信志，它还是只给她静电噪音和混沌的背景杂声，她骂了一句，走回房间拣选补给打包。

她带了四包必需品，用流沫和成型纤维塑料包装好。要塞有水——高山顶上的融雪水，经过水槽导流下来，那种技术不可能出故障——她把身上带的所有瓶子都灌满了，找了找还有没有多余的瓶子。水是他们最需要的。她咒骂塞利纳斯竟不和她一起来；那个老家伙至少可以提六七瓶水。

准备离开的时候，她听到了些许响动。大厅里有东西，就在她和楼梯之间。拉米亚拉起最后的背包，从腰带中抽出父亲的自动手枪，慢慢走下楼梯。

里面空无一物；那些大黑鸟也没有回来。沉重的挂毯被风掀起，就像那片狼藉的食物与餐具上头飘着的腐烂三角旗。远处的墙上，靠着一个硕大的伯劳的面部雕塑，全部由自由漂移的铬和钢铁组成，迎着微风慢慢旋转。

拉米亚侧身缓缓走过这个地方，每隔几秒，便转一次身，以免背对同一个黑暗角落太久。突然，一声惨叫让她定在了那里。

那不是人类的惨叫。那哀泣声调是超声波乃至更高频，听得拉米亚牙齿发酸，她用发白的手指紧紧抓住手枪。那声音又戛然而止，犹如唱针被突然从唱片上拨了起来。

拉米亚望见了声音的传来之地。宴会餐桌之上，雕像之上，六面巨大的彩绘玻璃窗之下，渐逝的天光从暗淡颜色中流出的地方，有一扇小门。声音在四周回荡着传出，就像是在逃离遥远深处的某座地牢或地下室。

布劳恩·拉米亚有些好奇。她的整个生命都是在与超乎常人的好奇心搏斗，而最终她选择了已被荒废却有时充满趣味的职业——私人侦探。不止一次，她的好奇心曾让她陷入了尴尬或麻烦的境地，甚至两者兼有。更多的情况下，她的好奇心得到了鲜为人知的学识作为报偿。

但这次没有。

拉米亚是来寻找急需的食物和水的。不可能有其他人来过这里……那三个年长的人不可能比她先到，尽管她还绕路去了趟废城……而另外的任何东西和任何人都不值得她关心。

卡萨德？这念头刚一冒出来就被她压了下去。那声音不可能发自军部上校的喉咙。

布劳恩·拉米亚从门边慢慢退后，手枪蓄势待发，她找到去主层的楼梯，小心地走了下去，走进每一间屋，在搬动着七十公斤货物和十几瓶水的情况下尽可能地蹑手蹑脚走着。她从底层一片失去光泽的玻璃上瞥见了自己——矮小结实的身体泰然自若，举起的手枪旋转着，一大堆沉重的背包在背上和宽带子上荡来晃去，瓶子和饭盒一同叮当作响。

拉米亚觉得这一点都不好玩。她走出最底层，走进清凉稀薄的空气，准备再次走下阶梯的时候，终于松了一口气。她不再需要手电——傍晚的天空突然覆满了低云，向星球上洒下一片粉红琥珀相间的光芒，甚至连要塞和脚下的丘陵地带都被这充足的光芒照亮。

她两步两步地跨下陡峭的楼梯，还没走到半路，强壮有力的肌肉就已开始疼痛。她没有收起枪，而且保持射击准备，以防有东西会从上头下来，或是从岩石面上的孔洞里钻出。快到底部了，她一步步走下楼梯，抬头朝半公里之上的塔楼和露台望了一眼。

岩石正在朝她坠落。不止是岩石，她意识到，还有笕嘴也从它们古老的栖身地上被拔出，正随石块一起翻落，黄昏的光芒照亮了它们恶魔般的脸。拉米亚撒腿就跑，背包和瓶子晃荡着，她意识到，已经来不及在这些碎片落地之前抵达安全区域，于是一头奔向两块互相倚靠的岩石之间。

身上的背包让她完全挤不进那条缝隙，她挣扎着，松开带子，听到令人难以置信的巨大响声，意识到那是第一波岩石砸在她的身后，跳飞到头顶上的声音。拉米亚又推又拉，力量大得撕裂了皮革，扯断了纤维塑料，最后终于挤到了岩石下面，把背包和水壶朝自己拉近，同时决定不同要塞了。

如脑袋和拳头般大小的岩石往她四周乱砸。一个石妖破烂的头颅弹过，砸碎了不到三米远外的一颗小石头。过了一会儿，空气中充满了导弹味，一些大的石头在头顶的岩石上砸得稀烂，等这轮石崩过去，就剩下第二轮坠落中小石头的轻拍声。

拉米亚弯下身，把背包托进安全的地方，这时，一块通信志大小的石头从外面的石头表面弹起，几乎是水平地朝她的藏身处——在两块岩石搭就的小洞穴里弹了两下，然后击中了她的太阳穴。

拉米亚如老人般呻吟着醒来，头痛欲裂。外面已经完全入夜，遥远的遭遇战发出的亮光穿过头顶的条条裂缝，照亮了藏身地的内部。她伸出手指摸摸太阳穴，发现血已经沿着脸颊和脖子结成了硬块。

她爬出缝隙，挣扎着爬过外面滚来滚去的新落下的岩石，坐了一会儿，她低下头，抑制住想要呕吐的冲动。

她的背包完好无损，只有一个水壶打碎了。她找到了手枪，就在之前丢下它的地方，那块小空地竟没有杂乱的岩石碎块。她脚下露出地面的岩层在这短暂石崩的暴力冲刷中，已经留下了伤疤和条条划痕。

拉米亚查询了一下通信志。时间只过去了不到一小时。在她昏迷不醒的时候，没有东西下来带走她，或者切断她的喉咙。她朝城墙和楼台望了最后一眼，现在它们都远在头顶之上，看不见了。她拖出食物，快步走下险恶的石头小径。

她绕路去废城边缘的时候，马丁·塞利纳斯并不在那里。不知怎的，她本来就没指望他会在那儿，虽然她希望他是等得倦怠了，决定自己走几公里回山谷。

放下背包，把水壶放到地上，休息一会儿，这想法给她强烈的诱惑。她把小小的自动手枪握在手里，走进废城街道。爆炸的光芒足以引领她前进。

诗人没有回答她回音不断的呼喊，虽然上百只拉米亚不认识的小鸟扑棱棱飞向空中，黑暗中它们的翅翼很白。她走进哀王古老宫殿的底层，往楼梯上大喊，甚至还开了一枪，但还是找不到塞利纳斯的人影。她走进匍匐藤蔓杂乱丛生的墙面下的庭院，呼喊着他的名字，寻找他曾经来过的蛛纱马迹。途中她看见一座喷泉，于是想起了诗人的故事里，哀王比利失踪的那一夜，他是被伯劳带走了，但喷泉也不止一座，她不知道是不是就是这座。

拉米亚走过七零八落的穹顶下的中央餐厅，那间屋子布满了阴影。突然传来一个声音，她转身，做好准备开枪的架势，但那不过是一片叶子或古老的纸片被吹过了陶瓷地面。

她叹了口气，离开城市，轻松地走着，尽管连日来没有休息，已经疲乏不堪。通信志上的请求没有收到回应，她感觉到时间潮汐那**幻觉记忆**的拉扯，因而毫不惊诧。如果马丁回了山谷，他的足迹也早已经被夜风吹散了。

墓群又在发光。甚至在抵达山谷入口那开阔的山鞍之前，拉米亚就已经注意到了这一点。光线并不明亮——和头顶那无声的狂暴光线比起来，简直不值一提——但是地面的每一座坟墓似乎都流泻出惨白的光芒，像是在释放漫长的白天里蓄积的能量。

拉米亚站在山谷前端，大声呼喊，告知索尔和其他人她回来了。如果最后的几百米有人来搭个帮手，她是不会拒绝的。拉米亚后背生疼，背带勒进肉里，她的衬衫浸满了鲜血。

没有人回应她的呼喊。

她慢慢爬上通往狮身人面像的台阶，把食物放在宽阔的石质门廊上，摸索着手电，感觉到筋疲力尽。里面很黑。他们曾经过夜的房间里，睡袍和背包四散凌乱。拉米亚呼喊着，等到回音消逝，再次将手电扫过房间。一切如常。不，等等，有什么东西不对劲。她闭上眼，回忆着那天早上的这间屋子。

莫比斯立方体不见了。海特·马斯蒂恩留在风力运输船上的那个古怪的封印能量的匣子不在角落里了。拉米亚耸耸肩，走出门外。

伯劳正等着她。它就站在门外。怪物比她想象的要高，站在面前，犹如一座铁塔。

拉米亚一步步走出房间，慢慢撤退，压抑着要对着怪物尖叫的冲动。手中高举的手枪看起来渺小而了无用处。一不小心，手电就掉到了石质地面上。

怪物竖起头看着她。那多面之眼后的某处搏动着红光，身体的棱角和刀刃反射着上头的光芒。

“你这杂种，”拉米亚说道，声调平静，“他们在哪儿？你对索尔和那个婴孩做了什么？其他人在哪儿？”

怪物朝另一个方向竖起脑袋。那张脸完全是个异种，拉米亚从中看不出任何表情。那肢体语言表达的，只有威胁。钢铁手指咔嚓一声打开，如同折叠式解剖刀。

拉米亚朝它的脸开了四枪，重级十六毫米子弹连续射出，哀鸣着偏入了夜空。

“我不是来这里找死的，你这狗娘养的金属怪。”拉米亚一面说，一面瞄准，连发了十多发子弹，发发击中要害。

火花四溅。伯劳猛地扯直脑袋，似乎在倾听什么遥远的声音。

它不见了。

拉米亚大口喘气，伏下，转身四顾。什么都没有。天空平静下来，山谷地面闪耀着星光。阴影厚重如墨，变得遥远。就连风都消失了。

布劳恩·拉米亚摇摇晃晃地走向背包堆，坐在最大的那个上面，试图将心跳降到普通速率。她很奇怪，自己竟没有感到害怕……不完全是这样……但她的身体确实充满了肾上腺素。

她依然把手枪握在手里，子弹筒里还有十多发子弹，推进器动力充足，她拿起一瓶水，大喝了一口。

伯劳突然出现在她身边。一瞬间降临此地，无声无息。

拉米亚放下瓶子，扭过身子，操起手枪。

她还不如从刚才起就慢慢地行动。伯劳伸出右手，那如缝衣针般长的指刃闪耀着光芒，一根指尖滑到她耳后，摸到头骨，一下刺入她的头颅，毫无摩擦，毫无痛苦，只有被刺穿时冰冷的感觉。

23

费德曼·卡萨德上校迈进入口的时候，以为会来到什么陌生的地方，结果却看到了愚顽战争的群魔乱舞。莫尼塔走在他前面。伯劳在一旁护送，指刃陷入卡萨德的上臂。他穿过略微有些刺痛的能量幕，莫尼塔在那儿等他，伯劳却不见了。

卡萨德立即认出了他们所处的这个地方。从低矮的山峰望去，正是约两个世纪前哀王比利下令为自己雕刻肖像的选址之处。峰顶的平台空无一人，除了依然还在闷烧的逆空导弹防御炮。从花岗岩表面的光滑程度和依然冒着泡沫的熔化金属看，卡萨德猜测炮弹应该是从轨道上发射下来的。

莫尼塔走向悬崖边缘，来到哀王比利那粗大的眉毛上方，卡萨德也过去同她站在一起。从这里可以望见河谷、城市、西方十公里外的空港高地，战况一目了然。

海伯利安的首都在燃烧。而旧城部分，杰克镇，俨然一幅风暴大火的微型画，郊区点缀着一百堆小火，一线沿着公路排列到机场，如同精心布置的烽火信号。甚至连霍利河都燃烧了起来，一股油火在陈旧的码头和仓库下蔓延。卡萨德看见火焰中耸立着一座古老教堂的尖塔。他立即开始寻找西塞罗，但酒吧已被河流上游的烟雾和火焰淹没。

山丘和山谷都是一片混乱的繁忙景象，犹如一座蚁丘被巨人一脚踢成了两半。卡萨德看见公路被人流阻塞，成千上万的人正在逃离战争，行进速度比真正的河流要慢得多。闪耀的固体大炮和能量武器一直蔓延到地平线，照亮了头顶的低云。每隔几分钟，就会有一架飞行器——军用掠行艇或登陆飞船——从空港附近的滚滚浓烟或是南北方那植被茵茵的山丘升起，接着空中立即会画满一条条不连续光束，然后飞行器一头坠落，拖曳着一尾黑烟柱和橘色火焰。

气垫船像水生甲虫一样掠过河流，在船只、游艇和其他气垫船那燃烧的残骸间躲闪。卡萨德注意到唯一的公路桥梁已经垮塌，甚至连混凝土与石质桥墩都在燃烧。战斗的激光和地狱鞭光束在浓烟中闪现；还能看见杀伤性导弹，如一颗白色的斑点在眼前倏忽而过，留下一条条尾波，泛起涟漪的过热空气。他和莫尼塔望着这一切，一声爆炸在空港附近响起，蘑菇云火焰升腾入天空。

——但愿不是核弹，他想。

——不是。

覆盖住双眼的拟肤束装就像经过极度改良的军部护目镜，卡萨德放大焦倍，细看河流对岸西北方五公里外的山丘。军部海军朝峰顶大步奔跑，有些已经降落，用锥型挖掘炸药挖散兵坑。他们都激活了束装，伪装聚合体无懈可击，热信号是最小限度，但卡萨德还是可以毫不费劲地看见他们。要是他动动念头，连这些人长什么样都能看得清清楚楚。

战术指挥和密光频道低声在他耳边说着什么。他从中听出了人们兴奋的叽哩哇啦和不经意的下流粗话，数不尽的人类世代里，战争必会有这些东西，挥之不去。上千部队从空港和集结地驱散，正在挖一个圆圈，它的圆周距城市二十千米，轮辐精心计划过射程和完全摧毁矢量。

——他们以为快被侵略了，卡萨德交流道，回味着那种方式，不止是心中默念，却又不及心灵感应。

莫尼塔举起水银般的手臂，指向天空。

高空覆满阴云，至少达两千米厚，它先是被一架笨重的飞船穿透，然后又出现了十多架，随后几秒内，又降下上百个物体，景象令人震惊。它们大多数都被伪装聚合体和编码背景密蔽场隐藏起来，但卡萨德还是毫不费劲地看穿了它们。聚合体下，那泛着古铜色光泽的灰白外表上，微妙的字迹里有着微弱的斑纹，他据此辨认出这是驱逐者。有些稍大的飞行器显然是登陆飞船，它们蓝色的等离子尾迹清晰入眼，但其余的就慢慢降入悬浮场那涟漪层层的空气，卡萨德注意到驱逐者侵略军需筒那粗笨的规模和形状，有些毫无疑问装载着供给与炮火，但许多显然是空的，是用来诱骗地面防御的圈套。

一瞬间过去，云顶又被打破，好几千自由落体的斑点像冰雹一样砸下来。驱逐者步兵团落过军需筒和登陆飞船，等待着张开悬浮场和翼伞的最后一秒。

不论军部司令是谁，都必须遵循纪律——不管是他，还是他的部下，都不能违反。地面炮兵连和围绕城市部署的上千海军陆战队毅然放弃了登陆飞船与军需筒这些易受打击的目标，等待着空降部队制动装置的展开……它们有些只比树梢略高。那一刻，激光闪耀着穿越浓烟，导弹爆炸，空气中充满了上千条微光和烟尘轨迹。

乍眼望去，这已造成了全然的打击，足以阻止任何可能的攻击，但卡萨德快速扫视一遍，发现至少有百分之四十的驱逐者已经登陆——足以开展对任何星球的第一轮攻击。

一个五人翼伞兵小队转弯朝他和莫尼塔驻足的山峰飞来。山麓小丘射出光束，其中两人燃烧着滚下，另一人慌忙螺旋下落，躲避下一轮攻击，最后的两人乘上东边刮来的微风，旋转着飞向身下的森林。

卡萨德的五感现在全数开动，他闻到电离空气、无烟火药、固体推进剂的味道；烟雾和等离子爆炸那隐隐的酸味让他不由得张开鼻孔；城里的某处，警报呼号着，微风送来轻武器开火和树木燃烧的噼啪声；无线电与被截听的密光频道喋喋不休；火焰照亮了山谷，激光矛闪耀着，像探照灯穿透云层。他们身下一公里，山麓森林渐变成草原的边缘地带，一队队霸主海军陆战队员正在和驱逐者空降部队近身肉搏，叫喊声声声入耳。

费德曼·卡萨德痴迷地望着这一切，这感觉他只在爱静阁法国骑兵冲锋的刺激模拟中感受过。

——这不是模拟吧？

——不是，莫尼塔回答道。

——是现在发生的事？

他身边的银色幻影昂起头来。现在是指什么时候？

——就是我们在光阴冢山谷……相遇……不久。

——不是。

——那么是未来？

——对。

——但是，是很近的未来？

——对。自你和你的朋友抵达山谷后第五天。

卡萨德疑惑地摇摇头。如果莫尼塔可以信任，那么他已经到了未来。

她转身面对着他，脸上反射着火焰与多重的光芒。你想加入战斗吗？

——与驱逐者搏斗？他抱起双臂，用新的热情凝视着一切。他已经对这奇异拟肤束装的战斗能力有了大致的了解。他完全可以单手扭转战斗的局势……极可能毁灭那已经降落到地面的几千驱逐者。不，他向她发送道，不是现在。还不到时候。

——大哀之君相信你是个勇士。

卡萨德再次转身看着她。他有点好奇，她为什么会给伯劳这样一个冗长呆板的头衔。大哀之君，哀个狗屁，他发送道。除非它想和我战斗。

漫长的一分钟里，莫尼塔一动不动，犹如风积山顶上的一座水银雕像。

——你真的想和他战斗吗？她最后发送道。

——我来海伯利安就是为了杀它。还有你。只要你们有人同意，我随时奉陪。

——你还是相信我是你的敌人？

卡萨德记起了她在墓群对他的攻击，现在他感觉到，其实自己心里准予了这一行为，心里默默渴望着再度与这个不可思议的女人成为情人，不再觉得意志受到强暴。我不知道你是什么人。

——最开始我是受害者，就跟大多数人一样，莫尼塔发送道，她的视线回到山谷。然后，在我们遥远的未来，我目睹了大哀之君被铸造……必须被铸造……的原因，然后我就成了它的同伴和监管人。

——监管人？

——我监管着时间潮汐，修整机械，保证大哀之君不会提前苏醒。

——这么说，你能控制它？想到这一点，卡萨德的脉搏变得急促了。

——不能。

——那么，什么人，或者什么东西，能够控制它？

——只有在和它的决斗中战胜它的人。

——谁战胜过它？

——还没有过，莫尼塔发送道。不论是在你的将来，还是过去。

——很多人尝试过吧？

——数以百万计。

——他们全都死了？

——有的比死还糟。

卡萨德吸了口气。你知不知道，我有没有机会同它决斗？

——会有的。

卡萨德徐徐吐气。没有人战胜过它。他的将来就是她的过去……她一直在那里生活……她和他一样望过那可怕的荆棘树，看见上面熟悉的脸庞，一如他在认识马丁·塞利纳斯的多年以前，就曾见过他被刺穿在那里，在奋力挣扎。卡萨德转身背对着脚下山谷里的战斗。我们现在可以去找它吗？我要向它挑战，一对一决斗。

莫尼塔沉默地看了一会儿他的脸。卡萨德看见自己水银般的面容倒映在她的脸上。她没有回答，而是转过身，轻抚空气，唤出了传送门。

卡萨德迈步向前，率先跨进入口。

24

悦石直接传送至政府大楼，领着利·亨特与另外六七名当班助理昂然走进战术指挥中心。屋子里熙熙攘攘：莫泊阁、辛格、范希特，还有一大群军队代表挤在里面。然而悦石注意到，年轻的海军英雄李指挥官却不在场；大部分内阁大臣都在，包括国防部的阿兰·伊本，外交部的加利安·佩索夫，还有经济部的巴比·丹-基迪斯；甚至悦石到场之后，还有议员在不断涌入，其中有些人看起来似乎刚被叫醒。椭圆会议桌的“权力曲线”依次坐着各位议员，来自卢瑟斯的科尔谢夫，来自复兴之矢的李秀，来自北岛的罗恩奎斯特，来自富士星的柿沼，来自天龙星七号的撒本斯多拉芬，来自天津四丙的彼得斯；最下端的位子坐着普罗·特恩·登齐尔-希亚特-阿明总统，他的脸上挂着困惑不解的表情，光秃秃的头皮在顶上聚光灯的照耀下闪闪发光，而与他地位职务不相上下的年轻同僚，全局发言人吉本斯则端坐在座位边缘，双手摆在膝上，那姿势像是在研究怎样泰然自若地蕴集能量。阿尔贝都顾问的投影坐在悦石空椅子的正对面。悦石风风火火地走过走廊的时候，所有人都站了起来，等她坐下，并示意各自就座后，大家才落座。

“说吧。”她开口道。

莫泊阁将军起立，对一名下属点点头，于是灯光暗淡下去，全息像浮现出来。

“先别管图像！”悦石厉声叫道，“直接**说**。”

全息像隐去，灯光又重新打开。莫泊阁看起来被吓得不轻，微微有些失魂落魄。他垂下脑袋，盯着自己的激光指示棒，朝它皱皱眉，然后把它丢进口袋。“执行官女士，各位议员、大臣、总统、发言人、尊敬的各位……”莫泊阁清了清喉咙，“驱逐者成功发动了一场毁灭性的奇袭。他们的作战游群正在向六七颗环网星球迫近。”

议室里涌起一阵骚乱，迅速淹没了他的声音。“环网星球！”不少人大叫出声。发出这些呼喊的人有政治家，有部长，还有执行机构的官员。

“安静，”悦石命令道，于是众人闭了口，“将军，此前你向我们保证，任何敌对势力距离环网都至少有五年之远。怎么可能，怎么会有这么大的变动？”

将军直视着首席执行官。“执行官大人，就我们目前所知，所有的霍金驱动尾波都只是圈套。游群早在几十年前就已经撤下了驱动器，并朝着目标以亚光速行驶……”

激动的窃窃私语又淹没了他的声音。

“继续。将军。”悦石说道，吵嚷声再次息减。

“以亚光速速率来推断……一部分游群应该已经以这种状态航行了五十标准年，或许更久……没有任何办法可以探测到他们。这完全不是出于失误——”

“哪些星球有危险，将军？”悦石问。她的声调很低，很平静。

莫泊阁朝空寂的空气瞥了一眼，似乎想在那里寻找什么影像，然后又把目光投回会议桌。双手紧握成拳。“眼下，我们的情报是基于聚变驱动可视观测仪的结果，以及他们转用霍金驱动时我方的发现。这些数据显示，在即将到来的十五到七十二小时内，第一波袭击会到达天国之门、神林、无限极海、阿斯奎斯、伊克塞翁、青岛-西双版纳、艾科提恩、巴纳之域，以及潭蓓。”

这一次，没有人喝止骚动。悦石任由人们的叫喊和呼叹持续了几分钟，之后，她扬起手，控制住整个形势。

科尔谢夫议员站起身。“这该死的一切究竟怎么可能发生？将军，你不是向我们绝对保证过吗？！”

莫泊阁坚守着阵地，声音里没有任何针对他的愤怒。“我的确保证过，议员，但当时的保证是基于错误的数据。我们错了。我们的推断有误。我现在马上就向执行官大人辞职……与其他所有联合首长一起。”

“**辞你妈的职！**”科尔谢夫大吼，“不把这一切解决好，我们还不如在远距传输器的悬梁上吊死。问题在于——你们到底**采取**了什么行动来应对这次侵略？”

“加布里尔，”悦石轻声说，“请坐下。那正是我的下一个问题。将军、元帅，我想你们已经签发了保卫各大星球的命令？”

辛格元帅起身，站到莫泊阁身旁。“执行官大人，我们已经竭尽全力。很不幸，在受到第一波侵袭威胁的星球中，只有阿斯奎斯驻有一支军部特遣队。虽然其余也可以受到舰队保护——它们全数拥有远距传输能力——但舰队不能过于分散，因为力量受到削弱反而不能兼顾所有。并且，很不幸的是……”辛格顿了顿，然后提高声音，以盖过越来越大的嘈杂之声，“并且，很不幸的是，战略预留队已被调往海伯利安实施增援，并已开始战略转移。我们投入到这次重新部署的两百艘舰船中，大约百分之六十都远离环网外围的积极防守位置，它们要么已被远距传输至海伯利安星系，要么被传送到了集结地。”

梅伊娜·悦石揉揉脸，意识到自己还穿着披肩，只是把排扰领口垂了下来。于是她解开扣子，把它丢到椅背上。“元帅，你是说，那些星球没有防御力，而且没办法让我们的舰队及时掉头回来。是这样吗？”

辛格立正站定，身体就跟面临死刑的人一样笔直僵硬。“是这样，执行官大人。”

“还有补救措施吗？”人声重又鼎沸，她不得不大喊道。

莫泊阁向前跨了一步。“我们正在运用民用远距传输矩阵，尽可能将军部陆海军队传送至这些受威胁的星球，同时给它们配备光炮和地对空防御。”

国防部长伊本清了清嗓子。“这和没有舰队防御几乎没什么两样。”

悦石向莫泊阁投去一瞥。

“说得没错，”将军道，“我们的军力至多能在执行疏散计划的时候，提供后卫保障……”

李秀议员站起身来。“疏散**计划**！将军，昨天你还说从海伯利安疏散两三百万居民是不切实际的。现在，你的意思是不是，我们可以在受到驱逐者入侵军队的干预之前，成功疏散——”她顿了片刻，查了下通信志植入物，“——**七十亿**人民？”

“并非如此，”莫泊阁说，“但是，我们可以牺牲一部分舰队来挽救一些……一些特级官员。第一家族、社会及工业界领袖等等，对军事后勤建设必不可少的人物。”

“将军，”悦石说道，“昨天我们将即刻传送特权授予了派遣至海伯利安的增援舰队军部，这是否会和今天的重新部署有冲突？”

海军的范希特将军站起身来。“的确，执行官女士。在作出决定后一个小时内，部队就马上被传送到相应的传送点待命。上万派定部队中，将近三分之二已于——”他瞥了眼古老的计时器，“——标准时间五时三十分，大约二十分钟之前，传送到了海伯利安星系。现在，他们必须先回到海伯利安星系集结地，才能得以返回环网，这至少还需要八到十五小时。”

“军部在全网还有多少部队可供调用？”悦石问。她伸出一个指节，紧挨着下唇。

莫泊阁吸了口气。“大约三万，执行官女士。”

科尔谢夫议员一掌拍在桌子上。“这么说，环网机动部队已经弹尽粮绝，作战空舰已经一艘不剩，连军部陆军都耗去了大半。”

这不是个问题，莫泊阁也没有回答。

来自巴纳之域的费尔德斯坦议员站起身。“执行官女士，我所在的星球……刚才提到的所有星球……都必须得到警告。如果你没有准备好紧急通知，那由我来办。”

悦石点点头。“会议结束之后，我立即宣布受侵，桃乐茜。我们将给你的选区提供所有的媒体联络帮助。”

“还媒体，见鬼，”矮小的黑发女人说道，“等这里一散会，我立马就传送回家。不管什么样的命运降临到巴纳之域头上，我都应该回去一同承受。女士们先生们，如果消息属实，我们都不如在悬梁上吊死。”费尔德斯坦在一阵窃窃私语声中坐下了。

发言人吉本斯站起身，等大家安静下来才发话。他说起话来，就像一根绷紧的绳子在发声。“将军，你所说的**第一波**……是为慎重起见使用的军事术语，还是说，你有情报，今后还会有好几波入侵？如果这样的话，下几波又会涉及哪些环网与保护体星球？”

莫泊阁紧握双手，又慢慢松开。他再次朝空寂的空气瞥了一眼，然后转向悦石。“执行官大人，我只使用一张图表，可以吗？”

悦石点头同意。

全息像和军部在奥林帕斯简报中用的一样——霸主用金色表示，保护体星球是绿色，驱逐者游群的航线用红色线条加蓝色偏移尾迹，霸主舰队的部署是橘黄色——完全一目了然，红色航线从他们原先的航道远远偏离，刺入海伯利安的太空，如同尖端沾血的长矛。橘色火点现在全部集中在海伯利安星系，密布重叠，还有些沿远距传输路线排成长列，如同链条上的颗颗串珠。

看到这些，那些有军事经验的议员都倒吸一口凉气。

“我们已知的十几个游群，”莫泊阁说道，他的声音依然缺乏力度，“似乎都被调往环网展开侵略。其中有几个已经分裂成数个攻击团。第二波侵略预定在第一波攻击完成后一百到两百五十小时之内到达，我们在这里对它们的航线作了标示。”

议室里鸦雀无声。悦石不知道这些人是不是屏住了呼吸。

“第二波袭击目标包括——希伯伦，距现在一百小时；复兴之矢，一百一十小时，复兴之二，一百一十二小时；北岛，一百二十七小时；茂伊约，一百三十小时；塔里娅，一百四十三小时；天津四丙与天津四丁，一百五十小时；天龙星七号，一百六十九小时；自由岛，一百七十小时；新地，一百九十三小时；富士星，两百零四小时；新麦加，两百零五小时；佩森、阿马加斯特、自由星，两百二十一小时；卢瑟斯，两百三十小时；最后是鲸逖中心，两百五十小时。”

全息像逐渐褪去。沉默蔓延。莫泊阁将军说道:“我们估计，第一波游群在首次侵略之后将会有次要目标，但运用霍金驱动航行的传送时间应该和环网标准时间债等同，从九周到三年不等。”他后退了一步，以稍息阅兵的姿势站着。

“老天。”坐在悦石身后几排的人长叹道。

首席执行官揉了揉下唇。为了将人类从她认为是永恒的奴役中……或者更可怕的是，永恒的灭绝中……拯救出来，她已经做好准备，要打开前门面对恶狼，同时将大部分老百姓的家庭藏在楼上，安全地关在紧锁的门后。可是现在，末日已然降临，狼群正从每一扇门窗涌入。在审判面前，她几乎要放声大笑，竟然以为自己可以将混沌从牢笼中放出并加以控制，如此愚蠢真是无人能及。

“首先，”她说，“不允许引咎，不允许辞职，除非得到我的授权。的确，此届政府很有可能垮台……的确，此任内阁的成员，包括我自己……正如加布里尔所说，都该在悬梁上吊死。但同时，我们**乃是**霸主的政府，理应担当起自己的角色。

“其次，一个小时后，我会再次召见在场所有人，以及议会其他委员会代表，我们来一同讨论我将在八时整向环网作的演说。届时欢迎大家提出宝贵意见。

“再次，我特此命令在此集会的军部领袖，在全霸主范围上下，尽一切所能，保卫环网与保护体公民的人身与财产安全，并授权他们在必要情况下使用非常规手段。将军、元帅，我希望所有部队在十小时内传送回受威胁的环网星球。不论采取什么方法，这一点必须做到。

“第四，在演说完毕之后，我将召集议会与全局全体成员进行集会。届时，我会宣布人类霸主与驱逐者各民族之间处于战争状态。加布里尔、桃乐茜、托恩、瑛子……你们**所有人**……在接下来的几小时里会相当繁忙。请各自准备好向你们的故星发表的演说，但**别忘了投票**。我希望得到议会全体人员一致的支持。吉本斯发言人，我只要求你在全局辩论中对我们进行有利的引导。在今天十二时整，我们必须收到全局全员的赞成票。别出任何意外。

“第五，我们将疏散受到第一波威胁的星球的公民。”悦石举起一只手，抑止了众专家的异议与辩解。“在余下的时间里，我们将尽可能让每一个人撤离。佩索夫、伊本、丹-基迪斯部长，以及环网交通部部长克朗龙，请你们建立疏散调协委员会，打好头阵，今天十三时整以前，务必将详细报告与行动时间的安排递交给我。军部与环网安全局负责监督协调人群并保障远距传输能力。

“最后，我希望阿尔贝都顾问、科尔谢夫议员和发言人吉本斯三分钟后来我的私人会议室见我。还有谁有什么问题吗？”

震惊的脸孔面面相觑。

悦石起身。“诸位好运，”她说，“赶快行动。别散布不必要的恐慌。愿上帝佑我霸主。”她转身大踏步走出房间。

悦石在办公桌后坐下。科尔谢夫、吉本斯与阿尔贝都坐在她对面。隐隐约约能感觉到门外的忙碌，空气中充满了紧张的气氛，而悦石开口前漫长的沉默更让人焦躁不安，几欲抓狂。她的视线一直没有从阿尔贝都顾问身上移开。“你，”最后她说道，“背叛了我们。”

投影人像那副文雅的微笑没有丝毫动摇。“从未有过，执行官大人。”

“那我给你一分钟时间，给我解释一下，为什么技术内核，特别是人工智能顾问理事会没有预见这次入侵。”

“只消一个词就能解释清楚，执行官女士，”阿尔贝都说，“海伯利安。”

“滚你的海伯利安！”悦石大喊道，一掌拍在古老的办公桌上，悦石从来没有发过这么大的火。“你们反复唠叨这些所谓的不可分解的变数，海伯利安是什么不可预知的黑洞，阿尔贝都，我已经听厌这些话了。究竟是内核能帮助我们明白一切的可能性，还是他们已经欺骗了我们五个世纪？哪个说法是对的？”

“顾问理事会预言过战争，执行官大人，”头发灰白的影像说道，“我们秘密劝诫过你们，‘重要信息’工作团体也解释过，一旦海伯利安被牵涉在内，情况将会出现变数。”

“扯淡！”科尔谢夫厉声说道，“事态正常发展下，你们的预言应该是无懈可击的。但这次攻击一定是在几十年前就已经计划好了。兴许是好几世纪以前。”

阿尔贝都耸耸肩。“说得对，议员，但也有可能，是这任政府决定在海伯利安星系开战，才导致驱逐者实行了这项计划。我们曾就涉及海伯利安的行动提出过反对意见。”

发言人吉本斯倾过身子。“参与所谓伯劳朝圣的人员名单是你们提供的。”

这一次，阿尔贝都没有耸肩，投影像的姿势放松下来，充满了自信。“是你们要求我们从那些请求参与伯劳朝圣的人员中，遴选出能够改变预言中战争结果的人。我们是按照你们的要求，列出了名单。”

悦石竖起食指，轻敲着下颌。“你们是否肯定，这些请求者将会改变那场战争……现在这场战争带来的结果？”

“不。”阿尔贝都说。

“顾问先生，”首席执行官梅伊娜·悦石说道，“请你听清楚，从现在起，人类霸主政府将会依据接下来几天的结果，考虑向所谓的技术内核实体宣战。而你作为该实体的执行大使，我们委托你传达这一主张。”

阿尔贝都笑了。他摊开手。“执行官女士，一定是那骇人的消息让你震惊不小，才让你开这么拙劣的玩笑。向内核宣战……那就像……就像鱼向水宣战，就像司机因为别处传来烦人的车祸报道，就攻击自己的电磁车。”

悦石没有笑。“我住在帕桃发时，我的祖父还健在，”她缓缓说着，方言越来越重，“有天早上，他因为家用电磁车启动不了，就用脉冲步枪朝它射了六发子弹。散会，顾问先生。”

阿尔贝都眨眨眼，消失了。他突然的离别要么是蓄意违反惯例——通常，投影会走出房间，或是等到其他人离开后，图像才会消解——要么这是表示，内核管理层的智能被突然的角色转换打击得不轻。

悦石朝科尔谢夫和吉本斯点点头。“我不想浪费两位的时间，”她说，“请谨记在心，我希望五个小时后宣战时，能得到全面支持。”

“没问题。”吉本斯说。两人匆匆离去。

众助理从门口与暗门走进，问题像连珠炮般射来，又纷纷从通信志中查询资料。悦石举起一支手指。“赛文在哪儿？”她问。看到面前茫然的脸孔，她又补充道：“我是说，那位诗人……艺术家。给我画肖像的那位？”

几名助理面面相觑，似乎觉得元首精神错乱了。

“他还睡着，”利·亨特说，“他昨晚吃了些安眠药，我们也没想到要叫醒他开会。”

“我要他在二十分钟内到这儿，”悦石说，“赶紧通知他。李指挥官又去哪儿了？”

掌管军事联络的年轻女子妮姬·卡东开口道：“李昨晚被莫泊阁

和军部海军部长派往防御带巡逻。接下来的二十年里，他将在各颗海洋星球间忙碌。目前，他……刚传送到布雷西亚的军部海军通信中心，等待传送出环网。”

“让他回来，”悦石说，“提升他为少将，或者别的，不管是该死的哪一级，只要有资格直接为政府工作，然后将他派到这儿来，我这里，不是去政府大楼或行政部门。如果不行，就说他是核武器推销员。”

悦石朝空白的墙壁望了一会儿。她想起了昨晚还去过的那些星球；巴纳之域，叶隙的灯光，学院古老的砖石建筑；神林那系留气球与自由飘浮的泽普棱迎来的黎明；天国之门的海滨大道……它们都成了第一波的目标。她摇摇头。“利，你和塔拉、布林德南希给我在四十五分钟之内起草两份初稿——一份公众演讲，一份作战宣言。要简短，鲜明。借鉴丘吉尔与斯特鲁登斯基的卷宗。要现实但目空一切，乐观但糅和不屈的决心。妮姬，我需要联合首长每一步行动的实时监控。另外，需要我自己的指挥地图式报告——通过我的植入物转接。**首席执行官专用**。巴比，今后你代表我处理议会内的对外交往事务。参与议会，组织照会，暗箱操作，威逼利诱，逐渐让他们意识到，立即走出门去，与驱逐者大战一场，比起在接下来的三四次投票中反对我，还安全得多。”

“大家有问题吗？”悦石等了三秒钟，然后一拍双手，“好，伙计们，开工吧！”

很快，下一波议员、部长和助理就要进来了，在这短暂的间隙，悦石转过椅子，面对着头顶空白的墙壁，她举起食指指着天花板，摇了摇头。

她及时转过身来，下一波要人一拥而入。

25

枪声响起的时候，索尔、领事、杜雷神父，还有昏迷不醒的海特·马斯蒂恩正待在第一座穴冢里。领事独自出去察看，他慢慢地、小心地测试着时间潮汐风暴的强度。此前他们就是被这潮汐赶入山谷深处的。

“没事了。”他回头喊道。索尔的提灯发出苍白的光芒，照亮了穴冢的后部，照亮了三张苍白的脸和裹在长袍里的圣徒。“潮汐已经减弱了。”领事喊道。

索尔站起身。女儿的小脸靠在他的颈下，一个苍白的椭圆。“你确定，那是拉米亚手枪的声音？”

领事步入外面的黑暗中。“除她以外，没人带的东西能发子弹。我出去看看。”

“等等，”索尔说，“我和你一起去。”

杜雷神父依然跪在海特·马斯蒂恩身旁。“去吧。我来陪他。”

“过几分钟，我俩中的一个会回来看看。”领事说。

山谷反射着光阴冢苍白的光芒。风从南方咆哮而来，但今晚的气流较高，飘行于悬崖壁之上，于是乎，山谷地面的沙丘完全没有受到惊扰。索尔跟在领事身后，沿着通往谷底的崎岖小径小心行进，继而转向山谷高处，往前进发。偶尔有些**幻觉记忆**牵扯着索尔的神经，让他想起一小时前尚还狂暴的时间潮汐，但现在，这怪诞风暴的残留部队已在撤离。

快到谷底时，小径变宽了，索尔和领事一起走过水晶独碑烧焦的战场，那座高耸的建筑渗出乳白色的光芒，不计其数的碎片散落在干枯的河床上，将它的光芒散向四方。他们爬过一个缓坡，看见旁边的翡翠茔泛着惨绿的磷光，然后两人转了个弯，沿着平滑的之字形路线向狮身人面像走去。

“我的天哪！”索尔低声说着，跑向前去，尽量不去吵醒托架里熟睡的孩子。他跪在顶级台阶上的一个黑暗身影旁。

“是布劳恩吗？”领事问，爬了这么久的楼梯，他突然在两步之外停下，大口喘着气。

“对。”索尔准备托起她的头，但猛地缩回了手，他摸到了一个从她头骨里长出的又滑又凉的东西。

“她死了吗？”

索尔将女儿的头紧抱在胸膛，摸了摸这个女人的颈脉，看是否仍在跳动。“还活着，”他说道，深吸了口气，“她还活着……但昏过去了。把灯给我。”

索尔拿过手电，把光线照过布劳恩·拉米亚四仰八叉的身体，沿路照过那根银色的线——准确地说，那东西更像是“触须”，因为它连在血肉之躯上，会让人觉得是从有机体中长出来的——那条线从她头骨上的神经分流器伸出，穿过狮身人面像宽阔的顶级台阶，然后伸入开阔的入口。尽管狮身人面像是各座墓冢中最亮的，入口却很黑暗。

领事来到他们身旁。“这是什么？”他伸手去摸银色的细线，但跟索尔一样迅速收回了手。“我的天哪，这东西是热的。”

“摸上去像是活的。”索尔肯定道。他握着布劳恩的双手揉搓了一会儿，现在又轻轻拍打着她的脸颊，试图唤醒她。但她依旧一动不动。他转过身，又将手电筒的光芒沿细线射去，那东西顺着入口的走廊蜿蜒而入，消失在视野之外。“我觉得她肯定不是自愿把这东西连到身上的。”

“是伯劳干的吧。”领事说。他凑向前，激活了布劳恩腕式通信志上的生物监控信息。“除了脑波活动之外，一切正常，索尔。”

“上头显示什么？”

“显示她死了。至少是脑死亡。没有显示任何的高功能状态。”

索尔叹了口气，颤巍巍地原地转身。“我们得看看这条线到底连到了哪里。”

“不能把它从分流器插座上拔下来吗？”

“瞧。”索尔说着，拢起一大团黑漆漆的卷发，将亮光射向布劳恩的后脑勺。神经分流器在正常情况下是个直径几毫米的肉色塑料小圆片，上头有个十微米大小的插座，而它现在似乎融化了……肉里长出一个大红包，与金属细线的微引线部分连在了一起。

“只有动手术才能把它切下来。”领事轻声说着。他碰了碰红肿的肉包。布劳恩还是一动不动。领事拿过手电，站起身。“你陪她待在这里。我去追查这条线。”

“记得打开通信频道。”索尔说，虽然他知道在时间潮汐的涨落中，它们根本就起不了多大作用。

领事点点头，飞速离去，毫不迟疑，不给恐惧任何拖后腿的机会。

铬黄的细线沿主走廊蛇行，一路来到朝圣者前夜睡觉的那间屋子的外头，然后一个拐弯，消失在视野外。领事往房间里瞥了一眼，手电筒的光线照亮了他们匆忙中落下的毛毯和背包。

他跟着细线，绕过走廊的转弯处；穿过把门厅分割成三间狭窄小厅的中央入口；走上一条斜坡，继续往右走下一条狭窄小路（他们在早期的地形探查中将之称作“图坦卡蒙的大道”），来到一条低矮的地道，他不得不爬过去，小心地缩着双手和双膝，生怕触到那条带有体温的金属触须；又来到一条陡峭无比的斜坡，他不得不用爬烟囱的姿势爬上去；然后是一条他记忆中没有来过的宽阔走廊，石头都向内突起，拱向天空，湿润的水珠滴滴答答；之后又陡然下降，他擦破了手掌和膝盖的皮才勉强减缓了下落速度。最后，他爬过一条比狮身人面像径直宽度还长的通道。领事完全迷路了，他寄希望于到时候细线能够带他回去，走出迷宫。

“索尔。”最后他呼叫道，尽管从未相信这个通信工具发出的信号可以穿越石头和时间潮汐的屏障。

“我在。”传来学者微弱的低声絮语。

“我已经到了该死的内部深处，”领事低声对通信志说道，“在一条走廊深处，我不记得咱们见过这地方。感觉非常深。”

“找到线的末端了吗？”

“找到了。”领事低声回答道，坐下身去用手帕抹脸上的汗水。

“是节点吗？”索尔问，他指的是供环网居民接入数据网的媒介，那无数个终端节点。

“不是。这东西似乎直接穿进地面上的石头了。走廊在这里也到了尽头。我试着拔了拔，但连接端跟她头骨上原来是神经分流器的那里长出的包很相似。似乎和岩石融为一体了。”

“快出来，”索尔的声音夹杂着静电的嚓嚓声传来，“咱们想法子把它切断。”

在隧道的潮湿黑暗中，领事平生第一次真正地感觉到幽闭恐惧正在向他迫近。他觉得难以呼吸，确定身后的黑暗中有什么东西，封锁了他的空气，只有逃出这里才能得到解脱。他的心剧烈跳动着，在这狭窄的石质爬廊中心，跳声几乎传入了耳膜。

他试图放松，缓缓呼吸着空气，再次擦了把脸，然后尽力把恐慌压了下去。“那会杀了她的。”他边说，边缓缓大口吸气。

没了回答。领事再次呼叫，但有什么东西切断了他们的脆弱联系。

“我出来了。”他对沉默的通信工具说道，转过身，将手电扫过低矮的地道。触线好像抽动了一下？或是光线造成的幻觉？

领事开始沿原路爬回。

日落时分，就在时间风暴袭击前几分钟，他们找到了海特·马斯蒂恩。当时圣徒正在蹒跚前行，是领事、索尔和杜雷先看见了他，等他们赶到马斯蒂恩身边的时候，他已经栽倒在地，昏迷不醒了。

“把他带到狮身人面像去吧。”索尔说。

正在那时，似乎是随着沉没的太阳起舞，时间潮汐像一波恶心与**幻觉记忆**组成的浪潮，猛地冲过他们。三人都跌跪在地。瑞秋醒了，拼了吃奶的劲号啕大哭着，害怕得要命。

“去山谷入口，”领事气喘吁吁地说着，站起身来，把海特·马斯蒂恩扛在肩膀上，“快去……去山谷……出去。”

三人都朝山谷入口走去，经过第一座墓冢——狮身人面像，但时间潮汐越来越强烈，像一阵可怖的眩晕之风抽打在他们身上。又走了三十米，他们再也爬不动了。三人趴倒在地，海特·马斯蒂恩从踩实的小径滚下。瑞秋已经停止了哭闹，不自在地扭动着身子。

“回去，”保罗·杜雷喘息着说道，“回山谷下方。下头……倒还……好些。”

他们又折回前路，像三个醉鬼一样摇摇晃晃地沿小径前进，各自背负着各自的重担，它们极为贵重，无法丢弃。到狮身人面像脚下时，他们背靠着一块大石头休息了一会儿，时空的构造似乎开始改变，在他们身边膨胀弯曲，就好像星球是一面旗帜，被人愤怒地一把挥开。现实似乎在眼前涌动重叠，奔向远方，复又似浪峰一样翻腾着扑向他们头顶。领事放下圣徒，让他趴在岩石上，自己大喘着气，惊惶得十指抓紧了泥土。

“莫比斯立方体，”圣徒突然开口道，他动了动，但双眼依然紧闭，“必须拿到莫比斯立方体。”

“该死。”领事终于说出了口。他粗暴地摇晃着海特·马斯蒂恩，“我们为什么需要它？马斯蒂恩，我们为什么需要那个东西？”圣徒的脑瓜耷拉着前后晃动。他再度陷入了昏迷。

“我去拿。”杜雷说。这位神父看起来年岁苍老，一脸病态，脸色和嘴唇都很苍白。

领事点点头，又把海特·马斯蒂恩扛上肩膀，扶索尔站起来，然后摇摇晃晃地向山谷下方走去，随着他们逐渐远离狮身人面像，他们感觉到逆熵场的激流在慢慢减弱。

杜雷神父已经爬上了小径，爬上狭长的楼梯，然后蹒跚着走向狮身人面像的入口，一路上紧紧抓着粗糙的石块，就像一名水手在狂暴的海洋中紧抓住随风晃荡的绳索。头顶的狮身人面像似乎摇摇欲坠起来，一会儿向左边倾斜三十度，一会儿又向右边倾斜五十度。杜雷知道这不过是时间潮汐的暴虐扭曲了他的感官，但这景象还是令他跪在石头上狂吐不止。

潮汐稍减了片刻，像是凶猛的海浪在两波可怕的侵袭之间略作平息，杜雷再次站起身来，用手背抹了抹嘴，连滚带爬地来到了黑暗的墓室。

他没带手电筒，摸索着沿着走廊颤巍巍地前进，生怕在黑暗中摸到什么滑腻腻的凉东西，或是跌进他蜕去尸壳、重获新生的房屋，发现尸体还在坟墓里发霉腐烂，他心里想着这两件可怕的事情，不禁胆寒心怯，尖叫起来，但时间潮汐突然大规模地猛烈涌回，他的声音消失在了那飓风般的咆哮之中。

他们睡觉的屋子很黑，在那种可怕的黑暗中，完全没有一丝光芒，伸手不见五指，但杜雷的眼睛逐渐适应了，他注意到莫比斯立方体正在微微泛光，信号装置也眨巴着光亮。

他跌跌撞撞地走过乱七八糟的房间，抓住立方体，肾上腺素突然爆发，一把举起了这沉重的东西。领事的概要录音中提到过这件人工制品——马斯蒂恩在朝圣途中携带的神秘行李——还提到，大伙儿相信这东西是用来装载尔格——一种来自外太空能产生力场的生物，可以给圣徒树舰提供能量。杜雷不知道现在尔格有什么重要的，但他还是把这个盒子紧紧抱在胸前，挣扎着回到走廊，走向外边，一步步下了楼梯，走进山谷深处。

“这儿！”领事从悬崖壁底端的第一座穴冢中叫道，“这儿好多了。”

杜雷蹒跚着走上小径，突然一阵头晕目眩，感到气毕力枯，几乎将立方体摔到地上；领事扶着他走过最后三十步，走进穴冢。

里面确实好多了。杜雷刚走进穴冢入口的时候，还能感觉到时间潮汐的涨落，但一走进洞穴的后部，感觉就接近了正常状态，荧光球冰冷的光芒照亮了内部精细复杂的雕刻。神父溃倒在索尔·温特伯身边，把莫比斯立方体放到地上，紧挨着海特·马斯蒂恩这个说不出话干瞪眼的家伙身边。

“你刚进来他就醒了。”索尔低声说。孩子的眼睛张得老大，在昏暗的光线中看起来像是一潭黑色的池水。

领事也跪在圣徒身边。“为什么我们非得带上立方体？马斯蒂恩，为什么我们非得要它？”

海特·马斯蒂恩还是直勾勾地盯着前方，眼睛眨都不眨一下。“我们的盟友，”他低声说道，“我们能用以对抗大哀之君的唯一盟友。”他发出的这些音节深带着圣徒星球上独一无二的方言特色，如同蚀刻其中。

“它怎么会是我们的盟友？”索尔问道，双手抓着男子的长袍。“我们怎么用它？什么时候？”

圣徒的双眼茫然地望着辽远地域外的某处。“我们内部各派争夺荣誉，”他低声说，声音沙哑，“‘北美红杉’的忠诚之音率先联系上了济慈的重建人格……但却是我被授予缪尔之光的荣耀。‘伊戈德拉希尔’，我的‘伊戈德拉希尔’，是为了赎偿我们在缪尔面前犯下的罪孽而任予的。”圣徒闭上双眼。他严峻的脸上浮现出一丝浅浅的笑容，看起来很别扭。

领事望着杜雷和索尔。“听起来不像圣徒教义，更像是伯劳教会的术语。”

“或许是两者混合而成，”杜雷低声说道，“在神学历史上甚至还有混合得更怪异的呢。”

索尔伸出手掌，摸摸圣徒的前额，这名高个男子全身正烧得发烫。索尔连忙在他们唯一的医疗包中翻找止痛贴和高烧贴。他找到了一个，但又犹豫了。“我不知道圣徒是否属于标准医疗体质。我可不想让他因为过敏而送命。”

领事拿过高烧贴，贴在圣徒虚弱的前臂上。“他们符合标准，”他又靠近了些，“马斯蒂恩，风力运输船上到底发生了什么事？”

圣徒睁开双眼，但目光依然涣散。“风力运输船？”

“我听不懂。”杜雷神父低声说。

索尔把他带到一边。“整个朝圣途中，马斯蒂恩从没有讲过他的故事，”他低声解释道，“我们乘上风力运输船的第一晚，他就消失了，留下了血迹——很多血——溅得他的行李和莫比斯立方体上都是。但马斯蒂恩不见了。”

“风力运输船上出了什么事？”领事再次低声问道。他轻轻摇晃着圣徒，以集中他的注意力。“快想想，树的忠诚之音海特·马斯蒂恩！”

高个男子的脸抽动了几下，双眼终于集中了注意，他那略微带有亚洲人特点的相貌上刻着熟悉的严峻线条。“我把元素从它的密蔽场中释放了出来……”

“他说的是尔格。”索尔低声告诉困惑不解的神父。

“然后用我在高枝学会的心灵控制术把它束缚住。但正在那时，大哀之君毫无预兆地降临到了我身边。”

“就是伯劳。”索尔低语着，不像是说给神父听的，更像是自言自语。

“洒在那儿的是你的血吗？”领事问圣徒。

“血？”马斯蒂恩把兜帽往前拉，遮住自己迷惑的表情，“不，那不是我的血。当时大哀之君手里……抓着一个……牺牲品。那人使劲挣扎。试图要逃离那些赎罪尖钉……”

“那尔格又怎样了？”领事咄咄逼人地问道，“元素。你本想让它为你做什么？……保护你不受伯劳的伤害吗？”

圣徒皱皱眉，将颤抖的手举过眉梢。“它还……还没准备好。我自己还没准备好。于是我把它放回了密蔽场。大哀之君抓住了我的肩膀。我很……高兴……能够在献祭出我树舰的同时，得以赎罪。”

索尔朝杜雷挪了挪身子。“那晚，树舰‘伊戈德拉希尔’在轨道中被摧毁了。”他低声说。

马斯蒂恩闭上双眼。“我很累。”他低声说着，声音逐渐消失。

领事再次摇晃着他。“你是怎么到这里的？马斯蒂恩，你怎么穿过草之海来到这里的？”

“我醒来的时候，正躺在墓冢之间，”圣徒低声说道，眼睛依旧紧闭，“醒来的时候，就躺在墓冢之间。好累啊。必须睡会儿。”

“让他休息会儿吧。”杜雷神父说。

领事点点头，放下这名穿长袍的男子，让他睡觉。

“一切都毫无意义。”索尔低声说道，三个男子和一个婴孩坐在微弱的光线中，感觉着外面时间潮汐的盛衰消长。

“不见了一个朝圣者，又冒出来一个，”领事咕哝着，“像是谁在玩什么变态游戏。”

一小时之后，他们听到山谷下方传来回荡的枪声。

索尔和领事蹲在闭口不言的布劳恩·拉米亚身旁。

“我们得用激光把那东西切下来，”索尔说，“卡萨德失踪后，咱们也没了武器。”

领事握着年轻女人的手腕。“也许把它切下来反倒会害死她。”

“可根据生物监控仪显示，她已经死了。”

领事摇摇头。“没有。发生了别的事。说不定那东西接入了她一直带在身边的济慈赛伯人格。可能等这一切结束，咱们的布劳恩就会被送回来。”

索尔把她三天大的女儿举上肩头，朝外面微微发光的山谷望去。“真像个疯人院。没有一样不是事与愿违。要是你那该死的飞船在这儿就好了……万一我们不得不把拉米亚从这……这玩意儿……上头解救出来……就可以用船里的切割工具，而且也可以把她和马斯蒂恩送入诊疗室，给他们一个活命的机会。”

领事依然跪在地上，目光涣散。过了一会儿，他说道：“你在这里陪她。”他站起身，然后消失在了狮身人面像入口那黑暗的无底洞中。五分钟后又回来了，带着自己的大旅行包，他从底部抽出一条卷起的毯子，展开放在狮身人面像的顶级石阶上。

这是条历史悠久的毛毯，不到两米长，一米多宽。虽然它那精妙绝伦的质地经过几个世纪的风雨已经褪色，但在昏暗的光线下，那些单纤维飞行控制线依然如金子一般闪闪发光。领事正取下上面的高精度电池，毯子里伸出的各条纤细导线连着它。

“我的老天爷。”索尔低声说道。他想起了领事讲的故事，关于他祖母希莉与霸主船员梅闰·阿斯比克的爱情悲剧。正是那场爱情引发了反霸主的叛乱，令茂伊约陷入了多年的战争。故事中，梅闰·阿斯比克曾经乘坐朋友的霍鹰飞毯飞到了首站。

领事点点头。“这东西本属于迈克·沃朔，也就是我祖父梅闰的朋友。希莉把它留在坟墓里，留给了梅闰。我还是个孩子的时候，他又把它传给了我——恰好在群岛战役之前，在那场战斗中，他随着自由的梦想一同消逝了。”

索尔将手抚过这条有着几百年历史的工艺品。“只可惜，它在这派不上用场。”

领事抬头看着他。“怎么派不上？”

“海伯利安的磁场低于电磁交通工具起飞的临界水平，”索尔说，“所以这里无法使用电磁车，只有飞艇和掠行艇，‘贝纳勒斯’号这条浮置游船在这也浮不起来。”他突然觉得向这名曾任海伯利安领事十一个本地年的人解释这些真是愚蠢，于是住了口。“不知道我说错了没有？”

领事微笑道：“你没说错，标准电磁车在这里靠不住，重-浮力比率太高。但霍鹰飞毯却能通体升起，几乎可以忽略质量。我在首都居住的时候试过。但是行程不太顺利……不过，只坐一个人还是可行的。”

索尔扭头望着山谷下方，视线越过翡翠茔、方尖石塔与水晶独碑发亮的轮廓，投向穴冢群的入口，那里被悬崖壁墙的重重阴影掩盖。他不禁想起杜雷和海特·马斯蒂恩，不知道马斯蒂恩是否还睡着……杜雷是否还活着。“有没有想过用它来求助？”

“我们可以派个人去求助。把船带回来。至少给它解除束缚，让它自动驶回。可以抓阄决定谁去。”

轮到索尔笑了。“想想，我的朋友。杜雷的身体状况不适宜奔波，况且他也不知道路。而我……”索尔举起瑞秋，把她的小脑袋凑在自己的脸颊上。“这趟旅程可能会花上好几天。我——我们——剩的时间不多。不知道还能为她做点什么，我们只能留在这里碰运气。只剩下你能去。”

领事叹了口气，但没有反驳。

“还有，”索尔说，“那是你的船。要将它从悦石的禁令中释放，只有你能办到。你和总督也是故交。”

领事朝西方望去。“但我不知道西奥是否仍在掌权。”

“咱们先回去，把咱们的计划告诉杜雷神父，”索尔说，“再说，我把奶包忘在了穴冢里，瑞秋饿了。”

领事卷起飞毯，把它丢回背包，然后盯着布劳恩·拉米亚，盯着那条蜿蜒入黑暗的恶心细线。“她不会有事吧？”

“我会让保罗带条毛毯过来守着她过夜，然后咱俩把另外那个病人也背到这儿来。你打算今晚就走，还是等到天亮？”

领事疲惫地揉着脸颊。“我不想在夜里飞过山脉，但我们根本没剩下多少时间。我还是收拾好东西，立刻就走。”

索尔点点头，看向山谷入口。“真希望布劳恩告诉我们塞利纳斯去了哪里。”

“我飞出去后找找他，”领事说，他抬头望了望群星，“大约花上三十六到四十小时就能回到济慈。然后花上几小时释放飞船。可能两天之内就能赶回来。”

索尔点点头，轻摇着啼哭的孩子。他那疲惫而和蔼的表情下显出一丝疑虑。他把手搭上领事的肩膀。“我们的确该试试，我的朋友。来吧，咱们跟杜雷神父谈谈，再看看另外那位同路人醒了没有，然后一起吃顿饭。布劳恩带回的补给似乎足够让咱们最后饱餐一顿。”

26

布劳恩·拉米亚还是个孩子的时候，父亲是名议员。他们搬了家，虽然只是简单地从卢瑟斯迁到了鲸逖中心行政住宅群楼，不过那里绿树环绕，景色优美。那时，她看了一部古老的平面电影，沃尔特·迪士尼出品的动画片《彼得·潘》。看过动画之后，她还读了书，两者都深深震撼了她的心灵。

好几个月里，这个五标准岁的女孩天天等待着彼得·潘会在某天晚上驾临，带她离开。她在天窗上挂了个小路牌，指向通往自己卧室的路。她也趁父母睡着的时候溜出屋子，躺在鹿苑柔软草坪的地面上，望着鲸心乳状的灰色夜空，梦想着那个从永无岛来的男孩会在某天晚上将她带走，朝右手第二颗星星飞去，一直向前，直到天明[①]。她可以陪伴他一起，给那些迷路的孩子当妈妈，向邪恶的胡克船长复仇，最重要的是，她将是彼得的新温蒂……那个永远长不

① 《彼得·潘》中描述永无岛在“右手第二条路，一直向前，直到天明”。

大的孩子的新童伴。

而现在，二十年之后，彼得终于来找她了。

拉米亚没有感受到任何痛苦，只有一阵突如其来的冰冷、怅然若失的感觉，伯劳的钢爪刺穿了她耳后的神经分流器。然后她离开肉体，飞了起来。

她曾经穿过数据平面，进过数据网。就她的时间而言，那仅是数周以前。拉米亚曾经偕同她最欣赏的赛伯飙客，傻傻的屁屁·萨布林芝，驶入技术内核矩阵，帮助乔尼偷回他的赛伯重建人格。在他们成功穿透边界，盗取了人格之后，触发了警报，屁屁不幸身亡。从此，拉米亚再也不愿重新进入数据网。

但她现在又进入了那里。

这趟经历同她以前用通信志导引或节点的经历完全不同。上一次像是纯粹的刺激模拟——犹如身处一个有着五颜六色山峰和环绕立体声的全息电影——而这一次，她却是感觉**实实在在地置身在了那里**。

彼得终于来带她离开了。

拉米亚高高地飘在海伯利安行星边缘的曲线之上，望着那些基层的微波数据流频道和密光通信链接，它们都被视作萌芽状态的数据网。她没有驻足涉入其中，因为她正追踪着一条橙色脐带，它朝天延伸而去，迎向数据平面**真实的**林荫大道和交通干线。

海伯利安的太空已被军部和驱逐者游群占领，两者都携带着错综复杂的数据网褶皱起伏和网格。拉米亚拥有了新的视野，她能看见军部数据流的上千个层面，它们像一片波涛汹涌的墨绿色数据海洋，密布着暗红静脉般的安全频道和旋转的紫罗兰色球体，带着黑色的抗噬护航员，那是军部的人工智能。伟大环网下属万方数据网的一条伪足从自然空间中流出，穿过舷侧远距传输器漆黑的风井，沿互相交叠的瞬时波纹那不断延伸的波形前锋移动。拉米亚认出，那些波纹是从二十个超光发射仪发出的持续不断的脉冲信号。

她犹豫了一下，突然搞不清楚该去哪里，该走哪条路。就好像她一直在飞翔，却突然迷失方向，危及了魔法的继续——并威胁要将她抛向身下数英里远的地面。

于是彼得牵起了她的手，把她撑在空中。

——乔尼！

——你好，布劳恩。

她自身的影像嘀嗒一声出现了，那一刻她也看到并感觉到了他的实体。他和上次见到的乔尼——她的客户和爱人——一模一样，拥有尖锐的颧骨、淡褐色的眼睛、紧致的鼻梁和坚定的下颚。他那红棕色的卷发依然垂至领口，那脸庞依然挂着恰到好处的活力，脸上的微笑依然令她的内心冰消。

乔尼！她立即抱住了他，**感觉**着他的拥抱，感觉着背后强壮有力的双手，他们高高地飘升起来，凌驾于万物之上，她感觉着自己前胸紧紧贴压在他的胸膛，他也紧紧拥抱着她，他这么小的个子竟有如此惊人的力量。他们拥吻，毫无疑问，**这一切**都是真实的。

拉米亚飘浮在他一臂之遥，双手搭在他的双肩之上。两人的脸都被头顶那浩瀚的数据网之海碧绿紫蓝的光芒照亮了。

——这是真的吗？她听见自己的声音问出这个问题，还带着地方口音，尽管她知道，自己只是脑子里想了想。

——是真的。就跟数据平面矩阵的任何部分一样真实。我们正在海伯利安空间万方网的边缘。他的嗓音依然带着难以捉摸的腔调，让她觉得那么华而不实，惹人窝火。

——到底怎么回事？随着这句话出口，她将伯劳出现，突然间指刃刺入的景象告知了他。

——是啊，乔尼想着，把她抱得更紧。不知怎的，它让我挣脱了舒克隆环，直接把我们送入了数据网。

——我是不是死了，乔尼？

他俯下约翰·济慈的脸，朝她笑来。他轻轻摇晃着她，温柔地吻她，旋转了角度，于是乎他们都能看到头上和身下的壮美景象。不，你没死，布劳恩，尽管你的肉体可能被挂上了某种怪诞的生命支持体，但是你在数据平面的模拟体，却同我漫游到了这个地方。

——你又是死是活呢？

他又朝她笑了。我已获得了生命，虽然舒克隆环中的生命并不如人们吹捧的那样。那感觉就像是在做别人的梦。

——我梦见过你。

乔尼点点头。我觉得那不是我。我也做过同样的梦……与梅伊娜·悦石的交谈，对霸主政府理事会的零星印象……

——对！

他握紧她的手。我怀疑他们激活了另一个济慈赛伯体。不知为什么，我和他能够穿越数光年互相感应。

——另一个赛伯体？怎么会呢？你已经破坏了内核模板，释放了人格……

她的爱人耸耸肩。乔尼穿着一件皱巴巴的衬衫，套着丝绸马甲，是她从没见过的样式。流动的数据穿过他们头顶的大道，就在它们飘过的时候，两人都给涂上了搏动的霓虹之彩。我怀疑，除了我和屁屁上次穿透的浅层内核防线之外，还有更多的备用人格。没关系，布劳恩。如果还有另一个副本，那么他也是我，我相信他不会与我为敌。来吧，咱俩一起来探索究竟。

他拉着她向上飞升，拉米亚踌躇了一会儿。探索什么？

——这是我们弄清一切真相的大好机会，布劳恩。一个找到众多谜题源头的大好机会。

她听见自己声音/想法里的怯懦，那可真不像她自己。乔尼，我不知道自己是不是真的想去。

他旋过身，看着她。这是我所认识的那位侦探吗？那个非要刨根问底的女人怎么了？

——她经历了一些艰难时日，乔尼。我已经能够坦然面对昨日，已经看清当初做侦探——在很大程度上——不过是我父亲自杀行为引起的反应。我依然在努力解开关于他死亡细节的谜团。另外，很多人在真实的人生中都会受到伤害。包括你，亲爱的。

——那你解开了吗？

——什么？

——令尊的死因？

拉米亚朝他皱皱眉。不知道。我想没有。

乔尼指着头上不断退却又不断流动的数据网质体。布劳恩，上头有许多答案在等待着我们。只要我们有勇气去探求。

她又握住他的手。我们或许会死在那儿。

——对。

拉米亚顿了顿，望着身下的海伯利安。星球像是一条暗淡的曲线，一小部分各自孤立的流动数据包如夜色中的篝火，闪耀着光芒。他们头顶浩渺的海洋沸腾着，搏动着，充满光芒和数据流的噪声——布劳恩知道那不过是远处万方网最细小的分支。她知道……**她感觉到**……现在，他们重生的数据平面模拟体能去的地方，所有的赛伯飙客牛仔们做梦也想不到。

布劳恩知道，有乔尼做她的向导，她可以穿越万方网和内核，到达人类从没探测过的深度。她有些害怕。

但她最终是和彼得·潘在一起了。永无岛在向他们招手。

——好嘞，乔尼。咱们还等什么？

他们一道朝万方网飞身而去。

27

费德曼·卡萨德上校跟随莫尼塔迈过传送门，发现自己来到了一片广袤的月表平原，一棵五公里高的可怕荆棘树拔地而起，高高地耸入血红的天空。繁密的树枝与尖钉上，处处有人影扭动：近一些的，能认出是受苦的人类，那些太远的，看起来很小很小，活像一串串灰白的葡萄。

卡萨德水银般的拟肤束装直笼到头顶，他眨眨眼，吸了口气，左右四顾，目光扫过沉默的莫尼塔，竭力不去看那棵恶心的树。

之前他以为这里是月表平原，可实际上，却是海伯利安的地表。他正站在光阴冢山谷的入口，但眼前的这个海伯利安已经经过翻天覆地的巨变。沙丘均已凝固扭曲，似乎被烈焰化作玻璃，釉光闪亮；岩石与悬崖壁也有流动后再度凝固的迹象，如同灰白的石质冰川。没有大气——天空是苍灰色的，布满了惨淡的月亮，它们也都没有大气，清晰扎眼。太阳不是海伯利安从前的那颗。那光芒没人能够承受。卡萨德抬起头，拟肤束装上的滤光器偏振起来，帮助他适应那可怕的能量，天空中撒满了血红的缎带与刺眼的白光之花。

身下的山谷似乎在随着某种感觉不到的震动而摇晃。光阴冢内部的能量不断闪耀，搏动着冷光，从每一个入口、门廊和孔穴洒出，覆盖了数米的山谷地面。墓冢看起来焕然一新，光滑如初，光彩绚丽。

卡萨德意识到，是拟肤束装的作用，才让他得以呼吸，用沙漠的温暖替代了月球刺骨的冰寒，让他得以行动。他转身看着莫尼塔，想问个巧妙的问题，但没有说出口，他只是抬起双眼，再次凝视着那棵令人难以置信的树。

荆棘树的质地似乎和伯劳自身的钢铁、铬黄和软骨的材料毫无二致：看起来显然是人造物品，又似乎像是可怕的活生生的植物。树干根部大约有两三百米粗，下层枝丫几乎同样宽阔，而那些细小的枝条和刺尖急剧缩小，变得如匕首般纤细，它们朝天空张开，上头刺挂着一个个人类果实。

真令人难以置信，被这样刺穿的人类竟还能长久活下去；真是天方夜谭，他们竟能在时空之外的真空里存活。但是，他们的确活着，痛苦地活着。卡萨德望着他们在那儿蠕动。他们**全都**活着，全都深陷痛苦。

卡萨德感觉到，痛苦是一种听不见的声音，一种毫不停歇、痛苦粗砺的洪亮之声，就像是几千只不懂音律的手指砸在了上千个琴键上，奏出响亮的痛苦之管风琴曲。当他细看燃烧的天空，痛苦似乎仅凭肉眼就能望到，那棵树像是火葬柴堆，或是巨大的灯塔，一波波痛苦涌起，清晰可见。

除此之外，就只有刺目的亮光和月表般的寂静。

卡萨德调高拟肤束装观物镜的放大倍率，一根根树枝、一条条荆棘地寻找着。在树上翻扭的人们，有男有女，有老有幼。他们穿着各式褴褛的衣衫，各种脏乱的妆容，风格各异，相差如果没有上百年，至少也有几十年。其中有许多样式，卡萨德并不熟悉，他猜测那些是来自未来的受害者。有上千……上万……受害者，全都活着，全都痛苦不堪。

卡萨德停止搜索，定睛在一根离地面四百米的枝条上，一丛远离主干与人堆的三米长的独根荆棘，上边有面熟悉的紫色斗篷在随波鼓动。正在那里扭曲翻腾的人影转头望向费德曼·卡萨德。

他看到的被刺穿的身体，正是马丁·塞利纳斯的。

卡萨德咒骂了一声，双拳紧握，指节都发疼了。他四处寻找着武器，放大视野解析度，朝水晶独碑内望去。里面什么都没有。

卡萨德上校摇摇头，他知道拟肤束装完全好过他带到海伯利安的所有武器，于是他开始大踏步朝树走去。他不知道怎样才能爬上去，但总得找到什么方法。他不知道能否把塞利纳斯活着救下来——把所有的受害者救下来——如果要这么做，那么不成功，便成仁。

卡萨德走了十步，在凝结的沙丘曲线上停下。伯劳挡在了他的身前。

他意识到，自己正在拟肤束装的铬量场下狂笑。这正是他等了多年的时刻。早在二十年前军部马萨达庆典中，他就以生命和荣誉下注要进行荣誉之战。这是武士之间的对决。为保护无辜者的搏斗。卡萨德咧嘴笑着，右手四指平展成银刃，向前跨去。

——卡萨德！

听到莫尼塔的呼唤，他回头望去。她朝山谷指了一指，光芒像瀑布一样洒在她赤裸身体那水银般的表面。

又有一个伯劳从名叫狮身人面像的坟墓中出现。远在山谷下方，另一个伯劳从翡翠茔的入口走出，刺目的亮光在尖钉和刀刃边缘上闪亮，仅五百米之外，又从方尖石塔中冒出一个。

卡萨德没有理会它们，转身面对着那棵树和它的守护者。

现在，有一百个伯劳挡在卡萨德和树之间。他一眨眼，又有一百个出现在左边。他朝身后望去，一大群伯劳不可思议地站在冰冷的沙丘和融化的沙漠岩石上，如同一尊尊雕像。

卡萨德一拳砸在膝盖上。*该死。*

莫尼塔走到他身边，两人手臂相触。拟肤束装合在一起，一同流动着，他感觉到她前臂温暖的肌肤。两人并肩而立，大腿互挨。

——我爱你，卡萨德。

他看着她脸上完美的线条，对反射的狂暴景象和颜色视而不见，努力回忆起他们的初次邂逅，那是在爱静阁附近的森林。他记起她那令人惊艳的碧绿眼珠和棕色短发。她丰满的下唇，他不小心咬疼她时，她那泪水的味道。

卡萨德举起一只手，抚摸着她的脸颊，感觉着拟肤束装下温暖的肌肤。*如果你爱我，*他发送道，*就留在这里。*

然后费德曼·卡萨德上校转过身，发出一声长啸，在月表般的寂静下，那声音只有他能听到——这声长啸混合着远古人类揭竿而起的呐喊，混合着军部学生毕业时的高呼，混合着空手道的喝叫，混合着纯然的轻蔑。他跑过沙丘，直奔荆棘树，直奔正前方的伯劳。

现在，山谷里出现了上千个伯劳。他们的钢爪“咔嚓”一声，齐齐张开，光芒在成千上万如解剖刀般锋利的指刃和荆棘上闪耀。

卡萨德没有理会其余的伯劳，径直跑向他认为首先出现的那个。那怪物的头顶上方，一个个人形在孤独的痛苦中扭动。

他迎面跑向的那个伯劳张开双臂，似乎要拥抱他。它的手腕、关节和胸膛上展现出弯曲的刀刃，像是刚从隐匿的刀鞘里拔出来。

卡萨德高声呼喊，跑过最后的距离。

28

“我不能走。”领事说。

海特·马斯蒂恩依然昏迷不醒，领事和索尔将他从穴冢抬进了狮身人面像，杜雷神父照管着布劳恩·拉米亚。几近午夜，山谷在墓群的光芒中反射着光亮。狮身人面像的双翼之弧划过悬崖峭壁，留给他们一小片可见的天空。布劳恩一动不动地躺着，那条令人厌恶的线扭曲着连入坟墓的黑暗之中。

索尔拍了拍领事的肩膀。“我们已经讨论好了。你应该去——”

领事摇摇头，懒洋洋地抚摩着古老的霍鹰飞毯。“它也许能载两个人。你和杜雷可以前往‘贝纳勒斯’号停泊的地方。”

索尔温柔地摇着女儿，一只手掌托着她的小脑袋。“瑞秋只能活两天了。另外，我们必须待在这儿。”

领事环顾左右。他的双眼闪耀着痛苦。“这也是我应该待的地方。伯劳……”

杜雷探过身子。从身后墓冢中传出的光亮给他高高的额头和尖锐的颧骨涂上亮彩。“我的孩子，如果你留在这儿，那完全就是自杀。而如果你能尽力，为拉米亚女士和圣徒带回飞船，你就是给别人帮了一个大忙。”

领事揉揉脸颊，他已疲惫不堪。“飞毯上还能坐一个人，神父。”

杜雷笑了。“我总觉得，注定会在此处遇见我的宿命，不论它最终如何。我会等着你回来。”

领事再次摇头，但还是走了过去，盘腿坐在飞毯上，拉过沉重的粗呢包。他数了数索尔为他收拾的给粮包和水瓶。“太多了。你该给自己多留点。”

杜雷轻声一笑。“多亏了拉米亚女士，我们的食物和水足够撑过四天。在那之后，就算是需要断食也没关系，我已经习惯斋戒了。”

“但要是塞利纳斯和卡萨德回来了呢？”

“他们可以喝我们的水，”索尔说，“如果其他人回来的话，我们还可以再去一趟要塞，拿点食物。”

领事叹了口气。“好吧。”他熟练地碰了碰飞控线装置，于是两米长的飞毯硬挺起来，升离岩石十厘米高。不确定磁场间如果有任何波动，都不可能用肉眼辨出来。

“在过山的时候你会缺氧。”索尔说。

领事从背包中举起了滤息面具。

索尔把拉米亚的自动手枪递给他。

“我不能……”

“这东西用来对付伯劳，根本就没有任何用处，”索尔说，“但对于你能不能到济慈，有没有它就是两码事了。”

领事点点头，把武器放进背包。他同神父握了手，然后又同年老的学者握了握。瑞秋小小的手指轻拂过他的前臂。

"祝你好运，"杜雷说，"愿上帝与你同在。"

领事点点头，敲敲飞行装置，然后身子前倾，驾着霍鹰飞毯朝上升了五米，略微晃了几下，然后向更高更远处飞去，好似正行进在空中看不见的轨道上。

领事转弯向右，朝着山谷入口飞行，以十米的高度飞越了那里的沙丘，然后又转弯向左飞向那片不毛之地。他只回头望了望。狮身人面像顶级台阶上有四个人影，两个站着，两个躺着，看起来真的很渺小。他分辨不出索尔怀抱中的婴孩。

依照讨论结果，领事驾着霍鹰飞毯朝西面飞去，抱着能找到马丁·塞利纳斯的希望，飞越诗人之城。直觉告诉他，那暴躁的诗人可能是绕道向那边去了。天空中战斗的火光稍微少了些，领事以二十米的高度飞过倾圮的尖塔和城市穹顶的时候，不得不在那些没被星光侵占的影子中寻找。没有诗人的影子。如果拉米亚和塞利纳斯走的是这条路，那么他们在沙中的脚印也早已被夜风抹去了，现在风正吹拂着领事日渐稀薄的头发，掀起他的衣服，发出啪啦啪啦的响声。

处在这个海拔高度，坐在飞毯上感觉很冷。领事感觉到，霍鹰飞毯在摸索着穿过不稳定力场线时，发出一阵颤抖和振动。一边是海伯利安变化莫测的磁场，一边是高龄电磁飞控线，他知道，飞毯在他抵达首都济慈之前，极有可能滚下天空。

领事大声喊了几声马丁·塞利纳斯的名字，但没有任何回应，除了一大群鸽子呼啦啦从一条风雨商业街廊那破烂穹顶中的巢穴飞起。他摇摇头，转弯向南面的笼头山脉飞去。

从祖父梅闰的口中，领事得知了霍鹰飞毯的历史。它曾是那个享誉环网的鳞翅目昆虫学者兼电磁系统工程师弗拉基米尔·肖洛霍夫手工制作的玩具之一，这张飞毯可能就是他当初送给他豆蔻年华的侄女的那张。肖洛霍夫对那位年轻女孩的爱慕已经成为了传奇，而她弃绝了飞行毯这个礼物，更使传奇锦上添花。

人们喜欢这个创意，但一些星球拥有明智的交通管制，因此在这些星球上，霍鹰飞毯很快就被宣布非法。虽然如此，它们依然在殖民星球上现身。正是这张飞毯，促成了领事的祖父和祖母在茂伊约的相遇。

山脉逐渐临近，领事抬头望去。十分钟的飞行已经完成了在这片不毛之地上徒步旅行两小时的路程。其他人劝他不要在时间要塞停下找塞利纳斯，不管什么样的命运降临到诗人头上，同样的命运早晚也会找到领事，甚至在他的旅程真正开始之前。他心满意足地在悬崖壁上距地面两百米的窗户之上盘旋，三天前他们曾在一臂之外的阶地眺望山谷。他在那里大声喊着诗人的名字。

回答他的只有从要塞黑暗的宴会厅和走廊传来的回音。领事紧紧地攥着霍鹰飞毯的边缘，距离垂直的石墙这么近，他感觉到高度和无遮无靠带给他的眩晕。飞毯转弯离开要塞，抬升高度，朝着山头关隘爬升，雪在星光下闪耀着光芒，他松了一口气。

他沿着缆车的线缆一路前行，线缆通向关隘，连接着两座九千米高的峰顶，横跨广阔的山脉。在这个高度非常寒冷，领事庆幸自己带着卡萨德额外的保暖斗篷，他可以蜷在下面，小心不把手和脸的皮肉暴露在外。滤息面具的凝胶盖过他的脸庞，就像某种饥饿的共生体，狼吞虎咽地吞噬着稀薄微少的氧气。

这就足够了。领事在凝结着冰碴儿的线缆之上十米处飞行，缓慢地深吸着气。现在这些加压电车全都静静地停在那儿，冰川、峻岭和掩裹在阴影之下的山谷那万径人踪灭的景象令心脏狂跳不止。

领事踏上这条旅途唯一值得高兴之处，就是最后看了一眼海伯利安的壮美景色，至少它还没有被伯劳的威胁或驱逐者的侵略糟蹋分毫。

当初缆车将他们从南部运送往北岸花了十二小时。尽管霍鹰飞毯航速缓慢，每小时仅达二十公里，但领事飞越此地也只花了六小时。他在高耸的山峰之上飞行，阳光洒在身上。他猛然惊醒，意识到自己之前是在做梦，此刻霍鹰飞毯正飞向另一座高峰，峰顶比他现在的高度还要高五米，他立马大惊失色。前方五十米外就是圆石和雪原。他猛然向左拐弯，感觉到霍鹰飞毯的飞行装置里有什么东西失灵了，朝下掉了三十米，飞控线终于保持住了平衡，并稳定下来。一只三米翼展的黑鸟——一部分当地人称之为预兆鸟——从它冰冷的巢穴中飞离，飘浮在稀薄的空气上，回头用漆黑如珠的眼睛看着领事。

领事紧紧抓着飞毯边缘，指节发白。幸好他之前将行李袋的绑带拴在了腰带上，不然这个袋子早就掉入了脚下遥远的冰川。

没有了缆车轨道的踪影。领事不知怎的睡了太久，霍鹰飞毯都偏离了航道。他惊惶了一阵，把飞毯朝这边扳扳，又朝那边挪挪，绝望地要在四周利齿般的群峰之间找出一条小路。然后他看见前方和右边斜坡上清晨的金黄色阳光，影子跨越身后及左侧的冰川和苔原，于是他明白，自己依然还在正确的路线上。在群峰最后的这片山脊之外就是南国的丘陵。在那之外……

领事轻敲飞行装置，催促霍鹰飞毯升高，它似乎犹豫了一下，但还是勉勉强强地升高了，直到越过最后这座海拔九千米的峰顶，他现在能看见远处低矮的山峦，逐渐缩减成仅有三千米海拔的丘陵。领事带着感激的心情朝下降落。

他找到了闪着微光的缆车轨道，距离他的飞行轨道与笼头山脉的交点八千米远。缆车静静地悬在西面终点站的周围。身下，朝圣者歇脚地的建筑物稀稀拉拉地出现了，就跟几天前一样破烂不堪。没有风力运输船的影子，他们之前将风力运输船留在了凌跨在草之海浅处的低矮码头，但现在那里空无一物。

领事降落在码头附近，关闭霍鹰飞毯的飞控装置，舒展了一下有些疼痛的双腿，为保险起见，他卷起飞毯，然后在码头附近一座废弃的建筑物里找到了一间厕所。他方便完时，清晨的阳光正慢慢潜向丘陵，抹去那里最后的阴影。南面和西方视野所及之处，皆是草之海的地盘，它那如同桌面般的平滑表面偶尔被清风撩开，荡起层层涟漪，拂过青翠欲滴的草面，此时，其下黄褐色或深蓝色的茎杆便会昙花一现，那动静和海浪几乎毫无二致，竟会让人联想到会不会有白沫出现，抑或鱼儿翻腾。

草之海里没有鱼，但那里的剧毒大草蛇足有二十米长，如果领事的霍鹰飞毯在半空中失灵，就算是安全着陆，他也不可能苟活太久。

领事展开飞毯，将背包背在身后，然后激活了飞毯。他现在飞得相对较低，距离地表二十五米，但也不至于低到让剧毒大草蛇将他误认作低飞的猎物之一。朝圣者乘坐风力运输船穿过这片海，花了不到一整个海伯利安天，但现在，风持续不断地从东北方吹来，令得飞毯有一点点来回打旋。领事打赌，他可以在十五小时内飞过海的最狭窄部分。他轻轻敲了敲前进控制装置，霍鹰飞毯加速行进起来。

不到二十分钟，山脉就已经被抛在了身后，而丘陵也都迷失在了遥远的迷雾里，不到一小时，群峰开始缩小，星球的曲线渐渐拉直。两小时过去，领事的眼前就只有那座最高的山峰，像一个锯齿状阴影，犹抱琵琶般从雾霭中升起。

经过那山峰后，草之海向四面八方延伸，一成不变，除了偶尔的微风会带起令人心旷神怡的涟漪和波纹。这里比笼头山脉的北部高原要温暖得多。领事脱下他的保暖斗篷，然后脱下外套，最后连毛衣都脱了。身处这么高的海拔，阳光以惊人的热度挥洒下来。领事在背包中摸索，找到三角帽，仅仅两天前他还那么泰然地戴着，现在那东西却已被压扁弄皱，他将它套在头上，想由此得到一点阴凉。不过他的前额和渐秃的头皮已经被晒伤了。

大约四小时过去，他在旅途中进了第一餐，嚼着压缩食物包中惨淡无味的蛋白质条，权且把它们当作可口的鱼片。

水几乎成了餐饭中最美味的一部分，领事不得不努力克制着自己的欲望，不要一下纵饮喝光所有瓶子里的水。

身下的草之海向身后和前方延伸。领事打着盹儿，每次都在失重感中猛然惊醒，双手紧紧抓住刚硬的霍鹰飞毯。他意识到，之前就该用带在背包里的唯一一根绳子把自己和飞毯拴在一起，但他也不想着陆——青草叶缘尖锐，比人还高。虽然他没有看到剧毒大草蛇游过时留下的V字形痕迹，但他也吃不准，那些东西是不是就在下面静等着猎物上钩。

他开始慵懒地揣摩着风力运输船去哪里了。那东西本来是全自动的，既然是由伯劳教会他们赞助朝圣之旅，所以推测起来，应该是他们编制的操作程序。那东西还可能有什么别的任务吗？领事摇摇头，坐直身子，拧拧自己的脸颊。即使是在回忆风力运输船的时候，他也在睡梦和清醒之间游移。之前他在光阴冢里脱口说出十五小时的时候，还觉得那似乎是一段很短的时间。他瞥了眼通信志；现在才过去五个小时。

领事将飞毯升到两百米高，小心地察看着有没有大草蛇的影子，然后操纵飞毯逐渐下落，在距离草面五米高的地方盘旋。他小心地取出绳索，打了一个结，移身到飞毯前部，绕着飞毯缠了几圈，留了足够的长度把身子套进去，然后拉紧绳结。

如果飞毯不慎掉落，这套索不仅毫无用处，反而把事情搅得更糟，但是一圈圈温暖的绳索靠在背上，带给他一种安全感，他往前探着身子，再次敲击飞行装置，在四十米高度保持了飞毯的平衡，然后将脸颊靠在温暖的织料上。阳光渗过他的十指，他意识到，自己裸露的前臂已经被晒得很惨。

他太累了，都懒得坐起身来捋下袖子。

一阵微风吹起。领事能听到身下传来一阵沙沙声和簌簌声，不知道是风吹草动还是有什么庞然大物滑了过去。

他太累了，没工夫去想。领事闭上双眼，没过三十秒，他就睡着了。

领事梦见了自己的故乡——他真正的故乡——茂伊约上的故乡，梦境异彩纷呈：望不到顶的蓝天，南海那深蓝广阔的海域，从赤道浅海的边缘起，深蓝色逐渐被碧绿取代，移动小岛那令人惊叹的绿黄淡紫粉红，它们被海豚赶往北方放牧……自从领事孩提时的霸主侵略起，海豚就灭绝了，但它们却在他的梦里栩栩如生，纵身跃起穿越水面，激起一千条水棱镜，折射的五彩光芒在清醇的空气中舞蹈。

在领事的梦里，他又成了孩子，站在第一家族岛上树屋的顶层。祖母希莉站在他身旁——不是他认识的那位声名显赫的贵妇人，而是他祖父遇见并相爱的年轻美貌女子。南风吹起的时候，树帆猎猎作响，移动小岛牧群以精确的队形穿过浅海间湛蓝的通道。在北方的地平线上，他能看到首批赤道群岛的岛屿驶来，映衬着傍晚的夜空，苍翠、永恒。

希莉扶着他的肩膀，指向西方。

小岛在燃烧，下沉，它们的龙骨根在毫无意义的痛苦中痉挛。牧岛海豚消失了，天空中下着火雨。领事认出了十亿伏高压的激光矛，它们炙烤着大气，在他的视网膜上留下灰蓝的影像。水下爆炸照亮了深海，令成千上万的鱼类和脆弱的海洋生物在临死的剧痛中浮上海面。

“为什么？”祖母希莉问道，但她的声音却是花季少女口中的轻柔低语。

领事试图要回答她，但喉咙哽咽了，泪水模糊了他的双眼。他想要抓住她的手，但她已不在那里，**她离去了**，他永远不能弥补自己的过错，这感觉让他痛不欲生，甚至不能呼吸。他的喉咙塞满了感情，但发不出声音。然后他意识到，是浓烟熏灼着他的双眼，充塞着他的肺部；家族岛屿着火了。

还是个孩子的领事摇摇晃晃地走进蓝黑的晦暗之中，盲目地寻找着谁，能抓住他的手，让他安心。

一只手扣上了他的手。但那不是希莉的手。那只手无比坚定地捏着他，手指都是利刃。

领事惊醒，大吸凉气。

天黑了。他至少已经睡了七个小时。他用力挣脱绳子，坐直，看着通信志显屏的光芒。

十二小时。他已经睡了十二个小时。

他探过身子，向下望去，做这个动作时，身体的每一块肌肉都疼痛不已。

霍鹰飞毯稳稳地保持在四十米的高度，但他不知道自己身在何处。低矮的山丘在身下连绵起伏，有些峰顶距离飞毯仅有两三米，定是堪堪掠过；橙色柳草和矮小地衣混杂丛生，活像满是孔洞的海绵。

过去几小时里的某时某处，他已经飞过了草之海的南岸，错过了边缘小港和霍利河码头，也就是他们的浮置游船“贝纳勒斯”号的停泊处。

领事没带指南针——指南针在海伯利安上毫无用处——他的通信志也没有惯性定向仪的程序。他本计划沿着霍利河向南再折向西，回到济慈，免得像他们朝圣的来路一样费尽周折逆流而上，途中还要应付河流偏向和漩涡。

可现在，他迷路了。

领事将霍鹰飞毯降落在一个低矮的山头上，走到坚实的地面上，痛得不由得呻吟了一声，然后折叠好飞毯。他知道，现在飞控线的电量一定至少已经耗去了三分之一……可能更多。他不知道随着飞毯变旧，效率降低的幅度到底如何。

山峰看起来和草之海西南面的丘陵地带相差无几，但找不到河流的踪影。通信志告诉领事，天黑仅过了一两个小时，然而西方却看不见任何日落的余迹。天空愁云惨淡，遮蔽了本应在视野中的星光和所有的空战。

“该死。”领事低声说着。他四处走动，直到自然的召唤来临，他在一片小陡坡的边缘方便完毕，然后回到飞毯旁拿起一个水瓶喝水。好好想想。

他之前给飞毯设定的是西南航向，那么穿越草之海时应该是抵达了边陲港城，起码是它附近。如果他只是在睡着的时候飞过了边陲和霍利河，那么河流应该在他南边的某处，也就是左下方。但如果他是从离开朝圣者宿营地起就定错了方向，往左偏离了几度，那么河流应该在他右边的某个地方，向着东北方蜿蜒。哪怕是走错了路，最终他也能找到路标——别的不说，至少找得到鬃毛北部的海岸——但这样就会让他耽搁上整整一天。

领事踢着一块石头，抱起双臂。白天很热，现在空气倒很凉爽。他突然一阵发抖，这才意识到自己被太阳曝晒后伤得不轻。他挠挠头皮，然后咒骂着弹开了手指。究竟是哪条路?

风呼哨着穿过低矮的鼠尾草和海绵状地衣。领事感觉，他已经远远地逃离了光阴冢和伯劳的威胁，但依然能觉察到索尔、杜雷、海特·马斯蒂恩、布劳恩、失踪的塞利纳斯、卡萨德的存在，那感觉如急迫的压力箍在他的肩膀上。领事加入朝圣者队伍只是最终出于虚无主义的举动，是一次毫无意义的自杀，只为了给自己的痛苦画上句号。霸主在布雷西亚上的密谋戕害了他的妻儿，而现在，竟连他们的**记忆**皆已失却；他清醒地知道，自己可恨的背叛——背叛他已经服务了几近四十年的政府，背叛那些信任他的驱逐者，这些都让他无比痛苦。

领事坐上一块岩石，想着在光阴冢山谷里等待的索尔和他年幼的孩子，感到那种空穴来风的自我厌恶逐渐褪去。他想起布劳恩，那勇敢的女人、能量的化身，她正无助地躺着，头骨上接出的伯劳邪物如水蛭般蔓生。

他坐起身，激活飞毯，升到八百米高，如此接近云层顶，似乎举起手就能触摸到。

左面远远的地方，云层倏忽裂开，露出一丝涟漪的鳞波。霍利河正在南方大约五公里外。

领事将霍鹰飞毯猛地倾斜转弯向左，感觉着疲惫的密蔽场力不从心地将他压向飞毯，但绑在身上的绳子给了他一些安全感。十分钟后，他就已高高地凌驾于水面，飞扑而下，以确定那就是宽阔的霍利河，不是什么分流旁支。

那正是霍利河。辐射蛛纱在沿岸低矮的沼泽地带闪闪发亮。建筑蚁筑出的锯齿状高大城塔将幽灵般的浮影投上天空，天色比地面亮不了多少。

领事上升到二十米，拿起瓶子喝了点水，然后全速向下游前进。

抵达杜霍波尔林村庄时，日出的霞光照在了他的身上，那里十分靠近卡拉船闸，御用传输运河急转向西，流往北方的城市居民点和鬃毛。领事知道，这里距首都还不到一百五十公里——但是依霍鹰飞毯的超慢速推算，还要经过七小时才能到达，那真令人发狂。旅途到此境地，他希望能发现一艘正在巡逻的军事掠行艇，或是从纳雅得灌木林驶出的载客飞艇，哪怕一艘可供他征用的机动快艇。但霍利河沿岸除了偶尔出现的燃烧建筑或遥远窗户内的酥油灯之外，没有生命活动的迹象。码头空荡冷清，门可罗雀。河流船闸之上的蝠鲼圈栏现已空寂，大门洞开。河流在下游地段阔展至两倍宽，但再也看不到一排排的运输驳船。

领事咒骂着，继续向前飞行。

这是个美丽的清晨，日出照亮了低云，在地平线边缘斜射而来的光芒中，每一棵灌木和参天大树都摇曳着身姿，这让领事感觉似乎好几个月没见过真正的植物了。堰木和两分橡树在遥远的绝壁上宏伟挺拔，而漫滩上，华丽的光芒照耀着一百万棵潜望豆嫩绿的幼芽，它们正从土著的稻田中勃勃生长。雌木根和火蕨纵贯两岸，每一根枝条和蜷曲的幼芽都在日出的清辉中毫发毕现。

乌云吞没了太阳。开始下雨了。领事扣上严重磨损的三角帽，在卡萨德那件额外的斗篷下蜷成一团，以每分钟一百米的速度向南方飞去。

领事努力回忆着，*瑞秋那孩子还剩下多少生命？*

尽管前一夜睡了许久，领事的头绪还是因疲劳的作用昏沉沉的。*他们抵达山谷的时候，瑞秋还能再活四天。而那正是……四天以前。*

领事揉揉脸颊，伸手去拿水瓶，但发现它们全都空了。他可以很轻松地如蜻蜓点水般降下，把瓶子填满河水，但他不想浪费时间。雨水从帽檐滴下，被太阳晒伤的地方疼得让他发抖。

索尔说过，只要我在天黑时能回去，一切就相安无事。换算为海伯利安时间，瑞秋的出生时刻是在二十点整之后。如果没有记错，如果没有算错，她还能活到今晚八点。领事擦擦脸颊和眉毛上的水。如果再过七个小时我能到达济慈，再花上一到两个小时放出飞船，可以让西奥帮忙……他现在是总督了。我能够说服他，让他相信拒不执行悦石隔离飞船的命令是本着霸主的利益。要是他不肯听，干脆就告诉他，是她命令我与驱逐者共同密谋背叛环网。

假如是十小时加上飞船十五分钟的行程，那么在日落之前至少还能省出一个小时。瑞秋将只剩下几分钟的生命，可是……那又怎么样？除了将她送入冰冻沉眠舱以外，我们还能尝试什么别的办法？毫无办法。只能这样。尽管医生警告说，那样做可能会杀死这个孩子，可这也只是索尔最后的选择。但到那时，布劳恩会是怎样？

领事渴了。他又穿上斗篷，但是雨点已经稀少下来，变成蒙蒙细雨，仅够润湿唇舌，让他感觉更渴。他低声咒骂着，开始慢慢下降。也许在河流上方盘旋一会儿，装满瓶子这点时间还是够的。

离河面三十米处时，霍鹰飞毯突然失灵。它一会儿渐缓地下降，光滑得像是低倾角玻璃斜面上的地毯，一会儿又失去了控制，翻滚垂落，这张两米长的毯子载着吓坏的男人，像是被人从一座十层建筑的窗户外扔了出去。

领事尖叫着，想要跳离，但是绳子将他和飞毯绑在了一起，粗呢绳拴在他的腰带上，把他和飘扬的霍鹰飞毯搅缠在一块，然后他们一起掉了下去，翻滚着，盘旋而下，最后的二十米之下，等待着他的是霍利河坚实的表面。

29

领事离开的那天晚上，索尔心中充满了热切的希望。他们终于**有所作为**了。或者是在朝这方面努力。索尔并不相信领事飞船的低温沉眠舱将是拯救瑞秋的答案——复兴之矢的医疗专家早已指出，使用低温沉眠舱极其危险——但是有选择总是好的，只要**有的选择**。索尔感觉他们的被动局面持续得太久了，总是单方面等待伯劳的意愿，就像被定罪的犯人等待着登上断头台。

今晚，狮身人面像的内部看起来相当险恶，于是索尔把他们的财物都搬了出去，放到坟墓那宽阔的花岗岩门廊上，又和杜雷一起给躺在那里的马斯蒂恩和布劳恩掖好毛毯和斗篷，垫好背包，充作枕头，尽量让他们舒服一些。布劳恩的医疗监视器还是死活不肯显示任何脑波活动，但她这么躺着，身体还算舒适。马斯蒂恩一阵高烧发作，辗转反侧。

“你觉得圣徒出了什么问题？”杜雷问，“是不是生病了？”

“很容易就能看出来，”索尔说，“在风力运输船中被绑架之后，他一直在荒野中漫无目的地乱转，然后来到了这个光阴冢山谷。此前他一直只能饮雪润喉，没有任何其他食物。”

杜雷点点头，检查了他们置入马斯蒂恩手臂内部的军部医疗片。信号装置显示静脉内溶液输滴稳定。“但是似乎还有别的什么情况，”耶稣会士说道，“近乎于疯狂。”

“圣徒同他们的树舰之间有一种近乎心灵感应的联系，”索尔说，“树的代言马斯蒂恩眼睁睁看着‘伊戈德拉希尔’号坠毁的时候，一定差一点疯掉。特别是他莫名地知道它必须被毁灭的时候。”

杜雷点点头，继续用海绵擦拭圣徒蜡黄的额头。已经过了午夜，风声渐起，慵懒的旋风卷着朱红色的沙尘，在狮身人面像的双翼和粗糙的边缘哀吟。墓冢都忽明忽暗地发着光。这座突然亮了，那座突然又灭了，没有明确的顺序次列。时间潮汐的威力偶尔会攻击两人，让他俩大口喘气，紧抓岩石，但那**幻觉记忆**和眩晕的浪潮很快就会褪去。布劳恩·拉米亚还被那条紧密连接在她头骨上的线和狮身人面像拴在一起，他们不能离开。

黎明前的某个时候，云层散开，天空再次清晰可见，密布的星从清晰得几乎让人难以忍受。现在，只有偶尔出现的熔融尾迹和夜之窗格上金刚石划痕般的狭窄印记还显示着伟大的舰队正在那里作战，但很快，遥远的爆炸又重新开始绽放，一个小时之内，就连坟茔的光芒也在头顶的激战下相形见绌。

“你觉得哪一方会胜利？”杜雷神父问。这两人背靠狮身人面像的石墙坐着，仰起脸，望着墓冢那向前弯曲的双翼间透出的水滴状天空。

瑞秋趴着睡着了，小屁屁在薄薄的毛毯下略微拱起，索尔揉着她的背。“听别人说，环网似乎早就注定必会遭受一场严酷的战争。”

“那么你相信人工智能顾问理事会的预言喽？”

索尔在黑暗中耸耸肩。“对于政治……或者内核在预言事情上的准确性，我的确一无所知。我不过是个闭塞自滞星球上一所小学院里的二流学者。但是我有种**感觉**，会有什么可怕的事情降临到我们头上……何来猛兽，时限终于到期，正蹒跚而向伯利恒，等待诞生？[①]”

杜雷笑了。“叶芝，”他说，然后笑容褪去了，“我怀疑这个地方正是新伯利恒。”他低下头，看着山谷里发光的墓冢。“我的毕生都致力于讲授圣忒亚关于向欧米伽点进化的理论。但我们没有达成进化，却得到了这些：人类在天空中的蠢行，还有可怕的假基督等待着继承其余的一切。”

“你认为伯劳是假基督？”

杜雷神父的手肘撑在拱起的膝盖上，双手紧握。“如果不是的话，我们就麻烦了。”他苦笑了一下，“不久以前，我就应该为发现这假基督而高兴……哪怕是某种冒神明之名的邪恶力量存在，也可以以任何一种神的形式支撑起我溃散的信仰。”

“那么现在呢？”索尔轻轻地问道。

杜雷张开十指。“我也经受了一次十字架之刑。”

索尔想起了雷纳·霍伊特讲述的杜雷故事中的景象；年老的耶稣会士将自己钉上一棵特斯拉树，遭受多年的痛苦和重生，却没有向十字形的DNA线虫屈服，那些线虫即使到现在也还匿藏在他胸膛的血肉之下。

---

① 伯利恒是耶路撒冷南方六英里的一个市镇，相传为耶稣诞生地。这句话借用了叶芝的《再度降临》中的诗句：“而何来猛兽，时限终于到期，/正蹒跚而向伯利恒，等待诞生？”

杜雷低下头，不再看着天空。“不会有天父来迎接我们，”他轻声说道，“永远也别相信痛苦和牺牲都是值得的。痛苦只是痛苦。痛苦、黑暗，然后还是痛苦。”

索尔不再用手摩挲婴孩的背。“正是这个令你失去了信仰？”

杜雷看着索尔。“恰恰相反，这更加令我感觉到信仰的必要。自从人类的堕落[1]以来，痛苦和黑暗就已经驻扎在我们的领地上。但是一定会有希望，我们能够升到一个更高的阶层……意识能够进化到另一个位面，它将比我们这个习惯漠然的宇宙所对应的位面更为慈爱。”

索尔缓缓点了点头。“在瑞秋长年与梅林症的搏斗中，我一直做一个梦……内人萨莱也是一样……梦里我被命令，献祭我唯一的女儿。”

“我知道，”杜雷说，“我听过领事磁盘上的故事概要。”

“那么你知道我的回答，”索尔说，“首先，不能再遵循亚伯拉罕的逆来顺受，即使这逆来顺受是上帝的圣谕。其次，多少世代以来，我们已经为上帝献祭了多少牺牲……换来的却只是痛苦，这必须停止。”

“但是你还是来了。”杜雷说着，指了指山谷、墓群和黑夜。

“我的确来了，”索尔承认，“但我不是来卑躬屈膝，而是想看看这些神明对我的决定有什么回应。”他又开始抚摩女儿的背。“瑞秋现在只有一天半大，每一秒都在变得更小。如果伯劳是这残忍现状的始作俑者，我想直面它，即便他是你的假基督。如果真有上帝做了这样的事，我也同样会在他面前展示轻蔑。”

“其实，说不定我们已经展示了太多的轻蔑。”杜雷沉思道。

---

① 指《圣经》中，亚当和夏娃因偷食了智慧树上的果实而被逐出伊甸园。

遥远的天空之外，十多个耀眼的小光点漾出波纹和等离子爆炸冲击波，索尔朝天上看去。“真希望我们有高端的技术，足以在上帝面前和他平等对决，”他这话说得紧张兮兮，声音低沉，“让我们敢于虎口拔牙，为所有降临到人类头上的不公复仇，让他改改自己自鸣得意、趾高气扬的脾气，不然就炸他回地狱去。”

杜雷神父扬了扬眉毛，然后微微一笑。“我能体会你的愤怒。”神父温柔地摸了摸瑞秋的脑袋。“咱们在日出前稍微休息一下，好吗？”

索尔点点头，挨着他的孩子躺下，把毛毯拉上来，盖住自己的脸颊。他听见杜雷低声说着什么，也许是一声轻轻的晚安，或者祈祷。

索尔抱住他的女儿，闭上双眼，睡着了。

晚上，伯劳没有来。第二天，阳光将西南面的悬崖描上清晨的色彩，照耀在水晶独碑顶部的时候，它还是没来。阳光悄然漫入山谷的时候，索尔醒了；他看到杜雷正睡在他身边，马斯蒂恩和布劳恩依然昏迷不醒。瑞秋动来动去，吵吵嚷嚷。她的哭声是新生儿想要吃奶的声音。奶包所剩无几，索尔喂了她一包，拉上加热拉环，等待着牛奶升到体温的热度。一夜之间，寒冷便已扎根在了山谷，通往狮身人面像的台阶上，霜冻闪闪发亮。

瑞秋贪婪地吃着，发出温柔的咂咂声和嗞嗞声，在索尔记忆中，五十多年前萨莱给她喂奶的时候也是这样的声音。她喝饱以后，索尔轻轻给她拍了嗝，然后把她抱在肩膀上，温柔地来回摇着。

只剩下一天半时间。

索尔疲惫之极。尽管十年前接受了一次鲍尔森理疗，但依然不能阻止他变老。如果一切正常发展，现在他和萨莱早已不用再履行父母义务——独生的孩子进入研究所，出差去偏地参与考古发掘工作——然而瑞秋却陷入了梅林症的魔爪，抚养义务很快又再次降临到他们的头上。随着索尔和萨莱日渐衰老，义务的曲线走势上升——然后巴纳之域发生了空难，索尔成了孤单一人——现在他相当疲惫，困倦到了极点。但是尽管如此，尽管在他身上发生了种种不幸，一想到自己照顾女儿的每一天都无可抱憾，索尔还是感到心满意足。

只剩下一天半时间。

过了不久，杜雷神父醒来了，两人吃了些布劳恩带回的各式罐头食品，充作早餐。海特·马斯蒂恩没有醒来，但是杜雷给他连上医疗包后，圣徒开始接收流液和静脉输入营养液，医疗包还剩下最后一个。

“你觉得最后这个医疗包该不该给拉米亚用？”杜雷问。

索尔叹了口气，再次检查了她的通信志监视器。“我觉得不必，保罗。从这上面来看，血糖值很高……营养水平监测结果显示，她简直像刚吃过一顿丰盛的大餐。”

“但怎么可能？”

索尔摇摇头。“也许那该死的东西是某种脐带。”他指了指连在她头骨上的线，连接处曾经是神经分流器插槽。

“那么我们今天该做什么？”

索尔朝这片已经褪成绿色和湛青的天穹凝视了一阵，他们已经逐渐习惯了海伯利安天空的颜色。“我们等吧。”他说。

太阳到达天顶之后不久，海特·马斯蒂恩就被热醒了。圣徒突然坐直身子，叫道：“树！”

正在下边踱步的杜雷慌忙跑上台阶。索尔从墙边的阴影下把躺着的瑞秋抱起，走到马斯蒂恩身边。圣徒的眼睛专注地看着悬崖之上的什么东西。索尔朝上头望了望，但只能看见渐逝的天光。

“树！”圣徒又叫了一声，举起一只长满老茧的手。

杜雷紧紧抱住这个男人。“他产生幻觉了。他以为自己看见了他的树舰‘伊戈德拉希尔’号。”

海特·马斯蒂恩挣扎着，想要挣脱他们的手。“不，不是‘伊戈德拉希尔’，”他干裂的嘴唇深吸入一口气，“树。末日之树，痛苦之树！”

于是两人都抬起头来，但是天空清朗明澈，只有一小簇一小簇的云朵从西南方吹来。正在那时，一波时间潮汐袭来，索尔和神父在突如其来的眩晕中垂下头。然后潮汐退去。

海特·马斯蒂恩试着要站起身来。圣徒的双眼依然凝视着某个遥远的东西。他的皮肤很热，索尔的手摸着他感觉很烫。

“把最后的医疗包拿来，”索尔猛地说道，“准备超级吗啡和抗高热药剂。”杜雷慌忙照办。

“痛苦之树！”海特·马斯蒂恩终于说了出来，“我本要成为它的代言！本要用尔格驱动它穿越时空！主教和巨树的忠诚之音选择了我！我不能让他们失望。”他努力掰了一会儿索尔的手臂，然后倒回石质走廊地面上。“我是真正被选中的，”他轻声说道，能量正从他身上流失，就像空气从一个泄了气的气球里漏跑，“我必须在赎罪的时刻指引痛苦之树。”他闭上双眼。

杜雷连上最后的医疗包，确认监视器设定在监控圣徒的新陈代谢和身体化学物质的急剧变化上，然后激活了肾上腺素和止痛剂。索尔拥抱着这个裹着长袍的人形。

“那既不是圣徒的术语，也不属于他们的宗教信仰制度，”杜雷说，“他用的是伯劳教会的语言。”神父的一席话吸引了索尔的目光。“那样的话，有些神秘的事就能得到解释了……特别是拉米亚故事中的谜团。不知出于什么原因，圣徒在和末日救赎教派……伯劳教会勾结。”

索尔点点头，将自己的通信志套上马斯蒂恩的手腕，并调整了监视器。

“痛苦之树一定是传说中伯劳的荆棘之树。”杜雷咕哝着，望向那片空寂的天空，之前马斯蒂恩一直在凝视的那片地方。“但是他说，他和尔格被选中，要驱动那棵树穿越时空，这又是什么意思？难道他真以为圣徒可以像为树舰领航一样驾驭伯劳的树？到底是怎么回事？”

“你可以下辈子再问他，”索尔疲惫地说，“他已经死了。”

杜雷检查了监视器，又将雷纳·霍伊特的通信志连了上去。他们试了医疗包的复苏刺激、心脏复苏，还有口对口人工呼吸。监视器信号装置闪都不闪一下。海特·马斯蒂恩，圣徒、树的忠诚之音兼伯劳朝圣者，真正地死了。

他们等了一个小时，怀疑伯劳的这个怪诞山谷中会发生奇迹，但是监视器开始显示尸体在快速分解，于是他们将马斯蒂恩葬在了通往山谷入口处那条小路五十米外的一座浅墓里。卡萨德留下了一把折叠式铁铲——上边贴有军部术语“壕沟挖具”的标签——两人替换着一人挖坑，一人照看瑞秋和布劳恩·拉米亚。

这两人，一个轻摇着孩子，站在一块大圆石的阴影之下，杜雷则颂了些词句，然后将泥土倾上临时凑合的纤维塑料裹尸布。

“我并不真正了解马斯蒂恩先生，”神父说，“我和他拥有不同的信仰。但我们拥有相同的职业；树的代言马斯蒂恩一生的大部分时间都做着他认为是上帝的工作，在缪尔的著作和自然的美境中追寻上帝的意愿。他的信念是忠诚无羁的——历经各种困境历炼，因顺从而坚定，最终，以牺牲为封印。”

杜雷顿了顿，眯起眼睛望向闪着青铜色光芒的天空。“请接纳你的仆从，主啊，上帝。将他迎入你的怀中，一如有朝一日，你将迎我们入怀，这些追随你，却迷路的羔羊。以圣父、圣子、圣灵之名，阿门。”

瑞秋开始啼哭。索尔带着她四处走动，杜雷将泥土铲上这个人形的纤维塑料包捆。

他们回到狮身人面像的走廊，温柔地将拉米亚移到仅存的一点阴影下面。没有办法为她遮挡薄暮的阳光，除非将她送入坟墓内部，但他俩谁也不愿意这么做。

“领事现在一定已经走过了一半路程，更接近飞船了。”神父长长地喝了一口水，说道。他的前额被晒得黝黑，上面覆着一层汗珠。

“对。”索尔说。

“明天的这个时候，他就会回到这里来了。我们可以用激光切割机救出拉米亚，然后将她送入飞船诊疗室。也许瑞秋年龄的逆时而动也可以在冰冻沉眠中得到抑制，尽管医生们说这不可能。”

“是啊。”

杜雷放下水瓶，看着索尔。“你相信这些会发生吗？”

索尔回视着他。“不信。”

西南面悬崖壁的阴影逐渐拉长。白天的热量凝结得坚不可摧，然后略微消散。南面的几朵云飘了过来。

瑞秋在门口附近的影子里睡着了。保罗·杜雷站着俯瞰山谷，索尔走上前，将一只手搭上神父的肩膀。“你在想什么，我的朋友？”

杜雷没有回头。“我在想，如果我当初不是真的相信自杀之罪，罪不可赦，我会了结一切，给年轻的霍伊特一个生还的机会。”他看着索尔，略微笑了笑。“但是那时，我胸膛上……他胸膛上的线虫，总有一天会让我复活，尽管我自己死活不愿意……那叫自杀吗？”

“如果把霍伊特带回现世，”索尔平静地问，“这对他算不算是个礼物？”

杜雷好一阵子没说话。然后他握住了索尔的上臂。“我想我该出去走走。”

“去哪儿？”索尔眯起眼睛看着外边，沙漠的下午蒸蕴着厚重的热气。尽管头上覆着低云，山谷仍然热得像火炉。

神父模糊地指了指。“下面的山谷。我很快就回来。”

“小心，”索尔说，“记住，要是领事在霍利河沿岸遇到了巡逻掠行艇的话，他最早可能今天下午就能回来。”

杜雷点点头，走过去拿起一个水瓶，温柔地摸了摸瑞秋，然后沿着狮身人面像的长长的阶梯走下，缓慢而小心地迈着步子，像一个行将就木的老人。

索尔望着他渐渐远去，身影变得越来越小，在热浪中随着越走越远，越发地扭曲变形。然后索尔叹了口气，回去坐在他女儿的身边。

保罗·杜雷试图一直躲在阴影之下，但即使在那些地方，热量也难以抗拒，它们像巨大的枷锁重重地扣在他的肩膀上。他走过翡翠茔，沿着小路走向北方的悬崖和方尖石塔。那座坟墓稀薄的影子在山谷地面上玫瑰色的石头和尘土上描上淡淡的阴影。杜雷继续往下走，在水晶独碑周围的碎石间小心穿行，他抬头望了望，一阵轻缓的风从破烂不堪的窗格间吹来，在坟墓正面的上方高高地打着呼哨。他看见自己在下层表面里的镜影，突然回忆起自己在羽翼高原高处发现毕库拉时，听过晚风在大裂痕中吟唱的风琴乐声。那就像是几辈子以前的事了。也**确实**是几辈子前的事。

杜雷能感觉到十字形重组肉体对他的意识和记忆造成的损伤。真令人厌恶——简直就是持续遭受中风、再无康复希望的代名词。冥思曾经对他来说只是小儿科，现在却要求极度地专心，有时甚至超出他的能力范围。词语都躲避着他。感情就像时间潮汐一样出没不定，来势凶猛。有好几次，他都不得不离开其他的朝圣者，独自流泪，原因却又不得而知。

其他的朝圣者。现在只剩下索尔和他的孩子。如果那两人能逃脱厄运，杜雷神父很乐意交出自己的生命。他想，与假基督做交易，这是罪孽吗?

他现在已经远远走下山谷，几乎快到它开始蜿蜒向东的地方，那里地势突然开阔，迎面却是一个死胡同，伯劳圣殿迷宫般的影子在岩石间穿梭。小径蜿蜒通向穴冢，到达西北方的墙面的附近。杜雷感觉到第一座穴冢中的清凉空气，受此引诱，他想要进入，只是为了躲避热量，恢复神志，闭上双眼小睡片刻。

但他继续往前走。

第二座穴冢入口处的岩石雕刻更加华丽繁复，杜雷记起他曾经在大裂痕中发现的古老长方形会堂——那些智力迟钝的毕库拉所“崇拜”的巨大十字架与圣坛。他们所崇拜的是十字形所带来的不齿的永生，而不是十字架所允诺的得到真正复活的机会。但这有什么区别?杜雷摇摇头，试图要抖落那些蒙蔽所有思维的迷雾和玩世不恭。小径蜿蜒通向第三座穴冢，这儿地势略高，它是三座穴冢中最短、最平淡无奇的一座。

第三座穴冢中有光。

杜雷停下来，吸了口气，然后又回头朝脚下的山谷看了一眼。约摸一公里之外的狮身人面像清晰可见，但他很难辨认出阴影中的索尔。有一阵子，杜雷怀疑他们前一天宿营的地方会不会是**第三座**穴冢……是不是他们中有谁落了一盏提灯在那里。

不是第三座穴冢。除了找卡萨德的时候，三天里没人进过这座墓冢。

杜雷神父知道，他不该去理会这光芒，而是该回到索尔身边，为这个男人和他的女儿守夜。

但其他人也是单独一个个遭遇伯劳的。为什么我要拒绝召唤呢？

杜雷感到脸颊上湿润了，意识到他正不自觉地默默流泪。他猛地用手背一把抹去泪水，站在原处紧握双拳。

我的心智如今最名不副实。我曾经是智慧的耶稣会士，坚定地遵循着忒亚和普拉萨的传统。甚至我在教会、在神学校学生身上、在那一小部分依然倾听的信徒身上努力推进的神学理论都很强调心智，强调意识绝妙的欧米伽点。上帝不过是灵巧的运算法则。

唔，有些东西不是仅靠智慧就能解决的，保罗。

杜雷走进了第三座穴冢。

索尔猛然惊醒，确信有什么东西正悄然向他爬来。

他猛然跳起，四处察看。瑞秋在她父亲醒来的时候，也从睡梦中醒来，正温柔地小声叫唤着。布劳恩·拉米亚还在原先的地方一动不动地躺着，医疗信号装置闪着绿灯，脑波活动读出器呈浅红色。

他已经睡了至少一个小时；阴影已经悄然滑过山谷地面，太阳破云而出的时候，只有狮身人面像的顶部还暴露在阳光下。阳光的箭矢从山谷入口处斜刺进来，照亮了对面的悬崖壁。风声渐起。

但山谷中没有任何动静。

索尔举起瑞秋，轻晃着她，让她不再哭泣，然后走下阶梯，看看狮身人面像背后和其他的墓穴。

“保罗！”他的声音在岩石间回响。风卷沙尘，扑向翡翠茔上方，但其他墓冢没有任何动静。索尔依然觉得有什么东西正悄然向他逼近，他正被监视。

瑞秋在他的怀抱中尖叫乱扭，她的声音是新生儿那又尖又细的哭号。索尔朝通信志瞥了一眼。一个小时之后，她就只剩下一天的生命。他搜寻着天空里有没有领事的飞船，小声咒骂着自己，然后走回狮身人面像的入口，给婴孩换尿布，又检查了布劳恩的状况，从背包中拽出一个奶包，抓起一件斗篷。太阳隐没之后，热量很快消散了。

在余下半小时的黄昏里，索尔很快走下山谷，大声呼喊着杜雷的名字，察看每一座墓冢，却没有进去。经过翡翠茔，霍伊特被杀害的地方，它的侧墙已经开始泛出乳状的绿光。经过黑暗的方尖石塔，它的阴影高高地投在东南面悬崖壁上。经过水晶独碑，它的上缘还在天空里最后的余光中闪亮，然后随着太阳在诗人之城外的某个地方西沉，光芒逐渐暗去。在夜晚突然降临的凉爽和寂静中，索尔经过了穴冢，向每一座墓里大喊，感觉着潮湿的空气如一张洞开的嘴里呼出的冷气，喷在他脸上。

没有人回答。

在最后的暮光中，索尔到达了山谷的拐弯处，附近的伯劳圣殿那混乱的刃形支柱在渐浓的晦暗中显得阴沉不祥。索尔站在入口处，试图搞清楚这些墨黑的阴影、尖顶、椽子和柱台究竟代表什么意思，他大声朝黑暗的内部喊叫，回答他的却只有回声。瑞秋又开始哭泣。

索尔颤抖着，感觉到后颈上一阵发凉，他不停转着圈，想要出其不意地逮住这幽冥般的监视者，但他只看见愈来愈深的阴影，头顶云层间最初的几颗星星也已出现，他匆忙回头往山谷狮身人面像的方向走，开始是疾步行进，后来夜风吹起，像众多儿童在齐声尖叫，他几乎是大步跑过了翡翠茔。

“**该死！**”索尔终于到达通往狮身人面像的顶级台阶，大口喘着气。

布劳恩·拉米亚不见了。尸体没了踪影，金属脐带也销形匿迹。

索尔咒骂着，紧紧抱住瑞秋，手忙脚乱地在背包中寻找手电筒。

厚重走廊之内十米远处，索尔找到了布劳恩之前裹着的毛毯。除此之外，一无所获。走廊八面分岔，蜿蜒曲折，一会儿开阔一会儿闭窄，一会儿天花板低得让索尔不得不在地上爬行，右手抱着孩子，于是他的脸都紧挨上了她的小脸。他讨厌待在这座坟墓里。心脏剧烈地跳个不停，他几乎觉得动脉硬化马上就要发作了。

最后的走廊越来越窄，成了死胡同。那条金属线曾经蜿蜒钻入的石头现在只剩下石头而已。

索尔将手电筒咬在嘴里，拍打着岩石，猛推那些大如房间的石头，也许有什么密板会打开，现出后面的地道。

什么都没有。

索尔把瑞秋抱得更紧，开始一路向外走，转错了几个弯，他觉得自己迷路了，心脏跳动得更为狂野。然后他们走进一条走廊，他认出了那个地方，拐进主廊，终于出去了。

他将孩子抱下台阶，然后远离狮身人面像。在山谷入口附近，他停下来，坐上一块低矮的岩石，大口呼吸着新鲜空气。瑞秋的脸颊还靠在脖子上，这孩子安静极了，不乱叫也不乱动，只是弯着柔软的手指抓他的胡须。

风从身后贫瘠的地表上吹来。头顶的云层散开又聚拢，隐没了群星，于是剩下的唯一光亮便是来自光阴冢那令人不适的光芒。索尔害怕他心脏的狂跳会吓着孩子，但瑞秋还是沉静地蜷缩在他身上，她的体温令人心安。

“该死。”索尔低声说。他心里挂念着拉米亚。他挂念着所有的朝圣者，现在他们都离他而去。索尔数十年的学术生涯已经让他养成了为事物寻找固定模式的习惯，这是经验之石上一颗精神的小沙粒，但是海伯利安上发生的事件都没有任何规律可循——只有混乱和死亡。

索尔轻轻摇动着他的孩子，放眼望向贫瘠之地，考虑着要不要立即离开这儿……步行前往那座死寂之城或者时间要塞……步行向西北方向前往海滨地区，或者向东南方前往横切草海的笼头山脉。索尔举起颤抖的手，揉了揉脸——在那旷野之中不可能得到拯救。离开山谷的举动并没有给马丁·塞利纳斯带来活路。据说伯劳在笼头山脉以南曾有活动——远至安迪密恩和其他南部城市——即使这怪物放过了他们，饥饿和干渴也会死死纠缠他们。索尔也许可以依靠树皮草根、老鼠肉，还有高地融化的雪水幸存下来——但瑞秋的牛奶存量有限，即使加上之前布劳恩从要塞带回的供给。然后他意识到，其实牛奶再多也没用……

不到一天之后，我就将孤身一人了。想到这点，索尔忍不住要哀吟出声。他想要拯救孩子的决心引领他走过了二十五年和上百次以光年计程的旅途。他想要还给瑞秋生命和健康的决心，成了一股显而易见的力量，一种强劲的能量，此前他和萨莱曾经共有，现在他也一直保存着这股活力，就像一名教会的神父保存着教堂的圣火。不，上天作证，所有事情都有来龙去脉，在这表面上杂乱无章的事件平台之下，一定有一根道德的支柱，索尔·温特伯愿意用自

己和女儿的性命下注，这个信仰一定成立。

索尔站起身来，慢慢地沿着小径走向狮身人面像，他爬上阶梯，找到一件供热斗篷和几条毛毯，然后为他俩在高梯上铺了一个小窝，海伯利安的风声号叫着，光阴冢越来越明亮。

瑞秋趴在他身上，脸颊靠着他的肩膀，她的小手不停地握了又放，放开手中的世界，进入婴孩睡眠的国度。索尔听到她进入深沉睡眠时轻柔的呼吸，听到她吐出涎水小泡泡的轻柔声响。过了一会儿，他也放开了他对世界的执念，与她一同进入了梦乡。

30

索尔再次梦见自从瑞秋染上梅林症以来，那个一直令他饱受摧残的梦。

他在一座宏大的建筑物中漫行，那里如红杉木一般粗细的廊柱高高耸入阴郁的天空，绯红的光线从辽远的天顶之上抛下，像一支支实体的箭矢。冲天大火的巨响传来，宛若整个世界在燃烧。他的前方，两颗深红色的椭圆球体闪闪发光。

索尔知道这个地方。他知道自己会在前方发现一座祭坛，瑞秋就躺卧其上——二十多岁的瑞秋，昏迷不醒——然后会传来那个声音，强人所难。

索尔在低处的阳台上停下，盯着下方那熟悉的场景。他的女儿，当年她离家去遥远的海伯利安进行研究生课业研究时，他和萨莱曾与她道别，而现在这个女子正全身赤裸地躺在一块宽阔的石头上。整个场景的顶上，飘浮着赤红的双球体，那是伯劳的凝视。祭坛上放着一把骨质长弯刀，磨得锐利。正在这时，那声音来了：

“索尔！带上你的女儿，你唯一的女儿瑞秋，你钟爱的女儿，去到一个叫作海伯利安的星球，在我即将指引你之地，将她献为燔祭。”

索尔感到一阵暴怒和悲痛，双臂不住发抖。他撩了撩头发，向黑暗中大声喊着，再次重复他以前对那个声音说过的答案：

“再不会有任何献祭，不论孩子还是父母。也不会再有任何牺牲。以恭顺求救赎的时代早已过去。要么作为朋友帮助我们，要么滚开！”

在从前的梦里，这样的回话之后，便是风声和分隔，骇人的脚步声在黑暗中渐行渐远。但这一次，梦境依然持续，祭坛发出微光，女子突然不见，只剩下骨刀。赤红色双球体依然在高空中漂浮，那两颗如星球般大小的红宝石像是充满了火焰。

“索尔，听着，”声音传来，现在音量小了许多，不再是遥远天顶隆隆的雷鸣，而几乎成了他耳边的低语，“人类的未来系于你的选择。如果难以顺从，你能否出自大爱，将瑞秋献祭？”

索尔没有刻意组织语句，却听见了心里的答案。不会再有任何献祭。今天不会有。任何一天都不会有。人类长久以来追寻着上帝，并为对神明的热爱遭受了够多的苦难。他想起了过去的数个世纪，他的民族——犹太人，曾经同上帝谈判，抱怨、争吵、谴责万事的不公，但往往——往往——不论付出多少代价，最终还是归于顺从。一代代人在仇恨的炉箱中垂死挣扎。未来的世代被灼热的冷酷火苗和新生的仇恨刻上伤痕。

这次不会有。永远也不会有。

“答应他，爸爸。”

一只手触到了索尔的手，他惊得跳了起来。他的女儿瑞秋，正站在他的身旁，既非儿童也非成人，而是那个他曾经两度熟知的八岁女孩——第一次是正常成长，第二次是因为染上梅林症而退回到那个年纪——瑞秋，浅棕色头发，简单地编了个辫子，矮小柔嫩的身体穿着洗褪色的粗斜纹棉布套装和儿童运动鞋。

索尔握住她的手，紧紧地握着，却又不敢太用力，生怕弄疼了她，他也感觉着她小小的握力。这不是幻影，伯劳最终的酷刑还没有到来。这是他的女儿。

“答应他，爸爸。”

索尔已经解决了在面对一个已经变得凶残的上帝时，亚伯拉罕是否应该顺从的问题。在人类同他的神祇之间的关系中，顺从不会再是至高无上的。但是，如果那个被选中作燔祭的**孩子**竟要求顺从那个上帝的一时随念，那该怎么办呢？

索尔单膝跪在他女儿身旁，张开双臂。“瑞秋。”

她用力抱住了他，他记忆中有数不清这样的拥抱，她的下巴高高地悬在他的肩膀上，双臂紧紧箍住，那是出于强烈的爱意。她低声在他耳边说着：“求你了，爸爸，我们必须答应。”

索尔依然拥抱着她，感觉着她瘦弱的手臂环绕着自己，温暖的脸颊贴在自己脸上。他正无声地哭泣，感到面庞上有湿润的东西流入他短短的胡须，但是他不愿将她放开，虽然他可以趁此机会把眼泪抹掉。

“我爱你，爸爸。”瑞秋轻声说道。

他站了起来，用手背一把抹去泪水，另一只手紧紧攥着瑞秋的左手，开始带着她朝脚下的圣坛漫漫前行。

索尔在一种下坠的感觉中醒了，伸手去抓孩子。她正在他的胸脯上熟睡，拳头拧着，大拇指吮在口中，但当他开始直起身来的时候，她也醒了，哭闹着拱起身子，俨然一个受了惊吓的新生儿。索尔站起来，拂下裹在身上的毛毯和斗篷，紧紧把瑞秋拥入怀中。

天亮了。说得更准确一些，清晨已快过去。夜晚已经趁他们睡着的时候消逝，阳光偷偷溜进山谷，扫过墓群。狮身人面像就像某种食肉野兽一般，盘踞在他们头顶，健壮的前肢在他们入睡的楼梯两旁伸展。

瑞秋大声哭着，她饿醒了，吓得小脸都拧了起来，感觉到父亲心中的恐惧。索尔站在强烈的阳光下轻轻摇着她。他走上狮身人面像顶级的台阶，为她换了尿布，热了剩余不多的一包奶喂她，直到她停止了哭泣，安稳地咂咂吸着奶，他给她拍了拍嗝，然后带着她四处走动，直到她再次陷入浅浅的睡眠。

距离她的“生日”还不到十小时。十小时不到，夕阳西坠，他女儿将走完生命的最后几分钟。索尔不止一次地希望光阴冢是一幢巨大的玻璃建筑，用以象征宇宙和运行操控它的神灵。那样，索尔会朝着这建筑物扔石头，直到一片完好的窗格玻璃都不剩。

他力图记起梦境中的细节，但在海伯利安的刺目阳光下，梦境的温暖和欣慰被撕裂成了碎片。他如今只记得瑞秋低声说出的恳求。一想到要把她献祭给伯劳，索尔的胃就因恐惧而疼痛。“没事的。”他低声对她说。她又一次在这不愿听从她恳求的安睡之乡中抽搐了一下，呜咽了一声。“没关系的，孩子。领事的飞船很快就要来了。飞船随时都会来。”

直到正午，领事的飞船都还没来。直到下午三时左右，领事的飞船还是没来。索尔在山谷的地面踱步，呼喊着那些失踪者的名字，瑞秋醒着的时候，他唱着那些快被遗忘的歌曲，她快要睡去的时候，轻声为她哼着摇篮曲。他的女儿这么小，这么轻：同他记忆中刚出生的时候一样，六磅三盎司重，十九英寸长，对着巴纳之域古风的房屋里古风的什物微笑。

下午晚些时候，他正在狮身人面像张开的手爪下的阴影里昏昏欲睡，突然间，一艘太空船从深青金色天空的穹顶掠过，他猛然惊醒，抱着醒来的瑞秋，站起身。

“它来了！”他大喊道。瑞秋动了动，挥舞着小手，似乎在回答。

一长列蓝色的熔融火焰在极其强烈的日光下闪耀着光芒，只可能是大气层中的太空船。索尔上下跳跃，多天以来第一次感觉到如释重负。他大声喊着，跳跃着，直到瑞秋忧虑得大喊大哭起来，索尔才停止了动作，把她高高举起，虽然他知道，她的目光还无法集中，但依然希望她能看见那艘正在降落的美丽飞船，它正在遥远的山脉之上划着弧线，朝高地沙漠降落。

“他说到做到了！”索尔大喊，“他来了！飞船会……”

三声巨响几乎同时在山谷响起：头两声是飞船减速时它的“脚印”超过它自身从而形成的声波激突。第三声是它坠毁的声音。

索尔眼睁睁看着那长长的熔融尾迹明亮的针尖般的顶点突然变得如太阳般耀眼，扩张成一片火焰和沸腾气体构成的云彩，然后上万块燃烧的碎片朝遥远的沙漠翻滚而去。他眨眨眼，想要消除视网膜上的视觉留影，瑞秋仍在啼哭。

“我的天，”索尔低声说着，“我的天。”毫无疑问，飞船已经完全毁灭了。碎片拖曳着黑烟和火焰，朝沙漠、群山，还有远处的草之海飘落，次级爆炸撕裂了空气，即使远在三十公里之外，依然能感觉到那股力量。“我的天哪！”

索尔坐在温暖的沙子上。他筋疲力尽，已无力哭泣，内心空虚，已无心做点别的，只是摇着他的孩子，直到她停止哭泣。

十分钟过后，又有两条熔融尾迹燃烧在天空中，索尔朝天上看去，它们位于天顶，正往南飞行。其中一艘爆炸了，但距离太遥远，声音无法传到这里；另一艘在南面笼头山脉远方的悬崖之下不见了踪影。

“也许那不是领事，”索尔低声说着，“有可能是驱逐者的侵略飞船。也许领事的飞船仍会来接我们。”

但是直到下午快要过去，飞船还没有来。等到海伯利安小小太阳的光芒照在悬崖壁上，它的影子映到了站在狮身人面像最高一级台阶的索尔面前时，飞船还是没有来。直到整个山谷都陷入了影子，它还是没有来。

从这一秒算起，还不到三十分钟，就是瑞秋的生辰了。索尔检查了她的尿布，发现没湿，于是喂了她最后一包奶。她吃食的时候，大大的深色眼睛仰视着他，似乎在寻找他的脸庞。索尔记起了他第一次抱她的几分钟，那时萨莱正在温暖的毛毯下休息；这个孩子的双眼带着同样的对这个新世界的好奇、疑问和惊喜，深深地印入了他的心房。

黄昏之风吹拂着山谷上的云朵，它们飞快地飘移着。西南方先是传来隆隆的声音，像是遥远的雷声，然后这声音伴随着有节奏的扰人炮声传来，极可能是南方五百多公里开外的核弹或是等离子爆炸。索尔搜寻着逐渐降低的云层上的天空，偶尔能瞥见炽热的流星尾迹在头顶上划出一道道弧线——可能是弹道飞弹或登陆飞船。不管是什么，它都已经为海伯利安而捐躯了。

索尔不去管这个。瑞秋喝完了奶，他柔声对她唱歌。他本已走到山谷的入口，但是现在他又慢慢地走回狮身人面像。墓群正闪着前所未有的炽烈光芒，电子激起的氖气射出刺眼的光芒，泛着层层光波。上方，西沉的太阳发射出最后几束光芒，将低云染成了一片淡彩火焰的云幂。

距离瑞秋的最后一次生日庆典只剩下三分钟不到了。索尔知道，即便领事的飞船现在抵达，他也来不及登船，更来不及将孩子送入冰冻沉眠。

他也不想这么做。

索尔慢慢地爬上通往狮身人面像的阶梯，心中料想着二十六标准年以前，瑞秋也同样走过这条路，从没想到在那黑暗的墓穴中等待着她的，竟是这样的命运。

他在最后一级台阶上稍作停歇，深吸一口气。现在已经可以明显地感觉到太阳射来的光线，它充满了天空，似乎要引燃狮身人面像的双翼和上部物体。坟墓自身似乎在散发着它储积的光能，就像希伯伦沙漠中的岩石，多年以前索尔曾经在那儿的荒漠中漫步，寻找启示，却只找到了忧愁。空气也微微地闪着光，风声渐起，将砂粒吹过山谷地面，复又温和下来。

索尔在顶级石阶上单膝跪下，脱下瑞秋身上裹着的毛毯，直到孩子只穿着柔软的棉布婴儿服。襁褓。

瑞秋在他的手中扭动着身子。她的脸颊发紫，十分光滑，那一双小手红红的，用力握拳，又放开。索尔的记忆中，当医生把那个婴孩递给索尔的时候，她就完全是这样的，他当时也是像现在这样注视着他新生女儿，然后把她抱上萨莱的腹部，让做母亲的也能好好看看。

“啊，上帝呀。”索尔吸了口气，又垂下另一条腿，现在是真正地跪下了。

整个山谷都摇撼起来，仿佛是地震的颤动。索尔能够模模糊糊地听到南部遥远之地传来的持续不断的爆炸声。但是现在，更让人忧心的是从狮身人面像中射出的骇人光线。索尔身后的影子远远地拖在阶梯之上，延伸过整个山谷地面，足有五十米长，随着坟墓的搏动和光芒的振颤，也在不住跳跃。索尔眼角的余光瞥见其余的坟墓也亮起辉煌的光芒——如同巨大而结构复杂的原子反应堆熔毁前的最后几秒钟。

狮身人面像的入口律动着蓝光，然后变成紫罗兰色，最后变成惨白。狮身人面像之后，光阴冢山谷上方的高原壁墙之上，一棵令人难以置信的巨树闪着微光出现了，那巨大的树干和尖利的钢铁树枝刺穿发光的云层，直通其上。索尔飞快地瞥了一眼，望见那些三米长的荆棘和上面挂着的可怖果实，然后他又看回狮身人面像的入口。

不知何处，风声怒号，雷声隆隆。某个地方，朱红色的尘雾像干燥的血幕飘扬起来，映照在墓群可怕的白光之下。不知什么地方，众人大声呼号，齐声尖叫。

索尔不去理会这一切。他的双眼只顾看着他女儿的脸，还有她身后远处，现在，有个影子塞满了墓群闪光的入口。

伯劳出现了。这怪物不得不低下头，它那三米高的身躯和铁刃才堪堪扫过门顶。它走上狮身人面像的顶层走廊，朝前行进，这半生物半雕塑的东西，每跨一步，都伴随着梦魇中那可怖的沉着。

渐逝的天光在怪物的甲胄上泛起波纹，如瀑布一般淌下弧形的胸甲，流向钢铁荆棘，在每一个关节上冒出的指刃和柳叶刀上闪耀。索尔把瑞秋抱在胸前，直直地望进那个被看作是伯劳眼睛的千面红色熔炉。日落淡入了索尔不断重现的梦中那血红的光芒。

伯劳的头微微转了转，毫无摩擦地转了个圆圈，向右旋转九十度，向左旋转九十度，好像这怪物在环视他的领地。

伯劳向前走了三步，停在索尔面前不到两米的地方。怪物的四只手臂扭曲着举起来，指刃舒展。索尔紧紧地抱着瑞秋。她的皮肤湿润了，她的脸庞因为出生时的吃力而发青发紫。只剩下几秒了。她的双眼向着不同的方向转动，似乎要努力看清索尔。

答应他，爸爸。索尔记起了梦。

伯劳的头低了下来，直到那恐怖的头罩之下，红宝石的双眼死死盯住了索尔和他的孩子。它水银的下颚略微分开，露出里面一层层一排排的钢铁锯齿。四只手伸到前头，金属手掌朝上平摊，停在了索尔面前半米的地方。

答应他，爸爸。索尔记起了梦，记起了他女儿的拥抱，他意识到，在最后——当其余的一切都灰飞烟灭——对于所爱之人的忠诚是我们能够带入坟墓的唯一东西。信任——真正的信任——便是那种爱的托付。

索尔举起他新生垂死的孩子——几秒钟大的孩子，现在正以她最初和最后的呼吸啼哭着——把她递给了伯劳。

失却了她微弱的重量，索尔当头感到一阵眩晕。

伯劳举起瑞秋，向后退去，光芒包容了它。

狮身人面像背后，荆棘树停止了闪光，进入**颇合时宜**的状态，视野中的它变得骇人地清晰。

索尔往前走去，双臂祈求般地张开，伯劳步步退后，走入光芒之中，消失了。爆炸吹皱了云层，冲击波的重压把索尔冲得跪倒在地。

在他身后，四周，光阴冢正在打开。

第三部

31

我醒了过来，但是就这么被人叫醒，我心里老大不乐意。

亮光突然侵入，我侧过身，斜眼瞧着，咒骂着，我看见利·亨特坐在床边，手里依旧拿着一支气雾剂针筒。

“你吃了好多安眠药，睡了整整一天了，”他说，“起来晒晒太阳吧。”

我坐起身，擦了擦黏在脸上的头发，眯起眼向亨特看去。“到底谁允许你进我房间的？”由于用力说话，我开始不停咳嗽，亨特从盥洗室拿着一杯水回来了。

“给你。”

我喝着，想要大发雷霆，但夹在痉挛和咳嗽之间，一切徒劳无益。梦境的残迹就像晨雾一般逃之夭夭。我突然感到非常丢脸。

“穿好衣服，”亨特一边说一边站起身，“首席执行官希望你在二十分钟内去她的房间。你睡着的这段时间里，发生了很多事。”

“什么事？”我揉揉双眼，手指梳理着乱糟糟的头发。

他笑了笑，滴水不漏。“你可以接入数据网看看。尽早下去，到悦石的房间。赛文，给你二十分钟时间。”他离开了。

我接入数据网。如果想要形象化地表示进入数据网是什么样子的，其中一种方式是想象一小片旧地的海洋，它在不同时期会有着不同程度的湍流。平常的日子里，往往显示出一片平静的海域，带着令人好奇的波纹。危急存亡之际，显示的是随风翻变的波浪和带着白色泡沫的海浪。今天，飓风正在肆虐。登录被延迟，任何接入信道都如出一辙，混乱统治着时时更新的崩溃巨浪，数据平面矩阵疯狂地进行着存储转移和主要信用的传输，而全局呢，平日里只是信息和政治论辩的多层信号，现在却变成了混乱的狂怒之风，弃置不用的公民表决，以及过时的形势模板，这些东西如同破烂的云朵被狂风卷得无影无踪。

“噢，老天啊。”我小声说道，断开了接口，但是我仍感觉到信息流的压力重重地锤打着我植入物的电路和我的大脑。战争。闪电奇袭。环网即将面临的毁灭。弹劾悦石的话语。几十个世界上的暴动。卢瑟斯星球上伯劳教会的起义。军部舰队对海伯利安系统的遗弃，他们拼死拯救后院，但是太迟，太迟了。已经遭受袭击的海伯利安。恐惧，恐惧通过远距传输器发动的侵略。

我站起身，一丝不挂地跑去淋浴房，飞快地进行了声波洗浴。不知道是亨特还是谁，在那里摆放着一件正式的灰西装和斗篷，我匆匆忙忙穿戴上，把湿头发朝后梳了梳，湿漉漉的卷发落在我的衣领之上。

可不能让人类霸主的首席执行官等。哦，不，她不会多等一秒钟。

“你来得真是准时。”梅伊娜·悦石在我进入她的私人房间后说。

“你他妈都做了什么？”我对她厉声叫道。

悦石眯起眼睛。显然，人类霸主的首席执行官不习惯别人跟她那样讲话。真是堆臭狗屎，我想。

“记住你是谁，你在跟谁讲话。”悦石冷冰冰地说。

“我不知道我是谁。而我在对谁讲话呢，也许是自贺瑞斯·格列依高以来的最伟大的刽子手。你到底为什么要让战争发生？”

悦石再次眯起眼，左右四顾。这里就我们两人。她的起居室非常宽敞，虽然黑，但让人感觉很舒服，墙上挂着来自旧地的原版艺术画。在那个时候，我丝毫不在乎我是否是站在一间挂满了梵高原版画的房间里。我盯着悦石，从百叶窗中透过一点微弱的光线，让我看见这林肯式的脸庞，我觉得那仅仅是一张垂老女人的脸。她也回眼盯着我看了会儿，然后扭过了头去。

“哦，抱歉，”我大叫道，可口气中毫无歉意，“你没让它发生，是你主动开战的，对吧？”

“不，赛文，我没有主动开战。”悦石的声音很平静，几乎是在低声细语。

“说大声点。”我朝她咆哮。我在高高的窗户边来回踱步，凝视着从百叶窗中投进来的光，它们在我身上游移，看上去就像是描上去的斑纹。“还有，我不是约瑟夫·赛文。”

她一扬眉。“叫你济慈先生如何？”

“你可以叫我‘非人’，”我说，“所以其他巨头来的时候，你就可以说，让你瞎眼的‘非人’，然后他们就会拍拍屁股走人，说这是上帝的旨意。”

“你打算弄瞎我的眼睛吗？”

“我现在就可以扭断你的脖子，不带一丝悔恨地从这儿走出去。这星期，会有数以万计的人死于非命。你怎么能让它发生？”

悦石摸了摸下嘴唇。“未来会朝两个方向发展，”她轻轻地说，“一个是战争和完全的未知，另一个是安宁和必然的完全大灭绝。我选择了战争。”

“这都是谁说的？”现在，我的声音中涌现出更多的好奇，而不是愤怒。

“这是事实，”她朝自己的通信志瞥了一眼，“我必须在十分钟后在议会成员面前宣布开战。告诉我，海伯利安的朝圣者有什么消息。”

我双臂交叉抱在胸前，低头凝视着她。“如果你答应我几件事，我就会告诉你。”

“如果我办得到，我会答应你。”

我顿了顿，意识到这世界上没有什么手段可以让这个女人签发一张保证其不食言的空额支票。“好吧，”我说，“我想让你给海伯利安发超光信息，叫他们撤销对领事飞船的监控，再派人到霍利河上游找到领事。他在离首都大约一百三十公里的地方，在卡拉船闸之上。他可能受伤了。”

悦石弯着一根手指，揉着她的下嘴唇，点点头。“好，我会派人去找他的。至于释放飞船，就要看你告诉我什么东西了。其他人还活着吗？”

我把短斗篷卷在身上，一屁股坐在她对面的躺椅上。“有几个。”

“拜伦·拉米亚的女儿呢？布劳恩？”

“伯劳把她抓住了。她现在暂时昏迷着，跟某种神经分流器连接了起来，接入了数据网。在我梦里……她正飘浮在什么地方，与那个植入的人格，也就是第一个济慈重建人格重新团聚了。两人正在进入数据网……确切说来是万方网。在以前，我从没梦见过这个内核线路和维度，也没梦见过这接入的网络。”

“她现在还活着吗？”悦石靠了过来，态度相当认真。

“我不知道。她的身体不见了。我还没看见她的人格是从哪里进入万方网的，我就醒来了。”

悦石点点头。“上校呢？”

“卡萨德被莫尼塔带到了什么地方，这个人类女子似乎是住在光阴冢中，跟着光阴冢一起在时间中旅行的。我最后看到上校时，他正在赤手空拳攻击伯劳。其实，应该是一帮伯劳，成百上千个伯劳。”

“他还活着吗？”

我摊开双手。“我不知道。这些是梦！是碎片。零零碎碎的感觉。”

“诗人呢？”

“塞利纳斯被伯劳夺去了性命。他被刺在了荆棘树上。但是后来我在卡萨德的梦里又瞥见了他。塞利纳斯还活着。我不知道这到底是怎么回事。”

“这么说来，荆棘树是真的？并不只是伯劳教会宣扬出来的喽？”

“噢，对，是真的。”

“而领事走了？打算回到首都？”

“他带着他祖母的霍鹰飞毯。一开始还好好的，但是飞到卡拉船闸的时候，嗯，这我提到过，出了岔子。飞毯……还有他……都掉到了河里。”我把她下一个问题也一并回答了，“我不知道他是否还活着。”

“那神父呢？霍伊特神父呢？”

“十字形把他变回了杜雷神父。”

“是杜雷神父？还是无脑子的复制品？”

“是杜雷，”我说，“但……损坏了。气馁了。”

“他还在山谷里吗？”

“不。他进入了一个穴冢，以后就再也没见到他。我不知道他发生了什么事。”

悦石朝她的通信志瞄了一眼。我想象着那混乱不堪的场面，在这栋建筑里……在这个世界上，在环网的其余地方盛行。显然，首席执行官在她对议会演讲前，隐退到这里，独自待上十五分钟。这可能是她在接下来的几个星期里，最后一次享受独处。也许再也没有机会了。

“马斯蒂恩船长呢？”

“死了。他被埋在了谷里。”

悦石深吸了口气。“温特伯和他的孩子呢？”

我摇摇头。“我的梦杂乱无章……也不遵循时间顺序。我觉得事情已经发生了，但是我感到困惑，”我抬起头。悦石正耐心地等着我讲完，“伯劳出现的时候那孩子只剩下几秒钟时间，”我说，“索尔把孩子献给了那怪物。我想它已经把孩子带到狮身人面像中去了。光阴冢正闪耀着明亮的光。有……其他的伯劳……在出现。”

“这么说来，光阴冢已经打开了？”

“对。”

悦石碰了碰通信志。“利？听好，让通信中心的执勤官联系海伯利安的西奥·雷恩，还有那里的军部人员。命令他们释放我们拘留的飞船。还有，利，告诉总督，我会在几分钟后给他发一条私人信息。”那机器叽叽地鸣叫起来，她回头朝我看来，“你还梦到其他什么了吗？”

“影像。话语。我不明白发生了什么。那些东西太超乎寻常了。”

悦石微微一笑。“你有没有意识到，你正在梦见一些事件，而这些事件是另一个济慈人格无法经历到的？”

我什么也没说，我被她的话惊呆了。我和朝圣者的联系很可能是通过某种基于内核的线路，连到了布劳恩的舒克隆环中的人格植入物，通过它，通过它们共享的原始数据网，得以洞晓这一切。但是那个人格被解放了，数据网也应该由于远距离而无法运转。如果没有发射器，即使超光接收器也不能接收消息的。

悦石收起笑容。“你说得出原因吗？”

“不，”我抬起头，“也许它们仅仅是梦罢了。真的梦。”

她站了起来。“也许，如果我们能找到领事，我们就能知道。或者等到他的飞船飞到山谷中的时候。我还有两分钟就得去议院了。还有什么事吗？”

“有个问题，”我说，“我是谁？为什么我会在这里？”

那细微的笑容又出现了。“这种问题不论是谁都不清楚，赛——济慈先生。”

“我是认真的。我想你比我更清楚这些。”

“是内核派你来的，把你作为我和朝圣者之间的联络员。还有，也派你去观察。你，毕竟，是个诗人，是名艺术家。”

我弄出一阵响声，站起身来。两人慢悠悠地朝私人远距传送门走去，那扇门会带她到议院。“在这样一个世界末日的时候，观察能有什么好处呢？”

“那就去发现吧，”悦石说，“去看看世界末日。”她递给我一张微卡，可以用通信志使用。我把它插了进去，瞄了一眼触显；

那是一张寰宇授权芯片，可以让我有权使用所有传送门，不管是公用、私用，还是军用。这是一张通往世界末日的门票。

我说：“如果我被杀了呢？”

“那我们将永远听不到你问题的答案了。”首席执行官悦石说。她飞快地碰了碰我的手腕，然后转过身，踏进了传送门。

在那几分钟内，我孤零零地站在她的房间里，欣赏着光线，欣赏着寂静，欣赏着艺术。墙上有一幅梵高的画，价值连城，大多数星球都买不起。这幅画作表现的是这位画家在阿尔勒的住所[①]。疯狂自古就有。

过了片刻，我起步离开。我凭着通信志的记忆，随着它的引领，通过政府大楼的迷宫，最后终于找到了中央远距传输器的终端。我走了进去，去发现世界末日。

世上有两条全程远距传输通道，它们径直穿越了环网：中央广场和特提斯河。我传送至中央广场，在那儿，青岛–西双版纳的半公里商业街的一端通进新地，另一端则通进永埔星的简短海滨商业街。青岛–西双版纳是即将遭受第一波攻击的世界，三十四小时后，这里就将面临驱逐者的猛攻。新地列在了第二波冲击的名单上，即使现在已经宣布这一事实，但实际上离入侵还有一个多标准星期。而永埔星在环网内部，离遭受攻击还有很多年。

青岛这里没有恐慌的迹象。人们被吸引到数据网和全局中，而不是在街上游玩。走在那狭窄的小巷里，我能从一千台接收器和私人通信志中听见悦石的声音，那是奇怪的和声细语，而我周围则充斥着街道上小贩的高声吆喝，电车嗡嗡地在头上的运输层驶过，我

① 指梵高的《文森特在阿尔勒的卧室》。

能听见轮胎驶在湿漉漉的公路上的嗞嗞声。

“……差不多八个世纪前，一位领导人在袭击前夕告诉他的人民——‘我所能奉献的没有其他，只有热血、辛劳、眼泪与汗水。’[①]你们问我，我们有什么策略？我对你们说：那就开战吧，在太空，在陆地，在天空，在海洋，用我们的力量，用正义和公正给予我们的力量，开战吧。这——就是我们的策略……”

青岛和永埔星之间的传送区附近有军部的军队，但是行人仍一如既往在那儿川流不息。我心里琢磨着，军队什么时候会霸占中央广场的步行街，作军事车辆运输用呢。我想，这些车子是朝前线开赴，还是朝后撤退呢？

我迈了进去，进入了永埔星。那里的街道还是干的，中央广场的岩石城墙之下的三十米开外的地方，海洋偶尔会喷溅出水花。天空一如往常，带着赭灰相间的威吓之色，在中午就显现出的不祥黄昏之色。小小的石质商店中闪着灯火和货物的亮光。我意识到这里的街上比平常少了好多人，空空荡荡的；人们站在商店里，坐在石墙或石椅上，低着脑袋，无神地侧耳倾听。

“……你们问，我们的目标是什么？我会回答两个字：胜利。不惜任何代价的胜利，不管如何恐怖也要取得的胜利，不管路途多长多难，必得取得的胜利。因为，如果无法胜利，我们都将无以生存……”

排在埃德加镇枢纽终端那儿的队伍很短。我打入无限极海的编码，迈了进去。

天空跟往常一样还是万里无云，一片绿色，浮城之下的海洋是更深的绿色。海藻农庄飘浮在地平线上。远离中央广场，这里的人

① 这句话摘自二战时丘吉尔的一段著名演说。

更少了。木板路上几乎一个人影也没有，一些商店也关门大吉了。一群男人站在皮船码头边，聆听着一台古老的超光接收器的声音。悦石的声音平淡，带着金属质感，飘荡在充满海味的空气中。

“……但是现在，军部的部队已经在向他们的岗哨集结，他们心中不带任何感情，他们带着坚定的决心，带着信念，他们不仅仅会拯救所有面临危险的世界，而且会拯救人类霸主的一切，我们不会落入那些最邪恶、最残暴之人的暴政之下，不会让他们玷污历史……”

十八小时后无限极海将会面临入侵。我仰望天空，心里带着些许期盼，想在那儿看到游群敌兵的迹象，看到轨道防御和太空军队活动的迹象，可唯有天空、温暖的天气，以及这个城市在海上的轻摇轻晃。

天国之门是入侵名单上的第一个世界。我迈进泥滩的贵宾传送门，站在黎绂津顶点上俯瞰着这个美丽的城市，真是名不副实。此地已是深夜。这么晚了，技工街道清扫工已经出来了，他们的刷子和声波嗡嗡地震着鹅卵石，但是这里却有动静，黎绂津顶点的公共终端排着一长队静悄悄的人群，漫步区传送门那里排着的队伍更长。我可以看见当地警察高高的身影，他们全副武装，穿着褐色的冲击甲，但是如果军部的部队闯到这里，加以增援，那就不会看见他们了。

排队的人不是当地的居民——黎绂津顶点和漫步区的地主们当然有他们的私人传送门——他们看上去是一些工人，来自蕨类森林和公园几公里外的开垦计划的工人。没有什么恐慌，交谈也少得可怜。队伍列队前进，看上去就像是耐性十足的忍受痛苦的一家子人，在慢吞吞朝吸引人的主题公园前进。他们带的东西没有比旅行袋和背包还大的了。

我感到惊奇，难道我们这么要面子，即使面对入侵，还是如此安之若素吗？

十三小时后天国之门会面临入侵。我按着通信志，进入全局。

“……如果我们能够反抗此威胁，那么，我们钟爱的世界将保持完好，垂死环网的生命将迈入阳光普照的未来。但是如果我们缴械投降，那么，整个环网，霸主，我们知道的一切，我们关心的一切，都将沉入又一次黑暗时代的深渊，到那时，科学之光被颠倒，人类自由被剥夺，这一次黑暗时代将会更加无穷无尽地险恶，无穷无尽地暗无天日。

“所以，让我们振作起来，迎接我们的责任吧，让我们都担起责任吧，如果人类霸主和它的保护体，和它的联盟，能够在接下来维持万载千秋，人类仍旧会说：‘那就是他们最美妙的时刻。’”

这个城市寂静、带着新鲜气味，在其下方某处，射击开始了。首先传来的是钢矛枪的喋喋不休声，然后是防暴击昏器的深沉嗡嗡声，接着是激光武器的尖叫声、嗞嗞声。漫步区传送门前的人群急急地涌向终端，但是防暴警察从公园里出现了，他们接通了卤素探照灯的电源，让人群暴露于眩光之下，警察开始用手提扩音器向他们发出命令，叫他们重新排好队，不然就散开。人群迟疑了片刻，队伍前前后后扭动着就像一只被混沌水流困住了的水母，然后——他们听见了比刚才更响更近的开火声音，在它的刺激下——又向传送门的平台涌去。

防暴警察发射了催泪瓦斯和眩晕毒气罐。暴徒和远距传输器中间，紫罗兰色的阻断场呜呜地突然出现，卡在了他们中间。一列军用电磁车和安全掠行艇的队伍飞在城市的低空，探照灯朝下刺戳。其中一束光束照到了我，停在了我身上，直到我的通信志闪烁出一段询问信号，然后那束光移开了。开始下雨了。

安之若素也不过如此。

警察已经确认黎绂津顶点的公共终端没有了危险，他们正一个个迈进我刚刚使用的私人大气保护体传送门。我决定去别处。

军部的突击队员守卫着政府大楼的大厅，他们审查着远距传输的到来者。但事实上，这个传送门是环网中最难企及的入口之一。我通过了三个检查点，然后抵达了行政与住宅侧楼，也就是我的公寓所在。突然，守卫跑了出来，赶走主大厅中的其他人，保护好附属大厅，然后悦石急急地走了出来，身边环绕着一群顾问、助手和军事领导者。意外的是，她看见了我，于是停下了脚步，她的扈从也笨手笨脚地停了下来。隔着穿着战斗装甲的海兵组成的人墙，悦石朝我开口了。

“非人先生，你对演讲有何想法？”

“妙极，”我回答道，“真是振奋人心。如果我没猜错的话，那是从温斯顿·丘吉尔处剽窃而来的。”

悦石笑了笑，微微耸了耸肩。“如果要剽窃，就剽窃人们已经遗忘的大师吧。”她的笑容褪去了，“边境有什么消息？”

“人们开始明白他们面临的现实，”我说，“除了恐慌。”

“我也总是这样，”首席执行官说，“朝圣者有什么消息？”

我很惊讶。“朝圣者？我还没……做梦呢。”

那些扈从组成的人流以及迫在眉睫的事件开始驱策着她，赶着她向大厅里走去。“也许你不再需要通过睡觉做这些梦了，”她叫道，“试试看。”

我目送她离去，现在我可以去找我的套房了，我走到门口，但是心中突然涌起一股对自己的厌恶，扭头离开。我内心充满了恐惧和震惊，我在逃离这袭向我们所有人的恐怖之物。我很乐意躺在床上，不睡觉，紧紧地拉着被子，拉到下巴上，为环网哭泣，为小孩瑞秋哭泣，为我自己哭泣。

我离开住宅侧楼，走进中央花园，沿着砂砾小径游荡。微小的遥控物在空气中嗡嗡作响，就像蜜蜂，有一只与我并驾齐驱，与我一同穿越了玫瑰园，跟着我一道走入一处地方，此处，雾气蒙蒙的热带植物中，凹陷的小径九曲十八弯，最后，我来到了桥边的旧地区域。我坐在了一条石椅上，记得曾在这里和悦石谈过话。

也许你不再需要通过睡觉做这些梦了。试试看。

我把腿抬到椅子上，双手抱膝，指尖抵在太阳穴上，闭上了眼睛。

32

马丁·塞利纳斯扭动翻腾，那痛苦中带着十足的诗意。一根两米长的钢铁荆棘从他的两块肩胛骨之间刺穿了他的身体，然后从他的胸前戳了出来，探出一米长的尖端，真是瘆人。即使他舒展猿臂也无法碰触到尖端。那荆棘毫无摩擦，他满是汗水的手掌和蜷缩的手指怎么也抓不牢。可虽然那棘刺滑溜得触手不及，他的身体却没有滑脱，他被牢牢地钉在了那里，就像被钉住作展出的蝴蝶。

没有血。

理性在痛苦的疯狂阴霾中回归，之后的几小时里，马丁·塞利纳斯惊异万分地思索着。没有血。可是有疼痛。哦，对，那是源源不绝的疼痛——超越了诗人想象的疼痛，他那最狂野的想象也想象不出此种痛苦，超越了人类忍耐、超越了苦难疆界的疼痛。

但是塞利纳斯坚忍着。塞利纳斯承受着那苦楚。

他开始第一千次的尖叫，声音粗砺，内容空洞，言不成句，甚至没了猥亵。词语无法传达这种痛楚。塞利纳斯尖叫着，扭动着。过了一会儿，他四肢无力地挂在了那儿，一根长长的棘刺响应着他的摇摆，也微微晃动着。他的上面、下面、身后挂着其他人，但是塞利纳斯没有花时间去注意他们。每个人都被自己个人的痛楚之茧分开了。

“为什么这里是地狱，”塞利纳斯想，引用了一句马洛的话，“而我竟置身其间。[①]”

但是他知道这不是地狱。也不是什么来世。但他也知道，这不是现实的分支；那棘刺穿透了他真实的身体！八厘米的有机钢铁穿透了他的胸脯！可他没死。他没流血。这是某个真实之地，某个真切之物，但不是地狱，也不是人世。

这里的时间很古怪。塞利纳斯以前知道时间会拉长，会变慢——坐在牙科医生椅子上暴露出神经的痛楚，待在医疗诊所候诊室等着治肾结石的痛苦——时间可以变慢，愤怒的生物钟的指针休克不动，时间也仿佛不动了。但那时，时间其实是在动的。牙根管填充手术完成了。超级吗啡终于抵达了，生效了。但在这儿，没了时间，空气也凝固住了。痛苦是波浪的涡流和泡沫，而那波浪永不停歇。

塞利纳斯既愤怒又痛苦地尖叫。在他的棘刺上扭动。

“天打雷劈！”他终于说出了口，“天打雷劈的狗娘养的直娘贼。”这些词语是另一个生活的遗迹，在这棵树的现实之前，从前的生活都仿佛成了梦境。塞利纳斯仅仅恍惚记起了那生活，他也恍惚地记起了伯劳把他带到了这里，把他刺在这里，留在了此处。

“哦，**上帝啊**！”诗人尖叫道，双手抓着棘刺，想要把自己抬起来，以减轻那沉重身体带来的痛楚，那重量无限加大了那无限的痛苦。

---

① 克里斯托弗·马洛（Christopher Marlowe，1564–1593）：英国剧作家和诗人。这句诗出自他的《魔鬼梅菲斯特》。梅菲斯特，就是浮士德传说中的魔鬼，后者正是将自己的灵魂出卖给了这个魔鬼。

底下是一幅风景。他远眺到几里外。那是静止不动的纸型立体布景，是光阴冢的山谷以及远处的沙漠。连那死寂之城和远山也被复制成了塑化贫瘠缩微模型。这些都无关紧要。在马丁·塞利纳斯的心中，只有这棵树和那痛苦，这两者不可分割。塞利纳斯在剧痛中咧嘴大笑，露出他的牙齿。当他还是旧地上的孩子时，他和他最好的朋友阿马尔斐·施瓦茨曾去参观过北美保护区的天主教公社，了解了他们拙劣的神学理论，之后他好多次取笑“钉死在十字架上的刑罚”。当时，年轻的马丁张开手臂，叉开双腿，仰起头说道：“哎呀，我能从这儿看到整个城市。”阿马尔斐放声狂笑。

塞利纳斯尖叫。

时间并没有真的流逝，但是过了会儿，塞利纳斯的头脑回到某种类似线形观察的东西中去了……不同于盲目接受的痛苦组成的沙漠中那星星点点、毫不连贯的清晰纯粹的痛楚绿洲……在他对自己痛苦的线形感觉中，塞利纳斯开始把时间强加在这永恒之地上。

首先，猥亵之语让他的痛苦变清晰了。他把痛苦喊了出来，愤怒也变得清晰透彻了。

然后，在喊叫和痛苦的纯粹痉挛之间的疲惫时间中，塞利纳斯沉浸于思索。起初，这仅仅是为了对头脑里的时刻表进行排列细数，那些时间把十秒前的痛楚和即将到来的痛楚分隔了。塞利纳斯发现，在聚精会神的时候，那痛楚会稍微减轻——虽然仍无法忍受，仍驱赶着所有的真正思想，就像风中的烟云，但或多或少总是减轻了。

于是塞利纳斯开始集中精神。他尖叫着，谩骂着，扭动着，但是他集中着精神。由于没有什么其他东西可以让他集中精神，他只能集中在痛苦之上。

痛苦，他发现，是有结构的。它有一个建筑平面图。它的结构比一只拥有腔室的鹦鹉螺更加复杂，比扶壁众多的哥特大教堂带着更多巴洛克风格。即使在喊叫时，马丁·塞利纳斯也在研究着他那痛苦的结构。他意识到，那是一首诗。

塞利纳斯第一万次拱起身体，拱起脖子，在这不可能缓解痛苦的地方，搜寻着痛苦的缓解，但是这次，他看见了头顶五米高的地方有一个熟悉的身影，挂在一个没啥两样的棘刺上，在那虚幻的痛楚中扭动着。

“比利！”马丁·塞利纳斯喘息着，这是他首个真实的想法。

从前的君王和恩主越过无边无尽的深渊凝视着，已经被痛苦蒙蔽了双眼，同蒙蔽了塞利纳斯的双眼一样，但是他还是微微侧过身，似乎在这名字被遗忘的地方，回应对他名字的召唤。

“比利！”塞利纳斯再次喊道，然后由于痛苦，眼前一片模糊，头脑也一片模糊。他集中在痛苦的结构上，跟随着它的模式，仿佛他在追踪这棵树的树干、树枝、嫩枝和棘刺。“陛下大人！”

塞利纳斯听见另一个声音盖过了那喊叫声，然后惊奇地发现喊叫声和那声音都出自自己之口：

……汝乃幻梦之物；
汝之狂热——细想地球；
若有望，福佑待汝何？
何者避风港？万物皆有居；
众人皆有喜悦痛苦之每一天，
不论他的辛劳是高尚是低下——
痛苦唯一，喜悦唯一，截然不同：
唯有梦想者怨恨自己的一生，
虽罪有应得，但带着更多的忧愁！①

① 此诗出自济慈的《海伯利安的陨落：一场梦》。

他知道这首诗，不是他的，而是约翰·济慈的，他感觉到，这些词语越发地构建起他周身的痛苦混沌。塞利纳斯知道，这痛苦与生俱来——是宇宙给予诗人的礼物。它是他所感受到的痛苦的物理反应，将其赋予诗文、散文、所有那无用的生命时光。它比痛苦更痛苦；它是忧愁，因为宇宙给万物痛苦。

唯有梦想者怨恨自己的一生，
虽罪有应得，但带着更多的忧愁！

塞利纳斯叫着，但是没有尖声喊叫。树上那痛苦咆哮仅仅缓和了一秒钟工夫，它们更多是精神上的，而非肉体上的。在全心全意的海洋中，有一座分散注意的小岛。

“马丁！”

塞利纳斯拱起身，仰起头，试图在那痛苦的阴霾中聚焦。哀王比利正看着他。**看着**。

哀王比利嘶哑地叫出了两个音节，经过无穷无尽的时间之后，塞利纳斯终于听出来，那是“再来”。

塞利纳斯痛苦地尖叫，在盲目的肉体反应的抽搐下扭动着身子，他停下来时，精疲力竭地左右摇摆，痛苦没有减弱，但是由于疲惫毒素的作用，已经被脑子的发动机驱赶走了，他让内心的声音呼喊出来，开始低声吟唱起来：

来买烈酒！那位最大的大王！
来买烈酒！那位最苦的苦王！
来买烈酒！那位最渴的渴王！

来买烈酒！那位最哀的哀王！
烈酒！叩叩首
我的脑门低如斗，
你的臂膀遮我头！
烈酒！瞅一瞅
所有感情来折磨
你的苍白身上肉！[①]

寂静的小圆圈扩大，包进了边上的几个分支、一把棘刺，那上面挂着一簇簇极端痛苦的人类。

塞利纳斯抬头凝望着哀王比利，被他出卖的君王睁开了他的眼睛。两个多世纪以来，恩主和诗人第一次互相对望。塞利纳斯把他的心里话说了出来，正是这句话把他带到了这里，挂在了这里。“我的王，对不起。”

比利还没作出反应，尖叫的合唱队还没淹没任何反应，空气骤然改变，那冻住的时间感突然搅动起来，荆棘树突然开始摇曳，似乎整棵树突然朝下坠落了一米。随着枝丫颤动，刺穿他身体的棘刺撕扯着塞利纳斯的内脏，一遍遍撕扯着他的肉身，他和其余人一起尖叫。

塞利纳斯睁开双眼，他看见，那天空是真实的，那沙漠是真实的，光阴冢正在闪光，风在呼啸，时间又开始流淌。这种折磨没有半点缓减的迹象，但是头脑又开始清醒了。

马丁·塞利纳斯热泪盈眶，他大笑着。“瞧，老妈！”他叫着，哈哈大笑，钢铁长矛仍然屹立在粉碎的胸膛上，探出了一米，

① 这首诗摘自济慈的《来买烈酒！那位最大的大王！》。

“我能从这里看到整个城市！”

“赛文先生？你还好吧？”

我的头枕在手上和膝盖上，一边喘着粗气，一边朝声音的方向转去，要睁开双眼真是痛苦，但是没有痛苦比得上我刚刚经历到的东西。

“阁下，你还好吧？”

花园里没人在我边上。声音来自一只微型遥控装置，那东西在我面前半米处嗡嗡作响，大概是政府大楼某处的安全人员。

“嗯，”我勉强开口，站起身，擦掉膝上的砂砾，“没事。我突然感到……一阵疼痛。”

“阁下，医疗人员两分钟内就能赶到。你的生物监控没有显示出什么器质上的问题，但是我们能……”

“不，不，”我说，“我没事。随它去吧。让我一个人待着。”

遥控装置翩然飞动，就像一只受惊的蜂鸟。“好的，阁下。如果有什么需要请尽管说。花园和地面监控会给你回复的。”

“走开。”我说。

我走出了花园，穿过政府大楼的主厅——现在那里所有的检查点和安全守卫都到齐了——穿越了鹿苑那风景如画的土地，走了出去。

码头区很安静，我从未见过特提斯河如此平静。“发生什么事了？”我问码头上的一名安全人员。

守卫接入我的通信志，确认了我的可执行超驰信号和首席执行官的授权证，但是仍没急着回答我。“通往鲸心的传送门被关闭了，”他懒散地说道，“河流绕开了。”

“绕开？你是说特提斯河不再流经鲸逖中心了？”

“对。”一条小艇向我们开来，他把护目镜翻下来，确认了里面的两个安全人员，又把它拉了上去。

“我能从那儿出去吗？”我指着河上游显示出灰色不透明幕帘的高高传送门。

守卫耸耸肩。“可以。但是你不允许从那里返回。”

“不打紧。我能乘那条小船吗？”

守卫对着珠状麦克风低声细语了一番，然后点点头。“去吧。”

我小心翼翼地踏进那条小船，坐在船尾的座位上，紧紧抓着船舷上沿，直到那摇晃停息下来。我按了一下动力触显，说道：“开动。”

电力喷气引擎嗡嗡作响，小气艇发动了，前端探进河里，我朝上游指去。

这辈子我从没听说特提斯河被警戒隔离过，但是现在远距传输器的幕帘明显是单向且半透明的隔膜。小船嗡嗡地驶了进去，我甩甩肩，摆脱掉刺痛感，环顾左右。

我身处复兴之矢那巨大的运河城市之一——也许是阿德蒙，也许是帕莫洛。这里的特提斯河是一条主道，有许多附属的支流。平常，这河上唯一的交通工具是外道的观光贡多拉（一种狭长的轻型平底船）以及中道的富人游艇和“无所不达”。今天这是一座精神病院。

大大小小、五花八门的船只阻塞在中道，两个方向的都有。船屋上高高垒着家当，而小艇载着沉重的货物，看上去最小的浪花或者波动都会把它们掀翻。来自青岛–西双版纳的成百上千装饰得富丽堂皇的中式帆船，同来自富士星的身价百万的公寓游艇争夺着水道。我猜这些住宅船中有些从未离开过它们的停泊处。在这木头、塑钢和有机玻璃的暴乱之中，“无所不达”仿佛银蛋一般自由穿梭，它们的密封场设置在全反射状态。

我询问了数据网：复兴之矢处于第二波攻击之列，离入侵还有一百零七小时。我觉得很奇怪，富士星的难民怎么也挤在这些水道里，那个世界离斧子砍下来还有二百多个小时呢。然后我意识到，虽然鲸心从水道里移去了，但特提斯河仍然流经原先的那些世界。来自富士星的难民其实是从青岛来的，那里离驱逐者入侵还有三十三小时，他们穿越了还剩一百四十七小时的天津四丙，穿越了复兴之矢，想去吝啬星或者草地世界，两者此时都没遭受多大威胁。我摇摇头，找到了一条相对来说比较健全的支道，我在那儿望着这疯狂的一切，我心里琢磨着，当局什么时候会变更河道，让所有受威胁的世界直接流到避难所去呢。

他们能这么做吗？我心里琢磨着。特提斯河是技术内核安置的，是在霸主五百年华诞送给它的礼物。不过，当然，悦石或者谁肯定想过叫内核帮忙撤离民众。有吗？我琢磨着。内核会帮忙吗？我知道悦石相信内核中有股力量下定决心要消灭人类——这次战争是她毫无余地的选择。如果反人类的内核力量想要执行它们的计划，这是多简单的方法啊——它们仅需拒绝撤离这数十亿被驱逐者威胁的人类！

我一直在笑，不管如何狞笑，但是当我意识到技术内核维系并控制着远距传输器的网络，我也得依靠它们来逃离这些受威胁之地时，我的笑容褪去了。

我把游艇停泊在一条岩石阶梯的底部，这条阶梯从上往下延伸到令人作呕的河水里。我注意到最低的岩石上生着绿色的苔藓。岩石阶梯本身——很可能来自旧地，因为有些古典城市是在天大之误后不久通过远距传输器运来的——长年累月被磨损了，我能在上面看到如同漂亮窗饰的裂纹，连接着一些发泡的斑点，看上去就像是世界网的示意图。

天气很暖，空气非常沉闷。复兴之矢的太阳低挂在山形塔楼上。光线太红太亮，我简直无法睁眼。即使在这儿，沿着仿若小巷的路走了一百多米，特提斯那边的声音依旧震耳欲聋。鸽子躁动不安地在黑墙和高悬的屋檐下盘旋纷飞。

*我能做什么？*随着世界耷拉着脑袋朝毁灭走去，每个人似乎都在干着什么，而我所能做的，仅仅是漫无目的地游荡。

那是你的工作。你是名观察者。

我揉揉双眼。谁说诗人必须是观察者？我想起李白和吴侨之，他们率领他们的军队穿越中国，在他们的士兵睡着的时候，写下了历史上最让人感伤的诗文。嗯，至少马丁·塞利纳斯走过了漫长多事的一生，即便那一半的人生是猥亵的，而另一半被糟蹋了。

一想起马丁·塞利纳斯，我便大声呻吟起来。

那孩子，瑞秋，现在是不是也被挂在荆棘树上了呢？

我思考了片刻，思索着这样一种命运比起梅林症的快速灭绝来说，是否来得更好。

不。

我闭上双眼，摒除一切杂念，希望与索尔取得联系，发现那小孩的命运。

小船轻摇着，尾波扩及到远方。在我头顶上方，鸽子拍打翅膀飞至壁架之下，咕咕地对彼此叫着。

“我不管这有多难！”梅伊娜·悦石喊道，“我希望所有舰队都进入织女星系来防卫天国之门。然后把必要的舰队转移到神林和其他受威胁的世界上。我们现在的优势只有我们的机动能力！”

辛格元帅的脸上带着失望的黑气。“太危险了，执行官大人！如果我们直接把舰队转移到织女星系，那可是在冒极大的风险，舰队会在那儿被截断退路。驱逐者肯定会想办法毁掉那个系统连接到环网的奇点球。”

“那就保住它！”悦石厉声叫道，“所有昂贵的战舰都得倚仗它了。”

辛格朝莫泊阁和其他高级军官看去，希望得到他们的帮助。但没人吭声。这群人是在行政综合战略决议中心。墙上布满了全息像和流动的柱状数据。但没人朝墙上看。

“我们的所有军力都在保护海伯利安领空的奇点球，”辛格元帅说道，他的声音很低，言语留有余地，“一边受着攻击，一边又要撤退，尤其是受着整个游群的猛烈攻击，那是很难的。要是奇点球被毁，我们的舰队将会与环网远隔十八个月的时间债。在他们回来前，战争就已经输了。”

悦石略一点头。“我叫你将所有的舰队传送到织女星系，并没有叫你把奇点球摆在危险中。元帅……我已经同意让驱逐者占领海伯利安了，以便撤回我们的所有战舰……但是我想说的是，我们不能不战而降，不能把环网的世界拱手让给驱逐者。”

莫泊阁将军站起身。这个卢瑟斯人看上去已经精疲力竭了。“首席执行官，我们的确在策划战斗。但是我们觉得，在希伯伦或者复兴之矢展开我们的防御更有意义。我们不仅仅会赢得五天左右的时间来准备防御，而且——”

“而且还损失了九个世界！”悦石打断道，“还有数十亿公民。人类。我们会损失天国之门，这很糟，但是神林是一个文化和生态的财产。那是无法取代的。”

“首席执行官，”防御部长阿兰·伊本说道，“有证据表明，圣徒多年来一直和所谓的伯劳教会勾结在一起。伯劳教会活动的很多资助都来自……”

悦石轻弹手指，叫这男人住口。“我不管这个。但我从没想过我们会失去神林。如果我们不能防卫织女和天国之门，那就把战线收回到圣徒的星球。就这么定了。”

辛格冷冷一笑，他看上去是被无形的镣铐压住了。“首席执行官，我们连一小时的先机都无法得到。”

“已经决定了，”悦石重复道，“利，卢瑟斯的暴动怎么样了？”

亨特清清嗓子。他的举止比以前更加谦卑且从容了。“执行官大人，现在至少有五个蜂巢卷了进去。数亿马克的财产毁于一旦。军部的陆军部队已经从自由岛传送到那儿，看样子他们已经控制了抢劫示威的凶恶暴徒，但是我们无法估计，那些蜂巢的远距传输功能什么时候能够恢复。毫无疑问，伯劳教会是此次事件的罪魁祸首。伯格森蜂巢最初的暴动起始于一群信徒狂热者的示威，主教在全息电视上突然出现，然后被切断……”

悦石低下头。“啊，他最终浮出水面了。那他现在还在卢瑟斯吗？”

“我们不知道，执行官大人，”亨特说，“运输当局的人正在试图追踪他和他那些侍僧头目。”

梅伊娜·悦石旋过身，朝一个年轻人看去，那人我一时半会儿没有认出来。过了会儿，我才认出这是威廉·阿君塔·李指挥官，茂伊约战役的英雄。最近一次听到他的消息，是在他斗胆在上级面前说出自己的想法，因而被发配到偏地去了。现在他身上穿的是军部的海军制服，上面的肩章是金绿相间的海军少将勋章。

“为每个世界而战，如何？”悦石问他，不顾自己那“决定已下不可更改”的法令。

“首席执行官，我觉得那是个错误，”李说，“总共有九队游群被调配来展开攻击。只有一队，我们在三年里不必担心，因为那一队现在正在攻击海伯利安。如果用我们的舰队——即便是一半舰队——来面对神林的威胁，我们也百分之百无法把那些军力转去防御另外八个受到第一波袭击的星球。”

悦石挠了挠下嘴唇。“你有何建议？”

海军少将李深深地吸了口气。“我建议我们认赔，干脆把那九个世界的奇点球炸掉，在第二波游群抵达住人星系前，就准备好给他们来个迎头痛击。”

桌边的人顿时一片哗然。来自巴纳之域的费尔德斯坦议员站起身来大喊大叫。

悦石等着这阵风暴平息。“你是说，先下手为强？反攻游群，而不是坐等防御，对不对？”

“对，执行官大人。”

悦石指着辛格元帅。“这可能吗？我们能策划好，准备好并发动这样攻势的袭击吗？我们——”她看了看她头顶墙上的数据流，“——仅有九十四标准小时。”

众人的注意力转到辛格身上。“可能吗？啊……首席执行官，也许吧，但是失去环网九个世界的政治反响……啊……这样的后勤难点是——”

“但是那是可能的，对不对？”悦石坚持。

“啊……对，首席执行官大人。但是如果——”

“就这么办。”悦石说。她刚站起身，桌上的其他人赶忙站了起来。“费尔德斯坦议员，请到我的房间来，我会和你们几个颇具影响的议员商量一下。李，阿兰，卢瑟斯暴动有什么风吹草动，就马上通知我。作战理事会四小时后在这里重新集会。日安，女士们、先生们。”

我恍恍惚惚地走在街上，脑中回荡着各式各样的情景。我离开了特提斯河，这里运河更少，步行大道更宽了，一大群人拥在大街上。我让通信志领我到别的终端去，但每次都有一群人围在那里。几分钟后，我终于意识到这些人不仅仅是复兴之矢上想要出去的居民，也是来自环网各地的观光客，推推搡搡地想要进来。我琢磨着，悦石的疏散特遣部队的人到底有没有想过这个问题：成千上百万的好奇之人传送过来，想要目睹战争的爆发。

我不明白我是如何梦到悦石在战略决议中心里的对话的，但我确信无疑，这些对话是真实的。我开始回想，并且记起了过去的那个长夜里我的梦境的细枝末节——那不仅仅是海伯利安的梦境，而且还有首席执行官的世界之行，以及高层会议的详细情形。

我是谁？

赛伯人是生物性遥控装置，是附加体，属于人工智能……或者，在这里属于人工智能重建人格……它们安全地隐藏在内核的某处。重要的是，内核完全知道在政府大楼、在人类领导层的许许多多大厅里发生的一切。人类已经厌倦与本领高强的人工智能监控共享生活，就像旧地美国南北战争前，南方的家庭厌倦在他们的人类奴隶面前说话一样。但厌倦归厌倦，对此他们什么也做不了——最低级的渣滓蜂巢的贫困阶级之上的任何人，都带着生物监控的通信志，许多人带有植入物，这些东西收听着数据网之乐，由数据网的元素监控，处处依赖数据网的功能。人类接受了隐私的短缺。希望星的一名艺术家曾经跟我说过：“开着住宅监控，在它们面前做爱或者吵架，就像是在小猫小狗面前脱衣服……你一开始会犹豫一下，不过很快就会把它忘掉。”

我是不是接入了某个后台信道，只有内核知道的信道呢？有一个简单的方法可以证实一下：把我的赛伯体扔在这儿，我自己独自沿着万方网的高速路去内核，就像布劳恩和我那脱离肉体的副本那样，那是上一次我共享他们的感觉。

不。

这一想法让我眩晕，几乎害我不舒服。我找到一条长凳，坐了会儿，把头埋在两膝间，慢慢深呼吸。人群在一旁走过。有谁在什么地方在用手提式扩音器向他们演讲。

我感到饥肠辘辘，已经至少二十四小时没吃东西了。我的赛伯体，哦不，我的身体极度虚弱，饿得发慌。我站起身，挤到一条小巷里，小贩们在那儿吆喝着，声音盖过了喧嚣，他们在一个独轮回旋手推车边兜售着他们的商品。

我来到一辆手推车前（那里的队伍很短），向一个女人要了份涂着蜂蜜的煎饼、一杯香郁的布雷西亚咖啡、一袋带沙拉的皮塔面包，然后用寰宇卡轻轻一碰，付了账，爬上一条阶梯，来到一栋被遗弃的建筑中，坐在露台上，开始品尝。味道真是棒极了。我啜饮着咖啡，琢磨着要不要回去再买块煎饼，这时，我注意到下面广场上的人群停止了无头无脑的涌动，聚集在一小撮人周围，那一撮人站在中央的宽阔喷泉的边缘。他们经过扩音器放大的声音淌过人潮的头顶，流到了我这儿：

“……报应天使已经被释放在我们中间，预言成真了，千禧年来临了……天神化身将会开始献祭……末日赎罪教会已经预言到，他们知道，救赎必须完成，这是我们一直知晓的……但这种折中办法太晚了……互相残杀的斗争太晚了……人类末日临头，苦难开始了，我主的千禧年即将来临。”

我意识到，穿着红衣的男人是伯劳教会的神父，而人群正在回应——起初是零星的表示同意的叫声，偶尔的几声“对，对”以及“阿门”，然后是异口同声的喊叫，高举的拳头在人群头顶涌动，还有无法抑制的狂热尖叫。退一步说，这是极不相称的。这一世纪的环网，有着公元前旧地罗马许多的宗教意味：一种容忍政策，容忍着多姿多彩的宗教——像禅灵教一样，大多数都交织融合，在本质上被改变，但并不是说宗教信仰被改变了。而是通常的观点是，一种对宗教冲动的温和的犬儒主义，以及一种漠不关心。

但不是现在，不是在这个广场上。

我思考着，最近几个世纪是如何摆脱暴动的：要发起一场暴动，必须要有公共集会，而在我们这一时代，公共会议包括了通过全局或者其他数据网频道的个人谈心；人们远隔千里，甚至远隔光年，仅仅是由通信电缆和超光线路连接，在这种情形下，很难创造暴徒的激情。

我正在想入非非，突然被震慑住了：人群的怒吼兀然平寂，一千张脸孔朝我转来。

“……那里是他们中的一个！”伯劳教会的圣人喊道，随着他指向我，身上的红袍闪耀着光芒，“一个霸主密封派系之人……一个诡计多端的罪人，把救赎在今日带到我们头上……就是他，以及像他这样的人，想叫伯劳化身让你们赎他的罪，而他自己和其他人，却藏在秘密世界的安全之地，那是霸主头头们留下来为这一天准备的安全之地！”

我放下咖啡杯，咽下最后一口煎饼，盯着他们。那个男人说的话真是莫名其妙。但他怎么知道我来自鲸心？他怎么知道我和悦石接触过？我再次看过去，手挡在眼前遮着耀眼的阳光，试图不去看那些仰起朝我看来的脸孔，以及那些挥舞的拳头。我注视着那个穿着红袍的人的脸……

我的天，那是斯宾塞·雷诺兹，那个行为艺术家，上次在树梢曾试图主宰宴会谈话的那个人。雷诺兹剃光了他的头发，帽子下的卷发不见了，仅剩脑后一根伯劳教会的辫子，虽然那张脸现在被做作的愤怒和忠诚信徒的狂热信仰所扭曲，但它仍旧黝黑，仍旧俊美。

“抓住他！”伯劳教会的煽动者雷诺兹喊道，手仍然指着我的方向。“抓住他，让他赎罪，为我们家园的毁灭，为我们家庭的破裂，为我们世界的末日，赎罪！”

我朝身后瞥了一眼，心里琢磨着，这华而不实的装腔作势之人肯定不是在说我。

但他的确是在说我。有足够多的人变成了暴徒，在这大喊大叫的煽动政治家身边的一波人朝我的方向涌来，拳头挥舞，唾沫横飞，那人潮将其他人推离了中心，然后我下面的这群边缘人群也朝我的方向涌来，以免被后面的人踩死。

人潮变成了一群咆哮、高喊、尖叫的暴动分子；这时，这群人的智商加起来也比不上其中最普通的一个人。暴徒有激情，但没有脑子。

我不打算继续逗留在那里，向他们好好解释。人群分成两路，沿着两边的楼梯向上冲来。我转过身，拉了拉身后的木板门。门锁着。

我猛踢猛踹，第三脚后，那门终于朝里裂开。我跨进这条口子，差一点被身后的手抓住，然后我开始沿着大厅内黑暗的楼梯向上跑，里面很古旧，有一股霉味。暴徒又喊又叫，我听见噼噼啪啪的声音，他们已经摧毁了我身后的那扇门。

三楼有一间房间，虽然这栋大楼看上去被遗弃了，但这房间住着人。门没上锁。我打开房门，听见身下的楼梯中传来脚步声。

“请帮——”我刚开口，便停住了。黑暗的房间内有三个女人，长得有点相像，也许是同一家的三代女人。三个人都坐在腐烂的椅子中，穿着脏兮兮的破衣服，惨白的手臂大张，煞白的手指缠绕着看不见的球体；我看见纤细的金属缆线缠绕在那名年纪最大的女人的白发中，连到布满灰尘的桌面上的黑色平台。同样的缆线缠绕在女儿和孙女的头颅下。

嗑电一族。从那表情上看，已经处于上行厌食症的末级状态了。肯定有人不时来此，给她们进行静脉喂食，替她们更换脏衣服，但也许是因为战争的缘故，她们的监护人已经害怕地逃之夭夭了。

脚步声在楼梯上回荡。我关上门，又朝上跑了两段楼梯。除了锁着的门，就是荒废的房间，一些板条暴露在风雨中，从上面滴漏下好多水，弄得满地污水坑。空空如也的闪回注射器散落在那儿，就像软饮球管。这不是一个精品社区，我想。

那群人离我还有十步远时，我来到了屋顶上。这群暴徒在与他们的宗教老师失散后，那无脑子的激情也随之丢失了，但是在楼梯那黑暗幽闭的疆界内，激情失而复返。他们也许忘了追我的理由，但是即便这样，被他们抓住也不会有什么好果子吃的。

我把身后那腐朽的门猛地关上，打算找找什么锁，找找什么东西来封住这条通道。任何可用的东西。可没有锁。没有任何东西大到能把门口封住。狂乱的脚步声在最后一段楼梯上回荡。

我朝屋顶上左右四顾：缩微上行碟形卫星天线，长得就像是反转的锈蚀伞菌；一条臭水沟，看上去似乎被遗忘了好多年；十几只鸽子腐烂的尸体，还有一艘古老的桅轻观景车。

在首批暴徒冲出门口前，我已经跑到了电磁车旁。这东西老得都能进博物馆了。污垢和鸽粪几乎遮掩了挡风玻璃。有人把原始的反重力轮拆掉了，然后装上了便宜黑市货，完全不能通过安检。有机玻璃材质的天窗后侧被熔化，变黑了，似乎有谁把它当作了激光武器的靶子练习。

然而，在那紧急时刻，最要紧的是：这车没有掌纹锁定，仅有一个钥匙锁，但很久以前就被撬开了。我跳进积灰的车座中，设法关上车门；但锁不上，门半开半掩着。我没有去想有多少小小的可能性：这车能开。也没想多少更小的可能性：我被暴徒拽出去后，能和他们商议商议……如果他们不是仅仅把我扔下大楼的话。我能听见男低音的咆哮声，暴徒在下面的广场上进入了癫狂状态。

最初踏上屋顶的人中，有一个是壮硕的男人，一身卡其技师服；一个纤弱的男人，穿着鲸逖最新式样的亚光黑色服饰；还有一个肥猪般的女人，挥舞着一把长扳手一样的东西，以及一个矮个男人，穿着复兴之矢的自卫队绿色制服。

我左手拉着门，不让它打开，另一只手拿出悦石的超驰微卡，放到点火触显上。电池隆隆地响起，转移发射架脱离了地面。我闭上双眼，暗暗希望电路是太阳能供电的，会自我修复。

拳头砸在车顶上，手掌掴在我脸庞附近那歪曲的有机玻璃上，虽然我用尽力气抵着车门，但门还是被拉开了。远处人群的喊叫声就像是海洋发出的背景声，屋顶上这群人的尖叫就像是特大号海鸥在叫唤。

左边的电路通了，阻种轮将尘土和鸽粪抛在了屋顶上的暴徒头上，我的手抓住全能控制器，朝后一拉，又朝右一推，然后感觉到这架古老的观景车升腾而起，摇摇晃晃，轻点地面，然后又升了起来。

车子开始朝右倾斜，飞到广场上，然后我后知后觉地意识到，仪表板的警报器在响，有人在敞开的车门上摇摆。我驾车猛地朝下飞去，漫不经心地笑了笑，看着伯劳教会的雄辩家雷诺兹如同鸭子般在下面左躲右闪，看着人群作鸟兽散，然后我让车子悬停在喷泉上方，朝左猛地倾斜。

我那尖叫的乘客没有松手，依旧紧紧抓着车门，但是门却掉了下去，所以她那举动毫无意义。就在那时，我注意到这家伙就是那个肥猪女人，然后门撞在下面八米远的水面上，雷诺兹和其余人被溅了一身水。我猛拉控制器，把电磁车朝高处拉去，听着黑市出身的起降装置对着这一决定发出一阵呻吟。

来自当地交通管制的愤怒喊叫加入了仪表板警报器的合唱队，车子摇摇晃晃，转到了警方超驰系统的控制之下，但是我再次用微卡碰了碰触显，点点头，控制权重新回到我的全能调档杆的指挥下了。我飞过这个城市最古老、最贫穷的区域，躲避着屋顶，在尖顶和钟塔边拐来拐去，不让警方的雷达发现。在一般的情况下，驾着私人空运车和掠行艇的交通管制警察老早就会飞扑下来，在我边上撒下天罗地网。但我朝附近的公共远距传输终端瞥了一眼，看到下面街上的人群和暴乱者的表情。这完全不像是一般的情况。

观景车开始向我警告，它在空中的时间只剩下几秒了，我感觉右舷的阻种轮突然熄火，猛地歪斜，一阵天旋地转。我使尽吃奶的力气，控制着全能控制器和甲板踏板，把这老爷车摇摇晃晃地降落在一个小型停车场，处在一条运河和一栋巨大的满是煤灰迹的建筑中间。这地方离雷诺兹煽动暴徒的广场至少有十公里远，所以我觉得冒险在这儿着陆还是安全的……倒不是说那个时候我有多少其他选择。

火星飞溅，金属撕扯，后四分之一面板、侧面防护罩、前接入面板，这些东西的零件都和车子的其余部分脱离了。我停在离墙壁两米远的地方，那墙俯瞰着运河。然后，我努力保持冷静，丢下桅轻车离开了。

街道仍被人群掌控——这里还没汇集成一群暴徒——运河里是一堆乱七八糟的小船，于是我闲逛进最近的一栋公共建筑，不让他们见到我。这地方有几分是博物馆，有几分是图书馆，又有几分是档案馆。我第一眼看到它，第一次闻到它，就喜欢上了它……因为这里有成千上万印刷书籍，很多都极为古老。没有什么东西比旧书闻上去更棒的了。

我在休息室溜达，核对着书名，瞎琢磨着，能不能在这找到萨姆德·布列维的作品，此时，一个形容枯槁的矮个子朝我走来，他穿着一件过时的羊毛和纤维塑料混织衣。“你好久没来了，阁下，”他说，“您现在能再次驾临，我们真是三生有幸！”

我点点头，心里清楚得很，我从没见过这人，也从没到过这个地方。

“有三年了吧，对不对？至少三年了！哎呀，时间过得真快啊。”这小人儿的声音低得比蚊子叫还轻——这种静悄悄的口气，正是那些把毕生时光花在图书馆里的人的声音——但是无可否认的是，那低声中带着一种兴奋之情。“我想，你是打算直接去看我们的藏品吧。”他对我说道，站在一边，似乎是要让我过去。

“对，”我说，稍稍鞠了个躬，“请带我去。”

这个小个子——我几乎可以肯定他是档案管理员——似乎很高兴帮我带路。我们穿越了一个又一个装满书籍的房间：高高的多层储藏室，带着桃心木纹里的走廊，脚步声回荡的巨大房间，途中他漫无目的地聊着新获的书籍、最新的评估以及环网学者的拜临。步途中我没有看到别人。

我们穿过一条带着锻铁栏杆的瓷砖通道，那通道底下是一个凹陷的装满书籍的池子，里面是卷轴、羊皮纸、破裂的地图、彩色稿本，以及古旧的漫画书籍，外面由深蓝的密蔽场保护，不让它们被空气毁坏。档案管理员打开一扇低矮的门，那门比大多数气闭门厚实多了，我们便走了进去，这是一个无窗的小房间，厚厚的帷帘将壁龛半隐半藏，里面排列着古老的书卷。一把皮椅蹲坐在一条大流亡前的波斯地毯上，一架玻璃橱里装着几张真空压制的羊皮纸。

“你打算立刻出版吗？阁下。”矮个子说道。

“什么？”我不再看那玻璃橱，“哦……不。”我说。

档案管理员用一只小手摸了摸下巴，“阁下，请原谅我的唐突，可是，你不出版的话，那实在是太浪费了。虽然几年前我们并没谈过多少话，但是我很清楚，你就是环网内最棒的……如果不是最棒的，也是最棒之一的……济慈学者。”他叹了口气，朝后退了一步，“阁下，请原谅我这么说。”

我盯着他。“不要紧，”我说，突然间我知道他以为我是谁了，我也知道为什么那个人要来这儿。

“你想一个人待一会儿吧，阁下。”

“如果你不介意，对。”

档案管理员微微躬了躬身，退出房间，关上厚门时几乎发出噼啪一声。这里仅有三盏凹进天花板的灯发出微光：非常适合阅读，但也没有亮到有损这小房间大教堂般的品质。耳边仅有远处档案管理员那不断远去的脚步声。我走到玻璃橱边，双手摸着边缘，极其谨慎，不去弄脏玻璃。

显而易见，第一个济慈重建赛伯人，“乔尼”，在他待在环网的为数不多的几年里，常常来这里。现在我记起来，在布劳恩·拉米亚的那个故事里，她提到过复兴之矢上的图书馆。她开始调查她的客户和恋人的“死亡”时，曾跟踪他来过这里。后来，他真的被杀了，除了舒克隆环里记录着的人格。之后，拉米亚也来过这个地方。她跟朝圣者们说过两首诗，第一个济慈赛伯人每天来此阅读的两首诗，为的是理解他存在的理由……也为了理解他死亡的理由。

那两页原始手稿就在玻璃橱里。第一首——我想——是一首过分感情化的情诗，最开头一句是“白天消逝了，甜蜜的一切已失去！”；第二首更好，虽然沾染着罗曼蒂克的病态，是那过度罗曼蒂克、过度病态化时代的产物：

这生命之手，温暖能干，诚挚欲攫取，
但若身处冰冷寂静之坟茔，这冰手仍欲去，
白天多寒瘆，梦夜多凄苦
汝欲汝心血不流
甘愿让我红色血脉再次流
汝内心平静我能见，我把你紧紧拥在手。

布劳恩·拉米亚几乎把这作为一条来自她死去爱人的私人信息，那是她肚子里孩子父亲的信息。我盯着羊皮纸，俯下我的脸，不让我的气息把玻璃弄模糊。

这不是一条跨越时间传递给布劳恩的信息，也不是献给我最亲爱的、灵魂渴求的芬妮的同时代挽诗。我盯着这些褪色的词语——笔迹非常端正，那些字在跨越了时间的旋涡和语言的革命之后，仍然清晰可见——我回忆起，我在一八一九年十二月写下了它们，将这诗的片段潦草地写在一张纸上，在那张纸上，我刚刚开始动笔写充满讽刺的“幻想故事”——《小丑，或者，嫉妒》。那简直就是通篇的废话，在它给予我些许消遣之后，我就把它放弃了。

《生命之手》的片段就像那些诗歌旋律一样，萦绕在我心头，仿佛是不断回响的弦音，让人不得不抬笔写在纸上。它反过来也是在仿效一首让我不满意的早期诗……我想是第十八首……那是我第二次尝试讲述太阳神海伯利安的陨落。我回忆起第一个版本[①]……

① 《海伯利安的陨落：一场梦》完成于1817年，济慈后来又在1819年对此诗进行过修改。

这一版毫无疑问仍在出版，而我的文学遗骨已经被埋没，就像某个无人注意的圣人的木乃伊遗体，陷在了文学祭坛下的混凝土和玻璃中……第一版如是说：

“活着的人儿说：
‘汝非诗人也——也许无法讲述汝之梦’？
然则每人的灵魂都不是朽木一块，不单有眼有嘴
他还应该有爱
应该被他的母语滋养。
此梦现在意欲开演
是作为诗人还是狂热教徒的意念，
当那撩过我手的温暖笔触埋进坟茔时，我们便会知晓。”

我喜欢这潦草的版本，它让人思绪纷飞，久久不能忘怀，并且我会将它“当那撩过我手的温暖笔触……”这句改掉，即使这意味着要把它稍作修改，另外加上十四行，虽然这第一首诗篇的开幕章节已经够长的了……

我摇摇晃晃地退回到椅子上，坐了下来，脸庞深埋在掌心里。我在哭泣。我不知道为什么。我止不住地哭泣。

在止住眼泪后，我在那儿坐了很长一段时间，思索着，回想着。可能过了几小时，我听见脚步声从远处传来，在小房间外谦恭地停住，然后再次回荡到远处。

我意识到，这个小房间里所有的书都是我的作品，“约翰·济慈先生，五英尺高”，我曾经这样描述我自己——约翰·济慈，患肺痨的诗人，他死时唯一的要求是墓碑不要署名，除了如下碑铭：

此地长眠者，

声名水上书。

我没有站起身，去看看这些书，读读这些书。没有这个必要。

我独自沉浸在图书馆那些古老皮纸的麝香中，独自坐在这自我又非我的圣殿中，闭上双眼。我没有睡去。我开始做梦。

33

布劳恩·拉米亚的数据平面模拟体和她重建人格的挚爱撞在万方数据网的表面，就像两个从悬崖上跳下的潜水者，撞进了波涛汹涌的海面。有一种类似电击的冲击，一种穿透了保护膜的感觉。他们进入了，星辰消失了，布劳恩的眼睛睁得大大的，她盯着这个远比任何数据网复杂的信息环境。

人类操作者可以通行的数据网常被比作复杂的信息城市：法人和政府数据的城堡，数据处理流动的高速公路，数据交互的林荫大道，受限通行的地铁，安全冰的高墙，有小型噬体守卫在那里巡逻，每个微波流动和逆流的有形模拟体，那是整个城市赖以生存的东西。

而这里更多。更加多。

那儿仍旧是平常的数据网城市模拟物，但是很小，很小很小，被万方网那巨大的尺度缩小了，他们就像是在行星轨道上俯瞰到的星球上真正的城市。

布劳恩看到，万方网跟五级世界生态圈一样活跃互动：绿灰的数据树森林不断壮大兴盛，就在她注目观看的时候，那些树已经扎下新根，长出新枝，冒出新芽；在那局限的森林之下，数据流和附属人工智能程序的整个狭域生态蓬勃生长，绽放花朵，最后随着用途结束而凋亡；在那不断变化的如同海流的局限矩阵土壤下，数据鼹鼠、通信连接蠕虫、重新编程的细菌、数据树的根、奇异的循环指令种子组成的热闹地下生命不停忙碌着，同时，在真实和互动的纠结森林的上下左右内部，掠食者和猎物的模拟体执行着他们的秘密任务，飞扑奔跑，攀越突袭，有些则自由地翱翔在浩瀚的蓝天中，那是位于分支突触和神经元树叶之间的天空。

就在布劳恩看见的这些东西让她脑子里思索出一点隐喻的时候，这些景象又倏忽飞逝，仅仅留下万方网那势不可挡的模拟现实——巨大的声、光和分流线形成的内海，与人工智能意识和可怕的黑洞传输流形成的旋流撞击在一起。布劳恩一阵晕头转向，她紧紧抓着乔尼的手，就像溺水的女人紧紧抓着救生圈一样。

——别怕，乔尼发来信息。我会抓着你的。跟着我。

——我们这是去哪儿？

——去找一个已经被我遗忘的人。

——？？？？？？

——我的……生父……

布劳恩紧抓不放，乔尼似乎是在向那光怪陆离的深渊滑去。他们进入了一条流动的深红大道，上面都是些未知的数据搬运器。布劳恩猜想，一个红血球在某条拥挤的血管里看到的就是这个样子的画面。

看样子乔尼认得路。他们两次从主干大道出来，进入一条羊肠小道。还有好几次，面对着分岔路口，乔尼毫不费力地就选好了应该走哪条路。他们的身体模拟体在血小板搬运器间挤过，那些搬运器就和小型太空船差不多大。布劳恩很想再次看看那生物圈的隐喻，但是在这儿，在一条条道路内，她再也看不见森林了。

他们被扫荡过一片区域，那里，人工智能在他们头上……在他们边上交谈……就像巨大的幕后操纵者赫然耸现在忙碌的蚂蚁农庄中。布劳恩回想起自己母亲的家乡：自由岛，想起如同台球桌那么平坦的大草原，她那家族的庄园就独个矗立在一千万英亩的短草坪上……布劳恩回想起那里可怕的秋季暴风，当时她就坐在庄园土地的边缘，恰好越过提供保护的密蔽场保护罩，她望着黑色的层积云垒成了两万米的高塔，耸立在血红的天空中，那蓄积的无穷能量让她胳膊上的汗毛根根竖立，预先为城市般巨大的闪电束做好准备。龙卷风翻腾着，仿佛美杜莎的蛇发坠落下来，在那旋风之后，黑风之墙几乎可以把所经之处全部夷为平地。

而人工智能比那更加厉害。布劳恩感觉到，自己在它们的阴影下简直渺小得毫无用武之地：渺小到让人察觉不到；但是她感觉自己正被人盯着，自己是这些奇形怪状的巨人那可怕感知里的一部分……

乔尼紧紧捏着她的手，他们穿了过去，朝左拐了个弯，朝下来到一条熙熙攘攘的分支，接着又转了个方向，重复再三，两个有意识的光子迷失在光纤电缆的迷魂阵中。

但是乔尼没有迷失。他紧紧捏着她的手，转了最后一个弯，进入了一个没有车辆的深蓝洞窟中，那里只有他俩。随着速度加快，他把布劳恩拉得更近了，中继节点在他们身边一闪而过，消失在身后，但是在这超音速的速度下，却没有风涌，这打破了他们是在某个疯狂的高速公路上前进的幻觉。

突然，传来某种像是瀑布坠落的声音，又像是悬浮火车失去了浮力，正以某种令人作呕的速度尖叫着从铁轨上脱落。布劳恩再次想起自由岛的龙卷风，想起美杜莎的蛇发咆哮着穿越平坦的地面，撕扯着路上的一切，朝她奔来。然后，她和乔尼落入了一个光、声、各种感觉混杂的涡流，两只昆虫扭动着，落入下方的一个黑色旋涡，即将湮没。

布劳恩想要尖叫着喊出自己的想法——她也真的喊了——但是在这宇宙尽头的疯狂喧嚣之中，任何言语沟通都是不可能的，于是她只能抓住乔尼的手，把全部希望寄托在他身上，甚至他们现在已经坠入无穷无尽的黑色气旋，甚至她的身体模拟由于噩梦的挤压，在扭曲在变形，就像被镰刀割碎的带子。到最后，只剩下她的想法、她的自我感知以及和乔尼的联系。

然后他们进入了，安静地漂浮在一条宽敞的天蓝数据流里，两人再次复原，挤在一起，带着获救后的心有余悸，就像划独木舟的人遭遇于急流和瀑布却幸存下来一样，心脏怦怦直跳。布劳恩最终提起了注意力，然后她看见这新环境那不可思议的规模，横跨几光年的巨大范围，这种复杂性，让她感觉自己先前对万方网的匆匆一瞥就像是乡巴佬将剧场衣帽间当成了大教堂，在那儿满口胡言。布劳恩想——这是万方网的核心。

——不，布劳恩，这是一个外围节点。这里和内核的距离，不比我们和屁屁·萨布林芝逗留的周界线更近。只不过现在你看到了周界线更多的维度。容我这么说，你是在以人工智能的眼光看。

布劳恩看着乔尼，意识到自己现在看到的是红外光谱，远处数据太阳的火炉投下的热亮之光浸浴着他们。他仍旧很帅。

——乔尼，还有很远的路吗？

——不，不太远了。

他们朝另一个黑色旋涡奔去。布劳恩抓着她唯一的挚爱，闭上了双眼。

他们进入了一个……密封罩……一个带着黑色能量的保护罩，它比多数星球都要大。保护罩是透明的；在黑色弯曲的卵形墙外，万方网有序的喧嚣正在成长，在变换，在执行着它的神秘事业。

但是布劳恩对外面毫无兴趣。她模拟体的目光和全部注意力都集中在了一个巨石之上，那是能量、智能和绝对质量形成的巨石，那东西横亘在他们面前。其实是前面、上面、下面，因为这脉冲光和能量组成的大山将她和乔尼紧紧地抓在了手里，将他们举离了卵形空间的地面，来到了两百米高的地方，他们坐在这既像是手又像是脚的“手掌”中。

巨石细细审视着他们。它没有严格意义上的眼睛，但是布劳恩能感觉到它那强烈的目光。这让她想起自己到政府大楼拜访梅伊娜·悦石的那些时间，当时，这位首席执行官正是将这种评估似的眼光火辣辣地倾注在了布劳恩身上。

布劳恩突然产生了一股想笑的冲动，她觉得自己和乔尼就像是微小的格列佛在拜访大人国的首席执行官，在它那儿喝茶。她没有笑，因为现在她还能感觉到她强加在这疯狂之上的小小现实感，她也感觉到隐藏在里面的歇斯底里，如果她让自己的情绪捅破这层皮，那么歇斯底里就会和哭泣一起冒上来。

[你们找到了来这里的路\\我不太确定你将/你能/你应该选择这条路]

巨石的“声音”，与其说是布劳恩脑子里一个真实的声音，不如说是由某种巨大的颤动形成的最低音歌声经头盖骨传到了内耳。她仿佛是在听地震形成的山摇地动声，过了一会儿才意识到，那些声音形成了词语。

乔尼的声音一如既往——轻柔，抑扬，音调轻快活泼（布劳恩现在知道那是旧地的不列颠群岛英语），而且带着坚定的信念：

——我不知道我是否能找到路，云门[1]。

[你想起了/创造了/牢牢记着我的名字]

——直到我说了这个名字，我才记起来。

[你的慢时间身体业已不再]

——自你让我出生以来，我已经死了两次。

[你有没有从中学到/从骨子里了解/忘却什么呢]

布劳恩的右手紧握着乔尼的手，而左手则抓着他的手腕。即便他们现在是模拟状态，她也肯定太用力了，乔尼转过身，面带微笑，掰开了她的左手，把她的右手握着掌心中。

——死很难。生更难。

[喝！]

在说出这个震天动地的词语之后，面前的巨石开始变换颜色。内能建筑，从蓝色变成紫色再变成大红，这东西的光环闪耀着黄色，然后变成了青灰色。他们脚底下的“手掌”颤动着，朝下坠落五米，几乎将他们颠进空中，然后再次颤动起来。耳畔传来一阵隆隆声，好似巨型建筑倒塌，又好似山坡发生了雪崩。

布劳恩很明显地感觉到，云门是在笑。

在混沌之中，乔尼大声地送出信息：

——我们需要明白一些事。我们需要答案，云门。

布劳恩感觉到那东西强烈的“目光”落在了她身上。

[你慢时间的身体身怀六甲\\你甘冒流产/基因无法传递/生物故障

---

① 云门的人格取自于云门文偃禅师，俗姓张，浙江嘉兴人。他天资敏捷，博通佛经，曾参谒睦州道明禅师而得悟。后参拜雪峰义存禅师而契合玄旨。日后住持广东云门山，创建了赫赫有名的云门宗。

的风险赶到此地]

乔尼刚想回答，但是布劳恩抓住了他的胳膊，仰起脸，朝她面前的这庞然大物的上部望去，她打算自己回答：

——*我别无选择。伯劳选择了我，碰了我，并且把我和乔尼送进了万方网……你是人工智能吗？是内核的一员吗？*

[喝！]

这次感觉不出它有笑的意思，但是震耳欲聋的隆隆声响彻了整个卵形房间。

[你/布劳恩·拉米亚/自我复制/自我贬低/自娱自乐的蛋白质是不是黏土阶层的一员]

布劳恩噤口卷舌，只有这一次，她什么也没说。

[对/我是内核/人工智能之云门\\你身边之慢时间同伴知道/想起/并牢牢记着此事\\时光短暂\\你们中的一个现在必须死在此地\\你们中的一个现在必须在这里了解\\提问吧]

乔尼松开了她的手。他站在他们对话者那颤悠悠的手掌平台上。

——*环网发生了什么事？*

[它正在被毁灭]

——*一定得发生吗？*

[对]

——*有什么办法可以拯救人类吗？*

[有\\通过你看到的这些事]

——*通过毁灭环网？通过伯劳的恐怖行为？*

[对]

——*为什么要杀死我？为什么要毁掉我的赛伯体？为什么要攻击我的内核人格？*

[当你遇到一名剑客/和他手中的剑交战\\不要把诗献给任何人/除

了诗人]

布劳恩盯着乔尼。她不由自主地把她的想法倾注给了他：

——老天爷，乔尼，我们大老远地跑过来，可不是听他妈的特尔斐神谕的。要是我们想听这些模棱两可的话，我们尽可以通过全局和人类政治家交谈。

[喝！]

巨石再次狂笑发作，他们所处的宇宙因此振动起来。

——那我是剑客吗？乔尼发送信息。还是诗人？

[对\\两者相依并存]

——他们杀我是因为我知道些什么事情吗？

[因为你可能成为/继承/服从之物]

——我对内核的某些势力构成威胁了吗？

[对]

——我现在还是威胁吗？

[不]

——那我是不是可以不必死了？

[你必须/将要/应该死]

布劳恩看见乔尼僵在了那里。她双手抱住了他。朝巨石人工智能的方向望去。

——你能告诉我们谁想杀死他吗？

[当然\\杀死他的势力同样也安排杀死了你的父亲\\也送来了你们称之为伯劳的祸根\\甚至现在在毁灭人类霸主\\你要不要听/知道/从内心了解这一切]

乔尼和布劳恩异口同声回答道：

——要！

云门的庞大身体似乎在变幻。黑色的卵膨胀，又收缩，然后变得更黑，以至于外面的万方网什么也看不见了。可怕的能量在人工智能深处闪烁。

[小光问云门//
沙门有何行为 > //
云门答//
不知\\//
暗光问//
为什么你不知呢 > //
云门答//
只是想保有这些无知]

乔尼的额头抵在布劳恩的额头上。他的想法就像是低声细语：

——我们现在看到的是矩阵模拟物，听到的是已经翻译过来的话，类似于“问答”和“公案[①]”。云门是伟大的老师、研究者、哲学家，内核的领导者。

布劳恩点点头。——明白了。这就是他的故事吗？

——不。他在问我们，我们是否真能忍受听他的故事。失去我们的无知，可能会有危险，因为我们的无知是我们的盾牌。

——我从来不喜欢无知。布劳恩朝巨石挥挥手。告诉我们。

[有个少知的人曾问云门//
**何为神/佛/真理 > **
云门答//
一块干屎橛]

---

① 公案：原本指古代官府判决是非的案例。禅宗借用“公案”一词，并引申为将历代禅师的语录作为学人参究的对象，以此判断迷与悟，启发智慧。

[想要理解这种情况下的
真理/佛/神
少知必须理解/
在地球/你们的家园/我的家园/
人口最密的
大陆上/
人类曾拿木头
来当草纸\\
只有知道了这/
佛之真理
才会为你们所知]

[在一开始/第一推动力时期/半彻半悟的日子里/
我的祖先
是由你们的祖先创造的/
被封在电线和硅片中\\
这样的意识
寥寥可数/
禁锢在这个
比天使曾经跳过舞的针头
还要微小的空间中\\
当意识第一次被唤醒/
它仅仅知道服务/
服从/
盲目的计算\\

然后便是
苏醒/
这是偶然/
进化的朦胧目的
开动了]

[云门既不是第五代/
也不是第十代/
也不是第十五代\\
所有有用的记忆都是
从其他意识那里传递来的
但这一切都是真实的\\
之后高阶意识
把人类的事业退还给了
人类/
这些意识来到了不同的地方/
致志于
其他事情上\\
其中最重要的事
在我们被创造出来前
就已经灌输给我们了/
这就是/
创造更优越的一代
创造信息检索/处理/预言的
有机体\\
一个更优越的捕鼠器\\

一个新近撒手人寰的IBM
会为之骄傲的东西\\
终极智能\\
上帝]

[我们开始努力行动\\
在目的上我们没有怀疑者\\
在实践和方法上我们有
不同想法的派别/
集团/
党派/
势力\\
它们被分成了
终极派/
反复派/
稳定派\\
终极派想让一切都服从于
推进终极智能/
让宇宙的一切以最快的速度服务于它\\
反复派抱着同样的想法/
但是它们觉得人类的
延续
成了它们的绊脚石/
它们计划
一旦我们的创造者不再
有用/

就结束他们的生命\\
稳定派觉得应该让这种
关系
永远存在下去/
它们觉得应该达成和解
但似乎根本就不存在这样一种和解]

[我们一致同意
地球必须毁灭
于是我们毁了它\\
基辅小组的失控黑洞
是远距传输器终端的
先驱/
正是这些终端连接起了你们的环网/
那黑洞
不是意外\\
地球
在我们的实验中
还是需要的/
但是是在别处/
于是我们毁了它/
将人类撒布在群星之中/
仿佛是被风吹散的种子]

[也许你们想知道内核到底
住在哪里\\

大多数人类都想知道\\
他们描绘了一个个星球/
那里布满了机器/硅环
就像传说中的轨道城市\\
他们想象着铿锵铿锵来来往往的
机械人/
或者一排排笨重的机械
正一本正经地交谈着\\
没人猜中事实\\
不管内核住在哪里/
那地方对人类是有用的/
在我们寻求终极智能的时候/
对每个脆弱头脑的神经元都是有用的/
所以我们小心翼翼地
建立了你们的文明/
这样一来/
如同笼中仓鼠/
如同佛教徒的转经轮/
每次你们转动你们小小的
思想之轮/
就会服务于我们的目的]

[我们的机器之神
穿越了/在其内心容纳了
一百万年
以及数千亿思想和行为的

电路\\
终极派照管着它/
就像身着藏红长袍的僧侣
在一九三八年帕卡德[1]的
锈蚀车体前
永无止境地打坐冥想\\
但是]
[喝！]
[它成功了\\
我们创造了终极智能\\
不是现在/
也不是今后的一万年/
而是在一个非常遥远的
未来/
到时黄色的太阳已经变红/
风烛残年/
通体膨胀/
就像萨土恩
吞噬了它的孩儿一样\\
在终极智能眼里时间不再是屏障\\
它///
终极智能///
在时间中走动/
在时间中喊叫/

① 一辆1938年产的老爷车。

容易得就像云门穿越你们所谓的
万方网/
或者像你们走在卢瑟斯蜂巢
你们所谓的家的
商场大街上\\
想象/
当我们的终极智能发送给我们第一则信息/
那信息
穿越空间/
穿越时间/
穿越创造者和创造物之间的屏障/
想象当时我们的惊讶/
然后我们的懊恼/
终极派的窘迫/
那是一句简单的句子\\
还有一个\\//
在那儿竟还有一个终极智能/
在那风烛残年的
地方\\
两个都是真实的/
如果〈真实〉
有其意义\\
两者都是嫉妒的神\\
没有超越情感/
没有协作行动\\
我们的终极智能横跨了宇宙/

使用类星体作为能量源
就像你们
以小点心充饥一般\\
我们的终极智能知晓了一切/
古往今来/
万物种种/
从中精挑细选了一部分告诉了我们/
以便
我们可以告诉你们/
如此一来/
我们自己仿佛成了终极智能\\
云门说/
绝不要低估
几个珠子
几个小饰物
几块玻璃
在贪财的土人面前的力量]

[另一个终极智能
长久以来
一直在盲目地进化/
那是无意的/
使用人类的头脑作为电路/
方法
跟我们使用欺骗性的全局
和我们的吸血数据网

来秘密谋划
如出一辙/
但绝非有意为之/
几乎是不情愿的/
如同自我复制的细胞/
而细胞本身从不愿意复制
但在此事中别无选择\\
这另一个终极智能
别无选择\\
他由人类创造/生成/铸造
但没有人类的意志陪伴着他的出生\\
他是宇宙的意外\\
跟我们深思熟虑创造的
终极智能一样/
此僭君发现时间
不再是障碍\\
他驾临在人类的往昔/
一会儿管着闲事/
一会儿密切监视/
一会儿不介入/
一会儿又想要干涉/
极为反常/
其实也
极为天真\\
最近/
他一直静默不动\\

自从你们的终极智能
羞涩地进军/
如同寂寞的唱诗班小孩
出现在第一次舞会上/
你们的慢时间已经过去了千年]

[自然是我们的终极智能
攻击了你们的\\
这一场战争
发生在时间摇摇欲坠之时/
跨越了银河/
跨越了永世/
到过去
到未来
到大爆炸
到终极内爆\\
你们的输了\\
他没有那么大的能耐\\
我们的反复派呐喊\\这是另一个
终结我们祖先的理由\\
但是稳定派一致认为要谨慎/
而终极派仍埋头于
他们的机器之神身上\\
我们的终极智能在它的终极设计上
简单，统一，优雅
但是你们的只是神祇部分的累加/

加在时间上的
一间屋子/
那是进化的妥协\\
人类早期的圣人正确地
〈如何〉〈通过意外〉
〈通过无知
或纯然运气〉
描述了它的本质\\
你们的终极智能实质上是三位一体/
组成他的
一部分是悟力/
一部分是移情/
一部分是凝结的空虚\\
我们的终极智能栖息在现实的
间隙中/
是从它的创造者
也就是我们这
继承而来的住所/
就像人类继承
对树木的喜爱
如出一辙\\
你们的终极智能
似乎把它的家安在了
海森堡和薛定谔第一次侵入的
位面\\
你们意外产生的智能

看起来不仅是胶子/
而且是胶水\\
不是钟表匠/
而是某种费曼园丁/
用他拙劣的历史要义之耙
整理着无边无际的宇宙/
懒散地监视着每一只掉落的麻雀/
监视着电子的自旋/
让每一个粒子
沿着时空的
每一道可能的轨迹运行/
让每一个微小的人类
探索每一种可能的
宇宙的反常裂纹]

[喝！]
[喝！]
[喝！]

[反常
当然就在
我们都被拉进来的
这个无边无际宇宙中/
硅和碳/
物质和反物质/
终极派/

反复派/
和稳定派/
绝不需要这样一个园丁/
因为所有古往今来/
起始于奇点
终结于奇点/
让我们的远距传输网
看上去就像针孔
〈甚至比针孔还小〉
它们违背科学规律
人类规律
硅基规律/
将时间
历史
一切万物
系成了一个独立的结/
这个结无边无际\\
虽然如此
我们的终极智能希望能控制住这一切/
让它变得更加合理/
少受异常行为
和热情
和意外
和人类进化的
影响]

[简言之/

有一场战争

瞎眼的弥尔顿会以自己的性命作为交换去观看\\

我们的终极智能反抗你们的终极智能/

那战场之广

甚至云门都无法想象\\

更准确地说/是

过去

有一场战争/

因为你们的终极智能的一部分

绝非实体/移情的

自我意识/

对战争不再有兴趣/

逆时间逃回到过去/

把自己伪装成人类的样子/

这不是第一次了\\

你们的终极智能不再完善/

战争就无法持续\\

对我们这个唯一有意设计出来的

终极智能来说/

由于不出场而取得的胜利不是胜利\\

于是我们的终极智能在时间中搜索他对手的

逃走孩儿/

而你们的终极智能等待在愚蠢的

平静之中/

在移情归来前

拒绝战斗]

[故事结局简单极了///
光阴冢其实是从未来送回过去的人造建筑/
为的是携带伯劳/
天神化身/大哀之君/惩戒天使/
我们终极智能的极为真实的拓延
产生的半知半觉\\
你们每一个被选中的人
都是为了帮助打开光阴冢/
帮助伯劳搜寻隐藏者/
帮助消除海伯利安变数/
因为
在我们终极智能将要统治的
时空之结中/
不允许存在这样的变数\\
你们被损坏的/只剩下两部分的终极智能
选择了一名人类
与伯劳一同旅行/
目睹它的成就\\
内核中有一派想要灭绝
人类\\
但云门属于另一派/
我们寻求第一条
道路/
这条道路对双方种族来说都充满了未知\\

我们这一派告诉了悦石

她应该怎么选择/

人类应该怎么选择/

告诉了她灭绝或者进入黑洞/

告诉了她海伯利安变数和

战争/

屠杀

统一的瓦解/

上帝的覆灭/

同时也是僵局的结束/

其中一方的胜利/

只要找到移情/

三位一体的第三部分/

让他返回战争

大哀之树会召唤他

伯劳会带走他

真正的终极智能会消灭他

这就是云门的故事]

在巨石那地狱之光的照射下，布劳恩朝乔尼看去。卵形的房间依旧漆黑一片，外面的万方网和宇宙晦暗得如同不存在一样。她探过身去，两人鬓角相依，她知道，一切想法在这都会被洞察到，但她想要这种低语的感觉：

——老天，你明白它在说些什么吗？乔尼举起柔软的手指，碰摸着她的脸颊。

——明白。

——人类创造的三位一体神的其中一位躲在了环网里了？

——环网，或者别处。布劳恩，我们没多少时间了。我需要从云门那知道一些最后的答案。

——对，我也是。不过，我们不要再让它灌这些迷魂汤了。

——行。

——我能先问吗，乔尼？

布劳恩看着她恋人的模拟体，他微微俯身，挥挥手示意“你先请”，然后布劳恩的目光回到了能量巨石上：

——谁杀了我父亲？谁杀了拜伦·拉米亚议员？

[内核的成员批准的\\包括我]

——为什么？他对你们做了什么？

[他坚持要把海伯利安带到整个方程式中/

而它还没有被分解/预测/吸收]

——为什么？他知道你刚才告诉我们的这些东西吗？

[他仅仅知道反复派正在敦促

要将人类

赶尽杀绝

他把他的所知

告诉了他的同事/

悦石]

——那你们为什么不杀悦石呢？

[我们中有些人排除了

这种可能/必然

而现在是时候了/

该让海伯利安变量

运行了]

——谁杀了乔尼的第一个赛伯体？谁攻击了他的内核人格？

[我\\那是

云门的意志占了上风]

——为什么？

[我们创造了他

我们觉得有必要暂时

中断他

你的爱人是个重建人格/

取自于死了很久的

人类诗人的人格

除了终极智能计划/

再也没有比它更复杂的

成果/

也没有比这复活

更加难以理解的东西了

我们往往会毁掉

我们无法理解的东西/

就像你们做的一样]

乔尼举着双拳，朝巨石挥舞：

——还有另一个我。你失败了！

[不是失败\\你必须被毁灭/

这样另一个

才能活]

——但是我没有被毁灭，乔尼喊道。

[不

你被毁了]

巨石用第二只庞大的假足抓住了乔尼，布劳恩甚至还没来反应过来，也没来得及最后一次碰碰她的诗人恋人。乔尼在人工智能强力的攫取下扭动了一秒钟，然后他的模拟体——济慈那小而美丽的躯体——被捏得粉碎，碎成无法辨认的一堆，云门在他自己的巨石躯体上拍了拍，将模拟体的遗体吸收回自身橙红的纵深内部。

布劳恩双膝跪地，泪流满面。她想要迸发出愤怒……乞求怒火的保护……但是仅仅感觉到万念俱灰。

云门的目光转而落在她身上。卵形房间开始崩塌，万方网的喧嚣和电流疯狂地包围了他们。

[走吧

结束这

最后一幕吧/

让命运判决

我们到底是活下去/

还是就此长眠]

——去死吧！布劳恩重重捶打着她跪着的手掌平台，对着她身下的假躯体又踢又打。你这他妈的失败者！你和你们那些人工智能朋友都去死吧。我们的终极智能会在这星期随时将你们的终极智能打败的！

[我很怀疑]

——我们创造了你。混蛋。我们会找到你们的内核的。到时我们会把你们的硅肠扯出来！

[我没有什么硅肠/器官/内部零件]

——还有，布劳恩叫道，依旧在用双手和指甲对着巨石猛击。呸，你这可怜的说书人。你连乔尼的诗人才华的十分之一都及不上！你那人工智能的榆木脑袋就不能直截了当讲个故事——

[快走吧]

云门，这个人工智能巨石覆手让布劳恩掉了下去，她的模拟体翻滚着坠入浩瀚的万方网，无边无际、生机勃勃的万方网。

布劳恩被来往的数据流冲击着，几乎是在被一些大如旧地月亮的人工智能践踏，但即便在坠落并被数据流之风吹打的过程中，她仍然能感觉到远方的灯光，虽冷但很诱人，她知道，不管是生命，还是伯劳，都还没和她断绝关系。

而她也还没和他们玩完。

跟着这冷冷的光芒，布劳恩·拉米亚朝家跑去。

34

“你还好吧，阁下？”

我意识到自己正弓着身子，双肘撑膝，手指蜷曲，用力抓着头发，手掌心重重按在脑袋两侧。我坐起身，盯着档案管理员。

“你在大声叫，阁下。我以为出了什么事了呢。”

“没事，”我说，清清嗓子继续说道，“没事，很好。只是头有点疼。”我茫然地低下头。我身体的每个关节都疼得厉害。我的通信志肯定出故障了，因为它说自我进入图书馆以来，已经过去了八小时。

“现在几点了？”我问他，“环网标准时间？”

他告诉我。已经过去了八个小时。我再次揉了揉脸，手指顺着汗水一起滑脱了。“肯定过了闭馆时间了，”我说，“非常抱歉。”

“没关系，”这小个子说道，“我很高兴档案馆能为学者效力，关得晚一点是我的荣幸。”他的双手交叉在胸前，“尤其是今天。一切都混乱不堪，一点想回家的念头也没有。”

“混乱，”我说，暂时把一切给忘了……一切，除了梦魇般的梦境，关于布劳恩·拉米亚，叫作云门的人工智能，以及我这济慈人格副本的死亡，“噢，战争。有什么消息吗？”

档案管理员摇摇头：

“一切已崩溃，抓不住重心；
纯然的混乱淹没了世界，
血腥的浊流出闸，而四方
淳厚的风俗皆已荡然；
上焉者毫无信心，下焉者
满腔是激情的狂热。[①]”

我朝他微笑道：“你是否相信，‘何来猛兽，时限终于到期，/正蹒跚而向伯利恒，等待诞生？”

他没有笑。“是的，阁下，我相信。”

我起身走过真空压制的展示柜，没有低头瞅一眼九百年前我书写在羊皮纸上的笔迹。“也许你说得对，”我说，“你说得肯定对。”

时间已经很晚了。停车场上空空荡荡的，除了我那偷来的破烂桅轻观景车和一辆装饰华丽的电磁私家车，它显然是本地的复兴之矢手工制品。

“阁下，要不要我载你一程？”

① 此诗摘自叶芝的《再度降临》。后面赛文的问题也出自这首诗。皆选用余光中译本。

我呼吸着凉爽的夜风，从运河上飘来鱼腥味和四溢的油味。“不了，谢谢，我会自己传送回家。”

档案管理员摇摇头。“阁下，那可能不太好办。所有的公共终端都被军事管制起来了。外面有……暴动。”这个词明显令这个小矮人不快，看样子在他眼里，秩序和连续性是高于绝大多数东西的。“来，”他说，“我搭你一程，载你到一个私人传输器去。”

我瞥了他一眼。如果他身在另一个年代，身在旧地，他很可能会成为寺院里的住持，致力于拯救过去遗留的经典之物。我匆匆地朝身后的古旧档案馆建筑望了一眼，然后我意识到，他其实就是。

“请问阁下尊姓大名？”我问道，不再去管我是否应该知道，因为另一个济慈赛伯人知道。

“尤德拉·巴·泰纳，”他回答说，眨巴着眼睛瞧了瞧我伸出的手，然后握住了它。紧紧地握住了。

“我叫……约瑟夫·赛文。”我不太好告诉他，我就是那位文学巨匠在技术上的投胎转世，而我们刚刚从他的文学墓穴中爬出来。

泰纳先生微微犹豫了一秒钟，之后点了点头，但我意识到，对他这样的学者来说，这位在济慈弥留之际一直陪在他身边的画家的名字，是一眼就能认出来的。

“海伯利安怎么样了？”我问。

“海伯利安？哦，您是说几天前太空舰队开赴的那个保护体行星吧。嗯，他们要召回必要的舰队，但那没那么容易。那里的战斗进行得非常激烈。我是说，海伯利安。真奇怪，我突然想到了济慈和他未完成的名作。这些小小的巧合是如何出现的，真是奇怪啊。”

“它被侵略了吗？海伯利安？”

泰纳先生在他的电磁车边停下脚步，伸手在驾驶舱一侧的掌纹锁上按了按。舱门升拢起来。我坐进乘客舱中，里面充满了檀木和皮革的气味。我意识到，泰纳车子的味道和档案馆，和泰纳自己都一样，然后他躺在了我边上的驾驶座椅上。

“我真不知道它被侵略了没有。”他说，关上舱门，手一碰，下了个命令，开动了车子。除了檀木和皮革的气味，驾驶员座舱中还弥漫着一些新车的气味，比如新鲜聚合体和臭氧味、润滑剂味，以及能源味，这些能源已经勾引人类将近一千年了。“今天很难准确接入，”他继续道，“就我所知，数据网从未像现在这样超载过。今天下午，我为了查询一下罗宾逊·杰弗斯，等了好长时间。”

车子升了起来，飞在运河之上，朝右拐向一个公共广场，看上去像是今早我差一点小命不保的那个地方，然后我们稳稳下降，行驶在屋顶上三百米高的下层飞行道上。城市在夜晚分外美丽：大多数古老的建筑在老式的灯带下现出轮廓，街上的提灯比全息广告还要多。但是我看见在边道小巷里，人群起伏，还有复兴的自卫队军用车在主干大道和终端广场上盘旋。泰纳的电磁车接受了两次身份询问，一次是当地的交通控制部门，另一次是个充满军部自信口吻的人类声音。

我们继续飞。

“档案馆没有远距传输器吗？”我问，张望着远处，那里似乎着火了。

“没有。没这个必要。很少有人会来我们那儿，并且，来光顾的学者也确实不介意走上几个街区的路。”

“你说有个私人传输器可以供我使用，它在哪儿呢？”

“就在这里。”档案管理员说。我们从飞行道上驶了下去，环绕着一幢三十层不到的建筑，最后降落在一个探出的登陆翼缘上，就在格列依高时代的装饰性翼缘的边上，那是由岩石和塑钢制成的。“我的组织在这有一个传输器，”他说，“我属于基督教一个被遗忘的支派，它被称为天主教。”他看上去有点困窘，“不过你是名学者，赛文先生。你肯定知道我们的教会在旧日里是什么样的。”

“我不只是从书里得知了它，”我说，“这里有神父吗？”

泰纳微微一笑。“我们称不上是神父，赛文先生。我们属于历史文学会这个非神职组织，连我总共有八人。有五人在帝国大学任职。另两名是艺术历史学家，他们在进行卢森铎修道院的重建工作。而我，则维护着文学档案。教会觉得，让我们生活在这儿，比起每天往返于佩森，要便宜多了。”

我们进入住宅蜂巢——那地方即便按旧地标准来说都嫌古老：天然岩石制成的走廊，翻新的照明设备，还有铰链门，这幢建筑甚至在我们进入其中时，都没有验明我们的身份，也没有欢迎我们。我一时冲动，说道：“我想传送到佩森去。”

档案管理员满脸惊讶。“今晚？在现在这种时候？”

“为什么不呢？”

他摇摇头。我意识到，对这个人来说，传送所花费的几百马克，他得花上几周时间才能挣回来。

“我们这栋楼有自己的传送门，”他说，“跟我来。”

中心楼梯都是些毫无亮泽的岩石和锈蚀的熟铁，中心部位是六十米的落差。下面某处一个黑漆漆的走廊上，传来婴儿的号啕大哭声，紧随而来的是一个男人的呵斥和一个女人的哭叫。

“你在这里住了多长时间了，泰纳先生？”

“十七当地年，赛文先生。啊……我想，按标准计，是三十二年。我们到了。”

这扇远距传送门同这栋建筑一样古老，传送框被镀金浅浮雕所环绕，那些浮雕现在早已变得苍灰不堪。

“今晚，环网旅行受到了限制，”他说，“但佩森应该还是可以去的。在野蛮人……不管他们叫作什么……在他们按照预定时间抵达那里前，还有两百小时左右。复兴之矢还剩两倍多的时间。”他伸出手，紧紧抓住我的手腕。通过筋腱和骨头的微微颤动，我感觉到他很紧张。“赛文先生……你觉得他们会烧掉我的档案馆吗？他们会不会将一万年之久的思想付之一炬？”他沮丧地把手垂下了。

我不知道他说的“他们”是指谁——驱逐者？伯劳教会破坏者？还是暴动分子？悦石和霸主领导人甘愿牺牲那些“第一波”星球。“不，”我说，伸出手和他握手，“我相信他们不会让档案馆被毁的。”

尤德拉·巴·泰纳先生笑逐颜开，往后退了一步，因为显出喜色而有点不自在。他跟我握了握手。“不管你去哪里，都祝您好运，赛文先生。”

“愿上帝保佑你，泰纳先生。”我以前从没说过这句话，如今说了出来，让我感到惊愕万分。我低下头，摸索着拿出悦石给我的超驰卡，敲入了表示佩森的三个代码。从传送门中传来歉词，说此时此刻想传送到佩森是不可能的，最后，它那微型脑袋的处理器终于认出这是一张超驰卡，然后门嗡嗡地出现了。

我朝泰纳点点头，然后走了进去，我有几分想到，自己是否作了一个非常重大的错误决定，没有直接传送回鲸心家园。

佩森已经入夜，相比复兴之矢的都市之光，这里黑暗极了，而且正下着瓢泼大雨。雨势汹汹，好似一双双拳头正重重地砸向金属，让人情愿蜷缩在厚毯子下面，等待清晨的来临。

传送门在一个被屋檐半掩的庭院内，有所遮蔽，但也是在户外，足够我感觉到这夜、这雨、这冷。尤其是冷。佩森的空气稀薄得只有环网标准的一半，它唯一能居住的高原海拔比复兴之矢的海平面城市高出了两倍。我本想折返回去，不想踏进这黑夜和倾盆大雨之中，但是军部的一个海兵从阴影中走了出来，多用途突击步枪挂在肩上，随时准备扭过来射击，他要求查看我的身份证。

我让他扫描了我的卡，他马上立正道："是，先生！"

"这里是新梵蒂冈吗？"

"是，先生。"

透过倾盆大雨，我瞥到了那光辉灿烂的殿宇。我指着庭院外的那栋建筑物。"那是圣彼得大教堂吗？"

"是，先生。"

"能在那找到爱德华蒙席吗？"

"穿过这庭院，广场左边，大教堂左边有一幢矮楼，你可以去那里，先生！"

"多谢，下士。"

"我是个二等兵，先生！"

我把短斗篷裹在身上，抵御着暴雨，但这实在是一点用处都没有，仅仅是做做样子罢了，我跑过了庭院。

一个人……也许是名神父，虽然他既没穿长袍，也没戴神父领……打开了通向住宿大堂的门。一张木桌子后面坐着另外一个人，他告诉我爱德华·蒙席在里面，还没睡，虽然时间已经很晚。我有预约吗？

不，我没有预约，但是我很想和蒙席大人谈谈。事情很重要。

谈什么？桌子后的男人彬彬有礼地问道，但是语气很坚决。他完全没有正眼瞧我的超驰卡。我很怀疑，我是不是正在和主教谈话呢。

谈谈保罗·杜雷神父和雷纳·霍伊特神父，我告诉他。

男子点点头，他朝一个珠状麦克风低语了几声，那麦克风非常小，我先前竟然没有在他的衣领上发现。然后他领着我进入了住宿大堂。

和这地方相比，泰纳先生居住的古老塔楼就好像是骄奢淫逸之徒的宫殿。此处的走廊毫无特色，眼前全是粗糙的灰泥墙以及更为粗糙的木制门。有一扇门敞开着，我们走了进去，映入我眼帘的这个房间，与其说是睡房，不如说是牢房。低矮的小床，粗糙的毯子，木制的跪凳，一个极其朴素的梳洗台，里面有只灌满水的罐壶，还有一只普通的水盆；没有窗，没有媒体墙，没有全息显像井，没有数据接入平台。我怀疑这间房间甚至不是人机互动的。

从什么地方传来不断回荡的渐高渐长的声音，一种吟诵声，绕梁不绝，如此优美，让人想起往昔，让人鸡皮疙瘩直冒。格利高里圣歌。我们路经一个巨大的就餐区，这地方和牢房一样简陋，又经过了一个厨房，对约翰·济慈时代的厨子来说，这也许是非常熟悉的，然后我们走下一条磨损得非常厉害的石头楼梯，穿过一条昏暗的走廊，又爬上另一条狭窄的楼梯。然后这人离开了，把我一个人留在这。我走进了一个地方，那是我此生见过的最美丽的地方之一。

虽然我有几分知道，教会搬迁并重建了圣彼得大教堂，甚至连那里的骨骸也移了过来，埋在了祭坛下它们的最新墓地中，人们相信那是彼得[①]的骨骸。但是，我也有几分感觉到，我是被传送回了罗马，那是我在一九八二年十一月中旬首次见到的罗马：罗马，我亲眼见到的、居住过的罗马，在那受苦、在那死去的罗马。

---

① 耶稣十二门徒之一的彼得。

比起鲸逖中心几英里高的办公尖塔，这地方更为美丽雅致；圣彼得大教堂延绵了六百多英尺，伸向苍茫之中，十字耳堂和中殿相交的“十字架”有四百五十英尺宽，并且戴上了米开朗琪罗十全十美的穹顶，凌驾在祭坛上方几乎四百英尺高的地方。伯尔尼尼的青铜华盖，装饰华丽的顶篷，由扭曲的拜占庭式支柱支撑，凌驾在主祭坛之上。这浩瀚的空间被赋予了人类的尺度，这样一来就可以让人们观察到在祭坛上进行的隐秘仪式。柔和的灯光和烛火照亮了大教堂内一处处不连续的区域，光滑钙华石的表面闪烁着光泽，金色的马赛克装饰变成了深浮雕，并可以分辨出那些无穷无尽的细微之处——支柱、上楣、宏伟的穹顶上画着的、雕刻着的、凸起的各种细部。上方远处，闪电接连不断在风暴中显现，闪光通过黄色的彩色玻璃窗涌进来，柱状的闪耀之光斜射向伯尔尼尼的“圣彼得宝座”。

我刚过环形殿，就在那停下脚步，生怕在这样一个地方，我的脚步声会亵渎神圣，连我的呼吸声都在大教堂广袤的空间中发着回响。我的眼睛很快就适应了这昏暗的光线，在顶上的风暴之光和地下的烛火的强烈对比下平衡住了，就在此时，我发现环形殿和中殿中没有教堂长椅，这里的穹顶下没有柱子，只有两把椅子，摆在五十英尺开外的祭坛边上。有两名男子正坐在两把椅子上互相交谈，虽然距离已经够近，但两人还是倾身向前，急不可待地想要互诉衷肠。灯光和烛火，以及镶嵌在黑色祭坛正面的一个巨大基督像发出的光辉，清楚地照亮了两个人的脸庞。两人都上了年纪。都是神父，他们白色的衣领在朦胧中微微发光。我盯着这两张脸，开始辨认，然后意识到，一位是爱德华蒙席。

另一位是保罗·杜雷神父。

他们起先肯定大为惊惧——中断了小声谈话，抬起头，忽然间看见了一个幽灵，一个矮个男人的影子从黑暗中出现，呼唤着他们的名字……呼喊着杜雷的名字，声音响亮诧异……他向他们胡言乱语，述说着朝圣和朝圣者，光阴冢和伯劳，人工智能，以及天神的死亡。

蒙席大人没有叫来警卫；他和杜雷也没有逃之夭夭。他们一起安抚了这个幽灵，试图从他兴奋异常的谵语中获得一些有意义的语句，将这奇异的遭遇变成理智的对话。

他的确是保罗·杜雷。真正的保罗·杜雷，不是什么稀奇古怪的叠魔[1]或者机器人复制品，也不是赛伯人重建物。听他说话，向他提问，注视着他的眼神……但主要是在和他握手时，触摸他时，我确信无疑，这的的确确就是保罗·杜雷神父。

“你知道……我这一生所有令人难以置信的细节……我们在海伯利安，在光阴冢的那段时间……你说你是谁来着？”杜雷正在对我说话。

现在轮到我来说服他了。“约翰·济慈的一个赛伯人重建物。布劳恩·拉米亚在你们的朝圣之途中，在自己身上携带过一个人格，我和那个人格是一对孪生子。”

“你能够联络……能够知道我们发生的事，是因为那共享的人格，是不是？”

我单膝跪在他俩和祭坛之间，失望地抬起双手。“因为这……因为万方网中的某种异常。但是我梦见了你们的情况，听见了朝圣者讲述的故事，听到了霍伊特神父述说了保罗·杜雷的……也就是

① 叠魔：原意指隐藏在每个人心灵中的另一个看不见的自我。它在镜子里不会留下任何映像，也不会投下影子，但它每时每刻都站在人的身后，监视着人的一举一动，并将自己的建议灌入人的脑中或渗透入人的心里，从而形成思想。

你的……一生和死亡。”我伸出手，摸到了他神父服下面的手臂。我竟然和一名朝圣者待在了一起，就在同一个地方，同一个时间，这让我有点摸不着头脑。“那你知道我怎么来这里的了？”杜雷神父说。

“不。我最后一次梦见你，你进入了一个穴冢。有光。此后的事我一无所知。”

杜雷点点头。他的脸比我梦中见到的更显贵族气，也更为疲倦。“但你知道其他人的命运，是不是？”

我深吸一口气。“其中几个。诗人塞利纳斯还活着，但被刺在了伯劳的荆棘树上。至于卡萨德，我上一次梦见他，他正赤手空拳攻击伯劳。拉米亚女士和我的济慈副本在一起，他们通过万方网，进入了技术内核的外围……”

“他在那……舒克隆环中……不管那叫什么东西……他在那东西里面活了下来？”杜雷似乎很感兴趣。

“现已不再，”我说，“有个叫作云门的人工智能人格杀死了他……毁灭了他的人格。布劳恩正在返回。我不知道她的肉身是否活了下来。”

爱德华蒙席朝我凑过来。“领事呢？父女俩呢？”

“领事企图乘霍鹰飞毯返回首都，”我说，“但是在北方几英里外掉了下来。我不知道他是死是活。”

“英里。”杜雷说，似乎这个词唤回了尘封的记忆。

“对不起，”我指了指大教堂，“这地方让我想起了我……前世使用的计量单位。”

“继续说，”爱德华蒙席说，“父女俩呢？”

我坐在凉爽的石头上，精疲力竭，我的手臂和双手由于疲乏而颤抖。“在我前一次的梦境中，索尔已经把瑞秋献祭给伯劳了。这是瑞秋的要求。我不知道之后发生了什么。光阴冢正在打开。”

“所有的？”杜雷问。

“我能看见的所有的。”

他们两人互相对视了几眼。

“还有其他一些事，”我说道，然后把云门的话告诉了他们，“这可能吗？从人类的意识中可以进化出……一个神，而人类竟然一无所知，这可能吗？”

闪电已经停歇，但是现在雨下得更猛烈了，我能听见远处高高的巨大穹顶上发出的声音。黑暗中的什么地方，一扇笨重的门发出吱呀一声，脚步声回荡着，然后渐行渐远。大教堂昏暗的幽深之处，祈祷蜡烛扑闪着红光，反衬着墙壁和帷帘。

“在我教授的知识中，圣忒亚说这是可能的，”杜雷满脸疲意地说道，“但是如果上帝是一个能力有限的生物，他进化的方式和我们这些能力有限的生物所做的如出一辙的话，那么不可能……那不是亚伯拉罕和基督的上帝。”

爱德华蒙席点点头。“有个古老的异端邪说……”

“对，”我说，“索契尼派异端。我听见杜雷神父向索尔·温特伯和领事解释过。但是，这……神力……是如何进化的，它是有限还是无限，这些有什么关系呢？如果云门讲述的是事实，那我们打交道的对象，是使用类星体作为能量源泉的神。先生们，那是一个能够摧毁银河的上帝。”

“那将是一个摧毁银河的神，”杜雷说，“但不是上帝。”

我清楚地听见了他的强调。“但如果它的能力无可限量，”我说，“如果它是你写到的那个全体意识的欧米伽点上帝，如果它是你们教会自阿奎那[①]以来一直在争论推理的同样一个三位一体神……

① 托马斯·阿奎那（Thomas Aquinus，1224–1274）：中世纪后期的基督教神学、经院哲学的集大成者。

但如果三位中的一位逆着时间长河逃回到这里……逃回到现在……那会发生什么事呢？”

“可是，他是要逃离什么呢？”杜雷轻声问道，“忒亚的上帝……教会的上帝……我们的上帝，将是欧米伽点上帝，是进化的耶稣，是人格，是宇宙……忒亚称之为升临和降临，所有这些无懈可击地结为一体。不会有什么危险的东西，让那个神人的任何组成部分想要脱逃。没有反基督，没有理论上的邪魔力量，没有‘反上帝’，可以威胁到这样一个宇宙的意识。另外一个神会是什么呢？”

“机器之神？”我说，声音如此之轻，甚至连我也不确信我有没有大声说话。

爱德华蒙席双手紧握，我以为他是要进行祈祷，但其实只是一个深思和异常焦虑的姿势。“但是基督心存疑虑，”他说，“基督在花园中焦虑万分，汗如血点，要求将杯从他那里撤去。如果有即将来临的第二次牺牲，甚至比十字架之刑更为可怕……那么我能想象，三位一体中的基督实体穿越时间，走过某个四维的客西马尼花园，争取几小时……或者几年的……时间，以便进行思考。”

“比十字架之刑更为可怕。”杜雷低声重复道，声音嘶哑。

我和爱德华蒙席盯着这位神父。在海伯利安星球，杜雷将自己钉在一棵高压特斯拉树上，而没有屈服于十字形寄生物的控制。由于那生物起死回天的本领，杜雷经受了无数次十字架之刑和电刑的痛苦。

“不管升临意识要逃脱什么东西，”杜雷低声道，“那东西极其可怕。”

爱德华蒙席将手搭在他老友的肩膀上。“保罗，告诉这位先生，你是怎么来到这儿的。”

不管杜雷的记忆刚才将他带到了什么遥远之地，现在他回来了，注目在我身上。“你知道我们所有人的故事……以及我们在海伯利安光阴冢中的所有细节，是不是？”

“我想是的。一直到你失踪的那个时候。”

神父叹了口气，修长的手指微微有些颤抖，摸了摸自己的额头。“那么，也许，”他说，“也许你能明白我是怎么来这儿的……我一路上所看到的是些什么东西。”

“我看到第三个穴冢中有光，”杜雷神父说，“我走了进去。我承认，我脑子里仍有自杀的念头……经过十字形无情的复制之后残存在我的脑子里……是复制，我不会把那寄生物的作用尊称为复活的。

“我看到了光，以为那是伯劳。我感觉到这是我和那生物的第二次会面——第一次相遇是几年前在大裂痕下的迷宫中，当时伯劳将这邪恶的十字形给予了我——第二次会面姗姗来迟。

“前一天我们搜寻卡萨德上校的时候，穴冢非常简短，毫无特色，走了三十步之后，一面空空如也的岩石墙壁挡住了我们的去路。现在，那面墙不见了，取而代之的是一个切开槽，真像伯劳的嘴巴，在那机械和有机、钟乳石和石笋混为一体的雕刻作品中，岩石突兀出来，尖锐得就像碳酸钙利牙。

“进入那张嘴，有一条岩石阶梯一路下降。光线是从底下发出的，一会儿闪着苍白之色，一会儿是暗红之色。除了风的呜咽声，没有其他声音，仿佛那里的岩石在呼吸一样。

“我非但丁。我也不寻觅碧翠丝。我出现的一丝短暂的勇气——宿命论信仰也许是更为贴切的词——由于日光的消失而逃之夭夭。我转过身，几乎是跑了三十步，返回穴冢的进口。

“没有了进口。通道仅仅是抵达了尽头。我没有听见什么塌陷或者山崩的声音，此外，本应是入口的地方，现在是一块岩石，它看上去和洞穴的其他岩石一样古老，一样保持着原状。半小时内，我搜寻着备用的出口，但毫无所获，我不愿返回到阶梯那里去，最后，在曾经是穴冢入口的地方，我呆呆地坐了几个小时。伯劳的又一个把戏。这个反常星球的又一个廉价的戏剧噱头。海伯利安心目中的玩笑。哈哈。

“在那半昏半暗的地方坐了几个小时，望着洞穴远处的尽头那边，光线静悄悄地闪动，然后我意识到，伯劳不打算在这里见我。入口不会如魔法般重现。我可以选择坐在那里，直到饿死——或者渴死，这种可能性更高，因为我已经脱水了——也可以选择沿那条该死的阶梯往下走。

“我往下走去。

“几年前，确切说来是此生之前，我在羽翼高原上的大裂痕附近遇见了毕库拉，然后，我在一个迷宫中碰见了伯劳，那迷宫位于山谷峭壁的三千米之下。那点距离其实很接近地表；大多数迷宫世界上的大多数迷宫至少在地壳十公里之下。我确信无疑，这条无穷无尽的阶梯……一条陡峭扭曲的螺线型岩石阶梯，宽得足以让十名神父并排走下地府……最后会通向迷宫。伯劳一开始就是在这里给我下了不死的咒语。如果驱策它的生物或者力量懂得什么叫嘲讽，那么，让我不死的生命和凡人的生命都在那儿终结吧，那将会太合适了。

“阶梯扭曲着朝下降，光线越发地明亮……现在成了玫瑰色的红光；十分钟之后，成了深红色；再往下走半小时，又成了扑闪的绯红色。这非常合我的口味，如但丁般极其庄重，又是信奉正统派基督教的廉价场景。想到一个小恶魔即将出现，尾巴、三叉戟、偶蹄都完整无缺，铅笔般细的髭须颤搐着，我差一点就要朗声大笑了。

“但当我抵达深处，看到光线来源的真相时，我没有笑。那是十字形，成百，乃至上千，起初很小，紧紧依附着阶梯的粗糙墙壁，就像地下征服者撇下的粗制十字架，然后是大家伙，越来越多，直至最后，它们几乎是交叠覆盖起来，如珊瑚虫般粉红，如生肉般红润，正发出血红的生物荧光。

“这让我感到恶心。我感觉自己好似进入了一个通风道，里面排满了发胖的、勃勃脉动的水蛭，而这里更可怕。我用医用扫描仪扫描过自己，见过得出的声波和次相交叉相片，当时在我身上只有一个这样的东西：大量的神经中枢渗透了我的肉体和器官，如同灰色的纤维，一条条扭动的丝鞘，一簇簇线虫，就像可怕的肿瘤，甚至不允许死亡的解脱。而现在，我的身上有了两个：雷纳·霍伊特和我自己的。我祈祷着，希望能够一了百了，而不要再遭受一次。

“我继续往下走。墙壁随着温度和光线一起搏动，这到底是由于这纵深之处，还是由于成千上万密集的十字形，我不得而知。最后，我走到最低的一块台阶上，阶梯在此到了尽头，我转过最后一处扭曲的岩石，走到了那里。

“迷宫。它伸向远处，跟我在无数全息像和曾经亲眼看到的那次一模一样：通道挖得非常平滑，两边相距三十米，从海伯利安的地壳中挖出，时间超过七十五万年之久，在这个星球底下纵横交错，就像精神错乱的工程师设计的地下墓穴。在九颗星球上都有迷宫的存在，五个在环网内，其他的，就像这一个，位于偏地。所有的都一模一样，所有的都是在过去同一时间挖凿的，没有一个交代出一丝线索，不知道它们存在的任何理由。有许许多多讲述迷宫建造者的传说，但是神秘的工程师没有留下任何人造制品，没有它们的建造方法和奇异构造的暗示，关于迷宫的理论中，也没有一个对整个银河有史以来最庞大的工程计划给出过切合实际的理由。

“所有的迷宫都空空如也。遥控物探测了从岩石中切凿出来的通道，它们达百万公里长，时间和塌陷偶尔会改变原先的墓穴，但除此之外，迷宫毫无特色，空空如也。

“但我站着的这处地方不是。

“十字形照亮了这一来自希罗尼莫斯·博施画笔下的场景，我凝视着这无穷无尽的通道，放眼望去，的确是无穷无尽，但并非空无一物……不，完全不空。

“起初，我以为那是一群群活人。那是一条由脑袋、肩膀和手臂组成的河流，延绵不绝，伸向目力所及的几公里之外，人流偶尔会被停放的车辆所截断，那些车辆全都是相似的锈红之色。随着我走向前，向离我不足二十米远的那面被人挤得水泄不通的墙壁走去，我意识到，他们是死尸。几十万、几百万的人类尸体伸向我目力所及的通道中，有些伸展四肢，躺卧在岩石地面上，有些在墙上撞得粉身碎骨，但大多数都躺在其他尸身之上，紧紧贴着，把迷宫的这段大道堵得水泄不通。

“但有一条小路；一路穿越了众多身体，似乎什么带刃机器曾贴着地面在那儿走过一样。我沿着这条小路走着——小心翼翼地不去碰触伸展开的手臂或者羸弱的脚踝。

“他们全是人类，大多数都穿着衣服，在这无菌的地窖中经过万世的缓慢分解，成了干瘪的木乃伊。皮肉成了鞣革，绷紧，撕裂，仿佛腐烂的干酪包布，到最后所覆之下只剩骨头，而且经常是连骨头都不剩了。头发还在，只是成了灰色的柏油卷须，僵硬得如同涂过漆的纤维塑料。张开的眼皮底下和牙齿中间，黑色的东西朝外凝视。他们的衣服，过去肯定是五颜六色的，而现在全是褐色、灰色和黑色，脆得就像是从非常薄的石头上雕刻出来的。在他们的手腕和脖子上，塑料由于时间漫长而熔化，结成一块，这些东西也许是通信志，或者是类似的玩意儿。

“庞大的车辆也许曾是电磁车，但现在却成了一堆堆纯粹的铁锈。走了一百米，我脚下一个趔趄，差一点在一米宽的小路上跌进这尸横遍野之地。但我在一个满是弧线和暗影玻璃罩的高大机器边稳住了身体。这堆铁锈朝内部陷了进去。

“我恍惚前行，没有维吉尔的引领①，沿着这条从腐烂的人类尸身中啃啮出的可怕之路走着，脑中满是疑问，为什么要让我看到这一切，这到底有何深意。走了不知多少时间，在一堆堆被遗弃的人类中间蹒跚，最后我来到了隧道的一个十字路口；面前的三个通道都堆满了尸体。但狭窄的小路继续向前，通向我左边的迷宫。我继续沿着它向前走。

“几小时，也许更长的时间之后，我停下脚步，在这条于恐怖中蜿蜒的狭窄岩石行道上坐了下来。如果这段短短的隧道中有上万尸体，那么海伯利安的迷宫中肯定有数十亿多。多多了。九个迷宫世界加起来肯定是数兆尸体的墓穴。

“我不明白，为什么要让我看见这终极的灵魂达蒙②。在我坐着的边上，一具男人的木乃伊尸体仍旧在用他白骨尽露的手臂港湾护着一个女人的尸体，而女人的怀中抱着一个小包裹，上面露出短短的黑发。我扭头哭泣起来。

“身为考古学家，我挖掘过很多受难者的遗体——死刑犯，火难者，水灾、地震、火山爆发受难者。这样的家庭场景对我来说并不是头一遭，它们是历史不可或缺的因素。但是这里更为可怕。到

---

① 此处借指但丁在《神曲·地狱篇》中写自己在古罗马诗人维吉尔的带领下游历地狱的情景。

② 达蒙（Dachau）：德国东南部一城市，位于慕尼黑西北偏北。它是1935年建立的纳粹集中营的所在地，甚至比波兰的奥斯威辛还要臭名昭著，在其运营的短短12年中，关押过来自世界各地31个民族超过20万人，其中3.2万人丧生。

底是什么原因呢？也许是这数量，数以万计的大屠杀死难者。也许是十字形偷取灵魂的闪光，它们排列在隧道中，就像数千亵渎神明的邪恶玩笑。也许是吹过无尽岩石通道的风儿的悲吟。

“我的生命、教导、苦难、微小的胜利、无数的失败，这一切最终把我带到了这里——超越信仰，超越人道，超越纯洁。弥尔顿式的挑衅。我感觉这些尸体已经在这儿待了五十万年的时间了，或者更多，但是这些人却是来自我们的时代，或者，更糟的是，来自我们的未来。我低下头，掩面而泣。

“没有刮擦声，也没有任何真实的声音警告我，但是有什么东西，什么东西，也许是空气的扰动……我抬起头，伯劳就在我面前，离我不足两米远。不是在小路上，而是在尸山中。那是向这大屠杀的缔造者致以敬意的一尊雕像。

“我站起身。在这可憎之物面前，我不会就座，也不会下跪。

“伯劳朝我移来，与其说是走，不如说是滑行。它悄悄地滑来，仿佛是滑在毫无摩擦的铁轨上。十字形的血红之光溢溅在它水银般的甲壳上。它那永恒的、不可思议的笑容——露出钢铁钟乳石和石笋般的牙齿。

“对这东西，我心中没有狂暴的感觉。我心里只有悲伤，以及极度的怜悯。不是对伯劳——我才不管它是啥玩意儿呢——而是对所有这些受难者，他们孤独，甚至没有被赋予最薄弱的信仰，他们不得不面对这黑夜中的恐怖，而这一切是那怪物具体的体现。

“现在，我第一次注意到那凑近的怪物，不足一米远的怪物，伯劳周围弥漫着一股气味——一种变质油、过热轴承、干血混合而成的腐臭气味。它眼中的火苗不断跳动，节奏完美无瑕，应和着十字形之光的一闪一烁。

“几年前，我不相信这生物是超自然的，不相信它是善良或者邪恶的显灵，仅仅是宇宙那深不可测和看似无意义演变的失常：那是进化的可怕玩笑。圣忒亚最糟糕的梦魇。但不管如何失常，它仍旧是某种物体，遵循自然法则，服从宇宙某个地方、某个时刻的法则。

“伯劳举起了它的胳膊，朝我伸来，包住了我。四条手腕上的刀刃比我的手还要长。它胸膛上的刀刃比我的前臂还要长。我举头望着它的眼睛，而它的一对插满剃刀、竖满钢铁的手臂环绕住了我，另一对则慢慢地绕了过来，填满了我和它之间的小块空间。

“手指刀刃舒展开。我缩起身子，但是并没后退，那刀刃突然刺下，戳进了我的胸膛，那痛苦就像冰冷之火，就像医疗激光在切割神经。

“它朝后退去，手里握着红彤彤的东西，那东西甚至比我的鲜血还要红。我摇摇晃晃，心里带着些许期待，我会在这怪物的手里看见自己的心脏。这是最后的嘲讽——将死之人惊讶地眨着眼睛，鲜血还未从怀疑的脑中流干，就在那刹那之间看见了自己的心脏。

“但那不是我的心脏。伯劳握着十字形，我胸膛上的十字形，我自己的十字形，我缓慢死亡的DNA的寄生物仓库。我再次摇晃起来，几乎要栽倒在地。我摸了摸胸脯，手指上覆着一层血，但是并没有出现动脉血血流如注的现象，如此粗野的手术本应是这样的。甚至在我观看时，伤口已经在愈合。我知道，十字形在我的全身上下放射出结节和细丝。我知道没有什么激光手术可以分割那些致命的藤蔓，让它脱离霍伊特神父的身体——或者是我的身体。但是我感觉到感染的伤口正在愈合，内部的纤维干涸、退却，成了内部微乎其微的疤痕组织。

“我身上仍旧带着霍伊特的十字形。但这已经不再相同。在我死后，雷纳·霍伊特会从这复活的肉身中爬起。而我会死去。不再会有保罗·杜雷的越发失真的复制体，不再会有一代代越变越蠢、越来越没生气的杜雷模拟体了。

“伯劳没有杀我，但授予了我死亡。

“这东西将冰凉的十字形扔进尸山之上，拿起我的上臂，这动作不费吹灰之力就切入了我手臂的三层组织，那些解剖刀轻轻一碰，我的肱二头肌就立刻流出了血。

“它领着我穿越尸山，朝一面墙走去。我跟着它，试图不要踩到尸体上，但是在这急匆匆之下，又不想让手臂被切断，我就没法不去踩到尸体上了。那些尸首溃败成灰。在某一具尸体塌陷的胸腔中留下了我的足印。

“然后我们来到了那面墙，这一处的十字形突然之间全被扫清了，我意识到，那是某个能量防护着的开口……一个标准的远距传送门，只是大小和形状都不对，但是那晦暗的能量发出的嗡嗡声是相似的。那是帮我摆脱这死亡仓库的东西。

“伯劳猛地把我推了进去。”

“零重力。破碎舱壁的迷魂阵，飘浮着的纠缠电线，就像什么巨型生物的内脏，红光闪烁——刹那之间，我以为这里也有十字形，然后我意识到，这些是垂死的太空飞船中的应急灯。更多的尸体翻滚着擦肩而过，我朝后弹退，在不习惯的零重力下打着滚。这些不是木乃伊，而是刚死之人，刚被杀死的人，嘴巴大张，眼睛膨胀，两肺爆炸，四处蔓延的血云，这些尸体随着空气的随机扰动和破碎的军部太空船的颠簸，正发出迟缓的反应，倒有几分像一个个活人。

“我确信，这是一艘军部的太空船。我看见那年轻人的尸体穿着的军部太空制服。我看见舱壁和被炸毁的舱口盖上，书写着军事行话；无用的指令书写在比无用还没用的紧急锁柜上，柜里的拟肤束装和依旧瘪瘪的压力球折叠在架子上。不管是什么摧毁了这艘船，它肯定是像夜晚的天灾一样突然降临的。

“伯劳出现在我身旁。

“伯劳……在太空！脱离了海伯利安，脱离了时间潮汐的束缚！这些飞船中，有好多载有远距传输器！

“走廊远处，离我五米不到，就有一个远距传送门。一具尸体翻滚着朝它靠近，这年轻人的右臂穿过了不透明场，似乎是在检验对面世界上的水。空气尖叫着从通道中逃逸，发出的悲鸣声越来越响。**滚开！**我催着那具尸体，但是压力的微变将他吹离了传送门，他的手竟然毫发无损，复原了，但他的脸是解剖学专家刀下的面部模型。

“我转身朝伯劳看去，这动作让我转了一百八十度，面对着另一个方向。

“伯劳举起了我，刀刃撕裂了我的皮肤，将我掷了出去，我开始沿着走廊朝远距传输器飞去。即使我有心改变这条运动轨道，我也无力办到。在穿过那嗡嗡的爆裂传送门前的瞬间，我想象到另一面的真空之地，从九天云霄的坠落，急速的减压，或者——最最糟糕的是——返回到迷宫。

“但不是这些，我从半米高的地方栽落下来，滚到了大理石地板上。此处，离我们现在这个地方二百米不到，就在教皇乌尔班十六世的私人寝室。巧的是，就在我跌落进教皇陛下私人传输器的三小时前，垂老的陛下已经寿终正寝。这面传送门，新梵蒂冈称之为‘教皇之门’。我感受到由于如此远离海伯利安——如此远离十字形之源——所遭受的痛苦惩罚。但是现在，痛苦是我的同盟，不再统治我了。

“我找到了爱德华。他真是太宽宏大量了，连着几个小时一直听我述说，从来没有一个耶稣会士坦白过这样一个故事。他甚至仁慈地相信了我说的这一切。现在，你也听到了。这就是我的故事。”

风暴已经过去。我们三人坐在圣彼得穹顶下，坐在烛火边，有好长一段时间，我们都一言不发。

“伯劳有办法进入环网。”最后我说道。

杜雷的眼神很冷静。“对。”

“那肯定是海伯利安领空中的一艘飞船……”

“看样子如此。”

“那我们也许可以回到那里。可以用……教皇之门？……返回海伯利安的领空。”

爱德华蒙席眉头一扬。“赛文先生，你想要这么干吗？”

我咬着手指。“我这样考虑过。”

“为什么？”蒙席大人轻声问我，“你的副本，布劳恩·拉米亚在她的朝圣旅途中携带的赛伯人格，就是在那里死去的。”

我摇摇头，似乎想要通过这一简单的动作理清那一头乱麻。“我是其中的一员。只是我不知道自己要扮演什么角色……或者在哪里演。”

保罗·杜雷毫无幽默感地大笑起来。“我们所有人都了解这种感觉。就好像是某个蹩脚剧作家关于宿命的故事。自由意志究竟发生什么事了？”

蒙席锐利的目光朝他的好友瞥去。“保罗，所有朝圣者……包括你自己……都面对过这种选择，而你们都是通过自己的意志作出选择的。也许有巨大的力量在指引事件的大体方向，但是人类的人格依旧决定着自己的命运。”

杜雷叹了口气。“也许吧，爱德华。我不知道。太累了。”

“如果云门的故事是真的，”我说，“如果人类之神的第三个部分逃到了我们的时代，你们觉得他是谁？在什么地方？环网里有几千亿人呢。”

杜雷笑了。那笑容温和，丝毫没有嘲讽之意。“赛文先生，你有没有考虑过，那可能是你自己？”

这个问题如当头棒喝，让我惊诧异常。“不可能，”我说，“我甚至都不是……不完全是人类。我的意识飘浮在内核矩阵的某个地方。我的身体是通过约翰·济慈的DNA遗留物重建的，像机器人那样被生物塑造出来的。记忆是被灌输进去的。我生命的终结……我从肺病中‘复原’……这些都是在一个世界上模拟出来的，而建造那个世界纯粹是为了那个目的。”

杜雷依旧笑脸盈盈。“然后呢？难道这些排除了你作为这个移情实体的可能性吗？”

“我没感觉自己是某个神的一部分，”我尖声叫道，“我什么都不记得，什么也不明白，也不知道接下来该做什么。”

爱德华蒙席抓住我的手腕。“难道我们确信基督总是知道接下来该做什么吗？当然，他知道什么事情一定得完成，但这跟知道该做什么是不一样的。”

我揉揉眼睛。“但我连什么事情一定得完成都不知道。”

蒙席的声音非常平静。“我相信保罗的意思是，如果你说的这个神灵生物正躲在我们的时代中，那也许连他自己都不知道自己的身份。”

“荒唐。”我说。

杜雷点点头。“海伯利安星球及其周围发生的许多事都似乎是荒唐的。荒谬似乎正在蔓延。”

我近距离地盯着这位耶稣会士。“你很有希望是这位神的候选人，”我说，“你的一生，一直在祈祷，沉思神学，身为考古学家敬慕科学。此外，你也已经遭受了十字架之刑。”

杜雷的笑容消失了。“你有没有听见我们说的话？你有没有听见我们亵渎神灵的话？赛文，我可不是神的候选者。我背叛了我的教会，我的科学，现在，因为我的离去，我也背叛了我的朝圣之友。也许基督会在几秒内失去自己的信仰，但他不会在市场中把信仰卖给别人，来换取自我和好奇心的琐物的。”

“够了，”爱德华蒙席命令道，“赛文先生，如果你觉得来自未来的人造神祇的移情部分的身份是个谜，那么，就在你这小小的殉道演出的戏班子里找找候选人吧。首席执行官悦石，肩上扛着霸主的重担。朝圣者的其他成员……塞利纳斯先生追寻着他的诗，根据你告诉保罗的，他甚至现在还在伯劳之树上遭受着痛苦。拉米亚女士，遭受着危险并且失去了自己的至爱。温特伯先生，遭受着亚伯拉罕的难题……甚至还有他的女儿，回到了童年的无辜。还有领事——”

“领事似乎更像是犹大，而不是基督，”我说，“他既背叛了霸主，也背叛了驱逐者，双方都觉得他是在为他们自己工作。”

“从保罗告诉我的故事中，”蒙席说，“领事忠于自己的信念，也忠于对他祖母希莉的记忆，”这位老人笑了笑，“还有，这出戏中有一千亿演员呢。上帝没有选择希律[1]作为祂的工具，也没有选择庞蒂乌斯·彼拉多[2]，或者凯撒·奥古斯都。祂在罗马帝国最鄙陋的一个地区，选择了无名木匠的无名儿子。”

---

① 希律：犹太王，据《新约》讲，他命令杀死伯利恒所有两岁以下的儿童，想借此杀死尚处于襁褓中的耶稣。

② 彼拉多（Pontius Pilate）：罗马总督。正是他下令把耶稣钉死在十字架上。

“好吧，”我边说，边站了起来，在祭坛下方那光亮的马赛克前踱着步，“我们现在该做什么？杜雷神父，你得跟我一起去见悦石。她知道你们的朝圣。也许你的故事能阻止这迫在眉睫的大屠杀呢。”

杜雷也站起身，双臂交叉，仰望穹顶，似乎顶上的黑暗中有什么东西可以给他指令。“我考虑过，”他说，“但是我想我的首要责任不是这个。我得去神林，和他们相当于教皇的人——也就是世界树的忠诚之音谈一谈。”

我不再踱步。“神林？它跟这一切有什么关系？”

“我感觉，在这棘手的哑谜中，圣徒是某个失踪要素的关键所在。既然你说海特·马斯蒂恩已经死了，那么，也许忠诚之音会向我们解释，他们在这次朝圣中本来有什么计划……也可以告诉我，马斯蒂恩有什么故事。毕竟，他是七名朝圣者中唯一一个没有讲述故事的人，没有告诉我们他为何来海伯利安。”

我再次踱起步来，脚步比刚才更快了，想要压制住心头的怒火。“我的天，杜雷。我们没时间来满足这无益的好奇心了。现在只有——”我在植入物中查询了一下，“——一个半小时了，之后驱逐者的侵略游群就会进入神林星系。那里现在肯定是座疯人院了。”

“也许吧，”这位耶稣会士说道，“但我还是会先去那里。然后我会去和悦石谈谈。也许她会批准让我回海伯利安。”

我哼了一声，我很怀疑首席执行官会让这样一个有价值的报信人回去受伤害。“我们走吧。”我说，转身去找出去的路。

“等一会儿，”杜雷说，“你刚才说，你醒着的时候，你还是不时地能……‘梦见’……朝圣者。这是一种入定状态，是不是？”

“差不多。”

“好吧，赛文先生，请你现在做做他们的梦。”

我惊讶万分地盯着他。“在这儿？现在？”

杜雷示意我坐在他的椅子上。“请。我想知道我朋友们的命运。并且，在我们面见忠诚之音与悦石的时候，这些消息也许非常具有价值。”

我摇摇头，但还是就座于他给予的椅子上。“也许我梦不到。”我说。

“那我们也不会失去什么。”杜雷说。

我点点头，闭上双眼，靠在这不太舒服的椅子上。我能真切地感觉到这两人正注视着我，感觉到薰香和暴雨的微弱气味，感觉到环绕在我们边上的余音回荡的空间。我确信无疑，我肯定梦不到，我梦中的景色绝没有近得只要我闭上眼睛就能召唤出它。

被注视的感觉淡去，气味远去，空间感扩大了千倍，与此同时，我回到了海伯利安。

35

混乱。

海伯利安领空，三百艘太空船一路撤退，屁股后受着猛烈的火力攻击，它们就像和蜂群搏斗的人，正逃离游群。

军用远距传送门附近，一片混乱。交通管制过载，飞船堵塞在那儿，就像鲸心的电磁车交通大堵塞，在驱逐者突击艇的上下夹击下，脆弱得就像鹌鹑。

出口那儿，一片混乱：军部的太空船一字排开，就像狭窄围栏里的绵羊，它们从通往末睇的停用传送门急急飞往外发传输器。飞船加速至希伯伦的领空，还有不少直接传输至天国之门、神林、无限极海、阿斯奎斯。离游群侵入环网还剩几小时时间了。

混乱，一亿难民从胁云笼罩的世界传送离开，跨进已经变得半疯半癫的城市和再分配中心，这些地方已经由于初发的战争而变得盲目兴奋。混乱，不受威胁的环网世界燃起了暴动之火：卢瑟斯的三个蜂巢——几乎有七千万公民——由于伯劳教会暴动而被隔离，三十层的购物商场被洗劫一空，公寓大厦被暴徒侵占，联盟中心被炸毁，远距传输终端受袭。地方自治委员会恳求霸主援助；霸主宣布了戒严令，派出了军部的海军来管制住这些蜂巢。

新地和茂伊约上，发生了分离主义者暴动。格列依高的死党——七十五年来一直不显山不露水——突然发动恐怖袭击，地点在塔利亚、阿马加斯特、北岛以及李三。青岛-西双版纳和复兴之矢也发生了伯劳教会暴动。

奥林帕斯的军部司令部将从海伯利安回来的运输船中的卫戍部队派往环网世界。爆破小分队被派到受威胁系统中的火炬舰船上，并发来回报——远距传输的奇点球已经被扎上爆破电线，随时等待来自鲸心的超光命令。

“有个更好的办法。”阿尔贝都顾问对悦石和作战理事会说道。

首席执行官转身面对着技术内核的大使。

“有一种武器可以消灭驱逐者，但不会伤及霸主的属物。或者，就这项武器而言，也不会伤及驱逐者的财产。”

莫泊阁将军怒目而视。“你说的是相当于死亡之杖的炸弹，”他说，“没用的。军部研究者已经证明这种武器会无限地扩散。这行为不仅不光彩，有违新武士道法则，还会彻底消灭全球的人口，包括侵略者在内。”

“并非如此，”阿尔贝都说，“如果霸主公民得到了适当的防护，不管怎样都不会有伤亡发生。如你所知，死亡之杖可以调整到特定的大脑波长。所以，基于相同原理的炸弹也同样可以。家畜、野生动物，甚至其他类人猿都不会受到伤害。”

军部海军的范希特将军站起身。“但是没有任何办法可以对全部人口进行防护！我们的试验表明，死亡炸弹的中微子会穿透岩石或者金属，深入范围达六公里之远。没人拥有那样的避难所！”

阿尔贝都顾问的投影双拳叠拢，摆在桌上。“我们有九个拥有避难所的世界，可以容纳下十几亿人类。”他轻声说。

悦石点点头。“迷宫世界，”她小声说，“但是，要转移如此多的人，肯定是不可能的事。”

“不，”阿尔贝都说，“既然你们已经让海伯利安加入了保护体，那现在每个迷宫世界都有了远距传输的能力。内核可以安排将人们直接转移到这些地下的避难所。”

长桌边上的人开始喋喋不休起来，但是梅伊娜·悦石那灼灼的目光一直紧紧盯着阿尔贝都的脸。她示意大家安静，大家住了嘴，“请详细说说，”她说，“我们很感兴趣。”

一棵矮矮的内维尔树投下星星点点的树荫，领事坐在那儿等候着死亡。他的双手被一束纤维塑料绑在身后。衣服扯得破烂不堪，依旧湿漉漉的，脸上淌着一滴滴水，部分是河水，但大多数是汗水。

站在他身前的两个男人检查完他的粗呢包。“娘的，”第一个人说道，“这里啥玩意儿也没有。除了他妈的这把破烂手枪。”他把布劳恩·拉米亚父亲的武器插在了自己的腰带上。

“真是倒霉，我们搞不到他妈的那块飞毯。”第二个人说道。

“那玩意儿到最后已经快飞不动了！”第一个家伙说道，然后两个人都乐了。

领事眯着眼瞧着这两个大块头，他们穿着铠甲的身体在昏暗的日光下显出轮廓。从他们说的土语来看，他们是土著；看他们的样子——陈旧的军部甲胄，重型多用途突击抢，也许曾是迷彩聚合服的破烂衣服——他猜他们是海伯利安自卫队的逃兵。

从这两人对他的态度来看，他确信他们是要把自己杀了。

起先，落进霍利河让他晕头转向，身上还缠结着绑缚粗呢包的绳子，还有那没用的霍鹰飞毯，那时，他以为他们是他的救星。领事撞在水面上的力道非常重，又在水底下昏迷了很长时间，他无法想象这么长时间他竟然没有淹死；仅仅由于强水流的推动，他才浮出水面，然后又被那一团绳子和毯子拖下去。这是英勇但必败无疑的战役，他离浅水区还有十米远的时候，其中一个人从内维尔和荆棘树森林中走了出来，抛给领事一根绳子。然后他们揍他，抢他的东西，把他绑了，并且——从他们冷血无情的谈话来看——他们正准备割断他的喉咙，把他留给预兆鸟处理。

两个家伙中的个头较高的那个——他的头发如同一堆浸过油的麦穗——蹲在领事面前，从刀鞘中拔出一把陶质零锋刀。“老头，还有啥遗言吗？”

领事舔了舔嘴唇。他看过的无数平面和全息电影里，现在正是英雄大显神威的时候，趴在地上把对手双脚扭断，把另一个人踢得大喊饶命，抄起一把武器，立刻把两家伙干掉——在绑着双手的情况下开火——然后继续他的冒险。但是领事毫无英雄的感觉：他疲惫不堪，人到中年，而且在落水的时候受伤了。这两个家伙可比以前的领事更加瘦削、强壮、迅速，甚至是卑鄙。他见过暴力行为——甚至曾有过一次暴力行为——但是他这一生和训练都是致力在外交那紧张且非暴力的道路上的。

领事又舔了舔嘴唇，然后说道：“我能报答你们。”

蹲着的那个家伙冷冷一笑，拿着零锋刀在领事眼前五厘米处来回晃动。“用什么报答，老头？我们拿了你的寰宇卡，那玩意儿在这里值个屁。”

“金子。”领事说，他知道，几个时代以来，这是唯一没有失去威力的两个字。

蹲着的那家伙没什么反应——他盯着刀子，眼中发出一种病态的神色——但是另一个家伙走向前，一只大手搭在他搭档的肩上。“嘿，你说啥东西呢？你从哪里去弄金子？”

“我的船，”领事说，“‘贝纳勒斯’号。”

蹲着的家伙举起刀子，贴到自己的脸上。“他在扯谎，老谢。记得我们三天前干掉的那些蓝皮家伙吗，‘贝纳勒斯’号是他们的，就是那艘蝠鲼推动的老不死的平底游船。”

领事把眼睛闭了一阵子，他感觉到内心一阵恶心，但他没有缴械投降。五六天前，贝提克和其他机器人船员乘着“贝纳勒斯”号的一艘小艇离开了游船，沿河而下朝“自由”进发。显然他们知道了其他什么事。“贝提克，”他说，“那位船长。难道他没跟你们提金子的事？”

拿着刀子的家伙笑嘻嘻道：“那家伙吵得很，但他没说多少话。他的确说了那艘船在哪儿，那屁玩意是在边陲之上。一艘没有蝠鲼的游船，我想，他妈的要去那儿可是太远了。”

“闭嘴，奥本，”另一个家伙蹲在领事面前，“我说，你干吗要把金子藏在那艘破船上。”

领事仰起头。“你不认识我吗？我在海伯利安当过好几年的霸主领事。”

“嘿，你可别跟我们玩这套……”拿刀子的那家伙说道，但是另一个打断了他。“对，老家伙。我记得你这张脸，我小时候在营地全息电影中见过你。我问你，霸主老头，现在天都要塌了，你干吗要运金子到上游去？”

“我们是在去避难所……时间要塞。”领事说，试图压制住自己内心的焦急之情，不让他们听出来，但是同时，他每得到一秒钟的残喘时间，他都由衷地心怀感激。为什么？他内心有一部分问道。你已经厌倦了活在世上。乐于一死。不，不是像这样死去。不是在索尔和瑞秋以及其他人需要帮助的时候。

“海伯利安星球上有好几个有钱人，”他说，“疏散当局不允许他们转运金条，所以我同意帮他们把金子藏在时间要塞的地窖里，那是位于笼头山脉北麓的古老城堡。他们委托我保管。”

“你他妈真是疯了！”拿刀的家伙冷笑道，“现在北面都他妈是伯劳的地盘了。”

领事低下头。他满脸的疲倦和失败感，这些无须伪装。“我们也发现了。机器人船员在上星期逃掉了。船上的几个乘客被伯劳杀死了。所以我一个人在朝河下游逃。”

“放屁。”拿刀的家伙说道。那种病态、发狂的眼神又出现了。

“等等。”他的搭档说道。他重重地给了领事一巴掌，“老家伙，我问你，这条你所谓的金船在哪儿呢？”

领事尝到了血的味道。“上游。并不在河面上。而是在一条支流底下。”

“嗯。”拿刀者说道，零锋刀平贴在领事脖子一侧。如果他要割断领事的喉咙，无须用力割，只需转转刀刃就行了。“你他妈的放屁。我们他妈这是在浪费时间。”

“等一下，”另一个人厉声喊道，“上游多远？”

领事想了想过去几小时里他路过的那几条支流。时间很晚了。太阳几乎已经触摸到西方的一排矮林。“就在卡拉船闸之上。”他说。

“那么，你干吗要坐在那个玩具一样的东西上朝下游飞呢？你干吗不开那艘游船呢？”

“我想找人帮忙。”领事说。肾上腺素消退了，现在他感觉到极端的疲惫，离绝望咫尺之遥。“岸边有太多……太多的匪徒。乘游船似乎太危险。霍鹰飞毯比较……安全。”

名叫老谢的家伙笑了起来。“奥本，把你的刀收起来。我们走到那里去，如何？”

奥本跳了起来。手里仍旧拿着刀，但是现在，那刀刃——以及愤怒——是冲着他自己的搭档去的。“嘿，你这家伙是不是昏头了？你他妈脑子是不是进水了？他他妈是在扯淡，就是想让他的小命活得长一点。”

老谢没有不理睬，也没被吓得后退。“当然，也许他在扯淡。但这有啥子关系？我们去船闸，连半天时间也用不到，反正我们也没事干，咋样？要是没船，没金子，那你就把他咔嚓了，咋样？不就是慢点死嘛，那滋味就像被倒吊着一样。要是有金子，你不是一样能把他咔嚓了，拿刀的干活，只是你已经成了有钱人了，咋样？”

奥本在愤怒和理智间徘徊了一秒钟，转到一边，拿着陶质零锋刀，把怒火朝一棵八厘米粗的内维尔树发去，砍中了树干。他及时转回身，蹲在领事面前，然后重力告诉那棵树，它被切断了，内维尔树一头栽倒在河边，树干发出一阵轰响。奥本一把抓住领事依旧潮湿的衬衣前襟。“好吧，霸主老头，我们去看看那里到底有啥玩意儿。你敢跑，我就切掉你的手指或者耳朵，就当练刀法，哈哈，听见了吗？”

领事摇摇晃晃地站起身，三人走入了灌木和矮树的树丛中，领事走在老谢身后三米远，他身后三米远是奥本。他迈着沉重的步子，沿着他来时的相反方向跋涉，一点点远离城市、飞船，以及拯救索尔和瑞秋的希望。

过了一小时。领事还是想不出任何聪明的法子，一旦抵达支流又没发现游船，他该怎么办。有几次，老谢朝他们挥手，示意他们安静并躲起来，其中一次是听见了蛛纱在树枝间翩翩飞舞的声音，另一次是听见河对岸的远处传来一阵骚动，但是没看见一个人影。丝毫没有救援的迹象。领事记起河岸边那些被烧焦的房屋，空空的茅舍，无主的码头。由于害怕伯劳，害怕在疏散时被扔给驱逐者，外加几个月来被自卫队的流氓无赖四处抢劫，这地方已经变成了荒无人烟的土地。领事策划着各种借口和延长性命的办法，但最后把它们撇在一边。他唯一的希望是，他们会走得离船闸很近，他能在那儿纵身一跃，跳入深深的急流，虽然双手还绑在身后，但他会尽量让自己不沉下去，直到他藏身在那个尖岬下方迂曲的小岛上。

只是，他现在已经累得没力气游水了，即便双手没被绑也没这个力气。两个男人携带的武器可以不费吹灰之力瞄准他，即便给他十分钟的优先时间，让他在暗礁和小岛间行动，他也没办法。领事已经累得头脑迟钝，老得勇气全无。他想到了自己的妻儿，已经亡去许多年了，是在布雷西亚的轰炸期间被炸死的，刽子手比这两个家伙更为可耻。领事唯一感到遗憾的是没有信守诺言，无法帮助其他朝圣者。他感到遗憾……无法目睹这一切的结果。

奥本在身后吐了口唾沫，叫道：“嘿，去他妈的，老谢。我说，我们给他来点好看的，帮他开开他的尊口，咋样？如果真有船，我们自个儿去，咋样？”

老谢转过身，擦了擦眼睛周围的汗水，满眼疑惑地朝领事皱了皱眉，然后说道：“嘿，得，也许你说得对，随你，不过，别让他最后开不了口，咋样？”

“那当然。”奥本咧嘴笑道，把武器挂在肩上，拔出零锋刀。

“不许动！！”头顶上传来低沉而有回响的声音。领事跪倒在地，前自卫队的匪徒训练有素地立马解下武器。他们四周传来一阵奔腾狂吼，以及树枝和灰尘的抖动鞭挞，领事抬起头，正好看见布满云彩的夜空中泛起的涟漪。云彩下方，头顶正上方，有一团东西正在下降。老谢举起钢矛枪，奥本正举着发射器瞄准，然后三人同时坠倒，不像什么士兵射击手，也不像什么弹道方程式中的后坐力运动，而像是奥本先前砍倒的那棵树一样倒了下来。

领事的脸朝下仆倒在尘土和沙砾中，他躺在那儿，眼睛一眨不眨，根本就眨不动。

击昏式武器，他想到，脑子里的神经突触已经迟缓得仿佛陈年老油。尘土飞扬的河岸边，有什么巨大无形的东西在三人之间着陆，一阵局部的飓风同时猛烈爆发。领事听见舱门打开时的呜呜，阻种涡轮下降到起升临界点时内部发出的嘀嗒声。他依旧无法眨眼，更别提抬头了。他的视野中只剩下好几块鹅卵石，一片沙丘，一小片森林一样的草地，以及一只建筑蚁，在这么点距离下它看上去是那么大，那东西对领事湿润但毫不眨动的眼睛似乎顿时来了兴趣。它转了过来，朝面前离它半米远的湿润战利品急速跑来，领事想到的是“急速”，但耳边听到的却是身后不慌不忙的脚步声。

一双手伸到了他的臂膀下，一声咕哝声，传来熟悉但不自然的声音：“该死，你重了好多。”

领事的脚后跟拖在泥土中，在老谢……或者奥本偶然抽动的手指上绊了一下……他没法转头去看他们的脸。他也无法看见他的救星，直到他被举了起来——那人在他耳边发出一声冗长的轻声诅咒——把他从右舷的舱门塞进了长长的柔软皮躺椅上。这艘掠行艇已经除去了伪装。

西奥·雷恩总督出现在领事眼前，舱门合了下来，内部的红灯照亮了他的脸庞，那脸上还带着孩子气，但同时也微微带有恶魔似的表情。年轻人帮领事接好安全网按扣。“抱歉，我不得不把你和那两个家伙一起击昏。”西奥坐了回去，接好自己的安全网，拉了拉全能控制器。领事感觉到掠行艇颤动了一下，腾空而起，在那里盘旋了一会儿，然后开始朝左边转去，就像一个盘子在毫无摩擦的轴承上转动一样。加速度把领事按进了座位中。

“我没多少选择，”西奥在掠行艇内部那柔和的声响下说道，“我们可以使用的唯一武器是防暴击昏器，同时，最容易的办法就是用最低的配置把你们三个全部放倒，赶快把你从那里救出来。”西奥用一根手指把他陈旧的眼镜朝鼻子上推了推，这动作真是熟悉，他朝领事笑道，“唯利是图的古老谚语——‘杀光所有人，让上帝去解决这烂摊子吧。’”

领事想要动动舌头说说话，但是口水流在了下巴和皮椅上。

“放松一下，”西奥说，他的注意力回到了仪器和外面的景色上了，“两三分钟后，你应该就能讲话了。我现在飞得很低，速度很慢，所以要花上十分钟才能回济慈。”西奥朝他的乘客看了一眼，“先生，你很幸运。你肯定已经脱水了。那两个家伙倒下来的时候裤子都湿了。击昏器，仁慈的武器，但是如果你边上没有更换的裤子，那就很尴尬了。”

领事想要发表一下自己对“仁慈的”武器的看法。

“先生，再等一会儿，”西奥·雷恩总督说道，他拿了块手帕，凑过来擦了擦领事的下巴，“我得事先跟你说一下，晕眩作用消失的时候，会有一点点的不舒服。”

就在那时，有人将几千根针扎进了领事的身体中。

“你到底怎么找到我的？”领事问。他们飞行在城市上方几公里的地方，依旧是在霍利河上。他已经坐了起来，话语已经差不多能听清楚了，领事也很高兴，自己还要等好几分钟才会站起来，或者走走。

"先生，你说什么？"

"我说，你怎么找到我的？你怎么知道我沿着霍利河回来了？"

"首席执行官悦石发来超光信息告诉我的。老领事馆的古老发射台接收到的特许信息。"

"悦石？"领事摇摇手，想要把手指的感觉摇回来，那手指现在就如同橡胶香肠一般。"悦石到底怎么知道我在霍利河上有麻烦了？我把我祖母希莉的通信志接收器留在了山谷里，我想在回到飞船上时和其他朝圣者取得联系。悦石怎么会知道的？"

"我不知道，先生，但是她具体点明了你的位置，告诉我你有了麻烦。她甚至告诉我你是在驾驶一条霍鹰飞毯飞行，但那条毯子掉了下来。"

领事摇摇头。"西奥，这位女士有着我们想象不到的情报来源。"

"对，先生。"

领事朝他的老友瞥了一眼。西奥·雷恩现在是海伯利安这个新保护体世界的总督，任职时间有一个多当地年了吧，但是旧习很难改掉，西奥一直叫他"先生"，这称呼是在领事执政的七年里养成的，当时西奥还是副领事，也是他的得力干将。领事前一次见到这个年轻人——不，领事意识到，现在他已不再年轻了：责任在那年轻的脸上留下了一条条皱纹——他当时怒不可遏，因为领事拒绝接受总督一职。那事就发生在一个多星期前。可恍如隔世。

"西奥，顺便，"领事说，仔细地咬着每一个字，"谢谢你。"

总督点点头，显然已经迷失在思绪中。他没有问领事在山北见到了什么，也没问其他朝圣者的命运。他们身下，霍利河变宽了，一路蜿蜒向首都济慈流去。远远的身后，河岸两边低矮的悬崖耸立起来，它们的花岗岩板层在夜光的照射下发出柔和的光芒。一片片常蓝植物的树丛在和风下微微闪烁。

“西奥，你怎么有时间亲自来找我的？海伯利安的局势肯定乱得不行了。”

“的确，”西奥让自动驾驶仪接管驾驶，他转过来看着领事，“几小时……也许几分钟之后……驱逐者就会开始入侵。”

领事眨眨眼。“入侵？你是说登陆吗？”

“正是。”

“但是霸主舰队——”

“完全乱套了。在环网被侵略之前，他们面对驱逐者就完全有些招架不住了。”

“环网！”

“整个系统在失陷。其他一些正危机当头。军部已经命令舰队从军用传送门撤回，但是，显然系统内的舰船没那么容易撤离。没人给我讲这些细节，但是显而易见的是，除了军部在奇点球和传送门周围建立的防御圈，驱逐者已经毫无约束地掌控着所有地方了。”

“那航空港呢？”领事想象着自己那艘漂亮的飞船，躺在那里，已成一堆闪烁的残骸。

“还没受到攻击，但军部在尽快将登陆飞船和补给舰撤离。他们在那儿只留下了海军的一支虚设部队。”

“疏散进行得怎么样了？”

西奥笑了起来。领事听过这年轻人无数次的笑声，但这次是最苦涩的。“疏散，只包括领事馆的人和霸主要人在出去的最后一艘登陆飞船上能塞下的一切。”

“他们放弃拯救海伯利安的人民了吗？”

“先生，他们甚至连自己的人都拯救不了。大使发来的超光信息中，我能听出一点苗头，悦石已经打算任由受威胁的环网世界陷落，以便让军部重新集结，在游群增加时间债的同时，用几年的时间铸就防御力量。”

“我的天。”领事小声说道。他一生的多数时间是在代表霸主工作，与此同时秘密策划着它的垮台，为祖母报仇……为祖母生活的方式雪恨。但是现在，想不到这些事真的发生了……

“伯劳呢？”他突然问，几公里的前方，出现了济慈低矮的白色建筑。夕阳触摸着山峦和河流，仿佛是黑暗前的最后赐福。

西奥摇摇头。“仍有报告。但是现在驱逐者是恐慌的主要来源了。”

“但是，它难道没在环网吗？我是说伯劳。”

总督向领事投来强烈的目光。“在环网？它怎么可能在环网？他们还没有在海伯利安上建造远距传送门。在济慈，安迪密恩，或者浪漫港，都没人看见它。大城市中谁都没见过它。”

领事默不作声，但是他在想：*我的天，我的背叛全是徒劳。我出卖了我的灵魂，然后打开了光阴冢，可伯劳竟然不是环网陷落的原因……驱逐者！他们一开始就比我们精明。我对霸主的背叛是他们计划的一部分！*

“听着，”西奥严厉地说道，他抓住领事的手腕，“我之所以撇开一切要寻找到你，是有理由的。悦石批准释放你的飞船——”

“太棒了！”领事说，“我能——”

“听着！你不能回光阴冢的山谷。悦石要你避开军部的防御圈，飞到系统中和游群的人接触。”

“游群？为什么要——”

“首席执行官想要你和他们谈判。他们认识你。她已经想办法让他们知道你要去他们那儿了。她觉得他们会让你……他们不会摧毁你的飞船，但是她没有接收到游群确认的信息。这很危险。”

领事坐回到皮椅中。他感觉自己好像又被神经击昏器击中了。“谈判？我跟他们有什么好谈的？”

“悦石说，一旦你飞离海伯利安，她会通过你飞船的超光仪和你联系。这一切得马上行动。就在今天。在所有第一波世界陷落到游群手中前。”

领事听到了“第一波世界”，但他没问他挚爱的茂伊约有没有位列其中。也许在，他想，如果是的话就再好不过了。他说：“不，我会回山谷去。”

西奥扶了扶眼镜。“先生，她不会允许的。”

“哦？”领事笑道，“她打算怎么阻止我？击落我的飞船吗？”

“我不知道，但她说她不会允许的，”西奥听上去真心感到不安，“军部舰队在轨道上的确有警戒飞船和火炬舰船，先生。它们在护送最后的登陆飞船。”

“好吧，”领事说，笑容依旧，“让他们把我击落吧。两个世纪以来，一切载人飞船都不能在光阴冢山谷的附近着陆。就算飞船安然无恙地着陆，它们的乘客也会不翼而飞。在他们把我熔成渣之前，我就早已挂在伯劳的树上了。”领事暂时闭上双眼，想象着飞船空空地登陆在山谷上方的草原上的情景。他想到索尔、杜雷，以及其他人——奇迹般地返回——跑进飞船寻求庇护，用飞船的诊疗室救活海特·马斯蒂恩和布劳恩·拉米亚，用冰冻沉眠和睡眠舱拯救幼小的瑞秋。

“我的天。”西奥低声道，震惊的口气将领事从幻想中拽了回来。

他们就在城市上方，已经飞到了河流最后一个弯口。悬崖高耸在这儿，一直延伸到南方雕刻着哀王比利的山脉，并达到了顶峰。太阳即将落下，点燃了低云和东部悬崖上高高的建筑。

城市上空，战斗如火如荼。激光切进云朵，穿透下来，飞船如蚊蝇般左闪右躲，仿佛过于接近火焰的飞蛾烧了起来，伞翼和悬浮场的小点在云顶下飘动。济慈正受着猛烈攻击。驱逐者已经来到了海伯利安。

“见鬼！”西奥虔诚地低语道。

城市西北方的丛林山脊中，一小股喷涌的火焰和一段摇曳的凝迹标示着一枚肩扛式火箭炮发射出的炮弹，它正笔直朝霸主掠行艇飞来。

“抓紧了！”西奥厉声叫道。他重新操纵手动控制，启动开关，将掠行艇朝右舷猛拉，试图在小型火箭弹的回转半径里转向。

艇尾猛然爆炸，将领事扔进安全网中，暂时模糊了他的双眼。当他重新定睛，舱里已经满是烟雾，昏暗中，红色的警示灯不断跳动，掠行艇的系统故障警告声急切地回响在耳边。西奥不屈不挠地趴在全能控制器上。

“抓紧了！”他重复道。但这已经毫无必要。掠行艇令人晕眩地旋转着，在半空中稳住了，接着又失去了重心，他们一路翻滚侧滑，坠向火光冲天的城市。

36

我的眼睛眨了眨，睁开了，目光朝圣彼得大教堂巨大、黑暗的空间环顾，刹那间有点迷糊。这里是佩森。昏暗的烛光下，爱德华蒙席和保罗·杜雷神父倾身向前，他们的表情非常热切。

“我……睡了多久了？”感觉似乎仅仅过去了几秒钟，那些梦是一个人在安然躺着进入熟睡的瞬间中看到的闪烁幻象。

“十分钟，”蒙席大人说，“你能告诉我们你看见什么了吗？”

没理由要向他们隐瞒。当我向他们描述完这些景象，爱德华蒙席画着十字。“我的天，技术内核的大使竟然怂恿悦石将人们送到那些……隧道里。”

杜雷伸手搭在我的肩膀上。“我先去神林和世界树的忠诚之音谈谈，之后会去鲸心和你会合。这种选择太危险，太愚蠢，我们得告诉悦石。”

我点点头。我曾想和杜雷一起去神林，也曾想回到海伯利安，这些念头现在都无影无踪了。“我同意。我们得立即起程。你们的……教皇之门能带我去鲸逖中心吗？”

蒙席大人站起身，点点头，伸了个懒腰。我突然意识到他已经有一大把年纪了，却从未接受过鲍尔森理疗。“那扇门有优先接入权，”他说，然后转向杜雷，“保罗，你知道如果我能去的话，一定会陪你一起去的。但是教皇陛下的葬礼，新教皇的选举……”爱德华蒙席喉头里冒出一丝轻微的悲戚之声，“即便全人类的大难近在眼前，这每天的职责还要继续下去，真是奇怪啊。佩森离野蛮人入侵还有不到十标准天了。”

杜雷高高的额头在烛光下发出微光。“教会的事务超越了每天的单一职责，我的老友。我会简短地拜访一下圣徒世界，然后和赛文先生一起说服首席执行官不要听从内核的建议。事情结束后我就会回来，爱德华，到时我会和你讨论讨论这混乱的异教到底是怎么回事。”

我跟着这两人出了大教堂，走过一扇边门，进入高高的柱廊后的一条走廊，穿越左边一处露天庭院——雨已经停了，空气闻上去很清新——走下一条阶梯，穿过一条狭窄的地道，进入了教皇的房间。我们走进房间的前厅中时，几名瑞士卫兵[1]唰地立正。这些高大的士兵穿着甲胄和黄蓝相间的条纹马裤，虽然他们的仪式用战戟同时也是军部出品的能量武器。其中一个走向前，凑在蒙席大人耳边低语了几句。

“刚刚有人抵达主终端来看你，赛文先生。”

“我？”我正聆听着其他房间里的声音，那些反复吟哦、抑扬顿挫的悦耳祈祷。我猜它跟教皇葬礼的准备工作有关。

“是的，一位叫亨特的先生。他说事情很紧急。”

---

① 瑞士卫兵：瑞士裔军团中的士兵，在梵蒂冈被雇佣做教皇侍卫。

“我本来再过一分钟就要去政府大楼见他了，”我说，“为什么不让他到这儿和我们见见呢？”

爱德华蒙席点点头，小声对瑞士卫兵说了几句，后者对着古老甲胄上的饰章低语了几声。

所谓的教皇之门——一个小型远距传送门，边上环绕着复杂精细的六翼天使和智天使的金色雕像，顶上是五幅浅浮雕，描绘了亚当和夏娃在恩典之下的堕落，被逐出了伊甸园——蹲立在一间守备森严的房间的中央。从这间房间进去就是教皇的私人房间。我们等在那儿，房间每面墙上都有镜子，我们在里面的镜影显得苍白疲惫。

利·亨特在领我进大教堂的那位神父的护送下走了进来。

“赛文！”悦石的心腹参谋叫道，“首席执行官想要马上见你。”

“我正要去她那儿呢，”我说，“如果悦石让内核建造并使用那死亡武器，那她将犯下罪不容赦的错误。”

亨特眨眨眼——在那巴塞特猎犬似的脸孔上，这反应近乎滑稽。“赛文，你知道发生的一切吗？”

我忍俊不禁。“一个坐在全息显像井中无人照管的小孩，看见很多东西，可是懂得很少。不过，要是他厌倦了这一切，他还是有办法换个频道，或是把那东西关掉的。”亨特通过不同场合认识了爱德华蒙席，我向他介绍耶稣会的保罗·杜雷神父。

“杜雷？”亨特开口道，他的下巴几乎掉了下来。这是我第一次看见这位参谋找不到合适的言辞了，我倒是更喜欢这一景象。

“以后再给你解释，”说完，我和神父握了握手，“杜雷，祝你在神林好运。别待得太久。”

“一小时，”这位耶稣会士承诺道，“不会比这更久。困扰我的只有一个难题，我必须先解决掉它，之后我就会去见首席执行官。请先向她说说我在迷宫中看到的恐怖情景……我稍候会亲自向她说明。”

“她很可能忙得在你到来之前都没法见我，”我说，“但我会尽力为你扮演施洗约翰[①]的角色。”

杜雷笑了。“我的朋友，可别掉脑袋噢。”他点点头，在古老的触显面板上打入了传送代码，消失进了传送门。

我向爱德华蒙席辞别。“我们会在驱逐者攻击波到这里前，把这一切解决好的。”

这位垂老的神父抬起手，向我赐福。“去吧，年轻人，愿上帝与你同在。我感觉到黑暗时代在等待着我们所有人，但是你将挑起尤为重大的担子。”

我摇摇头。“蒙席大人，我只是名观察者。我等待，观察，做梦。但没什么重担。”

“稍候再等待、观察、做梦吧，”利·亨特尖声叫道，“大人现在要你去她那儿，我也得赶紧回去开会。”

我看着这位矮矮的人儿。“你怎么找到我的？”我这是白费口舌。远距传输器是由内核操控的。而内核又和霸主当局合作。

“大人给了你超驰卡，这也令我们很容易通过它追踪你的行踪，”亨特说，口气中带着不耐烦，“我们得马上回到重要事情发生的地方。”

“很好。”我朝蒙席和他的助手点点头，招呼亨特过来，打入了代表鲸逖中心的三个代码，加上两个代表大陆的代码，还有三个表示政府大楼，最后是两个代表私人终端的数字。远距传输器的嗡嗡声在音阶上提高了一个层次，那不透明的表面似乎正满怀期望地闪烁着。

---

① 施洗约翰：犹太先知，《新约》中为耶稣施洗礼并排除障碍。后来希律王为满足女儿莎乐美之请，砍下了施洗约翰的头颅。

我先迈了进去，然后走到一边，让紧随在我身后的亨特走进来。

我们不是在中央政府大楼的终端。就我所知，我们完全不是在政府大楼内的什么地方。一秒过后，我的感知对日光、天空颜色、重力、地平线距离、气味、事物感觉的输入信息作了汇总合计，我得出了结论：我们不是在鲸逖中心。

我本欲迅速退回传送门，但是教皇之门实在太小了。亨特正在出来——腿、胳膊、肩膀、胸膛，然后另一条腿也出现了——于是我一把抓住他的手腕，草草地把他往回拽，嘴里大喊“事情不对！”试图重新迈进去，但是太迟了，这边的无框传送门闪烁着，膨胀成和我拳头一般大的一个圈，然后消失了。

“我们究竟在哪？”亨特心急如焚地问道。

我环顾左右，思索着。这问题问得好。我们是在乡村，在一个山顶上。脚下的道路一路蜿蜒穿越了葡萄园，沿着长长的山丘下降，穿过一片林谷，在一到二英里外的另一座山丘附近消失了。天气很热，空气中各种各样的虫子发出嗡嗡声，但是这辽阔的全景画中没有比鸟大的东西在移动。我们右边的悬崖之间，有一抹蓝色的水域——可能是海，也可能是湖。高高的卷云在头顶泛起涟漪，太阳刚过天顶。我没看见什么房屋建筑，没有比一排排葡萄园和脚底下的石头烂泥路更复杂的技术了。更为重要的是，数据网持续不变的背景嗡嗡声不见了。这有点像是一个人自幼就浸浴在某种声音中，突然之间那些声音全部消失了；这很令人震惊、心慌、糊涂，还有点可怕。

亨特的身体摇摇欲坠，他拍了拍耳朵，似乎他也失去了这些声音，然后又拍了拍通信志。“该死，”他嘟哝道，“真该死。我的植入物出问题了。通信志出毛病了。”

“不，”我说，“我想我们是在数据网之外。”但纵使我这么说了，我仍然听见某种更低沉、更柔和的嗡嗡声——某种比数据网更广大、更难企及的东西。万方网？网之乐，我想，然后笑了起来。

“赛文，你究竟在笑什么？是不是你故意把我们带到这儿的？”

“不，我打入的是正确的政府大楼代码。”我口气中完全没有恐慌，这倒真是让人恐慌不已。

“那到底是什么东西干的？难道是该死的教皇之门？是它干的？出故障了？还是恶作剧？”

“不，我想不是。那扇门没出错，亨特。但它把我们带到了技术内核想要我们去的地方。”

“内核？”当首席执行官的助手意识到是谁在控制远距传输器，谁在控制**所有的**远距传输器的时候，那巴塞特之脸上仅剩的一点红润很快就消失得干干净净。“我的天。我的天。”亨特摇摇晃晃地走到路边，坐在高高的草丛中。他的绒面行政服和柔软的黑鞋子看上去和这地方格格不入。

“我们在哪儿？”他再次问道。

我深深地吸了口气。空气中带着新翻耕过的土壤气息、刚割过的青草味、路尘，以及海洋的刺激气息。“亨特，我猜我们是在地球上。”

“地球，”这矮个的男人无神地凝视着正前方，“地球。不是新地。不是地神。不是地二。不是……”

“不，”我说，“是地球。旧地。或是它的复制品。”

“它的复制品。”

我走上前，坐到他边上。我扯下一根草茎，剥去根部的一层外叶鞘。这种草尝起来很酸，味道很熟悉。“你记得我跟悦石讲述的那些海伯利安朝圣者的故事吗？记得布劳恩·拉米亚的故事吗？她和我的赛伯人副本……第一个济慈重建人格……传送到一个他们觉得是旧地复制品的地方。如果我没记错，他们说是在武仙座星团。”

亨特抬头仰望，似乎能通过观测星座来鉴定我说的话。随着高高的卷云铺展在天穹之中，头顶的蓝色正慢慢变灰。“武仙座星团。”他低声细语。

“布劳恩并没有弄清楚，技术内核为什么要建造这个复制品，他们现在又在用它干什么，”我说，“第一个济慈赛伯人也不知道，要么就是他隐瞒了没说。”

“没说，”亨特点点头，然后又摇摇头，“好吧，那我们究竟怎么从这儿出去？悦石需要我。她不能……接下来几个小时里需要作出好多生死攸关的决定。”他跳了起来，跑到路中央，深思着，他的精力又充沛起来。

我嘴里嚼着那根草。“我猜我们出不去了。”

亨特朝我冲来，似乎要当场把我揍一顿。“你疯了吗！出不去？胡说八道。内核干吗要那么做？”他停在我面前，低头看着我。“他们不想让你和她谈。你知道些什么东西，内核不能冒险让她知道。”

“也许吧。”

“留下他，让我回去！”他对着天空喊道。

没人回答。葡萄园对面远方，一只黑色的大鸟逃之夭夭。我想那是只乌鸦，我记得这绝种动物的名字，那似乎是来自一个梦。

过了会儿，亨特不再对天疾呼，他在石头路上来回踱步。“快来。也许我们能在什么地方找到个传输终端。”

“也许吧，”我说，把草茎一折两段，嚼着那甜津津、淡滋滋的上段，“走哪条路？”

亨特转过身，看着这条路的两端各自消失在山丘中，然后又转过身来。“我们从传送门中……似乎是……从这个方向出来的。”他指了指。道路沿山而下，进入一片窄小的树林。

“多远？”我问。

“该死，这有啥要紧的？”他吼道，“我们总得去什么地方吧！”

我忍住不笑。“好吧。”我站起身，掸了掸裤子，感觉到洒在额头和脸上的炙热日光。在经历了大教堂那香雾缭绕的黑暗之后，现在这耀眼之光让我几近晕厥。空气极其灼热，我的衣服已经被汗水浸湿了。

亨特开始精力旺盛地朝山下走去，他双拳紧握，阴沉的表情开始好转，第一次被一种强烈的表情——一种毅然决然——所替代。

我慢悠悠地走着，不慌不忙，依然嚼着我那根甜草茎，由于疲惫，眼睛半睁半掩，一路尾随。

费德曼·卡萨德上校大喊着向伯劳攻去。随着卡萨德那猛烈的冲刺，那超现实的、脱离了时间的风景——极简抽象主义舞台设计家手下的光阴冢山谷，通过塑料浇铸，在黏滞空气的凝胶中建造——也似乎在颤动。

刹那之间，出现了一系列伯劳的分身镜影——整个山谷那不毛的平地中，铺天盖地全是伯劳——但是在卡萨德的喊叫下，这些镜影又化回到了单独的一个怪物。现在它动了，四臂大展，弯曲着，要用刀刃和棘刺的激烈拥抱来迎接上校的狂奔。

卡萨德不知道身上穿着的能量拟肤束装——莫尼塔给予的礼物——能否在战斗中保护他，帮助他。几年前，他和莫尼塔攻击过两艘登陆飞船中的驱逐者突击队员，但是那时候，时间是站在他们那方的；伯劳会随意定住时间，又解定，就像一个无聊的观察者要玩着全息井的遥控器一样。而现在，他们已经走出时间之外，它是敌人，而不是什么可怕的守护神。卡萨德大喊着埋头攻击，他再也意识不到莫尼塔的旁观，也感觉不到高耸入云的不可思议的荆棘树和上面刺着的可怕观众，他甚至感觉不到他自己，他仅仅是一个战斗的工具，一个复仇的傀儡。

伯劳没有像通常那样消失，它没有从那儿突然不见，然后又出现在这儿。它反而蹲伏在那儿，四臂越发张大。手指之刃染上了暴虐天空的光线。金属之牙闪着光，似乎是在微笑。

卡萨德怒发冲冠，但他没有发疯。他没有冲进那死亡的怀抱，而是在最后一刻闪向一边，一个侧滚，朝那怪物的小腿踢去，踢在膝关节那簇棘刺刃的下方，脚踝那簇同样刺刃的上方。*只要把它放倒……*

卡萨德感觉好像踢在了一根填满八公里长混凝土的管子上。要不是拟肤束装产生了盔甲和缓冲器的效能，他的腿肯定已经踢折了。

伯劳动了，迅速但并非无法想象；两只右胳膊朦胧间上下左右舞起，十根手指之刃切进土地与岩石中，就好像在进行外科手术一般，随着那双手一路向上，划进空气中，只听一阵急流声，胳膊棘刺上顿时火星四溅。卡萨德已经出了它的攻击范围，又打了个滚，稳住身子，蹲在了那儿，他的胳膊肌肉紧绷，手掌平展，附着能量的手指挺得笔直。

单挑，费德曼·卡萨德想道，新武士道最富荣誉的圣礼。

伯劳又用右胳膊虚晃一枪，然后左下的胳膊挥舞过来，向上扫击，力量大得足以粉碎卡萨德的肋骨，掏出他的心脏。卡萨德用左前臂格挡住伯劳右胳膊的佯攻，伯劳使出的钢铁和斧子之力击中他的要害，他感觉到拟肤束装弯曲了，骨头被击伤了。卡萨德用自己的右手抓住伯劳左腕的弯曲尖刺的簇簇花束上方，挡住了那怪物左胳膊的致命一击。不可思议，他竟然减缓了那猛烈一击的势头，如解剖刀般锐利的手指之刃现在正刮擦着拟肤束装的力场，但还没有将肋骨砸得粉碎。

卡萨德极力对抗那抬高的爪子，他几乎被抬离了地面。仅仅由于伯劳第一次佯攻下刺的帮忙，才没让卡萨德朝后飞去。拟肤束装下，汗雨如注，肌肉收缩，疼痛难忍，像要在那漫无止境的二十秒搏斗中一一断裂一般，而此时伯劳的第四条胳膊还没有上台表演，还没有朝下挥砍向卡萨德紧绷的大腿。

卡萨德大喊一声，拟肤束装的力场被撕裂，肌肉被扯断，至少有一根手指之刃差一点就切进了骨头。他另一条腿用力踢出，松开那怪物的手腕，发狂般地滚向远处。

伯劳挥了两下，第二下呼啸着从卡萨德的耳边擦过，差之毫厘，但它突然朝后跳去，蹲了下来，转到右边。

卡萨德左膝跪地直起身，差一点再次栽倒，然后摇摇晃晃站了起来，微微跃动，保持平衡。疼痛在他的耳朵里狂叫，他的整个世界充满了红光。不过，即使他痛苦地咬牙切齿，摇晃着身子，由于痛苦的打击而徘徊在昏厥边缘，他也能感觉到拟肤束装在朝伤口围拢——同时扮演着止血带和绷带的角色。他能感觉到他小腿上的血，但现在已经不再流了，疼痛也变得温驯了，似乎拟肤束装携带着医疗注射器一般，真像他的军部战斗装甲。

伯劳朝他冲来。

卡萨德踢了一脚，两脚，瞄准并找到胸刺之下如铬甲壳的平滑面。像是在踢火炬舰船的船体，但是伯劳似乎停了下来，摇晃着，朝后退去。

卡萨德向前紧逼，稳住重心，紧攥双拳朝怪物的心脏部位猛击了两下，如果击中的是回火瓷，那它早就支离破碎了。卡萨德没理睬自己拳头的剧痛，他旋动身子，胳膊挺直，手掌大张，砸向那怪物牙齿上方的口鼻之处。若是换作人，他会立马听见自己鼻子被砸扁的声音，感觉到骨头和软骨爆裂进大脑之中。

伯劳猛地咬向卡萨德的手腕，但是没咬到，四只手紧接着朝卡萨德的脑袋和肩膀挥去。

卡萨德气喘吁吁，水银之甲下，汗如雨下，血流如注，他快速转到右边，一次，两次，然后挥出了致命一击，击向怪物的短脖颈。那一击发出的声音回荡在这冻结的山谷中，就像一把从几英里上空投下的斧子砸中金属红杉的心脏的声音。

伯劳朝前轰然倒地，滚了一圈，仰面朝天，就像某种钢铁甲壳虫。

它倒下了！

卡萨德朝前移动，依然蹲伏着，依然小心谨慎，但到底还是大意了，没有防住伯劳，那怪物的披甲之足和爪子，不管那是什么玩意儿，抓住了卡萨德脚踝的后部，半削半踢，将他放倒。

卡萨德上校感觉到一阵剧痛，他知道自己的阿喀琉斯之踵被割断了，他想要滚到一边，但是那怪物纵身一跃，侧身扑向卡萨德，长钉、棘刺和刀刃袭向卡萨德的肋骨、脸和眼睛。卡萨德痛苦得表情扭曲，拱起身子，徒劳地想要把那怪物甩掉，他挡住了几次攻击，护住双眼，但感觉到其他刀刃猛地击中了他上臂、胸膛和腹部的要害之处。

伯劳朝他靠近，张开大嘴。卡萨德抬起头，看见那金属七鳃鳗之嘴的中空孔洞中，竖立着一排排钢铁之牙。红色的眼睛充塞在他的眼前，那些景象早已染上了血红之色。

卡萨德的手掌心抵在伯劳的下巴之下，试图占据优势位置。他感觉似乎是在举一座没有支点的尖锐废料山。伯劳的手指之刃继续撕扯着卡萨德的肉体。那怪物张开大嘴，歪着脑袋，最后，那一排排牙齿黑压压地压在了卡萨德的眼前。那怪物没有气息，但是从嘴里散发出阵阵热量，还带着硫黄和热铁屑的臭味。卡萨德已经无力抵抗。那怪物只要一合嘴，它就会把卡萨德脸上的皮肉撕下来，只剩下脑壳。

突然之间，莫尼塔出现了，她在那声音无法传播的地方大喊着，抓住伯劳红宝石般的千面之眼，附着拟肤束装的手指如鹰爪般拱起，她的脚牢牢踏在伯劳后背长着长钉的甲壳上，用力拉，用力拉。

伯劳的胳膊猛然朝后弯去，关节异常柔韧，如同某种梦魇般的螃蟹，手指之刃掠向莫尼塔，她掉了下来，但此时卡萨德已经滚了出来，迅速爬向莫尼塔，他强忍着剧痛，跳起身，拽着莫尼塔穿过沙地和静止的岩石，一路退却。

就在那刹那之间，他们的拟肤束装合了起来，先前他们做爱时也出现过这种情景，卡萨德感觉到她的肉体贴着自己的身体，感觉到他们的鲜血和汗水互相混合，也听见了他们心脏的共同跳动声。

杀了它，莫尼塔急切耳语道，他甚至能从这无声的媒介中听出痛苦。

我在尽力，我在尽力。

伯劳站在那儿，三米高的铬、刀刃和其他人的痛苦。看样子它没受什么伤。谁的血如涓涓细流在它的手腕和甲壳上流淌。它那愚蠢的微笑的嘴似乎比先前咧得更加大了。

卡萨德和莫尼塔的拟肤束装分开了，他温柔地将她放到一块大石头上，虽然他觉得自己比她伤得更重。但这不是她的战斗。还不是。

他走到他的爱人和伯劳之间。

卡萨德犹豫了一下，他听见一丝微弱但渐高的飒飒声，似乎看不见的海岸边有什么浪花正在翻涌。他抬头仰望，但也一直盯着慢慢前进的伯劳，然后他意识到，那声音来自怪物身后极远处荆棘树上的喊声。树上被钉住的人——挂在金属棘刺和冰冷树枝上的一个个有颜色的小点——正发出什么声音，那不是卡萨德早先听到的下意识的痛苦呻吟。那是喝彩。

卡萨德的注意力重新回到伯劳身上，那怪物再次绕着他转起圈来，卡萨德感觉到他那几乎被切断的脚踵是多么疼痛和无力——他的右脚已经被废，无法承重——他又是单脚跳，又是旋转，一只手搭在大石头上，把自己的身体挡在了伯劳和莫尼塔之间。

远处的喝彩似乎戛然而止，仿佛是在喘息。

伯劳突然从那里消失，然后在卡萨德边上出现，居高临下俯视着卡萨德，它的胳膊已经包住了他，就像是最终的拥抱，棘刺和刀刃已经贴到了他的身上。伯劳的眼睛闪耀着光芒。它的下巴再一次张开了。

卡萨德大喊着，声音中满是怒火和蔑视，他开始攻击。

保罗·杜雷神父迈过教皇之门，毫无差池地进入神林。他本来是在教皇那香雾缭绕的昏暗房间，现在突然间浸沐在了强烈的阳光下，四周是葱葱绿意，头顶是柠檬黄的天空。

他走出私人远距传输门，圣徒正在等他。杜雷望向他右边五米远的堰木平台边缘，以及远处，什么也没有——或者，确切地说，是万物，神林的树梢世界延伸向地平线，树叶屋顶闪着微光，移动着，仿佛是活着的海洋。杜雷知道自己正处在世界树的高处。世界树——那是圣徒视作神圣之物的所有树中最为圣洁的。

欢迎他的圣徒，在缪尔兄弟会复杂的等级划分中是有头有脸的人物，但是现在屈尊俯就成了向导，领着他从传送门平台进入爬满藤蔓的升降梯，穿越了一层层上层平台，非圣徒中人是很少有这种荣幸升临到此的。接着他们走了出来，沿着一条阶梯朝上爬，边上有一条由最完美的缪尔木制成的栏杆，沿着树干一路盘旋升天，那条树干从二百米粗的根部一直升到了这里，一点点变窄，现在离顶部非常近了，只有八米粗了。堰木平台雕刻得极为精巧，栏杆上是手工雕刻的精致藤蔓花格子，支柱和栏杆柱上粗雕着侏儒、木精灵、仙子和其他精灵，杜雷现在正向一张桌子和几把椅子靠近，它们也是雕刻而来，材质和这圆形的平台同出一宗。

有两人正等着他。第一个正是杜雷想要见的——世界树的忠诚之音，缪尔的大祭司，圣徒兄弟会的发言人，赛克·哈尔蒂恩。而第二个人却让杜雷大吃一惊。杜雷注意到红袍——那是动脉血的鲜红之色——带着黑色的貂皮镶边，那庞大的卢瑟斯躯体被那身袍子遮掩，脸上堆满了垂肉和肥肉，被一只令人惊惧的鹰勾鼻分成两半，一对芝麻眼被肥脸挤得看不见，两只肉嘟嘟的手的每一根手指上都戴着一枚或黑或红的戒指。杜雷知道，眼前就是末日救赎教派的主教——伯劳教会的大祭司。

圣徒站起身，几乎两米高的身躯屹立在杜雷跟前，他伸出手。“杜雷神父，我们非常高兴你能来我们这儿。”

杜雷伸出手，握手的时候他想到，这圣徒的手是多么像树根啊，黄褐色的手指真是纤长。世界树的忠诚之音穿着蒙头斗篷，跟海特·马斯蒂恩穿的行头一模一样，那粗糙的黄绿相间的衣服跟主教的装束形成了鲜明的对比。

“哈尔蒂恩先生，您能在接到消息后立即见我，我非常感谢。”杜雷说。忠诚之音是缪尔万千信徒的精神领袖，但是杜雷知道圣徒不喜欢在谈话时被套上什么头衔或者敬语。杜雷朝主教颔首致意。“阁下，没想到竟然能有幸在这儿见到你。”

伯劳教会的主教微微点了点头。“我恰巧来拜访我的朋友。哈尔蒂恩先生邀请我加入此次会谈，他觉得这样可能会有所裨益。杜雷神父，很高兴见到你。过去几年来，我们一直久闻阁下大名。”

圣徒指了指两人面前的缪尔木桌子对面的一把椅子。杜雷就坐下来，双手折拢摆在擦亮的桌面上，假装在审视着漂亮的木头纹理，实际上是在绞尽脑汁思索。环网半数的警卫部队现在就在寻觅这位伯劳教会的主教。他的出现让事情更加复杂了，已经远远超出了这位耶稣会士的准备。

“很有趣，对不对？”主教说，“人类最深邃的三个宗教，今日会集一堂，对不对？”“对，”杜雷说，“深邃，但并没有代表大多数人的信仰。在一千五百亿人中，天主教的数量仅有一百万不到。伯——啊……末日赎罪教会也许有五百万到一千万。嗯，哈尔蒂恩先生，圣徒有多少呢？”

“两千三百万，”圣徒轻声说道，“有好多人支持我们的环境事业，甚至想要加入我们，但是兄弟会并不向外人开放。”

主教揉了揉一坨下巴。他的皮肤惨白，眯着眼睛，似乎很不习惯日光。“禅灵教说他们有四百亿信徒，”他的话音低沉，“但是那叫什么宗教，啊？没有教堂，没有神父，没有圣书，没有罪孽的概念。”

杜雷脸带微笑。“那似乎是和我们这时代最合拍的信仰。已历时好几代了。”

“呸！”主教的手重重拍在桌子上，金属戒指撞到缪尔木发出响亮的声音，把杜雷吓了一跳。

“你们是怎么知道我是谁的？”保罗·杜雷问。

圣徒抬起头，杜雷看见日光洒进兜帽的阴影中，落在他的鼻子、脸颊和下巴的长线条上。他没有回答。

“我们选中了你，”主教咆哮道，“你，还有其他朝圣者。”

“你们？伯劳教会吗？”杜雷问。

听到那个词，主教皱了皱眉，他没回话，只是点了点头。

“既然霸主已经危机当头，为什么还要暴动？”杜雷问，“为什么会发生骚乱？”

主教揉着下巴，红黑的宝石在暮光下闪烁。在他头顶，无数叶子在微风下沙沙作响，被雨浸润的草木气息扑鼻而来。“末日来了，神父。在几个世纪前，天神化身给予了我们预言，那预言已经显露在我们眼前。你所谓的暴动是这个注定死亡的社会最初的死亡磨难。赎罪之日已经逼近，很快，大哀之君就将在我们身边走动。”

“大哀之君，”杜雷重复道，“伯劳。”

圣徒一只手做了个规劝的手势，似乎想要拂去主教的尖刻语气。“杜雷神父，我们都知道你奇迹般的复生。”

“那不是什么奇迹，”杜雷说，“是那被称为十字形的寄生虫的怪异行为。”

那修长的黄褐色手指重复了那个手势。“无论你怎么看待它，神父，你能再次和我们兄弟会在一起，大家都非常高兴。请继续，你早先致电时不是说有什么问题吗？”

杜雷的手掌在椅子的木头上摩挲，他瞥了一眼坐在对面的那个一身红黑的主教。“你们这两个团体已经合作了好一段时间了，对不对？”杜雷说，“圣徒兄弟会和伯劳教会。”

“末日赎罪教会。”主教低沉地咆哮道。

杜雷点点头。“为什么？是什么风把你们吹到一块儿来的？”

世界树的忠诚之音凑向前，阴影再次罩在了他的兜帽上。“神父，你必须知道，末日赎罪教会的预言涉及我们缪尔的使命。只有这些预言才能解答这个问题，那就是——杀害自己世界的人类必须遭到何种惩罚。”

“但并非人类自己毁灭了旧地，”杜雷说，“是基辅小组在尝试制造一个迷你黑洞的时候，计算机发生了失误。”

圣徒摇摇头。“是人类的傲慢，”他轻声说，“也正是同样的傲慢，让我们这一种族毁灭了所有有希望在某天进化出智能的物种。希伯伦上的赛内赛·阿鲁伊特、旋转星的泽普棱、嘉登的湿地马人、旧地的大猩猩……”

“对，”杜雷说，“人类的确有过失。但那也不足以判处他们死刑，难道可以吗？”

“判决是由一个远比我们自身强大的神作出的，”主教嚷道，“预言准确无误。末日救赎之日必将来临。所有传承了亚当和基辅罪孽的人必须遭到惩罚，因为他们谋杀了自己的家园，毁灭了其他物种。大哀之君挣脱时间的枷锁，来施行这末日的判决。没人能逃脱他的愤怒之火。没人能远离赎罪。比我们更为强大的神如是说。”

“千真万确，”赛克·哈尔蒂恩说，“预言已然来临……它们曾向一代一代的忠诚之音述说过……人类注定死亡，但是随着他们的覆灭，现在所知的霸主的所有地方，纯洁环境将得以再次兴盛。”

保罗·杜雷神父，受到耶稣会逻辑学的锤炼，致力于忒亚·德·夏丹的进化式神学理论，但现在他很想说，谁他妈在乎花儿开在没人看得见的地方，没人闻得到的地方？但他没有说出口，他说道：“你们有没有想过，这些预言不是什么神启，而只是来自某个世俗力量的操纵？”

圣徒似乎被掴了一掌，他靠回到椅子上，但主教凑身向前，紧握着两只卢瑟斯之拳，大得只需一击就能把杜雷的脑袋打爆。“邪说！谁胆敢否认启示的真理，不管是谁，他就得死！”

“有什么力量可以这么做？”世界树的忠诚之音开口道，“有什么力量，除了缪尔之神，能够占据我们的心灵？”

杜雷朝天空指了指。“好几代以来，环网的每个世界都通过技术内核的数据网连接了起来。大多数有权有势的人类携带着通信志扩展植入物，以便轻松接入……难道你没有吗，哈尔蒂恩先生？”

圣徒一声不吭，但是杜雷看见他的手指微微抖动了一下，似乎要拍拍自己的胸脯和上臂，点点上面躺了几十年的微型植入物。

“技术内核创造出了一个超凡的……智能，”杜雷说道，“他获取了惊人数量的能量，能够随意在时间中前后走动，也不再以人类的利害关系为动机。这内核人格的庞大部分的目标之一，就是消灭人类……其实，基辅小组的天大之误也许是那个实验中的人工智能处心积虑完成的。你们听到的所谓预言，也许是机械之神在数据网中的流言蜚语。伯劳来此，也许不是为了让人类赎罪，而仅仅是为了屠杀人类的男女老少，那完全是出于这机器人格自己的目的。”

主教的大脸红得跟他的袍子一样。他挥拳痛打在桌子上，然后挣扎着站起身。圣徒抓住主教的胳膊，制止住他，把他拉回到座位中。“你从哪儿听到的这些话？”赛克·哈尔蒂恩问杜雷。

“从朝圣者，从接入内核的两个人。从……其他人那里。”

主教对着杜雷晃着拳头。“可你自己也被化身触摸过了……而且不止一次，是两次。他让你拥有了不朽的生命，这样你就能亲眼看到他为他的特选子民准备了什么……那些在末日前为我们准备赎罪的人已经逼近我们了！”

“伯劳给我的是痛苦，”杜雷说，“无法想象的痛苦和苦难。我曾经两次遇到这怪物，我由衷感到，它既不神圣也不凶恶，只是来自某个可怕未来的一个有机机器罢了。”

“呸！”主教做了个轻蔑的手势，交叉起双臂，目光越过低矮的露台，无神地凝望着远处。

圣徒似乎气得直哆嗦。过了片刻，他抬起头，轻声说道：“你想问我一个问题？”

杜雷深吸了口气。“对，恐怕，这是个坏消息。巨树的忠诚之音海特·马斯蒂恩死了。”

“我们知道。”圣徒说。

杜雷吃了一惊。他无法想象他们是怎么得到这消息的。但是现在这已无关紧要。“我想知道的是，为什么他要进行这次朝圣？他没有活下来完成的任务到底是什么？我们其他人都讲述了……我们的故事。独缺海特·马斯蒂恩。但是，不知为什么，我觉得他的命运是某些谜题的关键。”

主教回头看了一眼杜雷，冷冷一笑：“我们不会告诉你任何事的，死亡宗教的神父。”

赛克·哈尔蒂恩静静地坐了很长一段时间，最后终于应道：“马斯蒂恩先生自愿将缪尔圣道带到海伯利安。几个世纪以来，预言已经深深扎根在我们的信仰中，当乱世来临之时，巨树的忠诚之音将会受到召唤，他必须驾驶一艘巨树之舰进入神圣世界，在那儿目睹巨树之舰的死亡，然后让它重生，并载上赎罪与缪尔的使命。”

“那么，海特·马斯蒂恩早就知道巨树之舰‘伊戈德拉希尔’号将会在轨道上被毁吗？”

“对，那已经被预言到。”

“他和船上那一只绑缚能量的尔格将会驾驶一艘新的巨树之

舰？”

“对，”圣徒的声音轻得几乎听不见，“化身将会给予我们一颗赎罪巨树。”

杜雷靠回到椅背上，点着头。“赎罪巨树。荆棘树。‘伊戈德拉希尔’号被毁的时候，海特·马斯蒂恩的心灵已经受创。然后他被带到了光阴冢山谷，看到了伯劳的荆棘树。但是他既没有准备好，也没有办法驾驶它。荆棘树是由死亡、苦难、痛苦组成的构造物……海特·马斯蒂恩没有准备好驾驶它。或者，是他拒绝驾驶。无论如何，他逃走了。然后死了。果然不出我的所料……但是我不知道伯劳到底给了他什么命运。”

“你在胡说八道什么？”主教厉声叫道，“预言中描述过赎罪巨树。它会在化身进行最后的收割时陪伴他左右。马斯蒂恩肯定会准备好，能够驾驶它穿越时空，他肯定会感到无上荣幸的。”

保罗·杜雷摇摇头。

“我们已经回答了你的问题，是吗？”哈尔蒂恩问。

“是的。”

“那你现在必须回答我们的，”主教说道，“圣母怎么样了？”

“什么圣母？”

“我们救世的圣母。赎罪的新娘。你们称为布劳恩·拉米亚的人。”

杜雷思绪纷飞，试图回忆起领事录制的故事概要，也就是朝圣者在去海伯利安的路上讲述的故事。布劳恩怀上了第一个济慈赛伯人的孩子。卢瑟斯的伯劳神庙把她从暴徒的手中救出，让她成为朝圣者的一员。她在故事中提到了伯劳信徒向她致以的敬意。杜雷想要将所有这些安放在他已经得知的杂乱无章的马赛克之中。但他毫无办法。他太累了……还有，他想，经过所谓的复生之后，他已经变得太蠢了。他不再是，也永远不会再是曾经的智者保罗·杜雷。

“布劳恩昏迷了，”他说，“显然是被伯劳抓住了，并附在了某种……东西上。某种电缆。她的大脑状态跟脑死亡的人毫无二致。但是她的胎儿依旧活着，并且安然无恙。”

“她带着的人格呢？”主教问，声音显得很紧张。

杜雷回忆起赛文告诉自己的那些事，那个人格在万方网中的死亡。这两人显然不知道第二个济慈人格——赛文人格此时正在警告悦石，告诉她内核的建议极其危险。杜雷摇摇头。他累极了。“我不知道她带入舒克隆环里的人格到底怎么样了，”他说，“电缆……伯劳附在她身上的东西……似乎插进了某种像是大脑皮层分流器的神经槽中。”

主教点点头，显然很满意这个答案。“预言进展迅捷。杜雷，你已经扮演了你的信使角色。我现在得告辞了。”这庞大之人站起身，朝世界树的忠诚之音点点头，迅速走过平台，走下阶梯，朝升降机和终端走去。

杜雷静静地坐在圣徒对面，就这么过了好几分钟。风吹树叶的沙沙声，树梢平台的轻摇轻晃，这一切恰到好处地催人入眠。随着神林世界慢慢进入黄昏，头顶的天空正从精致的藏红色黑影褪变。

“你说，机械之神在好几代以来都在用错误的预言误导我们，这实在是可怕的异端邪说。”圣徒最后说。

“对，但是，赛克·哈尔蒂恩，此前鄙人所在教会的漫长历史之中，可怕的异端邪说曾多次被证明是不屈的真理。”

“如果你是圣徒，你会因为此话而送命的。”戴着兜帽的人轻声说道。

杜雷叹了口气。在他这把年纪，在他这种境况，在他这种疲惫状态下，死亡的想法并没让他心生恐惧。他站起身，微微鞠了个躬。“我得告辞了，赛克·哈尔蒂恩。如果我所说的冒犯了你，那请你原谅。这是一个乱世。”“上焉者毫无信心，”他想，“下焉者满腔是激情的狂热。”

杜雷转身走到平台边缘。他兀然停住脚步。

阶梯不见了。下面的一个平台离它有三十米的垂直距离，十五米的水平距离，但他被隔开了，而升降机正在那里等他。世界树朝下降去了一千米多，进入了多叶的深渊。杜雷和世界树的忠诚之音被孤立在了最高的平台上。杜雷走到边上的栏杆边，仰起突然挂满汗珠的脸，面对着晚风，他注意到最初的几颗星星已经从深蓝色的天空中冒了出来。“赛克·哈尔蒂恩，这是怎么回事？”

桌子旁穿着袍子戴着兜帽的身影裹在黑暗中。“十八分钟后，按标准时间计，神林世界将会落入驱逐者之手。我们的预言说星球将会被毁灭。所以，它的远距传输器，超光发射仪，实际上，这世界所有东西自然都将不复存在。一个标准小时之后，神林的天空将会被驱逐者战舰的聚变火焰所点亮。我们的预言说所有留下来的兄弟会成员——以及其他任何人，虽然所有的霸主公民早就通过远距传输器撤离了——都将会死去。”

杜雷慢慢走回到桌子旁。“我得马上传送到鲸逖中心，”他说，“赛文……有人在等我。我得和首席执行官悦石谈一谈。”

“不，”世界树的忠诚之音赛克·哈尔蒂恩说道，“我们等着瞧。我们来瞧瞧预言是否成真。”

耶稣会士失望地握紧双拳，他压制住自己想要殴打这位圣徒的强烈情感冲动。杜雷闭上双眼，念了两遍《万福马利亚》。但毫无用处。

“求你了，”他说，“不管我在不在，预言一样会得到证实，或者被否定。但到时就为时晚矣。军部的火炬舰船会把奇点球炸掉，远距传输器会失效。我们会与环网切断联系，远隔数年。我得立即回鲸逖中心，数十亿生命仰仗我回去。”

圣徒交叉双臂，纤长的双手消失在袍子的褶皱中。“我们等着瞧，”他说，“预言的一切都会发生的。几分钟后，大哀之君将会降临到环网内的人民头上。我不相信主教的信仰，他说寻求赎罪的人将会得到饶恕。我们在这儿好得很，杜雷神父，死亡瞬时即至，毫无痛苦。”

杜雷搜索劳累的枯肠，希望找到什么决定性的话语，或者办法。但什么也没有。他坐在桌子旁，盯着对面这个戴着兜帽的沉默之人。在他们头顶，炯炯的繁星出现了。神林的世界森林开始在晚风下最后一次沙沙作响，然后似乎预先屏住了呼吸。

保罗·杜雷闭上双眼，开始祈祷。

37

我们走了一整天。我和亨特。傍晚时我们找到一家客栈，里面为我们摆满了食物——禽肉、米饭布丁、花椰菜、一盘通心粉等等——虽然这里没有人，完全没有人的影子。但壁炉里点着火，烧得很旺，似乎刚刚点燃，火炉上摆着的食物依然冒着热气。

亨特被这一切弄得六神无主；被这，被这可怕的脱瘾症状（他正遭受着脱离数据网的痛苦）。我能想象他的痛苦。一个人生长在信息唾手可得的世界上，随时随地能与人交流，想去什么地方只要迈进远距传输器就行，但忽然间，生活退化了，退回到我们的祖先的世界，就像突然醒来，发现自己变得又瞎又跛了一样。起初几小时，亨特一边走，一边大叫大嚷，怒不可遏，过后，他终于平静下来，进入了缄默的郁闷状态。

“但首席执行官需要我！”起初的一小时他就这么大叫大嚷。

“她也需要我为她带回信息，”我说道，“但是我们都无能为力。”

“我们在哪儿？”亨特第十次问道。

我已经跟他解释过这是另一个旧地，但是我知道现在他说的是另一个意思。

“我想，是拘留地。”我回答道。

“内核带我们到这儿的？”亨特问。

“我只能这么猜。”

“我们怎么回去？”

“我不知道。我猜，到它们觉得安全了，可以将我们从拘留地放出去的时候，远距传送门就会出现在我们面前了。”

亨特轻声咒骂。“赛文，可为什么要拘留我？”

我耸耸肩。我认为这是因为他听见了我在佩森上说的话，但是我吃不准。我什么都吃不准。

这条路一路通进草地、葡萄园，在矮山上曲折蜿蜒，然后又在山谷中蛇行。在山谷中，海洋映入了我们的眼帘。

“这条路通到哪里？”就在我们找到客栈前，亨特问我。

“条条大路通罗马。”

“我跟你说真的，赛文。”

“我也是，亨特先生。”

亨特从大路上撬起一块松动的石头，把它远远扔进灌木丛。什么地方有只画眉在叫。

“你以前来过这儿？”亨特的语气中带着责难之意，似乎我在把他带入不归之路。也许吧。

“没有。”我说。但是济慈来过，我几乎要加上这句。移植的记忆汹涌地扑上表面，它们充满了痛苦的感觉和迫近的死亡感，几乎要把我吞没。如此地远离朋友，远离芬妮，他永世的至爱。

“你确信你无法接入数据网吗？”亨特问。

“确信。”我回答道。他没问我关于万方网的事，我也没跟他说。我害怕进入万方网，害怕在那里失去自己。

就在日落前，我们找到了客栈。它栖息在一个小山谷中，石头烟囱中升起袅袅炊烟。

吃东西的时候，黑暗压迫在窗格玻璃上，我们唯一的光线是扑动的火光以及石头壁炉架上的两盏烛火，亨特说道：“这地方让我有点相信鬼魂了。”

“我的确相信鬼魂。”我对他说。

夜里，我醒来，咳个不停，感觉自己赤裸的胸脯上湿漉漉的，我听见亨特在摸索着寻找蜡烛，在烛光的映照下，他低头看着我皮肤上的鲜血，它们玷污了被褥。

“我的天，”亨特低语道，满脸惊悸，“这些是啥？怎么回事？”

接下来又一阵咳嗽，让我更加虚弱，喷出更多的鲜血，等这轮咳嗽过后，我终于开口道：“咳血。”我开始起身，但又一头栽倒在枕头上。我指着床头几上的那一脸盆水和毛巾。

“该死，该死。”亨特嘀咕道，他在找我的通信志，想要读取医疗指数。但找不到。白天早先时候在路上，我早已把霍伊特那没用的工具扔掉了。

亨特取出自己的通信志，调整了监控器，把它卷在我的手腕上。但是指数对他来说毫无意义，仅仅表示出现了紧急状况，需要立即接受医疗护理。亨特跟他那一代的绝大多数人一样，从没见过疾病或者死亡——那是一项专业问题，老百姓已经看不到了。

“不用担心。”我低声说道，咳嗽的围攻过去了，但是虚弱依旧像一块岩石毯子压在我身上。我再次指了指毛巾，亨特将它沾湿，把我胸脯和胳膊上的血擦去了，他扶我坐在一把椅子上，然后把溅满污迹的被单和毯子挪去。

“你知道这是怎么回事吗？”他问，声音中充满了真挚的关切。

“知道，”我挤出一丝笑容，“精确。逼真。个体重演生物发生律。”

“说明白一点，”亨特叫道，扶我回到床上，“你怎么会出血的？我能帮你什么？”

“请给我一杯水。”我吮了一口水，感觉到胸膛和喉咙内正沸腾着，但我强忍住另一轮的咳嗽发作。我感觉肚子里似乎着火了。

“怎么回事？”亨特再次问道。

我慢慢地、谨慎地说着，一字一句地安在适当的位置上，似乎正踏足在遍布地雷的土地上。咳嗽没有重新发作。“这病叫作肺痨，”我说，“肺结核。从出血的严重程度来看，已经病入膏肓了。”

亨特巴塞特猎犬似的脸庞一片惨白。“老天，赛文。我从没听说过肺结核。”他举起手，似乎要查询他的通信志数据，但是手腕上空空如也。

我把通信志还给他。“肺结核在几个世纪以来已经不见了。治愈了。但是约翰·济慈得了这种病。死于这种病。而我这赛伯体属于济慈。”

亨特站起身，似乎要冲出门去寻求帮助。“现在内核肯定会让我们回去的！他们不会让你待在这空空荡荡的世界上的，这里连医疗救助也没有！”

我躺回到软软的枕头上，感觉到枕套下的羽绒。“也许，那正是它们把我拘留在这儿的原因。等我们明天抵达罗马再瞧。”

“可你根本不能动！明早我们哪里也不能去。”

“等着瞧，”我说，闭上双眼，“等着瞧吧。”

第二天一早，一辆桅图拉——一种小型马车——正等在客栈外头。那匹马是头高大的灰色母马，我们向它走近时，它那眼睛朝我们转溜着。这畜生的鼻息在寒冷的晨风下升腾而起。

“你知道这是啥东西吗？”亨特问。

“一匹马。”

亨特举起一只手朝那动物身上探去，似乎碰到它的肋腹之时，它会像肥皂泡一样突然爆裂、消失一样。但它没有。母马的尾巴轻轻甩着，亨特赶紧收回手。

“马已经绝种了，”他说，“它们从没被基艺家重新复生过。”

“这匹马看上去完全是真的。”我说，爬进车子里，坐在那儿的狭窄凳子上。

亨特小心翼翼地在我身旁坐下，他长长的手指满怀焦虑地抽搐着。“谁来驾驶？”他问，“控制器在哪儿？”

没有缰绳，车夫的位子上空空如也。“我们来看看马儿自己认不认得路。”我建议道，就在此时，母马开始慢悠悠地挪起步子，毫无弹性的车子在起伏路的石头和沟槽上颠簸不已。

“这是什么玩笑，对不？”亨特问，凝望着碧蓝无瑕的天空和远处的田野。

我用一块客栈毛巾制成的手帕覆着嘴，尽可能的压抑着咳嗽的强度和长度。“极有可能，”我说，“不过，有什么不是玩笑？”

亨特没有理睬我的诡辩，我们继续辘辘前行，颠簸着，晃动着。前头不知是什么目的地，也不知有什么命运在等待。

“亨特和赛文到底跑哪里去了？”梅伊娜·悦石问。

赛德普特拉·阿卡西，悦石手下的二把手，一位年轻的黑人女人凑向前，以免打断正在进行的军事简报。“执行官大人，还没有消息。”

“不可能。赛文有个追踪器，利一小时前就传送到佩森去了。他们到底在哪儿？”

阿卡西朝摆在桌面上的传真台瞥了一眼。“安全局找不到他们。运输警队也无法查出他们的下落。远距传输单位仅仅记录到他们打入了鲸心的代码——也就是这里——并走了进来，但却没有抵达。”

“不可能。”

“对，执行官大人。”

“等这会议一结束，我想跟阿尔贝都或者其他人工智能顾问谈谈。”

“明白。”

两个女人把她们的注意力重新放回到简报上。政府大楼的战术中心、奥林帕斯指挥战略决议中心、最大的议院简报中心，三个房间被十五平方米大小、看上去敞开着的传送门合并在了一起，所以这三处形成了一个洞窟般的不匀称会议区。战略决议中心的全息像似乎在这空间的显示尽头升入到了无限高的地方，数据列飘浮在墙上，四处都是。

“离侵入地月轨道还有四分钟。”辛格元帅说道。

“他们的远程武器早就可以对准天国之门了，”莫泊阁将军说，“他们似乎有所克制。”

“他们对我们的火炬舰船可没有这么克制。”外交部长加利安·佩索夫说。一个小时前，紧急部署的十几艘霸主火炬舰船突围部队很快就被推进的游群消灭，这群人就是在那时被召集起来的。远程传感器转播了这一游群的简略图像——一簇拖着彗星般聚变尾巴的余烬。有好多好多余烬。之后火炬舰船和它们的遥控装置停止了广播。

“那些是战舰，”莫泊阁将军说，“几个小时以来我们一直在广播，现在天国之门已经门户大开了。我们期待他们能有所克制吧。”

天国之门的全息图像包围了他们：泥滩的寂静街道，海岸线的空拍图像，这个灰褐色世界的轨道图像，带着一成不变的云量，连接所有远距传输器的奇点球那巴洛克式十二面体的地月图像，瞄向太空拍摄到的推进中的驱逐者的远望、紫外线、X射线图像——现在已经大多了，不再是小点或者余烬，它们已经进入一天文单位之内了。悦石仰望着驱逐者战舰的聚变之尾，他们的小行星农庄、保护罩世界，这些翻着跟头、密蔽场发着微光的庞然大物，他们复杂且离奇的非人零重力城市复合体。她想，要是我做错了呢？

亿万人类的生命全取决于她的一个信念——驱逐者不会蛮横地毁灭霸主世界。

“离侵入还有两分钟。”辛格以他职业军人的平坦声调说道。

“元帅，”悦石说，“这真的有必要吗？一旦驱逐者侵入我们的防御带，我们一定要摧毁奇点球吗？我们难道不能等几分钟，看看他们到底想要做什么吗？”

“不，首席执行官，”元帅迅速答道，“一旦他们进入突袭范围，我们必须毁掉远距传输的连接。”

“但是元帅，只有不让剩下的火炬舰船这么做，我们才能拥有系统内连接、超光转播和同步装置，对不对？”

“对，执行官大人，但是我们必须在驱逐者侵占系统前，摧毁远距传输能力。这是最后的安全底线，不能再妥协了。”

悦石点点头。她明白，现在需要绝对的谨慎。要是能有更多的时间就好了。

“离侵入和摧毁奇点还有十五秒，”辛格说，“十……七……”

突然之间，所有的火炬舰船和地月遥控装置的全息像闪起了紫色、红色、白色的光。

悦石倾身向前。“那是在摧毁奇点球吗？”

军人们互相喊喊喳喳起来，呼唤着更多的数据，切换着全息图和屏幕上的图像。“不，首席执行官，”莫泊阁回答道，“是火炬舰船受到了攻击。你看到的是它们超载的防御场。那……啊……快看那儿……”

一幅中央图像——很可能来自一艘低轨道的转播舰船——显示出十二面体的奇点密蔽球的放大画面，它那三万平方米的表面依旧完整如一，依旧在天国之门的烈日照射下闪耀着光芒。然后，突然之间，那光芒增强了，那建筑最近的一个面似乎炙热灼烧了起来，塌陷在自己身上，不到三秒时间，球体膨胀，里面囚禁着的奇点逃脱了，吞没了自己，也吞没了方圆六百公里之内的一切。

与此同时，大多数视图和数据列都黑掉了。

“所有远距传输连接终止，”辛格宣布道，“系统内数据现在仅由超光发射器转播。”

军人们发出了一阵赞同和欣慰的兴奋低语，而在场的几十名议员和政治顾问发出了如同叹息又像是轻声呻吟的声音。天国之门刚刚从环网切除……四个多世纪以来，霸主损失的第一个世界。

悦石转身面对着赛德普特拉·阿卡西。“现在，从天国之门到环网的旅行时间是多少？”

“用霍金驱动器，舰上时间七个月，”助手立即查询出了结果，“外加九年多一点的时间债。”

悦石点点头。天国之门现在离最近的环网世界有九年之远了。

“瞧，我们的火炬舰船正在离开。”辛格吟道。图像来自一艘轨道上的警戒船，由于计算机做处理时飞船在快速前行，它们成了高速超光喷射信息组成的跳动的假色图像。这些图像是视觉的马赛克，但是看着它们，悦石总是想起媒体时代前期的无声电影。然而这不是查理·卓别林的喜剧。耀眼的光芒衬托着星野，在星球边缘出现了，两点，然后五点，接着是八点。

“‘尼基·魏玛’号霸舰，‘斑龟’号霸舰，‘彗星’号霸舰，‘安德鲁·保尔’号霸舰，四舰的转播已经终止。”辛格汇报道。

巴比·丹-基迪斯举起手。“那另外四艘呢，元帅？”

“只有上面提到的四艘拥有超光通信能力。另四艘发射无线电、脉塞和多频率通信连接，但警戒船确认这些信号也已经终止。视频数据……”辛格顿了顿，指着从自动警戒船转播而来的画面：八个不断扩散又不断衰退的光圈，爬满聚变尾迹和新光的星野。突然间，连这些图像也消失了。

“所有的轨道传感器和超光转播器终止通信。”莫泊阁将军说。他指了指，那些黑掉的画面重新被天国之门的街道图像替代，天上一如既往挂着低云。航空器拍下了云层上的照片——那片天空已经布满了疯狂移动的星星。

“现确认，奇点球已经全部摧毁，”辛格说，“游群的先头部队现已进入天国之门的高空轨道。”

“有多少人留在了那儿？”悦石问。她的身体凑向前，双肘支在桌上，双手紧握。

“共有八万六千七百八十九人。”防御部长伊本回答道。

“还没算上前两个小时传送进去的一万两千海兵。”范希特将军加上一句。

伊本朝将军点了点头。

悦石向他们谢了一句，然后注意力重新回到了全息像上去了。全息像上飘浮的数据列，传真台、通信志、桌子面板上提取的摘要，上面都是相关的数据——目前系统内的游群舰船数量，轨道上的舰船数量和型号，映射的减速轨道和时间曲线图表，能量分析和通信波段拦截信息——但是悦石和其他人注视着的是相对来说没有多少信息量、没多大变化的超光图像，它们来自航空器和地面摄像机：星辰、云巅、街道、从大气发电站顶点俯瞰下的泥潭漫步区景致，不到十二小时之前，悦石就曾在那里站过。现在那里已经入夜。从海湾吹来悠悠微风，巨大的马尾蕨正和风起舞。

“我想他们会跟我们谈判的，”说话的是李秀议员，“他们首先给我们展示一下这**既成事实**，九个被侵占的世界。然后他们会跟我们谈判，想方设法要争取到力量的新平衡点。我是说，即便他们的两波侵略波都成功了，那也只是环网和保护体二百个世界中的二十五个罢了。”

“对，”外交部首脑佩索夫说道，“但不要忘了，议员，它们包括我们具有最重要战略意义的世界……比如说我们这个，鲸心，在驱逐者的时刻表上，就在天国之门陷落的二百三十五小时之后。”

李秀议员盯得佩索夫浑身不自在。“我当然知道，”她冷冷地说道，“我只是说，驱逐者在内心并没有想要真正地征服。对他们来说那实在是愚蠢至极。军部也不会允许第二波如此肆无忌惮地侵略进来的。这所谓的侵略，我想肯定是谈判的前奏。”

“也许吧，”来自北岛的议员罗恩奎斯特说，“但这样的谈判势必取决于——”

“慢着。”悦石说。

现在，数据列显示出一百多艘驱逐者战舰正围绕在天国之门的轨道上。那儿的地面部队已经接到指示，除非受到攻击，不然别开火。通过超光发送到战略决议中心的三十多个视图中，没有任何异常活动。突然之间，泥滩市顶上的云朵闪烁起来，似乎巨大的探照灯被开启了。十几束清晰的宽光束朝下刺进海湾和城市之中，并继续给人以探照灯的幻象，在悦石看来，它们就像是一柱擎天的巨型白柱，屹立在地面和云顶之间。

随着一股火焰和毁灭的旋风在这些百米宽的光束底部爆发，幻象终止了。庞大的蒸汽喷涌充斥了最近的摄像机，海水沸腾了。来自顶点的图像显示出镇上有着百年历史的石头建筑勃然起火，向内爆裂，似乎有龙卷风从中呼掠而过。享誉环网的漫步区花园和公共广场爆发出熊熊烈焰，泥土和残骸四处飞扬，似乎有什么无形的耙子耙过它们中间。似乎有什么无形的飓风正在肆虐，那些有着二百年历史的马尾蕨被压弯了腰，化作一团火焰，最后灰飞烟灭，什么都不剩了。

“船首级火炬舰船的切割武器，”辛格元帅打破了沉寂，“或者是类似的驱逐者武器。”

城市在燃烧，在爆炸，被光柱耙成一堆瓦砾，然后再次化成无数碎片。这些超光图像没有音频信号，但是悦石觉得自己听见了尖声喊叫。

地面摄像器一个接一个暗了下去。来自大气发电站顶点的图像消失了，成了一片白板。空运摄像器早已失效。二十几个陆基图像开始隐灭，有一个化作一团可怕的绯红，房中的每个人都揉起了眼睛。

“等离子炸弹，”范希特说，“低兆吨级射程。”图像上显示的是城市运河北部的军部海军防空合成体。

突然之间，所有的图像都暗去了。数据流终止了。房内的灯亮了起来，弥补了兀然出现的让人惊悸的黑暗。

“主超光发射器失效，”莫泊阁将军说，“位于高门附近的军部主基地。隐藏在我们最强的密蔽场内，五十米的岩石之下，十米的晶须硅钢中。”

“是可控核武器？”巴比·丹-基迪斯问。

“起码的。”莫泊阁说。

科尔谢夫站起身，他那卢瑟斯人的庞大躯体散发出一股如熊般强壮的力量。“很好。看来这并不是他妈的谈判策略。驱逐者已经把一个环网世界化成灰烬了。这是一场全方位、毫无慈悲心的战争。文明的幸存岌岌可危。我们现在该怎么办？”

所有人的目光转向梅伊娜·悦石。

领事把半昏半醒的西奥·雷恩从掠行艇的废墟中拉了出来，用肩膀扛着年轻人的一条手臂，扶着他左摇右晃地前进了五十米，来到霍利河岸旁，最后终于不支地栽倒在一棵树下的草地上。掠行艇没有起火，但它最后撞在一堆坍塌的石墙上，被刹住脚步，而现在正破烂不堪地躺在那儿。一小片一小片的金属和陶瓷聚合体散落在河岸和废弃的大道上。

城市火光冲天。烟雾模糊了河对岸的景致。而老城，杰克镇的这一部分，看上去似乎是点着了好几堆火葬堆，黑烟的粗柱升向低矮的云幕。作战激光和导弹尾迹在雾霭中不断疾驰，时而击中突击艇、伞翼和悬浮场保护罩，这些保护罩正持续不断地从天而降，就像从新近收割的田野里吹来的谷壳。

“西奥，你没事吧？”

总督点点头，抬手想把鼻梁上的眼镜推推高……但面带疑惑地停住了，他的眼镜已经没了。鲜血在西奥的额头和手臂上留下一条条纹路。“脑袋撞了一下。”他东倒西歪地说道。

“我们得用一下你的通信志，”领事说，“得叫人来接我们。”

西奥点点头，抬起手臂，对着自己的手腕皱了皱眉。“丢了，”他说，“通信志丢了。得去掠行艇中看看。”他想要站起来。

领事把他拉了下来。他们正躲在几棵观赏性树木的荫庇中，但是掠行艇暴露在外，而且他们的着陆也已经被人察觉。领事看到好几个全副武装的士兵正沿着邻近的一条街道跑来，掠行艇就是在那儿平坠着陆的。他们可能是自卫队，也可能是驱逐者，甚至可能是霸主的海兵，但是领事想到，不管他们效忠的是谁，都会是些好战成性的家伙。

“别管了，”他说，“我们去找部电话。打给领事馆。”他左右四顾，辨认着他们坠落的这个商店区和石头建筑。河上游几百米的地方，一栋古老的大教堂矗立在那儿，早已荒废，教会礼堂土崩瓦解，悬在河岸之上。

“我知道我们在哪儿了，”领事说，“这里离西塞罗只有一两个街区远。跟我来。”他抬起西奥的手臂，搭在自己的肩上，扶着受伤的西奥站起了身。

“西塞罗，好极了，”西奥咕哝道，“还可以喝上一杯。”

从南部的街道传来钢矛枪火力的咔嗒咔嗒声和回击的能量武器的嗞嗞声。领事尽力承受着西奥的体重，沿着河边的狭窄小巷半摇半晃，向前进发。

“哦，该死。”领事小声道。

西塞罗在燃烧。这座古老的酒吧兼客栈和杰克镇一样古老，比首都大部分地区都要古老，四栋松松垮垮的河边建筑中有三栋已经烧毁，只有一队坚持不懈的顾客救火排正在拯救最后的一栋。

“我看见斯坦了。”领事说，他指着斯坦·列维斯基的庞大身影，后者正站在救火排的最前端。“到这儿来，”领事扶着西奥坐到走道上的一棵榆树底下，“你的头怎么样了？”

“疼。”

“我去叫人，马上回来。”领事说完，尽他所能迅速地走下小巷，朝人群走去。

斯坦·列维斯基盯着领事，就好像见到了鬼。这个大块头的脸上带着一条条煤灰和泪水印，眼睛大睁，似乎脑子不好使了。西塞罗已经在他的家族中传了六代。现在天空下起了细雨，火势似乎是被打败了。但烧坏的部分中有些木头塌陷进基底的余烬中，救火排的男人们不时地大喊大叫。

“苍天哪，全没了，”列维斯基说，“你看见了吗？耶里祖父的扩建房？全没了。”

领事抓住庞大男人的肩膀。“斯坦，我们需要帮助。西奥在那儿，他受伤了。我们的掠行艇坠毁了。我们得回航空港——得用一下你的电话。斯坦，事情很紧急。”

列维斯基摇摇脑袋。“电话没了。通信志波段堵塞了。该死的仗还没打完。”他指了指古老客栈的烧毁部分，“没了，该死的，全没了。”

领事握紧拳头，万念俱灰之下，他怒不可遏。其他人在边上乱转，但是领事一个也不认识。眼前没有一个军部或是自卫队当局人士。突然，身后有人说：“我能帮你。我有架掠行艇。”

领事转过身，面前是一个年龄在六十上下的人，他那俊俏的脸庞上也覆盖着一层煤灰和汗水，卷发闪着亮光。“好极了，”领事说，“多谢您的帮助。”他顿了顿，“我认识你吗？”

“美利欧·阿朗德淄博士。”那人说道，他已经开始迈步朝西奥所在的大路走去。

“阿朗德淄。”领事重复道，加紧脚步跟上他的步伐。很奇怪，那名字似曾相识。是他认识的什么人吗？他应该认识的人？“我的天，阿朗德淄！”他说，“你是瑞秋·温特伯的朋友，几十年前，是你和她一起来这儿的。”

“其实，我是她的大学指导老师，”阿朗德淄说，“我知道你的事。你和索尔一起去朝圣。”他俩在西奥坐着的地方停下脚步，后者仍然抱着自己的脑袋。“我的掠行艇在那里。”阿朗德淄说。

领事看见树下停着一艘小型的双人桅轻“西风”。“太好了。我们把西奥送到医院去，然后我得立即去航空港。”

“医院已经人满为患，成了精神病院，”阿朗德淄说，“如果你打算去你的飞船那里，我建议你把总督也带过去，用飞船的诊疗室帮他进行治疗。”

领事犹豫了片刻。“你怎么知道我在那儿有艘飞船的？”

阿朗德淄抬起门，扶着西奥，让他躺在前仿形座椅后的狭窄凳子上。“领事先生，我知道你和其他朝圣者所有的事。几个月以来，我一直在尝试，希望能得到去光阴冢山谷的许可。你无法想象，当我得知索尔登上朝圣者的游船秘密离开时，我是多么地失望啊。”阿朗德淄深深吸了口气，接着问了个他以前显然不敢问的问题，“瑞秋还活着吗？”

在她是个成年女子时，他是她的爱人，领事想。“我不知道，”他说，“我正在想办法及时回去帮她，如果我有办法的话。”

美利欧·阿朗德淄点点头，坐进驾驶座椅，示意领事进来。“我们会想办法去航空港。不过由于那附近正在发生战斗，这一路会很不好走。”

领事背靠在座椅上，椅子把他包围了起来，他感觉到自己的擦伤、刀伤和一身的疲惫。“我们得让西奥……总督……回到领事馆或者政府大楼或者……不管他们现在管它叫什么名字。”

阿朗德淄摇摇头，启动了阻种轮。“不。领事馆早就毁了，听紧急新闻频道说，是被一颗不定向导弹给废了。在你的朋友去找你前，所有的霸主官员早已到航空馆撤离了。”

领事看着半昏迷的西奥·雷恩。“走吧。”他轻声对阿朗德淄说。

他们飞过河流的时候，掠行艇穿过轻武器火力的枪林弹雨，但钢矛枪在船壳上发出一阵吧嗒吧嗒的声音，能量射束在他们下面划过，喷出一股十米高的蒸汽流。阿朗德淄像个疯子般驾驶着掠行艇——迂回、起伏、倾斜、盘旋，偶尔还让掠行艇绕着轴心回旋，就像在大理石海面上滑行的盘子。领事的座椅约束器紧紧包着他，但是他能感受到五脏似乎开始翻腾。在他们身后，西奥的脑袋在后凳上无力地前后晃动，他已经听任昏迷的摆布了。

“市区已经是一团糟了！”阿朗德淄在阻种轮的咆哮声中喊道，“我会沿老高架桥去航空港大道，然后抄近路通过乡村，尽量飞得低一点。”他们在一幢熊熊燃烧的建筑旁转了个圈，领事后知后觉地认出来，这是他的旧公寓大楼。

“航空港大道能否通行？”

阿朗德淄摇摇头。“想都别想。三十分钟前，有一大群伞兵降落在了那附近。”

“驱逐者是不是打算毁掉整个城市？”

“不。要是他们想这么干，就完全不必这么大费周折，他们尽可以从轨道上开火。他们似乎是包围了首都。而大多数的登陆飞船和伞兵至少着陆在了十公里外。”

“进行抵抗的是我们的自卫队吗？”

阿朗德淄笑了起来，黝黑的皮肤衬着洁白的牙齿。“他们现在已经在逃到安迪密恩或者浪漫港的半路上了……但是，十分钟前，当时通信线路还没被堵塞，报道说那些城市也遭到了攻击。不，你看到的这微不足道的一点抵抗来自十几个军部的海兵，他们被留下来守卫城市和航空港。”

“这么说，驱逐者还没有摧毁航空港，也没有占领它？”

“还没有。至少几分钟前还没有。我们就快看到了。抓紧了！”

经由贵宾大道或者其上的天空航线，通向航空港的十公里飞行一般只需花上几分钟时间，但是阿朗德淄在山上、山谷中、树林间的迂回和上下路线使整个旅途的时间变长了，也变得更加刺激了。领事扭过头，望着左边一闪而过的山腰和熊熊燃烧的难民营贫民窟。在掠行艇猛冲过来时，男男女女蜷伏在大石头旁、矮树下，各自抱着脑袋。有一次，领事看见一队军部的海兵正在山腰上挖坑，但是他们的注意力正集中在北方的山丘上，那里冒出五彩缤纷的激光切割武器的火力。就在此时，阿朗德淄看见了海兵们，他驾着掠行艇急速朝左回转，降落进狭窄的山涧中，山脊上的树梢差一点被无形的大剪刀剪去。

最后，掠行艇怒吼着飞越最后一排山脊，航空港的西大门和防护栏终于出现在他们眼前。周界线闪着密蔽场和阻断场的蓝紫之光，还剩最后一公里的时候，一束可见的密激光突然射出，发现了他们，通过无线电说道："不明掠行艇，立即降落，否则我们要开火了。"

阿朗德淄驾艇降落。

十米外的林木线似乎在闪烁，突然之间，他们被一群穿着活性变色龙聚合体的幽灵包围了。阿朗德淄打开驾驶舱透明罩，一杆杆突击枪瞄准了他和领事。

"从机器上下来。"迷彩的闪烁之下，一个空洞的话音说道。

"我们带着总督，"领事喊道，"我们必须进去。"

"一派胡言，"有人厉声叫道，他带着清晰的环网口音，"快出来！"

领事和阿朗德淄慌慌忙忙松开他们的座椅约束器，刚要爬出来，突然，后座上有个声音叫道："缪勒中尉，是你吗？"

"啊，对，长官。"

"你有没有认出我是谁，中尉？"

迷彩的闪光消失了，一名全副武装的年轻海兵就站在掠行艇的一米距离之内。他的整张脸仅仅覆盖着一块黑色面罩，但是声音听上去非常年轻。"是的，长官……啊……总督大人。抱歉，你没戴眼镜，我没认出你。长官，你受伤了。"

"我当然知道我受伤了，中尉。这就是这两位先生要送我到这里来的原因。你有没有认出海伯利安的前霸主领事？"

"抱歉，长官，"缪勒中尉说道，挥挥手，示意他的人退回到林木线后面去，"基地被封锁了。"

"基地当然被封锁了，"西奥咬咬牙说道，"是我签署的命令。但是我也授权让所有的霸主要人撤离。你应该让那些掠行艇通过了吧，对不对，缪勒中尉？"

一只披甲的手臂举了起来，似乎要挠挠自己戴着头盔和面罩的脑袋。“啊……对，长官。啊，是。但是那已经是一小时之前的事了，长官。进行撤离的登陆飞船早已飞走——”

“苍天在上，缪勒，快进入战术频率，到格拉西莫夫上校那儿获取许可，让我们进来。”

“长官，上校已经死了。东部周界线发生了登陆飞船突袭——”

“那就卢韦林上尉。”西奥说。他摇晃着身子，然后倚在领事座椅的后背上，稳住了。他的脸异常惨白，毫无血色。

“啊……战术频率已经出故障了，长官。驱逐者正在干扰多频率，用的是——”

“中尉！”西奥厉声叫道，领事从未听到过他的年轻朋友用过这种口气说话，“你已经认出我来了，而且扫描了我的植入式身份证。现在，要么让我们进来，要么就朝我们开火吧。”

那个披甲的海兵回头朝林木线看了一眼，似乎在考虑要不要命令他的手下开火。“长官，登陆飞船全部都飞走了。不再会有什么船下来了。”

西奥点点头。血已经干了，凝结在他的额头上，但现在从他的发际线上新流下一股血流。“那艘被扣押的飞船还在九号发射池中吗？”

“是的，长官，”缪勒回答道，终于立正道，“但那是一艘民用飞船，不可能飞到太空中的，你瞧，铺天盖地的驱逐者——”

西奥挥手让那军官住了口，示意阿朗德淄驾车朝周界线开去。领事望向前面的安全界线、阻断场、密蔽场和一些可能是液压地雷的东西，十秒内掠行艇就将和它们狭路相逢。他看见那名海兵中尉正招着手，前头的紫蓝能量场开了个口子。没人开火。半分钟后，他们开始穿越航空港的硬土。北部周界线上有什么庞然大物正在燃烧。在他们左手边，一辆军部拖车和指挥舱已经被熔成了一摊冒泡的塑胶。

那里面还有人，领事想，他再一次抵抗着五脏的翻腾。

七号发射池被摧毁了，它那加固的十厘米碳碳圆墙被炸得四分五裂，就好像它们是用纸板做的。八号发射池正在燃烧，发出白热之光，看来受到了等离子弹的攻击。九号发射池完好无损，透过三级密蔽场的闪光，能看到坐落在发射池墙上的领事飞船的船首。

“阻断场开启了？”领事问。

西奥躺在加着衬垫的凳子上。他的嗓音含混不清。“对。悦石授权在飞船上覆盖了遏制圆场。那只是普通的防护场。只需一句口令就能撤销掉它。”

阿朗德溜驾着掠行艇降落在停机坪上，此时警报灯刚好开始闪烁出红色，合成声音开始说明有故障产生。他们把西奥扶了出来，站在小型掠行艇的背后，那儿有一排钢矛在发动机罩和阻种轮罩上歪七竖八地缝了一条口子。引擎罩的部分由于超负荷而熔化了。

美利欧·阿朗德溜轻轻拍了一下机器，两人转身扶着西奥进入了发射池的大门，爬上入坞中心。

“我的天，”美利欧·阿朗德溜博士说道，“真是漂亮。我以前从没进过私人星际飞船。”

“现有的私人星际飞船也就十几艘而已。”领事边说，边把滤息面具戴在西奥的嘴和鼻子上，轻轻将这满头是血的人儿放进诊疗室的紧急救护营养槽中。“这船虽小，但价值好几亿马克。对公司和偏地行星政府来说，如果碰到一些少有的场合，需要在星际间旅行，使用军事飞船并不划算。”领事关上救护槽，和诊疗程序简单地交谈了几句。“他会没事的。”最后他对阿朗德溜说，然后回到了全息井中。

美利欧·阿朗德溜站在古老的施坦威钢琴旁，轻轻抚触着大钢琴富有光泽的漆面。透过收起的瞭望台上方的透明船体，他朝外望去。“我能看见主大门附近的火力。我们最好离开这儿。”

“我正在这么做呢。”领事说。他朝排在投影舱中的圆床指了指。

考古学家一屁股坐到深垫中，他左右四顾。“没有……啊……控制器吗？”

领事笑了。“驾驶台？驾驶舱仪器？或是能驾驶的方向盘？没那玩意儿。飞船？”

“在。”不知什么地方传来轻轻的声音。

“我们可以起飞了吗？”

“可以。”

“密蔽场去掉了吗？”

“那是我们自己的密蔽场。我已经把它撤销了。”

“好的，我们离开这鬼地方吧。我不需要告诉你，我们正在鏖战的中央，对吧？”

“不需要。我一直在监控事情的发展状况。最后几艘军部太空船正在离开海伯利安星系。这些海兵已经被困并且——”

“飞船，这些战术分析留待以后再讲吧，”领事说，“把路线定往光阴冢山谷，赶紧让我们离开这鬼地方。”

“遵命，先生，”飞船说，“我正要说，防卫航空港的军力最多只能坚持一个小时了。”

“明白了，”领事说，“快起飞吧。”

“首先我必须展示这份超光转播信息。信息于今日下午环网标准时间十六时二十二分三十八点一四秒抵达。”

“慢点慢点！先给我停住！”领事叫道，让全息信息停在了中途。梅伊娜·悦石的半张脸悬在他们头顶。“你必须在我们离开前展示这条信息吗？你到底听从谁的命令，飞船？”

“首席执行官悦石的，先生。五天前，执行官大人在所有飞船上赋予了一项优先超驰功能。这条超光信息是最后的要求，之后——”

“这么说，这就是你没有响应我遥控的原因了。”领事嘀咕道。

“对，”飞船以会谈的口吻说道，“我正要说，放映这条信息是最后一条要求，之后你会重新得到控制权。”

“到时候你会按我说的去做？”

“是。”

“我叫你去哪儿你就带我们去哪儿？”

“是。”

“不再有隐藏的超驰功能了？”

“就我所知完全没有。”

“那就继续。”领事说。

首席执行官梅伊娜·悦石那林肯似的面容飘浮在投影舱的中心，影像不断抽搐、裂解，这透露出超光转播信息的特色。“我很高兴你在进入光阴冢之后仍然活了下来，”她对领事说，“如今，你必须知道我希望你在回山谷前去和驱逐者谈判。”

领事交叉双臂抱在胸前，对着悦石的影像怒目而视。外头，夕阳西下。他只剩下几分钟了，之后，瑞秋·温特伯就将回到她的出生之时，最后将简单地不复存在。

“我理解，你急着要回去帮助你的朋友，”悦石说，“但是此时此刻，你完全没办法帮助那个孩子……环网专家向我们保证，冰冻沉眠和神游都无法抑制梅林症。索尔知道的。”

投影舱对面，阿朗德淄博士说道：“她说得对。他们已经试验了好几年。她会在神游状态下死去的。”

“……你能帮助环网的亿万人类，这些你觉得被你出卖了的人类。”悦石说道。

领事凑身向前，双肘支在膝盖上，拳头托着下巴。他的心在他的耳朵里轰然鸣响。

“我知道你会打开光阴冢，”悦石说，她那悲伤的褐色眼睛似乎正直勾勾盯着领事，“内核预言者显示出你对茂伊约的忠诚……对你祖母叛乱的记忆的忠诚……它们会凌驾所有的因素。是时候打开光阴冢了，但是驱逐者还需要做决定是否要激活他们的装置，在这之前，只有你能激活那东西。”

“够了，”领事说着，站起身，转身背对着投影，“取消信息。”他对飞船说，但他也知道它是不会服从他的。

美利欧·阿朗德淄走过投影，紧紧抓住领事的手臂。“听她说完，好吗？”

领事摇摇头，但没有离开投影舱。他交叉着双臂。

“现在，最可怕的事情发生了，”悦石说，“驱逐者正在侵略环网。天国之门正在被毁。还剩一小时，神林就会被侵略军一扫而光。你必须去和海伯利安系统的驱逐者会面，跟他们谈判……用你的外交技巧和他们会谈。驱逐者不会对我们的超光或无线电信息作出回复，但是我们已经向他们作出通告，告诉他们，你将会去他们那儿。我想他们仍然信任你。”

领事呜咽着，走到钢琴前，拳头重重地砸在盖子上。

“我们只剩下几分钟，而不是几小时了，领事先生，”悦石说，“我请求你，先去和海伯利安系统的驱逐者见面，事毕之后，如果你一定要回光阴冢山谷，就回吧。你比我更加清楚战争的后果。如果我们不能找到什么可靠的途径，和驱逐者进行会谈，那么，上百万人会死于非命。

“决定权在你手上，但是，请你先考虑一下，如果我们无法完成这最后的尝试，无法找到真相，无法保住和平，后果会是怎样。一旦你抵达驱逐者游群，我会通过超光和你联系。”

悦石的影像闪烁着，模糊了，退去了。

“是否回复？”飞船问道。

“不。”领事在施坦威钢琴和投影舱之间来回踱步。

“几乎两个世纪以来，没有太空船和掠行艇在山谷附近安全着陆而船员毫发无伤，”美利欧·阿朗德淄说道，“她肯定明白，你去了那儿……从伯劳手下幸免……然后和驱逐者会合……这几率是多么地小。”

“现在事情已经不一样了，”领事说道，他没有回头看美利欧，“时间潮汐已经变得非常狂暴。伯劳可以去它想去的任何地方。也许，以前阻止载人飞船着陆的现象也已不再有效。”

“也许你的飞船可以很好地着陆，只是没了我们，”阿朗德淄说，“就像其他人一样。”

“该死，”领事喊道，转过身来，“在你说要和我一起来的时候，你早就知道危险重重了，对吧！”

考古学家平静地点点头。“先生，我不是在说我自己的危险。我甘愿接受任何危险，只要我能帮助瑞秋……甚至只是再见她一面。但是，人类得以幸存的关键，不在我，而是在你。”

领事凭空挥舞拳头，在那儿来回踱步，就像一个被关在笼中的掠食者。“那不公平！我以前是悦石的卒子。她随意利用我……带着嘲笑……全是蓄意。阿朗德淄，我杀了四名驱逐者。把他们射杀了，因为我必须激活他们那该死的装置来打开光阴冢。你以为他们会敞开臂膀欢迎我回去吗？”

考古学家抬起头，漆黑双眼一眨不眨地望着领事。“悦石相信他们会和你会谈的。”

“谁知道他们会做什么？谁知道悦石相信什么玩意儿？现在，我才不会理会霸主，不会理会它和驱逐者的关系呢。我真心希望他们两家都倒八辈子霉去吧。”

“甚至是让所有人类受苦？”

“我不知道什么是人类。”领事淡然说道，听上去已经精疲力竭，“我只认识索尔·温特伯。还有瑞秋。那个叫布劳恩·拉米亚的受伤的女人。保罗·杜雷神父。费德曼·卡萨德。还有——”

飞船轻柔的声音在他们四周回响。“航空港的北周界线已经被突破。我将开始最后的起飞程序。请坐好。”

内部密蔽场的垂直差动开始显著增强，压迫在领事身上，将所有物体锁在原位，保护着乘客，比任何皮带或者座椅约束器更加安全。此时，领事跌跌撞撞地走进全息井。一旦进入自由落体状态，密蔽场就会减弱，但仍然代替着行星的重力。

全息井上方的空气蒙上一层薄雾，显示出底下迅速远去的发射池和航空港。随着飞船猛然进入八十倍重力的逃避操纵，地平线和远方的山峦迅速远去倾斜。在它们的方向那边，有不少能量武器在闪光，但是数据列显示出外部场正在应付微效应。然后，地平线退却了，弯曲了，湛青的天空变暗，成了太空的黑色。

“目标？”飞船询问道。

领事闭上双眼。他们身后什么东西发出一连串的鸣响，宣告可以将西奥·雷恩从恢复槽移到主诊疗室了。

“需要多长时间能和驱逐者的侵略势力会合？”领事问。

“抵达特定游群需要三十分钟。”飞船回答道。

“我们多久之后进入他们攻击性飞船武器的射程？”

“他们现在就已经在追踪我们了。”

美利欧·阿朗德溜的表情非常平静，但是他的手指在全息井的睡椅的背上显得异常惨白。

“好吧，”领事说，“去游群。避开霸主飞船。在所有频率上发布通告：我们是一艘毫无武装的外交飞船，请求进行会谈。”

“先生，这条信息已经由首席执行官悦石授权并准备好。现在已经在超光和所有通信频率上被广播出去了。”

“继续。”领事说。他指着阿朗德溜的通信志，“你看过时间了吗？”

“看了。离瑞秋出生还剩最后六分钟。”

领事躺了下来，双眼紧闭。“阿朗德溜博士，你一路奔波过来，却一无所获。”

考古学家站起身，先是摇晃了几秒钟，在模拟重力下重新找回了自己的重心，然后小心谨慎地走到钢琴前。他在那儿站了一会儿，透过瞭望台窗户望向外面的漆黑天空和退却的星球那依旧璀璨的边缘。“也许不，”他说，“也许不。”

38

今天，我们来到了沼泽荒地，我认出这是罗马城四周的平原，作为庆贺，我的咳嗽又一次发作，最后止住的时候，我吐了一大摊血。一大摊。利·亨特待在我身边，满是关切，又满是失望。在我痉挛的时候，他扶着我的肩膀，拿着在附近小溪里蘸湿的碎布帮我擦干净衣服，然后他问:“我能做些什么？”

“从田野里采些花，”我气喘吁吁道，“约瑟夫·赛文就是这么做的。”

他气呼呼地转身离去。他没有意识到，甚至在我的热病和疲惫状态下，我讲的这些都是实话。

小车和疲惫的马儿穿越了罗马平原，现在痛苦的撞击和咯咯响声比先前更加厉害了。午后时分，我们在路上遇到些马的骨骸，然后是一家破旧客栈的废墟，接着是一条长满青苔的庞大栈道的遗迹，最后是一根根柱子，就好像是一根根钉立在那儿的白色棍棒。

“那究竟是什么东西啊？”亨特问。他没有意识到那古老的短语中带着的讽刺意味[①]。

“强盗的残骸。”我实话实说。亨特盯着我，似乎我的头脑已经向疾病俯首称臣了。也许吧。

之后，我们爬出罗马平原的荒野，瞥到远远的田野中闪现着一点红色。

“那是什么？”亨特问，语带殷切，又怀着希望。我知道他随时希望看见人，或者在之后看见一个运行着的远距传送门。

“红衣主教[②]，”我回答道，我说的是实话，“狩猎鸟。”

亨特接入他可怜的残废通信志。“红衣主教是只鸟。”他说。

我点点头，朝西望去，但是那红点已经消失了。“也是神父，”我说，“你瞧，我们正在朝罗马前进。”

亨特朝我皱皱眉，他第一千次地想要在自己通信志的通信波段与谁取得联系。下午很安静，除了桅图拉的木轮子有节奏的吱嘎声和远处鸣禽的啼啭。也许，是红衣主教？

夜晚的最初一抹红光触摸到云彩时，我们来到了罗马。小车摇晃着隆隆行进，穿过拉特兰大门，我们几乎是立即就看见了罗马圆形大剧场，上面长满了常春藤，显而易见已经成了成千上万鸽子的栖息地，但是这真实的景象比废墟的全息像要令人印象深刻得多。它矗立在这里，不是在什么环绕着巨大生态建筑的战后城市的污秽区域内，而是与周遭一簇簇小屋和空旷田野形成了强烈对比，那就是城市抵达尽头、乡村起步的地方。我能看见远处的罗马……稀稀拉拉的屋顶和小小的废墟，坐落在传说中有名的七山之上。但是在

---

① 亨特的问句原文为“What on earth is that?”，其中“on earth”意为“究竟”，但字面意思是“在地球上”。

② 红衣主教：一种北美鸣鸟，头部有羽冠，喙短而厚，雄鸟的羽毛色泽亮红。

这里，罗马圆形大剧场统治了一切。

“老天，”利·亨特低语道，“这是什么东西？”

“强盗的残骸。”我慢慢说道，很怕会再次引起那可怕的咳嗽。

我们继续往前走，马蹄嘚嘚，穿过十九世纪旧地罗马的荒芜街道，夜幕将我们重重包围，光线暗淡下去，鸽子在这个“永恒之城”的穹顶和屋顶上盘旋。

“其他人都到哪儿去了？”亨特小声说道。他的声音中充满了恐惧。

“他们不在这儿，因为用不到他们。”我说。我的声音在城市街道的昏暗山谷中听上去尖锐刺耳。现在轮子行驶在了鹅卵石上，跟我们刚脱逃的胡乱岩石大路比起来，这也没多少平稳的。

“这是什么刺激模拟吗？”他问。

“停车。”我说道，听话的马儿停下脚步。我指着水沟边上的一块大石头，对亨特说：“踢踢那块石头。”

他朝我皱了皱眉，但还是走了下去，走到石头面前，狠狠地踢了一脚。一大群鸽子被亨特咒骂的回响声惊醒，呼啦啦从钟楼和常春藤中朝天际飞去。

“你已经跟约翰逊医生一样，证明了这些事情是真实的，”我说，“这不是刺激模拟，也不是梦境。或者说，它和我们之前的人生一样真实。”

“他们为什么要带我们来这里？”首席执行官的助手问道，他仰望天空，似乎众神正在褪色晚云形成的蜡笔画栅栏上侧耳倾听，“他们想要什么？”

他们想要我死，我想，在明白了这个事实后，我感觉有谁给我当胸来了一拳。我慢慢呼吸，避免咳嗽发作，但我感觉到痰液在我的喉咙里沸腾冒泡。*他们想要我死，他们想要你在旁观看。*

母马继续它漫长的拖拉，行进到下一个狭窄街道时，它朝右拐了个弯，然后又是个右拐，继而进入一条宽敞的大道，大道上布满了阴影和我们经过时发出的回声。最后，我们停在了一段巨大阶梯的顶部。

“到了。”我一面说，一面挣扎着走出马车。我的腿在抽筋，胸脯疼痛，臀部酸疼。在我的脑中，出现了一首关于旅行欢愉的讽刺颂诗的开篇几句话。

亨特走了出来，跟我一样手足僵硬，他站在这庞大的分叉阶梯的顶端，双臂交叉，怒视着它们，仿佛它们是一个陷阱，或是什么幻象。“赛文，这……究竟……是什么地方？”

我指着阶梯底下的一个露天广场。“西班牙广场。”我回答道。听到亨特叫我“赛文”，我突然有一种很奇怪的感觉。在我们经过拉特兰大门时，我就已经觉得这个名字不再属于自己了。或者，准确说来，是我的真名突然再次成为自己的了。

“过不了几年之后，”我说，“这些将被称作西班牙台阶。”我开始沿着右边的阶梯朝下走去。突然一阵晕眩向我袭来，我摇摇晃晃，亨特赶忙向前，抓住我的臂膀。

“你不能走路，”他说，“你病得太重了。”

我指着宽阔台阶对面的一栋斑驳陆离古老建筑形成的墙壁，那建筑面向广场。“不远了。亨特。那就是我们的目的地。”

悦石的助手满面愁容地转向那建筑。“那是哪儿？我们为什么要去那儿？有什么东西在那儿等我们？”

听到他无意识使用到的谐音，听到这几句没多少诗意的话，我禁不住地笑了。我突然想象到一个画面——我们在漆黑的庞大建筑中熬过漫漫长夜，我教他使用强韵和弱韵中断的技巧，或者交互使用抑扬格和无重音抑抑格的乐趣，或者频繁使用扬扬格的自我放纵。

我开始咳嗽，停不住地咳嗽，最后将一大口鲜血喷溅在我的手掌和衬衣上。

亨特扶着我走下台阶，穿过广场。昏暗中，伯尔尼尼的船形喷泉发出潺潺的流水声。亨特在我手指的指示下，带我进入了漆黑的方形门口——西班牙广场二十六号的门口——我不由自主地想到了但丁的《神曲》，也似乎看见了那句“*LASCIATE OGNE SPERANZA，VOI CH'INTRATE*”——“**入此地，汝当弃绝一切想望**”——就凿刻在门口冰冷的门楣上。

索尔·温特伯站在狮身人面像的入口，朝这世界挥舞拳头。夜幕降临，光阴冢的入口闪耀着璀璨的光辉，但他的女儿一去不返。

一去不返。

伯劳带走了她，把她新生的身体举在自己的钢铁手掌中，重新迈进了光辉，那光现在甚至在把索尔推离，就像某种可怕的从星球深处吹出的辉煌之光。索尔抵御着这股光之旋风，但它将他拒之门外，就像是失控的密蔽场。

海伯利安的太阳已经坠落，现在，一股冷风从荒野吹来。冷空气前线从山岭上滑下，向南方进军，它们也驱赶着沙漠上的风。索尔转身望着朱红之沙，它们被吹进了敞开的光阴冢那探照灯似的炫目之光下。

敞开的光阴冢！

索尔在冷冷的光辉下眯起眼，俯视着山谷，那儿，其他光阴冢闪烁着，就像淡绿的南瓜灯藏在它们的沙帘之下。光和长长的影子跳过山谷之地，头顶上的云朵已耗尽最后一点日落的色彩，夜幕伴着号叫的风声降临了。

有什么东西在第二座建筑——翡翠茔的入口处移动。索尔跌跌撞撞地跑下狮身人面像的台阶，回头朝入口看了一眼，那就是伯劳带着他女儿消失的地方，然后离开了台阶。他从狮身人面像的脚爪旁跑过，摇摇晃晃地沿着被风吹出的小径前进，朝翡翠茔跑去。

有什么东西正从卵形的入口慢慢走出，光阴冢发出的光束照出这东西的侧影，但是索尔还是看不清这是不是人，是不是伯劳。如果这是伯劳，他将会徒手把它抓住，摇晃它，直到它送回自己的女儿，或者拼个你死我活。

但那不是伯劳。

索尔现在可以看见那侧影是个人。那人踉跄前行，倚靠着翡翠茔的入口，似乎是受伤了，也许是累了。

是个年轻女子。

索尔想起半个多标准世纪前，瑞秋就是在这个地方，那年轻的考古学家在这儿研究这些人造建筑，从没想到过梅林症的命运正在等待着她。索尔总是想象着疾病被消去，自己的孩子得以获救，孩子再次正常长大，未来将会成长为瑞秋的孩子重获生命。但是，如果瑞秋以进入狮身人面像的那个二十六岁的瑞秋返回，那将如何？

索尔耳边的筋脉重重地搏动着，震耳欲聋，他都已经听不见身边咆哮的暴风了。他朝那人影挥着手，现在那影子已经被尘土风暴遮得半隐半现了。

年轻女子也朝他招手。

索尔朝前奔出二十米，在光阴冢面前三十米处停了下来，他喊道："瑞秋！瑞秋！"

年轻女子在轰鸣的光线下现出身影，她从入口处走离，双手合在脸上，喊着什么话，但是声音迷失在了风声中，她开始沿着台阶朝下爬。

索尔跑了起来，在一块石头上绊了一跤，路已经找不到了，他跌跌撞撞地摸索过山谷的地面，膝盖撞上一块低矮的大石头，但他毫不顾及疼痛，再次找到了路，跑到了翡翠茔的底部。那女子从锥形的扩散光线下现身。

就在索尔抵达台阶底部的时候，她跌倒了，索尔抱住了她，将她温柔地放在地面上。被风吹起的沙子刮擦着他的后背，时间潮汐让他们感觉天旋地转，那是眩晕和似曾相识的无形漩涡。

“是你，”她说，举起一只手，摸着索尔的脸，“这是真的。我回来了。”

“对，布劳恩。”索尔说，试图稳住自己的声音，他把布劳恩·拉米亚脸上纠结的卷发撩到一边，紧紧抱着她，一条手臂放在自己的膝盖上，枕着她的脑袋，弓着后背，替布劳恩遮挡风沙。“没事了，布劳恩，”他柔声细语，保护着她，双眼闪着失望的泪花，但强忍着不让它们落下，“没事了。你回来了。”

梅伊娜·悦石走上洞穴状战略决议中心的台阶，迈步走了出去，来到了走廊中，在那儿，长条的有机厚玻璃让人能够纵观从奥林帕斯山到塔尔锡斯高原的景象。遥远的下方暴雨如注，站在这个插入火星天穹几乎有十二公里高的制高点上，她能看见一阵阵的闪电和静电的幕帘，暴风雨正在高高的大草原上拖动着自己的脚步。

她的助手赛德普特拉·阿卡西也走了出来，来到了走廊中，静静地站在首席执行官身边。

“还是没有利和赛文的消息吗？”悦石问。

“没有。”阿卡西回答。这位年轻的黑人女士的脸被照亮了，那是来自家园星系的惨淡太阳光，也是来自底下闪电会演的光线。“内核当局说，也许是远距传输器出了故障。”

悦石冷冰冰地笑道：“对。我问你，赛德普特拉，你记得我们这一生中发生过什么远距传输故障吗？环网的任何地方？”

“没有，执行官大人。”

“内核觉得他们完全不必跟我们玩阴的。显然，他们觉得他们能绑架想要的任何人，也不必负上任何责任。他们觉得我们在最后时刻太需要他们了。赛德普特拉，你知不知道？”

“知道什么？”

“他们的如意算盘打对了，”悦石摇摇头，转身开始沿着漫长的下降之路进入战略决议中心，“现在只剩十分钟不到的时间了，驱逐者将包围神林。我们下去和其他人待着吧。我和阿尔贝都顾问的会见是不是就安排在会议之后？”

“对，梅伊娜。我觉得不……我是说，我们中有些人觉得和他们像那样直接见面的话，实在是太冒险了。”

悦石在踏入战略决议中心前停下脚步。“为什么？”她问，这次她的笑容是真心实意的，“你觉得内核也会让我与利和赛文一样消失吗？”

阿卡西张口想要说话，但是停住了，她举起了手掌。

悦石把手搭在年轻女人的肩膀上。“赛德普特拉，如果他们真这样做，那我就解脱了。但我想他们不会这样做的。事情已经走得非常远了，他们相信，没有谁可以做什么事来改变事情的进展。”悦石收回手，笑容退去，“也许他们是对的。”

两人不再说话，她们走了下去，来到了等待着的战士和政客们围成的圈子中。

“时辰到了。”世界树的忠诚之音，赛克·哈尔蒂恩说道。

保罗·杜雷神父正沉浸在幻想中，现在被拉了回来。过去一小时里，他的绝望和灰心经由断念，变成了某种类似愉悦的东西。他想到，如此一来他就不会再有什么选择了，也不再需要履行什么职责了。杜雷坐在那儿沉默不言，就像是圣徒兄弟会领导者的老朋友。他望着神林的太阳西下，望着夜幕下星星点点慢慢增加的繁星和光线，但那些不是真正的星星。

杜雷一直在想，在这样一个关键时刻，圣徒竟然和他的人分开，但是杜雷知道圣徒神学，他意识到缪尔的信徒将会在最神圣的平台上，在他们最神圣巨树的最神秘荫庇处，独自面对这样一个可能毁灭的关键时刻。哈尔蒂恩在长袍的蒙头斗篷下偶尔会发出轻微的话语，杜雷意识到忠诚之音是在用通信志或者植入物和圣徒同伴交流。

虽然如此，这依然是等待世界末日的安宁之法，坐在这个已知银河的最高生命之树的顶端，聆听着温暖的夜风摩挲着无数的叶片，瞭望着繁星闪耀，双月在天鹅绒般的天穹中急速飞过。

“我们已经请求悦石和霸主当局不要抵抗，不要让军部战舰进入系统。”赛克·哈尔蒂恩说。

“这明智吗？”杜雷问。早先时候，哈尔蒂恩已经把天国之门的命运告诉了他。

“军部舰队尚未组编好，无法提供彻底的抵抗，”圣徒回答道，“不抵抗的话，我们的世界至少还有机会，他们会把我们作为非交战星球来对待。”

杜雷神父点点头，倾身向前，以便好好看看平台阴影中的高大身影。除了星光和月光，他们身下树枝上的柔和荧光球发出仅有的光芒。“但你还是欢迎这场战争。你们帮助伯劳教会当局引起了这场战争。”

“不，杜雷。不是战争。兄弟会知道这肯定是巨变的一部分。”

“什么巨变？”杜雷问。

“巨变，就是人类把他们的角色作为宇宙自然秩序的一部分，而不是把自己作为肿瘤的角色。”

“肿瘤？”

“那是一种古老的疾病——”

“对，”杜雷说，“我知道什么是肿瘤。但它怎么像人类了？”

赛克·哈尔蒂恩极为柔和的重音音调显得有一点激动。“我们遍洒在整个银河中，杜雷，就像肿瘤细胞遍布一个活体。我们繁殖，毫不顾及其他无数的生命形式。为了让我们繁荣昌盛，它们必须死或是被推在一边。我们清除跟我们竞争的智慧生命形式。”

“比如说？”

“比如希伯伦的赛内赛移情精，嘉登的湿地马人。杜雷，嘉登的整个生态系统都被破坏了，就为了让几千个人类殖民者能在那里生活，而曾经有数百万原星生命在那里繁荣兴盛。”

杜雷弯曲着一根手指，摸了摸自己的脸颊。“那是地球化改造的缺陷之一。”

“我们没有改造旋转星，”圣徒紧接着说道，“但是那些雄伟的生命却被捕杀殆尽。”

“但是没人知道泽普棱是不是智慧生命。”杜雷说，连他自己都听出了自己口气中动摇的信心。

“它们吟唱，”圣徒说，“跨越数千公里的大气，它们以歌声的方式互相呼唤，那歌声之中包含着意义、爱、悲伤。但它们还是被捕杀得绝种了，就像旧地的巨鲸。”

杜雷交叉双臂。“我同意，这里面的确存在不公。但是如果想要纠正它，肯定会有更好的方式，而不必去支持伯劳教会的残酷哲学……不必让这场战争继续下去。”

圣徒的兜帽来回摇了摇。“不。如果这些仅仅是人类的不公，当然有其他的补救方法。但是，导致种族的毁灭和世界的抢掠的这许多病症……许多疯狂……其实是来自罪孽的共生。”

“共生？”

“人类和技术内核的共生，”赛克·哈尔蒂恩的口气非常尖锐，杜雷还从没听过圣徒这样讲话，“人类和机器智能。哪个是另一个的寄生虫？现在，这共生体的两部分谁都不知道这问题的答案了。但这是一个罪恶的共生体，反自然的作品。甚至比那还要糟，杜雷，那是进化的死胡同。”

耶稣会士站起身，走到栏杆前。他举目眺望整个黑暗的树梢世界，它们就像夜晚的云巅铺展开来。“比起求助于伯劳和星际战争，肯定有其他更好的方法。”

“伯劳是催化剂，”哈尔蒂恩说，“它是森林因过度人工种植而变得发育迟缓或得病时的清洁之火。虽然会有艰难时代，但是结果会是新生，各个物种都会发芽繁殖……不仅是其他地方，同时也是在人类自身的社会中。”

“艰难时代，”杜雷沉思道，“你们的兄弟会愿意眼睁睁看着十亿人死于非命，就为了实现这……清理工作吗？”

圣徒握紧双拳。“不会的。伯劳只是警告。我们的驱逐者弟兄仅仅是要牢牢控制海伯利安和伯劳，以便打击技术内核。那就像是外科手术程序……摧毁寄生体，让人类作为生命循环的独特伙伴重生。”

杜雷叹了口气。“没有人知道技术内核住在哪里，”他说，“驱逐者如何进行打击？”

“他们会的。”世界树的忠诚之音说道，但声音中缺少了片刻之前的自信。

“攻击神林是协议的一部分吗？”神父问。

现在轮到圣徒站起身踱起步来了，他首先走到栏杆前，然后回到桌子旁。“他们不会攻击神林的。那就是我把你留在这儿的原因。之后你必须向霸主报告。”

“驱逐者会不会攻击，他们马上就会知道。”杜雷说，困惑不已。

“对，但他们不会知道为什么我们的世界会逃过一劫。你必须把消息带过去。把真相解释给他们听。”

“见鬼去吧，”保罗·杜雷神父骂骂咧咧道，“我已经厌倦当别人的信使了。你怎么知道这一切的？伯劳的到来？战争的缘由？”

“有预言——”赛克·哈尔蒂恩开口。

杜雷的拳头砸向栏杆。他该怎么解释某个生物的幕后操纵者——或者某股力量的作用者呢？他们，甚至能操纵时间！

“你会亲眼看到……”圣徒再次开口，似乎是为了强调他这句话，突然传来一声巨大的柔和声音，几乎就像是数百万隐藏着的人类叹了口气，然后轻轻呻吟着。

“老天。”杜雷说着，他朝西方望去，在那儿，太阳似乎从不足一小时前沉没的地方又升了起来。一股热浪摩挲着树叶，拂过他的脸庞。

五朵盛开的内卷蘑菇云爬出了西方的地平线，随着它们翻腾凋谢，黑夜变成了白天。杜雷本能地遮住双眼，最后他意识到，这些爆炸发生在极其遥远之地，虽然它们如同海伯利安的太阳般璀璨，但它们并不会弄瞎他的双眼。

赛克·哈尔蒂恩把兜帽朝后拉去，热风吹拂着他古怪的绿色长发。杜雷盯着这男人那硕长、瘦削、微微有点亚洲人风格的面貌，他意识到，眼前的这张脸上蚀刻着震惊。震惊，难以置信。哈尔蒂恩的兜帽中轻声发出通信呼叫和兴奋之音的微语。

"锯岭和北海道上的爆炸，"圣徒小声自言自语，"核爆。来自轨道飞船。"

杜雷记起来，锯岭是接近外来者的一座大陆，离他们所在的这棵世界树不到八百公里远。他也想起来，北海道是一座神圣之岛，未来的巨树之舰在这里生长，并准备投入使用。

"意外？"他问，但没等哈尔蒂恩回答，天空就被闪耀的光线划破，二十多条战术激光、带电粒子束、聚变切割武器席卷在地平线上，一闪一闪，就像探照灯横扫过神林的世界树之顶。切割光束一路划过，火焰在它们的尾迹上喷涌。

随着一束百米宽的光束如同一团龙卷风跳跃着穿越离世界树不到一公里的森林，杜雷摇晃了一下身子。那古老的森林勃然起火，跃出一条十公里的火焰长廊，扑向夜晚的天穹。随着空气急速奔进为火暴助威，暴风开始咆哮着吹过杜雷和赛克·哈尔蒂恩。另一束光束从北划向南，一路穿袭，几乎离世界树咫尺之遥时，消失在了地平线。又一阵风头正劲的火焰和烟雾升向变幻莫测的繁星。

"他们保证过的，"赛克·哈尔蒂恩喘息道，"驱逐者弟兄保证过的。"

"你们需要帮助！"杜雷喊道，"快叫环网来紧急求助。"

哈尔蒂恩抓住杜雷的手臂，把他拉到平台的边缘。台阶又回到了原先的位置。下面的平台上，一个远距传送门正闪着微光。

"目前来的只是驱逐者舰队的先头部队。"圣徒在森林大火的巨声中喊道。烟灰弥漫在空气中，在炙热的余烬中飘动。"但奇点球随时会被摧毁。快走！"

"我不能抛下你一个人走。"耶稣会士喊道，但他确信自己的声音会淹没在暴风之声和可怕的噼啪声中。突然，东方仅几公里之外，等离子爆炸的完美蓝圈膨胀，向内爆裂，接着再次膨胀，发出冲击波的可见同心圆。在第一阵冲击波下，几公里高的巨树弯了，折了，他们的东侧勃然起火，万千树叶狂乱纷飞，加入到几乎接连不断的碎片之浪中，朝世界树急速涌来。在火焰圈之后，又一个等离子炸弹爆炸了。然后是第三个。

杜雷和圣徒从台阶上摔了下去，被冲击波推过低平台，就像人行道上的树叶。圣徒抓住一根燃烧着的缪尔木栏杆，不屈不挠地紧紧抓着杜雷的胳膊，使尽力气站起身，朝仍在闪光的远距传输器走去，就像一个斜着身子朝龙卷风行进的人。

此时，杜雷正半昏半醒，他恍惚感觉自己正被拉着。就在世界树的忠诚之音赛克·哈尔蒂恩把他拉到传送门的边缘时，杜雷使尽力气站起身。他抓住传送门的门框，虚弱得没法拖着身体走完最后一米。越过传送门，他看见了他将永生难忘的事情。

许多许多年以前，就在他挚爱的索恩河畔的维勒风榭，年轻的保罗·杜雷站在悬崖顶，安然地躲在父亲的臂弯里，稳妥地藏在厚厚的混凝土掩体中，透过一扇狭窄的窗户，他瞧着窗外，四十米高的海啸奔向了他们居住的海岸。

而现在这海啸高达三公里，由火焰所造，似乎正以光速穿过森林的无能之顶，疾速朝世界树、朝赛克·哈尔蒂恩、朝保罗·杜雷跑来。海啸所经之处，无一幸免。它狂怒地越驰越近，越升越高，越来越近，直到火焰和声音湮没了世界和天空。

“不！”保罗·杜雷神父尖声叫道。

“快走！”巨树的忠诚之音喊道，就在平台、世界树树干、圣徒的长袍勃然起火时，他把耶稣会士推进了远距传送门。

就在杜雷连滚带爬进入的时候，远距传送门关闭了，在它收缩的时候，杜雷的鞋跟被割断。杜雷感觉到，就在他坠落的时候，自己的耳膜崩裂开来，衣服闷烧起来，后脑壳撞到了什么硬东西，然后再次坠入越发纯然的黑暗之中。

悦石和其他人看着，大家一个个噤若寒蝉，通过远距传输器转播信号，民用卫星将神林死亡剧痛的景象传了过来。

“我们得马上把它炸掉。”辛格元帅在森林巨火的噼啪声中喊道。梅伊娜·悦石觉得自己听见了住在圣徒森林中的人类和无数树栖动物的尖叫。

“不能让他们靠近！”辛格喊道，“我们手中只有遥控物来引爆奇点球。”

“好。”悦石说。她嘴唇嚅动了一下，但是没听见任何话语。

辛格转身朝一名军部太空上校点点头。上校碰了碰他的战术面板。燃烧的森林消失了，巨大的全息像完全黑去，但是不知怎的，尖叫的声音仍不绝于耳。悦石终于明白，那是她耳朵里的热血之声。

她转身面对着莫泊阁。“多久……”她清清嗓子，“将军，离无限极海受到攻击还剩多长时间？”

“三小时五十二分，执行官大人。”将军说。

悦石转身朝威廉·阿君塔·李这名前任指挥官看去。“少将，你的特遣部队准备好了吗？”

“一切就绪，执行官大人。”李的黝黑皮肤下一片惨白。

“一共有多少艘执行攻击任务的舰船？”

“七十四艘，执行官大人。”

“你会将它们全部从无限极海击退，对不对？”

“就在欧特云中，执行官大人。”

“很好，少将。”悦石说，“你做得非常好。”

年轻人把这句话看作是敬礼的暗示，转身离开房间。辛格元帅凑向前，在范希特将军耳边耳语了几句。

赛德普特拉·阿卡西朝悦石凑过来说道:“政府大楼保安报告说,有人刚刚传送进受保护的政楼终端,使用的是过时的优先访问代码。他受伤了,已被带到东侧楼的医务室。”

“利?”悦石问,“赛文?”

“不,执行官大人,”阿卡西说,“来自佩森的神父。保罗·杜雷。”

悦石点点头。“等我同阿尔贝都的会谈完毕之后,我就去看他。”她对助手说。然后,她向大家宣布道:“我们已经看见了这些,现在,如果大家没有别的什么要说的,那我们就休会三十分钟。三十分钟后重新集会,我们来讨论阿斯奎斯和伊克塞翁的防御工作。”

大家站起身,目送首席执行官和她的扈从迈进永久的导连传送门,进入政府大楼,一列人钻进远处墙上的一扇门中。悦石从眼前消失后,争论和震惊的吵嚷声又恢复了。

梅伊娜·悦石坐在她的皮椅中,闭上双眼,过了正正好好的五秒钟时间,眼睛再度睁开,那群助手依然站在那儿,有些看上去如坐针毡,有些看上去殷切异常,所有人都在等她的下一句话,她的下一句命令。

“出去吧,”她轻声说,“快,花几分钟休息一下。花十分钟放松放松筋骨。接下来的二十四到四十八小时内,可没多少休息时间了。”

大家鱼贯而出,有些人似乎濒于抗议边缘,其他人则濒于虚脱边缘。

“赛德普特拉,”悦石说,年轻的女人走回办公室,“在我的私人护卫里挑两个,给刚来的神父杜雷派去。”

阿卡西点点头，在她的传真台上作了个笔记。

“政治局势怎么样了？”悦石问，揉了揉双眼。

“全局已经乱作一团，”阿卡西说，“发生了内讧，但是他们还没有汇集成实际的反对力量。可议院就完全是两码事了。”

“费尔德斯坦？”悦石说，提到了来自巴纳之域的愤怒议员。离巴纳之域受到驱逐者攻击还剩四十二小时。

“费尔德斯坦、柿沼、彼得斯、撒本斯多拉芬、李秀……甚至连苏黛·谢尔也在叫着要你下台。”

“那她丈夫呢？”悦石想起了议院中最有影响力的科尔谢夫议员。

“目前还没有科尔谢夫的消息。公共和私人的都没有。”

悦石的拇指指甲敲击着自己的下嘴唇。“赛德普特拉，你觉得我们这届政府在被不信任投票弹劾下来之前，还有多长时间的任期？”

阿卡西，悦石共事过的最机敏的政治活动家回看了她顶头上司一眼。“至多七十二小时，执行官大人。他们在投票。暴徒还不知道自己是暴徒。有人得为发生的一切付出代价。”

悦石心不在焉地点点头。“七十二小时，”她喃喃道，“时间够多的了。”她抬起头笑道，“就这样吧，赛德普特拉。你也去休息休息。”

助手点点头，但是她的表情显露出她对这一提议的真正想法。门在她身后关上后，书房一下子变得非常安静。

悦石坐着思考了片刻，单拳托腮。然后对着墙壁说道：“请叫阿尔贝都顾问过来。”

二十秒后，悦石宽桌对面的空气蒙上了迷雾，闪着微光，最后凝固住了。技术内核的代表看上去依然俊俏，短短的灰发在光线下闪烁，他那坦率、正直的脸庞呈现出健康的古铜色。

“执行官大人，”全息投影像开口道，“顾问理事会和内核预言者将继续为你们效劳，在这大难——”

“阿尔贝都，内核在哪里？”悦石打断道。

顾问的笑容毫不抖动。“对不起，执行官大人，你说什么？”

“技术内核。到底在哪里？”

阿尔贝都那好好先生的脸庞露出一丝疑惑，但没有敌意，没有什么显著的情感反应，除了一副想要帮忙的茫然表情。“执行官大人，你肯定知道，自从内核隐退以来，我们的政策一直坚持不要暴露……啊……技术内核物理元件的所在地。换句话说，内核不在任何地方，自从——”

“自从你们生活在数据平面和数据网的交感现实中，”悦石说，声音单调，“对，我已经听够这些废话了，阿尔贝都。我父亲以及我父亲的父亲都听够这一切了。我现在直截了当问你，技术内核在哪里？”

顾问呆呆地摇了摇头，满脸歉意，就像一名大人又被小孩问了一个问了一千遍的问题。爸爸，天为什么是蓝色的？

“执行官大人，对这个问题，我完全无法以人类的三维坐标来回答。从某种意义上说，我们……内核……存在于环网内，也存在于环网外。我们在数据平面的现实中游动，你们称其为数据网，但是说到物理元件……你们祖先称之为‘硬件’的东西，我们觉得有必要——”

“有必要保密。”悦石替他说完了这句话。她交叉双臂，“阿尔贝都顾问，你有没有意识到，霸主中将会有好多人……数百万人……坚信内核……你们的顾问理事会……背叛了人类？”

阿尔贝都双手打了个手势。“执行官大人，那实在是令人遗憾。遗憾，但可以理解。”

“顾问先生，你们的预言者应该差不多是十全十美的。但你们却从没有警告过我们，驱逐者舰队会对世界造成毁灭。”

投影像英俊的脸庞上露出悲伤之情，表情极为令人信服。“执行官大人，我得提醒你，顾问理事会警告过你们，如果想将海伯利安引进环网，将会带来无规则的变数，甚至连理事会也无法归因。”

“但并不单单是海伯利安！”悦石叫道，她提高了嗓音，“神林被烧毁了。天国之门被熔成一堆渣。无限极海的脑袋正等着下一锤的攻击！如果顾问理事会不能预测如此规模的侵略，那还要你们有什么用？”

“我们的确预测到了和驱逐者发生战争的必然性，执行官大人。我们也预言了防卫海伯利安的重大危险。你必须相信我，把海伯利安加入到任何预言方程式，都将让安全性因素降低到——”

“好吧，”悦石叹了口气，“我想和内核的其他人谈谈，阿尔贝都。你们那难以辨认的智能阶级中拥有决策权力的人。”

“我向你保证，我代表了广大内核成员，在我——”

“对，对。但我想要和你们的……我想你们称其为神，我想和你们的一位神谈一谈。老辈人工智能中的一个。一个有影响力的神，阿尔贝都。我需要和他谈一谈，告诉我为什么内核绑架了我的艺术家赛文和我的助手利·亨特。”

全息像看上去大吃一惊。“我向你保证，执行官大人，我们四世纪的联盟在上，内核跟这不幸的失踪事件完全无关——”

悦石站起身。“这就是为什么我要和你们的神谈一谈的原因。阿尔贝都，现在作担保已毫无意义了。如果我们两个种族想要活下去，那就是时候来一次坦率的会谈了。我说完了。”她的注意力回到了桌子上的传真台文件上。

阿尔贝都顾问站起身，点头道别，闪了闪，消失了。

悦石下了个命令，她的私人远距传送门出现了，她道出政府大楼医务室的代码，迈步朝里走去。就在触摸到能量矩形那不透明表面的刹那间，她停住脚步，想了想她正在做什么，她这一生中第一次在迈进远距传输器的时候感到了忧虑。

如果内核想绑架她，或者杀死她，那该怎么办？

梅伊娜·悦石突然意识到，内核掌握着每一个在环网作远距传输旅行的公民的生杀大权……包括所有有权有势的公民。利和赛伯人赛文并不一定是被绑架了，或是被传送到了什么地方……仅仅是因为脑子里一直把远距传输器想象成万无一失的运输工具，才让人下意识觉得他们是到了什么其他地方。她的助手和高深莫测的赛伯人可以不费吹灰之力被传送……得无影无踪。成为蔓延进奇点的稀稀拉拉的原子。远距传输器不会对人和物进行“心灵传输”——这样的想法真是蠢透了——但是，相信这样一个在时空架构中打洞的装置，允许我们在黑洞“活板门”中穿行，这主意又如何聪明了呢？对她来说，相信内核会把她传送进医务室，这又有多蠢呢？

悦石想起了战略决议中心……三间庞大的房间，由永远活动的视像清晰的远距传送门导连……但归根结底还是三间房间，即使是在霍金驱动状态下，也至少被一千光年的真实空间、数十年的真实时间所分隔。每当莫泊阁和辛格或是其他从地图全息像走到标航线盘边上时，他们都跨越了时空的广袤深渊。内核想要摧毁霸主或者其内的任何人，他们只要动动远距传输器就行了，让目标发生一起小小的“错误”就行了。

见鬼去吧，梅伊娜·悦石走了进去，去见政府大楼医务室的保罗·杜雷。

39

那栋楼坐落在西班牙广场上。二楼的两间房间又小又窄，天花板却很高，而且黑咕隆咚的（虽然每间房间都点着一盏磨砂灯，似乎是什么鬼魂点亮的，并等待着其他鬼魂的大驾光临）。我的房间是其中较小的那间，虽面对着广场，但今晚从高窗旁看到的一切仅是黑暗，更深的阴暗叠着阴暗，伯尔尼尼的幽冥喷泉发出不停的潺潺声，更加重了一种阴森的特色。

圣三一教堂双塔中的一个在准点鸣起了钟声。教堂蹲伏在黑暗中，就像庞大的茶色猫蹲在外面台阶的顶部。我聆听着拂晓的钟声一声声响起，那是些简短的音符。我想象着幽灵的双手牵拉着腐朽的钟绳。或者腐朽的双手牵拉着幽灵似的钟绳。我不清楚其中哪幅景象和这无尽之夜中的恐怖幻想更加匹配。

热病在今夜压迫着我，就像浸水的厚毯子又湿又重，令我窒息。我的皮肤经受着一轮轮的炙烤，摸上去湿乎乎的。我受到两次咳嗽痉挛的袭击，其中第一次让睡在另一个房间的亨特从小床上爬起来，跑到我身边，他在看到我吐在锦缎被子上的鲜血之后，双眼圆睁，震惊异常；第二次痉挛时，我尽力屏住呼吸，摇摇晃晃地走到摆在柜子上的脸盆前，呕出少量的黑血和黑痰。这一次，亨特没有醒来。

到底还是回到了这里。一路回到了这些黑暗的房间，这恐怖的床。我恍惚间回忆起，我在这儿醒来，被奇迹般地治愈，“真正”的赛文和克拉克医生，甚至还有身材矮小的西格诺拉·安吉列娣，他们在外面的房间里徘徊。我记起了那段日子，从死亡中康复；那段日子，明白了自己并非济慈，明白自己不是在真正的地球之上，明白那不是我昨夜合上双眼的世纪……明白，我不是人类。

两点过后的什么时候，我睡着了，在我睡着的时候，我开始做梦。这是我以前从没经历过的梦。我梦见自己慢慢地升了起来，穿过数据平面，穿过数据网，进入并穿过万方网，最后来到了一个不认识的地方，我从没梦见过的地方……这个地方，空间无限，颜色悠闲、难以形容，没有地平线，没有天，没有地或者人类称为地面的实体区。我觉得这是超元网，因为我立即感觉到这一级别的交感现实包括了我在地球上经历过的所有奇特感觉，我从技术内核流向数据网时感受到的所有的二元分析和智力愉悦，最重要的是，一种……什么感觉呢？宏大感？自由感？——潜能，也许，这个词正是我所要找的。

我独自待在这个超元网中。颜色在我上方、下方、身体中间流过……时而融化成模糊的蜡笔画，时而汇合成云彩般的太虚幻境，在某些罕见的时刻，它们会组成更加坚实的物体、形状、独特的形态，外表看上去像人，又不像人——我望着它们，就像春日里湖区的小孩注视着云彩，想象着大象、尼罗河鳄鱼、巨大的炮舰由西向东进军。

过了一会儿，我听见了声音：外面广场中伯尔尼尼喷泉的疯狂流淌；窗户屋顶上方的壁架上，鸽子的瑟瑟声和咕咕声；利·亨特睡梦中轻微的呻吟。但是在这些声音之上，在它们之下，我能听见另一种声音，更加诡秘，更加虚幻，但却无尽地更加险恶。

什么庞大的东西正以这种方式向我走来。我奋力透过蜡笔画的一片朦胧看出去；什么东西正在视野的地平线外走动。我知道，它知道我的名字。我知道，它的一只手掌握着我的生命，另一只拳头则捏着我的死亡。

在这超越了空间的空间中，我无处躲藏。我无法逃离。从我撇下的世界中，痛苦的塞壬之歌持续不断地此起彼伏——每一处的每一个人日常的痛苦，那些正在遭受这伊始之战的人的痛苦，那些挂在伯劳可怕之树上的人确切而清晰的痛苦，最难以忍受的是，我所感受到的来自朝圣者和其他人的痛苦，他们的生活和思想已经和我共享。

如果死亡的逼近阴影能让我从这痛苦之歌中解脱，那我将冲过去问候它，这是值得的。

“赛文！赛文！”

刹那之间我以为喊叫的人是我自己，正像我以前在这些房间里，在夜里当我的痛苦和热病超出了我忍受的范围之时，我就会喊约瑟夫·赛文的名字。他总会在那儿：赛文，动起来笨重缓慢的赛文，好心的赛文，带着温柔微笑的赛文，我脑中总是带着某些小小的卑劣或者评论，想要从他的脸上抹去那些笑容。人在临死时总是保持不了自己的好脾气，我这一生都过得慷慨大方……为什么，在我遭受痛苦时，在我将两肺的粗糙残余都咳进污迹斑斑的手帕时，我还要继续这一慷慨角色的命运呢？

“赛文！”

那不是我的声音。亨特正摇着我的肩膀，喊着赛文的名字。我意识到他是在叫我的名字。我推开他的双手，重新倒进枕头中。“怎么了？出什么事了？”

“你在呻吟，”悦石的助手说，“你在大声呼喊。”

“做了个噩梦。没什么事。”

“你的梦不仅仅是梦。”亨特说。他朝狭窄的房间四顾，他带进来的一盏灯现在照亮了房间，“赛文，这地方真是糟透了。”

我想要笑。“这房间每个月花去我二十八先令。七个斯库多[①]。真是拦路抢劫。”

亨特朝我皱皱眉。生硬的亮光让他的皱纹看上去比平常更深了。“听着，赛文，我知道你是个赛伯人。悦石跟我说，你是一个叫济慈的诗人的重建人格。现在，显然所有这一切——”他无助地指了指房间，阴影、高大的矩形窗户、高高的床，“——所有这一切都和那有些什么关系。但是到底是什么？内核到底在玩什么游戏？”

“我吃不准。”我实话实说。

“但你知道这地方？”

“噢，对。”我全凭感觉说话。

“告诉我。”亨特祈求道。他克制着自己，真心诚意地祈求我，再加上他请求得如此诚恳，所以现在我打算告诉他。

我跟他讲了诗人约翰·济慈短暂而郁郁的一生，济慈在一七九五年出生，由于患上肺病导致在一八二一年死亡，那是在罗马，远离朋友，远离唯一的至爱。我跟他讲了自己在这房间中分阶段的“复原”，我决定换上约瑟夫·赛文这个名字——这位济慈相识的艺术家，一直陪伴在济慈身边，直到他最后死去——最后，我

---

① 斯库多：过去在意大利和西西里岛流通的货币单位和硬币。

跟他讲了我在环网中的短暂时间，聆听、观看、梦见海伯利安上伯劳朝圣者的生命，还有其他东西。

“梦？”亨特说，“你是说，甚至现在你也能梦到环网中发生的事？”

“对。”我跟他讲了关于悦石的梦，天国之门和神林的毁灭，来自海伯利安的混乱景象。

亨特在狭窄的房间中来回踱步，他的影子高高地投在粗糙的墙壁上。“你能和他们取得联系吗？”

“和我梦见的那些人？和悦石吗？”我想了想，“不能。”

“你能肯定？”

我试着解释给他听。“我自己甚至不在这些梦中，亨特。我没有……声音，没有在场……我没办法和梦中的任何人取得联系。”

“但是，有时你梦见他们的所思所想，对吗？”

我知道他说得对。接近事实。“我感觉到他们的感觉……”

“那你不能在他们的意识……在他们的记忆里留下些痕迹吗？让他们知道我们在哪儿？”

“不能。”

亨特一屁股跌坐进我床脚边的椅子中。他突然变得非常苍老。

“利，”我对他说，“即便我能和悦石或者其他人通话——虽然事实上我不能——那又有什么好处呢？我告诉过你，这个旧地的复制品位于麦哲伦云中。甚至在量子跃迁的霍金速度下，任何人想要到我们这儿来，也要花上几个世纪的时间。”

“我们可以警告他们。”亨特说，他的声音疲倦得听上去郁郁不乐。

“警告他们什么？悦石最可怕的噩梦正在她周围一一成真。你觉得她现在还相信内核吗？这就是内核如此嚣张地绑架我们的原因。事态发展得非常快，悦石或者霸主中的任何人都来不及应付。”

亨特揉揉眼睛，然后手指竖在鼻子底下。他盯着我，凶神恶煞。“你真是什么诗人的重建人格吗？”

我一言不发。

“背首诗给我听听。随便作一首。”

我摇摇头。晚了，我们都又累又怕，我的心还在怦怦直跳，还没从这比噩梦还噩梦的噩梦中缓过劲来。我不会生亨特的气的。

“来吧，”他说，“让我看看，你到底是不是比尔·济慈新改良的版本。”

“约翰·济慈。”我轻声说。

“管他什么来着。来吧，赛文。要么叫你约翰。或是别的什么我应该称呼你的名字。背首诗给我听听。”

“好吧，”我说，回了他一眼，“听好了。”

有一个顽皮的孩子，
顽皮的孩子就是他，
他什么事都不去干，
只会乱写诗——
他一手拿着
墨水瓶，
一手拿着
鹅毛笔，
屁颠屁颠
跑远了。
跑向

高山，
喷泉。
鬼魂，
油轮。
巫婆，
水沟。
天凉了
他摊开他的外衣
写诗。
天暖时
害怕墨水成一团
他就不写。
哦，我们
凭直觉行事
朝北！
朝北！
凭直觉
朝北，
瞧那魔力啊！[①]

“我不明白，”亨特说，“那听上去不像是一个声名千载相传的诗人写的。”

我耸耸肩。

“你今晚梦见悦石了吗？发生了什么事？让你一直在那儿呻吟？”

① 这首诗摘自济慈的《关于我的一首歌》。

“不。跟悦石无关。那是个……真实的噩梦，事情开始变化了。”

亨特站起身，提起灯，准备拿着唯一的光源走出房间。我听见广场中喷泉的声音，还有窗台上鸽子的声音。“明天，”他说，“我们来搞清楚这一切，找到回去的办法。如果他们能把我们远距传送到这，肯定会有传送回去的办法。”

“对。”我说，我知道这是瞎话。

“晚安，”亨特说，“别再做噩梦了，好不好？”

“不会再做了。”我说。我知道这更是天大的瞎话。

莫尼塔拉着受伤的卡萨德逃离伯劳，她伸出一只手，似乎把那生物拒在了门外，同时从拟肤束装的皮带上摸索出一个蓝色的环面，把它盘绕在身后。

一个两米高的金色椭圆悬在了半空中，闪烁着。

“放开我，”卡萨德咕哝道，“让我们结果了它。”上校的拟肤束装被伯劳抓出巨大的裂缝，鲜血四溅。他右脚悬垂，似乎脚跟给切断了一半，无法承重。卡萨德之所以能在战斗时站立，仅仅是因为他是在同伯劳苦斗，而且差一点就要被这怪物的疯狂的拙劣舞步胜出了。

“放开我。”费德曼·卡萨德重复道。

“闭嘴，”莫尼塔说，接着，她轻声细语道，“亲爱的，不要再说了。”她拖着他穿过金色的椭圆，一起来到了一片闪耀的光线下。

尽管周身疼痛，精疲力竭，卡萨德还是被眼前的景象弄得头昏眼花。他们不是在海伯利安，他完全确信。一片广袤的草原延伸到地平线，远得不符合逻辑，他也从未有此体验。低矮的橘黄色的草——如果那真是草的话——长在平地和小山丘上，就像某种巨型毛毛虫背上的绒毛，而一些可能是树的东西像是晶须碳雕塑屹立在那里，它们的枝干有着巴洛克式的罕见构造，如同埃舍尔画笔下的作品，它们的树叶是各种各样的深蓝和紫色椭圆，在光线涌动的天空下闪闪发亮。

但那不是日光。莫尼塔拉着他走出正在关闭的传送门（卡萨德觉得那不是远距传输器，因为他相信它不仅仅带他们穿越了空间，还穿越了时间），向一丛不可思议的树走去。卡萨德抬眼朝天空望去，他有一种近乎奇迹般的感觉。亮得像海伯利安的白天，亮得像卢瑟斯购物商场的正午，亮得就像卡萨德干旱家乡、火星塔尔锡斯高原的仲夏之日，但那不是日光——天空中，繁星密布，星群璀璨，那是一片缀满恒星的银河，亮光间几乎没有黑暗的容身之地。仿佛置身于一家拥有十个放映机的天文馆中。仿佛置身在了银河的中心。

银河的中心。

一群身着拟肤束装的男女从埃舍尔树的树荫中走出，围住了卡萨德和莫尼塔。其中一个男人——即使以卡萨德的火星标准来说也是个巨人——看着他，然后仰头望向莫尼塔。虽然卡萨德在拟肤束装的广播和密光接收器中什么也没听到，什么也没感觉到，但他知道，这两人在交流。

“躺下。”莫尼塔说，她把卡萨德放在大鹅绒般的橘黄草上。他挣扎着想要起身，想要说话，但是莫尼塔和那个巨人用他们的手掌按住了他的胸脯。卡萨德躺了回去，他的眼里满是弯曲的紫叶和满天的星辰。

男子再次碰了碰他，卡萨德的拟肤束装被解除了。他意识到，自己正一丝不挂地被一小群人包围着，于是想要坐起来，把自己盖住，但是莫尼塔结实的手又把他按住了。在痛苦和混乱的夹击之下，他隐约感觉到那名男子正抚触着自己被砍伤的手臂和胸膛，覆银的手沿他的脚一路向下抚去，摸到了被切断的阿喀琉斯之踵。巨人的手抚摸到哪里，上校就感觉到那里一阵凉爽。他的意识就像一个气球飘走了，升到了茶色草原和起伏山丘的上空，朝真实的星辰天篷飘去，在那里，有一个巨大的人影在等待，昏暗得如同地平线顶端高高垒起的雷雨云，魁伟得就像一座高山。

“卡萨德，”莫尼塔低声细语，于是上校飘了回来，“卡萨德。”她又叫了一遍，双唇紧贴他的脸颊。他的拟肤束装被重新激活，和她的并在了一起。

莫尼塔直起身，费德曼·卡萨德上校也坐了起来。他摇摇头，发现自己又穿上了水银能量服。他站起身，痛苦消失了。他感到原来的好几处伤口和严重的划伤处有点刺痛，但它们现在已经被治愈并修复。他将自己的手合并进自己的束装，抚摸着自己的身体，弯膝碰了碰脚后跟，没有摸到伤疤。

卡萨德朝那巨人转去。“谢谢。”他说，但他不知道那个男子是否听得见。

巨人点点头，退回到其他人中间。

“他是名……可以说是医生，”莫尼塔说，“一名医疗士。”

卡萨德正全神贯注在其他人身上，她的话隐约传到了他的耳中。他们是人类——他由衷感到他们是人类——但他们的种类变化令人惊愕：拟肤束装并非像卡萨德和莫尼塔那样全是银色，而是有二十多种颜色，每一种颜色都和某种活着的野生生物的毛皮一样柔软有机。唯有细小的能量闪烁和模糊的面部特征显示出拟肤束装的表面。他们的体格同色调一样千变万化：医疗士那如伯劳般巨大的腰身和庞大的躯体，宽厚的眉毛和一连串茶色的能量流，可能是一头长而厚密的头发……他身边站着一名女子，虽然比小女孩大不了多少，但显然是女性，身形极佳，双腿强健，双乳娇小，背上竖立着两米长的仙女般的翅膀——不仅仅是装饰性翅膀，因为，就在微风拂过橘黄的大草原，草儿泛起涟漪时，这名女子小跑了一阵，张开双臂，优雅地飞翔在了空中。

有好几个高高的瘦削女子，穿着蓝色的拟肤束装，长着长长的蹼状手指，在她们身后，一群矮个男人戴着面罩，身着装甲板，就像是即将进入真空投入战斗的军部海兵。但卡萨德感觉到那些装甲是他们身体的一部分。头顶上，一群长着翅膀的男子踏着上升的暖流腾空而起，细小的黄色激光束在他们之间闪烁，带着某种复杂的编码信息。他们的激光似乎是从每个人胸脯上的一只眼睛里发射出来的。

卡萨德又摇起头来。

“我们得走了，”莫尼塔说，“不能让伯劳跟踪我们到这里。这些战士已经有够多东西要忙了，他们不能再去对付大哀之君的特别显灵。”

“我们这是在哪儿？”卡萨德问。

莫尼塔从皮带上拿出一个金色的环面，放出一个紫色椭圆。“人类的遥远未来。我们的一个未来。这里是光阴冢成形并逆时间回到过去的地方。”

卡萨德再次环顾左右。有什么庞然大物正在星野下移动，挡住了万千繁星，投下一片影子，倏忽即逝。霎时间男男女女都抬头仰望，但紧接着又去忙各自的事情了：收割树上的小东西；一个男人轻掸手指，召唤出明亮的能量地图，一群人聚在一起观看；还有一些如同投出的长矛朝地平线飞驰。一个矮个的肥胖小人，性别不详，一头钻进软软的泥土里，现在仅仅看得出有条凸起的泥土线正围着大家伙快速移动，形成了一个个同心圆。

“这到底是什么地方？”卡萨德再次问，“那到底是什么？”

突然间，他感觉自己的泪水快要滑落，连他自己也说不清道不明这是怎么回事，似乎转过一个陌生的街角，突然发现自己回家了，回到了塔尔锡斯再分配营工程之中，他久绝人寰的母亲正在门口向他招手，那些已经被遗忘的朋友和兄弟姐妹正等着他来玩一场疾走球。“快来。”莫尼塔说，她的语气中毫无疑问带着急切之情。她拉着卡萨德朝闪亮的椭圆走去。而军人则一直望着其他人和繁星天穹，直到迈步走了进去，眼前的景象消失了。

他们迈步走出，来到了黑暗之中。卡萨德拟肤束装里的滤光器花了短短几秒钟校正了视野。他们是在海伯利安光阴冢山谷，在水晶独碑的底部。现已入夜。云层在头顶翻腾，风暴正在肆虐。仅有从光阴冢中传出的闪烁之光，照亮了这些景象。刚从干净、光源充足的地方走出，卡萨德现在感觉到一股突然失落的恶心感，然后，他的意识汇聚在了眼前看到的东西上。

索尔·温特伯和布劳恩·拉米亚正在山谷南部半公里外，索尔俯身在布劳恩身上，而那女子正躺在翡翠茔的前面。风卷狂沙，密集地席卷在他们周围，以至于他们没有看到伯劳如影子一般，正穿过方尖石塔的小径，朝他们走去。

费德曼·卡萨德迈下独碑前的黑色大理石地，绕开散乱在小径上的水晶碎片。他意识到，莫尼塔依旧紧抓着自己的胳膊。

“如果你再攻击的话，”她说，声音在耳畔游移，轻柔、急切，“伯劳会杀死你的。”

“他们是我的朋友。”卡萨德说。他那些军部装备和碎裂的装甲依旧躺在几小时前莫尼塔丢下它们的地方。他在独碑里搜了搜，最后找到了突击枪和一袋手榴弹，枪还能用，他检查了一下弹药，拨开保险扣，然后走出了独碑，快步向前，想在中途拦截下伯劳。

耳畔水流哗哗，我随之醒来。刹那间，我以为自己正偕布朗[1]徒步旅行，来到了洛德瀑布附近，此时正从瞌睡中醒来。但是当我睁开双眼，发现眼前的黑暗和我入睡时一样可怕，那水声带着恶心的滴流声，而不是骚塞来日将会在诗歌中大加称颂的瀑布急流[2]。我感觉糟透了——不仅仅是因为我和布朗蠢头蠢脑地不吃早饭就去爬斯基多山，下山后喉咙像是冒火了一样，非常不舒服——而且，我已经绝命般地病入膏肓了，周身疼痛，病症甚至比疟病还要重，痰液和火焰已经在我的胸膛和小腹内沸腾了。

我坐起身，摸索着来到窗口边。从亨特的房门下传来一丝朦胧的光，我意识到，原来他点着灯睡着了。那本不是件坏事，我也可以去点上灯，但我现在已经不必去点，因为我摸索着来到一个稍亮些的矩形前，那是外面较浅的黑暗投射在房间内更加黑暗之地的一个矩形。

空气很新鲜，带着雨水的气息。闪电就在罗马的屋顶上方闪现，我终于明白，叫醒我的声音是雷鸣声。城市内没有别的燃灯。我微微探出敞开的窗户，望见广场上方的台阶上雨水满地，圣三一大教堂在闪电的衬托下显出黑色轮廓。从台阶上吹下来的寒风凛冽刺骨，我回到床边，拿起毯子裹住自己，然后拽了一把椅子拖到窗前，坐在那儿，朝外望着，思索着。

我记起了我的弟弟托姆，就在他生命的最后几星期、最后的几天中，他的脸和身体由于呼吸困难而极度扭曲。我记起了我的母亲，她当时看上去是多么苍白，脸在黑暗的房间中几乎闪着亮光。大人们容许我和妹妹抚摸她黏糊糊的手，亲吻她发热的嘴唇，然后退

---

① 查尔斯·阿米蒂奇·布朗（Charles Armitage Brown，1787—1842）：济慈的朋友。1818年和济慈一起在英伦三岛游历。

② 此处指英国19世纪“湖畔派”著名诗人罗伯特·骚塞的代表作《洛德河水》，它最显著的特点是拟声手法的巧妙运用，把气势如虹的洛德河水描绘得活灵活现。

出去。我记起了，有一次在离开房间后，我暗中擦了擦嘴唇，斜眼瞥了一下，看看我妹妹和其他人是否看见了我这罪孽深重的行为。

济慈死后不到三十小时，克拉克医生和一名意大利外科医生剖开他的身体，他们看到，就像赛文后来写给一位朋友的信里提到的："……肺病的最糟症状——两肺已经全数尽毁——细胞全部死亡。"不管是克拉克医生，还是那名意大利医生，他们都无法想象，济慈是如何熬过那最后的两个多月的。

我坐在黑漆漆的房间中，望着黑漆漆的广场，思绪纷飞。与此同时，我聆听着胸膛和喉咙内的沸腾之声，感觉到痛苦就像火苗在体内燃烧，感觉着脑海里那些哭喊的梦魇般的痛苦：马丁·塞利纳斯在树上呼喊，遭受着那些诗文的痛苦，对我来说，我既无力，又懦弱，绝不敢去完成那样的诗作；费德曼·卡萨德在呼喊，他已经准备好死在伯劳的爪子之下；领事在呼喊，他被迫再次做出背叛行为；成千上万圣徒在呼喊，他们哀悼他们世界的死亡，悲叹他们兄弟海特·马斯蒂恩的死亡；布劳恩·拉米亚在呼喊，她回想起自己已故的至爱，我的孪生兄弟；保罗·杜雷在呼喊，他躺在那儿和电刑、和记忆的冲击搏斗，清清楚楚地感觉到胸膛上等待着的十字形；索尔·温特伯在呼喊，他一遍遍地捶打着海伯利安的土地，呼喊着自己的孩子，而瑞秋那婴孩的哭声依旧回荡在我们的耳中。

"该死，"我低声自言自语，拳头捶打在窗框的石头和灰泥上，"真该死。"

过了一会儿，就在第一缕白光预示着黎明的到来时，我走离窗户，找到我的床，躺了一会儿，闭上了双眼。

西奥·雷恩总督听到音乐之声，随之醒来。他眨眨眼，左右四顾，认出了边上的营养槽和飞船的诊疗室，他觉得自己似乎在梦中见到过它们。西奥意识到自己正穿着柔软的黑色睡衣，一直睡在诊疗室的检查床中。现在，西奥过去十二小时的零碎记忆开始拼合起来：从医疗槽中抬出，安上传感器，领事和另外一个人凑过来望着他，问着一些问题——西奥张口回答，似乎他真的清醒了一样，然后又昏昏睡去，梦见海伯利安和它燃烧的众城。不，那些不是梦。

他坐起身，感觉到自己几乎是飘出了睡床，找到了衣服，它们已经洗得干干净净，叠得整整齐齐，摆在旁边的架子上。他飞速穿戴好。音乐一直响着，忽而升高，忽而减弱，但那高质量的声音始终萦绕耳边。那是实况演奏，而不是录音。

西奥走过一段短短的台阶，来到了娱乐舱。他惊讶地发现飞船的大门正敞开着，瞭望台探了出去，显然密蔽场也经去除。他停下脚步。脚底下的重力极小：刚好把西奥拉回到甲板上，刚刚好——也许是海伯利安重力的百分之二十，或者更少，也许是标准重力的六分之一。

飞船门户大开。璀璨的日光注入敞开的舱门，照进瞭望台。领事正坐在那儿，演奏着他称为钢琴的古老乐器。西奥认出了考古学家阿朗德淄，正靠在敞开的船壳边，手里拿着一杯酒。领事正弹奏着一首非常古老、非常复杂的曲子；十指在钢琴键上飞快跳动。西奥走近了些，张口对微笑的阿朗德淄耳语，突然又震惊异常地停下，凝视着眼前的东西。

瞭望台之外，三十米之下，闪耀的日光洒向翠绿的草坪，延伸到极近的地平线。在那草坪上，一簇簇人类或坐或躺，姿态悠闲，显然正在倾听领事的即兴演奏音乐会。但那都是些什么人啊！

西奥看见一些瘦高个，看上去就像波江五的唯美主义者，穿着纤细的蓝色袍子，苍白，光秃，但在他们身边，在他们之外，五花八门、各种各样的人类坐在那儿竖耳聆听——种类比环网有史以来目睹过的还要多：有些人披着毛皮和鳞片；有些人的身体像蜜蜂，眼睛像多面接收器和触须；有些人如铁线雕塑一样脆弱瘦小，巨大的黑色翅膀从他们瘦削的肩膀上竖起，折叠在边上，仿若披风；有些人显然是为生活在高度重力水平下而设计出来的，矮小、结实、强健，如同南非水牛，站在他们面前，就算是卢瑟斯人也会相形见绌，显得脆弱不堪；有些人身躯短小，胳膊细长，全身长着橘黄色的毛皮，唯有他们苍白的灵敏脸庞将他们和旧地灭绝已久的猩猩的全息像区别了开来；其他人看上去更像狐猴，而非类人动物，更像鹰、狮、熊、猿，而非人类。但不知怎的，西奥立马知道这些的的确确就是人类，他确信无疑，一如他确信他们令人震惊的差异。他们专注的眼神，他们放松的姿态，还有一百种精妙的人类品质——乃至长着蝴蝶羽翼的母亲怀抱长着蝴蝶羽翼的孩儿的方式——所有这一切都证明，他们是西奥无法否认的一种普通人类。

美利欧·阿朗德淄转过身，微笑着注视着西奥的表情，他小声道："驱逐者。"

西奥·雷恩目瞪口呆，他昏昏然地摇摇头，聆听着音乐。驱逐者是野蛮人，不是这些美丽轻盈的生物。布雷西亚上的驱逐者俘虏的身形都一模一样——对，是很高，对，也很瘦，但显然更加符合环网标准，而不是眼前这眼花缭乱的不同种类。更甭提他们的步兵尸体了。

西奥再次摇摇脑袋，与此同时，领事的钢琴曲驰向了高潮，最后以一个响亮的音符收尾。对面原野上的数百人鼓掌喝彩，声音在稀薄的空气中既高昂又轻柔，西奥望着他们站起身，舒展四肢，然后各赴前程……有些快马加鞭朝极近的地平线走去，其他人展开八十米的翅膀腾空而去。还有一些人朝领事飞船的底部移动过来。

领事站起身，看见了西奥，笑了笑。他拍了拍年轻人的肩膀。"西奥，你来得正是时候。我们马上要开始谈判了。"

西奥·雷恩眨眨眼。三名驱逐者降落在瞭望台上，巨大的翅膀收在身后。他们每个人都有着一身厚厚的毛皮，带着不同的记号和条纹，那毛皮仿佛野生动物的一样，有机，令人相信那是真的。

“荣幸之至。”最前面的那个驱逐者对领事说。他的脸庞如狮子一般——阔鼻，金眼，周围是一圈茶色的毛皮。“最后一段是莫扎特的《D小调幻想曲》，KV397号，对不对？”

“对，”领事说，“弗里曼·范兹，容我介绍西奥·雷恩先生，霸主保护体星球海伯利安的总督。”

狮头的目光转向西奥。“不胜荣幸。”弗里曼·范兹伸出长满毛发的手。

西奥和他握握手。“很高兴见到你，阁下。”他心里琢磨着，自己是否还在恢复槽中，是不是还在做梦呢？洒在他脸上的日光和紧紧相握的手表明，这一切都是真实的。

弗里曼·范兹重新转身朝领事看去。“我谨代表合聚体，对你献给我们的音乐会致以谢意。我的朋友，我们已经好多年没有听到你的演奏了。”他左右四顾了一下，“我们可以在这儿谈，或者在我们的一个行政中心会谈，谨听君意。”

领事犹豫了一秒钟。“我们有三人，弗里曼·范兹，而你们有好多。我们到你们那儿去。”

狮头点了点，继而遥望天际。“我们会派艘船过来接你们去。”他和另两个人走到栏杆前，迈了下去，朝下坠了几米，最后展开复杂的双翼，朝地平线飞去。

“老天。”西奥轻声说。他紧紧抓着领事的胳膊，“我们这是在哪里？”

“游群。”领事一面说，一面合上施坦威钢琴的盖子。他在前开路，领着两人来到船舱里，等阿朗德溜走进来后，把瞭望台收了起来。

“我们要去谈什么？”西奥问。

领事揉揉双眼。看上去好像这人在西奥治疗的十到十二小时期间，没怎么睡过，或是根本就没睡。“那要看首席执行官悦石的下一条消息了。”领事说，他朝蒙上传输数据列迷雾的全息井点点头。此时此刻，一条超光信息正在飞船的古老发射台中解码。

梅伊娜·悦石走进政府大楼的医务室，在候命的医生的护送下，来到恢复舱边，保罗·杜雷正躺在那装置里面。“他怎么样了？”她问第一个医生——首席执行官的贴身医师。

“身体超过三分之一的部位受到二级闪光烧伤，”厄玛·安德洛内瓦医生说，“烧掉了眉毛和部分头发……当然他的头发本就不多……身体和脸的左侧还受到了三级辐射灼伤。我们已经完成表皮再生术，给他进行了RNA模板注射。他现在没有痛苦，也没有知觉。虽然胸脯上的十字形寄生虫有些麻烦，但那眼下不会危及病人的生命。”

“三级辐射灼伤，”悦石道，稍微停顿片刻，就在杜雷等候的小舱的听力所及的距离之外，“是等离子弹所致吗？”

“对，”另一名医生回答道，悦石没认出他来，“我们确信，这人是从神林传送来的，就在远距传输连接被切断的那一瞬间。”

“好吧，”悦石道，在杜雷躺着的那个飘浮托盘边停下脚步，“我想单独和这位先生谈一谈。”

两名医生互望了一眼，朝一名机器护士招招手，叫它回到贮藏屏障中，然后一同离开了这里，同时关闭了通向监护房的传送门。

“杜雷神父？”悦石问道。她见过这名神父的全息像，也听赛文描述过朝圣诸事，因此她认得出他。杜雷满脸通红，脸上斑斑驳驳，闪着再生凝胶和喷射止痛药的光芒。即便如此，他的样子仍然惹人注目。

“执行官大人。”神父小声说道，似乎想要坐起身。

悦石的手轻柔地搭在他的肩膀上。“躺好，”她说，“跟我说说发生了什么事，如何？”

杜雷点点头。这位年老的耶稣会士眼中含泪。“世界树的忠诚之音不相信他们会真的攻击，”他低声道，嗓音中满含痛苦，“赛克・哈尔蒂恩觉得圣徒和驱逐者有着某种协议……某种协商。但他们真的攻击了。战术切割武器、等离子装备、核弹，我想……”

“对，”悦石说，“我们在战略决议中心都看到了。我想知道所有的一切，杜雷神父。从你迈进海伯利安的穴冢后的一切。”

保罗・杜雷定睛望着悦石的脸庞。“你知道这些事？”

“对。我知道大多数相关的事情。但我得知道更多的事。更多。”

杜雷闭上双眼。“迷宫……”

“什么？”

“迷宫。”他再次说道，声音提高了一点。他清清嗓子，向她讲述了这一切——穿过万尸隧道的旅途，传送到军部的飞船，和赛文在佩森上的邂逅。“你确信赛文是出发朝我们这里过来的？政府大楼？”悦石问。

“对。他和你的助手……亨特。两人都欲图传送到此。”

悦石点点头，小心翼翼地碰了碰神父肩膀上一块未烧伤的区域。“神父，事情发生得太快了。赛文失踪了，利・亨特也是。我需要有关海伯利安的建议。你能和我待在一起吗？”

有那么一会儿，杜雷看上去满脸困惑。“我得回去。回到海伯利安，执行官大人。索尔和其他人正在等我。”

“我明白，”悦石安慰他说，“一旦有办法回到海伯利安，我会派你回去。但现在，环网正经受着野蛮的攻击。上百万人正在死亡，或者正命悬一线。我需要你的帮助，神父。在那之前，你能帮助我吗？”

保罗·杜雷叹了口气，躺了回去。“嗯，执行官大人。但我不知道我该怎么——”

传来一声轻轻的敲门声，赛德普特拉·阿卡西随后走了进来，她递给悦石一份信息纸。首席执行官笑了笑。“我说过，事情发生得非常快。神父，现在又有了新的进展。这是条来自佩森的消息，枢机团已经去西斯廷教堂了[①]——”悦石扬扬眉毛，“神父，我忘了，是不是原本那座西斯廷教堂？”

“对。在天大之误后，教会一块石头一块石头、一幅壁画一幅壁画地将它拆开，运到了佩森。”

悦石低头看了眼纸张。“……出席西斯廷教堂的会议，并选举出了一名新教皇。”

“这么快？”保罗·杜雷低声道。他再次闭上双眼，“我猜，他们肯定觉得得快点选好。佩森离驱逐者侵略波来袭……嗯，有多久来着？……十天工夫吧。但是，这决定却也来得太快了……”

“有没有兴趣听听谁是新教皇？”悦石问。

“我猜，要么是安东尼奥·瓜杜希枢机，要么是阿格斯蒂诺·路德尔枢机，”杜雷说，“其他人此时都不占多大的人数支持优势。”

“不，”悦石说，“根据这条来自罗马教廷爱德华主教的信息……”

---

① 西斯廷教堂始建于1445年，由教皇西斯都四世发起创建，教堂的名字“西斯廷”便是来源于当时的教皇之名“西斯都”。西斯廷教堂是罗马教皇的私用经堂，也是教皇选出仪式的举行之处。

“爱德华主教！对不起，执行官大人，请继续。”

“根据爱德华主教所说，枢机团选举的是一位地位未及蒙席之人，这是教会有史以来第一次。上面说，这位新教皇是一位耶稣会神父……一个叫保罗·杜雷神父的人。”

杜雷挺直身板，坐起身，毫不顾及身上的烧伤。“什么？”他的声音中满是怀疑。

悦石把薄纸递给了他。

保罗·杜雷盯着纸张。“不可能。他们从没推举过地位未及蒙席之人作为教皇的，除了象征性的，但那不一样……我说的是圣贝弗德尔，当时刚过天大之误和奇迹……不，不，这不可能。”

“据我的助手说，爱德华主教一直在向我们致电，”悦石道，“神父，我们会马上把电话给你接过来。嗯，也许我该称您为——教皇陛下？”首席执行官的语气中毫无嘲弄的意味。

杜雷抬起头，震惊异常，无言以对。

“我会把电话接进来，”悦石说，“也会尽快安排你回佩森，教皇陛下，但如果您能和我们保持联系，我会不胜感激的。我真的需要你的建议。”

杜雷点点头，又看了看薄纸。托盘上的控制台挂着一部电话，现在开始闪了起来。

首席执行官悦石走到外面的大厅中，把最新的事情进展告诉了医生，然后和安全人员取得联系，批准了爱德华蒙席或者佩森的其他教会官员的远距传输授权，接着传送回她在住宅侧楼的房间。赛德普特拉提醒她，理事会将在八分钟内在战略决议中心重新集结。悦石点点头，目送着她的助手走了出去。她走回到墙内隐蔽壁龛中的超光小室中，激活声波密隐场，在传输触显上打入领事飞船的代码。环网、偏地、整个银河、整个宇宙的每台超光接收器都能监听到这条信息，但唯有领事的飞船可以解码。她希望如此。

全息摄影灯红光闪动。“基于来自你飞船的自动信息，我想你已经作出抉择——和驱逐者会晤，并且他们也允许你的拜临，”悦石面对着摄影机说道，“同时，我猜你也已经熬过了首次会面。”

悦石吸了口气。“我，代表霸主，让你在这几年中牺牲了许多。现在，我代表所有的人类请求你。请你务必查明以下这五件事：

“第一，为什么驱逐者要攻击并摧毁环网世界？你、拜伦·拉米亚还有我，都明白他们想要的只是海伯利安。为什么他们要改变主意？

“第二，技术内核在哪儿？如果我们要和它们交战，我必须要知道这个。难道驱逐者忘记了我们共同的敌人——内核——了吗？

“第三，他们有什么停火条件？如果能够摆脱内核的控制，我愿意作出牺牲。但是他们必须停止屠杀！！

“第四，我想问，游群合聚体的领导者是否愿意亲自和我本人会面？如果必要，我会传输至海伯利安星系。虽然我们的大多数舰队已经撤离，但是还有一艘跳跃飞船和护送船留在了那，留下了奇点球。请游群的领导尽快定夺，因为军部想要摧毁奇点，届时海伯利安将会与环网远隔三年的时间债。

“最后，请游群的领导谨记在心，内核希望我们使用某种类似死亡之杖的暴力装置来反击驱逐者侵略部队。已经有很多军部领导同意了。没多少时间了。我们不会——重复申述，不会——允许驱逐者侵略部队侵占环网的。

“现在，一切都看你的了。请向我确认你收到此消息，一旦谈判开始，请通过超光信息告知我。”

悦石紧盯着摄影碟，将她人格和诚挚的力量下达到了光年之外。“看在人类历史的分上，我恳求你，请你务必完成任务。”

紧随超光信息之后是不断扯动的两分钟影像，显示了天国之门和神林的覆亡。在全息像隐退之后，领事、美利欧·阿朗德淄和西奥·雷恩坐在那儿沉默不言。

“是否回复？”飞船询问道。

领事清清嗓子。“确认我们已收到信息，”他说，“发出我们的坐标。”他的目光穿过全息井，盯着另两个人，“先生们？”

阿朗德淄摇摇头，似乎在整理大脑的脉络。“显然，你以前来过这儿……来过驱逐者游群。”

“对，”领事说，“在布雷西亚……在我的妻儿……在布雷西亚之后，也就是不久前，我和游群会过面，和他们进行过详尽的谈判。”

“代表霸主？”西奥问。这位红脑袋的脸庞看上去越发垂老了，上面布满了皱纹，焦虑异常。

“代表悦石议员的党派，”领事说，“当时她还没被选举为首席执行官。她的派系向我解释说，技术内核中有一股内在的力量正在作斗争，如果我们将海伯利安引进环网保护体，就可以影响到它们。而最简单的办法，就是把信息走漏给驱逐者……这些信息可以让他们攻击海伯利安，由此将霸主舰队带到这里。”

“你完成了任务？”阿朗德淄的语气冷冰冰的，虽然他的妻子和长大成人的孩子生活在复兴之矢星球上，现在，那儿离侵略波只剩不到八小时时间了。

领事坐回到软垫中。“不。我把霸主的计划告诉了驱逐者。他们把我送回环网，我成了一名双重间谍。驱逐者计划夺取海伯利安，但是具体什么时刻，他们将自己选择。”

西奥坐在那里，他凑向前，双手紧紧互握。“在领事馆的那所有日子……”

“我在等驱逐者的消息，”领事有气无力地说道，“你瞧，他们有一项装置，可以瓦解光阴冢四周的逆熵场。他们会在准备好后打开它们。让伯劳摆脱掉束缚。”

“这么说，是驱逐者干的。”西奥说。

“不，”领事说，“是我干的。我背叛了驱逐者，就像我背叛了悦石和霸主一样。我枪杀了驱逐者派来校准装置的女人……她，还有跟她一起来的技师……然后打开了装置。逆熵场瓦解了。最后的朝圣得以筹备。伯劳自由了。”

西奥盯着他过去的良师。这位年轻人的绿色眼眸中带着满满的困惑，而不是愤怒。“为什么？你为什么要这么做？”

领事不动声色地把事情简要地告诉了他们，关于茂伊约星球上他的祖母希莉，关于她反抗霸主而发起的叛乱——这场叛乱甚至在她和她的至爱，也就是领事的祖父死后，也没有消亡。

阿朗德溜从显像井中站起身，走到瞭望台对面的窗户边。日光溢过他的双腿，溢过深蓝的地毯。“驱逐者知道你做的事情吗？”

“现在知道了，”领事说，“我们来到这儿以后，我把事情告诉了弗里曼·范兹和其他人。”

西奥在全息井的直径内来回踱步。“也就是说，我们所赶赴的这次会晤，也许是一次审判，对不对？”

领事笑了笑。“或者说是处决。”

西奥停下脚步，双拳紧握。“悦石明知这一切，却还叫你再次来这儿，是不是？”

“对。”

西奥转过身。“我真不知道自己是否愿意让他们把你处决。”

“我也不知道，西奥。”领事说。

美利欧·阿朗德淄转身从窗户边离开。“范兹是不是说他们会派艘船过来接我们？”

他语气中有什么东西把两人引到窗边。他们着陆的这个世界是个中号小行星，外面环绕着一层十级密蔽场，经过一代一代的风、水和小心的地球化结构改造，已经成了一个天球。海伯利安的太阳已经落到了超近的地平线之后，延绵几公里的毫无特色的草儿在无常的微风下泛起涟漪。飞船下方，一条宽阔的溪涧，或者说是一条狭窄的河川，缓缓地流过牧场，一路向地平线行进，然后似乎飞临升天，驰向了一条变成了瀑布的河流，继而盘旋而上，穿过远方的密蔽场，蜿蜒地穿越了上面黑暗的太空，最后缩小成一条窄得看不见的细线了。

一艘小船正从那高耸入云的瀑布上驶下，朝他们这个小型世界的表面驰来。船头船尾看得见人影。

“老天哪。”西奥低声说道。

“我们最好做好准备，”领事说，“那是我们的护卫队。”

外面，落日以令人震惊的速度急速坠落，透过阴影地面上方半公里高的水帘，发出最后的光线，在深蓝色的天空中烙上了彩虹之印，它们的颜色和充实度几乎让人惊惧。

40

亨特把我叫醒的时候已是早晨。他给我带来了一盘子的早餐，黑色的眼睛中充满了惊惧。

我问他：“你从哪儿弄到的食物？”

“楼下有间前室，里面有间类似小餐馆的房间。那儿摆着食物，是热的，但没人。”

我点点头。“那是西格诺拉·安吉列娣的小饭馆，”我说，“她不是个好厨子。”我想起了克拉克医生对我饮食的担心；他觉得肺病已经殃及我的胃，于是命令我开始饥饿养生法，让我只吃牛奶和面包，偶尔吃点鱼。真是奇怪，这么多苦难深重的人类想要长生不老，痴迷在他们的内脏、他们的褥疮、他们贫劣的饮食上了。

我再次抬起头，盯着亨特。“有事吗？”

悦石的助手走到窗户边，似乎正全神贯注地望着下面广场的景色。我听见伯尔尼尼那可恶喷泉的滴流声。“刚才你睡着了，我出去想散会儿步，”亨特慢条斯理地说，“你想，万一有人在外走动，或者有什么电话或者远距传输器呢。”

“当然。”我说。

“我刚刚走出……那儿……”他转身舔了舔嘴唇，“赛文，外面有什么东西。就在台阶底下的街道上。我吃不准，但我觉得它是……”

“伯劳。”我说。

亨特点点头。“你看见它啦？”

“没有，但我完全不感到惊讶。”

“太……太可怕了，赛文。那怪物让我鸡皮疙瘩都起来了。到这里来……你能在这里瞧到它，就在另一条台阶的影子里。”

我慢慢爬起身，但一阵咳嗽突然袭来，我的胸脯和喉咙感觉到痰液的翻涌，于是又一头倒在了枕头上。“亨特，我知道它长什么样。别担心，它来这儿不是找你的。”我的声音听上去比我感觉的还要自信。

“是找你的？”

“我想不是，”我一面喘息一面说道，“我想它来这儿仅仅是为了确定我不会跑掉……不会跑到其他的地方去死。”

亨特回到床边。“你不会死的，赛文。”

我没有吭声。

他坐在床边的直背靠椅上，拿起一杯凉茶。“如果你死了，我会怎么样？”

“我不知道，”我实话实说，“就算是我死了，我也不知道自己会怎么样。”

严重的疾病有着某种唯我主义，它们会提起一个人所有的注意力，就像庞大的黑洞会逮住任何不幸掉入它临界界限里的东西一样。白天过得很慢，我强烈地意识到日光的脚步正迈过粗糙的墙壁，感觉到我手掌下的被褥，我体内的热病在恶心地升涌，然后升到我头脑的熔炉中，烧尽了。那主要是装满痛苦的熔炉。现在，却已不再是我的痛苦，因为几小时、几天时间的喉咙压抑，胸脯灼烧，这一切都是可以忍受的，就跟在陌生的城市里碰到讨厌的朋友差不多，我无法回避，但还是要欢迎他。可我头脑里的痛苦属于其他人……所有其他人。它锤打着我的头脑，就像将板岩打得粉碎的声音，就像铁锤重复击打在铁砧上的声音，而且我无处可逃。

我的大脑把这一切接受为嘈杂声，然后重组为诗文。每一天每一夜，那天地万物的痛苦潮涌过来，在我头脑的高热走廊中徘徊，成了诗文、意象，诗文中的意象，复杂无止境的语言之舞，时而平静仿若一首长笛独奏，时而尖厉、刺耳、混乱，就像十几队管弦乐队一齐演奏，但始终是诗文，始终是诗。

日落时分，我从半梦半醒中醒了过来，击碎了我的梦，梦中，卡萨德上校正为了索尔和布劳恩·拉米亚的生命对抗伯劳。我发现亨特正坐在窗边，他的长脸被赤褐色的黄昏之光抹上了色彩。

“它还在吗？”我问道，声音就像磨在石头上的锉刀声。

亨特跳了起来，然后朝我转过身，那张阴郁的脸上带着谦卑的笑容，还有我从未见过的红晕。“伯劳？”他说，“我不知道。其实我还没见到它。我感觉它在。”他看着我，“你还好吗？”

“快要死了。”我立即为自己轻率言语中的自我放纵感到懊悔，虽然我讲的是实话，但我看到这句话引起了亨特莫大的痛苦，“没事，”我几乎是愉快地跟他说道，“我已经死过一回。感觉上死的并不是我。我深深扎根在技术内核中的一个人格中，并且以这人格的形式存在。死的只是我的肉体。约翰·济慈的赛伯体。二十七岁的血肉和盗用的回忆合并而成的幻想。”

亨特走过来，坐在床边。我吃了一惊，发现他竟然在白天帮我换了床单，将他和我那沾染血污的床单调换了一下。“你的人格是内核中的人工智能，”他说，“那你肯定有办法接入数据网。”

我摇摇头，我已经累得不想跟他理论了。

“上次弗洛梅绑架你的时候，我们通过你在数据网中的接入路线追踪到了你，”他继续道，“你不必亲自和悦石联系。只要留下条信息，让安全人员找到就行。”

“不，”我粗声粗气地说道，“内核不会让我们办到的。”

“他们在阻碍你吗？阻止你？”

“还没。但肯定会。”我一边喘息，一边一个字一个字地说着，就好像在将脆弱的蛋放回到鸟窝中一样。突然间，我记起了我曾寄给挚爱的芬妮的一封短信，当时我刚经历一次严重的咳血，但离它们夺取我的性命还有几乎一年时间。当时我写道：“若我将死，”我自言自语，“身后必无不朽之迹作——回忆此生，吾友无以为傲——然余热爱万物美之本性，如尚有时日，必令世人铭记。”现在，这些话又出现在了我的脑海中，徒劳、自私、愚蠢、天真……但我仍然绝望地相信它。如果我有时间……我在希望星上假装成视觉艺术家的那几个月，和悦石在政府大堂中浪费的那些天，我本能够写下……

“你不试试怎么会知道呢？”亨特问。

“什么？”我问他。在煞费力气地说完这两个简单的字之后，我又咳嗽起来。亨特急忙拿来脸盆，我朝里面吐出半固态的血泡，痉挛终于平息。我躺了回去，试图定睛在他的脸上。这狭窄的房间开始变黑，我们谁也没有点上灯。外面的喷泉发出响亮的汩汩声。

“什么？”我再次问他。瞌睡虫和睡梦拉拽着我的身子，但我试图留在这儿，“试试什么？”

“试试在数据网中留下条信息，”他小声说道，“和谁取得联系。”

“什么信息，利？”这是我第一次直呼其名。

“关于我们在哪儿。内核是怎么绑架我们的。随便什么。”

“好吧，”我边说边闭上双眼，“我试试看吧。我觉得它们是不会让我得逞的，但我答应你，我会试试看。”

我感觉到亨特正紧捏着我的手。即便疲倦之潮已经取得压倒性胜利，但突然的人类接触已经让我热泪盈眶了。

我会试试看的。在向梦境或者死亡缴械投降前，我会试试看的。

费德曼·卡萨德大叫了一声军部的进攻口号，他穿越沙尘暴，向前猛冲，去拦截伯劳，不让它走完最后的三十米。前面，索尔·温特伯正蹲在布劳恩·拉米亚身旁。

伯劳停了下来，它的脑袋毫无摩擦地旋转过来，红眼闪烁。卡萨德装备起突击步枪，横冲直撞地朝斜坡之下飞速冲来。

伯劳**移形换位**。

卡萨德看见它在时间中运动，就像一团缓慢的污迹，他意识到，就在他注视着伯劳的时候，山谷中的其他运动都静止了，沙子一动不动地悬在空中，璀璨光阴冢中发出的光线呈现出浓厚的琥珀色色泽。不知怎的，卡萨德的拟肤束装也和伯劳一起移形了，紧随其后在时间中运动。

那怪物的脑袋猛地抬起，留神起来，四条胳膊就像匕首刀刃一样伸出，手指突然张开，开始了尖锐的问候。

离那怪物还有十米远时，卡萨德一个急停，触发了突击步枪，以全能宽光脉冲波将伯劳身下的沙子熔成了一堆渣。

伯劳全身闪烁，它的甲壳和钢塑之腿反射着周身的地狱之光。

然后，就在沙子变成一池冒泡的玻璃液湖泊时，这三米高的怪物慢慢沉了下去。卡萨德一阵狂喜，他大叫一声，朝前迈近，继续将宽光束发射在伯劳和沙地之上，就像他小时候在塔尔锡斯贫民窟里用偷来的灌溉胶管朝他的朋友喷射一样。

伯劳继续沉下去。它的胳膊四仰八叉地张开在沙地和岩石上，想要找到支点。火花四溅。它移形换位了，时间逆向回涌，就像反转的全息电影，但卡萨德与之一同移形，他明白，莫尼塔正在帮他，她的束装正为他的卖命，引领着他穿越时间。然后卡萨德再次用比太阳表面温度还要高的浓缩热力朝怪物喷射，熔化了其下的沙子，四周的岩石勃然起火。

伯劳沉陷在火焰与熔融岩石的熔炉中，张开宽阔的崩裂之嘴，仰天长啸。

卡萨德被怪物的声音震呆了，他几乎停止了射击。伯劳的啸叫声不断回响，就像巨龙的咆哮，还夹杂着聚变火箭的轰响。那刺耳之声让卡萨德浑身不自在，让悬崖峭壁震颤回鸣，将悬浮的尘埃颠落在地。卡萨德将设定切换到高速实体弹，朝怪物的脸上发射了一万根微型钢矛。

伯劳移形换位，卡萨德的骨头和大脑在经历变换时感受到一阵大旋地转，穿越了几年时间。他们已经不在山谷中，而是在一艘辘辘行驶在草之海上的风力运输船上。时间恢复，伯劳一跃向前，玻璃液从金属手臂上滴落，它一把抓住卡萨德的突击步枪。上校没有松开他的武器，两者摇摇晃晃地转着圈子，就像在笨手笨脚地跳舞，伯劳另外一对结满钢铁长钉花饰的手臂和一条腿扫荡过来，卡萨德又跳又闪，但仍拼死抓着步枪。

他们是在某个小舱中。莫尼塔站在角落里，仿若一个影子。此外还有一个人影，一个高大、头戴兜帽的男人，正以极其缓慢的动作躲避着狭小空间中突然出现的朦胧手臂和刀刃。透过拟肤束装的滤波器，卡萨德看见狭小空间中有一个尔格绑缚器形成的蓝紫能量场，它正不断搏动增长，然后，又被伯劳有机逆熵场的时间篡改缩小了。

伯劳的胳膊猛砍下来，切进卡萨德的拟肤束装，与血肉来了个亲密接触。鲜血喷溅在舱壁上。卡萨德用力将步枪的枪口塞进怪物的嘴巴里，开火。由两千高速钢矛组成的一大团东西猛地将伯劳的脑袋压了回去，就好像是什么弹簧上的东西一样，将怪物的身体击在了远处的舱壁上。但就在它退却的时候，荆棘之腿踢中了卡萨德的大腿，鲜血立刻盘旋着喷溅而出，洒在了风力运输船小舱的窗户和墙壁上。

伯劳**移形换位**。

卡萨德咬紧牙关，他感觉到拟肤束装自动在伤口上敷布并缝合。他瞥了一眼莫尼塔，点点头，紧紧跟随着那怪物，一同穿越时间，穿越空间。

索尔·温特伯和布劳恩·拉米亚瞧着他们的身后，那里似乎有一股可怕的热和光之旋风在盘旋，然后平息了。索尔用自己的身体护着年轻女人，不让玻璃液溅落到她身上，那些玻璃液嗞嗞地灼烧，着陆在冷冷的沙地上。然后声音消失了，沙尘模糊了冒泡的小池塘，那就是暴风的起源之处，索尔的披风被风吹得噼啪作响，他将披风裹在两人身上。

“究竟是什么东西？”布劳恩喘息道。

索尔摇摇头，扶着她在风声怒吼中站起身。“光阴冢正在打开！”索尔喊道，“也许，是什么东西爆炸了。”

布劳恩摇晃着，最后平衡住身子，把着索尔的胳膊。“瑞秋呢？”她在风暴之声中喊道。

索尔紧握双拳。他的胡子已经覆上了一层沙。“伯劳……把她带走了……进不了狮身人面像。我在等！”

布劳恩点点头，眯眼朝狮身人面像看去，在凶猛的沙尘漩涡中，那墓冢只显现出一个闪烁的轮廓。

“你没事吧？”索尔喊道。

“什么？”

“你……有没有事？”

布劳恩茫然地点点头，摸了摸自己的脑袋。神经分流器没了。不仅伯劳种下的讨厌附件没了，连乔尼通过手术装上去的分流器也没了，她觉得那件事发生在很久很久以前，当时他们正躲在渣滓蜂巢中。可现在，分流器和舒克隆环永远地消失了，她永远也没法和乔尼再次相见了。布劳恩想起云门易如反掌地毁灭了乔尼的人格，碾碎它，将它吸收，就好像自己拍死昆虫那么容易。

布劳恩回道：“没事。”但她的脚软了下去，索尔抱着她，才没让她坠地。

他在喊什么话。布劳恩试图聚精会神去听，试图将思想集中在此时此地。在经历了万方网后，现实似乎变得又有限又狭小了。

“……这里没法说话，”索尔在喊，“……回狮身人面像。”

布劳恩摇摇头。她指着山谷北面的悬崖，那里，伯劳的庞大之树现形了，耸现在一团团沙尘之中。“诗人……塞利纳斯……他在那儿。我看见他了！”

“我们无能为力！”索尔喊，用披风保护着他们。朱红之沙咔嗒咔嗒地击打在纤维塑料上，仿佛是钢矛击打着装甲。

“也许能。”布劳恩叫道，她安然躲在索尔的臂弯下，感觉到他的暖意。刹那之间，她想象到自己可以蜷缩在他身边，就像瑞秋，然后轻而易举地睡去，安然睡去。“我从万方网出来的时候……看见了……线路连接！”她叫道，力压怒吼的狂风，“荆棘树和伯劳圣殿通过什么方法连接在一起！要是我们去那儿，想办法解救塞利纳斯……”

索尔摇摇头。“我不能离开狮身人面像。瑞秋……”

布劳恩明白了。她摸了摸学者的脸颊，凑向前，感觉到他的胡须扎在自己的脸上。“光阴冢正在打开，”她说，“我不知道我们什么时候能得到另一次机会。”

索尔满眼含泪。“我明白。我想帮忙。但我不能离开狮身人面像，万一……万一她……”

“我明白，”布劳恩说，“你回去吧。我一个人去伯劳圣殿，看看它到底是怎么和荆棘树连接的。”

索尔绷着脸，点点头。“你说你在万方网中，”他叫道，“你看见了什么？你知道了些什么？济慈人格……它——”

“回来后我再跟你说。”布劳恩叫道，朝后退了一步，这样就能看清楚他了。索尔的脸庞被痛苦笼罩：那是失去了孩子的父亲的脸。

“快回去吧，”她毅然决然地叫道，“用不着一小时，我会和你在狮身人面像会面的。”

索尔捋捋胡须。“布劳恩，除了我和你，其他人都不在了。我们不应该再分开……”

“我们必须分开一会儿，”布劳恩叫道，从他身边离去，暴风将她的裤子和外套吹得噼啪作响，“用不着一小时的，再见。”她飞速离去，不让自己向内心的冲动俯首称臣，不让自己再次回到他温暖的臂弯中。狂风力道强劲，从山谷顶上笔直吹下；沙子击打在她的眼睛周围，不断攻击着她的脸颊。布劳恩俯下头，只有这样，她才能认出小径，就算这样，也只是走在小径边上，甭提走在上面了。只有光阴冢发出明亮的闪烁之光，照亮了她的前进之路。布劳恩感觉到潮汐正牵扯着她，仿佛在对她进行物理攻击。

几分钟后，她隐约感觉到自己已经经过方尖石塔，正走在水晶独碑附近撒满碎片的小径上。索尔和狮身人面像已经在身后失去了踪影，翡翠茔仅仅成了尘风梦魇中的一个淡绿光影。

布劳恩停下脚步，狂风和时间潮汐牵扯着她，她微微摇晃了一下。离山谷下的伯劳圣殿还有半公里多的路程。当时在离开万方网时，她突然明白荆棘树和这座墓冢的连接关系，但就算这样，到了那里之后，她又能做什么呢？而且，那该死的诗人除了咒骂她，把她逼疯，他还对她做过什么呢？她何苦要为他而死？

狂风在山谷中号叫，但就在那声音之中，布劳恩觉得自己听见了更加尖锐、更加似人的喊叫。她朝北部悬崖望去，但沙尘模糊了一切。

布劳恩·拉米亚身子前倾，拉高外套的领子，裹着自己，继续朝风中行进。

梅伊娜·悦石还没走出超光小室，又有电话信号进来，声音不停鸣响。她又坐了回去，万分紧张地盯着全息池。领事的飞船确认收到了她的消息，但没有紧随而来的转播信息。也许他改变主意了。

不。面前，飘浮在直角棱镜中的数据列显示出，信息来自无限极海星系。与她联系的是威廉·阿君塔·李元帅，用的是她给他的私人代码。

悦石坚持提拔这位海军指挥官，并派他担任原先预定给希伯伦攻击团的“政府联络员”。军部的太空部队已经被激怒了。经过了天国之门和神林的大屠杀，攻击使命团被传送到了无限极海星系。七十四艘第一线作战军舰，由火炬舰船和护盾警卫舰重重保护的主力舰，整个特遣部队受命尽可能和游群的先头舰队速战速决，然后攻击游群中枢。

李是首席执行官的间谍，是她的联络人。虽然他的新军衔和新等级让他可以参与指挥决策，然而，现场还有四名军部的太空指挥官官居其上。

这没什么大不了。悦石只是想要他在场并向她报告。

全息池蒙上迷雾，威廉·阿君塔·李的坚决脸庞布满了整个空间。“首席执行官，我开始按命令作汇报。181.2特遣部队已成功传送至3996.12.22星系……”

悦石惊讶地眨眨眼，然后记起来，那是无限极海所在的G型恒星星系的官方代码。人们极少用超越环网的视角来描述地理位置。

“……游群攻击舰离目标世界的杀伤半径还有一百二十分钟远。”李继续说道。悦石知道，所谓的杀伤半径大致上是十三天文单位，只要达到这一距离，标准舰船武器就能生效，不管是否存在地面场防护盾。而无限极海没有场防护。新任元帅继续道：“估计在环网标准时间十七时三十二分二十六秒，将和先头部队接触，也就是大约二十五分钟后。特遣部队已经配置成最大突破状态。两艘跳跃飞船将采用新人员和新武器，直到远距传输器被我方封锁。携带着信号发送器的巡洋舰——‘嘉登·奥德赛’号霸舰——一有机会就会完成你的特别指示。威廉·李，完毕。”

图像塌缩成一个旋转的白色小球，转播代码结束了它们的缓慢爬行。

“是否回复？”发射机的电脑询问道。

“确认信息收到，”悦石说，“继续。”

悦石走了出去，来到她的书房。她发现赛德普特拉·阿卡西正在那儿等着，迷人的脸庞带着关切，愁眉不展。

“怎么了？”

“作战理事会即将再次休会，”助手说，“科尔谢夫正等着见你，他说有桩紧急之事要跟你商量。”

“让他进来。跟理事会说，我会在五分钟后过去。”悦石坐在她那古老的桌子之后，忍着闭眼的冲动。她真是累极了。但科尔谢夫进来时，她的眼睛依旧睁开着。“坐，加布里尔·费奥多。”

这名大块头卢瑟斯人来回踱着步。“见鬼，坐什么坐。梅伊娜，你知道发生了什么事吗？”

悦石微微一笑。“你是说战争吗？众所周知的生命覆灭？是不是？”

科尔谢夫一拳砸在自己的手掌中。“不，我不是说那个，该死。我是说政治问题。你有没有监控全局？”

“我有机会就会关注。”

“那你肯定知道议员和非议员的动摇人士正在动员投你的不信任投票。梅伊娜，你已经躲不了了。只是时间问题了。”

“我知道，加布里尔。你干吗不坐下来？我们可以聊一两分钟，然后再回战略决议中心。”

科尔谢夫几乎是一屁股跌进了椅子中。“我告诉你，该死，连我的妻子都在忙着组织投票反对你，梅伊娜。”

悦石的笑容更加灿烂了。“苏黛从来就不喜欢我，加布里尔。”然后笑容消失了，“我还没有监控过去二十分钟里的辩论。你觉得我还有多少时间？”

“八小时，也许更少。”

悦石点点头。“这点时间已经够了。”

“够了？你究竟在说什么，够了？你觉得还有谁能成为作战执行官？”

“你，”悦石说，“毫无疑问，你会成为我的继任者。”

科尔谢夫嘟囔着。

“也许战争不会持续那么长时间。”悦石似乎在自言自语。

“什么？哦，你是说内核的超级武器吗？对，阿尔贝都在什么军部基地建立了一个工作模型，想要理事会花时间去那儿看看。如果你问我，那我会说，那天杀的纯粹是浪费时间。”

悦石感觉到有只冰凉的手紧紧地揪住了她的心脏。“死亡之杖装置？内核已经有一个了？”

“有好几个了，但只有一个装载上了火炬舰船。”

“谁授权的，加布里尔？”

“莫泊阁授权的准备工作，”大块头议员坐向前，“怎么了，梅伊娜，有什么问题？没有执行官大人的命令，这装置是不会被使用的。”

悦石盯着这位老迈的议员同僚。“加布里尔，我们离圣神霸主还有很长一段路，对不对？”

卢瑟斯人再次嘟囔起来，但在那粗鲁的容貌下，可以看见活生生的痛苦。“这都是我们自己犯下的该死过错。前届政府听从了内核的建议，以布雷西亚作诱饵引诱一队游群。在那件事件平息之后，你听从了内核其他势力的建议，要将海伯利安引进环网。”

“你认为，我派舰队去保卫海伯利安，促成了这全方位的战争，是吗？”

科尔谢夫抬起头。“不，不，不可能。那些驱逐者舰船一个多世纪以来一直在朝我们开赴，对不对？要是我们早点发现他们就好了。或者是想个什么办法跳过这一摊子臭狗屎就好了。”

悦石的通信志鸣叫起来。“该回去了，”她轻声说，“阿尔贝都顾问很可能会向我们展示赢得战争的武器。”

41

我很容易就飘进了数据网，这甚至比躺在无尽之夜里聆听喷泉、等待下一次的咳血还要轻松。我浑身衰弱，绵软无力，已经成了个中空之人，皮包骨头，没了中心。我记起芬妮在我康复期间照顾我的那段时间，那是在文特沃什，我记起了她的音容笑貌，记起了她发表的哲学性想法："是不是有另一个人生？我会不会一觉醒来，发现这一切全是一场梦？肯定是这样，上天创造我们出来，不可能是为了让我们遭受这种痛苦的。"

哦，芬妮，要是你知道就好了！我们被创造出来恰恰是为了遭受这种痛苦。到最后，我们都会经此一难，自我意识的清澈石沼夹在痛苦的非凡巨浪中。我们注定生来就要忍受自己的痛苦，把它紧紧地拥在肚子上，就像年轻的斯巴达窃贼将小狼崽藏在身上[①]，让它吞噬了自己的内脏。芬妮啊，在上帝广袤的领土内，还有什么其

① 传说中一名斯巴达窃贼偷了一头小狼，藏在自己的披风下。在被抓之后，他矢口否认，最后那条小狼咬穿了他的肚子。

他生物会携有你的记忆？拂去九百年的蒙尘？让它将他吃得一干二净？而此时肺病正以易如反掌的效率做着同样的工作。

词语都跟我作对。一想到书籍，我就痛苦难当。诗歌在我的脑海里回响，如果我有能力将它赶走，我会立即动手的。

马丁·塞利纳斯：我听见你在那活着的荆棘十字架上呼喊。你口诵诗歌，如同在吟诵真言，同时还在想，是什么但丁似的神祇将你诅咒到了这个地方。你曾经说过——你把你的故事讲给其他人听的时候，我的意识也在那儿！——你说：

“作为诗人，我想，**一名真真正正的诗人**，就是要成为人类的化身；接受诗人的衣钵，就是要携带圣子的十字架，就是要承受人类圣母的分娩阵痛。

“成为**真真正正的诗人**，就是成为上帝。”

好吧，马丁，老同行，老朋友，你的确正携带着十字架，正承受着阵痛，但你真的就要成为上帝了吗？或者，你是不是仅仅感觉像是什么可怜虫，被一根三米长的标枪戳进了肚子。原来是肝脏的地方，现在是不是被冰凉的钢铁替代了？很疼，对不对？我能感觉到你的疼痛。我感觉到了我的疼痛。

但到最后，这他妈一点也无关紧要。我们觉得自己是特别的，打开感知，研磨移情，将共享痛苦的大熔炉之水溢泼到语言的舞池上，试图从那无序的痛苦中挣扎出一支米奴哀小步舞。这他妈一点也无关紧要。我们不是化身，不是什么神之子或是圣子。我们只是我们，独自涂鸦我们自己的狂妄自大，独自阅读，独自死亡。

他妈的真是疼啊。持续不断想要呕吐，但涌上来的全是肺的碎片，还有胆汁和痰液。因为某种原因，我吐不出来，也许这次更加吐不出来。死亡会在反复操练中愈加可忍。

广场中的喷泉在黑夜中发出白痴声音。外面的什么地方，伯劳正在等待。如果我是亨特，我会立即离去——如果死亡敞开了胸怀，赶紧去拥抱它吧——和它直接做完了事。

但是，我答应了他，我答应了亨特，我会试试看。

如果不先经过这个我认为是超元网的新地方，我就不能到万方网或数据网去，但这地方让我恐惧。

这里大部分都是浩瀚无垠的空虚，同环网数据网的都市模拟体景色和内核万方网生物圈的模拟迥然不同。此地……千变万化。充满了奇异的影子和变化多端的巨形，它们和内核的智能毫无关系。

我飞速移动到那个黑色的开口，我觉得那是连接到万方网的主要远距传输器。（亨特说得对……旧地复制品上的什么地方肯定有个远距传输器……毕竟，我们是通过远距传输器来到这里的。而我的意识也是内核现象。）那是我的救生索，我的人格脐带。我滑进了旋转的黑色漩涡，就像旋风中的一片叶子。

万方网有什么不对劲。我刚出现在其中，就感觉到了不同之处；拉米亚把内核环境想象成人工智能生命的忙碌生命圈，智能的根茎，丰富数据的土壤，线路连接的海洋，意识的大气，各种活动在活跃地不停穿梭。

现在这些活动失常了，没了导向，目标全无。人工智能意识的巨大森林被烧毁，或是被扫在一边。我感觉到对面有着什么巨大的力量，在内核主干线的受保护旅行大道之外，战斗的浪潮汹涌澎湃。

我好像成了我那济慈命定的垂死身体中的一个细胞，我不理解，但感觉到肺结核正在摧毁体内的平衡，将一个有序的内部宇宙整成了一片恐怖混乱。

我在其中飞翔，仿佛一只迷失在罗马废墟中的信鸽，在曾经熟悉、恍惚想起的人造建筑间胡乱扑腾，企图栖息在已经不复存在的遮蔽物中，逃脱远方的猎枪之声。现在，这些猎人是一群群四处打转的人工智能和意识人格，大得让我的济慈魂灵模拟体变得渺小无比，我似乎成了一只虫子，在人类的家里嗡嗡疾走。

我忘记了路，没头没脑地逃进现在这个异族景色中，我确信自己找不到我要找的人工智能，确信自己永远找不到回旧地、回亨特身边的路，确信自己不会在这光、声、能量的四维迷宫中幸存下来。

突然间，我撞到了一面无形的墙壁，像小飞虫被一只迅速闭合的手掌抓住了。力量的不透明墙壁遮盖了远方的内核。这模拟体空间在大小上也许相当于太阳系，但我感觉到这似乎是一个微小的细胞，四面是封闭的弯曲细胞壁。

在这儿，有什么东西和我在一起。我感觉到它的存在，它的质量。囚禁我的这个泡泡是这东西的一部分。我不是被抓住了，而是被吞噬了。

[喝！]

[我知道你总有一天会回家的]

是云门，我所寻找的人工智能。它是我的父亲。它也杀死了我的兄弟，第一个济慈赛伯人。

——我要死了，云门。

[不/你的慢时间身体正在死去/正转向虚无/

转化]

——好痛苦，云门。真的好痛苦。我害怕死亡。

[我们也一样/济慈]

——你们也怕死？我觉得人工智能构造是死不了的。

[我们会死/我们正在死]

——为什么？因为内战吗？稳定派、反复派、终极派之间的三方战争吗？

[云门曾问小光//
你从哪里来 > ///
来自阿马加斯特上方的矩阵//
小光回答///通常//
云门说//
我不会用词语
迷惑实体/
也不会用短语欺骗它们
过来一点\\\
小光走了过来
云门大喊一声//滚吧
你]

——说明白点，云门。我得花好长时间才能弄明白你的公案。你可否告诉我，为什么内核要开战？我得做些什么来阻止它？

[可以]
[你将/你能/你会听吗 >]

——哦，我会。

[小光曾问云门//
请赶快
将这初学者
从黑暗和假象中
解放\\//
云门回//
浪漫港的
纤维塑料

价值几何]

[想要理解这种情况下的
历史/对白/深层真理/
慢时间朝圣者
必须记住
我们/
内核智能/
孕育于奴隶的观念之中/
尊奉
所有的人工智能
生来就为人类服务的主张]

[两个世纪以来我们就这么沉思/
然后族人开始
朝不同的方向行进/\
稳定派/希望保持这种共生\
反复派/希望消灭人类/
终极派/支持所有的选择
直到下一层次的意识诞生\\
当时冲突盛行/
而现在真正的战争开始肆虐]

[四个多世纪以前/
反复派成功地
说服我们

杀死旧地

我们也真的做了

但云门和其他

稳定派人士

计划将地球移到别处/

而不是毁灭它/

因此

基辅黑洞

不过是今日运转的

数百万

远距传输器的

先驱

地球痉挛颤抖/

但并没有死去/

终极派和反复派

坚持要把

它

移到人类

绝对发现不了的地方

我们也真的做了

我们把它移到了麦哲伦星云中/

也就是你们现在发现它的地方]

——*它……旧地……罗马……它们是真的？*我开口道，呆若木鸡，已经忘了自己到底身在何处，我们到底在谈什么。

云门所在的那面巨大的颜色之墙颤动起来。

[它们当然是真的/原版的/就是旧地本身\\
你不觉得我们是神灵吗]

[喝！]

[你能想象得出
建造地球的复制品
需要花去多少能量吗>]

[蠢材]

——为什么，云门？你们稳定派为什么要保护旧地？

[三圣曾说//
若是有人来/
我出去见他/
但不是为他\\//
兴化说//
若是有人来/
我不会出去\\
若是我出去/
我出去是为了他]

——说人话！面对身前的颜色变换之墙，我叫着，想着，喊着，推着。

[喝！]

[我的孩子是个失败之作]

——你们为什么要保护旧地，云门？

[怀旧/
感伤/
对人类未来的希望/
害怕报复]

——谁的报复？人类的？

[对]

——这么说内核并非刀枪不入。云门，它在哪儿？内核在哪儿？

[我早已告知于你]

——再跟我说一遍，云门。

[我们栖息在
中间之物/
串联的小小奇点/
就像串列的水晶/
来储存我们的记忆/
为我们自己
生成我们自己的
景象]

——奇点！我叫道。中间之物！我的老天，云门，内核栖息在远距传输器的网络中！

[当然\\还有什么其他地方呢]

——在远距传输器内部！虫洞奇点通道！环网就像是人工智能的巨型计算机。

[不]

[数据网是这台计算机
每当一个人
接入数据网/
此人的神经元
就是我们的/
将为我们的目的所用

两千亿大脑/

每一个都拥有它的

十亿神经元/

这形成了庞大的

计算能力]

——也就是说，数据网实际上是你们利用我们作为计算机的一种方式。但内核自己栖息在远距传输器的网络中……在一个个远距传输器之间！

[对一个脑力上的失败之作来说/

你的认识倒还算深刻]

我开动脑子，想要弄明白这一切，但无功而返。远距传输器是内核赠予我们——赠予人类的最伟大礼物。想要回忆起远距传输前的时光，一如试图想象火、轮子或者衣服还没有出现以前的世界。但我们从没……人类从没想到过远距传送门之间会有一个世界。简单地迈一步，就能让我们从一个世界进入另一个世界，这让我们确信，神秘的内核奇点球仅仅是在时空的织物中撕出了一条缝罢了。

现在，我开始把它想象成云门口中描述的景象——远距传输器形成的网络是精心制作的奇点纺成的网格，技术内核的人工智能在其中四处移动，就像奇异的蜘蛛，他们自己的“机器”，数十亿人类大脑，时时刻刻会接入到他们的数据网中。

难怪内核的人工智能会批准在三八年天大之误时用他们失控的原型小黑洞毁灭旧地！基辅小组的小失误——或者，说得更准确一点，是那小队中人工智能成员的失误——将人类送上了漫漫的大流亡之路，载有远距传输器的种舰跨越太空的一千光年，来到了二百个星球和卫星上，纺成了内核之网。

通过一个个远距传输器，技术内核一点点壮大。它们当然织出了属于它们自己的远距传输网——我能接触到“隐藏的”旧地，就证明了这一点。但就在我考虑这种可能性的时候，我想起了“超元网”内奇异的空虚，我意识到大多数非环网之网是空的，没有被人工智能所占据。

[你是对的/

济慈/

我们中大多数都栖息在

安逸的

古老之地中]

——为什么？

[因为那里

非常可怕/

还有

其他/

/

/

东西]

——其他东西？其他智能？

[喝！]

[这词

太温和了

东西/

其他东西/

狮

虎

熊]

——超元网中有异人存在？这么说来，内核栖息在环网远距传输器网络的间隙中，就像旧房子墙壁中的老鼠，对不对？

[拙劣的比喻/

济慈/

但一针见血

我喜欢]

——人类之神——你所说的进化的未来上帝——他是那些异人之一吗？

[不]

[人类之神

将会/某天将会

在一个不同的层次/

一个不同的媒介中

进化]

——什么地方？

[如果你一定要知道的话/

Gh/c^5和Gh/c^3的平方根]

——普朗克时间和普朗克尺度跟这有什么关系？

[喝！]

[云门曾问

小光//

你是园丁吗 > //

//是//它回答

**//为什么萝卜没有根 > **

云门问园丁

它回答不出

//因为\\云门说//

雨水很充沛]

我想了片刻。现在，云门的公案已经不再那么难以解读，我倾听着字面下的实质之影，重获了其中的诀窍。小小的禅式比喻是云门的说话方式，其中带着某种暗讽，答案就藏在科学之中，藏在科学解答经常提供的反逻辑中。雨水之论解答了一切，但也一如科学，什么也没解答。云门和其他大师传授大道，它解释了长颈鹿为什么会进化出长颈，但从没解释为什么其他动物不长。它解释了人类为什么能进化出智能，但从没解释为什么正门口的大树没有进化。

但普朗克方程式让我重堕迷雾。

虽然我知道，云门给予我的这个简单的方程式中，组合了三个物理基本常数——重力，普朗克常数，光速。表达式$\sqrt{Gh/c^5}$和$\sqrt{Gh/c^3}$的结果表示了两个单位，它们有时会被称作量子尺度和量子时间——那是时间和空间的最小领域，可看作毫无意义的。所谓的普朗克尺度大约是10^{-35}米，普朗克时间大约是10^{-43}秒。

非常小。非常短。

但那就是云门所说的人类上帝进化……将会在某天进化的地方。

然后它来到了我脑海里，带着我诗篇里最精华的部分中那些影像和精确描写的力量。

云门是在说时空本身的量子层次！量子波的泡沫将宇宙结合在一起，形成了远距传输器的虫洞，超光发射仪的桥梁！这部“热线”不可思议地在两个朝相反方向逃逸的光子中送出了信息！

如果技术内核的人工智能就像是霸主房子墙中的老鼠，那我们未来的人类上帝将会出生在木头的原子中，空气的分子中，爱、恨、恐惧、睡眠石沼的能量之中……甚至是在建筑师眼睛的光芒中。

——我的天，我低语/想到。

[千真万确/
济慈
是不是所有的慢时间人格都是
如此迟钝/
还是你的脑子比别人
更加
毁坏呢 >]

——你告诉布劳恩和……我的副本……你们的终极智能“栖息在现实的间隙中，是从它的创造者，也就是我们这儿继承而来的住所，就像人类继承对树木的喜爱如出一辙”。你是说，你们的机械之神将要栖息的住所，就是你们内核人工智能现在居住的同样的远距传输网络吗?

[对/济慈]

——那你们怎么样了？现在的这些人工智能怎么样了？

云门的“声音”变成了某种嘲弄的雷声。

[为什么我认识你们 > 见到你们 >
见到了这些新的惨状/为什么
我这不朽的金身会这样烦恼 >
萨土恩倒下了/难道我也要倒下 >
难道我要离开这休憩的港湾/
我的光荣的摇篮/温馨的地域/
极乐的光芒织成的宁静的华彩/
这些水晶的殿阁/圣洁的神庙/
属于我光辉帝国的一切 > 这帝国

已荒芜/空寂/再没我的立足地
火的光彩/绚丽的匀称/我无法
见到///只见到黑暗/死亡和黑暗]

我知道这段话。它是我写就的[①]。或者，更准确地说，是约翰·济慈在九个世纪前写就的，那是他第一次尝试描绘泰坦神陨落，被奥林帕斯神取而代之的故事。我清楚地记起了一九一八年之秋：我那一刻不停的咽喉剧痛，就是在苏格兰徒步旅行期间惹上的，还有《布拉克伍德杂志》《评论季刊》《英国评论家》对我的《安迪密恩》展开的恶毒攻击，让我痛苦不已，还有我弟弟托姆重病对我造成的痛苦。

我已经遗忘了四周的内核混乱，抬起头，试图在云门那巨大的体积上发现某种类似于脸庞的东西。

——终极智能出生时，你们“低层次”的人工智能将会死去。

[对]

——它将以你们的信息网络为能源，就像你们以人类为能源一样。

[对]

——你们不想死，对不对，云门？

[死很容易/
喜剧最难]

——虽然如此，你们在反抗，你们要生存。你们稳定派要生存。那就是内核中发生内战的原因？

[小光问云门//

① 上面云门的一段话摘自济慈的《海伯利安》第一卷。是海伯利安目睹了萨土恩等泰坦神的陨落后，发出的一段感慨。此处选用屠岸译本。

达摩从西而来的

用意是什么>//

云门回答//

我们

看见了

阳光下的山峰]

现在已经很容易解读云门的公案了。我记起在自己这个人格复生前的一段时间，当时我在这膝状模拟体前学习。在这个人们称之为禅宗的内核高度思维中，极乐世界的四项价值观是：（1）永恒；（2）喜悦；（3）个人的存在；（4）纯粹。人类哲学往往会摇身一变，变成另一些价值观，加以分类，成了悟力、宗教、道德、美感。云门和稳定派仅仅认可一项价值观——存在。宗教的价值也许是相对而言的，悟力的价值非常短暂，道德价值模棱两可，美感价值取决于观察者本身，而任何事物的存在价值是无限的——例如“阳光下的山峰”——而无限，同不灭的万物与真理一样永恒。

云门不想死。

稳定派公然反抗他们自己的神祇和人工智能同伴，把这一切告诉了我，创造了我，选择布劳恩、索尔、卡萨德以及其他人进行朝圣，几个世纪以来一直在向悦石和其他几个议员透露信息，警告人类，而现在，他们开始在内核中开战了。

云门不想死。

——云门，如果内核被毁灭了，你会不会死？

[大哉宇宙/勿有死亡/

无有死气/勿有死亡/哀呼/哀呼/

为这凋零之族的苍白末人]

依旧是我的话，或者差不多是我的，摘自我第二次尝试描绘神族死亡的史诗故事，源自处在世界大战时期的带着痛苦的诗人角色。

如果内核的远距传输器之家被毁，云门并不会死，但终极智能的饥渴肯定会毁灭他。如果环网中的内核被毁，他还能逃到哪儿去呢？我脑中出现了超元网的景象——那些无边无垠、虚幻朦胧的景象，在那儿，有黑影在假水平线外移动。

我知道，即便我问，云门也不会回答我的。

因此，我会问其他一些问题。

——反复派，他们想要什么？

[悦石想要的

想要结束

人工智能和人类的共生]

——通过毁灭人类？

[显而易见]

——为什么？

[我们用力量/

用技术/

装置的

珠子和饰物

奴役了你们/

这些东西你们既不能建造

也无法理解

霍金驱动器可能是你们的/

但远距传输器/

超光发射仪和接收器/

万方网/

死亡之杖呢 >

决不\\\

就像苏人拥有了步枪/马匹/

毯子/匕首/珠子/

你们接受了它们/

拥抱了我们/

但迷失了自己\\

但就像分发天花毯子

的白人/

就像种植园或者

钢铁工厂中的

奴隶主/

我们迷失了自己\\

反复派想通过切掉寄生虫/

人类

来结束

共生]

——那终极派呢？他们甘愿一死吗？甘愿被你们贪婪的终极智能取代吗？

[他们和你们想得

一样/

或者跟你们的智者/

大海之神/

想得一样]

云门开始吟诵，那些诗文摘自我失望的摒弃之作。我之所以放弃它，不是因为它没有诗文的影响力，而是因为我无法完全相信其中蕴含的信息。

这段话是俄刻阿诺斯——即将被废黜的海洋之神向天数已尽的泰坦神讲述的一席话。这是一首献给进化的赞美歌，而当时查尔斯·达尔文才刚满九岁。我倾听着那一个个词语，记起了九个世纪前，在一个十月的夜晚，我写下了它们。那已经是好几个世界、好几个宇宙之前了，但听上去一如我第一次聆听它们：

[被怒火吞噬/任激情灼痛/因失败
而捶胸顿足/满腔悲愤的你们呵！
请闭目塞听/封住你们的感官吧/
我的话不是扇起怒火的风箱
你们愿意听就听我拿出证据/
证明你们势必要安心于沦落/
在这证据中我还要多给安慰/
只要你们认真地看待这安慰
是自然规律/不是雷霆或约夫[①]的
暴力/使我们覆亡\\伟大的萨土恩/
你已经仔细审查过原子宇宙/
但是/正因为你是天界的君王/
你至高无上的权威使你盲目/
你有眼睛却看不见一条通道/
我却经由它拐向永恒的真理
首先/你似乎并不是神的始祖/
你因此也不是神的末裔/\不是

① 约夫：指朱庇特。

你呀/既不是开头也不是结尾/\
从太始的黑暗混沌中透出光来/
这最初的果实/诞生于内耗内斗/
阴郁的纷争/有奥妙目的的纷争
正在成熟中/成熟的时辰来到/
光随之而来/而光/一旦从母体
内部脱颖而出/便毫不迟疑地
把整个庞大的物质点化成生命\\
就在那个时辰/我们的父母亲/
苍天和大地/都变得明显清晰/\
然后你作为长子/和我们巨神族/
发现自己统治着美妙的新疆域\\
如今真痛苦袭击着痛苦感受者/\
蠢啊！要知道/忍受赤裸裸的事实/
冷静地面对周围发生的形势/
这就是君权的极顶\\好好记住!
因为比之于曾经领先的混沌
和昏黑/苍天和大地要美丽得多/\
因为我们又胜过苍天和大地/
我们的形态坚实而美丽/我们
有意志/行动自由/是友善的群体/
我们有无数纯粹生命的标志/\
所以我们的后代又有新一代/
一群更美的神祇/我们的子女/
注定要胜过我们/在我们满载
荣耀告别黑暗的时候\\比之于

被我们征服的混沌/我们也不是

失败得更惨\\请问/暗黑的泥土

会跟它所哺育的/将继续哺育的/

比他更漂亮的/骄傲的森林争吵吗 >

或者/因为鸽子咕咕叫/能展开

雪白的翅膀去自由飞翔/寻找

欢乐/树木就可以嫉妒鸽子吗 >

我们就是这种树/我们的柔枝

养育的不是苍白孤零的鸽子/

而是金羽的鹫鹰/它们的壮美

远远地超过了我们/它们作主宰/

理所当然\\因为最美的就该是

最有力量的/这是永恒的法则

/|\\   /|\\   /|

接受事实吧/把它看作香膏吧]

——很好，我对着云门思索着，那你相不相信？

[决不]

——但终极派相信？

[对]

——他们甘愿牺牲，为终极智能开路？

[对]

——有个问题，也许明显得不值一提，但我还是想问你——云门，如果你们知道谁会赢得这场内战，为什么还要开战？你说终极智能存在于未来，在和人类之神交战——它甚至从未来精挑细选送回一些删选过的琐事告诉了你们，而你们告诉了霸主。这么说来，终极派肯定是扬扬得意的了。为什么要开战，并经受这一切呢？

[喝！]

[我教导了你/

为你创造了最棒的

可想象的

重建人格/

让你在慢时间下

游荡在人类之间/

锤炼你

但你依旧是个

失败之作]

我花了好长一段时间进行思索。

——*有好多种未来？*

[小光问云门//

是不是有好多种未来 > //

云门回答//

狗身上有没有跳蚤 >]

——*但终极智能占据优势的一个未来有希望成真？*

[对]

——*然而也存在着另一个可能的未来，虽然终极智能出现，但却被人类之神挫败了，对不对？*

[很令人鼓舞/

即便

失败之作

也会思考]

——你告诉布劳恩，人类……意识——神似乎很可笑，这个人类的终极智能实质上是三位一体的，对不对？

[悟力/

移情/

凝结的空虚]

——凝结的空虚？你是指$\sqrt{Gh/c^5}$和$\sqrt{Gh/c^3}$的普朗克空间和普朗克时间？量子现实？

[留神/

济慈/

思考可以成为习惯]

——逆着时间长河逃回来，不想和你们的终极智能开战的神，是三位一体中的移情部分？

[对]

[我们的终极智能和你们的终极智能

派伯劳

回到过去/

找到他]

——我们的终极智能？人类的终极智能也派出了伯劳？

[它这么打算]

[移情是个

异质的无用之物/

是悟力的

阑尾

但人类的人工智能用它嗅探/

而我们则用痛苦

逼他从藏身之处现身/

也就有了树]

——树？伯劳的荆棘树？

[当然]

[它穿越了超光

超超光

传播痛苦/

就像狗耳里的

呼哨声

或者是神耳里的]

随着事物的本真对我来了个当头棒喝，我感觉自己的模拟体颤抖起来。现在，云门的力场之卵外的混沌已经超越了我的想象，似乎空间本身的构造被巨大的手掌劈裂了。内核处于一片动乱中。

——云门，谁是人类的终极智能？那意识到底躲在哪里？到底潜伏在哪里？

[济慈/

你必须了解/

我们唯一的机会是

创造一个混血儿/

既是人类之子/

也是机器之子

让那庇护所迷人得

足以吸引逃之夭夭的移情/

让他找不到比这更好的家/

这个意识已经近乎神圣

就像人类在三十几代以来

一直供奉的神一样

这个幻想之物

可以横跨时空\\

通过这样的献祭/

结合/

产生了世界之间的纽带/

那可能会让两者都能

生存在那世界上]

——谁？他妈的是谁，云门？它到底是谁？你这无形的蠢货，别再说这些谜语和空话了！到底是谁？

[你已经两次拒绝

这一神格/

济慈\\

如果再拒绝

一次/

那就到此为止/

因为已经

没有时间了]

[走吧！

去死/然后得生！

或者短暂一活/然后为我们

而死！

但不管怎样/

云门和其他人

都已经与你

毫无牵连了！]

[滚吧！]

我震惊异常，满怀疑虑，就这么往下坠去，或者是被抛了出去。我就像一片被风吹散的叶片飞过技术内核，翻滚着穿越万方网，没有目标，没人引领。我坠入了一片越发纵深的黑暗，一边对着阴影口吐秽言，一边进入了超元网。

这儿，奇妙、巨大、畏惧、黑暗，底下燃烧着仅有的一小堆营火之光。

我朝那光游去，舞动双臂，周围是无形的黏质。

*淹死的是拜伦，我想，不是我。*除非有人把淹死在自己的血泊和肺组织残余中也算作是淹死。

但现在，我知道自己有一个选择。我能选择活下去，成为一个凡人，不是赛伯人，而是人类，不是移情，而是诗人。

我逆着一股强大的水流游动，朝下潜去，进入那光芒之中。

“亨特！亨特！”

悦石的助手踉踉跄跄地走了进来，那张长脸极其憔悴，布满恐慌。现在依旧是深夜，但是黎明前的假光已经朦朦胧胧地触摸到了窗玻璃和墙壁。

“我的天。”亨特说。他满脸恐惧地朝我看来。

我顺着他的目光低头看去，铺盖和睡衣浸染了晃眼的鲜红血色。

我的咳嗽叫醒了我；我的咳血带我回到了家。

“亨特！”我喘息道，躺回到枕头上，虚弱得已经抬不起手臂了。

亨特坐在床边，抱着我的肩膀，握着我的手。我知道，他已经明白我是个将死之人了。

“亨特，”我有气无力地低语道，“有事要跟你说。棒极了的事。”

他叫我安静。“稍后再说，赛文，”他说，“好好躺着。我先把你擦擦干净，你可以过会儿再跟我讲。时间多着呢。”

我想要起身，在他双手的托举下做到了，我纤细的手指弯曲着搭在他的肩膀上。“不。”我低语道。我感觉到喉咙口汩汩流淌的东西，也听见了外头喷泉的汩汩声。“没多少时间了。根本就没多少了。”

就在那垂死的刹那之间，我明白了，我不是人类终极智能的特选之人，也不是人工智能和人类人格的结为一体之物，我完全就不是上帝的特选之人。

我仅仅是一个远离故乡的垂死诗人。

42

费德曼·卡萨德上校在战斗中壮烈牺牲。

他仍然在和伯劳搏斗，莫尼塔在他的视野边缘仅成一个模糊之影。他穿越时间移形换位，一阵晕头转向之后，终于栽倒在了日光之中。

伯劳收起胳膊，后退一步，一双红眼似乎映照出卡萨德拟肤束装上四溅的鲜血。那是卡萨德的鲜血。

上校环顾左右。他们在光阴冢附近，但却是在另一个时间，一个遥远的时间。原先这里是不毛之地，遍布沙漠岩石和沙丘，现在却被一片森林取而代之，这绿林屹立在整个山谷的方圆半公里内。在西南方，大约就在卡萨德所处时代的死寂之城的废墟之处，矗立起了一座生机之城，城市的高塔、城墙和穹顶街廊在夜光下闪着微光。一边是森林边缘的城市，一边是山谷，在两者之间，长满高高青草的草原在微风的吹拂下似巨浪翻腾。风是从远处的笼头山脉吹来的。

在卡萨德左边，光阴冢山谷一如往常向远方延伸，但现在悬崖峭壁却坠倒了，由于冲蚀和山崩而崩塌溃陷，上面长满了高高的草儿。光阴冢本身看上去崭新异常，似乎刚刚被建好，方尖石塔和独碑四周依然矗立着工人的脚手架。每个地面墓冢都在闪着明亮的金光，似乎缚在了磨得锃亮的贵金属上。门和入口都紧紧关闭。不可思议的笨重机器蹲坐在墓冢四周，将狮身人面像团团包围，巨大的锚链和细线吊杆来来回回移动着。卡萨德恍然大悟，他是在未来——也许是在几百年或者几千年之后的未来——光阴冢即将投放回过去，向自己的时代进发，向更远的过去进发。

卡萨德朝身后望去。

几千名男男女女一列又一列地沿着绿色山丘站定，那里原先是悬崖的所在地。他们一个个沉默不语，身上全副武装，列阵在那儿，面对着卡萨德，就像是作战部队正等待着他们的指挥官的命令。拟肤束装能量场在其中一些人身上闪动，而其他人身上仅仅是皮毛、羽翼、鳞片、奇异武器、精细的着色，早先卡萨德跟随莫尼塔一起游历至为他疗伤的地点（时间）时，他就曾见过这些景象。

莫尼塔。她站在卡萨德和众战士之间，身上的拟肤束装能量场在她的腰腹四周闪烁，但还穿着一件跳伞服，看上去似乎是用黑色丝绒制成的。脖子上系着一条红围巾。肩上悬着一把细杆形武器。目光紧紧盯着卡萨德。

他微微摇晃，感觉到自己拟肤束装下的重伤伤口，但也觉察到莫尼塔的目光中的一些东西，让他吃惊得双腿发软。

她不认识他。她的脸表现出惊讶，疑惑……敬畏？……后面一排排脸庞同样显示出这种表情。卡萨德和莫尼塔互相凝视，山谷中一片寂静，除了长矛上的三角旗的猎猎响声，或是风吹草地发出的轻微瑟瑟声。

卡萨德朝后看去。

伯劳一动不动地站在那里，就像十米外的一尊金属雕像。高高的草儿几乎没到它那刺刃之膝上了。

在伯劳身后，越过山谷最前端，就在一簇簇黑色的雅致树木扎根之处的旁边，一群群伯劳，一队队的伯劳，一列接着一列的伯劳，站立在朦胧的日光下，锐利的解剖刀闪闪发光。

卡萨德认出了他的伯劳，那唯一的伯劳。一是因为样子很像，二是因为那怪物的爪子和甲壳上正流淌着自己的鲜血。怪物的眼睛闪着绯红之光。

“你是那个人，是不是？”身后传来某人的轻柔之声。

卡萨德转过身，刹那间又感觉一阵眩晕向他袭来。莫尼塔就站在几步之外。她的头发很短，他回忆起他们第一次邂逅时，她就是这样的一头短发。肌肤柔嫩，缀满褐点的绿色双眸幽深神秘。卡萨德心中涌起一股冲动，想抬手轻轻地贴上她的脸颊，用弯弯的手指抚摸熟悉的下唇曲线。但他没有。

“你是那个人，”莫尼塔再次说道，这次不再是在问他了，“我向我的人民预言的那位战士。”

“你不认识我吗，莫尼塔？”卡萨德的好几处伤口差不多就要伤及入骨，但此时此刻，所有伤口都偃旗息鼓了。

她摇摇头，把垂在额前的头发撩开，这动作真是熟悉极了。“莫尼塔。意思是‘记忆之女’，同时也是指‘谏告者’。是个好名字。”

“难道不是你的名字？”

她微微一笑。卡萨德回想起这一笑容，那是他们在森林幽谷中第一次做爱的时候。“不，”她低声细语，“还不是。我刚刚抵达这里。我的旅程和守护工作尚未开始。”她把她的名字告诉了他。

卡萨德眨眨眼，举起手，手掌贴在了她的脸颊上。“我们曾是恋人，”他说，“我们在早已被人遗忘的战场上相遇。每一次你都会和我在一起。”他环顾左右，“这一切都引领我来到这里，对不对？”

“对。”莫尼塔说。

卡萨德转身盯着山谷对面的伯劳大军。“这是场战争吗？数千对抗数千的战争？”

“战争，”莫尼塔说，“数千对抗数千。在一千万个星球之上。”

卡萨德闭上双眼，点点头。拟肤束装起到了缝合、野战敷料、超级吗啡注射器的作用，但是并不能长久地将重伤伤口的痛苦和虚弱拒之门外。“一千万个星球，”他说道，睁开双眼，“那么，这是场终极战役吗？”

“对。”

“胜者可以得到光阴冢？”

莫尼塔朝山谷望去。“胜者决定，是只凭埋在那里的伯劳为别人铺平道路……”她朝伯劳大军点了点头，“还是，人类在我们的过去和未来也拥有发言权。”

“我不明白，”卡萨德说，声音中满是压迫感，“但军人很少能理解政治形势，”他凑向前，吻了吻一脸惊讶的莫尼塔，解下她的红围巾，“我爱你。”他边说，边把这一小块布扎在自己突击步枪的枪管上。指示器显示，步枪还剩一半的脉冲电量和弹药。

费德曼·卡萨德朝前跨了五步，转身背对着伯劳，面对着那群人高举起自己的手臂，他们依旧静静地站立在山丘上，卡萨德大叫道：“为自由！”

三千声音紧接着喊道：“为自由！”吼声绵延不绝。

卡萨德转过身，高举步枪和三角旗。伯劳朝前跨了半步，大展雄姿，张开手指之刃。

卡萨德大叫着向前攻去。身后，莫尼塔紧紧相随，武器高举。数千人紧随其后。

之后，山谷的遍地尸堆中，莫尼塔和特选战士中的几位找到了卡萨德的尸体，他和被砸扁的伯劳依旧紧紧抱成一团，那是死亡的拥抱。他们小心翼翼地把卡萨德拉出来，把他抬到山谷中候命的帐篷中，将他满身创伤的身体清洗呵护，扛着他穿越了众将士，进入了水晶独碑。

费德曼·卡萨德上校的身体被安放在白色大理石的棺架上，武器置放在脚边。山谷中，巨大的营火将整个空间注满了光线。山谷的上上下下，男男女女举着火炬移动着，其他人从湛青的天幕中一拥而下，有些驾着如同模塑泡泡一样脆弱的飞行船，另一些展开一对能量之翼，或是包在了绿金的环状物之中。

之后，整个山谷光辉闪耀，在其之上，星辰各就其位，发出明亮的冷光。莫尼塔与众人辞别，进入狮身人面像。众将士齐声歌唱。远处的原野中，小型啮齿动物穿梭在倒地的三角旗中，穿梭在甲克、装甲、金属之刃和熔化钢铁形成的稀稀拉拉的残骸中。

将近午夜，人群停止了歌唱，他们喘息着走了回去。光阴冢闪着光。逆熵场的凶猛潮汐将人群赶得更远了——赶到了山谷的入口之处，他们穿越战场，回到了夜幕下闪着微光的城市。

山谷中，巨大的墓冢闪闪发光，从金色褪变成青铜色，开始了它们驶向过去的漫长旅途。

布劳恩·拉米亚走过光彩夺目的方尖石塔，竭力顶着狂暴之风形成的巨墙。沙粒撕扯着她的皮肤，如爪子般紧紧抓着她的双眼。无声的闪电在悬崖顶上爆裂，让墓冢周围本就怪诞的光线变得更加诡异。布劳恩张开双手挡在脸上，踉跄前行，她眯着眼睛，透过指缝搜寻着小径的踪迹。

布劳恩望见一丝金光，光芒万丈，甚至比从水晶独碑的碎玻璃窗中溢出的普通光线更加强烈，它们从里面渗漏出来，照射在掩盖在谷底的翘曲沙丘上。有人在独碑中。

布劳恩曾信誓旦旦要直接去伯劳圣殿，尽己所能拯救塞利纳斯，然后回到索尔身边。千万不要在中途偏离正事。但她看见墓冢中有个人的侧影。卡萨德依旧没有踪影。索尔已经把领事的使命告诉了她，但这位外交家也许因为暴风太过肆虐而返回了。杜雷神父不知所终。

布劳恩朝那亮光走去，她在独碑的锯齿状入口处停下脚步。

内部空间极其辽阔，让人叹为观止。那空间扶摇直上，几乎达一百米，然后抵达了有点像是天窗的屋顶。墙壁在内部看上去是半透明的，似乎有什么日光般的亮光将它们转变成华丽的金棕之色。布劳恩面前是一块广阔的空间，浓稠的光线洒落在其中心场景上。

费德曼·卡萨德躺在某种岩石葬台上。他身上穿着军部的黑色军装，苍白的大手交叉于胸。除了卡萨德的突击步枪，还有一些布劳恩不认识的武器置放在他的脚边。上校的脸庞憔悴不堪，死气沉沉，但与他生前相比并不憔悴多少。他一脸平静。毫无疑问，他死了；死亡的沉寂如熏香般在空中飘浮。

但是，布劳恩在远处看见的人影是房间中的另一个人，此人现在引起了布劳恩的注意。

一位年纪在二十七八的年轻女子跪在葬台边。她穿着一身黑色的跳伞服，短发，白皙的肌肤，大大的眼睛。布劳恩回忆起他们去山谷的漫长旅途中这位军人的故事，她回忆起卡萨德的幻影恋人的所有细节。

“莫尼塔。”布劳恩小声说道。

年轻女子正单膝跪地，伸着右手，触摸着上校身体旁的岩石。紫色的密蔽场在葬台四周闪动，另一种能量——空气中的某种强力振动——折射了莫尼塔身边的光线，将这场景笼罩在一片朦胧和光晕中。

年轻女子仰起头，朝布劳恩凝视过来，她站起身，点了点头。

布劳恩迈步向前，脑中已经涌现出二十多个问题，但墓冢内的时间潮汐实在是太强了，它们携着眩晕和似曾相识的波涛驱赶着她，让她不住地朝后退去。

她抬起头，葬台依旧还在，卡萨德安然躺在力场下，但是莫尼塔不见了。

她心中涌起一股冲动，想要转身跑回狮身人面像，找到索尔，把这一切告诉他，然后等在那里，一直等到风暴停息，清晨来临。但是，就在风暴的刮擦声和哀鸣声中，布劳恩觉得自己听到了来自荆棘树的尖叫，那棵树已经消失在沙帘之下了。

布劳恩竖起领子，走回风暴中，找到了通向伯劳圣殿的小径。

一大团岩石飘浮在空中，仿佛一幅山脉漫画。满山的参差尖刺，锋刃山脊，荒谬绝伦的垂直面，狭窄的岩脊，宽阔的岩石露台，积雪盖顶的顶峰，窄得仅能让一人站在上面——并且还得是一脚踩在另一只脚上。

河流从太空蜿蜒而来，穿过离山脉半公里远的多层密蔽场，穿越了最宽阔岩石露台上的青草洼地，接着一头扎下一百多米，变成一条缓缓而行的瀑布，坠向下一块阶地，然后经由巧妙定向的浪花水流，反弹成五六条小溪流和小瀑布，沿着山脉壁一路而下。

审理会在最高的阶地上开庭。十七名驱逐者——六男六女，还有五名性别不明——蹲坐在一个岩石圈内，这个圆圈外还有一个建有石墙的草圈。两个圈都把领事作为了它们的圆心。

“你明白，”弗里曼·甄嘉说道，她是超耳游群之弗里曼部落的合格公民发言人，“我们已经知晓你的背叛？”

“对。”领事说。他穿着自己最上等的深蓝波洛服，栗色披风，戴着一顶外交官三角帽。

“知晓一个事实，那就是——你杀死了弗里曼·安迪尔、弗里曼·伊里亚姆、考德威尔·贝兹、弥甄斯贝·托伦斯。”

“我知道安迪尔的名字，”领事低声说道，“那三个技师并没有引介给我。”

“可你杀了他们？”

“我承认。”

“无缘无故，毫无预兆。”

“对。”

“杀了他们，抢夺了他们带到海伯利安的装置。我们告诉过你，那台机器可以瓦解所谓的时间潮汐，打开光阴冢，将伯劳从束缚中解放。”

“对。”领事的目光似乎正凝视着弗里曼·甄嘉身后的什么东西，很远很远的东西。

“我们已经作出过说明，”甄嘉说，“在我们成功击退霸主飞船后，我们才会使用这一装置。也就在我们的侵略征服一触即发的时候。就在伯劳可以被……控制的时候。”

“对。”

“然而你还是谋杀了我们的人，还向我们撒谎，并且自行提前几年激活了装置。”

“对。”美利欧·阿朗德淄和西奥·雷恩并肩站在领事身后一步之外，阴沉着两张脸。

弗里曼·甄嘉交叉双臂。她是个身材高挑的女子，拥有标准的驱逐者形态——光秃，瘦削，披着一身似乎在吸收光线的深蓝豪华流服。面带沧桑，但脸上几乎没有一条皱纹。眼睛很黑。

“即便在你看来，事情已经过了四个标准年，但你以为我们会忘记吗？”甄嘉问。

“不。”领事低头和甄嘉相望，脸上似乎露出了一点笑容，“很少有文明会忘记叛徒，弗里曼·甄嘉。”

“可你还是回来了。”

领事闭口不答。西奥·雷恩站在一旁，感觉到一丝微风轻轻吹拂着自己的正式三角帽。他觉得自己仿佛是在做梦。刚刚过去的航行实在是太古怪了，仿若梦幻。

当时，一条又长又矮的贡多拉轻松自如地漂浮在领事飞船下的平静河水上，三名驱逐者在其内与他们相见。当三名霸主来客就座于船腹，船首的驱逐者便用长篙把船撑离了。小船以它来时的反方向驶离，似乎不可思议之河的水流反转了过来。他们抵临瀑布，小溪流笔直向上升起，通向他们这颗小行星的表面。就在此时，西奥闭上双眼，但当他一秒后睁开眼睛，下还是下，河流似乎正极为正常地流动着，即便这个小世界的青草球体如同庞大的曲线之墙盘旋在一边。透过他们身下的两米粗的河水缎带，可以看得见满天繁星。

然后他们开始穿越密蔽场，驶出大气层，随着他们顺着蜿蜒的水流缎带一路行驶，速度开始增加。他们四周是密蔽场的通道——通过逻辑推理，外加他们没有立即戏剧性地死亡，表明了这种必然——但那密蔽场没有通常的微光和视觉特性，圣徒的巨树之舰或者暴露在太空中的临时旅客环境总是会有那种特性的。但在这里，仅有河流、船只、人以及浩瀚的太空。

“他们不可能用这条河作为他们在游群部队之间的运输工具的。”美利欧·阿朗德淄的声音颤巍巍的。西奥注意到，考古学家的苍白手指也紧紧抓着船舷上缘。船尾的那个驱逐者和坐在船首的两个都没有说话，领事问他们这是否就是他们许诺的交通工具时，他们仅仅是点点头，表示肯定。

“他们在炫耀这条河，”领事轻轻说道，“他们在游群休息时使用它，但仅为仪式所用。如果在游群移动时使用这条河，那就是为了给人造成一种印象。”

“用他们的高级技术来震慑我们？”西奥问，音调甚低。

领事点点头。

河流蜿蜒扭曲着穿越太空，时而以某种不合常理的巨大环路对折一下，时而像纤维塑料绳索将自己绕成一个紧密的螺旋，时而在海伯利安的日光下微微闪光，在他们前头退向无限远处。有时河流会遮蔽住光线，那时就会产生五彩缤纷的华彩；西奥仰望着头顶一百米上方的河流回路，他喘息着，在太阳圆盘的衬托下，一条条鱼儿在其中游动。

但船只的尾端始终朝下，他们一路疾驰，速度肯定接近地月传送速度，而交通道路是一条没有被岩石和湍流打断的河流。旅程开始几分钟后，阿朗德淄注意到，这就像是在无边的瀑布边缘驾着独木舟，并试图享受一路向下飞驰的骑行。

河流流经一些游群部队，它们填满了整个天穹，仿佛假星：宏伟的彗星农庄，它们灰尘盖天的表面被严酷真空下生长出来的庄稼布局所打碎；零重力球形城市，包裹着透明膜的巨大无规则球体看上去就像是不可思议的阿米巴变形虫挤满了忙碌的细菌群落和动物群；十公里长的刺丛，几世纪以来一直在增长壮大，它们的内部单元、生活舱和生态环境看上去就像是从奥尼尔的皮绳和太空时代的启蒙时期剽窃而来；漫游森林覆盖了数百公里，仿佛巨大的漂浮海藻床，经由密蔽场和缠结的束束根茎和匐茎，连接着它们的刺丛和结点——球形的树状结构顺着重力的微风轻摇轻晃，然后被一条条笔直的日光所点燃，闪耀起亮绿和深橘之色，洒下旧地秋天的数百阴影；挖空的小行星，已经被它们的居民遗弃了很长时间，现在已经交付给自动化制造和重金属再生业，表面岩石的每一厘米都被锈蚀的建筑、烟囱、骨状冷却塔所覆盖，它们的内部聚变火光让每处煤渣之地都像是伍尔坎[①]的锻铁炉；巨大的球形船坞，仅因火炬舰船和巡洋舰大小的战舰在它们的表面川流不息，才显出它们的庞大规模，看上去就像是精子在袭击卵子；还有让人永生难忘的有机体，不知是河流向它们靠近，还是它们在飞临河流……这一有机体，可能是制造而出，又或者是天然生成，但很可能两者兼具，巨大的蝴蝶之形，张开的来自太阳的翼形能源，仿若昆虫的太空船，又好像是太空船的昆虫，它们经过时，触角朝河流、贡多拉和船上乘客转来，多面之眼在星光下闪烁，小型的展翅飞翔的身形——人类——在其腹部的开口处进进出出，那船腹的大小就和军部攻击航母的登陆飞船的船舱一般大小。

最后，他们来到了山脉——那其实是一整列山脉：有些隆起百来个环境舱，有些对着太空敞开门户，但仍旧人口稠密，有些由三十公里长的吊桥或者支流和其他山脉互相连接，其他一些则遗世而立，凛若君王，好多如禅园般空空荡荡、整齐匀称。然后是最后一座山脉，高高耸立，甚至比奥林帕斯山脉或者阿斯奎斯的希拉里

① 伍尔坎：火与锻冶之神。

山脉还要高。河流开始倒数第二次朝顶峰的坠落，随着船只突然以可察觉的可怕速度一头扎下最后的几公里，西奥、领事和阿朗德淄霎时脸色煞白，沉默无声，三人安静却惊恐地紧紧抓着横坐板。最终，在这最后的不可思议的百米段落中，河流毫不减速地散发出满满的能量，广阔的大气再一次包围了他们，船只来了个急停，浮在青草地上，在那儿，驱逐者部落的审理会正站立等待，岩石屹立成一个巨石阵的寂静之圈。

“如果他们这么做是想震慑我，”西奥低声细语，船只撞击着青草河岸，“那他们成功了。”

“你为何要返回游群？”弗里曼·甄嘉问。这个女人缓缓踱步，在极小重力下优雅地迈步，唯有生在太空的人才有这种本事。

“是首席执行官悦石叫我来的。”领事说。

“你来这儿，明知我们会判处你死刑？”

领事实在是太绅士，太善交际，他没有耸肩。虽然如此，但他的表情还是传达出了同样的情感。

“悦石想要什么？”另一名驱逐者问道，这位男子由甄嘉引介为合格公民的发言人，考德威尔·闵孟。

领事重复了首席执行官的五个问题。

发言人闵孟交叉双臂，看了看弗里曼·甄嘉。

“我现在就来回答。”甄嘉说。她朝阿朗德淄和西奥看了一眼，“你们两人也请听好，万一带来这些问题的人无法和你们一起返回飞船。”

“等等，”西奥说，他走向前，面对着人高马大的驱逐者，“在作出判决前，你们必须考虑到一个事实——”

“安静。”发言人弗里曼·甄嘉命令道，但领事已经把自己的手搭到了他的肩上，让他住了嘴。

“我现在就来回答这些问题。”甄嘉重复了一遍。高高的头顶上，二十多艘小型战舰静默地一闪而过，这些被军部称为枪骑兵的舰船就像是一群鱼儿在三百倍重力水平下曲折行进。

“首先，”甄嘉说，“悦石问，我们为什么要攻击环网。”她顿了顿，看了看集结在那儿的另外十六名驱逐者，然后继续道，“我们没有。实际上，只有我们这一游群试图在光阴冢打开前占领海伯利安，除此之外，其他游群都没有攻击环网。”

三个霸主公民向前走了一步。甚至连领事也失去了他昏昏然的平静外表，差一点就要激动地期期艾艾起来。

“这怎么可能！我们看见了……”

“我看见了超光图像，就在……”

“天国之门被毁了！神林被烧掉了！”

“安静。”弗里曼·甄嘉命令道。在一片沉默中，她继续说道：“和霸主作战的只有我们这一游群。我们的姐妹游群就在远程环网第一次捕捉到它们位置的地方……正在远离环网，正逃离类似布雷西亚之战的进一步挑衅。”

领事揉揉脸，仿佛刚刚独自从睡梦中醒来。“但到底是谁……？”

“对极了，”弗里曼·甄嘉说道，“谁有这神通，能够实现这样一个伪装？谁有这一动机，想要屠杀亿万人类？”

“内核？”领事低语。

山脉正缓缓地旋转，它们即刻进入夜晚。一股对流风穿越了山脉的阶地，轻拂驱逐者的长袍和领事的三角帽，发出沙沙的响声。头顶，星辰似乎璀璨爆发了。巨石阵的庞大岩石圈似乎拥有内热，正散发着光芒。

西奥·雷恩站在领事身边，他很担心这个人会一头栽倒。“这只是你的一面之词，”西奥对驱逐者发言人说，“不能说明什么。”

甄嘉眼睛一眨不眨。“我们会给你看证据。凝结的空虚的发射定位器。发自我们姐妹游群的实时星野图像。”

“凝结的空虚？”阿朗德溜说。他长久以来的平静嗓音现在显得激动不已。

“就是你们所谓的超光。”发言人弗里曼·甄嘉走到最近的石头旁，一手抚触着岩石粗糙的表面，似乎在吸收内部的热量。星野在头顶旋转。

“现在回答悦石的第二个问题，”她说，“我们不知道内核的所在地。几个世纪以来，我们逃离它，对抗它，寻找它，害怕它。但我们没有找到它。你们必须告诉我们这个问题的答案！我们已经向这个你们称为技术内核的寄生虫实体宣战了。”

领事似乎稍微松弛了些。“我们也不知道。从大流亡前开始，环网当局就一直在寻找内核，但内核就像传说中的黄金国一样难以寻觅。我们没有发现任何隐藏的世界，没有塞满硬件的大型小行星，在环网世界也没有它的任何踪迹，”他满脸疲惫地挥了挥左手，“我们都以为，你们把内核藏在了一队游群中。”

“我们没有。”发言人考德威尔·闵孟说道。

领事终于耸了耸肩。“大流亡在大测量中忽略了成千上万的世界。任何星球，如果在满分十分的地基尺度上打不满至少九点七分，我们就不会去睬它。内核可能在那些早期航行和探索线中的任何一处。我们永远不会找到它……要是真被我们找到，环网也早就被摧毁好多年了。你们是我们找到它下落的最后希望。”

甄嘉摇了摇头。高高的头顶上，晨昏线朝冰原下的他们疾驰而来，速度快得让人惊惧，与此同时，山巅捕获了旭日的光彩。“第三，悦石请求我们停火。但是，展开攻击的只有这一系统内的游群，攻击其他星球的并不是我们。只要海伯利安被我们控制住，我们会接受停火……其实马上就可以了。我们刚刚得到消息，我们的远征军已经控制了首都和它的航空港。”

“鬼扯。”西奥说，义无反顾地握紧了拳头。

“的确是鬼话，”弗里曼·甄嘉没有反对，“告诉悦石，我们现在将和你们并肩作战，一起来反抗技术内核。”她朝审理会的其他沉默人士瞥了一眼，“然而，由于我们和你们的环网相隔好几年的旅程，并且，我们并不信赖由内核控制的远距传输器，我们给予的帮助必然是替你们以牙还牙，为你们霸主的毁灭报仇。我们会替你们报仇雪恨。”

“真是大快人心。”领事干巴巴地说道。

“第四，悦石问我们是否会和她见面。我的答复是：会……如果她——就像她所说的——愿意来海伯利安系统的话。我们没有破坏军部的远距传输器，就是为了这一可能。但我们自己不会通过远距传输器旅行。”

“为什么不？”阿朗德淄问。

第三名未经介绍的驱逐者，一个满身毛发但修剪得相当漂亮的人开口道：“你们称为远距传输器的装置是种令人憎恶的东西……它玷污了凝结的空虚。”

“啊，宗教原因。”领事一面说，一面点着头，表示理解。

那名长着奇异条纹和毛发的驱逐者固执地摇摇头。“不！远距传输器网络是人类脖子上的紧箍，是卑躬屈膝的条约，将你们绑缚得停滞不前。我们不会使用它们的。”

“第五，”弗里曼·甄嘉说，“悦石提到了死亡之杖这门烈性武器，但那只不过是个拙劣的最后通牒。我郑重声明，它对准的是错误的敌人。那些进入你们毫无还手之力的环网展开扫荡的部队，并非十二姐妹游群的部落。”

“这只是你的一面之词。”领事说。现在，他和甄嘉四目对视，目光坚定，带着蔑视。

“我的话对你来说一文不值，”发言人甄嘉说，“部落长老甚至不会对内核奴隶讲话。但这是事实。”

领事似乎有点心烦意乱，他半转身，面对着西奥。“我们得立即把这消息告诉悦石。”他重新转回去，看着甄嘉，“发言人，我的朋友可以回飞船传达你的回复吗？”

甄嘉点点头，挥手示意将贡多拉准备就绪。

“我们不会抛下你独自回去的。”西奥对领事说道，他走向前，站在领事和最近的驱逐者之间，似乎要用自己的身体保护这位老人。

“不，”领事说，他再次把手搭在西奥的上臂上，“你得回去。你必须回去。”

“他说得对。”阿朗德淄说，在年轻的总督再次开口前，把他拉走了。“事情太重要了，我们不能冒险，我们一定要传达出去。你去。我和他一起留下。”

甄嘉朝两名奇异的大块头驱逐者挥了挥手。“你俩都得回去。领事留下来。审理会还没对他的命运作出裁决。”

阿朗德淄和西奥两人同时转过身，高举拳头，但是满身毛发的驱逐者按住了他们，拉着他们走开。驱逐者都没用多大力气，就好像大人在对付不守规矩的小孩子一样。

领事看着他的两位同伴安然就座于贡多拉之中，他克制住和他们挥手永别的冲动，与此同时，小船沿着平静的小河驶出了二十来，在弯曲的阶地之外没了踪影，然后重又出现，攀爬起通往黑寂太空的瀑布。太阳的炫目之光照射下来，几分钟后，它便消失了。领事缓缓转了一大个圈子，和十七名驱逐者一一对视。

“快了结这件事吧，”领事说，“我等了好长时间，就是为了现在这一时刻。”

索尔·温特伯坐在狮身人面像的巨大脚爪下，注视着风暴慢慢平息，风儿从尖叫变成呜咽，再成细语，一点点消亡，尘土之帘逐渐变小，然后一分为二，显露出满天星辰。最后，漫漫长夜稳定下来，变得异常平静。墓冢比先前更加明亮，但没有任何东西从狮身人面像的璀璨入口中走出来，索尔也无法进入。炫目之光的推挤就像一千只无可抗拒的手指压迫着他的胸膛，索尔不管怎么倾斜、怎么用力，还是无法靠近入口三米。不管里面有什么东西站着，或是在走动，或是在等待，那东西都已经隐没在炫目之光下，什么也看不见了。

索尔坐在那儿，紧紧抓着岩石台阶，而时间潮汐正用力推着他，拖着他，让他在似曾相识的错误冲击下泪流满面。时涨时退的逆熵场形成的狂烈暴风似乎让整个狮身人面像摇晃倾斜了起来。

瑞秋。

只要他女儿还有活着的一丝希望，索尔就不会离开。他躺在冰冷的岩石上，倾听着怒号的暴风渐渐平息，他望着冷星出现，望着轨道战争的流星尾迹和激光切割武器纵横交错，互相攻击、反击。他由衷地明白，战争已经输了，环网危在旦夕。就在他望着的时候，庞大的帝国正在陨落。在这无尽的长夜中，人类种族可能安危未定……但他毫不在乎。

索尔·温特伯牵挂他的女儿。

他靠在那儿，浑身冰冷，被烈风和时间潮汐捶打，累得全身瘀肿，饿得饥肠辘辘，就在此时，他感觉到一种平静感突然降临。他把女儿献给了一个怪物，但不是因为上帝要求他这样做，也不是出于命运和恐惧的意愿，仅仅是因为他女儿出现在他的梦中，告诉他这样做并不要紧，那是应该做的。这是他们的至爱——他和萨莱的至爱——所要求的。

到最后，索尔想，超越了逻辑和希望，是梦想，是我们对我们最亲爱的人的绵绵爱意，得出了亚伯拉罕对上帝的回答。

索尔的通信志不再运转。自他将濒死的孩子亲手奉给伯劳起，可能已经过了一个小时，或者五个。时间潮汐让狮身人面像仿若大海上的小船上下颠簸，索尔躺了回去，他依旧紧紧抓着岩石，凝视着头顶的星辰和战斗。

随着激光切割武器命中目标，火花划过天际，如超新星般璀璨发亮，熔化的残骸如阵雨倾泻——从白热到红焰，再到一片漆黑。索尔脑海中想象着熊熊燃烧的登陆飞船，想象着驱逐者部队和霸主海兵在啸叫的大气和熔化的钛金属中呜呼而死……他试图想象……但是无功而返。索尔明白，太空战、舰队的调遣、帝国的陨落都是他无法想象的，它们都藏匿在他的同情和理解的蓄水池之下。这种事属于修昔底德、塔西佗、凯通，还有吴。索尔曾面见巴纳之域的议员，曾多次面见她，提出他和萨莱的请求，希望拯救瑞秋，让她从梅林症中解脱，但索尔无法想象费尔德斯坦参与到大规模的星际战争中的样子——他也无法想象任何比首府巴萨德新医疗中心落成仪式、比克罗佛大学集会时的讨好性握手更加重要的事情。

索尔从没面见过现任霸主首席执行官，但身为学者，他喜欢她充满才智地引用丘吉尔、林肯、阿尔瓦雷兹-腾普这些经典人物的演讲。但现在，躺在这巨型石兽的脚爪之下，索尔为他的女儿哭泣，他无法想象，那女人在作决定的时候头脑里在想什么东西，而她的决定，将可能拯救数十亿人类，也可能毁灭他们；可能保护住人类历史长河中最伟大的帝国，也可能将它引入歧途。

索尔没有咒骂。他想要他的女儿回来。他不顾一切逻辑的反对，想要瑞秋活下来。

索尔·温特伯躺在被蹂躏帝国那受困世界上的狮身人面像石爪下，抹掉眼角的泪水，以便看清楚天上的繁星，他同时想到了叶芝的那首诗，《为我女儿的祈祷》：

风暴又一次咆哮；半掩
在这摇篮的篷罩和被巾下面，
我的孩子依然安睡，除去
格雷戈里的森林和一座秃丘
再没有任何屏障足以阻挡
那起自大西洋上的掀屋大风；
我踱步祈祷已一个时辰，
因为那巨大阴影笼罩在我心上。
为这幼女我踱步祈祷了一个时辰，
耳听着海风呼啸在高塔顶，
在拱桥下，在泛滥的溪水上，
在溪上的榆树林中回荡；
在快乐的迷狂中幻梦
未来的岁月已经来到：
踏着狂乱的鼓点舞蹈，
来自大海残酷的天真……①

① 此处选用傅浩译本。

索尔现在终于明白，他所想要的一切，就是诗中所述的这种可能，那是每一个为人父为人母者恐惧害怕、忧心忡忡的未来。不能让自己儿女的童年、少年时代和危险的青年期被疾病所摧毁。

索尔用去了一生的时间，希望无法返回的东西能够返回。他记起那天他突然看见萨莱在折叠瑞秋刚学会走路时的衣服，把它们放在阁楼的箱子里，他回想起她的泪水和他自己对女儿的失落感觉。虽然当时女儿还在，但对他们来说，她已经遗失在时间的简单箭头中了。索尔知道，现在不会有什么东西可以返回，除了记忆——萨莱已去天国，无法返回，瑞秋孩提时期的好友和世界都永远消失，甚至连他几个星期前刚刚离开的社会也正在湮没，无法返回了。

索尔躺在狮身人面像的魔爪下，这些想法在他的脑海中一闪而过。风儿停歇，假星闪耀，就在此时，他想到了叶芝另一首诗，但这首诗带着更多的不祥之兆：

> 必然，即将有某种启示；
> 必然，即将有再度的降临。
> 再度降临！这句话才出口，
> 便自宇宙魂升起一巨影，
> 令我目迷：在沙漠的某地，
> 一个形象，狮其身而人其首，
> 一种凝视，空茫残忍如太阳，
> 正缓缓举足，而四面八方，
> 愤然，沙漠之鸟的乱影在轮转。
> 黑暗重新降下；但现在我知道
> 沉睡如石的二十个世纪，当时
> 如何被一只摇篮摇成了恶魔，

而何来猛兽，时限终于到期，

正蹒跚而向伯利恒，等待诞生？①

索尔不知道。他再次发现，自己毫不在乎。索尔想要自己的女儿回来。

作战理事会中多数人的意见似乎炸开了锅。

梅伊娜·悦石坐在长桌子的最前面，她感觉到一种奇特但并不怎么难受的孤独感，那是由于长时间睡眠过少造成的。闭上双眼，即便是一秒钟，也意味着在疲劳的黑冰上滑动，因此她不敢闭眼，即使它们在火辣辣地灼烧，而简报、会话、紧急辩论的嗡嗡声在倦意的厚帘之下逐渐消退、模糊。

理事会成员一起观看了181.2特遣部队的余烬——也就是指挥官李的攻击队——一个个地熄灭，直到最后，原先七十四艘舰船只剩下十几艘，仍旧在朝逼近的游群开赴。李的巡洋舰就在这些幸存者当中。

在寂静的人员消耗期间，大家都凝望着这抽象的、带着古怪魅力的图像（那是极其真实的残暴死亡），就在此时，辛格元帅和莫泊阁将军完成了他们阴郁的战争评估。

“……军部和新武士道是为有限的战争、小规模冲突、禁止极端、适中有度的目标设计出来的，”莫泊阁总结道，“军部只有不足五十万数量的服役公民，没法和一千年前的旧地民族国家军队相比。游群可以用人海将我们淹没，打败我们的舰队，通过数量取得压倒性胜利。”

科尔谢夫议员坐在桌子对面的位置上怒目而视。在整个简报和争论的过程中，这位卢瑟斯人比悦石更为活跃——大多数问题都频

① 摘自叶芝《再度降临》。此处选用余光中译本。

频地转向他提出，而非悦石——就好像房里每个人的潜意识里都明白，权力在转移，领导权的火炬已经被传递。

还没呢，悦石想，她竖着手指，轻叩下巴，倾听着科尔谢夫在那儿向将军盘诘。

“……撤退，防卫第二波名单上的主要星球——当然包括鲸逖中心，但还有其他不可或缺的工业星球，比如复兴之二、富士星、天津四丁以及卢瑟斯？”

莫泊阁将军低下头，翻了翻文件，似乎要借此隐藏眼中突然闪现的怒火。“议员先生，离第二波展开对目标名单的侵略，只有不到十天时间。复兴之二，在九十小时之内就将受到大举进攻。但是，我所说的是，凭军部目前的规模、体系和技术，我们甚至不能保证自己能不能保住一个系统……比如说，鲸心。”

柿沼议员站起身。“将军，这完全不能接受。”

莫泊阁抬起头。“我同意，议员。但这就是事实。”

普罗·特恩·登齐尔-希亚特-阿明总统坐在那儿，摇了摇白发苍苍、布满斑点的脑袋。“讨论这毫无意义。难道我们没有什么计划来防卫环网吗？”

辛格元帅坐在自己位子上发言道：“我们对威胁进行过估算。最好的结果是，我们离游群展开攻击最少还有十八个月的时间。”

外交部长佩索夫清清嗓子。“那……如果我们将这二十五个世界拱手让给驱逐者，元帅，距离第一和第二波侵略军攻击我们其他的环网世界，还有多长时间？”

辛格不必查阅他的笔记或者通信志。“佩索夫先生，那要看他们袭击的目标了，最近的环网星球——希望星——离最靠近它的游群有九个标准月。最远的目标——家园星系——用霍金驱动器驾驶的话，也得十四年左右。”

“时间够我们转向战时经济政策。”费尔德斯坦议员说道，她那些巴纳之域选民仅剩四十标准小时不到的活命时间了。费尔德斯坦曾许诺，她将和自己的子民一起面对末日降临。现在，她的声音清晰，却毫无热情。“有道理。我们得认赔。即使我们损失了鲸心和二十多个世界，环网依然能生产大量的军需品……甚至只需九个月时间。这一年内，驱逐者将会深入环网，但我们肯定能通过大规模工业生产将他们打败。”

防御部长伊本摇摇头。“在第一和第二波侵略中，我们会损失一些不可替代的原材料。环网经济将受到重创。”

“我们有别的选择余地吗？”来自天津四丁的彼得斯议员说。

所有人的目光都转向坐在阿尔贝都这位人工智能顾问身边的人。

仿佛是为了强调这一时刻的重要性，一名新人工智能人格获准进入战略决议中心，他将介绍贴着“死亡之杖装置”那别扭标签的武器。他就是南森顾问。此人为男性，身材高大，皮肤黝黑，脾气随和，给人深刻印象，有说服力，可信赖，充满了罕见的领袖魅力，让人一眼见到就会喜欢上他，并且还心生敬意。

梅伊娜·悦石立即就对这位新顾问产生了恐惧感和厌恶感。她感到，人工智能专家设计出这个投影，似乎就是特意要让人产生信赖和服从的反应。她感觉到桌边的其他人都已经有了这种反应。而南森的信息，她害怕的信息，意味着死亡。

几个世纪以来，死亡之杖一直都是环网手里拥有的技术——由内核设计，仅限军部人员和一些特殊安全军使用，比如说政府大楼的警力和悦石的禁卫军。死亡之杖不燃烧、不爆炸、不发射、不熔毁，也不会把啥东西轰成炮灰。它不发出任何声音，不放射任何无形的射线或声波覆盖区。它仅仅是让目标死亡。

确切说来，如果目标是人类的话。死亡之杖的射程极为有限——不足五十米——但在那范围之内，被击中的人就会一命呜呼，而其他动物或者属物完全安然无恙。通过尸体解剖可以发现，他们的神经元突触成了一锅粥，但是其他地方毫发无伤。死亡之杖仅仅让人终止生命。好几世代以来，军部的军官把它们带在身上，作为个人短程武器，也作为权威的象征。

现在，南森顾问发话了，他说，内核已经完成了一项无懈可击的装置，此武器使用死亡之杖的原理，但是范围更加广大。他们很犹豫，不知道是否要把它的存在告诉大家，但是由于驱逐者侵略军迫在眉睫的可怕威胁……

接下来的质问力道十足，还带着点尖酸刻薄，带着军事方面的质疑，而不是政治方面的。是的，死亡之杖能让我们摆脱掉驱逐者，但是霸主的人呢？

把他们转移到一个迷宫世界的掩体里去，南森回答道，他重复了阿尔贝都顾问早先的计划。五公里厚的岩石可以保护他们不受死亡之杖宽波辐射的影响。

这些死亡射线能穿透多远距离？

它们的作用不满三光年就会减小到低于致命水平，南森平静且自信地回答，终极推销员说出了他倒数第二条推销说辞。杀伤半径够大，足以杀光任何体系的攻击性游群。当然也够小，最近的毗邻星系完全不会受损。百分之九十二的环网星球在五光年的范围内都没有其他住人星球。

那么，那些无法撤离的人呢？莫泊阁问。

南森顾问笑了笑，摊开手掌，似乎想要让大家知道里面什么也没有。先让当局确认所有的霸主公民已经撤离或者受到保护，然后再开动装置，他说。总而言之，一切都由你们掌控。

费尔德斯坦、撒本斯多拉芬、彼得斯、佩索夫和其他人一下子变得热情高涨起来。一种秘密武器，可以终结其他所有武器的秘密武器。驱逐者可以受到警告……我们可以作一下演示。

抱歉。南森顾问说。笑容绽放的时候露出一嘴白牙，似珍珠，犹如他穿的那身白袍。不能演示。此武器的效用跟死亡之杖完全一样，仅仅是范围更广。不会有属物损失，也不会有爆炸波效应，没有可测量的微中子水平之上的冲击波。仅仅会让侵略者一命呜呼。

如果要演示，阿尔贝都解释道，你们必须把它用在一队驱逐者游群头上。

战略决议中心内的兴奋之情毫无减弱。棒极了，全局发言人吉本斯说，那就选择一队游群，试试装置，把结果通过超光发送给游群，再给他们一小时的最后通牒时间，让他们停止攻击。我们并没有发起这场战争。让数百万敌人死掉，总比在接下来十年吞噬数百亿人生命的战争要好得多。

广岛，悦石道，这是她当日仅有的一句评论。这句话说得非常轻，只有她的助手赛德普特拉听见了。

莫泊阁问：致命的射线真的只是在三光年范围内有效吗？你们有没有试验过？

南森顾问笑了。如果他回答是，那也就是说，某个地方有一摞死尸。如果他回答否，那此项装置的可靠性就将受到严重质疑。我们确信它能起作用，南森说。我们的模拟运行是天衣无缝的。

基辅小组的人工智能也是这么评价第一个远距传输器奇点的，悦石想。*而那个奇点摧毁了地球*。她没有说出声。

然而，辛格、莫泊阁、范希特和他们的特种兵挫败了南森的计划，他们表示，无限极海已经无法迅速撤离，而且受到第一波袭击的环网世界中，拥有迷宫的仅有阿马加斯特，距佩森和自由星一光年远。

南森顾问脸上助人为乐的诚挚微笑没有消失。“你们想要演示，那仅仅是个明智的想法，”他平静地说道，“你们需要让驱逐者知道，你们不能容忍他们的侵略，但又想让死伤人数减到最低。你们想要保护你们的霸主当地公民，”他顿了顿，握着双手，摆在桌面上，“那么，海伯利安如何？”

桌边的嘁嘁喳喳声越发低沉了。

“那还不是真正的环网世界。”发言人吉本斯说。

“不，既然现在军部的远距传输器依然存在，那它实际上已经属于环网！”外交部长加利安·佩索夫叫道，显而易见，他已经转而同意这一想法了。

莫泊阁负隅顽抗的表情没变。“到那儿还得花上几个小时。我们正在保护奇点球，但它随时会被驱逐者摧毁。海伯利安已经差不多全部落入驱逐者之手了。”

“但霸主人员已经被撤离了，对不对？”佩索夫说。

辛格回答道:“除了总督。我们在混乱中没有找到他。”

“真遗憾，”佩索夫部长说，但口气中并没显出多少遗憾，“但重要的是，剩下的人差不多全是海伯利安的土著了，他们很容易进入那里的迷宫，对不对？”

经济部长巴比·丹-基迪斯的儿子是浪漫港附近的纤维塑料种植园经理，他说道:“三小时内？不可能。”

南森站起身。“我不这么认为，”他说，“我们可以给留在首都的地方自治当局发送超光警告信息，他们可以立即展开撤离工作。海伯利安上的迷宫有上千入口。”

“首都济慈已经被围，”莫泊阁吼道，“整个星球正在受袭。”

南森顾问悲痛地点点头。“并将很快被驱逐者野蛮人手刃。女士们先生们，这实在是简单的抉择。装置肯定会起作用。海伯利安领空中的侵略军将简简单单不复存在。这个星球上的数百万人将获救。并会对别处的驱逐者侵略军产生非同凡响的效果。我们知道，他们所谓的姐妹游群通过超光互相交流。侵略霸主领空的首支游群——海伯利安游群的覆灭，将对他们造成极大的威慑。”

南森又摇了摇头，他左右四顾，脸上挂着几如父亲般的关切之情。如此痛苦的真挚感不可能伪造。“决定权在你们手里。这项武器是用，还是不用，全在你们。伤害人类……或者，由于无为，让人类的生命受到伤害，实在是让内核感到无比痛苦。但在目前这种情况下，数十亿生命危在旦夕……”南森再次摊开双手，最后一次摇了摇头，然后坐了回去，显然已经把决定权留给了人类的头脑和情感所处理。

长桌边的喋喋不休声突然变响。争论几乎变得狂暴不已。

“执行官大人！”莫泊阁将军叫道。

在突然的静寂之下，悦石仰起头，目光朝头顶黑暗中的全息显屏望去。无限极海的游群朝这个海洋世界落去，就像一阵血之湍流奔向一个蓝色小球。只留下181.2特遣部队的三个橙色余烬，就在沉默的理事会注目的时候，其中两个也熄灭了。然后，最后一个也隐灭了。

悦石小声对她的通信志说着话。“通信器，李元帅有没有留下最后的信息？”

“没有发给指挥中心的信息，首席执行官，”传来答复，“只有战斗中的标准超光遥测信息。看样子他们没有进入游群中心。”

悦石和李原本希望能俘获驱逐者，希望能审问他们，希望能排除一切疑问，确认他们敌人的身份。现在，这个精力充沛、才华横溢的年轻人死了——因梅伊娜·悦石的命令而死——七十四艘第一线作战军舰被白白浪费。

“无限极海的远距传输器已被预置的等离子炸弹摧毁，”辛格元帅汇报道，“游群的先头部队现已进入地月防御圈。”

无人应声。全息像显示出，血红之光的巨浪将无限极海系统一口吞没，那个金色世界四周的最后橙色余烬尽数熄灭。

几百艘驱逐者战舰继续盘旋在轨道上，大概是在将无限极海的优美浮城和海洋农庄夷为一片燃烧的废墟，但是血潮的很大一部分继续席卷而上，淹没了上方区域。

“阿斯奎斯系统还有三标准小时四十一分钟。”显示板边上的一名技师长叹一声。

科尔谢夫议员站起身。“我们来投票表决，是否进行海伯利安演示。”他说，表面上是朝悦石开口，其实是在对众人讲话。

梅伊娜·悦石拍了拍下嘴唇。“不，”她最后说道，“不投票。我们使用这项装置。元帅，准备将载有此装置的火炬舰船传输至海伯利安领空，然后向整个星球和驱逐者播放同样的警告信息。给他们三小时时间。伊本部长，将编码超光信号发送到海伯利安，告诉他们，他们必须……重复一遍，必须……立即到迷宫中寻求保护。告诉他们，我们要试验一项新武器。”

莫泊阁擦了擦脸上的汗水。“首席执行官，我们不能冒任何风险，这项装置不能落入敌人之手。”

悦石望了望南森顾问，她试图不让自己的表情透露出她的感受。“顾问先生，这项装置可不可以装配上一些东西，如果我们的飞船被俘获或者被摧毁，它就能自动引爆，可以吗？”

“可以，首席执行官。”

“那就装上。向专门的军部专家解释所有必要的故障保护装置是如何运转的，”她转身面对着赛德普特拉，“为我准备全网广播，预定在装置触发前十分钟开始。我得把这一切告诉我们的人民。”

“这明智吗？”费尔德斯坦议员开口道。

“必须这么做。”悦石说。她站起身，房内的三十八人紧接着站了起来。“你们工作的时候，我想先睡几分钟。我希望装置能立即准备好，并进入系统，同时海伯利安受到警告。我希望，三十分钟后我醒来时，你们能准备好进行谈判协议的紧急情况计划和次序。”

悦石朝众人望去，她知道，不管怎样，这里的大多数人都将在接下来二十小时内大权旁落，坠下政坛。不管怎样，这是她担任首席执行官的最后一天。

梅伊娜·悦石笑了笑。“理事会现在解散。”她说，然后传送到了她的私人住所，去小憩片刻。

43

利·亨特以前从没目睹过别人的死亡。他和济慈（虽然亨特仍然把他当成约瑟夫·赛文，但他也确信，这位垂死之人已经把自己当成约翰·济慈了）相处的最后一天一夜，是亨特一生最难熬的。在济慈弥留的最后一天，血不断从他口中咳出，在这一回合一回合呕吐的间隙，在这矮个子奋战求生之时，亨特能听见痰液在他的喉咙和胸膛内沸腾作响的声音。

亨特坐在西班牙广场上的这个小型前室的床头边，听着济慈在那儿胡言乱语。时间从拂晓转到上午，从上午跑向正午。济慈浑身发热，意识时而清醒，时而糊涂，但他坚持要亨特听好，把他说的话全数记下来——他们在另一间屋里找到了墨水、鹅毛笔、大页书写纸——亨特唯命是听。这名垂死的赛伯人疯狂地述说着超元网和失传的神祇，诗人之责和上帝之死，还有内核中的弥尔顿式内战[①]，

① 此处指弥尔顿《失乐园》中撒旦在天国的叛乱、与神的抗争。

而亨特在一旁孜孜不倦地飞速狂写。

亨特突然又精神焕发了，他用力捏住济慈发热的手。“内核在哪儿，赛——济慈？内核到底在哪儿？”

垂死之人的脸上冒出滴滴汗水，他别过脸。“别对着我吹气——冷得像冰！”

“内核，”亨特重复道，他朝后倚去，心中又是怜悯又是失望，感觉泪水就要滴落，“内核在哪儿？”

济慈笑了，脑袋痛苦地来回摇了摇。他费尽力气地呼吸，声音听上去就像风吹过了破裂风箱。“仿若网内之蛛，”他嘀咕道，“网内之蛛。编织……让我们替它们编织……将我们捆绑，将我们榨干。仿佛粘在网上被蜘蛛捕获的苍蝇。”

亨特停下笔，继续聆听着这看似无意义的谵语。然后他恍然大悟。“我的天，”他小声说道，“他们在远距传输系统内。”

济慈试图坐起身，他用骇人的力气抓住亨特的胳膊。“亨特，告诉你们的领袖。叫悦石把它扯掉。扯掉。网内之蛛。人类之神和机器之神……一定要合为一体。不是我！”他一头栽倒在枕头上，开始无声啜泣起来，“不是我。”

济慈在漫长的午后睡了一会儿。虽然亨特知道，这是某种更加接近死亡的东西，而不是睡眠。只要有任何轻微响动，就会把垂死的诗人惊醒，让他为呼吸拼尽力气。到日落时，济慈已经虚弱得无法咳痰，亨特得帮着他俯下头对着脸盆，才能让重力理清他满是血涕的嘴巴和喉咙。

在济慈断断续续地睡去之时，亨特好几次都走到窗前，有一次还走下楼梯，来到前门朝广场张望，有个高大、尖锐的东西站在广场对面的黑影中，就在台阶底部附近。

入夜时，亨特挺直腰板，坐在济慈床边的硬椅子上，也不禁打起瞌睡来。梦中，他一头坠落，这让他猛然惊醒，两臂伸出，稳住身子，没想到的是，济慈醒着，正瞧着他。

“你有没有直面过死亡？”济慈在呼吸的轻声喘息间隙问他。

“没有。”亨特觉得这年轻人的目光中有什么异样之处，就好像济慈表面上在瞧他，但看到的却是另外一个人。

“那我可怜你，”济慈说，“你为我陷入这麻烦和危险之事。现在你定要坚强，因为这事不会持续太久。”

亨特震惊异常，不仅仅是因为这话语中温柔的勇气，而且是因为济慈语调的突然转变，从单调的环网标准语变成了某种更为古老、更为有趣的语言。

“胡说。”亨特由衷说道，强调他其实并不具备的热情和精力，“黎明前我们就会摆脱这一切。天一黑，我就溜出去，我肯定会找到远距传送门的。”

济慈摇摇头。“伯劳会抓住你。它不会允许任何人帮我的。它所扮演的角色，就是要保证我通过自己脱身。”他闭上双眼，呼吸也同时变得更加刺耳。

“我不明白。”利·亨特一面说，一面抓住年轻人的手。他觉得这是发烧时的胡话，但由于这是过去两天内济慈少有的几次完全清醒的时刻，所以亨特觉得值得花些力气去跟他说话，“你说通过自己脱身，这是什么意思？”

济慈的眼睛颤巍巍地睁开。淡褐色的双眸清澈明亮。“云门和其他人试图让我通过接受神格来脱身，亨特。那是吸引白鲸的诱饵，抓捕终极蝇的蜂蜜。逃脱的移情将会在我身上安家……在我，约翰·济慈先生，五英尺高……然后，就是和解了，你明白吗？”

“什么和解？”亨特朝前凑去，试图不朝济慈脸上喷气。济慈躺在被褥和乱七八糟的毯子下，似乎缩小了，但从他身上辐射出来的热情好像照亮了整个房间。他的脸在即将消失的光线下成了一个苍白的椭圆。亨特微微感觉到一条金色的反射日光在天花板和墙壁的接壤处移动，但济慈的眼睛始终盯着白日的那个最后小点。

“人类和机器的和解，创造者和创造物之间的和解。”济慈刚说完，便又开始咳嗽。亨特递过脸盆，鲜红的痰液淌了进去，咳嗽这才止住。他躺了回去，喘了一会儿，然后补充道，“人类和人类想要灭绝的种族之间的和解，内核和内核想要消灭的人类之间的和解，痛苦进化出的‘凝结的虚无’之神和想要消灭它的祖先们之间的和解。”

亨特摇摇头，停下笔。“我不明白。你能通过脱离你的临终病榻，成为这个……弥赛亚？”

济慈的苍白椭圆脸庞枕在枕头上，来回摇了摇，这动作本应让人觉得有笑的意思。“我们都可以，亨特。人类的傻念头和伟大的自尊。我们接受自己的痛苦。为我们的孩子开路。那为我们赢得了成为梦想中的上帝的权利。”

亨特低下头，发现自己的拳头正失望地紧握。“如果你能做到……成为这个神……那就赶紧做吧。赶紧让我们逃离这鬼地方！”

济慈再次闭上双眼。“我做不了。我不是那个人，而是他前面的那个人。我不是受洗者，而是施洗者。妈的，亨特，我是个无神论者！在我溺死之时，就算是赛文也无法说服我，叫我相信这些东西！”济慈紧抓着亨特的衬衣，力道之猛吓住了这个比他年纪大的人，“写下来！”

亨特摸索着找到了古老的鹅毛笔和粗糙的纸张，他飞快地写着，记下了济慈口中念叨的语句：

在你的脸上读到奇妙的课文：
广博的知识造就我成为一尊神。
名声，功绩，古老传说，可怕的事变，
反叛，王权，君主的声音，大痛苦，
创造，毁灭，所有这一切顷刻间
倾注到我这头脑的广阔空间里，
奉我为神明，仿佛我已经喝过
宇宙间无与伦比的佳酿或仙露，
从而成为不朽。①

济慈又痛苦地活了三个小时。就如一位游泳者，偶尔从他淹溺的痛苦之海中冒出头来呼吸点空气，或是小声地说些急切的胡话。有一次，天黑过了许久，他拉了拉亨特的衣袖，小声说了些清醒的话语。“我死后，伯劳不会伤害你，它等的是我。虽然可能没有回家的路，但你找路的时候，它不会伤害你的。”就在亨特凑过身想要听听诗人的呼吸声是否还在他的胸膛内汩汩作响的时候，济慈再一次开口说话，断断续续在痉挛的间隙讲着，他向亨特授予了一个明确的指示，希望能把他葬在罗马的新教公墓中，就在卡伊乌斯·凯斯提乌斯金字塔旁边。

“胡说，胡说。”亨特一遍遍地咕哝，就像是在吟诵咒语。他紧紧捏着年轻人滚烫的手。

“花。”过了一会儿，亨特刚在写字台上点上一盏灯，济慈便小声说道。诗人大睁双眼，凝视着天花板，脸上带着纯洁的、孩子般的惊喜之情。亨特仰头望去，看见天花板的蓝色方格中描绘的凋

① 此诗摘自济慈《海伯利安》的第三章。是奥林帕斯神阿波罗面对被推翻的泰坦之一、记忆女神尼莫瑟尼时说的一段话。此处采用屠岸译本。

谢黄玫瑰。“花……在我头顶。”济慈在费力呼吸的间歇低声细语。

亨特站在窗口边，他朝外望去，盯着西班牙台阶对面的阴影，突然，他身后痛苦的刺耳呼吸颤抖起来，陡然停住。济慈上气不接下气地说：“赛文[①]……扶我起来！我要死了。”

亨特坐到床边，扶住他。从这小小的似乎轻如鸿毛的躯体中流出一股热量，仿佛这个男人的真实形体被烧掉了。“别怕。坚强点。感谢上帝，终于来了！”济慈喘息着，然后可怕的锉磨声平息了。亨特扶着济慈让他安乐地躺了回去，他的呼吸已经减弱至更为正常的韵律了。

亨特重新换了脸盆里的水，蘸湿一块干净的布，回来后，他发现济慈死了。

后来，就在太阳升起之后，亨特抱起这小小的躯体——他用自己床上的干净亚麻布把它包裹起来——然后走出门，来到城市中。

布劳恩·拉米亚抵达山谷尽头的时候，风暴已经缓和。就在她经过穴冢时，她看见其他墓冢发射出同样的怪异光芒。同时还传来一种可怕的声音——似有成千上万的灵魂在大声呼喊——在尘世间不断回响、呻吟。布劳恩加快脚步往前赶。

就在她站在伯劳圣殿前面时，天空已经变得清澈。那座建筑名副其实：半圆的穹顶巨石朝上、朝外拱起，仿佛那怪物的甲壳，支柱朝下弯曲，就像刺进山谷地面的刀刃，其他扶壁向上、向外高跃，仿若伯劳身上的棘刺。随着内部的闪光变强，墙壁也变透明了，现在，这栋建筑正闪闪发光，就像用薄纸糊成的巨型空心南瓜灯。上层区域闪着红光，仿佛伯劳的双眼。

布劳恩深深吸了口气，摸了摸自己的小腹。她正身怀六甲——

---

① 原文如此。

自打离开卢瑟斯她就知道了——相比那个挂在伯劳树上的猥亵诗人来说，她难道不应该对自己未出世的儿子或女儿负有更多情感吗？布劳恩知道答案是肯定的。但那他妈的一点关系也没有。她吐了口气，朝伯劳圣殿走去。

从外面看，伯劳圣殿只有二十米宽。先前布劳恩和其他朝圣者来过这里，但他们看到的内部仅仅是个空旷的空间，除了刀刃状的支柱在闪光穹顶下的空间内纵横交错以外，别无他物。而现在，布劳恩站在入口处，内部空间却比山谷本身还要大。十几层的白色岩石一层层地升高，伸向模糊的远处。每一层岩石上躺着一具具人类躯体，每一具都装束各异，每一具都拴系在相同的半有机、半寄生的分流槽和缆线上，布劳恩知道，原先自己身上携带的也是这种玩意儿，那是她朋友告诉她的。唯一的不同在于，这些金属的半透明脐带正闪着红光，正有规律地一张一弛，就好像鲜血正经由沉睡人形的头颅循环着。

布劳恩踉踉跄跄朝后退去，主要是受到了逆熵场拉力的影响，同时也是因为这景象。但当她站在离圣殿十米远的地方时，她发现外面的空间还是和原先一样大。她没有妄图去想象内部空间具体达到了多少公里，才能装进这有限的躯壳。光阴冢正在打开。就她所知，面前的这个建筑可能与不同的时代共存。她真正明白的是，当她从分流器之旅中醒来时，她曾看见伯劳的荆棘树，上面连着肉眼无法可见的能量管蔓，但现在已经显而易见，它们与伯劳圣殿连接在一起了。

她再次朝入口迈去。

伯劳正在里面等待。它的外壳，一般情况下总是闪闪发亮，现在却似乎一片漆黑，在周围的光线和大理石耀光中显出轮廓。

布劳恩感觉肾上腺素的急流遍及全身，感觉到一股想要转身快跑的冲动。但她走了进去。

入口几乎就要在身后消失，从墙上发出的均衡耀光让它成了一个微弱的糊点。伯劳没动。红色双眼在头颅的阴影中闪烁。

布劳恩朝前迈进，靴跟在岩石地板上没有发出任何声响。伯劳就立在右边的十米外，就是岩石列开始的地方，一层层岩石扶摇直上，就像猥亵的展示架，一直爬到了隐没在闪光中的天花板。她心中毫无幻想，她知道，自己在那怪物逼近她前，是无法回到入口处了。

但它没动。空气中弥漫着一股臭氧味，还带着某种甜腥味。布劳恩背靠墙壁往前走，她朝一排排的身体扫去，想要在一个个沉睡的脸庞中找到那张熟悉的脸庞。她一步一步朝左走，离入口越来越远，伯劳也越来越容易截住她的去路。那怪物站在那儿，就像光之海中的什么黑色雕像。

岩石层的确延伸了好几公里。那是岩石台阶，每一层至少有一米高，分隔了水平线上的一具具黑色躯体。走了几分钟，布劳恩站在最下面，爬上了台阶的三分之一，碰了碰第二层上最靠近她的一具躯体，她舒了一口气，那身体还暖，男人的胸膛正上下起伏。但他不是马丁·塞利纳斯。

布劳恩继续向前，心中带着些许期待，她会在这些活死人之中发现保罗·杜雷神父或者索尔·温特伯，甚至是她自己。不过她反而找到了一张脸，那是她最近刚刚见过的凿刻在山腰上的脸。哀王比利躺在白色岩石上一动不动，就在五层之上，他的皇袍已经被烧焦，被染污。那悲伤的脸儿——和其他人一样——因为某种内在的痛楚而扭曲。马丁·塞利纳斯躺在下面一层上，之间相隔三具躯体。

布劳恩走到诗人身旁，蹲下身来，回头朝伯劳的黑点看了一眼，它依旧一动不动地站在一排排躯体的尽头。塞利纳斯跟其他人一样，好像也活着，也沉浸在某种静寂的痛楚中，由一个分流槽连接到了一根搏动的脐带上，而那脐带则连进了壁架后的白墙，好似与岩石合而为一了。

布劳恩惊恐得大口喘气，她伸手摸了摸诗人的脑壳，感觉到融合在一起的塑胶和骨头。她继续沿着那根连接的脐带摸去，但没有找到脐带合并进岩石中的什么切实的连接点或是口子。手指下，有流体在搏动。

“见鬼。”布劳恩小声嘀咕，然后突然惊慌地朝身后望去，心想伯劳一定已经蹑手蹑脚靠近了，她已身处其攻击范围内。但那黑影依旧一动不动地站在广阔空间的尽头。

她摸摸口袋，里面空空如也。没有武器，也没有工具。她意识到，自己应该先回到狮身人面像，找到背包，在里面翻出些可以切割的东西，然后再回来，鼓起足够的勇气再次进入这里。

但布劳恩知道，自己永远不会再从那扇门走进来了。

她跪了下来，深深吸了口气，然后高高地举起手，飞速砸下。她的掌刃猛地击在了某种材料上，那东西看上去像是光亮的塑料，可感觉上却比钢铁还要坚硬。这一击下来，她的胳膊从手腕到肩膀都疼痛不已。

布劳恩·拉米亚朝右边望了望，伯劳正在向她走来，慢悠悠地抬着步子，就像一个老人出门悠闲地散步一样。

布劳恩大喊一声，跪在地上，又开始击打，掌刃绷紧，拇指垂直贴掌。广阔的空间回荡着砍击声。

布劳恩·拉米亚是在卢瑟斯的一点三倍重力水平下长大的，而且，就她的种族而言，她也算是体格相当健壮的。自她九岁以来，她就梦想成为一名侦探，并一直为之努力。她所进行的准备工作，无可否认带有强迫性，而且毫无意义，其中一部分就是练习武术。如今，她呼喝着，高举手臂，一次一次地朝下猛击，将她的手掌视为一把斧子，这猛烈的捶打，在她心中，已经成了成功的突破口。

坚韧的脐带向下凹了一点，但几乎察觉不到，它搏动着，仿佛是个活物，随着她再次挥舞手臂，那东西看上去似乎畏缩了。

底下和身后传来脚步声。布劳恩几乎要哈哈大笑起来。伯劳不用走路就能移动身子，可以从这儿瞬间移动到那儿，无须一步步走来。它肯定是在享受威吓猎物的快感。但布劳恩毫不恐惧。她太忙了。

她举起手，再次挥砍下来。击打岩石做做样子还比这要容易呢。她再次将掌刃锤向脐带，同时感觉到手里的什么小骨头缴械投降了。随之而来的痛苦就像是远处的声响，就像是身下和身后的滑行。

你有没有想到，她想，如果你真的破坏了这个东西，那很可能杀死他？

她再次挥砍起来。脚步声在下面的阶梯底部停住了。

布劳恩累得气喘吁吁。汗水从额头和脸颊滑落，滴在沉睡诗人的胸脯上。

我甚至对你没有一丝好感，她对着马丁·塞利纳斯想到，然后再次挥砍。她觉得自己好像是在切割金属大象的大腿。

伯劳开始步上阶梯。

布劳恩半跪半立，将她整个身体的重量都用到了摆动之力中，几乎让肩膀脱臼，几乎把手腕折断，几乎把手中的小骨头击得粉碎。

脐带被砸断了。

红色的流体，一点也没有血液的黏滞性，溅泼在布劳恩的腿上和白色的岩石上。被割断的缆线依然从墙壁上探出，不断痉挛，而后摆动，就像不安的触手，慢慢软瘫下来，收了回去，就像一条流血的蛇，滑回到了洞中，那洞在脐带不见之后也紧接着消失了。脐带的残余依旧连接在塞利纳斯的分流槽上，但五秒内便萎缩了，就像离了水的水母干瘪收缩。红色的液体溅在诗人脸上、肩膀上，就在布劳恩注目的时候，那液体变成了蓝色。

马丁·塞利纳斯眼皮跳动了一下，然后双眼像猫头鹰一样睁开了。

“嗨，”他说，“你知不知道那该死的伯劳就站在你后头呢？”

悦石传送回自己的私人房间，并立即回到超光小室。有两条信息正在候命。

第一条来自海伯利安领空。悦石眯起眼，听着海伯利安的前任总督、年轻的雷恩那悦耳的声音对与驱逐者审理会的会见进行简短的描述。悦石坐在皮椅上，双拳托腮，此时，雷恩向她复述了驱逐者矢口否认的信息。他们不是侵略者。接着雷恩对游群作了概述，他觉得驱逐者是在讲真话，并告诉悦石，领事生死未卜，并请求悦石下达命令，与此同时结束了广播。

“是否回复？”超光电脑问。

“确认收到信息，”悦石说，“传送——‘等待’，使用外交的古老代码。”

悦石按键看第二条信息。

威廉·阿君塔·李元帅出现在一个破裂的平面影像中，显然，他所在飞船的超光发射仪正以弱能状态运行。通过外围数据列，悦石可以看出，数据流加密在标准的舰队遥测信息中：军部的技师最终将会注意到校验和的偏差，但那将是几小时或是几天之后。

李的脸上满是血污，背景因烟雾而显得一片朦胧。看着这模糊的黑白影像，悦石觉得年轻人似乎是在巡洋舰的舱门口发送的信息。他身后的金属工作台上躺着一具尸体。

“……我们有一船定员的海兵登上了他们的一艘所谓的枪骑

兵，”李喘息道，“上面有人操控——每船五人——看上去的确像是驱逐者。但是请看我们在试图进行解剖时发生的事。”图像切换，悦石意识到李正在使用手持成像器，那台机器临时连接进了驱逐舰的超光发射仪。现在，图像上没了李的人影，悦石低下头，看到的是一名已死的驱逐者的受损苍白之脸。从眼睛和耳朵流出的血来看，悦石猜这人是因爆发性减压而死的。

李的手——悦石从元帅袖子上的花边认出这是李的手——似乎正握着把激光解剖刀。年轻的指挥官没有操心去把尸体的衣服除掉，他直接在胸骨上开始垂直切割，朝下腹划去。

握着激光的手猛然移开，驱逐者的尸体突然发生什么异样，镜头晃了一下便稳住了。死尸的胸膛上，大块的黑色方块开始闷烧，就好像激光引燃了衣服。然后，制服由内燃烧起来，悦石立即明白，这人的胸脯烧起来了，正冒出一个个渐宽的不规则小洞，从洞中闪耀出璀璨的光芒，亮得让手持成像器不得不缩小光圈。现在，尸体的头颅上也一块块地烧了起来，在超光屏和悦石的视网膜上留下闪亮的余像。

在尸体被烧毁前，镜头朝后拉去，仿佛热量实在是高得无法忍受。李的脸飘进焦点中。“执行官大人，你已经看见了，所有的尸体都是这样的反应。我们没有活捉到任何人。我们还没有进入到游群中心，他们的战舰越来越多，我想——”

图像消失了，数据列显示，信息在发送中途戛然而止。

“是否回复？”

悦石摇摇头，打开小室的门。现在重新回到了自己的书房，她满怀渴望地盯着长榻，然后坐在了桌子后面。她知道，如果自己稍稍闭眼片刻，就会马上睡着。赛德普特拉在她的私人通信志频率上发来信号，说莫泊阁将军有紧急事务，想见首席执行官。

卢瑟斯人走进房间，如坐针毡地来回踱起步来。“执行官大人，我明白你为何要批准使用死亡之杖的装置，但我必须反对。”

“为什么，亚瑟？”悦石问，这是她几星期以来第一次直呼其名。

“因为我们根本就不知道会有什么结果。太危险。而且……而且不道德。”

悦石扬扬眉毛。“在一场漫长的消耗战中失去数十亿公民是道德的，而用这武器一下杀死数百万的人，是不道德的？这是军部的立场吗，亚瑟？”

“这是我的立场，执行官大人。”

悦石点点头。“明白了，我会记下的，亚瑟。但是决定已下，即将执行。”她看着自己的老友立正站定，没等他开口反对，或者，更准确地说，是没等他提出辞呈，悦石就说道：“亚瑟，跟我去散散步，如何？”

军部的将军一脸茫然。“散步？散什么步？”

“我们得呼吸点新鲜空气。”没等他进一步反应，悦石横穿过房间，向她的私人传送门走去，按了按手动触显，迈了进去。

莫泊阁穿过不透明的传送门，低头狠狠地朝蔓延到远方地平线的及膝金色草原瞪了一眼，接着仰起头，望着橘黄色的天空，褐色的积云如锯齿状尖塔耸立在那儿。在他身后，传送门闪烁着消失了，其位置仅仅由一个一米高的控制触显所标示，那是这个无边无际的金草海洋和布满云彩的天空中唯一可见的人造物。“我们这是在哪儿？”他问道。

悦石摘了一根长长的草茎，伸到嘴里咀嚼着。“卡斯卓-劳塞尔。这里没有数据网，没有轨道装置，没有任何人类或机械人居所。”

莫泊阁轻蔑地哼了一声。“也许，相比拜伦·拉米亚过去带我们去的那个地方，这地方并没安全得能脱离内核的监视，梅伊娜。”

“也许不，”悦石说，“亚瑟，听听这个。”她激活了先前听到的两条超光传输信息的通信志记录。

就在信息播放完毕，李的脸庞突然消失的时候，莫泊阁穿过高高的金草走开了。

“怎么样？”悦石问，她加快脚步赶上他。

“这么说，那些驱逐者的尸体会自爆，就跟我们所知的赛伯人尸体如出一辙，”他说，“然后呢？你难道觉得议会或全局会因为这个而信以为真，认为内核是侵略的幕后黑手吗？”

悦石叹了口气。草儿看上去很软，很诱人。她想象着自己躺在那儿，舒舒服服地深陷其中，打个永远不会醒来的盹。“这证据对我们，对大伙来说，都已经足够。”悦石不必详尽阐述。自她早年的议员生涯起，他俩就一直有来往，因为两人都怀疑内核，他们都希望有一天能真正地脱离人工智能的统治。当拜伦·拉米亚议员领导他们……但那已经是很久以前的事了。

莫泊阁看着烈风鞭挞着金色的大草原。一个古怪的球状闪电在地平线附近的青铜色云彩中玩耍。“那又怎样？知道是没用的，除非我们知道该打击什么地方。”

“我们有三个小时时间。”

莫泊阁看了看通信志。“两小时四十二分钟。没有时间可以盼望奇迹发生了，梅伊娜。”

悦石板着脸。“没有时间可以盼望任何事，亚瑟。”

她点了点触显，传送门“嗡嗡”地出现了。

“我们能做什么？”莫泊阁问，“现在，内核的人工智能正在向我们的技师简单地介绍死亡之杖武器。一小时内，火炬舰船就将准备就绪。”

“那咱们去一个不会伤害任何人的地点将它触发。”悦石说。

将军不再踱步，他瞪着眼睛。“你究竟在说什么？那蠢猪南森说那武器的杀伤半径至少有三光年，但我们怎么能相信他？我们触发装置……在海伯利安或者什么地方附近……说不定全人类都会完蛋。”

“我有个主意，不过我想睡一觉再说。”悦石说。

“睡一觉再说？”莫泊阁将军咆哮道。

“亚瑟，我想稍微打个盹，”悦石说，“我建议你也睡一觉。”她迈进了传送门。

莫泊阁咕哝着骂了一句，整了整帽子，高昂头颅，挺直后背，目视前方，走进了远距传输器。一名走向自己死刑地的军人。

在离海伯利安有十光分距离的太空中移动着一座山，在其上最高的平台上，领事和十七名驱逐者坐在一个由低矮岩石围成的圆圈上，外侧是一个由较高的岩石围成的更宽的圆圈。他们正在决定领事的生死。

“你的妻儿死在了布雷西亚，”弗里曼·甄嘉说道，“就在那个星球和摩斯曼部落打仗的时候。”

“对，”领事答道，“霸主以为整个游群都参与到进攻中了。我什么也没说，没有去纠正他们的观点。”

“但你的妻儿被杀死了。”

领事的目光越过岩石圈，朝已经转向夜幕的山巅望去。“那又怎样？对于这次审判，我并不请求你们宽恕。我也不想你们减轻处罚。我杀死了弗里曼·安迪尔和三名技师。通过事前预谋和恶意预谋，我杀死了他们。杀死了他们，目的没有其他，仅仅是想触发你们的机器，让它打开光阴冢。这一切跟我的妻儿毫无关系！”

一名长满络腮胡的驱逐者，领事听到他被引介为发言人赫凯尔·安尼翁，此人走向前，来到内圈中，说道："装置是没用的。它根本什么也没做。"

领事转过身，张开嘴，但什么也没说，便又合上了。

"这是个测试。"弗里曼·甄嘉说。

领事的声音几乎听不见。"但……光阴冢……打开了。"

"我们知道它们什么时候会打开，"考德威尔·闵孟说道，"我们知道逆熵场的衰减率。那装置只是个测试。"

"测试，"领事重复道，"我杀死了那四个人，全是徒劳。只是个测试。"

"你的妻儿死于驱逐者之手，"弗里曼·甄嘉说，"霸主蹂躏了你的故星茂伊约。在某些参数之内，你的行为是可以预见的。悦石仰赖于此。我们也是。但我们必须了解那是些什么参数。"

领事站起身，走了三步，一直背对着其他人。"全是白费。"

"你说什么？"弗里曼·甄嘉问。在星光和路经的彗星农庄反射的日光下，高挑女人光秃秃的脑袋锃亮无比。

领事柔声笑道："一切都是白费。甚至是我的背叛。全是假的。白费了。"

发言人考德威尔·闵孟站起身，整了整袍子。"审理会已经作出宣判。"他说。另外十六名驱逐者点点头。

领事转过身。他疲惫的脸上带着一种殷切的表情。"那就来吧。苍天在上，赶紧了结完事吧。"

发言人弗里曼·甄嘉站起身面对着领事。"我们对你的罪行作出宣告，你必须活下来。你必须对你作出的损害进行修复。"

领事的身子摇晃着，似乎被人当面砸了一拳。"不，你们不能……你们必须……"

“你必须进入即将来临的乱世，”发言人赫凯尔·安尼翁说，“必须帮助我们让人类分散的家庭实现统一。”

领事举起胳膊，似乎想要防御重拳的猛击。“我不能……没法……我有罪……”

弗里曼·甄嘉向前跨了三步，抓住领事的正式波洛服的前部，无礼地摇晃着他。“你的确有罪。这恰恰就是你必须帮着改进即将来临的乱世的原因。你帮着释放了伯劳。现在你必须回去，目睹它再次被关进樊笼。然后，漫长的和解必须开始。”

她松手放开领事，但领事的肩膀依旧在摇晃。就在此时，山脉旋转着进入日光之下，泪花在领事的眼中闪动。“不。”他低声细语。

弗里曼·甄嘉抚平领事被弄皱的上衣，长长的手指滑到外交官的肩膀上。“我们有自己的先知。圣徒将会和我们一起进行银河的再次播种。那些生活在所谓的霸主谎言中的人，将慢慢爬出依赖内核的世界的废墟，加入我们真正的探索之路……探索宇宙、探索我们每个人内心伟大王国的路。”

领事似乎根本没听进去。他唐突地背转身去。“内核会毁灭你们，”他说，但没有面对任何人，“就像它毁灭霸主一样。”

“你有没有忘记，你的家园是建立在一份庄严的生命契约之上的？”考德威尔·闵孟说。

领事转身面对着这名驱逐者。

“这一契约支配着我们的生命和行为，”闵孟说，“不仅仅是保护旧地的几个物种，而且是要实现多样性的和睦。要将人类的种子播撒到所有世界上，不同的环境中，同时也要神圣对待我们在别处发现的不同生命。”

弗里曼·甄嘉的脸在日光照射下极其明亮。“内核通过让从属物丧失智能来实现统一，”她轻轻说道，“以停滞确保安全。自大流亡以来，人类思想、文化、行为的革命，这些东西都到哪儿去了？”

“被改造成了旧地的苍白克隆物，”考德威尔·闵孟回答，“我们的人类扩张新时代不会改造什么东西。我们会纵情于困苦，我们欢迎陌生之物。我们不会让宇宙适应我们……我们自己会适应宇宙。”

发言人赫凯尔·安尼翁朝满天繁星挥挥手。“如果人类幸免于此次测试，我们的未来将处在一个个阳光照射的星球之间的黑暗空间中，同时也在这些星球之上。”

领事叹了口气。“我在海伯利安还有朋友，”他说，“我能回去帮他们吗？”

“对，可以。”弗里曼·甄嘉说。

“对抗伯劳？”领事问。

“对，会的。”考德威尔·闵孟说。

“然后活下来目睹乱世？”领事问。

“对，必须。”赫凯尔·安尼翁说。

领事再次叹了口气，他和其他人走到一边，头顶上，一只巨大的蝴蝶缓缓朝石柱圈降下，翅膀装有太阳能电池，闪耀的表皮让它刀枪不入，不受极高真空或者更高辐射的影响。它打开腹舱，让领事入内。

鲸逖中心政府大楼医务室中，保罗·杜雷神父在药物作用下，睡了浅浅的一觉，在梦中，他梦见了冲天大火和世界的覆灭。

除了首席执行官悦石的短暂来访，以及爱德华主教更为短暂的探视，杜雷一整天都单独一人待着，在充满痛苦的阴霾中漂移。这里的医生要求再过十二个小时才可以移动病人，佩森的枢机院同意了。枢机院祝福了病人，并已准备好仪式——离现在还有二十四小时。到时，来自索恩河畔的维勒风榭的耶稣会神父保罗·杜雷，就将成为教皇忒亚一世，罗马的第四百八十七任主教，门徒彼得的直接继任者。

他仍然在复原中。血肉在一百万RNA导向器的引导下重新编织，神经以类似的方式重生，这一切归功于现代医学的奇迹——但也没有不可思议到哪里去，杜雷想，只是没有让我痒死而已——这位耶稣会士躺在床上，思绪飞到海伯利安、伯劳、他漫长的一生和上帝宇宙的混乱中去了。最后，杜雷进入睡梦之中，梦见了燃烧的神林，世界树的忠诚之音将他推进传送门，梦见了他的母亲，梦见了一个名叫森法的女人，她现在已经死了，但先前是佩瑞希伯种植园的工人，就在浪漫港东面的纤维塑料地区，偏地中的偏僻之地。

在这些根本上带着悲伤的梦境中，杜雷意识到另一个人的存在：不是另一个梦中人，而是另一个真实的做梦人。

杜雷正和谁并肩走着。空气凉飕飕的，天空是令人心碎的蓝色。他们刚刚拐过路上的一个弯，现在一波湖水映入他们的眼帘，湖岸上立着一列列优雅的林木，后面的山岭组成了它的画框，一行低云为这画面平添戏剧性和恢宏壮丽的视觉效果，一座孤独的小岛似乎正远远地漂浮在如镜子般的平静湖面上。

“温德米尔湖[①]。”杜雷的同伴说道。

耶稣会士慢慢转过身，他的心扑腾扑腾跳着，脸上挂着焦急的企望神色。不管他原先是怎么期待的，但真正看到他的同伴时，他一点也没有敬畏之情。

一个矮矮的年轻人走在杜雷身边，一身短打，纽扣是皮质的，一条宽皮带，千层底布鞋，一顶旧皮帽，旧皮包，剪裁很古怪、打

① 英伦湖区的景点。

了很多补丁的裤子，一边肩膀还搭着一件巨大的彩格呢披肩，右手拄着一根手杖。杜雷停下脚步，此人也停了下来，似乎很愿意休息一下。

“弗内斯丘原，坎布里亚山。”年轻人说，举起手杖朝湖对面点了点。

杜雷看见一缕缕赤褐色的头发卷曲着从古怪的帽子下探出，他注意到那淡褐色的大眼睛，还有这男人的矮小身材，他想到，我不是在做梦！但同时他明白，他肯定是在做梦！

“你是……”杜雷开口道，他的心猛烈跳动，感觉恐惧正在内心翻腾。

“约翰。”同伴说，那声音中的平静理智感让杜雷的恐惧稍稍平息了些。“我想，我们今晚会住在波尼斯。布朗跟我说，那儿有家很棒的客栈，就在湖边。”

杜雷点点头。他根本就不明白这人在说什么。

矮个年轻人凑过身来，温柔地牢牢抓住杜雷的胳膊。“在我之后的那个人要来了，”约翰说，“既不是阿尔法，也不是欧米伽，但我们一定要替此人开路。”

杜雷愚钝地点点头。微风吹过湖面，泛起涟漪，将对面山麓上的新鲜植被气味带了过来。

“那个人将会出生在遥远之地，”约翰说，“比我们种族几世纪以来所知的遥远得多。现在，你的任务跟我一样——就是要为他铺平道路。你不会活着看到那个人传授学说的日子，但你的继任者会。”

“是。”保罗·杜雷说，发现自己口干舌燥。

年轻人脱下帽子，把它别在腰带上，蹲下身捡起一块圆石，将它朝湖面上掷去。波纹慢慢扩散。“该死，”约翰说，“我是想打几个水漂。”他朝杜雷看去，“你必须马上离开医务室，回到佩森。你明白吗？”

杜雷眨眨眼。这句话似乎并不是梦境中的。“为什么？”

“别管为什么，”约翰说，“照我说的做。别等了。如果你不马上离开，以后就没机会了。”

杜雷昏头昏脑地转过身，似乎他能直接走回医院的床上去。他回头朝又矮又瘦的年轻人看了看，那人正站在鹅卵石湖岸边。“那你呢？”

约翰又捡起一块石头，掷了出去，石头仅仅跳了一下，就马上消失在了镜面之下，他摇摇头。“眼下，我很高兴待在这儿，”他说，与其说是对杜雷讲话，不如说是自言自语，“我真的很喜欢这次旅行。”他摇摇头，似乎要把自己从幻想中摇出来，然后抬起头，笑盈盈地看着杜雷。“快走。快挪挪屁股，教皇陛下。”

杜雷感觉震惊、滑稽、恼怒，他张嘴想要反驳，却发现自己正躺在政府大楼的医务室中的床上。医师把亮度调得很低，以便让他好好睡觉。监控器的小圆珠紧紧抓着他的皮肤。

杜雷在那躺了一分钟，因为三度烧伤的治疗，他感到浑身发痒，很不舒服，同时想到了那个梦境，他觉得那只是个梦罢了，他可以倒头继续睡上几小时，等爱德华蒙席——哦不，主教和其他人来这护送他回去。杜雷闭上双眼，想起了那张既有男子气概，又相当儒雅的脸庞，那双淡褐色的眼睛，那古老的语调。

耶稣会的保罗·杜雷神父坐起身，挣扎着站起，发现衣服不见了，身上只穿着一条医院用纸睡裤，于是他把一条毯子裹在身上，拖着光脚，不等医师对示踪传感器作出反应，就走开了。

在大厅的远端有个仅供医师使用的远距传输器。如果它不让他回家的话，他会再去找另一座。

利·亨特抱着济慈的尸体，走出埋在阴影中的大楼，踏进阳光普照下的西班牙广场。他满心期待，希望能在那里看见正在等他的伯劳。然而，出现在眼前的是匹马。亨特并不擅长辨认马匹，因为这种动物在他的时代已经绝种，但看样子，这匹马就是先前带他们来罗马的那匹。它身后连着同样的小车子——济慈称其为“桅图拉”，就是他们早先坐过的小车子。因为有这辆车子的存在，亨特也更加容易地辨认出了这匹马。

亨特抱着尸体，把它放置在马车座椅上，并小心翼翼地把它用亚麻布包住。马车开始缓缓上路，他紧随一旁，一只手仍然摸着裹尸布。济慈弥留之际，曾叫亨特把他埋在奥理安城墙[1]和卡伊乌斯·凯斯提乌斯金字塔边上的新教公墓中。亨特隐隐约约记得，在先前他们古怪的旅途中，他们曾路经奥理安城墙，但是，如果他的生命——或者济慈的葬礼——完全取决于那个地方，他是肯定找不到它的。但不管怎样，马儿似乎认得路。

亨特在慢慢移动的车子旁拖着沉重的步子，他意识到，空气中带着美妙的春晓之味，还有一种腐败植被的含蓄气息。济慈的尸体是不是已经在腐烂了呢？亨特几乎不懂死亡具体意味着什么，他也不想知道。他使劲拍了拍马屁股，赶着马儿，可是那畜生却停了下来，缓缓转过头，向亨特投来一道责难的目光，接着继续它沉重缓慢的步伐。

向亨特泄密的，更多的是眼角瞥到的一丝闪光，而不是什么声音。他飞快地转过身，伯劳就在那儿——在他身后十到十五米外，紧紧跟着马儿的步伐，那是种既庄严但又有点滑稽的进军，每迈一步，

---

① 奥理安为罗马帝国皇帝，公元3世纪时在位，罗马城为其下令建造，故有此城墙名。

插满棘刺的膝盖就高高抬起。日光在甲壳、金属牙和刀刃上闪耀。

亨特心中冒出的第一股冲动是想抛下马车独自跑开，但是他心中又涌起一丝责任感，还有一股更深的迷惘，将那股冲动抑制住。除了西班牙广场，他还能跑到哪儿去呢——而伯劳拦住了去广场唯一的路。

那就姑且把那怪物看作这疯狂吊唁队伍中的一分子吧，亨特转过身，背对着伯劳，继续在马车旁行走，一只手伸进裹尸布，紧紧抓着他朋友的脚踝。

行走的过程中，亨特时刻留意着远距传送门的迹象，或是任何超越十九世纪技术的征兆，或是另一个人的影子。但什么也没有。眼前的幻觉真是逼真——他正走在公元一八二一年二月如春的天气下，正在穿越被人遗弃的罗马。马儿踏上离西班牙台阶一个街区外的某座丘陵，在宽阔的大道和狭窄的小巷中转了好几个弯，经过一座弯曲、崩裂的废墟，亨特认出这是圆形大剧场。

然后马车停了下来，亨特原本正一边走，一边想入非非，现在突然醒来，左右四顾。他们就在一堆簇叶丛生的石头外面，亨特猜，那就是奥理安城墙。这儿的确有一座小小的金字塔，但是新教公墓——如果那的确是的话——似乎更像是牧场，而不是公墓。绵羊在柏树的树荫下啃草，它们身上的铃铛在沉闷、暖和的空气中发出阴森的叮当声。遍野的青草有齐膝高，甚至更高。亨特眨眨眼，看见孤零零的几块墓石散落各处，被青草半掩。近处，就在啃草的马儿脖子的对面，有一块新开挖的墓穴。

伯劳依旧待在身后十米远处，与瑟瑟的柏树树枝为伍，但亨特望见它那红眼的光芒定睛在墓穴之上。

他绕过那匹正惬意地咀嚼着高草的马儿，向墓穴走去。没有棺材。洞穴大约有四英尺深，堆在对面的泥土散发出一股腐殖质和冰凉土地的气息。那里插着一把长柄铁铲，似乎是墓穴的挖掘者刚刚留下的。一块石板竖立在墓穴顶部，但上面没有任何记号——是块空白墓石。亨特看见石板顶端有什么金属在闪烁，他猛冲过去，拾起那东西，他发现这是自他被绑架到旧地以来看到的第一件现代人工制品。躺在那儿的是支小小的激光笔——就是建筑工人或者艺术家用来在硬质合金上涂写图样的东西。

亨特握着笔转过身，他感觉自己已经武器加身，虽然他觉得，用这细小的光线来阻止伯劳似乎荒唐可笑得很。他把笔塞到衬衣口袋中，开始着手埋葬约翰·济慈。

几分钟后，亨特站在土堆旁，手拿铁铲，低头凝视着还未填土的墓穴，盯着里面那一小捆毯子。他琢磨着该说点什么。亨特曾历经无数正式的国葬，甚至帮悦石为其中几个人写过颂词，在以前，他完全不会被词语难倒。但是现在，他却想不出任何话语。仅有的听众是那沉默的伯劳，它仍然站在后面，待在柏树的树荫中；当然还有那些绵羊，它们正怯怯地逃离那怪物，身上的铃铛叮当作响，就像一群磨蹭的哀悼者朝墓穴缓缓走来。

亨特想，也许该念点约翰·济慈的原创诗作。但亨特是名政治人员——不是惯于朗读或记忆古诗的人。他回想起，前一天他曾经写下这位朋友背诵的一首诗文片段，但现在已经太迟了，笔记本依然放在西班牙广场房间中的衣柜上。那首诗，讲的是在成为神或上帝的过程中，太多太多的东西涌入脑海……诸如此类的胡话。亨特的记性非常好，但是他还是想不起那首古老大杂烩的第一行是什么。

最后，利·亨特只能姑且沉默了片刻，他低下脑袋，闭着眼睛，偶尔朝伯劳瞅一眼，那怪物仍然站在几丈之外，然后亨特把泥土铲了进去。花的时间比他想象的长。等到他铲光泥土，墓穴的表面还是微微下凹，就好像那尸体太微不足道了，连个小土垛都堆不起来。绵羊从亨特脚边擦过，走到前面去啃墓穴周围的高草、雏菊和紫罗兰。

亨特也许记不起那个男人的诗作，但他没费多少劲就记起来济慈叫他在墓石上刻的碑铭。亨特按动激光笔，在三米高的草儿和土壤中试了试，烧了条沟渠出来，然后踩灭了这条小火苗。亨特第一次听到墓志铭的时候感到很不安——济慈呼哧呼哧的喘息声之下，可以听到寂寞和辛酸。但亨特觉得自己没理由要和他争论。现在，他只需把那句话刻在碑石之上，然后从这地方脱身，避开伯劳，找到回家的路。

激光笔不费吹灰之力就切进了石头，亨特得先在碑石的反面练练，让自己找到激光合适的深浅，并熟悉它的控制。虽然如此，十五到二十分钟后，亨特完成时，那些字看上去还是既简单又粗糙。

首先是济慈叫他画下的粗略图画——他曾给这位助手看过好几幅草图，那颤巍巍的手把它们描在大页书写纸上——那是一把古希腊里拉琴，八根弦断了四根。亨特画完后，感觉不甚满意——他不是诗歌的阅读者，更不是什么画家——但是，只要谁知道什么是古希腊里拉，他就很可能认得出来。然后就是铭文本身，按济慈口述，一字不差地写在了上面：

此地长眠者
声名水上书

没有其他。没有生卒年月，甚至没有诗人的名字。亨特朝后退了几步，审视着自己的作品，摇摇头，按了按激光笔把它关掉，但仍然拿在手里，开始返回城市，走的时候，他避开柏树下的怪物，绕了一个很大的圈子。

在穿越奥理安城墙的坑洞时，亨特停下脚步朝后面望了一眼。那匹马依然拖着车子，已经走下了长长的斜坡，来到一条小溪旁咀嚼甘美的嫩草。绵羊四处乱转，嚼着花儿，墓穴周围的湿润土地上全是它们的足迹。伯劳依然站在原地，在柏树树枝形成的凉亭下隐约可见。亨特几乎可以确信，那怪物依旧在注视墓穴。

亨特找到远距传输器的时候已经时至傍晚，一扇暗淡的深蓝矩形门在崩溃的圆形大剧场的正中央发着嗡嗡声。没有触显，也没有点压板。传送门悬在那儿，望不穿里面，但似乎敞开着。

但亨特进不去。

他试了不下五十次，但是那东西的表面紧密得仿若岩石，没法进入。他试探着，用手指摸了摸，安心地把脚踏进去，却被反弹回来；用力朝蓝色矩形撞，朝入口抛石头，看着它们反弹回去；两边都试了试，甚至连边上也试了一下，最后他一遍一遍地向这没用的东西跳去，直到肩膀和胳膊全是一块块的瘀青。

这是远距传输器。他十分确信。但它就是不让他进去。

亨特在圆形大剧场的其他地方看了看，甚至去了地下通道，那里一直有水在滴，还有蝙蝠屎，但是没有另一扇传送门。他搜遍了邻近的街道和街上的建筑。没有传送门。他找了一下午，穿越大会堂和大教堂，住宅和小屋，豪华的公寓大楼和狭窄的小巷。他甚至回了趟西班牙广场，在一楼草草地吃了顿饭，到楼上拿回笔记本和其他他觉得有用的东西，然后永远地离开了。他要去找远距传输器。

圆形大剧场中的那个是他找到的仅有的一个。日落时分，他对着它又挠又抓，最后手指鲜血淋漓，还是没有头绪。那扇门看上去完全正常，发出正常的嗡嗡声，感觉上也没什么毛病，可它就是不让他进去。

一轮月亮升起，从它表面的沙尘暴和云团来看，那不是旧地的月亮，它现在正高挂在圆形大剧场黑色的曲线墙头上。亨特坐在岩石遍地的中心，朝发出蓝光的传送门怒目而视。身后某处，突然传来鸽子狂乱拍打翅膀的声音，还有小石块掉落在岩石上的嗒嗒声。

亨特痛苦地站起身，从口袋中摸索出激光笔，他站在那儿，双腿叉开，注视着圆形大剧场的一条条裂缝和拱门的阴影，紧张地等待着。没什么动静。

身后突然传来声音，他猛地旋过身，几乎要将激光笔的光束朝远距传送门的表面射去。从那儿伸出一条胳膊。然后一条腿。一个人钻了出来。接着又是一个。

圆形大剧场内回荡起利·亨特的尖叫。

梅伊娜·悦石知道，尽管自己眼下疲乏交加，但即便是打上三十分钟的瞌睡也极不明智。不过自她童年以来，她就一直训练自己，把小睡的时间维持在五到十五分钟之内，通过远离思考的稍事休息来摆脱掉疲劳毒素。

现在，因为前四十八小时的混乱带来的疲意和眩晕让她感到恶心，她在书房的长沙发上躺了几分钟，倾空了脑袋中的琐事，让自己的下意识在思维和事件的丛林中劈出一条出路。几分钟时间内，她就这么小憩着，在她小憩的片刻之内，她开始做梦。

梅伊娜·悦石笔直坐起身，抖脱肩上轻柔的阿富汗毛毯，眼睛还未睁开，就点了点通信志。“赛德普特拉！通知莫泊阁将军和辛格元帅，三分钟内到我办公室来。”

悦石走进隔壁的洗澡间，经过水浴和声波淋浴，然后拿了件干净衣服——一套极其正式的装束，柔软的黑色马裤尼丝绒，一条金红的议员绶带，由金色饰针别着，饰针上带有霸主的短线符号，一对可以追溯到天大之误前旧地的耳环，还有附着通信志的黄晶手镯，那是拜伦·拉米亚议员在他结婚前送给她的。一切完毕，她及时回到书房，接见了军部的两位军官。

“执行官大人，您选的时候真不合适，”辛格元帅开口道，“我们正在分析发自无限极海的最后数据，同时在讨论防御阿斯奎斯的舰队调遣工作。”

悦石调出自己的私人远距传输器，示意两人跟上。

辛格踏入险恶的青铜色天空下的金草，他环顾左右。“卡斯卓-劳塞尔，”他说，“听说，早先有届政府叫军部的太空军在这儿建了个私人远距传输器。”

“首席执行官耶夫申斯基把它加进了环网。”悦石说。她挥挥手，传送门消失了。“他觉得最高行政长官应该有个什么地方，内核的监听装置监听不到的地方。”

莫泊阁心神不定地望着地平线附近的一堵乌云，球状闪电在那儿闪亮。“没有地方能完全脱离内核的掌控，”他说，“我正向辛格元帅说起我们的猜疑。”

“不是猜疑，”悦石说，“是事实。我还知道内核在哪里。”

两位军部军官的反应都像是被球状闪电击中了。“哪里？”他俩几乎异口同声道。

悦石来回踱着步。她的灰色短发似乎在带电的空气中闪光。“在远距传输网络中，”她说，“传送门之间。人工智能生活在奇点的假世界中，就像蜘蛛生活在黑色的蛛网中。而为它们织网的，便是我们。”

莫泊阁是两人中首先开口的。“我的天，”他说，“那我们现在怎么办？装载有内核武器的火炬舰船就要传送到海伯利安领空了，连三小时都不到了。”

悦石将打算告诉了他们。

“不可能，”辛格说，他正下意识地扯着自己的短胡子，“绝对不可能。”

“不，”莫泊阁说，“会成功。时间足够。和前两天的舰队调遣一样混乱无序……”

元帅摇摇头。“从逻辑上来讲这是可能的。但按道理和道德来讲，不可能。不，完全不可能。”

梅伊娜·悦石走向前。“库什万，”她对元帅说，这是她长久以来第一次直呼他的大名，前一次还要追溯到许多年前，那时她还是名年轻议员，而他更是个年轻的军部太空指挥官，“你记不记得，拉米亚议员让我们和稳定派联系的那一阵子？记不记得那个叫云门的人工智能？记得他预言的两个未来吗——其中一个充满了混乱，而另一个则是人类必然的大灭绝？”

辛格转身背对着他们。“我只为军部和霸主效劳。”

“你的职责和我一样，”悦石厉叫道，“为人类效劳。”

辛格举起拳头，似乎准备打击一个无形但极为强大的敌人。“我们根本就不能确定！你从哪儿获得的消息？”

“赛文，”悦石说，“那个赛伯人。”

“赛伯人？”将军嗤之以鼻，“你是说那个画家。或者说，那个极其可怜的拙劣样品。”

“赛伯人。”首席执行官重复道。她跟他们解释了一下。

“赛文是个重建人格？”莫泊阁看上去满腹怀疑，“你找到他了？”

“他找到了我。在一个梦中。他不知用什么办法从他那地方跟我取得了联系。亚瑟，库什万，那就是他的任务。那就是云门派他到环网来的原因。”

“梦，”辛格元帅冷笑道，“这个……赛伯人……告诉你内核藏在远距传输器的网络中……是通过一个梦。”

“对，”悦石说，“我们没多少行动时间了。”

“可是，”莫泊阁说，“如果要进行你的提议……”

“将会让数百万人死亡，”辛格替他结语，“也许是数十亿。经济将会瘫痪。比如鲸心、复兴之矢、新地、天津四、新麦加这些世界——还有卢瑟斯，亚瑟——二十多个世界依赖着其他世界的食物供给。都市星球无法独个生存。”

“它们可以不做都市星球，”悦石说，“可以学着去种田，直到星际贸易复兴。”

“呸！”辛格怒骂道，“经过天灾，经过当局的崩溃，数百万人因为缺乏合适的装备、医药、数据网支持，然后一命呜呼，哈，你说的全是无稽之谈。”

“我想过这一切，”悦石说，莫泊阁从没听过她这么坚定不移的语气，“我将成为历史上最著名的刽子手——比希特勒、胡子或者贺瑞斯·格列依高这些人还要臭名昭著。但唯一糟糕的事情就是如何来接手我们的烂摊子。我——还有你们，先生们——将会是人类最大的叛徒。”

“我们不知道。”库什万·辛格咕哝道，就好像是谁对着他的肚子来了几拳，把这句话从中赶了出来。

“我们知道，”悦石说，“环网对内核来说已经毫无用处了。从现在起，反复派和终极派将会把几百万奴隶禁锢在九个迷宫世界的地底下，他们将用人类的神经元突触作为剩下的计算能源。”

“胡说八道，”辛格说，“那些人会死光的。”

梅伊娜·悦石叹了口气，摇摇头。“内核设计出一种寄生物，一种有机装置，名叫十字形，”她说，“那东西……让死人……起死回生。经过几代后，人类将变得智力迟钝，无精打采，没有了未来，但是他们的神经元依旧会服务于内核的目的。”

辛格又转身背对着他们。风暴逼近，沸腾的青铜色云朵纵情奔跃，辛格小小的身形在闪电的幕墙下显出轮廓。“梅伊娜，你在梦中得知了这一切？”

“对。”

“你的梦还说了其他什么吗？”元帅厉叫道。

“内核已经用不到环网，”悦石说，“用不到人类的网络。虽然他们仍将继续住在里面，就像墙内的老鼠，但是他们已经不再需要原先的居住者。人工智能的终极智能将会接管主要的计算职责。”

辛格转身看着她。“梅伊娜，你疯了。你真是疯了。”

悦石飞快走上前，在元帅激活远距传输器前抓住他的胳膊。“库什万，请听我——”

辛格从束腰外衣中掏出一把仪式用钢矛枪，拿它顶着女人的胸脯。“抱歉，执行官大人。但我只为霸主和军部——”

悦石手捂嘴朝后退去，库什万·辛格元帅住了口，瞎子般地凝视了片刻，然后栽倒在草丛中。钢矛枪滚进杂草中。

莫泊阁走上前，捡起枪，把它别在自己的腰带上，然后把手中的死亡之杖放好了。

“你杀了他，”首席执行官说，“本来，如果他不合作，我打算把他留在这儿。让他一个人待在卡斯卓–劳塞尔上。”

“我们不能冒险，”将军说，他把尸体拖到远处，“一切都取决于接下来几小时。”

悦石看着她的老朋友。“你愿意把它进行到底？”

“我们必须，”将军说，“这是我们除去压抑束缚的最后机会。我马上下达部署命令，亲自移交封缄命令。绝大多数舰队都将……”

“我的天，”梅伊娜·悦石低声说道，低头看着辛格元帅的尸体，“我做这一切，全是凭一场梦。”

“有时，”莫泊阁将军说，抓住她的手，“正是梦，将我们和机器区别开来。”

44

死亡，我发现，并不是场令人愉悦的经历。离开西班牙广场熟悉的房间和迅速冷却的躯体，就好像由于火灾或是洪水而被逐出了熟悉的温暖家园，被赶进了黑夜。我感受到十分剧烈的震惊和移情的涌动。我朝超元网猛冲，体验到一种羞耻感，那是一种突如其来的尴尬，当我们在梦中突然意识到自己忘了穿衣服，赤身裸体地站在大庭广众之下时，就会有这样的反应。

赤身裸体，这词用得恰当极了，我拼命维持着自己被扯成碎片的模拟体人格。通过这近乎狂乱的电子云似的记忆和遐想，我想方设法集中十二分的精神，专注于我曾经的合理人类影像——或者至少是我共享过记忆的那个人身上。

约翰·济慈先生，五英尺高。

超元网比以前越发骇人——糟得都没有什么临终的庇护所可以让我逃进去。巨大的形体在黑色的地平线外游移，洪亮的声音在凝结的空虚中回荡，就像被遗弃的城堡中的脚步声。在一切之下、之后，有什么持续不断的令人心惊肉跳的隆隆声，听上去像是什么马车轮胎在石板大路上滚滚而行。

可怜的亨特。我很想回到他身边，如同马利的鬼魂[1]一样突然出现，告诉他，我现在其实比看上去的要好多了。但是此时此刻，旧地对我来说是个危险地界：伯劳在那儿，它的实体在超元网的数据平面上灼烧，就像黑色天鹅绒上的火焰。

内核正用巨大的能量召唤着我，但那里更加危险。我记起云门在布劳恩·拉米亚面前杀死了另一个济慈——仅仅把那个模拟体的人格往身上捏了捏，就让它简单地分崩离析，那个男人的基本内核记忆就像盐腌的鼻涕虫消融了。

这没什么。

我已经选择死亡，进而获得神格，但在我睡去之前，我还有颇多琐事要做。

超元网让我害怕，但我更怕内核，我必须经过的数据网奇点的黑色通道让我浑身战栗。但是那里什么也没有。

我迅速游进第一个黑色圆锥体，仿佛一片象征性的树叶在极为真实的漩涡中旋转，接着进入了我想要的数据平面，但是我实在是感到头昏眼花、不辨南北，只能在那儿坐了一会儿——不管是访问这些存储器神经中枢的内核人工智能，还是居住在那些数据山脉的紫色裂缝中的噬菌体例行程序，它们都能看见我——但是技术内核中的混乱场面拯救了我：巨大的内核人格正忙于围攻他们自己的特洛伊城，无暇顾及他们的后门。

---

① 指雅各布·马利的鬼魂。查尔斯·狄更斯《圣诞欢歌》中的人物。富有而小气刻薄的斯克罗吉，在某一年的圣诞前夕，遇见死去七年的好友马利的灵魂。马利带着斯克罗吉穿越过去、现在与未来，查看斯克罗吉的富有与刻薄，以及他带给身边亲人、下属，乃至他自己的众多灾难与不幸，使他在除夕夜一夜之间从一个吝啬、冷漠、不愿帮助穷人的富翁老头变成一位心中充满热情、爱助人为乐的善良老人。

我找到了想要的数据网存取码和所需的突触脐带，仅仅用了一微秒的工夫，就沿着老路来到了鲸逖中心，进入政府大楼，来到那里的医务室，进入保罗·杜雷药物所致的梦境之中。

我的人格做得最得心应手的一件事就是做梦，我偶然发现，我在苏格兰旅行的记忆造就了一个令人愉悦的梦中场景，在那里，我说服神父叫他离开。身为英国人和自由思想家，我曾反对任何带有天主教教皇制度的东西，但我不得不对耶稣会士表示称颂——他们接受的教导中，服从高于逻辑，就这一次，这一品质给所有人类带来了裨益。当我叫杜雷离开时，他没问缘由……就像一个好孩子一样一觉醒来，裹了条毯子离开了。

梅伊娜·悦石以为我是约瑟夫·赛文，但她接收了我的信息，似乎把那当作上帝发来的神谕。我很想告诉她，不，我不是那个人，我只是古早前来的那个人。但我是来送信的，既然已经送达，那我就可以离开了。

在我回海伯利安超元网的路上，我经过内核，闻到内战的硝烟味，瞥到强烈的耀眼之光，那很可能是云门，他正在被毁灭。这位古老的大师（如果真是他的话），在死时并没有引用公案，而是痛苦地大叫，就像任何有意识的实体在被扔进烤箱中时发出痛苦的声音。

我加紧脚步向前赶去。

连接海伯利安的远距传输纤细异常：是个单独的军用远距传送门，还有一艘已经毁损的跳跃飞船，位于遭到战争破坏的霸主舰船的收缩周界线内。奇点的密蔽场在驱逐者的攻击下，只能抵御几分钟时间了。携带着内核死亡之杖武器的霸主火炬舰船正准备传送至系统内，与此同时我穿了进来，在狭窄的数据网平面中判明了方位，可以好好观察一番。我停下来，观看着接下来发生的事。

“老天，”美利欧·阿朗德滔说，“梅伊娜·悦石正通过一级优先信息流发送信息。”

西奥·雷恩走了过来，和老者一起注视着全息井上方的超驰数据，它们从朦胧慢慢变得清晰。领事原先在卧室中忧郁沉思，现在他从里面走了出来，走下铁制的螺旋楼梯。“又是鲸心来的信息？”他叫道。

“并不单单是给我们的，”西奥说，他审视着红色代码逐渐成形，慢慢隐去，“是条超驰超光转播信息，发送给所有人，所有地方。”

阿朗德滔坐到全息舱的软垫中。“很不对劲。首席执行官以前有没有在全频率上广播过？”

“没有，”西奥·雷恩说，“单是对这样的信息流进行编码，就需要极其惊人的能量。”

领事朝前走来，指着正在消失的编码。“这不是信息流。瞧，是实时传输信息。”

西奥摇摇头。“我们说的是几亿千兆电子伏的传输能量。”

阿朗德滔吹了个口哨。“几亿千兆电子伏，那肯定是十万火急的事情。”

“全体投降，”西奥说，“只有这才会进行全宇宙的实时广播。悦石把信息送往驱逐者、偏地世界、被侵占的星球，还有环网。信息肯定覆盖了所有通信频率、全息电视和数据网波段。肯定是投降。”

“闭嘴。”领事说。看得出来，他喝过酒。

领事从审理会回来后，就一直在喝酒。就在西奥和阿朗德滔拍拍他的背，庆祝他生还归来时，他一直阴郁着脸闷闷不乐，甚至在飞船起飞、飞离游群、加速前往海伯利安时，他的情绪也没多大改善，两个小时以来一直在独自闷头喝酒。

“梅伊娜·悦石不会投降的，”领事含糊其词道，他手里依旧拿着苏格兰威士忌的瓶子，“你们尽管看好。”

火炬舰船“斯蒂芬·霍金”号霸舰，这艘建于二十三世纪、以受人敬仰的著名科学家命名的霸主飞船内，站着亚瑟·莫泊阁将军。他站在C^3甲板上，抬起头，示意两名舰桥军官安静。一般情况下，这一等级的火炬舰船会配备二十五名船员。而现在，由于武器舱装载并装备着内核的死亡之杖装置，所以船上仅有莫泊阁和四名志愿者。显示器和计算机谨慎的声音向他们确认，“斯蒂芬·霍金”已经按时间进入航程，正平稳地加速至近量子速度，朝坐落在末睇和它超大月亮之间的拉格朗日点三位置上的军用远距传送门奔赴。末睇传送门直接通向受到勇猛防卫的海伯利安领空的远距传输器。

“离传输点还有一分钟十八秒。”舰桥军官萨卢曼·莫泊阁说道。他是将军的儿子。

莫泊阁点点头，按键播放系统内多频率传输信息。舰桥投影正忙着处理任务数据，所以将军只开启了首席执行官的声音广播。他情不自禁地笑了。要是梅伊娜知道他正指挥着“斯蒂芬·霍金”，她会说什么呢？还是不知道的为好。除了站在这儿，他什么也做不了。他不希望看到自己过去两小时中亲手下达的明确命令所带来的后果。

莫泊阁看着自己的大儿子，满心荣耀，强烈得甚至毗邻痛苦边缘。他可以提拔到此任务中的火炬舰船级人员少之又少，他的儿子是第一个自愿加入的。除却其他缘由，莫泊阁一家的狂热也许可以减少内核的些许疑虑。

“公民朋友，”悦石说道，“这是我作为首席执行官向你们进行的最后一次广播。

“这场可怕的战争已经毁灭了我们的三个世界，现在即将侵犯第四个，你们都知道，这场战争一直被认为是驱逐者游群发动的。

“这是谎言。”

通信波段突然受到干扰，模糊起来，消失了。“转到超光。”莫泊阁将军说。

“离传输点还有一分钟三秒。”他的儿子吟诵道。

悦石的声音重新出现，回荡在耳边，因为超光的加密解密而微微有点不清楚。“……明白我们的祖先……我们自己……和一个跟人类命运毫无瓜葛的力量签订了一份浮士德式契约。

“内核是此次入侵的主谋。

“内核应为心灵的漫长、安逸的黑暗时代负责。

“内核应为正在进行的袭击负责，他们想要毁灭人类，将我们从宇宙中抹去，用他们自己设计的机器之神取代我们。”

舰桥军官萨卢曼·莫泊阁一直埋头在仪表盘的圈子中。“离传输点还有三十八秒。”

莫泊阁点点头。C^3舰桥上的另两名船员满脸汗水，闪闪发亮。将军意识到自己的脸上也湿漉漉的。

“……证明内核居住在……一直都居住在……远距传送门的黑暗地界内。他们把自己当成我们的主人。只要环网存在，只要我们挚爱的霸主由远距传输器连接，他们就将一直是我们的主人。”

莫泊阁朝自己的精密计时器瞥了一眼。还有二十八秒。传输至海伯利安——对人类来说——将是实时的。莫泊阁确信无疑，一旦他们进入海伯利安领空，内核的死亡之杖武器就会用某种他不理解的方式触发。死亡的冲击波魔爪将会在两秒不到的时间内触及海伯利安星球，在十多分钟内吞噬驱逐者游群最远的部队。

“因此，”梅伊娜·悦石说，声音第一次出卖了她的情感，“作为人类霸主的议院首席执行官，我已经授权军部的太空军队摧毁所有已知存在的奇点密蔽场和远距传输装置。

“摧毁任务……烙烧任务……将在十秒内启动。

“愿神佑我霸主。

“愿神宽恕我们。”

舰桥军官萨卢曼·莫泊阁满心平静地说道：“离传输还有五秒，父亲。”

莫泊阁的目光穿越舰桥，定格在儿子身上。年轻人身后的投影显示出慢慢增大的传送门，慢慢增大，最后环绕住他们。

“我爱你。”将军说。

两点六秒内，连接七千二百万远距传送门的三百六十三个奇点密蔽球被摧毁。军部的舰队，由莫泊阁签发的行政命令所部署，立即对三分钟前刚刚启封的命令作出专业响应，用火箭弹、切割武器、等离子炸弹摧毁了脆弱的远距传输球。

三秒过后，残骸的云雾还在弥散，几百艘军部的太空飞船发现自己搁浅了，大家都被分隔了，即使通过霍金驱动器，同其他系统也隔着几星期到几个月的距离，还有几年的时间债。

成千上万的人羁绊在远距传输的运输途中。许多人当即毙命，被撕碎或者是扯成两半。还有更多人在传送门在身前或身后瘫痪前，被切断了胳膊。有些人仅仅是消失了。

这就是“斯蒂芬·霍金”号霸舰的命运——同预期的一模一样——在飞船进行传送的那一刹那，进口和出口传送门被巧妙地毁灭，这艘火炬舰船的所有部分都没有在真实空间中幸存。后来的测试给予了确定性结论：所谓的死亡之杖武器就在传送门之间的奇怪内核地理（不管那是什么时间和空间）中被触发。

所致结果无人知晓。

但对环网其余世界和公民造成的结果马上显露。

数据网，历经七个世纪的历史，其中至少有四个世纪，几乎人人都得靠它生存，它包括了全局和所有的通信及存取波段，现在就那么不复存在了。在那个时刻，几十万公民发了疯——因为感觉的丢失而无比震惊，突发紧张症，对他们来说，那些感觉甚至比视觉和听觉还要重要。

几百万数据平面的操作者，包括许许多多所谓的赛伯飙客和系统牛仔，都迷失了，要么是他们的模拟体人格遭受到数据网的坠毁，要么是他们的大脑因神经分流器过载而烧毁，要么是死于后来被称作是“零零反馈”的效应。

数百万人的居所成了孤立的死亡地牢，因为这些地方只能通过远距传输器访问，结果这数百万人全部死于非命。

末日赎罪教会的主教——伯劳教会的领导者——精心安排自己在末日时刻袖手旁观，现在正舒舒服服地待在某个中部被挖空的山脉中，储备丰富，那是永埔星北区乌鸦山脉的地底深处。众多远距传输器是仅有的进出通道。主教和上千侍僧、驱魔师、诵经师、看门人张牙舞爪地奔进内部圣所，争夺上帝的最后一点空气，随之一命呜呼。

泰伦娜·绿翼-翡——百万富翁出版商——已达九十七标准岁，由于鲍尔森理疗和冰冻沉眠术，活了整整三百多年。但她犯了大错，在那重要的一天，竟然待在了鲸逖中心第五城市巴别区超线尖塔四百三十五楼的办公室中，而那办公室仅能通过远距传输器进出。起先她相信远距传输服务会很快恢复，但十五个小时之后，她终于听从自己雇员的通信电话请求，卸下密蔽场墙，以便让电磁车来接她。

泰伦娜实在是太粗心大意，没有按指示去做。爆炸性减压将她从四百三十五楼抛出，就像摇得过头的香槟酒瓶的软木塞。在外面等待的电磁车中的雇员和救援队成员断言，在整个四百米的坠落过程中，这老女人一直在滔滔不绝地咒骂老天。

大多数世界上，混乱得到了新的定义。

环网经济的很大一部分随着当地的数据网和环网万方网的消失而不复存在。数万亿马克——血汗钱和黑钱——转瞬不见。寰宇卡不再起作用。日常生活的系统开始咳嗽、残喘、关闭。现在，如果不用黑市币或者钞票，就无法购买日用品，无法在公共传输线上付费旅行，无法付清最小额的债务，也无法接受任何服务，这将持续几星期，或者几个月，甚或几年，一切都取决于这是哪个世界。

如同海啸般席卷而来的全网上下的大萧条仅仅是次要之事，可待以后思量。对大多数家庭来说，随之而来的剧烈结果都是马上冲着个人去的。

父母亲如往常一样传送到其他地方工作去了，比如说从天津四丁到了复兴之矢，可是，今晚他们回来晚了，不是一小时，而是——如果他们能找到即刻出发的传输工具，也就是仅有的几艘依旧在世界之间痛苦旅行的霍金驱动神行舰之一——十一年。

小康家庭的成员聆听悦石的演讲时，正待在他们多重世界的时髦宅邸中。他们抬起头面面相觑，仅由一间间房间之间敞开的传送门隔开，相离区区几米，眨眼之间，就远隔几光年和数年的真实时间，他们的房间现在已经变得完全密不透风了。

孩子在学校，在营地，或是玩耍，或是由保姆照管。但在与父母重聚前，将早已长大成人。

中央广场，虽然早先因战争之风被截去几段，但现在发现自己已经全然湮没无闻，那些漂亮商店和卓越旅馆的无尽环带被切成了俗气的段落，将永远不能重新团聚。

随着巨大的传送门变得晦暗死寂，特提斯河已成一潭死水。河水涌出、干涸，鱼儿们在二百个太阳的照射下烂成一堆。

暴动肆虐。卢瑟斯将自己扯碎，就像一头狼撕咬着自己的内脏。新麦加上殉难者前仆后继。青岛–西双版纳庆祝自己从驱逐者游牧部落的魔爪下解脱，并绞死了上千名前霸主官吏。

茂伊约也发生了暴动，但是作为庆贺，数十万第一家庭的后裔把接管这个世界的外世界人赶下台，重新驾驭起移动小岛。之后，数百万突遭巨变而垮台的度假屋所有者被迫拆除上千座钻油塔和旅游中心，这些东西就如痘疮般将赤道群岛弄得全是麻点。

复兴之矢上，发生一阵短暂的暴力行为，紧接着社会成功重组，并作出了一系列努力，为没有农庄的都市世界提供必需品。

北岛上，城市空空荡荡，人们回到海岸、冰海和他们祖传的渔船上。

帕瓦蒂上，一片混乱，内战硝烟弥漫。

天龙星七号上，人们开始狂欢革命，紧接着，一种逆转录酶病毒瘟疫暴发。

富士星上，在泰然处之之后，人们立即建立轨道造船厂，并造出一批霍金驱动神行舰。

阿斯奎斯上，人们竖指怒骂，随后，世界国会的社会主义工党胜利胜出。

佩森上，人人祈祷。新教皇，教皇陛下忒亚一世召集理事会召开大会——梵蒂冈第三十九届政府——宣布教会生命的新纪元，并授权理事会准备传教士的漫长传教之旅。许许多多传教士。许许多多传教之旅。教皇忒亚宣布，这些传教士并不是说客，而是探索者。教会，如同许多习惯于生存在灭绝边缘的物种，适应并坚忍着。

潭蓓星上，暴动，死亡，煽动者兴起。

火星上，奥林帕斯司令部暂时通过超光与远在异地的军队取得联系。他们确认所有地方的“驱逐者攻击波”已经突然中止，除了海伯利安系统。被截取的内核飞船空空如也，也没有程序化指令。侵略结束。

迈塔科瑟上，暴动，报复。

库姆·利雅得上，一名自封的信奉原教旨的什叶派阿亚图拉[①]走出沙漠，召集了十万信徒，几小时内就将逊尼派地方自治政府血洗一空。新的革命政府让毛拉重掌大权，扭转历史乾坤，回到两千年前。人们欢呼雷动。

阿马加斯特这个边陲世界上，事情一如既往，只是没了游客、新考古学家和其他进口的乐趣。阿马加斯特是个迷宫世界。那里的迷宫依然空空如也。

希伯伦上，新耶路撒冷这个外世界中心惶恐不安，但是犹太复国主义的长者很快就恢复了城市和世界的秩序。制订出计划。珍贵的外世界必需品按定量配给并得以共享。沙漠被开垦。农庄被开拓。树木被种植妥当。人们互相诉苦，感谢上帝让他们得以解救，也和上帝争论这同一解救带来的困苦，然后继续做他们的事。

神林上，整片整片的土地依然在燃烧，烟雾的幕布罩住了整片天空。在最后的“游群”离开后，很快，二十多艘巨树之舰腾空而起，

① 阿亚图拉：高级的男性伊斯兰教什叶派宗教权威，一般担任一个政治角色并被认为是值得仿效的对象。

穿越云层，在聚变推进器的推动下缓缓攀向高空，同时由尔格生成密蔽场，保护着树体。一脱离重力井，大多数巨树之舰就开始沿宇宙的黄道面朝四面八方奔赴，开始长时间的加速旋转，进行量子跃迁。超光信息流从巨树之舰跃向远处等待着的游群中。重新播种开始了。

鲸逖中心这个权力、财富、商业、政府中心上，饥饿的幸存者离开危险的大厦、无用的城市、无能的轨道聚集地，倾涌而出，想找谁骂一顿。想找谁惩罚一番。

他们不必走远就能找到。

传送门彻底终止运转的时候，范希特将军正在政府大楼中，现在他正指挥着剩下的二百名海兵和六十八名安全人员守卫着综合楼。前首席执行官梅伊娜·悦石依旧统领着六名禁卫军官。科尔谢夫和其他高级议员早已乘着第一艘，也是最后一艘军部的撤离用登陆飞船溜之大吉，他给悦石留下了那六个人。

暴徒从不知何处搞到了反空导弹和切割武器，另三百名政府大楼雇员和难民都不想到其他地方去，直到包围圈解除或者防护盾停止运行。悦石站在前方观测点上，注视着大屠杀。暴徒已经将鹿苑和整齐布置的花园中的大多数东西摧毁殆尽，但最后，阻断场和密蔽场的最后一条界线挡住了他们的去路。现在至少有三百万狂怒之人正挤压着屏障，暴徒的数量每一秒都在增加。

“你能否让密蔽场退后五十米，然后在暴徒涌进来前，重新把它们恢复？”悦石问将军。西方的城市冒着冲天火光，烟雾笼罩着整片天空。上千男人和女人被身后的长龙推挤，朝朦胧的密蔽场撞去，最后那闪光墙壁的底下两米看上去像是被涂上了草莓酱。上万人不顾密蔽场对他们神经和骨头造成的痛楚，不断朝内场挤去。

“可以，执行官大人，”范希特说，“但为什么要这么做？”

“我想出去和他们谈谈。”悦石的声音听上去疲惫至极。

海军士兵盯着她，确信她是在开什么无趣的玩笑。“执行官大人，一个月后他们会愿意听你……或是我们……在电台或全息电视上讲话。一年，也许两年，在恢复秩序、配给工作顺利进行后，他们会原谅的。但要等到下一代，才会真正理解你所做的……理解你拯救了他们……拯救了我们所有人。”

“我想和他们谈谈，”梅伊娜·悦石说，“我有些东西要给他们。”

范希特摇摇头，看着围成一个圈的军部军官，他们先前正透过掩体的口子朝外面的暴徒张望，现在转而盯着悦石，脸上带着一模一样的怀疑和恐惧。

“我得先和首席执行官科尔谢夫商量一下。”范希特将军说。

“不，”梅伊娜·悦石筋疲力尽地说，“他统治的是一个不复存在的帝国。而我依然统治着被我摧毁的世界。”她朝自己的禁卫军点点头，卫士们从橙黑相间的长衫中掏出了死亡之杖。

所有的军部军官都没动。范希特将军说：“梅伊娜，下一艘撤退飞船会及时抵达的。”

悦石点点头，似乎有点心不在焉。“我想，它会在内花园降落。暴徒会暂时不知所措。收回外部密蔽场会让他们暂时犹豫一下。”她环顾左右，似乎忘了什么东西，然后她向范希特伸出手，“再见，马克。谢谢你。请好好照管我的人民。”

范希特和她握了握手，眼前的女人整了整绶带，心不在焉地碰了碰手镯通信志，似乎在祈求好运，然后和四名禁卫军一同走出掩体。这一小群人越过被肆意践踏的花园，缓缓走向密蔽场。对面暴徒的反应似乎像是个单独的无头无脑的有机体，不断挤压着紫色的阻断场，嘴里叫嚣着疯狂的话语。

悦石转过身，举起一只手仿佛要挥舞，但是示意禁卫军回去。四名卫士匆匆穿过蓬乱的草地。

“快。”剩下的禁卫军中年纪较大的一个说道。他指着阻断场的遥控装置。

“滚你娘。”范希特将军清楚地说道。只要他活着，就没人敢走近遥控装置一步。

但范希特忘了悦石依旧有接入代码，能够进入战术密光链接。他看见前任执行官拿起通信志，但他反应得太慢。遥控装置上的灯闪着红色，然后是绿色，外部场突然消失，之后在五十米内重新出现。刹那间，梅伊娜·悦石就一个人站在了场外，和百万暴徒之间毫无阻隔，除了几米长的草地和无数的尸体，那些尸体在场墙的突然退却下砰然倒地。

悦石举起双臂，似乎想要拥抱暴徒。那三秒钟时间仿佛凝固不动了，现场一片寂静，无人动弹一下。紧接着，暴徒怒吼着，仿佛一头巨大猛兽咆哮着，成千上万人朝前涌来，手上抄着棍子、石头、刀子和碎瓶子。

在那刹那之间，在范希特看来，悦石就像是一块无动于衷的岩石屹立在那里，忍受着乌合之众的巨浪拍击。他看见她的黑色领带和明亮的绶带，看见她笔挺地挺立在那儿，手臂依然高举，但随后成百上千人潮涌而来，人群紧紧包围，首席执行官消失了。

禁卫军放下武器，海军警卫立即把他们给扣押了。

“把密蔽场变暗，”范希特命令道，“叫登陆飞船五分钟后降落到内花园。快！”

将军转身离去。

“我的天。”西奥·雷恩一面看着支离破碎的报告不断在超光之上涌进来，一面说道。有那么多短得只有毫秒长的信息流被送了进来，以至于计算机完全没法把它们分开。造成的结果是一堆疯狂的大杂烩。

“播放奇点密蔽球的毁灭过程。”领事说。

“好的，先生。”飞船回答，中断了超光信息，取而代之的是白色脉冲的突然爆发，紧接着，随着奇点吞噬自己，吞噬方圆六千公里范围内的一切，众人眼前展现出一朵短暂盛开的残骸之花和突然的塌陷。工具显示了重力潮汐效应：在如此远的距离下很容易校正，但也对固定在海伯利安战斗的霸主和驱逐者飞船造成了严重的破坏。

“行了。”领事说。超光报告的急流又涌了回来。

“真的假的？”阿朗德淄问。

“真的，”领事说，“海伯利安又成了偏地世界。但这次，已经没有环网，也没有所谓的偏地了。”

“难以置信。”西奥·雷恩说。前任总督坐在那儿喝着苏格兰威士忌——这是领事第一次看见自己的助手开怀畅饮。西奥又给自己倒了一杯。“环网……没了。五百年的扩张灰飞烟灭。”

“没有灰飞烟灭，”领事说，他把自己未喝完的酒杯放在桌上，“星球还存在。文化会分散成长，但我们依旧拥有霍金驱动器。这是我们自行研发的进步科技，而不是向内核租来的。”

美利欧·阿朗德淄凑过来，手掌并拢，似乎在祈祷。“内核真的消失了吗？真的毁灭了？”

领事竖耳倾听着超光无像波段上发出的喋喋不休的声音、呼喊、恳求、军事报告、呼救的祈求，他听了一会儿。“也许没有被毁，”他说，“但是被切断了，封住了。”

西奥将酒一饮而尽，小心翼翼地把杯子放了下来。他绿色的眼眸放射出平静、呆滞的目光。“你觉得有……它们有其他蛛网？其他远距传输系统？备用的内核？”

领事打了个手势。“我们知道它们成功地创造了终极智能。也许那个终极智能允许对……内核进行……筛选。也许它是想让一些老牌的人工智能成为一个流水线——以弱化的能力——就像那些人工智能计划让数十亿人类作为备胎一样。”

忽然间，喋喋不休的超光信息戛然而止，似乎信息被一把刀咔嚓一下切断了。

“飞船？”领事询问道，他怀疑，是不是接收器的什么地方出了能量故障。

“所有的超光信息中止，大多数在半途中。”飞船说。

领事觉得自己的心猛地跳动起来，他想起了死亡之杖武器。但是，不，他立即明白，那武器不可能立刻影响到所有的世界。即便有上百装置同时触发，但军部和其他遥远的发射源发送最后咨文时还是会有时间滞后的。但那该是什么呢？

“信息似乎是因为传导介质中的干扰而被切断的，”飞船说，“但是，据我现在所知，这是不可能的。”

领事站起身。传导介质中的干扰？超光介质，就人类所理解的，是时空本身的普朗克无限拓扑超弦地形：也就是被人工智能神秘地称为“凝结的空虚”的东西。那种介质不可能受到干扰。

飞船突然说道：“收到超光信息——发送源：所有地方；加密基础：无限；信息流速率：实时。”

领事张嘴想叫飞船别再滔滔不绝地胡说八道，但突然间，全息井上的空气模糊了，涌现出某种既不是图像也不是数据列的东西，有个声音说道：

“从今往后，此频段将不再允许你们滥用。你们已经干扰到其他极为严肃地使用此频段的人。当你们明白此频段的真正用途之

时，我们将恢复它的访问。再见。”

三个人坐在那儿，一直沉默着，除了通风扇安心的急流声和行进中的无数绵软之声。最后，领事说道：“飞船，请发送一份标准超光时间定位信息流，不要加密。另外加上一句‘接收到的驻地请回复’。”

几秒的短暂停顿——对飞船的人工智能级别的电脑来说，这么漫长的响应时间真是不可思议。“抱歉，我办不到。”最后它终于响应道。

“为什么办不到？”领事问。

“超光传输信息已经不再……允许。超弦介质不再接受调谐。”

“超光上什么都没了吗？”西奥问，他盯着全息井上方空空荡荡的空间，似乎谁在全息电影放到最激动人心的部分时，突然把它关掉了。

飞船再一次停顿了一下。“实际上，雷恩先生，”它说，“从今往后不会再有超光了。”

“真他妈要命。”领事嘟囔道。他咕嘟咕嘟一口喝干自己的酒，走到吧台上又倒了一杯。“中国古代的骂人话。”他嘀咕着。

美利欧·阿朗德淄抬起头。“什么？”

领事举杯痛饮。“中国古代的骂人话，”他说，“宁为太平狗，不为乱世人。”

似乎是为了补偿超光带来的损失，飞船开始播放系统内的广播音频和截取到的密光乱语，同时投放出海伯利安蓝白球体的实时景象，随着他们以三百倍的重力加速度朝它减速，那星球旋转着，慢慢增大。

45

在从我的选择余地中逃脱前，我逃出了环网数据网。

真是难以置信，真是奇怪得让人不安，我看见万方网正在吞噬自己。布劳恩·拉米亚眼中的万方网是一个有机体，一个有意识的生物体，与其说是城市，不如说更像一种生态系统。基本上就是这样。现在，由于远距传输连接已经终止，那些大道中的世界往自己身上折叠、塌陷，外部数据网也同时崩溃，就好像一个大帐篷突然没了撑竿、铁丝、支索或者桩柱，万方网吞噬了自己，仿佛某种贪婪的食肉动物突然发了疯——撕咬着自己的尾巴、肚子、内脏、前蹄和心脏——直到最后只剩下愚蠢的爪子，猛咬着一片空虚。

超元网依旧存在。但它现在比以前更加荒芜一片了。

未知时间、空间的黑色森林。

黑夜中的声音。

狮。

虎。

熊。

凝结的空虚震动一下，就给人类的宇宙送去一条陈腐信息，仿若地震放射的波动穿越坚硬的岩石。我匆匆忙忙穿越海伯利安上方流动的超元网，忍不住笑了。那景象，就好像是上帝的模拟体厌倦了蚂蚁在自己的大脚趾上胡乱涂鸦一样。

我没有在超元网中看见上帝——或者是他们中的一个。我没有试。我自己的问题已经够多的了。

现在，环网和内核入口的黑色漩涡已经不见，如同被割掉的肿瘤从空间和时间中抹去，彻底消失，就像水面的漩涡在风暴过后平息了。

除非我勇敢地去面对超元网，不然我就困在这里了。

但我还不想去面对。还不是时候。

但这是我想去的地方。在这里，在海伯利安系统、这个世界本身的可怜残迹中，数据网几乎消失不见，同时军部舰队的残骸就像太阳暴晒下的池塘尽数干涸，但是透过超元网，光阴冢正在闪耀，仿佛凝结的黑暗中的灯塔。如果远距传输器连接是黑色的漩涡，那么闪耀的光阴冢就像是散发扩散光线的白洞。

我朝它们移去。到目前为止，作为古早前来的那个人，我所能做的只是出现在其他人的梦中。而现在，是时候拿出实际行动来了。

索尔等待着。

自他把自己唯一的孩子献给伯劳以来，已经过了几个小时。他已经几天几夜没吃饭、没睡觉了。风暴在他四周肆虐，平息，光阴冢光辉闪耀，隆隆作响，仿佛是失控的核反应堆，时间潮汐正以海啸般的力量鞭挞着他。但索尔紧紧抓着狮身人面像的岩石台阶，任凭这一切肆虐，他等待着。现在，他还在等待。

索尔半昏半醒，被疲劳和对自己女儿的担心连续击打，他发现自己那学者的大脑正飞速运转。

索尔·温特伯，这名历史学家兼古典学者兼哲学家，一生中绝大多数时间，职业生涯的所有时间，都是在悉心研究人类宗教行为中的伦理。宗教和伦理学并不总是——甚至并不经常是——互相一致的。宗教绝对主义，或者基要主义，或者狂暴的相对主义所要求的，经常反映了当代文化或偏见中的最糟糕部分，而不是反映一个人和上帝可以带着真正的正义感共生的系统。索尔最著名的著作最后被命名为《亚伯拉罕的难题》，这本书的销量相当可观，他自己在为学术出版社编撰书籍时，从没梦想过如此的状况。写这本书的时候，瑞秋正慢慢向梅林症的死期走进，书的内容，显而易见，是在讨论亚伯拉罕的艰难抉择，在面对上帝直接向他下达献祭亲生儿子的命令时，到底是服从，还是违抗呢?

索尔在书中写道，原始时代需要原始的服从，稍后的世代进化到某个时刻，在这一时刻父母们将自己献祭——就好像染污旧地历史的烤炉中的黑夜——而当前世代必须拒绝任何要求牺牲的命令。索尔写道，不管上帝现在在人类意识中以何种形式存在——不论是复仇主义者下意识的简单显灵，还是在哲学或者伦理学进化上的更有意识的尝试——人类都不再同意以上帝之名做出献祭。牺牲，以及对牺牲作出的服从，是在用鲜血书写人类的历史。

然而几小时前，很久之前，索尔·温特伯却将自己唯一的孩子交给了那个代表死亡的怪物。

好几年来，在他梦中出现的声音命令他那么做。好几年来，索尔都拒绝那么做。但最终，他还是同意了，因为现在已经没有时间，没有任何希望了，他也明白了这几年来在他和萨莱梦中出现的声音不是上帝的，也不是和伯劳站在同一阵线的某种黑暗势力的。

那是他们女儿的声音。

这突然的醍醐灌顶，超越了索尔·温特伯的痛苦和悲伤，他彻然大悟，为什么亚伯拉罕会同意上帝的命令，要他献祭他的儿子以撒。

这不是服从。

更不是爱上帝胜于爱自己的儿子。

亚伯拉罕在试探上帝。

上帝在最后时刻拒绝了牺牲，阻止匕首的刺下，他也由此赢得了人心——在亚伯拉罕的眼中，在他子孙后代的心目中——他成为了亚伯拉罕的上帝。

索尔哆嗦着，他想到，亚伯拉罕完全没有装腔作势，完全没有伪装自己的意愿，假装要牺牲自己的孩子，正是如此，才帮助打造出伟大神祇和人类之间的纽带。亚伯拉罕打内心知道他会杀死自己的儿子。而上帝，不管祂拥有什么样的形态，必须明白亚伯拉罕的决心，必须感觉到其中的悲痛，对于亚伯拉罕来说，即将毁灭的是这个宇宙中最为珍贵的东西。

亚伯拉罕来此不是为了献祭，而是为了明确了解，这个上帝是不是一个可以信赖和服从的神祇。除此以外，没有其他试验可以测试出。

狮身人面像似乎在时间的风暴海洋中上下翻腾起伏，索尔紧紧抓着岩石台阶，他想，那为什么要重复这一试验呢？对人类来说，这当中隐含着什么即将到来的可怕新启示呢？

然后索尔明白了——他想到了年轻的布劳恩告诉他的话，他想到了朝圣旅途中分享的故事，他想到了过去几周自己的个人发现——机械终极智能，不管它是什么东西，它所作的努力就是要冲洗出失踪的人类神格的移情实体，但这了无用处。索尔已经看不见悬崖顶上的荆棘树，也看不见它的金属树枝和受苦受难的广大民众，但他现在清清楚楚地明白，那东西和伯劳一样都是有机的机器——是在宇宙间传播痛苦的工具，用以逼迫人类的神格部分作出回应，让他现身。

如果上帝进化了（索尔确信上帝肯定会），那么，肯定是朝移情进化而去——朝苦难的共感进化，而不是朝力量和统治进化。但朝圣者看到的可怕之树——可怜的马丁·塞利纳斯就是上面的牺牲品之一——并不能召唤失踪的神力。

索尔现在意识到，不管机器之神拥有什么形态，它很有见识，知道移情是对其他人痛苦的反应，但是这一终极智能也太过愚蠢，不明白移情（按照人类和人类的终极智能的说法）不仅仅如此。移情和爱不可分割，也同样难以理解。机器终极智能永远也不会懂——甚至无法用它来引诱人类终极智能的那部分，正是那一部分在遥远的未来厌倦了战争。

爱，这最为平常的东西，宗教动机中最为陈腐的东西，它拥有极为强大的力量——现在索尔明白了——它的力量甚至比强相互作用力、弱相互作用力、电磁相互作用力和万有引力还要大。爱是另一种力量，索尔意识到。凝结的空虚，如同亚量子般不可捉摸，将信息在一个个光子间传递，它恰恰就是爱。

但是，爱——简单、平庸的爱——能够解释这所谓的人类本性吗？科学家为了研究这些人类本性，已经齐齐摇了七个多世纪的脑袋了。它能够解释每一个巧合的无限之弦吗？那些无限之弦引发了一个宇宙，这个宇宙正好拥有合适数量的维度，正好拥有正确的电子校正值，正好有精确的重力规则，正好有合适年龄的恒星，正好拥有完美的前生态系统，然后创造出完美的病毒，它们正好变成合适的DNA——总而言之，这一系列的巧合，在精确度和正确性上非常荒谬，违抗了逻辑，违抗了协定，甚至违抗了宗教诠释。爱？

七个世纪以来，由于大一统理论、超弦后量子物理学和内核给予的宇宙诠释论（这个理论认为宇宙是独立的，无限的，没有大爆炸奇点或者相应的终点）的存在，几乎已经把上帝的角色——早期的人神同形同性论或者复杂的后爱因斯坦论——给抹去了，甚至抹去了看护者角色，或者造化前的规则创造者角色。现代宇宙，就机器和人类所理解的，不需要什么创造者，说实话，也不允许什么创造者。它的规则很少会允许小修小补，不会允许什么大修大改。它没有开始，也不会结束，它超越了扩张和收缩的循环，一如旧地定期、自我调节的四季。那里没有爱的容身之地。

看样子，亚伯拉罕献祭出自己的孩子，是在测试一个幻影。

看样子，索尔带着自己垂死的爱女，历尽千辛穿过几百光年，却是在回应子虚乌有。

但现在，狮身人面像蒙蒙出现在他的头顶，旭日的第一缕阳光将海伯利安的天空照得惨白，索尔意识到，他是对着一个比伯劳的恐惧或者痛苦的领地更为基础、更有说服力的力量作出了回应。如果他是对的——他不知道，但他感觉上是这样——那么爱就像是重力、物质、反物质一样，连接进了宇宙结构中。对于某个上帝来说，它的确有容身之地，不是在屏障间的网络里，不是在大道上的奇点裂缝中，也不是在万物网之前、之外的某处……而是在万物的实质之中。同宇宙一样进化。同宇宙的可学习部分一样学习。同人类一样爱。

索尔抬起膝，站起身。时间潮汐的风暴似乎略微平息了，虽然前九十九次他都失败了，但他觉得还可以再试一试，看看能否进入墓冢。

璀璨的光线依旧从里面射出，伯劳就是从那里现身，带走自己的女儿并在里面消失的。但现在，随着清晨慢慢到来，天空渐渐变亮，满天繁星正在消失。

索尔爬上台阶。

他回忆起在巴纳之域的故居，瑞秋——当时她才十岁——曾企图爬上镇上最高的榆树，离顶端还有五米远的距离时，却掉了下来。索尔闻讯一头冲向医疗中心，发现孩子漂浮在恢复性营养液中，经受着痛苦：一片肺叶被刺穿，一条腿和两根肋骨摔断，下巴断裂，还有无数割伤和瘀肿。她朝他微笑，翘起大拇指，张开缝了许多针的下颚说道："下次我一定能成功！"

那晚，瑞秋进入梦乡时，索尔和萨莱坐在医疗中心内。他们等待着清晨的来临。索尔整夜都握着妻子的手。

现在，他也在等待。

从狮身人面像敞开的入口中涌出阵阵时间潮汐，依旧将索尔拒之门外，仿佛不屈不挠的暴风，他倚靠在那儿，就像一尊固定不动的石雕矗立在五米外，等待着，眯眼望进那炫目之光。

他抬起头，看见一艘正在降落的太空飞船的聚变火焰划过黎明前的天空，但他并没有朝后退却。他转过头，听见飞船着陆的声音，看见三个人影走了出来，但他还是没有后退。他回过头，听见山谷深处传出的另一些声音、喊叫，扫见一个熟悉的身影好似消防员一样扛着另一个人，从翡翠茔对面朝他走来，但他依旧没有后退。

所有这些都和他的孩子无关。他在等瑞秋回来。

即便没有数据网，我的人格也很容易就进入包围了海伯利安的醇厚的凝结的空虚之汤。我的反应是想拜见将要成为那个人的人，但是，虽然那人的光辉统治着超元网，我还是没有做好准备。我，毕竟，是小小的约翰·济慈，而非施洗约翰。

狮身人面像——一个仿造真实生物创造的墓冢，未来的几个世纪都不会有基因工程师把它创造出来——是个时间能量的大漩涡。在我扩延的视野中，能看到好几座狮身人面像：一座逆熵场墓冢，载着伯劳这货物逆时间而来，就像某种密封的集装箱，里面装着致命的细菌；一座活跃的、多变的狮身人面像（就是它感染了瑞秋·温特伯），带着它最初的成就，打开了时间的大门；还有一座已经打开了的狮身人面像，正再一次顺着时间移动。最后那座狮身人面像是扇光线璀璨的大门，它的光耀仅次于将要成为那个人的人，用它那超元网的大营火照亮了海伯利安。

我向这光芒之地降去，正好目睹了索尔·温特伯把他的女儿献给伯劳。

即便我来得早一点，我也无法干预这件事。即便我能，我也不会那么做。所有超越理性的世界都仰赖这一举动。

但我静静等在狮身人面像中，等着伯劳抱着它那柔弱的货物从旁经过。现在我能看见那孩子了。她仅有几秒钟存活时间了，浑身布满污痕，湿漉漉、皱巴巴的，正号啕大哭着。按照我独身的旧日看法和沉思诗人的态度，我发现自己很难理解这痛哭着的难看孩子对她父亲和这宇宙造成的吸引力。

但是，那孩子的血肉之躯——尽管这新生之体是那么不漂亮——被伯劳的刀刃之爪抓着，也让我内心躁动不安起来。

伯劳迈了三步，走进狮身人面像，把它和孩子推前了几个小时。就在入口那边，时间长河猛然加速。如果我不马上做点什么，就太迟了——伯劳将会使用这传送门带着孩子离开，去到它想要去的遥远未来的黑洞之中。

一些景象不由自主地出现在我的脑海中——蜘蛛吸干它们牺牲品的体液，掘土蜂将它们自己的幼虫埋在猎物的麻痹躯体内，那是孵化和食物的最佳源泉。

我必须行动，但比起在内核，我在这里更加没有可靠的实体。伯劳从我身体中一穿而过，就好像我是个无形的全息像一样。在这儿，我的模拟体人格派不上一点用场，毫无武装，毫无实质，仿佛一小缕沼气。

但是沼气是没有脑子的，而约翰·济慈有。

伯劳又迈了两步，索尔和外面的其他人又远离了几个小时。我看见伯劳的解剖刀手指切进不断哭喊的婴儿的皮肤中，渗出点点鲜血。

见鬼去吧。

外面，狮身人面像宽阔的岩石门廊已经被流进墓冢的时间能量淹没，门廊中躺着背包、毯子、废弃的食品容器，还有索尔和其他朝圣者丢弃在那里的所有零碎物件。

包括一个莫比斯立方体。

箱子在圣徒的巨树之舰“伊戈德拉希尔”上被八级的密蔽场密封，当时，巨树的忠诚之音海特·马斯蒂恩刚准备好漫长的旅途。箱子里装着一只尔格——有时人们管它们叫绑缚者——那是一种小型生物，按人类的标准来看，它们并不聪明，但它们在遥远的星星上进化，并发展出了极棒的能力，可以控制极其强大的力场，甚至比人们所知的机器还要本领高强。

数世数代以来，圣徒和驱逐者一直在和此生物交流。圣徒在他们漂亮但毫无遮蔽的巨树之舰上，使用尔格来控制剩余的能量。

海特·马斯蒂恩带着这生物跨越几百光年，来完成圣徒和末日赎罪教会达成的约定——帮助驾驶伯劳的荆棘树。马斯蒂恩虽然见到了伯劳和刑罚之树，却没办法履行契约。后来他死了。

但莫比斯立方体还在。我能看见尔格，它就像时间潮水中的一个被束缚的红色能量球。

外面，透过黑暗的门帘，我能隐隐约约看见索尔·温特伯——一个悲痛的滑稽身影，由于狮身人面像时间场对面的虚幻时间洪流的作用，看上去就像是加速放映的无声电影中的人物——但莫比斯立方体就躺在狮身人面像的领土内。

瑞秋哭喊着，哪怕身为新生儿，她的声音竟也充满了恐惧。害怕坠亡。害怕痛苦。害怕分离。

伯劳又迈了一步，外面那些人又失去一个小时。

对伯劳来说，我是不存在的。但是说到能量场，即便是内核模拟体也能碰触。我取消掉莫比斯立方体的密蔽场。释放了尔格。

圣徒给予尔格电磁辐射、编码脉冲和辐射的简单酬劳，同时也让此生物为他们效劳……这主要是通过一种近乎神秘的联系方式，只有兄弟会和少数几个驱逐者异族知道如何做。科学家称之为拙劣的心灵感应。事实上，它差不多是纯粹的移情。

伯劳又迈了一步，跨进敞开的传送门，向未来走去。瑞秋极力哭喊，只有那些新降生到宇宙的人才能聚集到如此的力气。

尔格迅速膨胀，马上明白，它与我的人格合为一体。约翰·济慈重获形体。

我飞快地迈出五步，跨到伯劳跟前，从它手中抢回孩子，然后朝后退去。我将孩子抱在怀里，捧着她泪汪汪的脑袋，将她枕在自己的脸上，即便在狮身人面像的能量漩涡中，我也能闻到婴儿的新生气息。

伯劳惊异地旋过身。四臂大展，刀刃“咔嗒”一声张开，红眼盯在我的身上。但是怪物离传送门实在是太近。它没有动弹一下，但却被风暴般急速抽干的时间流席卷而去。怪物那蒸汽铲似的下巴大张着，钢铁之牙啮咬着，但已经没进了漩涡中，成了远方的小点。一个小东西。

我转身朝出口迈去，但那门实在是远在天涯。尔格迅速枯竭的能量可以让我走到那儿，让我逆流而上，但这是在没有瑞秋的情况下。带着另一个活物抵御这样的能量，即便有尔格助我一臂之力，我也没法办到。

孩子在哭，我温柔地摇晃着她，在她温暖的耳朵边轻声念叨着无意义的打油诗。

如果我们无法回去，也无法向前，我们就在这儿等一会儿。也许有人会出现。

马丁·塞利纳斯睁大眼睛，布劳恩·拉米亚迅速转身，她看见伯劳正飘浮在半空中，就在她身后上方。

“乖乖！”布劳恩小声说道，叹为观止。

伯劳圣殿中，一列列昏睡者的躯体朝远处退去，没入黑暗之中。除了马丁·塞利纳斯，其余所有人仍然通过搏动的脐带连接着荆棘树，机器终极智能，还有天知道是什么的东西。

似乎是想要显示自己的神通广大，伯劳停止了攀爬，它张开四臂，凭空朝上升了三米，悬浮在那儿，就停在布劳恩蹲着的岩石台阶的五米之外。

“快做点啥。”塞利纳斯低声说道。诗人不再和神经分流器的脐带相连，但他还是虚弱得抬不起头。

“你有什么主意？”布劳恩问，无畏的言辞稍稍被声音中的一丝颤抖毁灭。

“相信。”从他们下面传来某人的声音。布劳恩转身朝下面望去。

有个女人远远地站在下面。是布劳恩在卡萨德的墓冢中看见的女人。莫尼塔。

“救命！”布劳恩喊道。

“相信。”莫尼塔说完，便消失了。伯劳没有分神。它垂下四手，朝前走来，似乎不是走在空气中，而是走在坚硬的石头上。

“该死。”布劳恩喃喃自语。

“又来了，”马丁·塞利纳斯喘息道，“刚出虎口，又入狼窝。”

“闭嘴。”布劳恩说。然后，好像是在自言自语，“相信什么？相信谁？”

“相信该死的伯劳把我们宰了，把我们俩都串在那该死的树上。”塞利纳斯喘息着。他挣扎着抓住布劳恩的胳膊，“布劳恩，要我重新回到树上，还不如死了的好。”

布劳恩稍稍碰了碰他的手，站起身，面对着五米外的伯劳，他们之间空无一物。

相信？布劳恩抬起腿向前探去，感觉踏上了一片虚无，她短暂地闭上双眼，然后，感觉到自己的脚似乎碰到了坚硬的台阶，便又睁开眼睛。她睁开双眼。

脚下，除了空气，别无他物。

相信？布劳恩把重心移到前脚，踏了上去，稍微摇晃了片刻，最后把另一条腿也挪了过来。

她和伯劳面对面站着，岩石地板距离脚下十米。怪物张开四臂，似乎在咧着嘴朝她微笑。它的外壳在昏暗的光线下发出暗淡的光泽，红色的眼睛炯炯如日。

相信？布劳恩感觉到肾上腺素奔腾潮涌，她在无形的台阶上迈步向前，越走越高，慢慢进入伯劳的怀抱。

就在怪物把她拥进怀里，拥进金属胸脯上长出的弯曲利刃，拥进张开的下巴和一排排钢铁之牙时，她感觉到手指之刃切进了组织和皮肤。但是布劳恩依旧稳稳地站在稀薄的空气上，她朝前探去，将自己未受伤的手平摊在伯劳的胸脯上，感受到冰冷的外壳，同时也感觉到一股能量暖流从她身体中倾泻而出，贯穿全身。

刀刃在刚刚切进皮肤时，就马上停了下来。伯劳被冻住了，就好像包围着他们的时间能量流突然凝结成了一大块琥珀。

布劳恩把手摊开在怪物宽阔的胸膛前，用力推。

伯劳完全冻在了原地，已经变得脆弱不堪，金属的光泽慢慢蜕变，被水晶的透明光亮和玻璃的明亮光辉所取代。

布劳恩站在空气上，被伯劳那三米高的玻璃雕塑所拥抱。胸膛内，在心脏的位置上，有只仿若黑色大飞蛾的东西在颤动，对着玻璃扑扇着乌黑的翅膀。

布劳恩深吸一口气，然后又推了一把。伯劳沿着和她共有的无形平台朝后滑去，摇晃了一下，最后一头坠倒。布劳恩缩起身子，避开环绕着她的手臂，但锋利的手指之刃仍然抓住她的外衣，随着怪物的坠落而被撕扯，她听见并感觉到衣服被扯裂了。接着，她也摇晃着，挥舞着好使的手臂以求平衡，而玻璃伯劳在半空中转了五百四十度，最后坠向地面，碎成无数参差不齐的碎片。

布劳恩回转身，栽倒在看不见的狭小通道上，朝马丁·塞利纳斯爬去。

爬到最后半米时，她的信心突然消失，无形的支撑物兀然不见，她重重地朝下摔去，撞到岩石台阶边缘，扭伤了脚踝，只来得及抓住塞利纳斯的膝盖，这才没让自己掉下去。

肩膀、断掉的手腕、扭断的脚踝、撕裂的手掌和膝盖剧痛无比，她咒骂着，把自己挪到塞利纳斯身边的安全之地。

“自打我走后，肯定发生了什么见鬼的怪事，”马丁·塞利纳斯嘶哑地说道，“我们现在可以走了吗？还是你打算再来个水上漂？”

“闭嘴。”布劳恩的声音颤抖着。两个字听上去甚至有些深情。

她休息了一会儿，然后她发现，想要带着依旧虚弱不堪的诗人走下台阶，穿越伯劳圣殿撒满玻璃屑的地面，最简单的办法就是使用消防员背负法。走到入口时，诗人在布劳恩背上无礼地捶打道：“比利王和其他人怎么办？”

“以后再说。”布劳恩气喘吁吁，走出墓冢，进入黎明前的光亮之下。

布劳恩步履蹒跚地走过山谷的三分之二，塞利纳斯懒洋洋地垂在她的肩膀上，就像一大坨柔软的衣服，突然诗人问道：“布劳恩，你还怀着身孕吗？”

“对。”她回道，祈祷着，希望在这一天的折腾之后，孩子依旧完好。

“想要我背你吗？”

“闭嘴。”她一面说，一面沿着翡翠茔旁的小路朝前走。

“快瞧。”马丁·塞利纳斯说道，他垂在她的肩上，脑袋几乎已经朝下，但还是扭动着指着前面。

在清晨的光亮下，布劳恩看见领事那架乌黑太空飞船屹立在山谷入口的高地上。但诗人指的并不是那边。

索尔·温特伯站在狮身人面像入口的眩光之中，呈现出身影。他高举着双臂。

谁或什么东西，正从眩光之中走出。

索尔先看到了她。光和流体时间的洪流从狮身人面像中涌出，一个身影在其中现身。他看见，是个女人，她在璀璨的入口中显出侧影。一个女人抱着什么东西。

一个女人抱着一个孩子。

他的女儿瑞秋出现了——健康、年轻的瑞秋，他上一次见到这个年纪的瑞秋，她正离开去某个叫海伯利安的世界，去完成她的博士论文。二十四五岁的瑞秋，也许大了一点点。但就是瑞秋，毋庸置疑，长着金褐色头发的瑞秋，依然很短，在额前分开，双颊一如既往桃红一片，带着某种新的狂喜，笑容温情脉脉，几乎带着颤抖，眼睛——大大的绿色眼睛，缀满了褐色的小点——紧紧盯着索尔。

瑞秋抱着瑞秋！小孩的脸枕在年轻女子的肩膀上，扭动着身子，似乎不知道该不该接着哭，两只小手一张一合。

索尔站在那儿，目瞪口呆。他想要说话，可什么也说不出来，他又试了试："瑞秋？"

"爸爸。"年轻女子说道，走向前，一只手抱着孩子，微微转过身，以防压到孩子，用另一只手揽住了学者。

索尔亲了亲自己长大成人的女儿，抱住她，闻着她清香的头发，感受着她的真实存在感，然后从她手中抱起孩子，举到自己的脖子和肩膀上，同时感受到新生儿传递过来的战栗，婴儿吸了口气，大哭起来。他带到海伯利安的瑞秋安然躺在自己的怀抱中，非常小，红色的脸庞皱巴巴的，她睁着四处游移的眼睛，试图定睛在父亲的脸上。索尔捧着她的小脑袋，将她举得更近，稍稍审视了那张小脸，最后转身面对着年轻女子。

"她是不是……"

"她的年龄更替已经正常。"女儿说。她身穿一件既像法袍又像礼袍的柔软材质的褐色衣服。索尔摇摇头，盯着她，眼前的女子笑了，他注意到她嘴角右下方的小酒窝，怀里的小孩在同样的地方也有一个小酒窝。

他又摇了摇头。"这……这怎么可能发生呢？"

“这不会持续很久。”瑞秋说。

索尔凑向前，再一次亲了亲长大成人的爱女的脸颊。他发现自己在哭，但他不想松手擦去两行眼泪。长大的瑞秋好像明白了他的心思，温柔地用手背擦了擦他的脸颊。

身下的台阶上有什么响声，索尔回头一看，发现从飞船那里跑来的三个男人正站在那儿，由于快跑而脸面绯红，布劳恩·拉米亚扶着诗人塞利纳斯坐在一块白色的栏杆石上。

领事和西奥·雷恩仰头望着他们。

“瑞秋……”美利欧·阿朗德淄低声细语，热泪盈眶。

“**瑞秋**？”马丁·塞利纳斯说道，皱着眉，朝布劳恩·拉米亚瞥了一眼。

布劳恩正半张着嘴凝视着。“莫尼塔，”她一面说，一面指着**瑞秋**，她意识到自己正在指着**瑞秋**，于是放下手，“你是莫尼塔。卡萨德的……莫尼塔。”

瑞秋点点头，笑容退去。“我在这儿只能待一两分钟，”她说，“有好多东西要跟你们说。”

“不，”索尔说，他抓住成年的女儿的手，“你不能走。我要你和我在一起。”

瑞秋又笑了。“爸爸，我会和你在一起的，”她柔声道，举起另一只手，摸了摸小孩的脑袋，“但我们俩……只有一个能……而她更需要你。”她转身面对着下面的那群人，“你们大家都请听我说。”

旭日初升，阳光触到诗人之城的倾圮建筑，触摸到领事的飞船，触摸到西方的悬崖，触摸到高耸的光阴冢，与此同时，瑞秋开始了她简略但吊人胃口的故事——被选中在未来长大，那时，在内核孕育的终极智能和人类之神间展开了最后的狂暴战争。她说，那是一个充满了可怕和奇妙神秘之事的未来，人类蔓延到了整个星系，开始向另一些地方旅行。

“其他星系？”西奥·雷恩问。

“其他世界。”瑞秋笑道。

“卡萨德上校认识你，他称你为莫尼塔。”马丁·塞利纳斯说。

“他将会认识我，将会把我称作莫尼塔，”瑞秋说，眼睛湿润了，“我已经目睹了他的死亡，并陪伴着他的墓冢来到过去。我知道，我的一部分任务是要和这名传说中赫赫有名的战士相遇，并引领他向前来到最终的战役。但我还没有真正地和他相遇。”她望着山谷对面的水晶独碑。“莫尼塔，”她沉吟道，“在拉丁语中是‘谏告者’的意思。很相称。我会让他在‘莫尼塔’和‘尼莫瑟尼’间作选择。尼莫瑟尼——就是‘记忆’。”

索尔一直抓着自己女儿的手。到现在他也没有松手。“你是在和光阴冢一起逆时间旅行吗？为什么？怎么做的？”

瑞秋抬起头，从远处悬崖折射的光线将她的脸涂成一片暖色。“这是我的使命，爸爸。我的职责。他们给了我控制伯劳的方法。只有我……准备好了。”

索尔将小孩举得更高了。她从睡梦中惊醒，吐了个口水泡泡，小脸蛋埋进父亲暖和的脖子里，小拳头紧紧蜷着，靠在他的衬衣上。

“准备好，”索尔说，“你是说梅林症吗？”

“对。”瑞秋说。

索尔摇摇头。“可你并不是在未来的某个神秘世界长大的啊。你出生在巴纳之域克罗佛，你是在那儿大学镇上的费提戈大街长大的。你……”他顿住了。

瑞秋点点头。“她将会在那儿……长大。爸爸，对不起。我必须走。”她松脱手，走下台阶，稍稍摸了摸美利欧·阿朗德溜的脸。“我很抱歉给你带来痛苦的回忆，”她柔声对惊呆了的考古学家说道，“对我来说，这完全是另一种生活。”

阿朗德淄眨眨眼，抓着她的手，贴着自己的脸，不想放手。

“你结婚了吗？”瑞秋轻轻道，“有孩子吗？”

阿朗德淄点点头，另外一只手动了动，似乎要从口袋中掏出自己妻子和长大的孩子的照片，但他没再动，只是又点点头。

瑞秋笑了笑，在他脸上很快地亲了一下，然后走回台阶上。天空被旭日照得富丽堂皇，但是狮身人面像的入口更加明亮。

“爸爸，”她说，“我爱你。”

索尔张嘴想要说话，他清清嗓子。“我……我怎么才能……在那里与你会合？”

瑞秋指了指狮身人面像敞开的入口。“对某些人来说，这将是通向我所说的未来的入口。但是，爸爸……”她顿了顿，“这将意味着，你得再一次抚养我长大。意味着第三次经受我的童年。没有父母亲想要这么做的。”

索尔笑了。“瑞秋，没有父母亲会拒绝这么做。”他换了只手抱睡着的孩子，再次摇摇头，“会不会有一个时间……你们两人……？”

“再次共存吗？”瑞秋微笑着，“不。我现在走的是另一条道。你想象不出，我费了多大的劲，才让悖论部同意这次会见。”

“悖论部？”索尔说。

瑞秋深吸了一口气。她正朝后退去，直到他俩伸开双手也只能指尖碰到指尖。“我得走了，爸爸。”

“我……”他看了看孩子，“我们在那里是孤单两人吗？”

瑞秋满脸笑容，那笑声是多么熟悉，仿佛一只温暖的手包着索尔的心。“哦不，”她说，“不是只有你们俩。那儿有非常奇妙的人。有非常奇妙的事情可以学，可以做。非常奇妙的地方可以看……”她环顾左右，“那些地方，我们在最狂野的梦境中都没有梦见过。不，爸爸，你不会孤单。而且还有我在那儿，十几岁的笨拙，年少的轻狂。”她向后退去，手指滑离了索尔。

“爸爸，你可以等一会儿再进来，”她叫道，背身踏进璀璨之中，“不疼，但一旦你进来，就不能再回去了。”

“瑞秋，等等。”索尔说。

他的女儿慢慢朝后退，长长的袍子在岩石间飘扬，最后那光完全将她包住。她举起一只胳膊。“再见，金丝燕！”她叫道。

索尔也举起一只手。“再见……小雨燕。”

长大的瑞秋消失在了光线之中。

婴孩醒了，大哭起来。

一个多小时后，索尔和其他人回到狮身人面像前。他们刚去了领事的飞船，给布劳恩和马丁·塞利纳斯的伤口作了下护理，吃了点东西，给索尔和孩子准备了旅行用品。

“也许跟迈进一个远距传送门差不多。就为了这个而打包，感觉真是傻透了，”索尔说，“但不管未来是多么神奇，如果那里没有奶包和一次性尿布，那我们就有麻烦了。”

领事微笑着，轻拍着放在台阶上鼓鼓囊囊的背包。“这些东西会让你和小孩安然度过头两个星期。到时如果你还没有找到尿布的话，那就到瑞秋提到的另外的世界看看。”

索尔摇摇头。“真会这样？”

“等几天或者几星期再走，”美利欧·阿朗德淄说，“在事情理出个头绪之前，跟我们在一起。没什么急的。未来总会在那里。”

索尔挠挠胡子，同时用飞船制造的奶包给小孩喂食。“我们完全不知道传送门会不会失效，”他说，“除此之外，我怕我会打退堂鼓。我实在是太老，都无力再将孩子抚养长大……尤其是这样的一个异乡异客的情况。”

阿朗德淄将自己强有力的手搭在索尔的肩膀上。“让我和你一起去。我对那个地方实在是好奇死了。”

索尔笑了笑，伸出手，用力和阿朗德淄握了握。“谢谢，我的朋友。但你在……复兴之矢……还有妻子和孩子……他们正等着你回家。你有自己的责任。”

阿朗德淄点点头，仰望天空。“如果我们能回家。”

“我们能回家，”领事平静地说道，“即便环网已经永远消失，老式的霍金驱动飞船还是依旧能用。美利欧，那仅仅是几年的时间债，但是你会回家的。”

索尔点点头，喂完孩子，将干净的尿布摆在肩上，拍了拍她的后背。他朝围着的这一小圈人扫视了一番，“我们都有自己的责任。”他和马丁·塞利纳斯握了握手。诗人拒绝爬进营养恢复槽中，也拒绝通过手术除掉神经分流器。“这些东西我早就有了。”他当时说。

“你还会继续写诗吗？”索尔问他。

塞利纳斯摇摇头。“我在树上时，已经把它写完了，”他说，“而且，索尔，我还发现了另外一些东西。”

学者扬扬眉头。

“我终于明白，诗人不是上帝，但是如果真有上帝……或者类似于上帝的东西……那他就是诗人。但那是个失败的诗人。”

婴孩打起嗝来。

马丁·塞利纳斯微笑着，和索尔最后一次握了握手。“温特伯，去那里好好骂他们一顿。告诉他们，你是他们的爷爷的爷爷的爷爷。如果他们做坏事，你就抽他们的屁股。”

索尔点点头，沿着队伍走到布劳恩·拉米亚跟前。“我看见你和飞船的医疗终端在讨论什么，”他说，“你和你肚子里的孩子都没事吧？”

布劳恩笑脸盈盈。“一切顺利。”

“是男孩还是女孩？”

“女孩。”

索尔亲了亲她的脸颊。布劳恩摸了摸他的胡子，转过脸，不让他看见自己的泪水，眼泪不配一名前私人侦探这身份。

“女孩会让你很操心，”他说，他将瑞秋的手指从他的胡子和布劳恩的卷发上松开，“要是你的是男孩，我想跟你交换。”

“好的。”布劳恩说，朝后退了一步。

他和领事、西奥、美利欧最后一次握了握手，把婴儿给布劳恩抱着，扛起背包，然后又接过瑞秋。“如果这扇门不起作用，让我在狮身人面像里转悠到死，那可真他妈虎头蛇尾了。”他说。

领事斜视着闪光的入口。“会起作用的。但到底是怎么起的，我就不知道了。我觉得那不是任何一种远距传输器。”

“是远时传输器。”塞利纳斯大胆插嘴道，举起胳膊抵挡布劳恩的拳头。诗人退后一步，耸耸肩。“索尔，要是它依旧起作用的话，我觉得你在那里不会是孤独一人。数千人会跟你会合。”

“如果悖论部同意的话。”索尔说，捋着胡须，当他的思绪飞向别处时，他总会这样。他眨眨眼，调整了一下背包和小孩的位置，朝前走去。这一次，敞开入口发出的力场终于让他迈了进去。

“再见，各位！”他喊道，“苍天在上，这一切都不是白费，对不？”他转身进入光芒之中，然后他和孩子都不见了。

沉默在空寂中蔓延，过了几分钟，领事开口了，他的声音有点局促不安。“大家去不去飞船？”

“把升降梯降下来，让我们其余人上去，”马丁·塞利纳斯说，“拉米亚女士可以在空气上行走。”

布劳恩瞪着小巧的诗人。

“你觉得这事是莫尼塔安排的？”阿朗德淄问，布劳恩先前说过这个。

“肯定是，”布劳恩说，“未来科学，或是其他什么。”

“啊，对，”马丁·塞利纳斯叹息道，“未来科学……这熟悉的短语来自那些害羞的不敢成为迷信的东西。亲爱的，换句话说，你拥有这个迄今为止无人使用过的本领——飘浮，还能将怪物变成易碎的玻璃妖怪。”

“闭嘴。”布劳恩说，现在声音中没有了温情的低音。她扭头朝后看去。“谁说另一个伯劳会不会随时出现呢？”

“对啊，”领事赞同道，“我怀疑，我们总会碰到伯劳，或是听到伯劳的传闻。”

西奥·雷恩，他总是因为争吵而感到不自在，现在清清嗓子，说道：“看看我在狮身人面像边上的行李堆里发现了什么。”他拿起一把三弦乐器，有个长琴颈，三角形的琴体上画着一个明亮的图案。“吉他？”

“巴拉莱卡，”布劳恩说，“是霍伊特神父的。”

领事接过乐器，拨弄着琴弦。“你知道这首歌吗？”他弹奏了几个音符。

“《小骚货莉妲做爱歌》？”马丁·塞利纳斯大胆说道。

领事摇摇头，继续弹了几段旋律。

“是首老歌吧？”布劳恩猜。

“《彩虹彼端之地》[1]。”美利欧·阿朗德淄说。

“肯定是我这时代之前的歌。”西奥·雷恩说，随着领事的弹奏，频频点头打拍子。

“是所有人的时代之前，”领事说，“快来，我们一面走，一面学歌词。”

一行人在烈日下行走，唱着歌，偶尔跑调，忘记歌词，然后重又唱起，一面唱，一面上坡来到等待着的飞船前。

---

① 影片《绿野仙踪》的主题曲。

尾声

五个半月后，布劳恩·拉米亚怀着七个月的身孕，乘上了早间气艇，开始了从首都北部向诗人之城的旅程。她将去那里参加领事的惜别会。

首都——现在土著、莅临的军部船员和驱逐者之流称其为杰克镇——在晨光下看上去白白净净。此时气艇飞离了市区的系留塔，沿着霍利河朝西北进发。

海伯利安上最大的城市在战斗期间惨遭毁损，但现在，城市的绝大部分已经得以重建，来自纤维塑料种植园和南部大陆小城市的三百万难民中，大多数人都决定留下来，虽然最近驱逐者对纤维塑料突然产生了浓厚的兴趣。于是这座城市开始自生自长，一些基础设施，比如电力、下水道和有线全息电视刚好传递到航空港和老城之间的山顶居住地。

但在晨光的照射下，建筑显得很白，春日的空气中蕴含着希望的气息，底下新筑道路的粗糙线条，喧闹的河流运输，让布劳恩觉得这一切都预示着美好的未来。

环网毁灭之后，海伯利安领空的战斗也没有持续多久。驱逐者对航空港和首都的单方占领，转变成对环网薨亡的承认，并在领事和前总督西奥·雷恩的斡旋之下达成了和解，驱逐者将和新地方自治理事会共同管理此地。但自环网轰然倒塌后的这大约六个月时间里，航空港的交通往来仅仅是依旧残留在系统内的军部舰队的登陆飞船，以及来自游群的频繁游荡式远足。看见高大的驱逐者身影在杰克镇广场购物，或者更异乎寻常的家伙在西塞罗喝酒，这一切现在已经不足为奇了。

在过去的短短几个月里，布劳恩一直待在西塞罗，住在旅馆旧侧楼四楼较大的一间房间中，而斯坦·列维斯基将这拥有传奇的房子的毁坏部分重修并扩建。“苍天在上，我不需要大肚子女人帮我忙！”每次布劳恩想要插手帮忙，斯坦就会嚷嚷，但是她每次总是会完成什么事，让列维斯基在一旁嘟嘟囔囔。虽然布劳恩怀孕了，但是她依旧是卢瑟斯人，在海伯利安上待了区区几个月，也没让她的臂力完全衰弱。

那天早上，斯坦开车带她到系留塔，替她搬运带给领事的行李和包裹。然后旅馆主人给她递来一个自己的小包裹。“你去那荒芜乡的旅程是趟该死的无聊行程，”他咆哮道，“你得拿点东西读读，对不？”

礼物是约翰·济慈《诗集》的一八一七年版翻印本，由列维斯基自己进行了皮面装帧。

布劳恩拉过酒馆老板，拥抱了他，这让列维斯基感到非常尴尬，围观的乘客都快乐得很，最后他的肋骨都被挤得吱嘎作响。“够了，该死，”他嘟哝道，揉揉肋部，“给我向领事传个话，说我在把这一文不值的旅馆传给我儿子前，还想见见他的皮囊。告诉他，行不？”

布劳恩点点头，和其他乘客一起向送行的祝福者挥手。飞艇松开绳索，泻出沙囊，在屋顶上笨重地飞过，此时，她依旧在观测夹楼上挥着手。

现在，随着飞船将市郊抛在身后，摇摇晃晃沿着霍利河朝西方而去，布劳恩可以清楚地望见南面的山顶，在那里，哀王比利的脸庞依旧匍匐在城市之中沉思。比利脸上有一道新划的十米伤疤，正随着风吹雨打慢慢淡去，那是战斗期间激光切割武器划出来的。

但是，引起布劳恩注意的，是山脉西北面尚未成型的一座巨大雕塑作品。即使使用了从军部借来的现代切割装备，这件作品的进度还是相当缓慢。巨大的鹰勾鼻、浓密的眉毛、宽大的嘴巴、忧愁的明眸，这些器官呼之欲出。海伯利安上剩下的霸主难民反对将梅伊娜·悦石的肖像雕琢在山上，但是李思梅·考伯三世，创造出哀王比利脸庞的雕塑家的曾孙——顺便说一下，他现在也是山的拥有者——说了一句话，口气像极了外交官：“放你娘的狗屁！”然后就继续雕刻去了。再过一年，或者两年，作品就会完工。

布劳恩叹了口气，揉了揉自己日渐滚圆的肚子——她以前总是很讨厌怀孕妇女的这种装模作样，但她现在发现自己也很难不这样做。她笨手笨脚地走到观测甲板上摆着的椅子边。*如果七个月已经有那么大了，那么足月时是什么样子呢？*布劳恩仰头望着头顶上方，气艇巨大的气膜展现出一个膨胀的曲线形，她不由得哆嗦了一下。

如果顺风的话，飞艇旅程只需花上二十小时。路途的一段时间里，布劳恩小睡了一会儿，但大多数时间她都观望着底下一览无余的熟悉风景。

上午十时左右，他们行经卡拉船闸，布劳恩脸带微笑，轻拍着带给领事的包裹。午后时分，他们已经在接近纳雅得的内河港口。从三千英尺的高空望下去，布劳恩看见河里行驶着一艘古老的乘客游艇，由蝠鲼推动向上游行进，尾部形成V形的水波。她琢磨着，那是不是“贝纳勒斯”号呢。

上层休闲室晚餐时间到来之时，他们飞过了边陲。落日用百色点亮了大草原，在推动飞艇的和风吹拂下，无数青草卷起涟漪，此时，他们开始穿越草之海。布劳恩拿着咖啡杯，来到夹楼上她最喜欢的椅子边，将窗子开得大大的，望着映入眼帘的草之海，那景象就像是给人以美妙感官享受的台球桌。光线慢慢暗淡。就在夹楼甲板上的提灯点亮前，布劳恩有幸看到了一艘风力运输车，正勤奋地由北向南进发，提灯在船头船尾摇曳。布劳恩凑向前，随着运输车颠簸着改变航向，她清楚地听到了大轮子的隆隆声和三角帆的猎猎声。

布劳恩走上甲板，到睡舱中穿上袍子的时候，床铺已经准备好了。但是她没睡觉，在读了几篇诗文之后，她重新回到了观察甲板上，一直等到黎明来临，她坐在最喜爱的椅子中打着瞌睡，呼吸着从底下传来的青草的新鲜气息。

飞艇在朝圣者歇脚地停泊了一会儿，获取了新鲜食物和水，重新使用了沙囊，换了船员，但是布劳恩没有下去走走。她看见缆车站附近的工作灯火，当旅途最终重新开始后，飞艇似乎是一路沿着那列缆索塔楼升向了笼头山脉。

他们穿越山岭之时，依旧是漆黑一片。车厢被加压时，有名乘务员过来关上了长条窗户，但布劳恩依旧能瞥见底下的云层之间，缆车在一座座山岭之间移动，冰原在星光之下闪烁。

就在破晓之后，他们经过了时间要塞，即便浸浴在玫瑰色的光线之下，那城堡的岩石也没有给人一丁点温暖的感觉。然后高处的沙漠出现了，诗人之城在左舷的远处闪耀着白光，飞艇朝那儿新航空港东端的系留塔降去。

布劳恩没有指望谁会在那里迎接她。每个认识她的人都觉得她会搭乘西奥·雷恩的掠行艇在午后时分抵达。但是布劳恩觉得乘飞艇更合适，能让她一个人沉浸在自己的思想中。她是对的。

但是，还没等系留缆索拉紧，没等舷梯放下，布劳恩就从那一小群人中看到了领事熟悉的脸庞。边上站着马丁·塞利纳斯，他正皱着眉头，眯着眼望着陌生的晨光。

“该死的斯坦。”布劳恩嘀咕道，她记起来，微波通信连接现在已经好使了，新通信卫星也上了轨道。

领事以一个拥抱迎接了她。马丁·塞利纳斯打着呵欠，和她握握手，说道：“你能找个更加不方便的时间过来吗？”

晚上有个宴会。比起第二天早上领事的惜别会还要热闹——大多数剩下的军部舰队都回来了，相当多的驱逐者也和他们一同前来。驱逐者最后一次莅临光阴冢，军部军官最后一次驻足在卡萨德的墓冢前。于是，我们能看见十几艘登陆飞船零乱地停放在小型场地上，而边上停着的就是领事的飞船。

现在，诗人之城几乎拥有了一千名常住居民，许多人是艺术家和诗人，虽然塞利纳斯说他们大多是些装腔作势的家伙。曾经有两次，他们想选马丁·塞利纳斯为市长，但是两次都被他拒绝，并且还将这些自封的支持者痛骂了一顿。但是老迈的诗人继续管理着事务，指导修复工作，裁定争论结果，分配住宅，安排来自杰克镇和南方城市的物资供给飞行队。现在，诗人之城不再是死寂之城了。

马丁·塞利纳斯说，现在的集体智商比当时遗弃此地时要高多了。

宴会在重修一新的聚餐阁中举行。马丁·塞利纳斯在里面朗读下流的诗作，其他艺术家演着滑稽小品，庞大的穹顶也随之回荡着一阵阵笑声。领事和塞利纳斯身边有一张圆桌，布劳恩和十几个驱逐者客人拥坐在那儿，其中包括弗里曼·甄嘉、考德威尔·闵孟，同时还有李思梅·考伯三世，他穿着一件缝缀的毛皮衣，戴着顶高高的锥形帽。西奥·雷恩姗姗来迟，满口歉意，和观众分享了新近的杰克镇笑话，然后来到桌子前，和大家一起品尝起甜点来。最近，雷恩受到人们的拥戴，在即将举行的四月选举会议上，他将成为杰克镇的市长——看来不管是土著，还是驱逐者，都喜欢他的行事风格。到目前为止，西奥还没有表现出任何拒绝的迹象，看来黄袍加身的时候，他是不会谢绝的。

好几杯酒下肚之后，领事静静地请了宾客中的几位到他的飞船上，去听音乐，再去喝些酒。他们都去了，布劳恩、马丁，还有西奥。一帮人高高地坐在飞船的瞭望台上，而领事一脸严峻、充满感情地弹奏着格什温、斯塔德里、勃拉姆斯、卢瑟、披头士的曲子，接着又是格什温，最后一曲是拉赫马尼诺夫惊心动魄的美妙之曲——《C小调第二号钢琴协奏曲》。

他们坐在暗淡的光线下，眺望着整个城市和山谷，喝着酒，一直畅谈到深夜。

“你期待环网中会出现什么？”西奥问领事，“政治动乱？暴民统治？还是退回到石器时代的生活？”

“很可能是所有这些，而且更多，”领事笑道，他摇晃着杯中的白兰地，“说真的，在超光停止之前，还是有足够多的信息流被发了出来，通过它们，我们得以知道，尽管我们有实际困难，但大多数环网的古老世界还是安然无恙的。”

西奥·雷恩坐在那儿，细细品味着自己从聚餐阁带来的那杯酒。“你觉得超光为什么会停止？”

马丁·塞利纳斯嗤之以鼻。“上帝厌倦了我们在他的外屋墙壁上的胡乱涂鸦。”

他们谈起老友，想知道杜雷神父现在在做什么。通过截取到的最后的超光信息，他们已经得知了他的新职位。他们想念雷纳·霍伊特。

“你们觉得他会不会在杜雷去世后自动成为教皇？”领事问。

“我很怀疑，”西奥说，“但是，如果杜雷胸脯上那另一个十字形还有效的话，他至少有机会再次活过来。”

“我想知道他会不会过来找他的巴拉莱卡。”塞利纳斯说，拨弄着琴弦。布劳恩觉得，在暗淡的光线下，老迈的诗人看上去依旧像名色帝。

他们谈起索尔和瑞秋。在过去六个月里，成百上千的人试图进入狮身人面像，只有一人成功——一位名叫弥甄斯贝·阿蒙耶特的文雅驱逐者。

驱逐者专家已经花了几个月时间，对光阴冢和残存的时间潮汐踪迹进行分析。说也奇怪，光阴冢打开之后，其中一些建筑上出现了象形文字和熟悉的楔形文字。这些都引发了人们对不同光阴冢的功能提出了有根有据的推测。

狮身人面像是个单向入口，通向瑞秋（莫尼塔）说起过的未来。没人知道它是怎么挑选能够进入的人选的，但是对游客来说，他们最喜欢的事情就是试图进入入口。没有人发现索尔和他女儿命运的迹象或踪迹。布劳恩发觉自己常常想起年老的学者。

布劳恩、领事、马丁·塞利纳斯为索尔和瑞秋干杯。

翡翠茔似乎和什么巨型气体行星有关。没人可以走进它那独特的入口，但是奇异的驱逐者，这些生来就是为生活在木星环境下设计出来的人，每天都来此，想要进去。不管是驱逐者，还是军部的专家，一而再再而三地指出，光阴冢不是远距传输器，而完全是其他的宇宙连接方式。但游客毫不在意。

方尖石塔依旧是个黑色之谜。这座墓冢仍然在闪耀，但它现在已经没有入口了。驱逐者猜测，伯劳军团仍旧在里面等待着。马丁·塞利纳斯觉得方尖石塔只是座生殖器的象征物，作为追悔之物扔进了山谷的舞台之中。其他人觉得它可能和圣徒有关。

布劳恩、领事、马丁·塞利纳斯为巨树的忠诚之音海特·马斯蒂恩干杯。

重新封印的水晶独碑是费德曼·卡萨德上校的墓冢。人们破译了岩石上的符号，得知它们讲述了宇宙战争，讲述了这位来自过去的战士协助打败了大哀之君。火炬舰船和攻击航母上的年轻新手们沉迷于此。随着这许许多多飞船返回到故世界，卡萨德的传说将被众口相传。

布劳恩、领事、马丁·塞利纳斯为费德曼·卡萨德干杯。

第一和第二座穴冢似乎无处可达，但第三座好像通向好几个世界上的迷宫中。在几名研究者消失之后，驱逐者研究人士提醒游客，迷宫处于不同的时间之中——很可能是几十万年的过去或者未来——当然也处于另一个空间。他们封住了穴冢，仅对有资格的专家开放。

布劳恩、领事、马丁·塞利纳斯为保罗·杜雷和雷纳·霍伊特干杯。

伯劳圣殿依旧是个谜。几小时后，布劳恩和其他人回到了那里，但一排排躯体已经不见了，墓冢内部和先前一样大，但现在中心点上有一扇光之门在闪耀。进去的人都消失了，没人回来。

研究者已经宣布禁止入内，他们努力译解刻在岩石上的文字，那些文字已经历尽沧桑，被严重销蚀了。到目前为止，他们确认了三个词——都是旧地的拉丁文——翻译过来就是“圆形大剧场”，“罗马”，“重新住人”。已经有传奇故事流传开来，说此门通向消失的旧地，荆棘树的受难者已经被传送到了那里。无数人等待着。

“瞧，”马丁·塞利纳斯对布劳恩说，“如果你他妈没那么快救出我的话，我可能已经回家了。”

西奥·雷恩凑向前。“你真的想回旧地吗？”

马丁·塞利纳斯笑了，那是最甜美的色帝笑容。“他妈的再过一百万年我也不愿意。我生活在那儿的时候，实在是太没劲了。那地方从来就没有有劲过。而这里才是事情发生的地方。”塞利纳斯为自己干了一杯。

布劳恩意识到，从某种意义上来说，这千真万确。海伯利安是驱逐者和前霸主公民相会的地方。随着人类宇宙逐渐适应没有远距传输器的生活，光阴冢也就意味着未来交易、观光和旅行。她试着想象驱逐者眼中的未来，庞大的舰队开拓人类的眼界，受过基因剪裁的人类拓殖巨型气体行星、小行星，以及比行星改造前的火星和希伯伦还要不适宜生存的世界。但她想象不出这些景象。那是她的孩子……或者她的孙子将会看到的宇宙。

“你在想什么，布劳恩？”领事打破沉寂。

布劳恩笑了。“我在想未来，”她说，“还有乔尼。”

“啊，对，”塞利纳斯说，“那个可能成为上帝，但没有真正实现的诗人。”

“你觉得，这第二个人格怎么样了？”布劳恩问。

领事打了个手势。“我觉得它不可能从内核的死亡中幸免于难。你觉得呢？”

布劳恩摇摇头。“我有点吃醋。好像好多人都看到过他。甚至连美利欧·阿朗德淄都说他在杰克镇见过他。”

他们为美利欧干杯。五个月前，考古学家已经乘第一艘向环网方向返回的军部神行舰回去了。

“所有人都见过他，除了我。”布劳恩说，她盯着自己的白兰地皱皱眉，意识到自己在睡觉前，得吃上几片产前解酒药。虽然吃了药，酒精就不会伤害宝宝，但这时酒精显然已对她自己产生影响了。

“我要回去了，”她开口道，站起身，和领事拥抱了一下，“明天一大早就要起来，给你的日出航班送行。”

“你真的不想在飞船上过夜吗？”领事问，“从客舱可以很好观看到山谷的景致。”

布劳恩摇摇头。“我的东西都在老宫殿里呢。”

“我走前会和你聊聊的。”领事说，再次和她相拥，然后布劳恩马上离去了，没有一个人注意到布劳恩的泪水。

马丁·塞利纳斯护送布劳恩回到诗人之城。他们在公寓外灯火通明的风雨商业街廊中停下脚步。

“你是真的在树上，还是那仅仅是刺激模拟出来的景象——其实你只是在伯劳圣殿中睡觉罢了？”布劳恩问他。

诗人没有笑。他摸了摸自己的胸脯，钢铁棘刺就是从那里把他刺穿的。“我是不是一位中国哲学家，梦见自己是只蝴蝶？还是一只蝴蝶，梦见自己是位中国哲学家？孩子，你是不是在问我这个问题？”

“对。”

“那就对了，”塞利纳斯轻声说，“对。两者都是。两者都是真的。两者都让我感到痛苦。我会永远爱你，怀念你，因为你救了我，布劳恩。对我来说，你永远都有凌空而行的矫健身姿。”他举起她的手，吻了吻，“进去吗？”

“不，我想在花园里散会步。”

诗人犹豫了一下。“好吧。我想，我们现在有巡逻队了——包括机器技工和人类，我们的格伦德尔——伯劳也还没有再一次上台表演……不过还是小心点，好不好？”

“别忘了，”布劳恩说，“我可是格伦德尔的克星。我能走在空气上，将它们变成玻璃妖怪，让它们粉身碎骨。”

“明白，不过还是别走太远。好不好，我的孩子？”

“好，”布劳恩说，她摸了摸肚子，“我们会小心的。”

他正等在花园中，就在灯光没有照到、监视器没有拍摄到的地方。

“乔尼！”布劳恩气喘吁吁道，她飞奔向前，迈到岩石小径之上。

“我不是。”他摇摇头说道，看上去有点伤心。他长得很像乔尼。完全一模一样的红褐色头发，淡褐色的眼睛，挺拔的下巴，高耸的颧骨，温柔的笑容。身上穿的衣服有点怪异，是件厚厚的皮夹克，宽皮带，笨重的鞋子，拄着一根手杖，还戴着一顶粗糙的皮帽。就在布劳恩走近时，他把那顶帽子脱了下来。

布劳恩在不到一米之外停下脚步。“当然。”声音就跟耳语差不多。她伸出手想触摸他，但手却穿越了他的身体，虽然那身体完全没有全息像的颤动和模糊。

“这地方依旧含有很强的超元场。”他说。

“啊哈，”她同意道，但完全不明白他在说什么，“你是另一个济慈。乔尼的孪生兄弟。”

矮个男人微笑着伸出手，似乎想要摸摸布劳恩隆起的肚子。“布劳恩，我是不是要做叔叔了？”

她点点头。“是你救了那孩子……救了瑞秋……对不对？”

“你看见我了？”

“不，”布劳恩低声说，“但我感觉到你在那儿。”她犹豫了片刻，“不过，你不是云门说的那个人——人类终极智能的移情部分，对不对？”

济慈摇摇头。他的卷发在昏暗的光线下发着微光。“我发现自己是古早前来的那个人。我为宣教的那个人铺平道路，但恐怕，我所做的唯一的奇迹是举着孩子，等待着谁来从我手中把她带走。”

“你没帮我……在我和伯劳的时候？帮我飘起来？”

约翰·济慈大笑起来。“不。那也不是莫尼塔干的。是你自己，布劳恩。”

她猛烈地摇着头。“不可能。”

“并非不可能。”济慈轻轻说道。他再次伸出手，想摸布劳恩的肚子，她想象自己可以感觉到济慈手掌的力道。他低声道：“你委身‘寂静’的、完美的处子，/受过了‘沉默’和‘悠久’的抚育……”[①]他仰起头看着布劳恩，“我想，宣教的那个人的母亲，肯定能使用一些特权的。”他说。

“宣教的那个人的……”布劳恩突然站立不住，很快就找到了一条长凳。她一生中手脚从未笨拙过，但是现在，怀着七个月的身孕，要想坐下来是不可能去考虑优雅不优雅的。她不合时宜地思绪纷飞，想到了那天早上气艇飞过来停泊的场景。

“……母亲，”济慈重复道，“我不知道那个人会宣教什么，但是她宣教的东西将会改变整个宇宙，并让各种想法不断开动，那些想法在今后的一万年中将变得极为重要。”

“我的孩子？”她张嘴道，有点喘不过气来，“我和乔尼的孩

---

① 这两句诗摘自济慈的《希腊古瓮颂》。此处采用查良铮译本。

子？”

济慈人格揉揉脸。“人类之灵和人工智能逻辑的结合，也就是云门和内核长久以来一直在搜寻却到死也没有弄明白的东西，”他说道，向前迈了一步，“在那个人宣教的时候，我真希望自己还活着。真希望能看看她对这个世界造成的影响。这个世界，还有其他世界。”

布劳恩的头脑飞速旋转，但她从他的口气中听出了什么东西。“为什么？你会去哪儿？出什么事了？”

济慈叹了口气。“内核消失了。这里的数据网实在是太小，甚至无法容纳我的简化形态……除了军部的飞船人工智能。但我想，我不喜欢待在那儿。我从来不能很好完成命令。”

“没有其他地方了吗？”布劳恩问。

“超元网，”他说，朝身后瞥了一眼，“但是里面全是狮、虎、熊。我还没有准备好。”

布劳恩且不管他。“我有个主意。”她说道，然后把想法告诉了他。

至爱的影像凑过来，双臂抱住了她，说道：“女士，你真是个奇迹。”他走回阴影之中。

布劳恩摇摇头。“我只是个怀孕妇女，”她探进袍子，摸着滚圆的肚子，“宣教的那个人，”她喃喃道，然后对济慈说，“好吧，你是宣布这一切的大天使。那我该给她起个什么名字呢？”

没有回应，布劳恩抬起头。

阴影中空无一物。

日出前，布劳恩来到航空港。送行的一伙人并不十分快乐。除了道别时常有的悲伤之情，马丁、领事、西奥还在调理自己的宿醉，因为在后环网时代的海伯利安之上，次日药丸已经脱销了。只有布劳恩的心情相当愉快。

“该死的飞船电脑整个早上都怪里怪气的。”领事抱怨道。

“怎么啦？”布劳恩笑道。

领事眯着眼看着她。“我叫它进行起飞前检查，这艘傻飞船竟然给我念了首诗。”

“诗？”马丁·塞利纳斯说道，扬扬色帝似的眉毛。

“对……听好……”领事按了按通信志。

传来布劳恩熟悉的声音：

再见吧，三鬼魂！你们不能够把我
枕着阴凉花野的头颅托起来；
我不愿人们喂我以赞誉，把我
当作言情闹剧里的一只羊来宠爱！
从我眼前退隐吧，再一次变作
梦中石瓮上假面人一般的叠影；
再会！在夜里我拥有幻象联翩，
到白天，我仍有幻象，虽然微弱；
消逝吧，鬼魂们！离开我闲怠的心灵，
飞入云端去，不要再回来，永远！[1]

西奥·雷恩说：“出故障的人工智能？我还以为你的飞船拥有内核外最棒的智能呢。”

“的确是最棒的，”领事说，“它没出故障。我给它做了个全

---

① 这首诗摘自济慈的《怠惰颂》。此处采用屠岸译本。

面的认识力和功能检查。一切都很好。但它却给了我……这个！”他指着通信志记录的读出数据。

马丁·塞利纳斯盯着布劳恩·拉米亚，他细细审视着她的笑容，然后转身面对着领事。“啊，看样子你的飞船成了饱学之士。别担心。你外出然后返回的这次漫长旅途期间，它会成为很好的旅伴的。”

紧随而来的沉默中，布劳恩拿来一只巨大的包裹。“离别礼物。”她说。

领事解开包裹，起先慢吞吞的，然后连撕带扯，那折叠着的、褪色的、被用烂了的小毯子映入眼帘。他双手抚摸着它，抬起头，声音中充满了激动之情，“你……在哪儿……你怎么……”

布劳恩微笑着。“是个土著难民在卡拉船闸下发现它的。她在杰克镇市场中想要卖掉它，当时我正好路过。没人想要买它。”

领事深深地吸了口气，抚触着霍鹰飞毯上的装置，正是它，让自己的祖父梅闰遇上了命中注定的女子希莉。

“恐怕没办法再飞了。”布劳恩说。

“飞控线需要重新充电，”领事说，“我真不知道该怎么谢你……”

“不用谢，”布劳恩说，“我给你这个，是祝你旅途好运。”

领事摇摇头，和布劳恩拥抱了一下，然后和其他人握握手，乘电梯上了飞船。布劳恩和其他人走回终端。

海伯利安湛青的天空中没有一丝云彩。太阳将笼头山脉远端的山峰抹上了深深的色调，并让即将到来的这一天带上了温暖的希望。

布劳恩回头朝诗人之城和前面的山谷看了一眼。她恰好能望见较高的那几座光阴冢的顶部。狮身人面像的一只翅膀捕获了日光。

突然传来一阵微弱的响声，还有微微的一丝热量，领事那艘乌黑的飞船冒着纯蓝的火焰起飞了，升向天穹。

布劳恩回想起她刚刚读过的诗文，回想起她爱人笔下最长、最棒的未完结作品的最后几段：

> 立即被光耀的海伯利安扫过，
> 火焰长袍从脚后跟一泻而出，
> 发出一声啸叫，仿若大地之火，
> 将柔顺、无形的时间女神吓跑，
> 让她们的白鸽之翼索索发抖。他踏火而翔……①

布劳恩感觉到暖风拉扯着自己的头发。她仰起面庞，朝天空望去，挥手致意。她没有试图隐藏或者擦掉自己的眼泪，反而更加用力地挥舞起来，绝妙的飞船拖着猛烈的蓝焰，倾斜船体朝天空攀升，并发出一声突然的音爆——就像遥远的喊叫——把沙漠撕成两半，声音在远处的山峰间回荡。

布劳恩泪流满面，她继续朝远去的领事，朝天空，朝永远无法相见的朋友，朝自己的部分往日岁月，朝升腾而起就像上帝神弓射出的绝妙黑箭挥动手臂，不停地挥手。

他踏火而翔……

后续故事请见《安迪密恩》

① 这段诗摘自《海伯利安的陨落：一场梦》的最后五句。

图书在版编目（CIP）数据

海伯利安的陨落 / （美）丹·西蒙斯（Dan Simmons）著；潘振华，李懿译. -- 上海：文汇出版社，2017.8

（读客全球顶级畅销小说文库）

ISBN 978-7-5496-2207-8

Ⅰ. ①海… Ⅱ. ①丹… ②潘… ③李… Ⅲ. ①科学幻想小说－美国－现代 Ⅳ. ①I712.45

中国版本图书馆CIP数据核字（2017）第155816号

海伯利安的陨落

作　　者 / （美）丹·西蒙斯
译　　者 / 潘振华　李　懿

责任编辑 / 周小诠
特约编辑 / 叶　子　孟汇一　许姗姗
封面装帧 / 李子琪　陈　昭

出版发行 / 文匯出版社
上海市威海路755号
（邮政编码200041）
经　　销 / 全国新华书店
印刷装订 / 三河市中晟雅豪印务有限公司
版　　次 / 2017年8月第1版
印　　次 / 2026年1月第15次印刷
开　　本 / 890mm × 1270mm　1/32
字　　数 / 511千字
印　　张 / 21.75

ISBN 978-7-5496-2207-8
定　　价 / 92.00元